Frances Fyfield

Bruderkuss

Roman

Aus dem E
von P
und Roberto

GOLDMANN

Die Originalausgabe erschien 1999
unter dem Titel »Staring at the Light«
bei Bantam Press, London

Umwelthinweis:
Alle bedruckten Materialien dieses Taschenbuches
sind chlorfrei und umweltschonend.

Der Goldmann Verlag ist ein Unternehmen
der Verlagsgruppe Random House GmbH.

Taschenbuchausgabe August 2002

Umschlaggestaltung: Design Team München
Umschlagfoto: Heinz Wohner
Satz: deutsch-türkischer fotosatz, Berlin
Druck: Elsnerdruck, Berlin
Verlagsnummer: 44427
JE · Herstellung: Sebastian Strohmaier
Made in Germany
ISBN 3-442-44427-6
www.goldmann-verlag.de

1 3 5 7 9 10 8 6 4 2

FRANCES FYFIELD

Bruderkuss

Buch

Sarah Fortune kümmert sich mit Vorliebe um die Kunden, die in der Londoner Kanzlei Ernest Matthewson keiner haben will: Einzelgänger, Außenseiter, einsame Großstadtexistenzen. Erst sie verleihen dem Leben Reiz, findet die attraktive Anwältin, die eine Schwäche für ausgefallene Männer hat und außerdem überzeugt ist, dass in jedem hässlichen Frosch ein Prinz steckt. Falls ihre Schützlinge das noch nicht wissen, ist sie gern die erste Frau, die es ihnen beweist. Dabei gerät sie manchmal an gefährliche Exemplare. Cannon Smith ist eines von ihnen. Als Sarah dem vorbestraften Künstler das Tor zu einem normalen Leben und zu seiner ersten glücklichen Liebe öffnet, ahnt sie nicht, dass sie damit eine andere Liebe zerstört …

Als Cannons Frau Opfer eines grausamen Überfalls wird, den sie knapp überlebt, behauptet Cannon, dass sein Zwillingsbruder John hinter der Gewalttat steckt. Denn John hat durch Sarahs Intervention den einzigen Menschen verloren, den er je zu lieben in der Lage war, und Cannon weiß, zu welcher Grausamkeit sein Bruder fähig ist. Sarah versteckt Cannon und seine Frau. Aber vor einem Feind, der sich nicht zeigt, kann man sich schwer verbergen, und John, ein Immobilienhai, ist anscheinend ein Mann mit vielen Häusern, aber ohne Gesicht. Vergeblich versucht Sarah eine Begegnung zu provozieren. Erzählt ihr phantasievoller Freund vielleicht nicht die ganze Wahrheit? Sarah beginnt zu zweifeln – bis sie einem wahren Teufel gegenübersteht …

Autorin

Frances Fyfield, geboren 1948 in Derbyshire, arbeitet seit Mitte der Siebzigerjahre als Anwältin und Strafrechtlerin in London. Sie gilt als Englands »beste Krimiautorin« (Sunday Express).

Von Frances Fyfield außerdem im Goldmann Verlag erschienen:

Nachtangst. Roman (42570)
Gegen ihren Willen. Roman (44150)
Blind Date. Roman (44425)
Roter Rausch. Roman (72649)
Ein reines Gewissen. Roman (72711)

Für Gill Coleridge und Esther Newberg,
in Liebe und Dankbarkeit

Prolog

Guy Fawkes bevorzugte Schießpulver, denn damit kannte er sich aus. Er war ein Künstler auf seine Art.

Nach einem verregneten Sommer war der Herbst ungewöhnlich mild. Noch hatte sich der Winter nicht wirklich offenbart, in der Großstadt ohnehin ein Ding der Unmöglichkeit, wie Sarah Fortune fand. Sie waren hier alle wie in einem Kokon eingesponnen und nutzten die eigene Körperwärme ebenso wie die geborgte Wärme der Häuser. London war für den Winter geschaffen, verwandelte sich ganz von selbst in einen Mantel.

In diesem Winkel der Stadt war man heute Abend leger gekleidet. Die Guy-Fawkes-Nacht eignete sich nicht gerade für Modeschauen, zumal Hinweisschilder an den Eingängen zum Park die Öffentlichkeit vor Taschendieben warnten, die im Schutz der Dunkelheit und des Feuerwerks ihr Unwesen trieben. Man sah Anoraks, Wolljacken und schlammverkrustete Schuhe. Ein wohlmeinender Dunst hatte sich über die Vorbereitungen des Tages gelegt. Die Anwohner aus dem vornehmen Crescent, einer halbkreisförmigen Wohnanlage aus spätviktorianischer Zeit, hatten von ihren Fenstern aus nicht beobachten können, was genau da draußen vor sich ging, um den überdimensionalen Scheiterhaufen aus trockenem, umweltfreundlichem Reisig zu bauen und die Feuerwerkskörper in der Kälte aufzustellen. Das Ganze war so geheimnisumwittert, dass man schon ein wenig unruhig werden konnte. Der Dunst, fast schon dichter Nebel, hatte bei Tag alles verschleiert, und hätte er sich nicht verzogen, hätte niemand die Großzügigkeit der Gemeindeverwaltung in Form des alljährlichen Feuerwerks in ihrer ganzen Pracht bewundern können. Da wären sie um etwas betrogen worden.

Die Parkanrainer missbilligten die Veranstaltung, wehrten und beschwerten sich und konnten doch nicht widerstehen. In Scharen strömten die Zuschauer herbei. Nach und nach tauchten auch die Bewohner der Straße auf. Ihre Kinder hatten darauf bestanden. Ein Feuer vom Fenster aus zu betrachten war nicht dasselbe: Man musste es gemeinsam mit der Menge verfolgen, spüren, ein wenig fürchten, mit tränenden Augen anschauen. Die alljährlichen Proteste gegen die Benutzung des Parks, die Menschenmassen, den Krach, die betrunkenen Penner, die Buden und die Taschendiebe waren zunächst widerstrebender Billigung und schließlich sogar Vorfreude gewichen.

Mit Rücksicht auf den unter den ehrenwerten Anwohnern vorherrschenden Liberalismus hatte man auf das rituelle Verbrennen einer Guy-Fawkes-Puppe verzichtet. Der Mann hatte Stil gehabt, doch er hatte sich erwischen lassen. Er hatte nur versucht, das Parlament in die Luft zu jagen, nicht mehr und nicht weniger – alles in allem ein durchaus ehrenwerter Vorsatz. Eine nahezu lückenlose Folge von Nachahmern hatte es seitdem auf die eine oder andere Weise versucht, doch keiner von ihnen hatte es zu vergleichbarer Berühmtheit gebracht. Sissy Mallison aus der Nummer 15 ermahnte ihre Tochter, der fehlenden Guy-Fawkes-Puppe nicht nachzutrauern. Sie sei ein Symbol des Hasses, erklärte sie, durch und durch barbarisch; wenn du das sehen könntest, würdest du dich ekeln. Die Nachbildung eines lebenden Menschen zu verbrennen und zuzuschauen, wie ihre Gliedmaßen in den Flammen verkohlen, gehört sich nicht. Sogar die Hunde drehen dabei durch und fangen an zu bellen.

Ich will aber eine. Letztes Jahr bei Mary gab es auch eine, und das war toll!

Mary war ein kleines Biest. Marys Familie ist ein Atheistenpack, konnte Sissy nur sagen. Katholiken verbrennen Guy Fawkes nicht: Er war einer von uns. Aus schierer Bosheit hatten sich einige Nachbarn, die Sissy lieber unerwähnt ließ, dafür stark gemacht, doch eine Puppe aufzutreiben, die sich zum Verbrennen eignete. Die erstbeste unliebsame Persönlichkeit würde den Zweck erfüllen. Es existierte offensichtlich ein kurioses Bedürfnis nach dieser Art von Opfergabe. Quengelnd ließ sich die Kleine Mütze und Schal anziehen.

Man musste das Feuer spüren, möglichst nah herangehen oder zumindest so weit, dass man die glühenden Gesichter sehen konnte. Die Unruhe legte sich nach dem ersten Fauchen des mit Paraffin übergossenen Gebildes aus Brettern und Ästen. Ein Geräusch, das die Seele eines jeden Brandstifters beglückt hätte. Zu dieser Kategorie zählte Sarah Fortune die meisten Kinder und eine Menge Erwachsene. Applaus, einige Jubelrufe und vereinzelte Angstschreie, bis das Feuer zu einem gemächlichen Knistern übergegangen war. Dann begann das Feuerwerk.

In Williams Ohren klang es wie eine Reihe von grotesken Körperäußerungen, doch William hatte schon immer vermutet, dass es mit seiner Fantasie nicht weit her war. Heute, mit zweiundfünfzig, tendierte er zum Praktischen. Als Junge hatte er Maler werden wollen. Wenn man die Augen schließt, was natürlich *nicht* Sinn der Übung ist, hört man nur eine Reihe von unkontrollierten Rülpsern und Fürzen, sagte er zu einem imaginären Begleiter. *Ein Pup, ein Pups, ein Fürzchen, ein Schleicher und ein Muffenfetzer.* Dumpfes Krachen von den größeren Raketen (angeblich kosteten sie hundert Pfund pro Stück – war er froh, dass er nicht in dieser Gegend wohnte!) und verzweifeltes Knattern – ob sie an Verdauungsbeschwerden litten? –, wenn die bunt glitzernden Sterne gegen Ende zerplatzten und mit erleichtertem Zischen zur Erde zurück schwebten. Die Farben blendeten ihn, und vom Rauch wurde ihm übel, daher konzentrierte er sich nur auf den Klang. Er hatte seine Verabredung verpasst, aber das war nichts Ungewöhnliches. Irgendwas ging ihm ständig durch die Lappen.

Ein flüchtiger Blick offenbarte einige Betrunkene in der Menge, neben ruhigen und besonnenen Eltern, die ihre Kinder an die Hand nahmen und wissenschaftliche Erklärungen zum Besten gaben. Dazu gesellten sich Jugendliche und Grüppchen von Männern und Halbstarken, die sich spontan zusammenschlossen und von hinten auf das Feuer zu drängten. *Wir wolln vorbei,* grölten sie, *wir wolln vorbei* oder war es *wir wollen Guy?* William war sich nicht sicher. Außerdem bezweifelte er, dass es irgendeinen Unterschied machte, was zum Teufel sie wollten, abgesehen von dem Gefühl der Macht, das sie bei ihrem Radau empfanden.

Das Spektakel endete mit einem Schlussakkord von gigantischen Ausmaßen. Ich frag mich bloß, was das gekostet hat, hörte er jemanden in der Nähe murmeln. Dieselbe Frage stellte er sich auch und bedauerte zugleich seinen prosaischen Hang, darüber nachzudenken, welche Art von Lärm er machen oder ob er eine Botschaft am Himmel offenbaren würde. Und wenn ja, wie sie wohl lautete. *BUMM! PENG!* Das Firmament hallte wider von rebellischen Tönen. Pffft, sssst – kleinere Explosionen, die gar nicht mehr aufhören wollten. Eine Rakete nach der anderen explodierte und stürzte zischend zur Erde zurück, lauter als das Ah! und Oh! da unten. Ein neuer, fast verdrießlicher Seufzer flog durch die Menschenversammlung, als die Lichter am Himmel erloschen. Während die Funken herabsprühten, sah William die Menge wie ein Gemälde vor sich: viele nach oben gewandte, in ihrer Hoffnung verletzliche Gesichter. Nein, sie hatten noch nicht genug. Ein Gefühl der Leere breitete sich aus, während sie starr vor Staunen dastanden.

Anfangs schienen sie die wuchtigste Explosion gar nicht zu bemerken. WUMM! Ein ohrenbetäubendes, markerschütterndes Krachen, das ihm einen Schauer über den Rücken jagte. Niemandem schien es aufzufallen. Es war Teil des Gesamtspektakels, und nur er horchte auf den Klang und hatte dabei die halbe Zeit die Augen geschlossen.

Dann, ganz langsam, wandte die Menge sich um. Nicht die Gruppe, die ihr Grölen wieder aufnahm, *Guy, Guy, wir wollen Guy, wollen Guy, wollen Guy,* und nichts anderes im Kopf hatte, als sich von ihrem eigenen Schwung fortreißen zu lassen. Aber die anderen. Zuerst die Kinder, die schneller bereit waren, eine Sensation gegen eine andere zu tauschen. Ihre kleinen Füße hatten das Beben der Erde deutlicher gespürt. Die Gruppe, in der William sich befand, war von der Glut des Feuers weit genug entfernt. Einige Zuschauer, die sich vorher sorgfältig ihren Fluchtweg ausgeguckt hatten, wurden unruhig, raunten einander etwas zu und verrenkten sich alle gleichzeitig den Hals. Er musste an eine Hydra denken, ein Wesen mit vielen Köpfen, das unschlüssig war, in welche Richtung es gehen sollte. Schließlich bündelte sich ihre Wahrnehmung.

Das letzte Haus am Crescent, das größte und schönste, stürzte vor ihren Augen ein. Die Fenster spuckten ihnen eine Scheibe nach der anderen vor die Füße, das splitternde Glas sorgte für Verwirrung. Wie von Zauberhand berührt zerfiel das Dach und verschwand in der Dunkelheit. Die schwankenden Mauern gaben schließlich nach und erinnerten an eine gespenstische Vorstellung: Mutter und Kind, die sich in die Arme fallen. Nicht Flammen lenkten die Aufmerksamkeit auf sich, sondern das Unheil verkündende Poltern der herabstürzenden Trümmer, bei dem sich einem der Magen umdrehte. Nach dem gerade zu Ende gegangenen Feuerwerk wirkte dies merkwürdig zurückhaltend. Sie standen gebannt und verwirrt, genau wie William, dennoch verspürte er den obskuren Wunsch zu applaudieren. Einige in seiner Umgebung wären am liebsten geflüchtet, zögerten jedoch, weil sie sich noch nicht darüber im Klaren waren, ob das nur eine Zugabe war. Andere nahmen es überhaupt nicht wahr. Die meisten Zuschauer waren mit Essen beschäftigt – Guy-Fawkes-Toffees, Hot Dogs und Hamburger. Sie merkten nicht einmal, wie ihre Taschen geplündert wurden. Die Menge am Feuer, die von einem zunehmend gereizten Wachpersonal in Schach gehalten wurde (»Sicherheit geht vor! Bitte treten Sie zurück!«), sang immer noch: *Wir wollen Guy!* Das Feuer flammte wie in einem Ritual noch einmal auf und erstarb dann mit einem Seufzer.

Ein Teil des Publikums sah, wie das Haus einstürzte. Manche lachten, als wäre das Ganze eine Pantomime, andere setzten sich widerstrebend in Bewegung. William ging mit ihnen los, blieb dann aber stehen und drehte sich noch einmal zum Feuer um, ohne zu wissen, warum.

Wir wollen Guy! William schloss die Augen, registrierte den Sog der Menge und eine Unruhe an der Peripherie, die dem einstürzenden Haus am nächsten war, während in der Nähe des Feuers das Grölen anhielt. Mittendrin eine Gruppe junger Männer von unterschiedlicher Größe und Gestalt, die sich anschickten, eine Leiche in die Flammen zu schleudern. Es war ein lebloser Körper, der seltsam schwerelos wirkte und von sechs Händepaaren knapp über dem Boden hin und her geschaukelt wurde. William lief auf sie zu und rief NEIN, nein, nein. Er brüllte aus vollem Hals, horchte auf seine Schritte und schrie unentwegt, während er sich durch die Menge kämpfte, die in die entgegengesetzte Richtung drängte. Er fühlte sich lahm wie die Ältesten hier und so unbeholfen wie die plötzlich losschreienden Kinder. Dann hörte er, wie die Hunde bellten; zu spät. Die Jungs schwangen den Körper hin und her und warfen ihn dann mit erstaunlicher Präzision in die Flammen. *EINS, ZWEI, DREI! Jaah! Ins Feuer mit dir, du Mistkerl, ins* FEUER!

William schrie auf. Er boxte sich durch die Menge und wurde sich bewusst, dass er erneut schrie, ohne ein Echo zu hören. Und dann stand er da wie ein hilfloser Trottel, als das Ding auf dem glühenden Scheiterhaufen landete. Sofort krümmte es sich zusammen, bis es nur noch ein Phantom seiner selbst war. Ein lebloser Körper aus Karton, Papier und Styropor, der in einem Augenblick grotesker Entstellung schmerzlos starb. Die Jungs, die die Puppe geworfen hatten, standen davor. Das Lachen und Grölen war verstummt. Einer von ihnen johlte los, um die Stimmung wieder anzuheizen, verstummte aber gleich wieder.

Im nächsten Augenblick tauchte von der Straße her eine untersetzte, rundliche Gestalt auf und jagte mit rasender Geschwindigkeit durch sein Blickfeld. Die Gestalt war ein Mann, der im Laufen die behandschuhten Hände über den Kopf hob und ein Stück Papier zerriss. Jetzt rannte er einmal um das Feuer herum. »Geschieht dir recht, Johnny!«, kreischte er. »Geschieht dir ganz recht!« Seine hohe, fast weibliche Stimme war gedämpft durch einen Schal, den er sich ums Gesicht gebunden hatte. Die Pappfigur krümmte sich und schmolz, was die Hitze noch verstärkte. Plötzlich blieb der Mann mit erhobenen Händen stehen, drehte sich um und starrte ins Feuer. Dann schrie er auf und rannte darauf zu.

William wusste, was der Mann tun würde. Er meinte es in dem Moment gespürt zu haben, als er ihn zum ersten Mal bemerkt hatte. Ganz offensichtlich wollte er sich in die Flammen stürzen. Dabei kam ihm ein beschämender Gedanke, der ihm am frühen Abend durch den Kopf gegangen war, ein müßiges Gedankenspiel: Wie würde er reagieren, wenn er je in die Situation käme, einen Menschen vor dem Verbrennen retten zu müssen? Was würde er tun? Würde er handeln oder nicht? Sich feige drücken, weil seine weichen, geschickten Hände viel zu kostbar waren, um sie aufs Spiel zu setzen?

Er beobachtete die Szene mit innerem Grauen. Nichts war zu sehen, nur der komische kleine Mann, der ihm vage bekannt vorkam und dessen Silhouette sich vor dem Feuer abzeichnete, als wären alle anderen plötzlich verschwunden. Der Mann war offensichtlich vom Schreien erschöpft. Er rannte nicht, sondern schleppte sich auf das Feuer zu. Jetzt nahm er Maß für den letzten Satz in die Flammen, und William konnte nichts tun, als wie gelähmt zusehen. Bis plötzlich eine Gestalt von links erschien und sich auf den Laufenden stürzte. Sie versetzte ihm mit dem Kopf einen Stoß in die Seite und riss ihn zu Boden, gerade als die ausgestreckten Hände das Feuer berührten. Dann schlang sie beide Arme um ihn. Zwei Gestalten in einer unheimlichen Umarmung, die sich über den heißen, von Asche bedeckten Boden wälzten und knurrten wie zwei kämpfende Hunde.

Andere scharten sich um sie. William vernahm nur einen gellenden Schrei über dem Lärm. Er konnte nicht sagen, ob es Wut oder Schmerz war.

Ihm war übel von der Gewissheit, dass seine Hände in Sicherheit waren.

Er trat zwei oder drei Schritte zurück, abgestoßen und dennoch gefesselt. Dann wandte er sich endgültig ab. Man hörte das unheilvolle Tatütata einer Sirene. Das Haus am Ende der Straße war kein Haus mehr.

Ein Windstoß trieb den Müll zwischen den stampfenden Füßen durch den Park. Als William sich ein allerletztes Mal umschaute, lag der Scheiterhaufen niedergebrannt und verlassen da. Der Arm der Pappfigur war zu einem Abschiedsgruß erhoben. Nichts war passiert. Ein Scherz. Doch er glaubte zu wissen, wer dieses kämpfende Paar gewesen war. Zwei Menschen, die sein Leben gekreuzt hatten und drohten es zu verschlingen, genau wie die Flammen. Er musste sich geirrt haben. Er hatte häufig Mühe, Gesichter wieder zu erkennen, selbst solche, die er gut kannte. Ein Papierfetzen flog ihm vor die Füße. Er hob ihn abwesend auf, nur weil er ein ordentlicher Mensch war, und versuchte, die plumpe Handschrift zu entziffern.

Okay, mein Freund, ich schlage dir einen Deal vor. Du hältst sie seit drei Monaten versteckt. Kluges Bürschchen. Wie hast du das bloß gedeichselt? Aber sie wird sich verändern, glaub mir; das tun sie alle. Und deine Freunde werden sich auch verändern, denn wir haben keine richtigen Freunde, wir hatten noch nie welche … Spielen wir das Spiel noch einen Monat weiter … ich kann nicht ewig so weitermachen …

Er fühlte sich wie ein Lauscher an der Wand, mehr noch als der Voyeur, als der er sich gerade vorgekommen war. Er warf den Fetzen Papier in einen Abfalleimer und ging nach Hause.

Erster Teil

1

Ende November gab es nie genug Licht, nicht mal am Morgen. Nackt und braun räkelte sie sich in einem riesigen Sessel, der vor dreißig Jahren einmal kirschrot bezogen worden war. Mittlerweile hatte der Stoff einen stumpfen Rostton angenommen und war stellenweise zerknautscht oder abgewetzt. Sie sah aus, als hätte eine allmächtige Kraft sie dort hingeworfen, niedergedrückt und dann wie betäubt und gebrochen liegen lassen. Ihr Hintern versank im Polster, ein Arm lag im Nacken, halb unter der roten Haarmähne verborgen, die ihr bis ins Gesicht fiel. Die Finger streckten sich daraus hervor und zupften an dem zerschlissenen Polster der Rückenlehne. Sie machte seinem Gewissen zu schaffen, diese endlose, quälende Bewegung ihrer langen Finger, die so aussah, als wollte sie ihn kopieren. Seine eigenen waren so geschäftig gewesen mit Graben, Forschen, Wühlen. Dicke Wurstfinger hatte er, die aus den geschwollenen, hässlichen Fäusten hervorquollen.

Die Brüste waren für seinen Geschmack zu klein geraten, ziemlich flache Dinger, die auf dem Brustkorb hingen. Da lag sie inmitten einer Unmenge von Haar, die Beine über die Lehne des wackligen Sessels geworfen, mit verdrehtem Oberkörper, überkreuzten Knöcheln und gewölbtem Spann. Das kastanienbraune Schamhaar war entblößt. Die linke Hand lag über der Scham, als wolle sie sie schützen. Zu spät: Seine Augen hatten alles registriert, seine Finger waren auf Entdeckungsreise gegangen, gierig, oh ja, und dennoch waren seine Hände ruhig, anders als ihre. Sie berührte sich, fast abwesend. Mit einem Finger drehte sie ein kleines Büschel des dichten Schamhaars zu einer Locke. Er stellte es sich mit Schleifen geschmückt vor. Abgesehen von diesen unmerklichen Bewegungen der Hand lag sie vollkommen still. Eine Frau, die schon von jeder Art Missbrauch gesättigt war, den er ihr im Rahmen seiner Begabung zufügen konnte. Ihr Mund war leicht geöffnet. Jetzt holte sie tief Luft und blies sich eine Locke des dicken roten Haars aus dem Gesicht. Fast bedauerte er, was er ihr angetan hatte. Sie wirkte so aufreizend hilflos. So biegsam, so gefügig, so außerordentlich empfänglich für Befehle. Es gab nichts, was mit ihr nicht vorstellbar gewesen wäre, und doch bewegten sich ihre Finger auf herzzerreißende Art. Sie wollte es so, sagte er sich gereizt; sie hat darum gebeten. Sieh doch selbst, wie sie da liegt. Einladend. Vertrauensvoll. Er war nur die Bestie zu ihrer Schönheit. Sie hatte es herausgefordert.

Es war ein Raum, der nach Hingabe und Sachverstand schrie, um seine ursprüngliche Schönheit bewohnbar zu machen, doch das interessierte ihn nicht. Die Luft war feucht und warm, die Scheiben der Dachfenster beschlagen. Hin und wieder tropfte es herab. Er trug Handschuhe und Schal. Wenn ihm heiß war, fing der Schal an zu stinken wie ein alter Verband mit einem Hauch von Terpentin, Antiseptika und Schweiß. Seine Nase war gerötet und machte sein Gesicht noch trauriger, als es ohnehin war. Das Licht war dunstig und diffus, aber mehr konnte man von einem solchen Tag nicht erwarten. Das also war seine Folterkammer, geschmückt mit seinen Triumphen und Enttäuschungen gleichermaßen.

Jetzt lächelte er, und das ganze faltige Gesicht veränderte sich. Es erinnerte an einen Rüschenvorhang, den man aufzog, um die Sonne hereinzulassen. Wenn er ernst war, sah er aus wie ein Idiot, dem das Kinn auf die Brust fiel. Doch kaum fing er an zu grinsen, gruppierte sich die ganze Faltenlandschaft um: Die gefurchte Stirn verschwand hinter dem Haaransatz, die dunklen Augen waren kaum zu erkennen, und er war nur noch ein unordentlicher kleiner Junge. Neben den schmalen Schultern wirkte sein Kopf mit dem dichten Haar übergroß. Wenn er grinste, sah er durch und durch verrückt und gefährlich aus. Und genau das war er auch, wie ihm in nüchternen Augenblicken in diesem Raum mit dem Bett in der Ecke bewusst war. Man musste einfach verrückt sein, um auf solche Ideen zu kommen. Er fühlte sich elend und viel älter als dreiunddreißig. All diese Grausamkeit schmerzte ihn. Wenigstens hätte er seine hart erworbene Häuslichkeit unter Beweis stellen und ihr Kaffee anbieten können. Das war das Mindeste. Eine fürchterliche Brühe, aber wenigstens annähernd so was wie Gastfreundschaft.

»Ist dir kalt?«, fragte er. »Ich will nicht, dass du frierst, hörst du?«

»Nein. Aber ich muss los. Oh, verdammt, ich kann mich kaum bewegen.«

Und doch bewegte sie sich, wenn auch vorsichtig. Sie beugte sich vor, wobei sie den Oberkörper dermaßen verrenkte, dass er innerlich schauderte, und griff nach einer Packung Zigaretten, die in dem Aschenbecher auf dem Fußschemel lag. Sie zündete sich eine an, inhalierte und legte sie auf den Rand des Aschenbechers zurück. Dann streckte sie ein Bein aus, krümmte die Zehen, umfasste die Wade mit beiden Händen und bog das Bein nach hinten, bis der Fuß auf einer Linie mit ihrem Ohr war. »Was soll das heißen, du kannst dich nicht bewegen? Und was ist *das*?«

»Ich meine, ich kann nicht aufstehen. Bis ich das hier geschafft habe.« Sie griff nach dem anderen Bein, umfasste mit beiden Händen das Knie und hob es in die Luft. Man hörte ein leises Knacken. Dann schwang sie die Füße auf den Boden, stellte sich auf die Zehenspitzen und reckte sich. Zu dünn für seinen Geschmack. Und unbefangen wie eine Katze.

Die Veränderung der Vorlage, diese Umstellung des Bildes machte ihn traurig. Sarah Fortune war das perfekte Modell. Keine Spur von Eitelkeit. Sie war ein vollendetes Designerstück, das seine Finger bis zur Erschöpfung porträtiert hatten. »Lass mich mal sehen«, sagte sie und kam mit der Zigarette in der Hand auf ihn zu.

»Nein!« Seine Stimme war schrill. »Und komm mir nicht zu nahe mit dem Ding, sonst will ich auch rauchen, und das darf ich nicht.«

»Puhhh. Ich versteh dich einfach nicht. Ein paar mehr antiseptische Zigaretten würden dir nur gut tun. Alles, was du machst, ist schlecht für deine Gesundheit. Aber ich werde nicht gucken, wenn du nicht willst.«

»Nein, noch nicht, bitte. Es ist mir peinlich.«

Er verdeckte die Leinwand mit seinem Körper, denn er traute ihr nicht ganz, obgleich er ihr auf seine Art vollkommen vertraute. Sie hatte diese Wirkung, weil sie so unglaublich natürlich, warmherzig und großzügig war, doch die Gewohnheit, anderen zu misstrauen, war ihm dermaßen in Fleisch und Blut übergegangen, dass sie zu einer instinktiven Reaktion geworden war. Genauso wie sein schlurfender Gang. Er kam einem vor wie jemand, der die Mitte des Bürgersteigs meidet und sich ganz nah an den Hauseingängen vorbeidrückt, als suche er den Schatten. Sie hatte seit langem den Verdacht, dass er schon immer so gewesen sein musste und es nicht nur eine Reaktion auf die augenblicklichen Umstände war. Bestimmt hatte er schon als kleiner Junge viel älter ausgesehen, als er tatsächlich war, früh entwickelt und leicht verschlagen, trotz seiner Unschuld. Und bis heute war er genauso unschuldig geblieben, besser gesagt, war er jemand, der den gesellschaftlichen Verhaltenskodex nie gelernt hatte und ständig auf fast kindliche Weise unsicher war.

»Wusstest du eigentlich«, fragte er lebhafter als sonst, »dass eines deiner Beine länger ist als das andere? Jedenfalls in meinem Porträt von dir. Ich werde es Miss *Sarah Fortune mit den ungleichen Beinen* nennen.«

»Nein«, sagte Sarah. »Hab ich nicht gewusst. Aber danke, dass du's mir gesagt hast. Da muss ich mir wohl einen anderen Gang zulegen, was? Weißt du, wie viel Uhr es ist? Wir kommen noch zu spät.«

»Zu spät? Spielt das eine Rolle?« Cannon hatte eine ziemlich eigenwillige Vorstellung von Dingen, die eine Rolle spielen. Sie zog sich an. Ihre Kleider waren fein säuberlich auf einem dreibeinigen Stuhl drapiert, als seien sie wichtig. Und als sie jetzt die schwarze Strumpfhose überstreifte, den BH aus weißer Spitze schloss und die winzigen perlgrauen Knöpfe ihrer Bluse zuknöpfte, musste er vermuten, dass sie es tatsächlich waren, denn sie verwandelten sie in ein völlig anderes Wesen. Kein Kleidungsstück der Welt hatte das bei ihm je geschafft. Baff vor Staunen setzte er sich hin. *Früher war ich ein Flittchen,* hatte sie ihm vor langer Zeit gesagt. *Und das bin ich immer noch, aber mehr aus Hobby.* Nackt konnte er sich das vorstellen; wenn sie angezogen war, nicht. Ein Flittchen mit einem großen Herzen. Sarah Fortune schien sich in der Liebe auszukennen. Sie verschenkte sie rasch und bedingungslos. Doch dem Zustand ihres Körpers nach zu urteilen, war ihr auch Gewalt nicht fremd.

»Ich glaube nicht, dass es auf lange Sicht eine Rolle spielt«, sagte sie, »das Zuspätkommen, meine ich. Aber es macht einen schlechten Eindruck. Und außerdem ist es unhöflich. Hast du noch was anderes anzuziehen? Irgendwelche sauberen Klamotten?«

Die Frage überraschte ihn. Sie war völlig irrelevant für alles, womit er sich beschäftigte. Er beobachtete ihre langsame Verwandlung von einem nackten Mädchen in eine Frau. Sie bürstete sich das Haar und band es sich nach hinten, schlüpfte ins Jackett ihres Kostüms, griff nach ihrem rehbraunen Regenmantel und der ordentlichen Aktentasche. Eine harmlos wirkende Perlenkette schimmerte um ihren Hals. Die kleinen goldenen Anstecker hatte sie gar nicht erst abgenommen. Er zog das Gänseblümchen aus der Milchflasche, in der es sein Dasein fristete, und reichte es ihr, in der Hoffnung, den Mangel an Gastfreundschaft wettzumachen, über den er sich sogar hier schämte.

»Danke. Wie süß! Wenn ich es recht bedenke, ist es wahrscheinlich am besten, wenn du genauso bleibst, wie du bist. Nur solltest du lieber den Mantel tragen, der nach Rauch stinkt. So wird dir niemand zu nahe kommen wollen.«

Er lächelte. Dann machte er wieder sein altes faltiges Bluthundgesicht. »Es gibt sowieso nicht viele, die mir nahe kommen wollen«, sagte er nüchtern.

Sie klopfte ihm auf die Schulter, fuhr ihm durchs Haar und küsste ihn auf die Wange. »Kein Wunder, oder?«, sagte sie. »So, wie du einen anfauchst. Jetzt komm endlich.« Sie zögerte. »Das Wichtigste hätte ich fast vergessen. Hast du den Brief? Den Papierfetzen, den du aufbewahrt hast?«

Er nickte, wühlte in seiner Manteltasche und förderte ein verkohltes, völlig zerknittertes Stück Papier zutage.

»Es war bescheuert, ihn zu zerreißen«, sagte sie. »Ich hebe ihn auf, okay?«

»Ich bin nun mal bescheuert, was soll ich machen?«

»Meint er denn, was er sagt?«

»Ja. Sogar Johnny hat seine Regeln. Selbst er muss Grenzen setzen.«

Der Tag draußen war kalt und rau. Er schlang sich den stinkenden Schal um das Gesicht und vergrub die Hände in den Hosentaschen. Sie brannten und schmerzten, doch der Schmerz, ihr wunderbarer Schmerz, war ein Trost. Er bedeutete, dass sie funktionierten. Er folgte ihr lammfromm, als ihre Absätze die Dachbodentreppe herunter klapperten und sie auf der Straße ein Taxi anhielt. Der Fahrer bremste und lauschte ihrer energischen Anweisung. The Strand, aha. Während er anfuhr, fragte er sich, was eine solche Frau bloß mit einem solchen Mann machte. Vielleicht konnte sich selbst ein Penner heutzutage eine Nutte leisten. Das Taxi schien plötzlich nach Rauch zu riechen. Holzrauch und Paraffin, vermischt mit Seife. Die Edelnutte steckte sich ein Gänseblümchen in das oberste Knopfloch ihres Mantels, als wäre das verwelkte Ding aus purem Gold.

»Beeil dich, Cannon, mach schnell«, sagte sie und drängte ihn zum Aussteigen. Gleichzeitig drückte sie dem Taxifahrer einen viel zu dicken Geldschein in die Hand und schenkte ihm ein so strahlendes Lächeln, dass er trotz seines Missmuts zurücklächeln musste. »Mach nicht so ein langes Gesicht, Cannon. Ich sag dir was. Grins den Arschlöchern ins Gesicht. Wickle sie ein …«

Gehorsam behielt Cannon sein Grinsen bei, als sie sich an den Sicherheitsleuten vorbeischlängelten. Es war nicht zu übersehen, dass Miss Fortune sich hier auskannte. Es verkürzte die übliche Taschendurchsuchung, die sie trotzdem unter leichtem Geplänkel über sich ergehen ließ. Dann zog sie mit Cannon im Schlepptau weiter, während die Blicke der Wachmänner ihnen neidisch und misstrauisch folgten. Aber nicht lange. Die obersten Zivilgerichte waren an Exzentriker gewöhnt, und dieser hier hatte zumindest etwas an. Unnötig viel übrigens.

Es war wichtig, pünktlich bei dem Vorverfahrensrichter Ralph zu erscheinen, wenn auch sinnlos, weil sich die Termine in diesem Gebäude einfach nicht einhalten ließen. Meistens verschoben sie sich nach hinten, ganz selten nur war das Gegenteil der Fall. Sarah Fortune, die in ihren Mußestunden, wie ihre Arbeitgeber, Matthewson und Co., es bezeichneten, Anwältin am Obersten Gerichtshof spielte, kannte sich in den Gängen aus, trotzdem gelang ihr diese undurchführbare Prozedur nie so ganz, genauso wenig wie der übrigen halben Million von Menschen, die hier regelmäßig ein und aus ging. Es war ein Ort, wo mangelnde Hilfsbereitschaft eine Kunstform war, die sich zu höchster Vollkommenheit entwickelt hatte. Die Richter beschäftigten sich mit den langweiligen Vorverfahren für einen Zivilprozess. Cannon musste vor Gericht erscheinen, um sich an seine Verpflichtungen erinnern zu lassen, und Sarah, die dieses Etablissement aus tiefstem Herzen hasste, war entschlossen, den heutigen Auftritt zu genießen. Aufs Genießen verstand sie sich. Noch rasch eine verstohlene Zigarette. Die Anwältin der Krone, die gekommen war, um die sofortige Vollstreckung der Beschlagnahmeverfügung gegen Walter James Smith, alias Cannon, Möchtegernkrimineller in diesem und größeren Gemeindebezirken, zu fordern, war höchst entgegenkommend, mit anderen Worten, nett. Eine ziemlich blasse Bezeichnung für eine Beamtin im Öffentlichen Dienst, die, wie Sarah wusste, ihren staatsbürgerlichen Pflichten mit einer an Rücksichtslosigkeit grenzenden Härte nachkam. Nett bedeutete in Sarahs Gerichtsvokabular so viel wie umgänglich, vernünftig, klar, jemand, dem es sowohl an messianischem Eifer wie auch an Egoismus mangelte und der den völlig verständlichen Wunsch hegte, diesen gotischen Hallen so rasch wie möglich zu entfliehen. Sarah wusste, dass die Kunst der hier praktizierten ritualisierten Konfrontation zur Hälfte aus einer guten Portion gesundem Menschenverstand und dem Zustandekommen eines Dialogs mit der Gegenseite bestand. Man musste die Dinge auf das Wesentliche beschränken. Die Krone wollte die sofortige Beschlagnahme von Cannons Haus erreichen, und das war erst der Anfang. Sie argumentierte, dass es sich um einen Vermögenswert handle, der mit Erlösen aus kriminellen Handlungen zustande gekommen sei. Cannon habe zwar die Strafe für seine Verbrechen abgesessen, das sei aber noch lange nicht dasselbe, wie seine Schulden zu bezahlen.

Cannon nahm auf der unbequemen Bank Platz. Eigentlich wirkte er nicht wie ein Verbrecher, mehr wie ein aus der Mode gekommener Anarchist einer obskuren mitteleuropäischen Schule. Er grinste immer noch, saß einfach mit verschränkten Armen da und beobachtete die Szene. Seine Hände steckten in Handschuhen. Helen West und Sarah Fortune begrüßten sich mit gegenseitigem Respekt und einer Sympathie, die sie instinktiv vor ihren jeweiligen Klienten verbargen, für den Fall, dass man gutes Einvernehmen als Komplizenschaft missdeuten könnte. »Können Sie ihm das nicht abgewöhnen«, fragte Helen West. »Ich habe Angst, dass ihm das Gesicht erstarrt. Er sieht aus wie ein Hausierer.«

»Es hat was mit seinem Kiefer zu tun«, murmelte Sarah. »Abgesehen davon ist er unglaublich stolz auf seine Zähne. Er kann stundenlang so grinsen. Leider habe ich gar keinen Einfluss darauf.«

»Das glauben Sie doch selbst nicht. Sein Mantel stinkt. Haben Sie das auch arrangiert?«

Sie warteten auf Richter Ralph. Es gab streitende Parteien, die ziemlich lange in seinem Büro verbrachten, und andere, die er verächtlich wie einen Klumpen Schleim gleich wieder ausspuckte. Sarah wollte keinen Streit mit Helen West, nicht wenn sie alle Trümpfe in der Hand hielt und ihr Klient nach dem Gesetz nicht bestraft werden konnte, weil er, wenn auch nur im Sinne des Gesetzes, völlig verrückt war. Helen West zuckte zusammen, ohne auf irgendwelche möglicherweise interessanten Neuigkeiten zu achten, und betastete ihre Backe mit den gespreizten Fingern der kräftigen rechten Hand, als könne allein der äußere Druck den Schmerz lindern. »Verdammter Zahn. Er tut höllisch weh. Sorry.«

»Ein Novalgin vielleicht?«

»Ich will, dass mir einer den Kopf abschlägt. Ich habe alles getan, was man mit diesem verdammten Zahn nur machen kann. Er tut immer noch weh. Hören Sie, machen Sie es mir nicht so schwer. Bringen Sie ihn einfach dazu, uns das Haus als Anzahlung auf seine verfluchten Schulden zu überschreiben. Dann sind wir alle zufrieden. Ich versteh einfach nicht, wo das Problem ist.«

»Er hat nicht drin gewohnt, und außerdem war es eigentlich gar nicht seins«, murmelte Sarah und wühlte in ihrer Handtasche nach Tabletten.

»Nicht seins? Und er hat wohl auch nie Kapital aus seinen krummen Geschäften geschlagen, was? Das sagen sie doch alle.«

»Er ist in Belfast aufgewachsen, verstehen Sie doch. Bombenbasteln war ein Spiel … Sein Bruder …«

»Kein Mensch behauptet, dass er Terrorist ist. Bloß dass er gefährlichen Missbrauch mit seinem Wissen treibt. Aber das ist noch keine Entschuldigung, das Zeug zu verkaufen. Was *erwartet* Ihr Klient denn vom Leben?«

»Babys. Er ist ganz verrückt nach einem Baby. Haben Sie einen guten Zahnarzt?«

»Nein, wie Sie sehen.«

»Hören Sie, was das Haus angeht …«

Die Schlange vor ihnen schien sich aufzulösen. Jetzt verließ eine aufgebrachte Gruppe das Büro und marschierte laut schimpfend den Gang hinab. Im nächsten Moment waren sie drin, mit Cannon im Schlepptau, während Helen West zischte: »Warum mussten Sie ihn unbedingt mitbringen? Hört er denn nie auf zu grinsen?«

Einen Augenblick lang empfand Sarah Fortune aufrichtiges Bedauern.

Vorverfahrensrichter Ralph war ein frustrierter Mensch, der schier verzweifelte an seinem unermüdlichen Kampf, einem Haufen von Ignoranten Entscheidungen aufzuzwingen, noch dazu in einem Raum, der mit seiner hohen Decke an ein Verlies erinnerte – trotz der Erkenntnis, dass jeder, der zu ihm kam, schlechter informiert war als er und sich daran niemals etwas ändern würde. Alle juristischen Neulinge nahmen diesen Weg, bis sie alt genug waren, ihrerseits jemand anderen zu schicken. So war er gezwungen, es mit einer endlosen Parade von Anfängern aufzunehmen, und alle wollten etwas, das sie nicht haben konnten. Sein Herz war nicht aus Stahl, sondern von Rost zerfressen.

»Ich vertrete die Krone«, sagte Helen West ruhig und selbstbewusst. »Euer Ehren ist mit dem Fall vertraut.« Aus dem Augenwinkel glaubte sie zu beobachten, wie Sarah Fortune und der rechtschaffene Richter Ralph einander zublinzelten. Plötzlich kam ihr Richter Ralph ungewöhnlich aufgekratzt vor.

»Mr. Cannon ist der illegalen Herstellung von Sprengstoff überführt worden. Er wurde wegen unerlaubter Weitergabe an das Baugewerbe und andere Parteien verurteilt und hat seine Strafe abgesessen. Das ist Schnee von gestern. Da er finanziell davon profitiert hat, will die Krone das Geld. Diese Fakten sind Ihnen aus früheren Terminen hinlänglich bekannt, Sir. Mr. Cannon, alias Mr. Smith, arbeitete mit seinem Zwillingsbruder zusammen, doch leider sind die beiden grundverschieden. Im Schutz der angesehenen Bauunternehmer-Firma seines Bruders spezialisierte sich *unser* Mr. Smith auf die Herstellung von Sprengstoff. Er war ein Fachmann auf seinem Gebiet und ließ sich mit den schwarzen Schafen dieser Branche ein. Obendrein fand er *Gefallen* daran. Für die Armee wäre er ein echter Gewinn gewesen. Außerdem nutzte er das legale Geschäft aus, um sich mit einem Grundstück und, wie wir vermuten, mit wertvollen Gemälden zu bereichern, wobei er seinen Bruder effektiv bestohlen hat. Mr. Smith, Cannon, hält sich für einen *Künstler.«*

»Er *ist* ein Künstler«, murmelte Sarah. »Ein verschaukelter Künstler.«

»Hat meine verehrte Kollegin etwas gesagt?«

»Ich habe nichts gehört«, antwortete Richter Ralph. »Fahren Sie fort, Miss West.«

Sie fuhr fort. »Das einzige Vermögen, das wir auftreiben konnten, ist sein Haus im Langdale Crescent. Wir wollen dieses Haus beschlagnahmen. In dieser Anhörung geht es allein um das Haus. Das übrige Geld müssen wir eintreiben, so gut wir können. Doch Mr. Smith – Cannon – hat sich einverstanden erklärt, uns das Haus zu übergeben. *Falls* er die entsprechende Urkunde findet und sich dazu bequemt, es zu verlassen.« Hier warf Helen West Sarah Fortune einen missbilligenden Blick zu. »Mr. Cannon hat einen Antrag auf Aufschub des Beschlusses gestellt. Darin ist er unbeirrbar. Wie könnte es auch anders sein.« Sie zog eine Grimasse. Einen Augenblick lang hellte sich ihr blasses, schönes Gesicht auf.

Sarah erhob sich. Ihr Grinsen war ansteckend. »Ganz im Gegenteil, Sir, mein Klient ist durchaus einsichtig. Mein Klient wünscht keinen weiteren Aufschub in dieser Angelegenheit. Der einzige Grund, warum sich die Übergabe der Grundstücksurkunde verzögert hat, ist der, dass er sie nicht finden konnte. Sie war nicht in seinem Besitz. Er wohnte nicht in diesem Haus. Die Krone soll das Haus haben. Beziehungsweise das, was davon übrig ist.« Damit setzte sie sich wieder.

Der Richter bat mit erhobener Hand um Ruhe und begann die Papiere, die vor ihm lagen, einzusehen. Offenbar wollte er damit verhindern, dass irgendjemand, der imstande war, sich klar auszudrücken, den Raum verließ. Von Zeit zu Zeit blickte er auf und genoss den Anblick.

»Wie meinen Sie das?«, murmelte Helen West. »Was davon übrig ist?«

Schweigend reichte Sarah ihr ein Polaroid-Foto. Helen tastete nach ihrer Brille. »Das ist sein Haus?«

Das Foto zeigte eine Ruine. Ein Viertel des Hauses klammerte sich mit letzter Kraft an das Ende einer Straße. Das Hervorstechendste war das Treppenhaus mit dem Badezimmer, das auf dem obersten Absatz balancierte. Das Ganze wirkte so absurd wie ein surrealistisches Gemälde. Plötzlich prustete Helen los. Fröhlichkeit im Amtsraum des Richters war ebenso gefährlich wie Gelächter auf einer Beerdigung. Ansteckend und subversiv schwirrte sie durch den Körper wie ein Geschoss, war im Nu außer Kontrolle und explodierte schließlich mit einem Geräusch, das man eher mit einem Tier als einem Menschen in Verbindung gebracht hätte. Schließlich bogen sich die beiden vor Lachen und stießen kleine winselnde Laute aus wie zwei junge Hunde. Aus unerklärlichen Gründen, da er den Witz gar nicht kannte, fiel zu guter Letzt auch Richter Ralph ein.

»Hören Sie«, sagte Sarah Fortune auf der Treppe vor dem Gerichtsgebäude. »So können Sie nicht zurück zur Arbeit. Ich kenne einen fantastischen *Zahnarzt.* Wenn ich ihn anrufe, nimmt er Sie gleich dran. Ich bin ganz sicher.«

»Nein, danke. Es geht schon besser. Jedenfalls im Augenblick. Ich brauche einen Zahnarzt, der mit hysterischen Anfällen umgehen kann. Ich habe schreckliche Angst, und kaum lässt der Schmerz nach, erfinde ich irgendeine Ausrede, um mich zu drücken … Es tut nicht mehr weh. Im Moment jedenfalls. Wo ist denn Ihr Zahnarzt?«

Sarah nickte in Cannons Richtung. »Ein Zahnarzt, der mit Cannon fertig wird, muss einfach gut sein. Wimpole Street.«

»Kann ich mir nicht leisten.«

»Ach was, so schlimm ist es gar nicht. Obwohl ich zugeben muss«, setzte Sarah vertraulich hinzu, »dass es *viel* billiger wird, wenn Sie mit ihm ins Bett gehen.«

Helen war nicht ganz sicher, ob sie richtig gehört hatte, so benebelt war sie von den Schmerzen, die jetzt tatsächlich nachließen. Sie nahm die angebotene Visitenkarte, sah, wie Sarah Fortune ihren Klienten gebieterisch herbeiwinkte, empfing den letzten Segen ihres breiten, unerhörten Grinsens und realisierte erst, als sie außer Sichtweite waren, dass sie ganz vergessen hatte, nach W. J. Cannons augenblicklicher Adresse zu fragen. Ja, er war ein Künstler, so viel erinnerte sie sich jetzt. Eine fast unglaubliche Kombination, aber bei seinem Prozess hatte er sie tatsächlich alle gezeichnet und die Züge eines jeden mit einem geradezu unheimlichen Talent festgehalten. Ein Mann, der hin und her gerissen war zwischen den widerstreitenden Trieben, zu erschaffen und zu zerstören. Ein Dieb, der mit hoher Wahrscheinlichkeit Sprengstoff für andere Diebe herstellte und seinen Zwillingsbruder beklaute, doch selbst die Gefängniswärter hatten ihn ins Herz geschlossen. Verheiratet mit einer Frau, die ihn schon auf den rechten Weg bringen würde, ein verbreiteter Einwand, der den Richtern Honig um den Bart schmieren sollte, jedoch weitgehend auf Sarkasmus stieß. Das behaupteten alle. Sie erinnerte sich noch an mehr. Er hatte damals anders ausgesehen. Sie hatte von einem Selbstmordversuch im Gefängnis gehört. Wieso sah er dann nach nur drei Monaten Entlassung aus der zweijährigen Haftstrafe plötzlich so viel besser aus? Sie starrte ihnen nach. Das war der Unterschied: dieses Grinsen. Seine Zähne. Aber sie wollte weder über Zähne nachdenken noch zum Zahnarzt gehen. Sie würde, blöd, wie sie war, bis zum nächsten Mal warten.

Äußere Kälte. Innere Wärme. Ein Morgen voller Kontraste. Eine Mansarde, ein Gerichtssaal; ein Büro.

Ich bin Herr über alles, was ich überblicke, sagte sich Ernest Matthewson jeden Morgen, wenn er an dem Schild mit seinem Namen vorbeikam, das an der Fassade der Kanzlei angebracht war. Dabei wusste er jedes Mal, dass er sich was vormachte. Er war nur ein alternder Hauptteilhaber in diesem Monolith von einem Unternehmen, der aus dem Mikrokosmos seiner einstmals bescheidenen Anwaltskanzlei entstanden war, und er herrschte über so gut wie gar nichts. Er konnte weder das Personal noch dessen Beziehungen untereinander kontrollieren, geschweige denn den Charakter seiner Klienten. Häufig dachte er, welch einmalige Bedingungen sie hier dafür schufen, dass sich die falschen Leute kennen lernten, was manchmal von Vorteil war, manchmal aber auch gefährlich. Man versuchte immer, sich seine Klienten auszusuchen, er kannte aber längst nicht mehr alle und erinnerte sich nur an die besonders schlimmen. Charles Tysall, der sich an Sarah herangemacht und sie verletzt hatte; das würde sich Ernest bis an sein Lebensende nicht verzeihen. John Smith, der Bauunternehmer, der keine Manieren hatte und den er an den ehrgeizigen Andrew Mitchum weitergereicht hatte; Klienten mit namenlosen Bedürfnissen, die nicht immer legal waren. Unbrauchbare Klienten, undankbare Klienten und völlig durchgedrehte Klienten, die für Sarah offenbar genau das Richtige waren.

»Sind Sie zurück? Ach, da sind Sie ja schon. Nehmen Sie Platz.« Heutzutage legte Ernest Matthewson Sarah Fortune gegenüber eine umständliche Formalität an den Tag. Diese Unbeholfenheit hatte sich über ihn gesenkt wie eine Wolke, und er konnte sie nicht abschütteln. Sie war eine Mischung aus künstlicher Zurückhaltung, die an die Stelle einer unkomplizierten Freundschaft getreten war, und einer leicht unangebrachten Kumpanei aus alten Zeiten, die er vermisste, aber nicht wiederherstellen konnte. Es war, als hätte man ihm anvertraut, dass sie zu Anfällen neigte, und er nun die ganze Zeit mit einem rechnete. Oder als wüsste er, wie gut sie seine Schwächen und Eitelkeiten kannte, und könnte ihr weder ihre Toleranz noch ihre Zuneigung verzeihen. Sie akzeptierte seine Kälte einfach und behandelte ihn mit derselben freundlichen Gelassenheit wie vorher. Sarah ist eine gute Frau, pflegte Mrs. Matthewson zu sagen, sie ist gut, und sie hat ein großes Herz. Sie macht dir bloß ein schlechtes Gewissen. Ernest war weder besonders analytisch veranlagt, noch neigte er zur Nabelschau. Seine eigene Motivation zu hinterfragen, kam ihm nicht in den Sinn. O ja, die Firma war ein Netzwerk, das stimmte, so was Ähnliches wie eine große fröhliche Familie, die durch ihre Kinder eine Reihe von unpassenden Freunden in ihren Schoß aufnimmt. Sarah war ihm während ihrer einjährigen Liaison mit seinem Sohn Malcolm mehr als eine Tochter gewesen. Mrs. Matthewson hatte damals große Hoffnungen in sie gesetzt, doch Sarah war wie ein Fisch, der sich nicht packen lässt, und es war ihm bewusst, dass er sie seitdem dafür bestrafte.

Sie ist ein Hallodri, sagte er sich. Sie hatte seinen Jungen sitzen lassen und seine Frau in einen Abgrund aus Vorwurf und Enttäuschung gestürzt. Als Rechtfertigung für seinen Rückzug in ein Verhalten, mit dem man einen ehrgeizigen Bewerber für den falschen Job abservieren würde, reichte es aus.

Doch das war nicht alles, wie beide wussten. Für den Posten, den sie bekleidete, war sie völlig ungeeignet. Sie hatte noch nie Wert auf die Ausübung des Anwaltsberufs gelegt, obgleich sie auf ihre Weise wirklich gut war. Was aber das Geschäftliche anbelangte, so war sie unverantwortlich. Es war ihr scheißegal, brummte er (und noch während er dies in Gedanken aussprach, wusste er, wie streng Mrs. Matthewson dermaßen unflätige Ausdrücke verurteilte). Sie war immun gegenüber Moralpredigten, Jahresberichten, Weiterbildungskursen zum Kosten-Nutzen-Verhältnis und derlei unerlässlichen Dingen. Zwar machte auch er sich nicht viel aus modernen Managementtheorien, aber zumindest beherrschte er die Kunst, seine Klienten auszunehmen wie eine Gans und es obendrein gerechtfertigt aussehen zu lassen. Die endlosen Komitees, die den Alltag der Kanzlei lenkten, kürten Miss Fortune nie zur Kandidatin für eine Teilhaberschaft, doch immer wenn ihre mögliche Kündigung aufs Tapet kam, machte sich ein seltsames Zögern breit. Sie füllte eine Lücke. Sie übernahm die Taugenichtse, die hoffnungslosen Fälle, die Verwandten anderer Klienten, Leute, die eine diskrete Scheidung oder einen unauffälligen Prozess wünschten, um dann weiter Geld scheffeln zu können. Klienten, die früher einmal reich gewesen waren. Kinder von ehemaligen Klienten. Klienten, die man nicht ablehnen konnte, ohne Gefahr zu laufen, andere zu verlieren und als herzlos zu gelten. Kein Mensch wusste, wo sie ihre Klienten herbekam; sie schienen ihr zuzulaufen, und sie kamen durch die Hintertür. Um all diese Versager aufzufangen, zahlten sie Sarah ein relativ großzügiges Gehalt, wenn man nicht gerade das der Bosse zugrunde legte. Doch wie Sarah Fortune, die bezaubernde Witwe, für ihre Existenz aufkam, blieb trotzdem ein Rätsel.

Er redete sich ein, dass sie sich von den Traumata der Vergangenheit vollständig erholt hatte. Er hatte damit nichts zu tun. Sie war sehr attraktiv – darüber herrschte allgemeine Einigkeit: klein, schmal, lebhaft, wenn sie die Treppe hinauflief, und apart, ohne auf klassische Art schön zu sein. Männer fühlten sich wohl in ihrer Umgebung, und Frauen achteten genau darauf, was sie trug. Auch Ernests Frau fragte ihn oft mit einem Hauch von Wehmut danach. Er hatte den Verdacht, dass sie immer noch befreundet waren und hinter seinem Rücken über ihn herzogen, aber beweisen konnte er es nicht, und das machte ihn wütend. Frauen waren zum Verzweifeln mit ihren Geheimnissen.

»Wie geht es Ihnen?«, fragte er förmlich.

»Bestens.«

Gerichtskostüm mit ein bisschen Extravaganz, würde er Mrs. Matthewson berichten, so wie er ihr jedes kleine Detail vom Tage erzählte, besonders wenn sie danach fragte. Er hatte einen Blick dafür, wie Frauen sich anzogen. Nicht ganz schwarz, würde er sagen, eher ein weiches Anthrazit, mit einem langen, losen Jackett über einem unregelmäßig geschnittenen Rock, der ihr bis zu den Knöcheln reichte. Dazu eine beigefarbene Bluse ... Warum trägt sie sie bloß immer bis zum Hals zugeknöpft? Aber ein altes Ding, vermutlich antik, mit winzigen Knöpfen, die zu den Perlen passten. Und der Gürtel?, würde Mrs. Matthewson lebhaft fragen und warten, dass Ernest die Augen schloss und sich erinnerte. Ah, ja, ebenfalls grau, aber dunkler, aus Samt glaube ich. Ein breiter Gürtel. Ihre Taille ist sehr schmal.

So stand sie jetzt vor seinem Schreibtisch, die Hände in den

Taschen des lockeren Jacketts vergraben, ohne zu bemerken, wie er versuchte, sich den Schnitt genau einzuprägen. Dazu würde er noch reichlich Gelegenheit haben: Sie war raffiniert in ihrer Art, sich zu kleiden (wie mit allem anderen); das Jackett würde in verschiedenen Kombinationen über Hosen oder einem kurzen, gerade geschnittenen Rock wieder auftauchen, und ja, er musste zugeben, dass er sich schon jetzt darauf freute.

»Nehmen Sie Platz«, wiederholte er mit einer Stimme, die klang, als spräche er mit einem Hausmädchen. Er zuckte leicht zusammen, konnte aber nichts daran ändern. Er liebte und vermisste sie auf eine Weise, die alles andere unmöglich machte, doch bei Gott, aus tausenderlei Gründen wäre sie eine schreckliche Schwiegertochter gewesen. Sich über moralische oder gesellschaftliche Vorschriften hinwegzusetzen war gut und schön, aber nicht mit seinem eigenen Fleisch und Blut.

Sie nahm Platz. Elegant natürlich, einen Arm lässig über die Rückenlehne geschwungen, zurückgelehnt, die Beine unter dem weiten Rock übereinander geschlagen, die brennende Zigarette in der Hand. Es war zwecklos, sie daran zu erinnern, dass sein Büro eine Nichtraucherzone war. Das hatten sie alles schon durchexerziert. Guter Gott, er wünschte, sie wäre ihm egal. Sarah, um Himmels willen, helfen Sie mir, hätte er am liebsten gesagt. Ich bin ein mehr oder weniger überflüssiger alter Mann in einer Firma, die mir über den Kopf gewachsen ist. Ich brauche Sie, damit Sie mich beschützen, so wie Sie es mit allen anderen auch machen.

»Wie kommen Sie mit Cannon zurecht? Unserem Künstler?«, setzte er sarkastisch hinzu, als ihm plötzlich dieser obskure, unselige Klient einfiel. Wo hatte sie den bloß aufgegabelt? Gott allein wusste es. Sie behauptete, er habe den Namen der Firma auf einem Briefbogen auf dem Schreibtisch eines Verwandten gesehen und sei zufällig vorbeigekommen, weil er keinen anderen Anwalt kannte. Man habe ihn zu ihr nach oben geschickt, weil er so schmuddelig war. Eine plausible, aber nicht gerade glückliche Erklärung. Sie vertraten normalerweise keine Kriminellen, es sei denn solche mit weißen Westen.

»Oh, prima. Sein Haus ist in die Luft geflogen.«

»Aha.« Sarah hatte die Angewohnheit zu übertreiben; man durfte ihr kein Wort glauben.

»Die Gegenseite hatte Zahnschmerzen, und der Richter bekam einen Lachanfall«, setzte sie hinzu.

Er wusste nicht mehr, was er sagen sollte, deshalb blieb er bei seiner eigenen Tagesordnung und wechselte das Thema. Er traute sich nicht zu sagen: Wissen Sie, was Sie mit Cannon machen sollten? Sie sollten ihn fallen lassen. So wie Sie meinen Sohn haben fallen lassen, wobei mir schleierhaft ist, warum wir Sie immer noch lieben. Stattdessen fragte er: »Sind Sie immer noch auf der Suche nach einem Haus?«

»Ja, sicher.«

Er hustete und räusperte sich. »Wir haben ein neues Projekt«, erklärte er dann munter. »Alle Londoner Anwaltskanzleien machen es, also müssen wir mithalten. Wir werden eine Kunstsammlung anlegen.«

Sie brauchte eine Weile, um diese Neuigkeit zu verdauen. Kopfschüttelnd versuchte sie, ihre Ungläubigkeit zu verbergen. »Die Firma will *Kunst* sammeln? Wozu?«

»Sie will nicht, Sarah. Sie muss. Es trägt zur Aufbesserung unseres Images bei, speziell an Orten, wo …«

»Reiche Konzerne hingehen, um das ihre aufzubessern«, beendete sie scharfzüngig seinen Satz. Sie beherrschte den Ballwechsel schneller als ein Tennisspieler auf dem Centrecourt.

Er nickte. »Das gehört zur Imagepflege, verstehen Sie. Wir

spielen mit. Kaufen ein paar Dutzend Gemälde, vielleicht ein oder zwei Skulpturen und dekorieren das Foyer damit. Es sieht ohnehin aus wie ein Kricketfeld mit Wänden. Und dann stellen wir sie aus, tja, wo auch immer man so was ausstellt. Natürlich mit unserem Logo drauf. Die Japaner haben damit angefangen, als sie die *Sonnenblumen* kauften. Mit etwas Glück ziehen wir am Ende auch noch Gewinn aus unserer Investition. Wir können uns bloß nicht so was leisten wie den Mann mit den toten Schafen in Wassertanks. Von den Teilhabern hat keiner Ahnung von Kunst und Zeit sowieso nicht. Also dachten wir an … an Sie.«

Sie lachte. Noch ein Grund, warum sie sich nie dazu durchringen konnten, sie rauszuwerfen. Dieses leichte, kein bisschen verächtliche Lachen, das sie alle einwickelte, ohne dass sie je die ethischen Vorstellungen eines von ihnen akzeptiert hätte. Aber natürlich war sie auch eine potentielle Erpresserin.

»Gibt es ein Thema für die Sammlung?«, fragte sie. »Ich werde ganz bestimmt nicht auf die Suche nach röhrenden Hirschen im schottischen Hochland gehen. Oder nach Hunden auf Polsterkissen.«

Ernest selbst gefiel die Vorstellung eines Stilllebens, besonders wenn ein Stück rohes Wildbret dabei war, das nur darauf wartete, im Kochtopf zu landen, doch er schüttelte den Kopf, was dann in ein Nicken überging. Das Schlimmste war vorbei. Sie hatte nicht Nein gesagt und ihm auch nicht erklärt, dass er sich lächerlich machte.

»Gemälde als Investition. Moderne Kunst, aber nicht zu obskur, stimmt's? Warum gehen Sie nicht zu einem der angesehenen Händler?«, fragte sie.

»Ein Haufen von Scharlatanen, die nur an ihre Kommission denken. Außerdem, *Sie* verstehen was von Kunst. Schließlich ist das doch auch was, das nichts einbringt, oder? Sie knien sich rein, und schon läuft die Sache. Warum sollen wir noch jemanden bezahlen?« Das war eine diskrete Anspielung auf Sarahs ohnehin zu hohes Gehalt. Eine dezente Drohung, *entweder du machst mit oder* … Er nickte, als stimmte er seiner eigenen Weisheit zu. Das Nicken war zur Gewohnheit geworden. Er gab sich Mühe, damit es wenigstens weise statt dämlich aussah.

»Wie steht es mit Budget und Zeitplan? Habe ich völlig freie Hand?« Jetzt war sie wie üblich mal wieder zu schnell für ihn.

»Oh, mindestens ein paar Wochen …«

»Okay. Ich bin dabei. Drei Dutzend. Aber ich werde natürlich Zeit außerhalb des Büros brauchen. Mehr als sonst. Ich muss zu sämtlichen Ausstellungen, Händler aufsuchen und so weiter und so fort. Das kostet Zeit. Ernest, mein Lieber, was ist los mit Ihnen? Sagen Sie was, bitte.«

»Das Budget ist sehr großzügig, Sarah. Wir müssen beweisen, dass wir keine Banausen sind. Und jetzt machen Sie, dass Sie rauskommen, ja? Verschwinden Sie.«

Sie ging. Streckte ihre schmalen Glieder ohne ein Wort und ging. Erst als sie schon fast zur Tür hinaus war, fiel ihm ein, dass er vergessen hatte zu fragen, was sie den ganzen Morgen getrieben hatte. Ohne die eine Frage hinzuzusetzen, die er sich immer verkniff – nämlich, aus wessen Bett sie gerade gekommen war. Ihrem eigenen?

»Oh, Sarah, noch etwas …«

»Ja?«

»Sie müssen diesen komischen Cannon abstoßen. Wo haben Sie ihn eigentlich aufgegabelt? Wir können es uns nicht leisten, unsere Klienten auszuhalten, wissen Sie. Das geht einfach nicht.«

Sie zögerte unmerklich, eine Hand in die Hüfte gestützt. »Oh, das finde ich ganz und gar nicht. Sehen Sie es mal so: Er ist ein äußerst beschlagener Künstler. Er kann uns bei der Akquisition helfen. Er wird so was wie ein unbezahlter Berater sein, und wo findet man so jemand schon?«

Die Tür fiel leise hinter ihr ins Schloss. Ernest schoss etwas durch den Kopf, das er schon fast vergessen hatte. Die Kleine war in einem Kloster aufgewachsen. Sie konnte schrecklich ungeschickt, laut, überschwänglich sein und dennoch äußerst verschlossen. Sogar wenn sie das letzte Wort hatte. Er vergrub den Kopf in den Händen und stöhnte.

Miss Fortune stieg die Treppe zu ihrem Büro hinauf. Es war sehr klein, ihrem Status als Wanderin zwischen den Welten angemessen, und ziemlich unordentlich, wie es ihrem Wesen entsprach. Die Sekretärin hatte man ihr entzogen. Die Blumen von gestern sahen noch frisch aus, doch der Teppich auf dem Boden schlug Falten und zeigte Spuren von allen möglichen lästigen Besuchern. In Sarahs Büro kam man, um sich auszuheulen, dem Großraumbüro zu entfliehen oder seinen Kater auszukurieren. Platz war Mangelware in Matthewsons Kanzlei, und von Privatsphäre konnte schon gar nicht die Rede sein. Was die Tatsache, dass sie ein so großes Foyer hatten, nur um zu zeigen, wie gut die Geschäfte gingen, noch lächerlicher machte. Die Schauseite der Kanzlei erinnerte an eine Marmorgruft, lang, schmal und hoch, für eine Kunstgalerie wie geschaffen; der Rest war ein auf die Bedürfnisse der Mitarbeiter zugeschnittener Käfig. Sie nahm Platz, gähnte und streckte sich. Dann stand sie wieder auf, schloss das Fenster und ging einmal durchs Büro, eine Sache von Sekunden. Obwohl sie gerade erst hereingekommen war, spürte sie schon wieder die altvertraute Klaustrophobie und den Wunsch, woanders zu sein. Sie warf einen sehnsüchtigen Blick auf den Umschlag mit Angeboten ihres Maklers. Dann zog sie in dem winzigen Spiegel neben der Tür eine Grimasse. Wie zum Teufel haben Gott und Menschheit es bloß geschafft, eine Anwältin aus dir zu machen, fragte sie ihr Spiegelbild. Denn wenn es nicht göttliche Vorsehung war, musste es ein grandioses Fehlurteil sein.

Sie strich das verkohlte Stück Papier glatt, das Cannon ihr gegeben hatte. Er hatte ihr erzählt, wie der Rest gelautet hatte, und sie musste ihm einfach glauben, als sie sich jetzt anstrengte, die wenigen Zeilen zu entziffern.

... und dabei langsam vor die Hunde gehen. Ich mache dir einen Vorschlag: Wenn du es schaffst, die Sache bis Weihnachten durchzuhalten, verspreche ich dir, sie in Ruhe zu lassen. Ehrenwort. Lass uns sehen, wer wen zuerst findet, okay? Aber du wirst es nicht durchhalten. Irgendwann wirst du nachlässig werden. Und dann wirst du einsehen, was GUT für dich ist ...

Cannon sagte, er glaube ihm, und ihr blieb nichts anderes übrig als Cannon zu glauben. Irgendwer musste es tun. Sie öffnete heftig den Kragen ihrer Bluse und betastete eine kleine weiße Narbe am Schlüsselbein. Es gab noch mehr davon; sie verteilten sich über ihren Oberkörper und die Arme. Im gleichen Augenblick empfand sie einen seltsamen Stolz. Sie hatte doch einen heimlichen Blick auf Cannons Porträt geworfen, und er hatte die Narben nicht bemerkt. Niemand bemerkte sie. Darauf war sie stolz. Es war, als ob sie verschwunden wären. Kleine weiße Narben, Spuren ihrer Geschichte. Das Werk eines sogenannten Klienten. Einer von Matthewsons *besseren* Klienten, deshalb war es so merkwürdig, dass er sich wegen der anderen so anstellte. Schließlich waren sie ja nicht als Heilige angeheuert worden, die sich um die Sünder kümmern sollten.

Doch eigentlich zählte jetzt gar nichts mehr, höchstens Loyalität. Die Tür ging auf, und ein junger Mann trat verstohlen herein. Sarah unterdrückte einen Seufzer. Den Ruf einer guten Zuhörerin und obendrein ein Büro zu haben, das sich als Zuflucht für frustrierte Raucher anbot, war nicht immer von Vorteil. Man zog nicht nur die Klatschmäuler, die Spaßmacher und die Furchtsamen an, sondern auch die anderen. Keine Anwaltskanzlei hatte ausschließlich nette Mitarbeiter. Immer gab es auch die Schleimer, Karrieresüchtigen und Neidhammel. Andrew Mitchum trat ins Zimmer, als sei er hier zu Hause, und nahm ohne Aufforderung Platz. Nachdem er sich eine Zigarette angezündet hatte, sah er sich mit gelassener Anerkennung um. Er hätte sich dieses Büro liebend gern unter den Nagel gerissen.

»Du wirst nie glauben, mit wem ich am Wochenende zu Abend gegessen habe«, sagte er gedehnt.

»Jamie Lee Curtis?«

»Pfui! Wie kannst du so was sagen, meine Liebe? Warum sollte ich meine Zeit mit Abschaum vertun? Dann schon lieber Prinz William. Nein, er ist zu jung, auch was Geld angeht. Ich esse nur mit Klienten.«

»Wer war es dann?« Sie betrachtete diesen ehrgeizigen jungen Mann, der zum Theatralischen neigte und sich für ein Geschenk Gottes an beide Geschlechter hielt, obwohl er eindeutig sein eigenes bevorzugte. Die Geschichten seiner Eroberungen langweilten sie, aber das würde sie ihm nicht sagen. Stattdessen grinste sie ermutigend.

»John Smith. Unser mysteriöser Mr. Smith. Der mit den vielen Häusern. Mein Gott, du müsstest sehen, wie er wohnt. Unglaublich, meine Liebe, geradezu vulgär.«

Ihr Gesicht war vollkommen ausdruckslos und spiegelte nichts als höfliche, beeindruckte Neugier. »Ach, und was wollte er? Noch eine Neuanschaffung?«

Andrew Mitchum drohte ihr mit dem Finger. »Streng geheim«, sagte er neckend. »Ein kleiner Nebenjob, nichts weiter.

Ich soll was für ihn recherchieren.« Sein Blick streifte mit aufdringlicher Bewunderung über die Bilder an der Wand, die Blumen von gestern und den schweren blauen Aschenbecher. »Ich kann gut recherchieren«, sagte er bescheiden. »Zum Beispiel habe ich ein paar Dinge über *dich* rausgekriegt. Was für ein interessantes Leben!« Er lehnte sich zurück und musterte sie ungeniert. Seine Neugier war frei von jedem sexuellen Interesse. Einen Moment lang flackerte Angst über ihr Gesicht, die gleich darauf einem noch breiteren Grinsen wich.

»Da gibt's nicht viel rauszukriegen, Andrew.«

»Nein? Ich verstehe dich nicht. Du hättest doch bloß den Sohn vom Chef heiraten müssen, und schon wärst du Teilhaberin gewesen. Warum hast du das nicht getan? Ah, ich weiß. Du hast eine Vorliebe für die falschen Männer und erst recht für die falschen Klienten, glaube ich. Du warst doch diejenige, in die Charles Tysall sich verliebt hatte, und als du ihn hast abblitzen lassen, hat er dich halb tot geprügelt, stimmt's? Junge, Junge. Du hast einfach keinen Ehrgeiz. Der Mann war ein Krösus.«

»Das ist lange her, Andrew. In einem anderen Land. Außerdem ist er tot.«

Sie war erleichtert, dass das alles war, was er loswerden wollte, und ebenso erleichtert, dass er ihre Klienten so geringschätzig abtat. Sie wollte nicht, dass er ihre Identität zurückverfolgte und irgendwelche Verbindungen zwischen ihren verlassenen und verwahrlosten Schützlingen und seinen wohlhabenden Männern entdeckte. Es war viel besser, wenn er seine Herablassung behielt. Sein Ehrgeiz war von keinem Fünkchen Fantasie getrübt. Er betastete seine makellose Krawatte. Das Schweigen war ihm nicht im Mindesten peinlich.

»Was tust du also für John Smith? Gehst du mit ihm ins Bett?«

»Wenn es bloß so wäre. Das Restaurant war wunderbar, aber aus guter Küche scheint er sich nicht viel zu machen.«

Wäre mehr zu erzählen gewesen, hätte er bestimmt nicht damit hinter dem Berg gehalten. Einer solchen Verlockung könnte er nicht widerstehen. Ernest hatte diesen Knaben eingestellt, aber auf Ernests Urteil war nicht immer Verlass.

»Ich nehme an, du hast so viel Sympathie für deine komischen Klienten, weil du mal von einem angegriffen worden bist, wie?«, sagte er, ohne eine ernsthafte Antwort darauf zu erwarten.

»Nein«, sagte sie und stand auf, um das Fenster zu öffnen. Sie wünschte, er würde gehen. »Nicht immer. Hör mal, Andrew, ich gebe dir einen guten Rat. Nimm keinesfalls Geld von John Smith für diese Recherche an. Alles, was du für ihn tust, muss über die Firmenkonten laufen. Man könnte Ernest für einen netten alten Gauner halten, aber falls auch nur der leiseste Verdacht entsteht, dass du heimlich Privatgeschäfte machst, sitzt du auf der Straße. Finito. Ende der Karriere.«

»Oho, willst du etwa den Moralprediger spielen? Nach allem, was ich höre, passt das nicht zu dir, Sarah, nein, ganz im Gegenteil.«

»Oh doch, tut es. Manchmal jedenfalls«, setzte sie sittsam hinzu und grinste erneut, um seinem boshaften Ton die Spitze zu nehmen. »Bleibst du zum Kaffee, oder gehst du jetzt los Geld verdienen?« Sie wühlte in ihrer Schublade und reichte ihm einen roten, leicht angestaubten Apfel. »Willst du einen? Sie sind sehr gesund. Der Mann an der Ecke …«

Er warf einen Blick auf das Durcheinander auf ihrem Schreibtisch, die Papiere, die Immobilienangebote dazwischen und auf ihren ausgestreckten Arm mit dem Apfel. »Eva hat Adam einen Apfel angeboten, Miss F. Ich nehme an, dass irgendein schwacher Abklatsch von Adam dir dasselbe Angebot gemacht hat. Es ist ein Jammer, Sarah. Du hättest alles haben können. Was willst du eigentlich?«

»Ein Haus mit vielen weißen Wänden«, sagte sie und biss mit kräftigen Zähnen in den Apfel.

Weiß. Das müsste die Lieblingsfarbe eines Zahnarztes sein, dachte William. Aber weiß, mein Junge, ist eine Un-Farbe, ein Zustand des Nichts, eine Mischung. Weiß ist nie ganz weiß; es ist entweder Weiß mit Gelb, Braun oder blutgefärbtes Rosa. Auch Haut ist nicht weiß, sondern hat viele Farben. Weiß ist nie ganz rein, sondern schlammig, cremefarben oder mit einem Schuss Grau versetzt. Jedenfalls soweit es Zähne betrifft.

Mit dem Pinsel in der Hand hielt er inne, um die letzte Wand des Warteraums zu betrachten. Welche Farbe also, wenn er versuchen wollte, die Zahnfarbe seiner Klienten zu treffen? Damit sie sich zu Hause fühlten, wenn sie ihr eigenes Gebiss auf dem Monitor sahen. Um Himmels willen, streich die Wand weiß mit einem Hauch von Apfelgrün. Er überlegte. Isabella, seine ExFrau, fände es abscheulich, und diese Vorstellung beflügelte ihn, obwohl er sich immer noch ihre Anerkennung wünschte. Isabella, der Stoff, aus dem Träume und Albträume gemacht sind, die sich mit ihrem neuen Secondhand-Lover wahrscheinlich gerade irgendeine neue Wohnung ansah. Isabella, die er vor all den Jahren in der Vorhangstoff-Abteilung von John Lewis kennen gelernt hatte. Ihn hatte die Auswahl erschlagen, sie dagegen war geradezu aufgeblüht. Isabella mit ihrem Putzfimmel, für die häusliche Vollkommenheit eine Art heiliger Gral war. Eine frustrierte Designerin, ein Snob, was Design anging, wie viele Kokons hatte sie nicht für sie beide entworfen! Weiß mit einem Ton Grün? *Völlig out, pfui!*

Jetzt fehlte nur noch ein kleiner Erker. Er machte weiter mit seinem Apfelgrünweiß und summte dabei vor sich hin, besser gesagt, brummte vor sich hin, denn seine Stimme konnte nie den Ton halten, genauso wenig wie seine Hände Geige spielen konnten oder eins der vielen anderen Dinge beherrschten, die er sich einst erträumt hatte. Es waren schöne Hände, hatte seine Mutter ihm eingeredet, genau das Gegenteil dessen, was man sich unter den Händen eines Chirurgen vorstellt. Die müssen breit und flach sein, ehrlich gesagt. Mit kurzen Fingern und großer Spannweite, ohne Zeichen von Arthritis. Jeder einzelne Finger für sich beweglich. Energische Hände. Er hingegen hatte die eleganten langfingrigen Hände einer Frau, die ihrer Nachbarin hinter einem Fächer etwas zuraunt. Seine Haut neigte zu Reizungen, Pilzen, schnell wachsenden Nägeln und reagierte empfindlich auf Chemikalien. Im Moment trug er Latex- und darüber noch Gartenhandschuhe. Für einen Zahnarzt, dessen lukrative Praxis an der Wimpole Street genügend einbrachte, um solche Arbeiten anderen zu überlassen, war es ziemlich verrückt, seine Praxisräume selbst zu streichen. Die Privaträume über und unter der Praxis wurden ignoriert; sie waren in ästhetischer Hinsicht ohnehin nicht mehr zu retten. Warum dann, William, warum?, brummte er. Weil du ein Esel bist. Dein Wohlstand ist nur Fassade, und wenn du ehrlich bist, hast du ganz einfach nichts zu tun, wenn alle anderen nach Hause gegangen sind. Die Technik des Streichens fasziniert dich, und außerdem machen Fremde immer eine fürchterliche Schweinerei.

Die Holztüren würden so bleiben. Es gab einfach zu viele, und alle hatten ein Schloss. Ihm gefiel die Aufteilung. Der Empfang gleich am Eingang, dann ein kurzer Korridor, der in ein großzügiges Wartezimmer überging, und noch eine Tür, hinter der sich jedoch nicht der übliche Behandlungsstuhl mit den dazugehörigen Apparaturen verbarg, sondern eine weitere kleine Sitzgruppe. Ein ganz und gar nicht bedrohlicher Anblick. Der eigentliche Behandlungsbereich lag links vom Eingang.

Er versuchte zu pfeifen. Doch es kam nur ein dünnes Fiepen heraus, dem man nicht anhörte, welche Melodie schon den ganzen Tag in seinem Kopf herumging: »All things bright and beautiful, all creatures great and small …« Eine wohl bekannte Hymne, die aus heiterem Himmel gefallen war, um ihn zu ärgern. Was seine Patienten betraf, so bezog sich »hell und schön« nur auf die Zähne.

Er strich die Wand zu Ende und trug Farbeimer und Pinsel ins Bad gegenüber vom Sprechzimmer. Ja, er war ihm gut gelungen, dieser öffentliche Teil der ganzen verdammten Praxis. Was ihn immer wieder erstaunte, war die Art, wie die Patienten fragten, ob sie die Toilette benutzen dürften, dabei war sie deutlich beschildert. Natürlich nicht in sechs verschiedenen Sprachen, aber doch vollkommen ausreichend hinsichtlich ihrer Bestimmung. Die Vorstellung, einen Patienten mit voller Blase im Behandlungsstuhl sitzen zu haben, war so abwegig, dass er den Kopf schütteln musste. Auch das Bad war mit Gemälden geschmückt. Vielleicht war es das, was die Leute verwirrte; na, dann hatten sie eben Pech gehabt. Die Bilder blieben.

Auf dem Weg zurück vom Bad machte er einen kleinen Umweg durchs Behandlungszimmer. Weiß auf Weiß. Ein leeres Behandlungszimmer hatte etwas Gruseliges, wie ein Parkplatz ohne Autos. Es strahlte die Unpersönlichkeit eines Labors aus. Der Stuhl befand sich in Ruhestellung, das Stativ war zurückgeschwenkt, außer Reichweite, sein eigener niedriger Stuhl mit Rückenlehne duckte sich daneben, der Fußanlasser stand bereit. Es war niemand da, und doch wirkte alles lebendig. Hier drin gab es nur Blau und Weiß. Nichts Überflüssiges. Alles hygienisch sauber. Schränke voller Utensilien, so wenig wie möglich sichtbar, keine Etiketten. Alles steril verpackt, den Blicken entzogen, einmal aus hygienischen Gründen, aber auch, um den Patienten keine Angst einzujagen. Der Raum musste aussehen wie eine Hightech-Kücheneinrichtung im Schaufenster, nicht unbedingt einladend, aber doch wenigstens effizient, mit der unausgesprochenen Verheißung, dass Chaos, Flecken, verschüttete Gläser, der unverkennbare Verbrennungsgeruch von Dentinstaub oder sonstige Katastrophen tabu waren.

William setzte sich in den Behandlungsstuhl. Es war eine exzentrische Gewohnheit, der er nur nachging, wenn er allein war. Seine Assistentin machte es nervös, wenn sie ihn morgens früh dabei erwischte, dennoch tat er es gern. Tina hatte er erklärt, es sei wichtig, sich immer wieder klarzumachen, was der Patient von seinem Stuhl aus sah und was es zu verbessern gäbe. An der gegenüberliegenden Wand hatte eine Reihe beruhigender Bilder gehangen, friedliche Aquarelle von tiefblauem Wasser, bis Tina ihn schnippisch daran erinnert hatte, dass das, was der Patient vom Stuhl aus sah, meistens die OP-Lampe war, und zwar so lange, bis sich der Name des Herstellers, Siemens, unauslöschlich in seine Augäpfel eingebrannt hatte. In ihrer jugendlich herzlosen Art schlug sie vor, den Patienten einfach Schutzbrillen aufzusetzen, und fertig. So würden sie nichts mehr sehen, und er brauchte sich keine Sorgen über die Aussicht zu machen. Nein, hatte er widersprochen. Das würde nur dazu führen, dass sie sich auf das konzentrierten, was in ihrem Mund vor sich ging. Sie mussten etwas sehen, damit sie weniger *hörten*.

Tina hatte genickt. Sie hatte die Gnade perfekter Zähne, sie war ein Kind des Fluorid-Zeitalters. Aber wenn Sie ihnen eine Schutzbrille verpassen, war sie fortgefahren, dann brauchen sie wenigstens nicht zu sehen, was sie sonst genauso vor Augen haben wie das Licht: Ihr maskiertes Gesicht, das über ihnen schwebt. Ob sein Gesicht denn so schrecklich sei? Nein, das nicht, hatte sie unschlüssig geantwortet und ihn mit ihren kornblumenblauen Augen, in denen nicht der Hauch eines Zweifels war, gemustert. Ihr Gesicht wird niemanden erschrecken. Nur Ihre Größe. Ich an Ihrer Stelle würde sitzen bleiben. Das Mädchen hatte keinen Respekt. Bohnenstange nannte sie ihn – eine leichte Verbesserung gegenüber seinem Spitznamen in der Schule. Dort hatten sie ihn Telegrafenmast genannt. Zwei Meter waren doch nichts Ungewöhnliches, oder? Ungeeignet zum Kanu fahren, Reiten, Fahrrad fahren, für bestimmte Mannschaftsspiele, die er ohnehin nicht leiden konnte, aber ein Riesenvorteil gegenüber gleichaltrigen Klassenkameraden, die ihn sonst schikaniert hätten. Allerdings war er damit auch gezwungen, jedes Vergehen sofort zuzugeben, weil er immer so sichtbar war. Im Übrigen hatte er sich damals schon eine leicht gebückte Haltung zugelegt und bis heute behalten. Er sah immer aus wie etwas aus dem Gleichgewicht geraten, aber jetzt, mit über fünfzig, hatte er sich daran gewöhnt. Oje, dachte er, hoffentlich muss ich mich selbst nie so sehen, wie andere mich sehen. Lass uns das alles erspart bleiben.

Er war müde, aber noch nicht müde genug, um schlafen zu gehen. Vermutlich ließe es sich in einem Behandlungsstuhl ganz gut übernachten, obgleich man sich kaum vorstellen konnte, dass jemand das wirklich versuchen wollte. Unter Betäubung lagen seine Patienten gern hier. Es war ein furchtbarer Gedanke, dass sie eigentlich nur dann heiter wirkten, wenn sie fest schliefen. Nicht bloß örtlich betäubt, sondern ohne jede Erinnerung schlummernd. In solchen Momenten machten sie manchmal rührende Versuche, mit dem Arzt zu kooperieren oder sogar an Unterhaltungen teilzunehmen. Und wenn die Instrumente nicht gerade im Weg waren, kam es vor, dass sie ihre heimlichsten Gedanken ausplauderten.

William erhob sich rasch aus dem Stuhl und stieß sich dabei den Kopf am Stativ. Das erinnerte ihn an einen seiner ersten Fehler aus den Anfangszeiten seiner Praxis. »So, Sie können jetzt aufstehen«, hatte er seinen Patienten fröhlich aufgefordert, und der arme Tropf war gegen den Schwenkarm geprallt oder bei seinem würdevollen Weg zur Tür über irgendwas gestolpert. Alle Ein- und Ausgänge mussten frei bleiben, selbst wenn sie nicht in gerader Linie aufeinander folgten, wie es bei ihm der Fall war. Wenn seine Patienten bloß wüssten, wie viel Mühe er sich gab, vielleicht würden sie ihn weniger verabscheuen. Aber nein, das war Unsinn.

Er ging zum Badezimmer. Grüne Farbe tropfte unter den Hahn. »All things bright and beautiful ... alle Backenzähne groß und klein.« Er hatte dasselbe Gefühl, wenn er selbst zum Zahnarzt musste. Eine abwehrende Furcht, als wolle der Mann ihm Böses und genieße die Aussicht, anderen Schmerz zuzufügen. Dann drückte er ihm so vorsichtig die Hand, als hätte er einen erklärten Sadisten vor sich, und erzählte ihm auf der Stelle, wie schrecklich er es fände, hier zu sein, für den Fall, dass der andere es nicht wusste. So machten es seine Patienten bei ihm auch, *ad nauseam.* Gelegentlich hatte er keine andere Wahl, als seinem Patienten Schmerz zuzufügen, und jedes Mal fühlte er sich danach völlig erledigt. Es kam zwar nur selten vor, aber es war immer gleich schauderhaft. Er fürchtete sich genauso davor wie der Patient. Dann konnte er nicht schlafen und war hyperaktiv, wie jetzt, als er die Wände grün strich, in der Hoffnung, es würde nie wieder vorkommen. Aber es würde wieder vorkommen. Er brachte es einfach nicht über sich, einem anderen Lebewesen Schmerzen zu wünschen. Abgesehen von *ihr,* abgesehen von Isabella, und dann war es weniger ein Schmerz, den er ihr wünschte, als etwas anderes, das ihn zutiefst beschämte.

Die weiße Einrichtung stand in scharfem Kontrast zu den schwarzen Scheiben der Nacht und machte ihn schwindlig. Es war eine schlechte Angewohnheit der Jahreszeit, das Tageslicht so kurz und die Nächte so lang zu machen. Ganz allmählich erschien Weihnachten wie ein Fleck am Horizont.

Im Wartezimmer erinnerten ihn die orangeroten Seidenblumen an zerplatzende Raketen und rotes Haar. William griff nach dem Hörer, wählte eine Nummer und spürte, wie sich ein Lächeln auf sein Gesicht stahl, als sie abnahm. »Sarah! Warum bist du nicht da?«

»Weil ich hier bin, du Dummkopf! Wie geht's dir?«

»Mittelprächtig. Aber nicht schlecht. Halb in der Scheiße oder halb draußen, je nach Blickwinkel.«

»Halb draußen, würde ich sagen. Ich sehe Licht am Ende des Tunnels. War die Schlampe wieder da?«

»Nein. Sie ist erst morgen dran.«

»Sag ihr, sie soll sich zum Teufel scheren.«

»Das kann ich nicht. Du weißt, dass ich das nicht kann. Hör mal, störe ich gerade?«

»Nie. Kannst du herkommen?«

»Ach, ich bin froh, dass du das fragst. Mit meiner Zahnbürste?«

»Wenn du ein braver Junge bist. Ja.«

»Gut. In einer halben Stunde also? Sag mal – das warst doch du letzte Woche beim Feuerwerk, oder? Du und Cannon?«

Es folgte eine lange, keineswegs verlegene Pause. »Welches *Feuerwerk?«*

Und das, so vermutete er, würde in der Schublade mit Dingen landen, über die sie nicht sprachen.

2

»Lady in red«, schmetterte Sarah zum Klang des Radios. Sie hatte die Lautstärke voll aufgedreht, damit sie die Melodie trotz des dröhnenden Staubsaugers hören konnte. Den Text dazu improvisierte sie.

»You're so perfect *tonite* … forgive me please … you have no knees, but that's *all right* …« Sie trank den ersten Schluck Wein und verzog das Gesicht, als sie das Glas abstellte – es schmeckte irgendwie komisch. In aller Ruhe nahm sie ein zweites aus dem Schrank und polierte es mit einem Küchentuch. Die Musik war auf angenehme Art schonungslos. »Love the one you're with, love the one you're with«, summte sie vor sich hin und hielt das Glas ins Licht. Schmierig.

Wäre sie eine ordentliche Hausfrau, hätte sie diese sporadischen Anfälle von hektischer Betriebsamkeit nicht nötig. Wenn sie zu den Menschen gehörte, die eine Party veranstalten können, ohne panisch nach dem Ausgang zu suchen … Wenn sie wenigstens so viel Vertrauen in die Zukunft hätte, dass sie das Risiko auf sich nehmen könnte, eine Katze anzuschaffen, wäre sie gelassener und würde die Türen so leise hinter sich schließen, wie sie es sonst nur in der Öffentlichkeit tat. Dabei wusste sie, dass sie nie imstande wäre, eine Katze zu halten: Sie wären sich viel zu ähnlich. Das hatte Malcolm Matthewson ihr an dem Tag erklärt, als sie sich getrennt hatten. Sie dachte an ihn mit Bedauern. Aber ich wäre nie katzenhaft genug, um mein angeschlagenes gutes Aussehen als Ticket für ein neues Quartier zu benutzen, wenn ich das alte satt hätte, oder?, summte sie. Das ist der Unterschied. Ich würde einfach gehen, egal ob ich in der Gosse lande oder sonst wo. Und wer würde mich aufnehmen, am ganzen Körper voller Narben wie eine

Katze voller Flöhe, ungeeignet, in einem anderen Menschen Zuneigung zu wecken, selbst wenn er Spaß dran hätte, mich eine Weile zu streicheln? Ich habe dich geliebt, Malcolm, aber du hast mich nicht *gemocht,* und abgesehen davon bin ich von Natur aus unfähig, mein Glück in der Zweisamkeit zu suchen. Sie lässt einem keinen Raum für andere Loyalitäten. *Love the one you're with.* Such dir das Leben, das zu dir passt. Mag, wen du willst.

Wein war genug da, wie immer, selbst wenn die Gläser verstaubt waren. Dafür gab es selten genug zu essen. *»Yesterday«,* brüllte sie zur Musik. »I don't believe …« Dann schlug sie zu. Juhu! Ein Erfolg! Zwei Pfundmünzen unter dem umgestülpten Kissen, das sie gerade aufschütteln wollte. Das Leben war reich. Es machte ihr nicht das Geringste aus, allein mit ihren unergründlichen Neigungen und einem ebenso dubiosen Gefolge von Liebhabern zu leben. Mögen war wichtiger als lieben. Es sah so aus, als hätte sie sich in eine Zigeunerin verwandelt, belastet nur mit einer kleinen Hypothek und sonst nicht viel, während sich ihre Ansprüche von Jahr zu Jahr verringerten. Sie wollte eine Wohnung mit weißen Wänden und die Freiheit, ihr Leben genauso unordentlich zu gestalten wie ihr Zuhause. Wie sollte sie sonst jemals Münzen unter den Kissen finden und sich in Gesellschaft fremder Männer amüsieren?

Da sie sich als Außenseiter der Gesellschaft betrachtete, war sie zu dem Schluss gelangt, dass sie nicht nur in einem moralisch unkonventionellen Ambiente, sondern auch in einem kulturellen Vakuum existierte. So viel ließ sich jedenfalls an ihrem Musikgeschmack ablesen. Sie konnte Beethoven kaum von Bach unterscheiden, allerdings hatte ihr dieser Makel bisher noch keine schlaflose Nacht beschert. Sie kannte den Unterschied zwischen Trollope und Thackeray, da Lesen ihre Leidenschaft war, und was die bildende Kunst anging, so wusste sie ganz sicher, was Rembrandt von Renoir und Degas von Van Gogh unterschied. Letzterer war der mit dem abgeschnittenen Ohr. In ihrem Apartment hingen unzählige Gemälde. Wenn man sie darauf ansprach, erklärte sie schlagfertig, das sei eine logische Folge ihrer inneren Leere, möglicherweise wolle sie sich damit aber auch bloß um andere Entscheidungen, was die Inneneinrichtung betraf, drücken. Außerdem waren Dinge, die an der Wand hingen, weniger zerbrechlich. Der Spiegel war eine Ausnahme gewesen, und an den Spiegel wollte sie nicht denken.

Meistens jedenfalls. Der alte Spiegel war von Charles Tysall zerschlagen worden. Ein Mann, der nach Vollkommenheit gestrebt und den es angewidert hatte, dass er sie in ihr nicht gefunden hatte. Er hatte den Spiegel in tausend Stücke zerbrochen und sie gezwungen, sich in den Splittern zu wälzen. Ihr Leben hatte eigentlich erst begonnen, nachdem sie das überlebt hatte. Seitdem hatte sie den Luxus, zu hassen, nicht mehr erlebt – nicht mal, als sie ihm dann wieder begegnet war und er nur noch eine jämmerliche Figur abgegeben hatte. Und sie strebte auch nicht nach Vollkommenheit, im Gegenteil, sie genoss ihre Abwesenheit. Makel waren ihr lieber.

In den beiden großen Zimmern und dem kleineren Schlafzimmer hingen genügend Gemälde, um eine Galerie auszustatten, vorausgesetzt, der Besitzer hatte einen so vielseitigen Geschmack wie sie. Sie kaufte Bilder mit Lust und Leidenschaft, manchmal an den obskursten Orten, manche wurden ihr als Entgelt für irgendwelche Schulden aufgedrängt, andere erstand sie aus Mitleid. Ihre höchst eigenwillige Sammlung, die sich bis in ihr Büro hinein ausbreitete, hatte Ernest Matthewson zu der Annahme bewogen, dass sie sich mit Kunst auskannte. Er hätte natürlich wissen müssen, dass sie zwar ein gutes Auge hatte, aber nie etwas als Investition kaufte und wie in allen Dingen kein besonders ausgeprägtes Urteil hatte. Sie war nun mal nicht wählerisch. Im Gegensatz zu Williams Patienten, der sie miteinander bekannt gemacht hatte. William, auch so ein Klient, der durch die Hintertür gekommen war. Ein Freund hatte ihn empfohlen. Es ging um eine Patientin mit Porzellanverblendung, die gegen ihn geklagt hatte, weil die von ihm behandelten Zähne in einem bestimmten, vorzugsweise in Nachtclubs anzutreffenden Licht einen anderen Farbton hatten als die gesunden. Eine Katastrophe! Sarah hatte diesen Fall ziemlich schnell gelöst, indem sie die Klägerin aufstöberte und sie so betrunken machte, dass sie ihr ihre Lebensgeschichte beichtete, in der es von ähnlichen Klagen gegen Schönheitschirurgen und Frisöre nur so wimmelte. Vielleicht war das brutal, aber Eitelkeit gehörte in Sarahs Augen nicht zu den Dingen, mit denen sich Richter herumschlagen sollten. So etwas machte man ausschließlich mit sich und seinem Spiegel aus. William war genau zum richtigen Zeitpunkt aufgetaucht. Sie war seit Jahren nicht mehr beim Zahnarzt gewesen, und sie mochte ihn.

Jetzt ging sie durchs Wohnzimmer zur offenen Balkontür und blickte über die Bäume. Das war das Beste an dieser Wohnung, die sie aufgeben wollte – mit einer Spur Bedauern, obgleich Veränderungen und Umzüge ihr sonst nichts ausmachten. Es war eine gemütliche Wohnung, aber kein Zuhause; nach dem zerbrochenen Spiegel konnte sie es nicht mehr sein. Sie fühlte sich in ihr wie ein Fremdling, und das Gefühl, ihr wahres Zuhause finden zu müssen, war zu einer Art Mission geworden. Man musste schon einen ziemlich robusten Sinn für ausgefallene Innendekoration haben, wenn man seine Wände mit dem eigenen Blut beschmiert gesehen hatte. Dann verdeckte man einfach die neue Farbe mit Bildern, die an andere Anblicke und andere Leben erinnerten. Jedenfalls wenn man *respektlos* genug war, sagte sie sich und wiederholte damit einen von Matthewsons Lieblingsvorwürfen, die sein Sohn so gern nachgeplappert hatte. *Total respektlos,* hatte sie entgegnet. Es war ihr Motto. Das Leben ist viel zu kurz, um es ernst zu nehmen. Aber trotzdem hingen all diese Gemälde da. Nähme sie sie ab, könnte man glauben, hier hätte jemand mit einem Maschinengewehr gewütet.

Die Dunkelheit war weich und feucht. Jenseits des schmalen Rasenstreifens konnte sie den Lärm der Straße hören und sehen. Eine Gestalt bewegte sich zwischen den Büschen. Am liebsten hätte sie eine Warnung runtergerufen. Es war gefährlich da draußen. So gefährlich, dass es gar keinen Zweck mehr hatte, Angst zu haben, jedenfalls nicht um sich selbst. Nicht mehr. Sie war furchtlos, seitdem sie ihre Angst um sich selbst auf Angst um andere übertragen hatte. Diese Befreiung verdankte sie Charles Tysall. Er hatte sie sozusagen in den Tod getrieben, doch letzten Endes war er derjenige, der umgekommen war, und sie lebte.

»William!«, rief sie. »Steh da nicht rum, beweg dich. Komm raus aus der Kälte.«

Er wusste, was ihn erwartete. Wärme. Bilder und ein Kaminfeuer, schöne, leicht ramponierte Gegenstände, die aussahen, als hätte sie sie gerettet oder irgendwo aufgegabelt statt neu gekauft. Immer war irgendetwas kaputt, als schaffte sie es einfach nicht, zerbrechliche Dinge ganz zu lassen. Andere waren so alt, dass man sie nicht benutzen konnte, ohne brutale Gewalt anzuwenden. Zum Beispiel die Lampe, die er abschrauben musste, um die Glühbirne auszuwechseln, eine Tür, deren Klinke klemmte und abgebrochen war, ein Wasserhahn, der eine neue Dichtung brauchte. William war nicht sicher, ob sie das alles einfach nicht bemerkte oder ob sie es so schlampig und unregelmäßig reparierte, dass sie nie fertig wurde. Ihre war das krasse Gegenteil von den vielen Wohnungen, die er mit Isabella geteilt hatte. Er wusste noch nicht recht, ob sie ihm gefiel, glaubte aber mit einer gewissen Genugtuung, dass Isabella sie abscheulich fände. Alles musste funktionieren. Du musst dir dein Werkzeug zusammensuchen, bevor du anfängst, schalt er. Achte darauf, dass du alles hast, was du brauchst. Sieh mal, es ist ganz einfach. Mach es so wie ich. Bevor der Patient das Sprechzimmer betritt, habe ich mein Tablett mit den sterilisierten Instrumenten fix und fertig. Bei dir hingegen funktioniert kein einziges Werkzeug.

Was für eine blöde kleine Lektion; eigentlich wollte er doch gar nicht, dass Sarah in dieser Hinsicht zum Profi würde. Nichts machte ihm mehr Spaß, als irgendwas zu reparieren.

Auf alle Fälle war sein Talent dafür ein wesentlicher Bestandteil ihrer bewusst auf Sparflamme gehaltenen Beziehung. Damit bezahlte er quasi in Naturalien für alles, was sie ihm bot. Und wenn es absolut nichts für ihn zu tun gab, war er aufrichtig enttäuscht. Er schuldete ihr viel mehr als eine vergünstigte Behandlung und gute Tipps für die Pflege ihrer fast vollkommenen Zähne. Er verdankte ihr Anregungen, Interesse, sexuelle Zuneigung … eine Reihe von unersetzlichen Dingen, mit denen sie diese letzten Monate seines Lebens bereichert hatte. William hasste das Gefühl, bei jemandem in der Kreide zu stehen. Das war einer von mehreren Gründen, warum er sooft ins Fettnäpfchen trat. Er bestand darauf, immer wieder klarzustellen, was sie aneinander hatten, nicht unbedingt jedes Mal, aber doch häufig genug. Besonders wenn es sonst nichts gab, um ihm über die ersten unbehaglichen Augenblicke hinwegzuhelfen.

»Du hast Farbe im Haar«, sagte sie fröhlich, als sie ihm die Tür öffnete.

»Ich habe das Wartezimmer angestrichen. Ich bin in ausgezeichneter Anstreichform. Ich könnte dir die Küche in, oh, weniger als einer Stunde …, ich könnte …«

»Nein«, sagte sie entschieden. »Ganz sicher nicht.«

»Aber sie hätte es nötig.«

»Das hat nichts damit zu tun«, antwortete sie kategorisch. »Setz dich und trink ein Glas Wein, okay? Und zieh die Handschuhe aus.«

Er sah auf seine langen schmalen Hände herab, die immer noch in Latexhandschuhen steckten, und stieß einen halb erstickten Seufzer der Verlegenheit aus, der sich anhörte wie ein kurzes Aufjaulen. Dann zerrte er an den Handschuhen. Es waren welche von der falschen, der billigeren Sorte, auf die er allergisch reagierte, obwohl sie die Haut schützten. Sie platzten an der Handinnenfläche auf, als er sie abstreifte und in die Ecke warf, wo sie halb zusammengerollt auf dem Teppich liegen blieben.

So wirkten sie beinahe lebendig. Sie würde sie morgen wegräumen – vielleicht.

»Ist das jetzt die neue Kleiderordnung fürs U-Bahn-Fahren?«, zog sie ihn auf und drückte ihm ein Glas in die Hand. Im Wein perlten lauter winzige Bläschen. Er betrachtete sie fasziniert. »Du musst ganz schön komisch ausgesehen haben. Ziemlich zimperlich.«

Das Glas war leer, bevor er antwortete. Sie hatte ein erstaunliches Talent zum Schweigen. Sie konnte ganz still sein oder ohne Punkt und Komma reden, je nachdem, was die Stimmung erforderte. Plötzlich ging es ihm erheblich besser, und er ertappte sich dabei, wie er grinste, bloß weil er sich vorstellte, wie er mit diesen auffälligen, nicht ganz fleischfarbenen Latexhandschuhen in der U-Bahn gesessen und die Zeitung gelesen hatte, als wäre Druckerschwärze giftig oder als ertrüge er

Schmutz oder die Nähe anderer Menschen nicht. Er lachte, denn das war gar nicht so abwegig.

»Wahrscheinlich haben sie mich für einen Einbrecher gehalten, der keine Fingerabdrücke hinterlassen will. Für einen Killer oder einen dieser Typen, die mit Rattengift hantieren. Oder was Ähnliches. Drück mich mal kurz, ja?«

Sie tat es. Es war eine innige Umarmung, bei der sie ihm sanft über den Rücken strich, wie er es gern hatte. So blieben sie eine Weile sitzen. Er spürte, wie ihm ihre Wärme in die Knochen kroch, und kämpfte kurz dagegen an, doch vergeblich. Er versuchte sich einzureden, dass sie unmoralisch war, unzuverlässig, wahllos, treulos, schlampig, unaufrichtig, illoyal, unsensibel, gemein, berechnend … und wusste doch, als er diese Litanei von Adjektiven herunterbetete, dass er in Wirklichkeit jemand ganz anderen meinte. Diese wütenden Tiraden passten besser zu Isabella. Sie auf Sarah anzuwenden, war alles andere als fair, obwohl sie auf eine Weise, die er gar nicht weiter definieren wollte, tatsächlich unmoralisch und schlampig war. Dafür aber alles andere als eine unzuverlässige Freundin, und trotzdem musste er die Frage loswerden.

»Bist du sicher, dass es nichts gibt, was ich reparieren könnte? *Magst* du mich überhaupt?«

»Oje«, sagte sie, sprang von seinem Schoß auf und holte den Wein. »Dir geht's heute wirklich nicht gut.«

»Nicht schlechter als sonst. Aber jetzt, da ich dich sehe, schon besser«, setzte er hinzu in dem Versuch, sich zusammenzureißen. In letzter Zeit war sie nicht mehr zur Behandlung in die Praxis gekommen. Sie behauptete, dass ihr das Ambiente gefiel, was ihm schmeichelte, was er ihr jedoch nicht abnahm, obwohl sie ihm selbst bei der Einrichtung geholfen hatte. Zum einen mit zusätzlichen Bildern, die dem Warteraum ein gewisses Extra verliehen. Sie hatte seine alte Leidenschaft für das

Sammeln neu entfacht und dafür gesorgt, dass er in seiner Auswahl mutiger wurde. Dazu kam der wachsende Strom von Patienten. Sarah empfahl ihn allen Leuten, die sie kannte, und sie kannte eine Menge. Manche waren aus seltsamem Holz geschnitzt, aber auch sie waren Menschen und hatten Zähne. In den einen oder anderen konnte er sich hineinversetzen, ohne genau zu verstehen, wie oder warum. Besonders in Cannon. Cannon war so herrlich verrückt, und genau wie er selbst von bösen Geistern besessen. Wie Sarah einen Künstler und Sträfling in seine Praxis geschleust hatte, war ihm nach wie vor schleierhaft. Sie spann einfach ihre Fäden. Sein Leben war völlig normal verlaufen, bis zu jenem Tag, als er sich in einem Gefängnis wiedergefunden hatte, um sich einen Patienten anzusehen. Anschließend hatte er sich in eine bürokratische Vernebelungsaktion gestürzt, um diesen Patienten zu behandeln. Ein Klient in Not, hatte sie erklärt: Tu es für mich, William, *bitte.* Du bist der einzige Zahnarzt in meinem Bekanntenkreis, der Leute wie ihn behandelt hat. Er braucht dich. Sie hatte ihm nicht viel über Cannon erzählt und sich dabei auf ihre Schweigepflicht berufen, aber das nahm er ihr nicht übel. Cannons Behandlung war ein Triumph gewesen, und William war zutiefst dankbar für die Anerkennung, die er sich damit verschafft hatte. Ach, hätte er doch noch mehr Patienten wie Cannon. Vielleicht würde es reichen, um die Albträume von seiner Unzulänglichkeit zu zerstreuen.

»Verfolgen sie dich immer noch?«, fragte sie sanft und setzte sich neben ihn, um sich trotz seiner Missbilligung eine Zigarette anzuzünden. (Sie sind schlecht für die Zähne, Sarah, Liebling. Sie behindern die Durchblutung und verzögern den Heilungsprozess … fördern Parodontose … sie schaden dir. Das alles wollte er sagen, bewunderte jedoch stattdessen ihre unnachahmliche Art zu rauchen.)

»Ja«, sagte er seufzend. »Noch eine Nacht mit solchen Alpträumen halte ich nicht aus. Aber du hast mir ja geraten, ihren Namen *nicht* auszusprechen.«

Sie rutschte auf den Boden, machte es sich zu seinen Füßen bequem und schüttelte den Kopf. »Nichts ist absolut verboten, das weißt du ja. Bereite mich langsam darauf vor. Erzähl mir zuerst von den anderen Albträumen.«

Erzähl sie mir noch einmal, hätte sie auch sagen können. Williams Alpträume waren Wiederholungen und Variationen von immer denselben Themen in unterschiedlichen Bildern. Sie waren das Ergebnis seines Strebens nach Perfektion und eines unterschwelligen schlechten Gewissens, das nicht weggehen wollte. Zwar waren die Erzählungen seiner Träume längst nicht mehr so häufig, seit er sie kannte, aber trotzdem machten sie Sarah traurig und wütend, denn er hatte solchen Kummer nicht verdient. Kein Mann, der so gewissenhaft und freundlich war, hatte so etwas verdient, und deshalb hörte sie ihm zu. Genauso wenig konnte sie ertragen, dass er immer noch halbwegs in diese oberflächliche Schlampe von Ex-Frau verknallt war. Aber das behielt sie für sich.

»Zum Beispiel letzte Nacht. Ich bin aufgewacht und war überzeugt, dass im Flur lauter tolle Bilder hingen, die ich alle selbst gemalt hatte. Obwohl das natürlich unmöglich war, wie ich merkte, als ich sie betrachtete. Ich hätte sie nie im Leben malen können, weder jetzt noch in Zukunft.«

Sie zuckte die Achseln. »Wie soll man auch Bilder malen, wenn man so von der Technik besessen ist.«

»Unterbrich mich nicht«, sagte er streng. »Es ist mir völlig egal, ob ich malen kann oder nicht. Es ist mir schon seit Jahren egal. Aber es waren noch drei Leute im Flur, die sich ebenfalls die Bilder ansahen. Sie spitzten ihre Nägel, denn sie wollten sie zerfetzen und anschließend mich.« Er trank den Wein zu schnell und spürte, wie ihm die Bläschen in die Nase stiegen. »Da war dieses Kind, Adrian. Du weißt, wen ich meine, ich habe dir von ihm erzählt, nicht?«

Ja, sie wusste es.

»Bleich und krank. Er hustete, als steckte irgendwas in seiner Lunge. Es war das Stück Amalgam, das er während der Behandlung verschluckt hatte. Es hatte sich dort eingenistet, und jetzt wusste niemand, warum er so krank war. Er war nur noch Haut und Knochen, aber seine Schwester … nun …« Er schauderte. »Das war die, der du angeblich den falschen Zahn gezogen hast?« »Ja.« Er tätschelte ihr die Schulter, dankbar, dass sie sich erinnerte. Als hätte sie diese Alptraumgeschichten noch nie gehört. »Sie hatte damals einfach zu viele Zähne im Mund. Und ich habe die Aufzeichnungen durcheinander gebracht. War nicht konzentriert genug. Erst als sie schon weg war, ging mir auf, was ich getan hatte.«

»Vielleicht getan hattest.«

»Getan haben muss. Warum hätte sie sonst in meinem Traum mit zwei hässlichen Schneidezähnen, die rechts und links von großen Lücken flankiert waren, bei mir im Flur gestanden? Ihr Lächeln war geradezu obszön, und wirklich, sie hätte so hübsch sein können. So attraktiv. Und wer sie angeschleppt hat, um meine Bilder zu ruinieren und mich zu verfolgen, kannst du dir ja denken. *Ich* konnte diese Kinder damals nicht mehr aufspüren, sosehr ich es auch versucht habe. Aber sie. Sie hat's geschafft.«

»Deine Ex-Frau. Wer sonst? Und bestimmt hat sie wieder hinreißend ausgesehen.«

»Ja, stimmt. Das tut sie immer.«

»William, wie kannst du nur so hilflos sein? Warum lässt du zu, dass sie dich immer wieder an der Nase herumführt? So was Verrücktes habe ich noch nie gehört. Aber ihr seid alle beide Schuld. Sie zerstört dein Vertrauen, betrügt dich und kommt wieder, um sich von dir behandeln zu lassen, und du lässt es zu. Warum sagst du nicht einfach: Hau ab?«

»Ich weiß nicht. Aus reiner Gewohnheit vermutlich. Vielleicht genieße ich insgeheim die Versuchung, ihr den Gaumen zu durchbohren. Oder ich stelle mir vor, wie sie hübsch betäubt daliegt und ich ihr die Lippen zusammennähe oder ihre Zunge am Backenzahn festhefte, damit sie aufhört zu reden. Das wäre kein großer Schaden.«

Sarah erhob sich mit gewohnter Anmut. »Ich glaube, selbst Isabella würde so etwas merken«, sagte sie. »Ich bestelle uns eine Pizza.«

Die Alpträume verblassten unweigerlich zu Unsinn, sobald er darüber sprach – noch etwas, dessen er sich schämte, denn das hieß doch, dass sie überhaupt keine Bedeutung hatten. Sie lösten sich im Wein, wurden mit dem Essen verdaut, und nie überlebten sie ein Gespräch mit Sarah. Doch die Nacht nahm ihren unerbittlichen Gang und wiegte ihn trotz Pizza und dem bisschen Lust. Er war zu müde dafür und hatte sie einfach nur an sich gezogen. Er war dankbar für ihren Körper, der nach sauberer Baumwolle roch, als sie sich eng an ihn kuschelte. Dankbar dafür, dass sie ihn ohne Forderungen oder Kritik akzeptierte, wie er war, ihm nichts als Zuneigung schenkte, die sich jedes Mal ausschließlich anfühlte. Das bewahrte ihn vor anstrengendem Grübeln über die Liebe und ihre Sackgassen.

Natürlich *liebte* er Sarah Fortune nicht; er war nur ihr Liebhaber und Freund. Für William war Liebe gleichbedeutend mit großer Leidenschaft, abgekauten Nägeln, Angst, heftigen Gefühlen und dem Bewusstsein, nur als siamesischer Zwilling glücklich zu sein. Ganz bestimmt war sie nicht etwas so Stilles.

Bei ihnen ging es ums Mögen und eine wundervolle Annehmlichkeit für beide. Das war ganz was anderes.

Und wieder einmal dachte sie darüber nach, dass ihr die Sehnsucht, andere zu beschützen, so sehr zur Gewohnheit geworden war, dass sie viel wichtiger war als Liebe. Ein rascher Check-up im Geiste: Alle, die ihr am Herzen lagen, befanden sich im Augenblick in relativer Sicherheit. Tante Pauline, Julie, Cannon und William. Beim Einschlafen fragte sie sich flüchtig, was Cannon wohl machte.

Da raschelte etwas im Dunkeln, da, ganz hinten an der Mauer, wo die Brennnesseln am dichtesten waren. Kalt und feucht hatten sie das Geräusch seines Falls gedämpft, und jetzt flüsterten sie vor Leben. Cannon hockte sich halb gegen eine Mauer, die sich durch das Jackett hindurch seltsam warm anfühlte, und betrachtete das Gestrüpp mit vager Neugier. Es machte ihm nichts aus zu warten, bis es sich wieder beruhigte. Er hatte keine Angst vor der Dunkelheit, er mochte sie. Das war etwas, das er in seiner Malerei zu erklären versucht hatte: dass die Nacht nie völlig still und die Dunkelheit nie ganz undurchdringlich war. Guck nur, flüsterte er lautlos und drohte dem Mond mit dem Finger. Guck nur zu, du alter Mistkerl, der da oben vor sich hin scheint. Er spiegelte sich im hinteren Fenster der Kapelle, die ihr eigenes Licht hatte. Er hatte es gesehen, als er über die Mauer kletterte und seine Hose an den Dornen zerriss. Er hätte wetten können, dass das Rascheln im Gestrüpp von einer Ratte stammte. Ratte oder Schlange, Frettchen oder Tiger, ihm war es egal. Hauptsache, es war kein Mensch. Siehst du? Man kann im Schein des Mondes sogar das Zifferblatt der Armbanduhr erkennen, Liebling. Warum sich dann vor der Dunkelheit fürchten?

Die Wolken zogen rasch durch sein Blickfeld, als wollten sie den Mond einholen und verhüllen, ihn überwältigen und zur Strecke bringen, um Gott sein Abendessen zu servieren; eine hübsche halbe Mondmelone. Kein Neumond, sonst wäre Cannon stehen geblieben, hätte den Hut gezogen, den Kopf in der Kälte geneigt und sich feierlich etwas gewünscht. Jetzt, da er älter und weiser war als früher, würde er den Wunsch nicht mehr damit verschwenden, sich drei weitere Wünsche zu erbitten. Einer würde reichen. Es war Zeit. Er wusste es, ohne mit zusammengekniffenen Augen auf die Uhr schauen zu müssen. Ein leichtes Zittern der dünnen Glieder unter all den Klamotten machte es ihm bewusst. Eine gewisse Taubheit, die mit dem Zittern einherging, ein Fieber, das sich aus nervöser Vorfreude speiste. Er bewegte sich geschmeidig durch weiteres Gestrüpp und spürte, wie eine Blechdose unter seinen Füßen nachgab und Glassplitter unter dem anderen Stiefel knirschten. Dann stand er vor der Tür. Und gerade als er ankam, öffnete sie sich leicht und gab einen Spalt gedämpftes Licht frei. Das Geräusch des eisernen Riegels klang wie der Schmerzensschrei eines kleinen Tieres. Lieber Himmel, dachte Cannon, sogar ein Stück Metall ist gegen uns.

»Bist du es?« Er hatte ganz normal fragen wollen, aber es war unmöglich. Seine Worte kamen als ersticktes Flüstern heraus, ein Zeichen seiner Angst, die er zwar kaum spürte, die ihn aber dennoch infiziert hatte. Es war die schreckliche Angst, hinter dieser Tür nichts zu finden.

»N-n-n-na klar bin ich es. Schnell, k-k-komm rein.« Sie flüsterte genauso wie er, doch er hatte das Gefühl, dass man es noch eine Million Meilen entfernt hören konnte. Als hätte sie geschrien, dabei schrie sie nie. Sie wirkte viel zu klein, um irgendetwas Lauteres von sich zu geben als ihr unsicheres Stottern. Als er sie in seine großen warmen Arme schloss und sie so fest an sich drückte, dass sie fast keine Luft mehr bekam, hatte er das Gefühl, sie zusammenfalten und in eine seiner riesigen Manteltaschen stecken zu können. Sie schien das auch zu spüren und zwängte ihren schmalen Körper in sein Jackett, um sich noch fester an ihn zu schmiegen, ihre Arme um ihn zu schlingen und durch all die Schichten geradewegs bei seinem Herzen Zuflucht zu suchen. Er berührte ihr Haar, das ihm gerade bis zur Brust reichte, und war wie immer verblüfft von dessen Weichheit. Dann tastete er mit seinen dicken Fingern blind nach ihren Augen, küsste zuerst das eine, dann das andere und zum Schluss ihren Mund. Die Haut um ihre Augen war trocken, ihr Mund unter seinen Lippen warm und ihre Hände unter seinem Pullover heißer als glühende Kohle. Er war doppelt so groß wie sie, und trotzdem schwankte er unter ihrer Berührung. Nur ihre Nase war kalt.

Er wusste, dass sie sich in der Sakristei der Kapelle befanden, obwohl er nie ganz herausgekriegt hatte, wo sie in Relation zu allem anderen lag oder wie es dahinter weiterging. Dies war der einzige Eingang, den er kannte, und immer kam er im Dunkeln, so als näherte er sich auf Händen und Füßen einem Wallfahrtsort. Barfüßig wie ein Pilger zu ihr zu kommen, hätte Cannon nichts ausgemacht.

Sie gingen von der Sakristei in die Kapelle und durch die Bankreihen bis ganz nach hinten, wo ein kleines Licht eine unvorstellbar hässliche Statue beleuchtete. Sie stellte einen grotesk bemalten Gipsheiligen mit teilweise abgebröckeltem rotem Gewand dar, der neben einem Gummibaum auf einer Konsole stand. Beide sahen aus, als würden sie jeden Tag liebevoll abgestaubt. Cannon trug sie durch die Kapelle und hatte dabei das Gefühl, als hielte er den kostbarsten Besitz seines Lebens in den Armen. Trotzdem blieb er vor der Statue, die ihnen Licht spendete, stehen und betrachtete sie verwundert. Zu Füßen des Heiligen wand sich ein Drachen, eine harmlos wirkende Bestie, deren Schlund von einem Speer durchbohrt wurde. Er hatte das Maul weit aufgerissen, als wolle er den eindringenden Speer willkommen heißen. Der Drache sah aus wie ein gebrechlicher Kranker, dem man einen Löffel Suppe unter die Nase hält; der Heilige dagegen wirkte blasiert.

»Er zeigt sich nicht von seiner besten Seite«, flüsterte sie ihm ins Ohr. »Und der Drache hat seine Zähne verloren.«

»Ich bin auch ein Drache«, brummte er, umschlang sie heftiger und horchte, wie sie nach Luft schnappte. »Aber ich habe meine Zähne wiedergefunden. Warum habe ich bloß so viel Zeit verschwendet?«

»Ich weiß nicht, keine Ahnung, woher soll ich das wissen?« Er spürte, wie ihr Lachen zusammen mit dem Flüstern durch die Arme pulsierte und in seinem Rückgrat nachhallte.

Ihre Hände suchten die seinen, und er versuchte sie unter ihrem Rock zu verstecken. Trotz der dicken Strumpfhose spürte sie seine Berührung auf jedem Zoll der Haut. Dann betastete sie seinen Verband. »Oh, Cannon, ist es immer noch so schlimm?«

»Nichts, Liebling, es ist nichts. Ich weiß auch nicht, was mich dazu gebracht hat. Ein Feuerwerk raubt mir einfach den Verstand. Aber es wird nicht wieder vorkommen. Geht es dir gut?« Sie nickte und schmiegte sich fester an seine Brust.

»W-w-warum hast du das getan, Cannon, *warum!* Du bist so tollpatschig. Du brauchst deine Hände. Du sollst nicht st-st-sterben, jedenfalls jetzt noch nicht. Noch lange nicht. Und wenn du allein gehst, bring ich dich um, ich schwöre bei Gott. Darauf kannst du dich verlassen.«

»Es war ein schlimmer Tag«, flüsterte er kläglich. »Außerdem war es nie *unser* Haus. Er sollte wissen, was ich von ihm halte. Ich habe nicht mal dort gewohnt. Er hat mir eine Nachricht hinterlassen. Da stand, dass er mir das Haus wieder holen würde, wenn ich nur wieder zurückkäme. Aber ich will gar nicht über ihn reden.« So stand er da, mit diesem kleinen starken Etwas im Arm, das sich an ihn klammerte wie eine Schnecke. Schließlich verbeugte er sich vor dem Altar und setzte sich dann in eine Bank. Es roch nach Bohnerwachs; das gefiel ihm.

Wie schön es wäre, sich in einem großen hellen Raum zu lieben, durch dessen Fenster das Meeresrauschen drang. Er hatte noch nie jemanden beneidet, bis zu diesem Augenblick. Er hatte auch noch nie an Gott geglaubt, aber jetzt tat er es, für einen kurzen Moment. Vielleicht würde sein einziger Wunsch in Erfüllung gehen. Bitte, hör zu, lieber Gott. Ich werde jeden Buchstaben des Gesetzes befolgen, und wenn du uns freilässt, alles opfern, was mir im Leben etwas bedeutet. Farbe, Leinwand, guten Wein, meinen schlechten Ruf, meine Neugier und meine wenigen Freunde. Du kannst alles haben. Eitelkeit und Ehrgeiz sind schon lange dahin, du siehst also, dass ich einen Anfang gemacht habe. *Erlöse mich von meinem Bruder; erlöse Johnnyboy von mir. Und erlöse mich von dem Trieb, alles zerstören zu wollen.*

»Wie beten sie bloß hier drin?«, flüsterte er ihr ins Ohr. »Ist es nicht viel zu kalt dafür?«

Sie schüttelte den Kopf. Ihr weiches Haar berührte sein Gesicht und rang ihm ein sehnsüchtiges Stöhnen ab.

»Sie sind warm angezogen. Und es ist ja auch nur nachts so kalt.«

Kalt, aber nicht einsam; nicht mit den Statuen und dem Altarlicht und dem Mond, der durch die Fenster schien.

»Sind sie immer noch so nett zu dir?«, bohrte er weiter.

»N-n-n-klar. Und ich habe viel zu tun.«

Das war eine Erleichterung. Müßiggang war noch nie ihre Stärke gewesen. Sie fühlte sich schuldig, wenn ihre Hände nichts zu tun hatten. Sie war für Arbeit geschaffen, liebte sie und war stolz darauf. Seine Frau, die jetzt eigentlich längst Babys haben müsste – drei schon, hätte sie nicht darauf warten müssen, dass er erwachsen wurde und sich befreite. Stattdessen hatte sie mit ansehen müssen, wie er alles zugrunde richtete. Es war ein Prozess, der begonnen hatte, als er sie zum ersten Mal zu Gesicht bekommen hatte. Sie hatte darauf gewartet, dass er sich selbst entdeckte und anschließend vom Rest der Welt entdeckt wurde. Und jetzt wartete sie, dass der lange Prozess der Rache ein Ende nahm. Doch kein einziges Mal hatte sie ihm Vorwürfe gemacht. Zukunft kann es nur geben, wenn man sie mit eigenen Händen baut, hatte sie ihm auf ihre süße stotternde Art erklärt. Das Stottern wurde schlimmer, wenn sie böse war. Und ich sehe nicht, wie man auf Zerstörung etwas aufbauen kann. Es kann ja sein, dass du mit Bomben und Tod aufgewachsen bist, aber das ist kein Grund, ewig so weiterzumachen.

»Wir hätten ihn nicht bestehlen dürfen, nicht wahr?«

Es war nett von ihr, »wir« zu sagen, obwohl alle Entscheidungen seine eigenen gewesen waren. Sie waren falsch gewesen, natürlich, wie gerechtfertigt sie damals auch gewesen sein mochten. Er hatte Johnny bestohlen, weil Johnny ihn niemals bezahlt hatte und ihn zwingen wollte, sich von ihr zu trennen. Er wusste genau, dass Johnny ihm zwar eines der Häuser überschrieben hatte, was aber noch lange nicht bedeutete, dass es ihm auch tatsächlich gehörte. Es war sinnlos, Johnnyboy etwas wegnehmen zu wollen. Oh ja, er hatte ihn kräftig bestohlen und dann nicht mal protestiert, als Johnny ihm noch mehr in die Schuhe schob. Als er an die Bomben dachte, die er auf Johnnys Geheiß gebastelt hatte, schauderte er. Nie, nie wieder. Dann dachte er an das Bild, das er gekauft hatte, um das Geld zu waschen, und an die Tatsache, dass es jetzt alles war, was angesichts seiner schwindenden Vorräte an Bargeld übrig geblieben war. Und an Johnnys Rache, um die es in diesem Spiel ging.

»Was gibt's Neues draußen?«, fragte sie.

Sie wärmten sich gegenseitig. Sie schob seine Hände zwischen ihre warm eingehüllten Schenkel. Ihre Hände hatten Schwielen von der Arbeit; er hatte das Gefühl, zu spüren, wie sie seinen Rücken streichelten. Cannon hustete leise, doch in der Stille klang es laut. »Nicht viel bisher. Das Haus bin ich los. Wir müssen nur abwarten und Tee trinken. Bis Weihnachten, das hat er versprochen. An Regeln hält er sich, Hauptsache, er ist derjenige, der sie macht.«

»Warum gibst du ihm nicht einfach alles? Alles, was er will, sogar das Bild?« Es war eine traurige Frage, auf die sie nicht wirklich eine Antwort erwartete.

»Du weißt genau, warum. Weil dann nichts mehr übrig ist. Er würde das Bild verbrennen, und das würde ich nicht aushalten. Außerdem wäre es nie genug. Er will *mich*. Er will, dass ich nach Hause komme.«

»Ja, ja, ich weiß. L-liebling, ich weiß.«

Genauso, wie sie wusste, warum sie hier war. Sie war sowohl die Quelle seiner Kraft als auch die schwache Stelle in seinem Schutzwall gegen den Feind. Seine Geheimwaffe und seine Achillesferse. Denn sie wusste genau wie Johnny, dass Cannon den Verstand verlieren würde, falls Johnny sie jemals wieder anrühren würde. Sie war klein, hatte braune Haare und war völlig unscheinbar, nur für ihn nicht. Obendrein war ihr klar, dass es keinen entschlosseneren Feind geben konnte als einen aus demselben Fleisch und Blut wie man selbst, keinen schlimmeren Gegner als einen betrogenen Liebhaber, und Johnnyboy Smith war beides.

Die Leidenschaft des Blutes ist unempfindlich gegen Kälte. Ihre Umarmung auf der Kirchenbank wurde heftiger, jetzt schob sich seine Hand unter die beiden Schichten von Pullovern und umschlossen ihre Brust, die voll und weich war, groß für eine so kleine Person, perfekt. Ah, er konnte eine nackte Frau malen, aber nie eine andere begehren als diese. Sie hatte seinen Schal genommen und ihn spielerisch um seinen und ihren eigenen Hals geschlungen, als wollte sie sie fester aneinander binden. Ihr Kuss nahm kein Ende. Es gab nichts zu sagen, nur ihre Hände sprachen.

»C-c-c-cannon, das können wir nicht machen. Es *geht* nicht.«

»Doch, können wir ... Oh, ich liebe dich. Und die Babys, die wir haben werden ...«

»Ach, du und deine Babys. Das ist alles, was du von mir willst.«

»Nein. Aber wir *müssen* ein Baby haben«, sagte er. »Wir *müssen.* Ich würde sterben für diese Chance, für euch beide.« Am liebsten wäre er in sie hineingekrochen, um sich sicher zu fühlen. Er wollte ein Baby, um zu beweisen, wer er war.

Plötzlich wurden sie von einem Licht geblendet. Er hatte das Gefühl, es mehr zu hören als zu sehen. Es kam auf sie zu wie ein Ungeheuer und stach ihm in die Augen. Eine Taschenlampe richtete sich auf sein Gesicht und färbte seine weiße Haut glühend rot. Dann wanderte der Strahl über seinen ganzen Körper und auch über den ihren, der in seinen Mantel gekuschelt war. Schließlich verharrte er diskret zu seinen Füßen. Instinktiv schoben sie sich unter die Bank. Er drückte seine Frau heftiger an sich und hielt einen Augenblick die Luft an, bis er sie stöhnen hörte. Er hatte sie zu fest umschlungen. Das Licht erlosch. Irgendetwas bewegte sich von ihnen weg, dann flammte die Taschenlampe wieder auf und beleuchtete den Linoleumboden und Füße, die ganz sicher nicht ihm gehörten und halb von schwarzem Stoff bedeckt waren.

»Nein«, sagte eine Stimme im gleichen Flüsterton wie sie, aber lauter und weit entschiedener. »Nein, das könnt ihr nicht machen. Es tut mir schrecklich Leid, aber das geht wirklich nicht.« Cannon spürte den Schauder schierer Erleichterung, der ihn wie ein elektrischer Schlag durchfuhr. Julie zitterte verlegen und ähnlich erleichtert, dann versuchte sie, sich aufrecht hinzusetzen, ohne sich allerdings ganz von ihm zu lösen; das brachte sie nicht fertig.

»Es tut mir Leid, Schwester. W-w-w-wir haben die Beherrschung verloren.« Ihre leise Stimme klang entschuldigend.

Die Taschenlampe beleuchtete eine blasse Hand, die eine wegwerfende Bewegung machte. Man hörte das Rascheln des Stoffes, als die Frau sich neben sie setzte und mit der freien Hand die Falten ihrer Ordenstracht ordnete und den Rosenkranz zurechtrückte, der von ihrer Hüfte baumelte. Sie musste ihn festgehalten oder in die Tasche gesteckt haben, als sie hereingekommen war. Stille Geschöpfe, diese Nonnen; nur die höflich klappernden Perlen verrieten ihre Gegenwart, als wären sie so was wie ein Alarmsystem. So still, dass er sich fragte, wie sie sich gegenseitig erkannten.

Schwester Pauline seufzte laut. »Herrgott! Ich wollte keine Entschuldigungen hören«, sagte sie. »Eher müsste ich mich entschuldigen. Wir sind nicht gerade gastfreundlich um diese nächtliche Stunde, nicht wahr? Aber ihr könnt euch schließlich im Hause Gottes nicht einfach ausziehen und Babys machen. Abgesehen von allem anderen holt ihr euch noch den Tod.«

Sie schwiegen.

»Versteht mich nicht falsch«, fuhr Schwester Pauline fort. »Ich glaube nicht, dass Er etwas dagegen hätte. Wer den Menschen nach seinem Ebenbild und seinem Geschmack geschaffen hat, wird sich nicht wundern, wenn er sich entsprechend benimmt. Ich spreche nicht für Gott, versteht ihr, sondern für die Schwestern dieses Ordens, denen es ganz und gar nicht gefallen würde. Und sie würden es natürlich mitkriegen.« Sie strich sich über das Gewand. »Imelda entdeckt jeden Fingerabdruck hier drin aus dreißig Meter Entfernung, ganz zu schweigen von anderen Spuren. Wenn man Sünden in bestimmte Kategorien unterteilen will, glaube ich allerdings, dass ein Zigarettenstummel sie mehr in Weißglut versetzt. Sie hat mir deswegen schon mächtig zugesetzt, das könnt ihr mir glauben.«

Letzte Woche erst hatten sie eine Zigarette hier drin gefunden. Cannon schüttelte den Kopf. Er hatte sich noch nie so sehr dafür geschämt, dass er rauchte. Wenn seine Anwesenheit hier durch eine schädliche und alberne Gewohnheit wie das Rauchen entdeckt werden sollte, hatte er es nicht verdient, dass ihm überhaupt ein Wunsch erfüllt wurde.

»Vermutlich bewerten wir Sünden immer sehr subjektiv«, sinnierte sie. »Vielleicht war Imelda einmal selbst in der Versuchung, zu rauchen. Was Sex angeht, habe ich jedoch meine Zweifel. Stattdessen knirscht sie mit den Zähnen. Und jetzt muss ich wahrscheinlich so tun, als hätte ich hier drin ein Feuer gemacht. Sie müssen sich überlegen, was Sie wegen Ihres Mantels unternehmen wollen, Mr. Cannon. Am besten besorgen Sie sich bei Oxfam einen neuen. Ich verstehe nicht, wie Ihre Frau das aushält.« Sie seufzte. »Ich wusste schon, warum ich mich für Gott entschieden habe. Außerdem schnarcht er nicht.«

Julie kicherte leise. »Oh, Schwester …« Ihre Stimme verebbte unsicher. Man hörte die Perlen des Rosenkranzes leise aneinander klicken. Das Mondlicht hinter dem Fenster erhellte Paulines Züge. Eine lange Hakennase und ein breiter, lebhafter Mund, tief liegende Augen mit buschigen grauen Brauen und eine knochige Stirn. Der Gesamteindruck ihres Gesichts war wichtiger als seine Einzelheiten.

Cannon dachte, dass er dieses Gesicht gern malen würde,

doch es war nicht der richtige Augenblick für einen solchen Vorschlag. In seinem Kopf formte sich eine Idee. Er könnte sich als Wanderkünstler ausgeben und anbieten, den ganzen Orden zu malen, eine Schwester nach der anderen ... Nein. Er konnte nichts tun, was ihn auf irgendeine offene Weise mit diesem Ort in Verbindung brachte, denn Johnny würde dahinter kommen. Trotzdem gefiel ihm die Vorstellung, ein solches Gesicht zu malen. Es war so bar aller Eitelkeit, dass seine Besitzerin nicht mal zu sagen gewusst hätte, was dieses Wort eigentlich bedeutete. Wie alt war sie wohl? Siebzig? Schwer zu sagen, sie wirkten alle zeitlos.

»Und würden Sie mir jetzt bitte verraten, wie lange diese Farce noch weitergehen soll, Mr. Cannon? Ich glaube, ich weiß, warum Sie nicht bei Tageslicht kommen können wie jeder andere Besucher. Meine Nichte hat es mir erzählt, und ich zweifle nicht an ihren Worten, denn sie neigt nicht gerade zu Paranoia. Doch ich muss schon sagen, eine Stippvisite im Besucherzimmer wäre nett. Sie könnten sich als Julies verflossener Verehrer ausgeben. Die Schwestern wären entzückt. Sie sind hingerissen beim leisesten Hauch einer Romanze, allerdings nicht in der Kapelle.«

Das Schweigen war angenehm. Cannon ließ den Kopf tiefer auf die Brust sinken. Es war nicht leicht, Paulines Blick standzuhalten, und er war froh, dass es so finster war. Bei Tageslicht waren ihre Augen wahrscheinlich wie Laserstrahlen, und wenn sie nicht wie jetzt nur leise murmelte, könnte sie mit einem einzigen Befehl ihrer Stimme vermutlich eine ganze Elefantenherde aufhalten. Sie brauchte keinen einzigen Schuss abzugeben. Ihre Zähne waren sehr weiß, noch weißer als seine eigenen.

»Es ist in Ordnung, sich darauf zu verlassen, dass Gott schon für einen sorgen wird«, sagte sie. »Aber das Böse gedeiht in Unwissenheit. Ich hingegen nicht.«

»Es ist besser so, Schwester«, murmelte Cannon. Julie nickte zustimmend.

»Ist es das wirklich? Ich weiß nicht. Oder befinden Sie und meine Nichte sich etwa in dem süßen Irrglauben, dass eine Nonne vom gottlosen Gang der Welt nichts erfahren kann, ohne vor Schreck in Ohnmacht zu fallen? Das müssten Sie eigentlich besser wissen. Und Sarah auch.«

Julie drückte Cannons Arm, damit er nicht widersprach. »*Ich* glaube das nicht, Schwester.«

Die Nonne lachte leise und beugte sich über Cannon hinweg, um Julies Hand zu tätscheln. »Nein, das denke ich auch nicht.« Julie zuckte unter der Berührung zusammen. Sie würde nie vergessen, dass es Pauline gewesen war, die sie als Erste in ihrem nackten Zustand gesehen hatte, nachdem Sarah sie hergebracht hatte. Ihr Rücken war voller Striemen gewesen, als sei sie durch die zerfetzten Kleider hindurch ausgepeitscht worden. Sie hatte gebrochene Rippen gehabt von den Tritten, und ihr Arm war aufgeschürft, weil man sie über den Betonboden geschleift hatte. Jeder Zoll ihres Körpers war misshandelt worden. Unter der zärtlichen, liebevollen Pflege der Nonnen waren die Wunden schnell verheilt, und Julies Augen hatten den leeren Ausdruck des Grauens verloren. Doch Pauline bezweifelte, dass sie es überleben würde, wenn man sie noch einmal einer solchen Folter aussetzte. Sie hatte sich flüchtig gefragt, warum die Folterknechte nicht eine subtilere Methode gewählt hatten, wenn es ihnen nur um Informationen gegangen war. Warum sie sie nicht ausgetrickst, überredet oder auch überlistet hatten. Julie neigt dazu, das Gute zu sehen, selbst da, wo keins ist, dachte Pauline bitter, aber gerissen war sie nicht. Möglicherweise war es schwieriger, sie zu unterwerfen, als sie einfach einzuwickeln. Überredung oder eine Täuschung wären wirksamer gewesen. Der Anblick des mageren zerschundenen Körpers, der aussah wie ein gerupftes Huhn, verfolgte sie bis heute. Es hatte keinen anderen Grund gegeben, warum sie das Kind hätte aufnehmen sollen, nur diese entsetzliche Not und Sarahs Überredungskünste, aber auch ihr Geld. Und eine ziemlich hanebüchene Geschichte über einen psychopathischen Schwager und einen Ehemann, der noch im Knast saß, und das dickköpfige Beharren auf einer geradezu lächerlichen Geheimniskrämerei. Schwester Pauline hob den Blick zu den undeutlichen Umrissen des Kruzifixes an der Wand zu ihrer Rechten. Vergib mir, Herr. Wenn sie die beiden auffordern würde, niederzuknien und ebenfalls um Vergebung zu bitten, würden sie gehorchen, nur um ihr einen Gefallen zu tun und weil sie zur Zeit in ihrer Hand waren. Eine solche Macht war verderblich. Das würde dem Herrn nicht gefallen, daher begnügte sie sich mit einer Frage. »Warum war Ihr Bruder hinter ihr her und nicht hinter Ihnen, Mr. Cannon? Warum können *Sie* sich mitten in der Nacht frei bewegen und Julie nicht? Warum verletzt er sie, wenn er eigentlich *Sie* hasst? *Warum?«*

So gesehen war er sich nicht sicher, oder zumindest wusste er nicht, wie er auf diese Frage antworten sollte. Er versuchte, es irgendwie zu umschreiben, denn wie sollte er erklären: *Er glaubt, dass er mich liebt, nicht hasst.*

Intelligent war er schon, vermutete Pauline, aber das war noch lange nicht dasselbe wie redegewandt. Sie blickte ruhig vor sich hin, die Hände in den langen Ärmeln ihrer Nonnentracht verborgen.

»Weil mein Bruder mich nicht verletzen will, wegen der Blutsbande und allem«, antwortete er. »Davor scheut er zurück, verstehen Sie? Außerdem hat er es schon versucht, über Jahre hinweg, und weiß genau, wie es ausgeht. Er hat mich öfter verprügelt, als wir beide zählen können. Dann bin ich so daneben, dass ich zuerst die Kontrolle über meine Zunge und dann über meine Eingeweide verliere, und er ist empfindlich, verstehen Sie? Bloß nicht bei einer Frau, vorausgesetzt, er muss sie nicht ansehen. Er hält Frauen für Werkzeuge des Teufels ... Es ist also leichter, mich zu verletzen, indem er sie verletzt, glauben Sie mir. Deshalb haben wir uns beide versteckt, aber es wird nicht mehr lange dauern, und ...«

»Pssst!«, flüsterte Pauline und setzte dann nachdrücklich hinzu: »Seien Sie still! Gott steh uns bei!« Sie saßen in wortlosem Schweigen, hörten jedoch nichts. Sie aber hatte mit ihren feinen Antennen, die jedes Geräusch im Innern des Klosters entschlüsselten, etwas aufgeschnappt und nickte nun zur Bestätigung vor sich hin. »Schnell, hier herein!«, befahl sie. Mit einer Geschwindigkeit, die keiner von ihnen für möglich gehalten hätte, schleuste sie sie zurück in die Sakristei. Die Perlen gaben keinen Ton von sich. Cannon war dankbar, dass seine Turnschuhe auf dem Holzboden nicht zu hören waren, und Julie trug ohnehin Pantoffeln.

Pauline zog die Tür leise hinter ihnen zu. Hier knallte man nicht mit den Türen. Dann huschte sie zurück in die Bank, wo sie alle drei gesessen hatten, breitete ihre Tracht um sich aus und kniete nieder. Das Gesicht in die knochigen Hände gestützt betete sie zu Gott, dass der Gestank verfliegen möge. Nach und nach wurde das Geräusch klarer. Schlurf, schlurf, klapper, schlurf, schlurf, klapper – rhythmisch, aber langsam, so langsam, dass sie tatsächlich müde wurde, darauf zu warten, dass es Gestalt annahm. Nun mach schon, damit wir es hinter uns bringen, um Himmels willen, murmelte sie lautlos, während sie wartete. Unter dem Gewicht des Pflichtgefühls bewegte Imelda sich so langsam wie eine Schnecke. Imelda wachte mitten in der Nacht auf, weil sie mit den Zähnen knirschte; sie wanderte durch die Gänge und liebte nichts mehr als Tratsch. Pauline dachte an ein altes Schwein, das nach Trüffeln suchte. Kein sehr gottgefälliger Gedanke.

Warum soll ein Mann seinen Bruder zerstören wollen?, fragte sich Pauline. Sie stieß einen Seufzer aus, der sich in ein ausgiebiges Gähnen verwandelte. *Oder die Frau seines Bruders?* Vom Flur aus gelangte man durch eine Schwingtür ins Innere der Kapelle. Eigentlich sollte sie denen zuliebe, die zu spät kamen, geräuschlos sein, gab jedoch ein kräftiges Quietschen von sich.

Schwester Imelda überblickte das Reich und das Heiligtum *ihrer* Kapelle. Da kniete Pauline ins Gebet versunken in der *falschen* Bankreihe und nahm eine Menge Platz ein. Nicht dass es hier an Platz mangelte, insbesondere um Mitternacht oder gar später. Imelda blieb einen Augenblick stehen, schnüffelte und trat dann langsam und zögernd wie üblich näher. Sie konnte einen wirklich verrückt machen. Pauline war unnahbar: Sie hatte perfekte Manieren, doch jede Art von Berührung war tabu, selbst eine rein freundschaftliche. Pauline verachtete Menschen, die sich von ihr einschüchtern ließen, das hatte sie selbst gesagt, und Imelda hatte es nicht vergessen. Sie musste nicht stehen bleiben und sich fragen, wer die Nonne in ihrem Gewand war, die in der falschen Bankreihe saß. Das wusste sie genau, und hätte man sie je danach gefragt, hätte sie sich über die Frage gewundert. Es gab nur drei Nonnen im Orden, die noch die volle Ordenstracht einschließlich Rosenkranz trugen, aber egal, ob mit oder ohne, sie alle erkannten einander instinktiv.

»Schwester? Ist alles in Ordnung?«, fragte Imelda und schnüffelte erneut. Komischer Geruch: fremd. Das Schnüffeln klang laut.

Ich werde nie verstehen, wie jemand mit so üblem Mundgeruch und der Angewohnheit, mit den Zähnen zu knirschen, eine dermaßen empfindliche Nase haben kann, dachte Pauline. Sie fuhr mit übertriebener Unruhe auf, stöhnte und umklammerte die Bank mit zwei überraschend großen Fäusten, die unheimlich gelb schimmerten, wie gebleichtes Knochenbein. »Bist du es, Imelda?«, fragte sie matt.

»Ja, wer sonst?« Imelda schnüffelte erneut.

»Wie nett. Ich bin heruntergekommen, um zu beten. Aber mir ist plötzlich nicht gut. Kannst du mich in meine Zelle zurückbegleiten?«

»Aber natürlich, meine Liebe. Weißt du, ich dachte, ich hätte hier was gehört.«

Pauline nahm den Arm, stützte sich kräftig darauf, was ihr unbehaglich war, und bugsierte Imelda Richtung Tür.

»Es ist eine Sünde, lieber Gott, Freundlichkeit auszunutzen«, murmelte sie. »Ja, wirklich. *Ich habe Freundlichkeit so satt.«*

Derweil wäre Cannon in der Sakristei am liebsten in Tränen ausgebrochen. »Sie beschämt mich«, sagte er. »Sie beschützt dich, genauso wie man es von ihr erbeten hat. Sie akzeptiert es. Sie besteht noch nicht einmal darauf zu wissen, warum. Wie schafft sie das nur?«

»Glaube«, antwortete Julie. »Man nennt es Glaube. Du kannst dich drauf verlassen. A-a-aber erwarte nichts Unmögliches. Und bitte lass mich nicht mehr allzu lange hier bei ihr. Ich v-v-v-verändere mich, Cannon, und ich w-w-will mich gar nicht verändern. Ich liebe dich.«

Liebemachen trotz all der Klamotten war eine Kunst, die sie fast vervollkommnet hatten und die dennoch unvollkommen blieb, solange sie sich nach Nacktheit, Wärme und Stöhnen sehnten. Doch jetzt bissen sie sich auf die Zunge, um keinen Lärm zu machen. »Ich bete dich an«, flüsterte er. »Ich bete dich an.« Und später, als sie ihre Kleider in Ordnung brachten, fragte er: »Ich bin doch kein schlechter Mensch, nicht wahr, Julie? Oder? Jedenfalls nicht mehr. Würde ihr Gott mir vergeben?«

»Du bist nicht dein Bruder, Cannon«, flüsterte sie. »Du schuldest ihm nichts.«

Er küsste seiner Frau die Hand. Ein leidenschaftlich formeller Abschied. Ihre Haut war rau von all der Hausarbeit.

Oh, doch, ich schulde ihm eine Menge.

Vielleicht, so betete er, hatten sie ein Baby gemacht.

3

Niemand kannte John Smith, und Andrew Mitchum vermutete, dass man ihn auch gar nicht kennen konnte. Smith zeichnete sich aus durch kurze Auftritte, ausgeprägte Aversionen und mangelnde Loyalität.

Sieben Uhr morgens: Draußen war es düster und kalt, drinnen überheizt, und sie waren offenbar dabei, die Brüderlichkeit der Menschheit zu erörtern.

»Ich bin nicht der Hüter meines Bruders, Sir.«

Es war beunruhigend, von einem Älteren »Sir« genannt zu werden. Andrew, der fünfundzwanzigjährige Anwalt, der bei diesem außerplanmäßigen Job am Rande der Unlauterkeit wandelte, war noch nie im Leben »Sir« genannt worden und hielt es eher für einen Tick seines Gegenübers als für einen Ausdruck des Respekts vor seiner Meinung. Trotzdem war es unangenehm, vor allem bei jemandem, der kaum zehn Jahre älter war als er selbst, doch die Gesetztheit eines reiferen Alters aufwies. »Nein«, antwortete er. »Natürlich nicht. Sir.« Es war ihm zuwider, freundlich zu antworten, und zugleich merkte er, allerdings zu spät, dass der andere glauben könnte, er wolle ihn nachäffen. John Smith wirkte alles andere als unbekümmert oder als hätte er einen Sinn für Ironie. Er war weder berechenbar noch humorvoll. Das hieß nicht, dass er kein Charisma besaß, nur dass er aussah, als hätte er noch nie im Leben gelacht, außer als spöttische Reaktion auf etwas entsetzlich Persönliches, über das Andrew nicht mal nachdenken wollte. Abgesehen davon sah er nicht schlecht aus, wenn man diese Art von Attraktivität schätzte. Er hatte ein zerfurchtes Gesicht mit Hängebacken und vielen Falten. Einem bleichen französischen Filmstar hätte es gut gestanden, bei einem rosigen Briten dagegen erinnerte es an eine bestimmte Sorte von reinrassigen Kötern mit langer Zunge, die ständig sabberten. Eine kaum sichtbare Narbe zog sich über die linke Wange bis zum Mundwinkel. Die Vorstellung, John Smith in der Privatsphäre seines Schlafzimmers zu begegnen, war nicht gerade angenehm. Und sie befreite Andrew Mitchum weder von seiner Angst, noch lenkte sie ihn von der Frage ab, warum ein derart wohlhabender Mann wie er so schreckliche Zähne hatte. Vielleicht, damit er einen besser fressen konnte. Nach einer Weile fiel es kaum noch auf, doch das Staunen blieb.

»Ich verstehe bloß nicht, warum es so wichtig ist«, sagte er jetzt mit respektvoller, aber aufrichtiger Neugier.

»Warum was wichtig ist?«

»Ihren Zwillingsbruder zu finden. Wenn Sie nicht sein Hüter sind. Sir.«

»Sie haben überhaupt nichts begriffen.«

»Schon möglich.«

John Smith stand von seinem Schreibtisch auf und trat zum Fenster, wo er mit dem Rücken zu Andrew stehen blieb, hinausblickte und mit den Münzen in seiner Hosentasche klimperte. Das Fenster ging auf einen großen Garten hinaus. Noch klammerten sich hier und da ein paar windzerzauste orangegelbe Blätter an die Zweige einer Kastanie. Andrew stellte sich den Boden darunter vor, der von ihren Früchten übersät war. Niemand würde sie aufsammeln.

»Sollte ich dieses Haus je aufgeben«, sagte John Smith leise, »werde ich es leer stehen und *verfallen* lassen.«

Diese Erklärung war im Zusammenhang des Vorausgegangenen völlig irrelevant. Andrew ließ sich von anderen Dingen ablenken. Das Haus wirkte jetzt schon unbewohnt. Kein Mensch brauchte so viel Platz oder Prunk. Die üppigen Vorhänge an den großen Fenstern sahen aus, als stammten sie aus einem Theaterfundus. Sie aufzuziehen, verlangte nach einer Ouvertüre. Der Teppich gab bei jedem Schritt nach. Man kam sich vor, als schritte man in einem unnatürlich stillen Haus über eine Sanddüne. Sollte die Statue des nach Beute spähenden silbernen Adlers, die auf dem Kaminsims Wache hielt, von da oben herunterfallen, würde sie nicht das geringste Geräusch verursachen. Es würde eine ganze Weile dauern, bis dieses Haus verfiel. Und die Bilder an den Wänden … Andrew schauderte. Die Gemälde waren durchweg Reproduktionen in schrillen Farben. Über dem Kamin, vom Adler bewacht, hing eine Schlachtszene, *Angriff der leichten Brigade* oder so was Ähnliches, Männer mit Musketen und roten Uniformen, viele mit dramatisch verzerrten Gliedmaßen im Augenblick des Todes, und daneben irgendwelche obskuren Hottentotten als Sieger. An der gegenüberliegenden Wand prangte ein ähnlich überdimensionaler Schinken. Zwei Schlachtschiffe aus dem Ersten Weltkrieg lieferten sich einen erbitterten Kampf auf hoher See; eines versank gerade im brodelnden Wasser. Sie wirkten so lebendig, dass Andrew sich einbildete, Explosionen und Schreie zu hören, andererseits aber nicht subtil genug, um seine Gefühle zu wecken. Die Oberfläche der Leinwand glänzte auffallend. In den Gängen hingen Andy-Warhol-artige Poster von überlebensgroßen Köpfen mit eindimensionalen Gesichtern. Sie waren so kunstvoll gerahmt, als stammten sie aus viktorianischer Zeit, und passten nicht recht zu den Textiltapeten und edwardianischen Bilderleisten. Das Haus war eine Ansammlung von lauter hässlichen Errungenschaften.

»Es wäre überhaupt nicht schwierig, Ihren Bruder zu finden, obgleich er … etwas schwer zu packen ist. Immerhin habe ich es geschafft, Zugang zu seinen Gefängnisakten zu bekommen.«

»Einem Teil davon«, fauchte John Smith zurück. »Wie haben Sie das angestellt? Indem Sie sich als sein Arzt ausgaben? Sie haben den verdammten Zahnarzt gefunden, den man ihm verpasst hat. Weiter nichts.«

Andrew musste zugeben, dass das nicht viel war, aber mehr konnte man von seinem unprofessionellen Anruf auf gut Glück auch nicht erwarten. Jedenfalls erklärte es nicht, warum John Smith sich bei der bloßen Erwähnung des Wortes *Zahnarzt* dermaßen aufregte. »Die Frage ist, warum wollen Sie ihn unbedingt ausfindig machen?«, fragte er und entschied sich für einen ganzheitlichen Ansatz.

»Er hat mich bestohlen.« Eine schlichte Äußerung, ohne unangemessene Betonung.

Es *trifft nicht gerade einen Armen.* Diese offensichtliche Bemerkung lag Andrew auf der Zunge, doch er verkniff sie sich. Von Anwalt zu Klient – wenn auch im Rahmen einer ganz und gar inoffiziellen Beratung, die er ohne Wissen seines Arbeitgebers unternahm, nur um sich einzuschmeicheln – wäre alles andere geradezu unverschämt gewesen, und John Smith war zwar ein Mann voller Geheimnisse, aber auch ein perfekter Klient. Eine Kuh, die man melken konnte, mit einem nicht näher definierten Geschäft, hauptsächlich wohl An- und Verkauf von Immobilien. Manche Leute sammelten Zeitungen, Konzerne, Handwerksbetriebe oder Läden. John Smith sammelte Häuser, im kleineren Rahmen. Er hatte sein Leben als Bauhandwerker begonnen, erinnerte sich Andrew, und war nicht der Erste, der es geschafft hatte, sich ein solches Maß an Zurückgezogenheit und Respektabilität zu sichern. Deshalb war es um so merkwürdiger, dass er jetzt so viel Zeit damit verbrachte, über seinen Zwillingsbruder nachzugrübeln. Er, Andrew, könnte das nicht. Wenn er erst einmal reich war (ein Zustand, den er sich inbrünstig herbeiwünschte, egal, mit welchen Mitteln, Hauptsache bald), würde er hoffentlich seine Ressentiments vergessen, die lästigen Familienbande abstreifen und begreifen, wann genug genug war.

Smith zeigte auf die Wand über dem Kamin. »Mein ganzes Leben lang habe ich Cannon zu überzeugen versucht, so *etwas* zu malen«, sagte er bedächtig. »Aber hat er das je getan? Er dachte gar nicht dran. Er wollte Tische und Stühle malen, alberne kleine Muster zeichnen, und *Frauen,* bei Gott! Dabei war er sehr geschickt mit Bomben, das muss ich ihm lassen.«

»Geschickt mit *was?«*

John Smith nahm wieder Platz. »Sie haben mich richtig verstanden. Mit Bomben. Wenn man etwas bauen will, muss man meistens irgendwas aus dem Weg räumen. Bäume, Land, ein anderes Gebäude. Außerdem kann eine kleine nächtliche Explosion den Wert eines Hauses um einiges verringern. Ich habe auf diese Weise ein paar gute Geschäfte gemacht. Gott, hatten wir einen Spaß! Wir wuchsen in Belfast auf, verstehen Sie? Bomben waren nichts als Spielzeug, und Jungs sind nun mal Jungs und spielen gern damit. Mein Daddy hat uns gezeigt, wie. Wir haben Häuser gesprengt, und er hat Geld damit verdient, neue zu bauen. Er hat uns alles beigebracht, der Schweinehund. Für Bomben gab es immer 'ne Verwendung. Fragen Sie nicht, auf welcher Seite wir standen, das kann ich Ihnen nicht sagen. Was für ein Jammer, dass Sie seine reizende Frau nicht gefunden haben.«

John Smith war kein gewandter Unterhalter. Andrew wusste, dass er gerade ein seltenes Privileg genoss. Er blieb stumm.

Einen Augenblick lang hatte er sich entspannt, doch dann war das schleichende Gefühl der Unbehaglichkeit zurückgekehrt. Er hatte den Eindruck, als sei noch jemand im Raum, eine andere Facette jenes höflichen, respektablen Mr. Smith, die um ihn herumschlich wie ein Tiger. Andrew Mitchum sagte sich mit einer Weisheit, die wie seine Qualifikationen nicht zu seinem Alter passte, dass Mr. Smith *kein* Gangster war. Aber stockschwul, daran bestand kein Zweifel. Das homosexuelle Verlangen lechzte förmlich nach Erlösung. Dann schoss Andrew ein weiterer schrecklicher Gedanke durch den Kopf. Vielleicht wollte John Smith deswegen unbedingt seinen Bruder finden. Nein, nein, nein. Inzest war seit dem Mittelalter aus der Mode.

»Er hat mich bestohlen«, wiederholte Mr. Smith.

»Ja, er hat das Geschäft missbraucht, um andere Geschäfte zu machen. Er hat ein paar Kröten in die eigene Tasche gesteckt«, antwortete Andrew ungeduldig. Das hatten sie doch längst abgehakt.

»Nein. *Liebe.* Er hat mir *Liebe* gestohlen. Als sei es nur eine Ware. Er hat meine Liebe gestohlen.« Seine schrille, unnatürlich hohe Stimme erhob sich zu einem Schrei.

»Was werden Sie tun, wenn Sie seine Frau gefunden haben, Sir?«

»Diesmal werde ich sie so fertig machen, dass sie für immer verschwindet. Ich dachte, schlimmer als damals hätte es nicht sein können, aber nein. Diesmal werde ich sie das Fürchten lehren. Dann wird er sie nicht wiederhaben wollen und zu mir zurückkommen. Nach Hause. Aber ich habe nur noch wenige Wochen. Ich hab's ihm versprochen, ich Esel. Wir haben immer unsere Spiele gespielt, aber Regeln müssen sein. Wie beim Boxen. Sie hat ihn mir *gestohlen.* Dieses *Miststück.«*

Plötzlich sehnte Andrew sich danach, woanders zu sein,

draußen auf der Straße, wo er einem Bus nachlaufen und nach Hause zu seinem Liebhaber oder zurück ins Büro fahren konnte. Nur weg von hier. Doch die Höflichkeit siegte über seine Hysterie, und statt sich zu verabschieden, lachte er nervös. Der Klang wurde vom Raum gedämpft. Es war niemand anders im Haus, nur dieser stumme, dicke Mensch, der als Hausdiener und Faktotum fungierte und ihm die Tür geöffnet hatte. Andrew wusste, dass er den Auftrag erhalten hatte, den verdammten Zahnarzt ausfindig zu machen und unauffällig herauszufinden, was er an den Wochenenden trieb. Das hatte Smith beim Abendessen erwähnt. *Ich will ihn mir ansehen,* hatte er immer wieder gesagt, *ich will wissen, was für ein Schwein das ist und ob er sich eignet, aber er darf mich nicht bemerken. Was* für seltsame, sinnlose Ängste er hatte. Dieser Klient war verkorkst, aber reich. Außerordentlich reich. Zu reich, um Liebe zu brauchen. *»Liebe?* Meine Güte, wenn's nur darum ginge, würde alle Welt prozessieren«, platzte Andrew heraus. »Liebe? Die Gerichte wären überfüllt!«

Smith hatte eine der Fenstertüren geöffnet, die auf den kleinen Balkon hinausgingen. »Ich habe ihm ein Haus gekauft«, sagte er mit einem Anflug von Traurigkeit. Mehr als einen Anflug, egal welcher Gefühlsregung, gab es bei ihm nicht. Auf dem Schreibtisch lag ein zweiseitiger Artikel über jemanden, der im Lotto gewonnen hatte und von dem Geld sieben Häuser für die Mitglieder seiner Familie gekauft hatte. Es war durchaus vorstellbar, dass Smith so etwas auch tat: Häuser gab es genug, doch Gott allein wusste, was seine Motive waren. Ein durchschnittlicher Familienvater braucht fünfundzwanzig Jahre, um sein Haus abzustottern, dachte Andrew verächtlich.

»Ich bin dankbar, dass Sie so früh kommen konnten«, sagte Smith über die Schulter hinweg. »Auch wenn es so wenig zu berichten gibt.«

Andrew zuckte bescheiden mit den Achseln. »Er ist untergetaucht. Seine Frau erst recht. Ich habe, äh, niemandem von meinen Recherchen erzählt, wie Sie wünschten. Oder von diesem Treffen«, setzte er hinzu.

Smith nickte anerkennend.

»Kommen Sie und sehen Sie sich diese Aussicht an.«

Besänftigt trat Andrew näher. Immerhin hatten sie in der Woche zuvor zusammen zu Abend gegessen. War das nicht so was wie eine Annäherung gewesen? Smith hatte Fragen gestellt, ihm seine Hoffnungen und Befürchtungen aus der Nase gezogen und ihm scheinbar auch seine eigenen anvertraut. Hatte ihm von einer Mummy erzählt, die sie verlassen hatte, und von einem Bauunternehmer-Daddy, der ihn und seinen Bruder im Alter von fünfzehn weggeschickt hatte, damit sie sich hier bewährten. Und hatten sie es nicht geschafft? Nun, er ja. Dann hatte er von seinem durchgedrehten Bruder gesprochen, der irgendwie gelernt hatte zu malen, obwohl sie nur zwei halbwüchsige Bengel gewesen waren, von Frauen verlassen, von aller Welt verlassen.

Sie standen nebeneinander, als die Sonne aufging und den Frühnebel vertrieb. Im Sommer musste der Blick von hier oben unvergleichlich sein. Es war eine Gegend mit vielen großen alten Häusern. Auf dem Weg hierher war Andrew an einem Kloster und zwei Pflegeheimen vorbeigekommen, kein schlechter Verwendungszweck für Häuser dieser Größe, dachte er. Dann spürte er, wie John Smiths kräftige Hand unter sein Jackett glitt und ein Finger sanft der Pofalte unter dem weichen Stoff seines neuen Marks-&-Spencer-Anzugs folgte. Die Berührung erregte ihn. Er starrte mit angespannten Muskeln vor sich hin, wobei ihm der Gedanke durch den Kopf schoss, dass dies der Weg zum großen Geld sein könnte, vielleicht sogar zu einem Haus. Der Mann hatte jede Menge Häuser, und er, Andrew, war ein gut aussehender Kerl. Dann legte John Smith seine rechte Hand auf Andrews linke Schulter und drehte ihn zu sich herum. Auf dem faltigen Gesicht lag ein Lächeln, der kräftige Körper war vorgebeugt. »Andrew? Sie waren mir eine große Hilfe, ein echter Trost für einen Schwachkopf wie mich. Wirklich.« Sein Charme war echt und fühlte sich an wie ein Hauch von Sommer.

»Ihr Wunsch ist mir Befehl, Sir.«

Gleich würden sie sich in den Armen liegen. John Smith packte ihn mit beiden Händen, als suchte er nach Halt, während Andrew weiche Knie bekam, als er sich auf den Kuss vorbereitete. Im nächsten Moment flog er über den Balkon. Smith hatte ihn an den Schultern und zwischen den Beinen gepackt, als wäre er ein Leichtgewicht. Er stürzte aus dem ersten Stockwerk in den Baum, plumpste weich von einem Ast zum nächsten und versuchte sich irgendwo festzuklammern. Erst blieb sein Jackett an einem Ast hängen, dann verfing sich die Krawatte im Gewirr der Zweige, er fiel kopfüber, während seine Hände Halt suchten, bis sie einen neuen Ast erwischten. Es war mehr Glück als gutes Augenmaß. Sich seiner Kratzer und Blessuren gar nicht bewusst, hing er da und sah zu Boden. Dann gab der Ast bedrohlich nach, und die Knöpfe an seinem Oberhemd platzten ab. Er schwang hin und her wie ein Affe im Käfig, ein Kind beim Spielen, das von seiner Mutter ermahnt wird: »Mach das nicht!« Schließlich stürzte er auf die feuchte dunkle Wiese und schrie auf. Die wenigen Sekunden waren ihm wie Minuten erschienen. Aus seiner Stirn sickerte Blut, die Hände waren voller scharfer Schnitte, doch im Augenblick konnte er nicht darauf achten. Der letzte Sturz hatte nicht mehr als drei Meter betragen. Ein Spiel, das war alles, mit einem Baum, der nur dazu da war, um ihn zu retten.

Er hat mir zu viel erzählt. Wenn ich darüber rede, bringt er mich um.

Der Dunst verzog sich. Er lag auf dem Rücken und beobachtete ihn seltsam gleichgültig, verblüfft von diesem Himmel und den allgegenwärtigen Zweigen, die ärgerlich rauschend hin und her schwankten, als wollten sie ihn ausschelten.

Langsam bewegte er seine Glieder und stützte sich auf die Ellbogen. Dumpf und unangenehm kehrte die Erinnerung daran, wo er war, zurück. Dazu gehörte auch die Erkenntnis, dass sich John Smith keinen Deut um die Konsequenzen seines Spiels scherte – falls das ein Spiel sein sollte.

Er rappelte sich halbwegs auf die Knie und verspürte den ersten Sog von Erleichterung darüber, dass er noch heil war, wenn nicht gar unversehrt. Dann sah er den Mann, der sich vor ihm aufbaute. »Mach mich ja nie wieder an, mein Junge. Wag es nicht! Für wen hältst du mich? Für eine Tunte? Hübsche Zähne hast du, mein Kleiner. Damit du besser grinsen kannst, was? Blöder Wichser! Und jetzt geh und erzähl deinem Boss von deinem Nebenjob. Wollen mal sehen, wie lange du deine Stelle behältst und wie lange du brauchst, um dir ein Haus zu kaufen, du schwules kleines Arschloch.«

Gerade als er aufstehen wollte, sah er das Stück Holz in John Smiths Hand, so groß wie eine Zaunlatte, auf sich zukommen. Sein Mund öffnete sich zu einem abwehrenden Schrei. Dann spürte er, wie mehrere Zähne splitterten und der Kiefer krachte. Er richtete sich mit der Hand vor dem Mund auf und wich zurück. Den Schrei erstickend, spuckte er Blut auf den Teppich aus Laub und feuchtem Gras.

Der Dicke verbeugte sich und führte ihn zum Gartentor, als sei er ein Ehrengast.

Niemand kam John Smith zu nahe.

Es war schön, auf dem Weg zur Arbeit vor sich hinzupfeifen. Im Laufen machte sie Pläne für den Tag, aber keine allzu genauen. Fröhlich dachte sie an den Vorwand, den Ernest ihr geliefert hatte, um die Büroarbeit zu schwänzen, und fragte sich, ob es ihm inzwischen bewusst geworden war. Dann dachte sie an den Rest der Woche und wie sie die Aufgabe bewältigen sollte. Sie würde einen ihrer Liebhaber besuchen, Mole, und sich ein paar gute Ratschläge einholen, wie man eine Kunstsammlung aufbaute. Er kannte sich aus; es gab immer jemanden, der sich auskannte. Dann musste sie noch rauskriegen, wo die Ausstellung war, in der sie alle vertreten waren, und gucken, was Cannon machte. Falls er anrief, was er häufig vergaß, würde sie ihn bitten, mit ihr hinzugehen. Alles zusammen genommen, Erledigtes und Unerledigtes, die übrigen Klienten mit ihren Scheidungen und Problemen, war Sarah glücklich mit ihrem Leben.

An einem Obst- und Blumenstand blieb sie stehen. Struppige dunkelrote Astern, oder sollte sie lieber drei üppige orangegelbe Chrysanthemen nehmen? Oder gar keine Blumen, sondern lieber ein paar Pfund von den kalten roten Äpfeln für später? Im Zweifelsfall beides. Außerdem konnte sie sich anlässlich dieses Einkaufs fünf Minuten für ein Schwätzchen nehmen, das die Welt wieder in Ordnung brachte. Es war noch früh. Das Foyer war leer. Sie blieb einen Augenblick stehen und stellte sich vor, wie die schmucklosen Wände aussehen würden. Sie dachte an eine große Leinwand mit kräftigen Farben, möglichst obszön, damit ihrem Boss der Atem wegblieb. Bei der Vorstellung musste sie grinsen. Dann stieg sie pfeifend die endlose Treppe hinauf und bewies damit, dass sie pfeifen konnte, ohne aus dem Tritt oder außer Atem zu kommen. Das hatte sie dem Schwimmen zu verdanken. Oben angekommen, stieß sie mit dem Fuß die Bürotür auf. Diese war von Sarahs täglicher Zuwendung arg mitgenommen, denn irgendwie schien sie immer voll bepackt hier anzukommen.

Ein unverwechselbarer Geruch hing im Raum, der allen, die ihn kannten, sofort auffallen musste. Blut, ohne die Tarnung eines Desinfektionsmittels. Andrew Mitchum saß auf dem Stuhl vor ihrem Schreibtisch, auf den er sonst seine Füße legte, und versuchte, mit einem Geschirrtuch, das er gefunden hatte, die Blutung zu stillen. Er wiegte sich vor und zurück, stöhnte unzusammenhängend und tupfte eine Mischung aus Blut und Tränen von ihrem Schreibtisch. Sie hatte das grässliche Gefühl eines Déjà-vu. Entsetzt blieb sie stehen, bis der Schreck allmählich in Erschöpfung überging. Aber er hatte es irgendwie geschafft, hierher zu kommen, er lag nicht im Sterben, er blutete nur. Sie müsste doch allmählich daran gewöhnt sein; sie zog es einfach an. Bloß keinen Wirbel machen. Und bloß nicht losrennen und Hilfe holen, bevor sie sich vergewissert hatte, was eigentlich los war. Als man sie damals nach dem Überfall gerettet hatte, wäre es das Letzte gewesen, was sie gewollt hätte, also würde sie es jetzt auch nicht tun. Sie würde ihn nur festhalten und ihm gut zureden. Weder schreien noch die Polizei anrufen, bis sie raushatte, was er genau brauchte. Sie müsste mittlerweile wissen, dass nicht jeder Verletzte, der sich auf zwei Beinen halten kann, im Rampenlicht öffentlicher Aufmerksamkeit stehen will. Sie ließ die Einkäufe fallen und sah, wie die Äpfel über den Boden kullerten, während sie ihm sanft die Schultern drückte, um das Zittern zu mildern. »Nun, nun«, sagte sie. »Was hast du jetzt wieder angestellt, hm? Und noch dazu so ein hübscher Kerl wie du?«

Er bebte. Vorsichtig wand sie ihm das Tuch aus der Hand, während er sie starr und mit aufgerissenen Augen musterte, als fürchtete er sich vor ihrer Beurteilung des Schadens. Eitelkeit, vermischt mit Angst, ein gesundes Zeichen. Sie erinnerte sich daran, was sie selbst getan hatte, wie sie nach einem Spiegel gesucht hatte, das Schlimmste hatte wissen wollen.

»Hab schon Schlimmeres gesehen«, erklärte sie. »Es würde mich nicht wundern, wenn du in einer Woche genauso blendend aussiehst wie vorher. Wer hat das getan, du Schwachkopf?«

Schlimmeres gesehen. Sich selbst. Cannons Frau Julie. Sie versuchte, die persönlichen Erinnerungen an Verletzungen, Scham, Erniedrigung abzuschütteln, versuchte ihm klarzumachen, dass es vorbeigehen würde, obwohl es ihm bereits wie eine Ewigkeit vorkommen musste. Versuchte, sich daran zu erinnern, was sie damals gebraucht hatte: Körperkontakt, Beruhigung, das Aufblitzen der ach so geschmähten Vernunft. Einen geschmacklosen Witz.

»Ein Mann …, ich hab gedacht, dass er was von mir wollte …, war aber nicht so …«

»Und was wollte er? Sex? Einfach nur Sex? Das hast du davon, daß du so begehrenswert bist.«

Er machte eine Bewegung mit dem Kopf, die schmerzhaft schien, aber eindeutig negativ war.

»Ja. Aber das wollte er nicht. Ich auch nicht. Er hat mich geschlagen …, geschlagen …«

»Da bist du ganz sicher, ja?«, fragte sie, rieb seine Hände und musterte ihn aufmerksam. Wenn sie das blaue Jackett zuknöpfte und ihn in den Schal wickelte, den sie heute über ihrem Lieblingsmantel trug, wäre das Blut auf seinem Hemd nicht ganz so auffällig. Sie könnte den anderen erzählen, dass er Nasenbluten hätte; vermutlich erwartete er so was von ihr.

»In einem Club …, nett … netter Klient …«

Du hast versucht, ihn anzumachen, du kleine Schwuchtel, dachte sie bei sich. Andrew machte sich andauernd an reiche Klienten ran. Komischerweise erweckte der Gedanke an seinen enttäuschten Ehrgeiz ihr Mitgefühl. Der Junge hatte einen Korb *und* eine Verletzung zu verkraften; das war ganz und gar nicht nett, auch wenn er so ein Schleimer war. Von unten drangen Geräusche herauf. Matthewson, der irgendwas brüllte, um sich wie jeden Morgen Respekt zu verschaffen. Andrew schloss die Augen vor einer anderen Art von Schrecken.

»Du warst wieder hinter irgendwelchen Nebenjobs her, wie?« Seine Hand hob sich zustimmend. Das Zittern hatte ein wenig nachgelassen.

»Und du willst nicht, dass irgendwer davon erfährt, stimmt's?« Die Hand bewegte sich.

»Dann nehmen wir wohl besser die Hintertür, was?«

Wenn Isabella in Williams Praxis kam, wurde sie behandelt wie eine Königin. Man hätte ihr einen roten Teppich ausgerollt, wäre der Teppichboden am Empfangsschalter nicht ohnehin weinrot gewesen. Der Gedanke an sie und der damit verbundene Schmerz verdüsterten William den Tag.

»Mummy hat ein Lätzchen um!«

»Ja, stimmt! Nehmen Sie irgendwelche Medikamente, Mrs. Oakley? Bitte drehen Sie den Kopf ein wenig zu mir … Ist alles in Ordnung?«

William wusste, dass er sich abgewöhnen sollte, mehr als eine Frage auf einmal zu stellen. Selbst während einer bloßen Kontrolluntersuchung, die in diesem Fall eine pantomimische Übung war, um dem Kind die Angst zu nehmen. Mummy zuerst, dann du. Das Kind war drei Jahre alt, und William hatte keine Ahnung, was er finden würde – einen Mund voller Karies oder gar nichts.

»Ich nehme die Pille«, flüsterte sie, als sei die Information vertraulich oder irgendwie peinlich vor dem Kind. »Zählt das?« Er untersuchte das Zahnfleisch und war mit seinen Gedanken woanders, bei der gedämpften Musik aus dem Radio, der erfreulichen Erinnerung an den vorangegangenen Patienten, die gestörte Erinnerung an die letzte Nacht, und widmete sich nur mit halber Aufmerksamkeit dem, was er tat und hörte. Das Sprechzimmer war herrlich ruhig. Er hatte registriert, was sie über die Pille gesagt hatte, und den Kopf geschüttelt. Sollte sie sie bloß möglichst lange weiternehmen, die letzte Schwangerschaft hatte sich verheerend auf ihre Zähne ausgewirkt, und er wollte nicht, dass all seine Mühen umsonst gewesen waren. Isabella und er … Ob es anders gewesen wäre, wenn sie Kinder gehabt hätten? Nein, sie hatte keine gewollt. Sie hatte nur von einem perfekten Zuhause geträumt, und danach strebte sie vermutlich heute noch.

»Ich glaube, wir brauchen eine Röntgenaufnahme von dieser Seite.« Dieses »Ich glaube« musste er sich ebenfalls abgewöhnen, es klang so unsicher. »Beißen Sie fest zu. Sehr gut. Vielen Dank.« Er ging zur Tür, winkte dem Kind und trat wieder an den Behandlungsstuhl, nachdem er den Knopf betätigt, ihr die feuchte Serviette abgenommen und hinter ihrem Kopf entfernt hatte. Führe nie etwas am Gesicht des Patienten vorbei, vor allem keine Spritze. Sie musste den Mund bereits erreicht haben, bevor der Patient mitbekam, dass sie überhaupt da war.

Williams Gedanken wanderten zurück zu dem vorangegangenen Patienten. Was für ein netter Mann. Unempfindlich gegen das Jaulen des Bohrers, das Zischen des Speichelabsaugers und die Schande des Abdrucks. Friedlich und still hatte er dagelegen, den Mund voll rosigem Zahnfleisch, so sanft, geistesabwesend und bequem, dass er ihn geradezu überreden musste, fest zuzubeißen. William fragte sich, ob er selbst in diesem Alter auf Kronen bestehen würde. Was für ein netter alter Herr. Wahrscheinlich nicht, aber jeder setzte seine Prioritäten anders. Die Regeln in seiner Praxis richteten sich allein nach dem, der durch die Tür kam. William versuchte, sich ausschließlich als Techniker und Pragmatiker zu sehen. Nicht die persönlichen Bedürfnisse seiner Patienten faszinierten ihn, sondern die Herausforderung der Technik. Das Kind kletterte ohne einen Mucks auf den Behandlungsstuhl, sperrte fröhlich den Mund auf und ließ eine Reihe ebenmäßiger Milchzähne sehen. Ihre eigene Erfahrung hatte die Mutter vorsichtig werden lassen. Sie war streng mit dem, was der Kleine zu essen bekam, und tat ihr Bestes, ihn zum regelmäßigen Zähneputzen anzuhalten. Nur vor einem Unfall würde ihn niemand bewahren.

»Sehr gut«, lobte Mummy. Williams Gedanken schweiften wieder ab. Es war ein ruhiger Vormittag, aber er vermisste die Hektik seiner früheren Praxis im Auftrag des Staatlichen Gesundheitsdienstes und auch ihre Anonymität. Dort waren die Patienten nur Nummern gewesen, die stoisch und stumm vor ihm saßen. Gespräche ergaben sich so gut wie nie. Die dummen, zu Tode geängstigten Kinder, die nur mit Betäubung ruhig gehalten werden konnten, vermisste er nicht. Was für eine barbarische Methode. Was ihm jetzt zu schaffen machte, war die Erwartung seiner Privatpatienten, eine persönliche Beziehung zu jedem Einzelnen von ihnen aufzubauen. »Isst du gern Süßigkeiten?«

»Oh, ja.«

Solche Schönheit würde nicht von Dauer sein. Er sollte lieber Süßigkeiten essen und sich keine Sorgen um das Putzen machen.

»Haben Sie was dagegen, wenn ich ein Foto mache? Sie bekommen auch einen Abzug. Seine Zähne sind einfach perfekt.«

»Natürlich nicht.« Die Mutter war so geschmeichelt, als hätte er sie zur Intelligenz ihres Kindes beglückwünscht. Er sah es schon vor sich: ein Foto von den Kinderzähnen neben seinem

Porträt mit Schulmütze. Ein Foto fürs Familienalbum, unter all den anderen, die ihn als unschuldigen Nackedei zeigten und eines Tages hervorgekramt würden, um eine Freundin in Verlegenheit zu bringen. Es wäre eine Erinnerung an ein von Fluorid unterstütztes, genetisch vorprogrammiertes Glück oder an eine zuckerfreie Kinderzeit. Das Kind grinste in die Kamera und winkte dann im Hinausgehen. William verspürte einen vagen Hauch von Zuneigung, doch dann fielen ihm die Kinder aus seinen Alpträumen ein: das eine mit den Erstickungsanfällen und das andere mit den schief und krumm gewachsenen Zähnen, die sich in die Zahnlücken drängten.

Seine Sprechstundenhilfe, eine junge Australierin, vor der er sich insgeheim fürchtete, saß draußen am Empfangsschalter und unterhielt sich mit Tina und einem alten Vertreter, der ihnen ein paar Broschüren erklärte. Offenbar hatte er den Haufen ähnlicher Prospekte für neue Hygienehilfen, die jeden Morgen im Mülleimer landeten, nicht bemerkt. William eilte an ihnen vorbei, bleckte die Zähne, um ein knappes Lächeln anzudeuten, und winkte mit dem Wachsabdruck vom Gebiss des alten Mannes. Der Apparat zum Sterilisieren der Instrumente summte leise vor sich hin.

Er ging vorbei an den Bildern im Gang, der Kaffeemaschine in seinem makellosen Wartezimmer, den Seidenblumen und den frisch gestrichenen Wänden, durch die Tür an einem altersschwachen Behandlungsstuhl vorbei, den er nicht mehr bewegen konnte, und die Treppe runter in den Keller. Hier wurde es mit jedem Schritt schäbiger, alles war vollgestellt mit den Überbleibseln der alten Praxis, dem Erbe des vorigen Zahnarztes und dessen Vaters, die genau wie William nie was hatten wegwerfen können. Es gab Sauerstoffbehälter, einen Defibrillator, für den er keinerlei Verwendung hatte, und ein veraltetes Sterilisationsgerät für kleinere Instrumente, das darauf wartete, repariert zu werden, ebenso wie ein alter Staubsauger. Drei Schränke, einer mit allerlei Trockenfrüchten, Fertiggerichten, den Teevorräten der Mädchen, Kaffee, Zucker und Instantsuppen, die sie sich hier unten zubereiteten; ein zweiter mit Vorräten von pulverisiertem Mundwasser, Lösungen zum Gurgeln und Gips für die Abdrücke. Ein oder zwei wacklige Stühle müssten entsorgt werden, die übergeworfene Wolldecke wirkte zerschlissen im trüben Licht des Fensters, das auf den Lichtschacht des Kellers hinausging. Eines Tages musste er hier Frühlingsputz machen. William stellte gern Abdrücke für Kronen her; er fand es erholsam.

Er griff nach einer Plastikschüssel, in der noch Gipsreste vom letzten Mal klebten, und füllte sie halb mit Wasser aus dem einzigen Kaltwasserhahn. Die Spüle war mit weißen Spritzern bekleckert. Daneben stand verräterisch Tinas ungespülter Aschenbecher, ebenfalls mit weißem Staub bedeckt. Nach und nach kippte er das Gipspulver in die Schüssel und verrührte es mit dem Wasser, bis es eine dickflüssige Masse ergab. Dann nahm er einen Pinsel und schmierte den flüssigen Gips in den Abdruck des Gebisses. Seltsame Konturen hatte es, haarfeine Risse, Wülste und Kerben. Die Flüssigkeit war gut, doch nicht fein genug, um alles zu erfassen. Er fügte noch mehr hinzu, verschmierte sie sorgfältig, ging im Raum auf und ab und wartete, dass sie trocknete. Dabei seufzte er vor Vergnügen.

Zwei Reihen mit Modellen lagen auf dem Tisch: Abdrücke, bei denen nur noch drei Zähne erhalten waren; entstellte Kiefer; Nachbildungen von riesigen Mündern und andere von Erwachsenen, deren Mund so klein war, dass man kaum mit einem Instrument hineinkam. Er erinnerte sich daran, wie neidisch er einmal auf einen Veterinär gewesen war, der das voll entwickelte Gebiss eines Rhinozerosses behandeln sollte. Reden musste er gar nicht, und für die Zähne hatte er eine Axt gebraucht. Dieser Mann hatte mehr Ähnlichkeit mit einem Schreiner als mit einem Zahnarzt gehabt. William kam hierher, um herumzuwerkeln und vor sich hin zu träumen. So konnte er den Schrecken vor dem nächsten »Hallo!«, etwas mildern. Außerdem war hier alles so verdammt archaisch, im Gegensatz zu der schimmernden Eleganz oben. Es war angenehm still, luftig und voller Souvenirs. Man konnte einfach die Tür hinter sich zumachen. Sein eigenes kleines Apartment lag über der Praxis. Das Gefühl, dieses weitläufige Fragment des Hauses mit Beschlag zu belegen, gefiel ihm, am meisten aber der Frieden, der hier unten durch nichts gestört wurde.

Bis er Schritte auf der Treppe hörte und Tinas Stimme. Offenbar rief sie nicht nur aus Bedürfnis nach Aufmerksamkeit so laut nach ihm. Ihre Absätze klapperten über die Holzdielen; ihr Gesicht war erhitzt. »Liebe Güte«, sagte sie. »Was für eine Schweinerei! Kommen Sie schnell.«

Er wusste nicht, ob sie den Abstellraum meinte oder den Zustand hier unten überhaupt. »Da blutet einer die ganzen Möbel voll. Er muss ins Krankenhaus ... Eine Freundin ist bei ihm.«

»Ist er betrunken?«

»Verletzt.«

Immerhin hatte er jetzt eine Privatpraxis in einem großen Haus. Nur eine Sprechanlage am Eingang verband ihn mit der Straße. Er musste sich nicht mit dem Pöbel herumschlagen oder Quartalssäufern, die plötzlich merkten, dass sie Zahnschmerzen hatten. Er war seinen Stammpatienten verpflichtet und nicht der übrigen leidenden Bevölkerung.

»Ihre Patientin hat ihn angeschleppt. Sarah.«

»Oh. Bringen Sie ihn nach hinten.«

»Da ist er bereits, ich konnte ihn nicht dran hindern.«

Im Sprechzimmer stießen sie auf eine seltsame Prozession. Der Mann ließ sich gerade abrupt in den Behandlungsstuhl fallen, offensichtlich unter dem Eindruck, dass er am Ziel angelangt war, und hielt sich ein zusammengefaltetes, blutiges Geschirrtuch vor den Mund.

Sarah Fortune tätschelte seine Schulter und schenkte William ein besorgtes, aber strahlendes Lächeln. »Hallo«, sagte sie ruhig, als hätte sie ihn eine ganze Weile nicht gesehen und als sei dies eine alltägliche Begegnung. »Das fand ich in meinem Büro, also dachte ich, ich bringe ihn lieber her. Aus irgendeinem Grund will er mich einfach nicht loslassen.« Der junge Mann hielt das Tuch mit einer Hand fest und klammerte sich mit der anderen an Sarahs Mantel. Sein Gesicht war tränenüberströmt. William legte ihm die Hand auf die Stirn. Er war noch ein Junge. William sah dreißig als Schwelle zum Martyrium des Erwachsenseins und alles darunter als Jugend an. Seine Hände waren eiskalt vom Gips, die Stirn des Jungen dagegen glühte. »Er sagt nicht mehr, als dass er einen Zusammenstoß mit einem Baum hatte«, erklärte Sarah hilfsbereit und skeptisch zugleich. »Vielleicht war es ein Streit mit einem Liebhaber. Und er will keinesfalls ins Krankenhaus.«

Vorsichtig nahm William ihm das Geschirrtuch ab. Es war mit gelben Rosen bedruckt, die sich jetzt rot verfärbt hatten. Dabei redete er ihm zu wie einem Kind. »Ist ja gut, schauen wir mal.« Er untersuchte die Zähne und zog die geschwollene Unterlippe zurück, um sich den Schnitt anzusehen. Genau die Art von Verletzung, die man bei einem Kind erwartete, das zu schnell über den Spielplatz und gegen eine Mauer gerannt ist. Genau das, was passierte, wenn man keine Zeit hatte auszuweichen, und was seinem dreijährigen Patienten von eben möglicherweise auch noch bevorstand.

»Unfall und Notfall zugleich«, sagte er entschieden.

»Neiiiin!« Der junge Mann fing an zu strampeln, warf den Kopf hin und her und zerrte an dem Mantel, den er immer noch umklammert hielt. Wenigstens war der Kiefer nicht gebrochen. Es waren nur die Zähne und ein Schock. Nur.

Als William sich umdrehte, bemerkte er den verwischten Abdruck einer blutigen Hand auf der frisch gestrichenen Wand. Er seufzte. »Wie heißt er? Was ist er von Beruf?«

»Andrew. Anwalt, nicht gerade ein viel versprechender. Und ein Raufbold, wie es aussieht.« Sie strich Andrew das glatte Haar aus der Stirn und lächelte ihm beruhigend zu. Das Lächeln leugnete die Geringschätzung in ihren sanften Worten. *Sie mag ihn nicht mal,* dachte William. *Warum kann sie bloß nie nein sagen?*

»Schau mal in seine Brieftasche. Irgendwelche Rezepte, Hinweise auf Medikamenteneinnahme oder Ähnliches?«

»Nein. Er ist Mitte zwanzig und Mitglied in einem Squash-Club. Kerngesund. Schwul. Wenn du was falsch machst, sorge ich dafür, dass er dich nicht verklagen wird.«

»Vielen Dank.«

Pass auf, dass er die Spritze nicht sieht. Bei diesem Burschen musste er vorsichtig sein – eigentlich war er hier fehl am Platz. Als William versuchte, sich das Innere des Mundes anzusehen, übergab sich der Patient. So einer war das also. Er musste es ihm möglichst angenehm machen, ihn beruhigen, ihn unter Betäubung setzen. Das wäre alles für den Augenblick. Eine Menge frisches Blut auf seinem Hemd … Wie hatte sie ihn bloß hierher kutschiert, ohne den Verkehr lahm zu legen? Er war trotz seines schlechten Gewissens erleichtert, dass er noch die Latexhandschuhe trug. Außerdem verspürte er einen vorübergehenden Anflug von Ärger auf Sarah Fortune – sie war draußen und verabredete sich mit irgendwem, an *seinem* Telefon. Wie üblich. Stiftete Chaos. Schleppte irgendwas Unberechenbares von der

Straße hierher und in sein Leben. Wie stellte sie das bloß immer an? Und warum? Womit hatte er das verdient, in seinem zurückgezogenen Dasein? Der Junge hatte schreckgeweitete Augen. William berührte ihn sanft. *Ganz ruhig.*

William Dalrymple hatte selbst Angst vor dem Zahnarzt. Das erweckte in ihm ein schreckliches Mitgefühl, und *ganz ruhig* war alles, was er sagen konnte.

Es war elf Uhr morgens. Sarah sollte eigentlich woanders sein, schließlich hatte sie einen rentablen – oder doch wenigstens rechenschaftspflichtigen – Job. Und über Andrews angsterfüllte Erklärung wollte sie sich erst recht keine Gedanken machen. *Erzähl es niemandem, keiner Menschenseele, sonst verliere ich meinen Job … bitte.* Wenn er ihr nicht die Wahrheit sagen wollte, dann eben nicht. Sie würde es nicht zur Voraussetzung für ihre Hilfeleistung machen. Hilfe kann man nicht an Bedingungen knüpfen. Sie musste nicht unbedingt wissen, welcher frustrierte einsame Kauz Andrew dermaßen zugerichtet hatte. Es spielte keine Rolle.

Sarah lief schnell wie eine professionelle Sprinterin, überquerte die Oxford Street und tauchte in die Bond Street ein. Auf flachen Absätzen passierte sie die Geschäfte, ohne auf die Schaufenster zu achten. Als sie das Ende der Straße erreichte und zu den Arkaden voller Bilder kam, dachte sie an Andrew und ihr eigenes Alibi. Nach außen hin war sie cool, beinahe gleichgültig. *Sie musste Rechenschaft ablegen für diese Zeit.* Jetzt spähte sie in die Auslagen, Agnew Galleries und die anderen auf der Bond Street. Diese Läden und St. James' strahlten etwas Weltfernes und Arrogantes aus, das die Laufkundschaft davon abhielt einzutreten. Selbst von außen schienen die schweren Glastüren, die bis zur Eleganz verfeinerten Sicherheitsanlagen, die fehlenden Preisschilder und die gedämpfte kirchenartige Atmosphäre nur dazu bestimmt, alle, bis auf die Eingeweihten, einzuschüchtern, während im Innern der herablassende Blick einer schlanken Mitarbeiterin jeden Trottel aus der Provinz, der sich hierher verirrte, abschreckte. Im Geiste sah Sarah vor sich, wie sie sich die Füße auf der Fußmatte abputzte, nur um gleich darauf die Flucht anzutreten. Hier konnte sie keine Kunst einkaufen. Auf dem Weg zurück blieb sie vor einem nüchternen Schaufenster mit Blumengemälden im Stil alter Meister stehen, die in unbezahlbarer Pracht leuchteten. Die echten Blumen wären mir lieber, dachte sie. Warum muss es unbedingt Kunst sein, Ernest? Warum können wir nicht Pflanzen sammeln? Oder seltenes Gemüse?

In diesen vornehmen Straßen gab es nichts, das sie gewollt hätte, und nichts, das sie irgendjemand anderem gewünscht hätte. Früher einmal hatte sie gedacht, dass es hier Dinge gab, die sie *brauchte,* das war, als sie sich nach den schönen Kleidern und der berauschenden Macht des Geldes gesehnt hatte, so wie es Andrew Mitchum jetzt tat. Deshalb konnte sie es ihm so gut nachfühlen und tat es auch. Aber Abkürzungen gibt es nicht, Andrew, die gibt es nie, und es ist auch nie genug, weißt du das noch nicht? John Smith kann sich kaufen, was er will, und was hat es ihm gebracht? Würdest du dir deine Klienten bitte etwas genauer ansehen, Andrew, bevor du nach dem lechzt, was sie deiner Meinung nach haben?

Auf halbem Weg zurück zu Williams Praxis hatte sich ihr rascher Gang beschleunigt und ihr Bewusstsein lief wieder auf Hochtouren. Armer Kleiner. Zitternd und schluchzend hatte er an diesem Morgen bei ihr im Büro gesessen, die Worte ausgespuckt und ihr das Versprechen abgenommen, darüber zu schweigen wie ein Grab. Nun, Verschwiegenheit war ihre große Stärke. In dieser Hinsicht war er sicher, und das, dachte sie schuldbewusst und erleichtert zugleich, war Cannon auch.

In einer Auslage sah sie ein Kleid an einer einsamen eleganten Schaufensterpuppe. Es hatte einen hohen Kragen, eng anliegende Ärmel und einen ausgestellten Rock aus scharlachrotem Wollcrepe mit breitem Gürtel in derselben Farbe. Sie blieb stehen und bewunderte es. Es war himmlisch: dramatisch und sehr auffallend. Tja, das würde Vorverfahrensrichter Ralph in seinem düsteren Gerichtssaal munter machen. Sie war schon mit einem Bein im Geschäft, um es von der Schaufensterpuppe zu zerren und anzuprobieren, als sie die Reflexion ihres Haars in der Scheibe sah. Manchen Frauen steht die Mischung von rotblond und scharlachrot, doch sie gehörte höchstwahrscheinlich nicht dazu. Sie ging weiter und dachte daran, dass sie ihre gierigen Fingerabdrücke und einen verschwommenen Fleck auf dem Schaufenster hinterlassen hatte, da, wo sie die Nase gegen die Scheibe gepresst hatte, und dass es tatsächlich manchmal gut tat, leichtsinnig zu sein. Lieber von einem Kleid besessen sein als von Blut.

Als sie zurückkam, döste Andrew auf dem alten Behandlungsstuhl hinter der Treppe zum Keller. Er wirkte sauberer als vorher. William hatte ihm eins seiner Hemden überlassen, wie sie mit einem Anflug von Dankbarkeit bemerkte. Seit William für den Staatlichen Gesundheitsdienst gearbeitet hatte, war es schwierig, ihn zu überraschen. Die Tür zum Behandlungszimmer war geschlossen; sie konnte den Bohrer hören. Mit einem abwesenden Grinsen, das allerhöchstens von unendlicher Langmut zeugte, brachte die Sprechstundenhilfe sie zur Tür, wo sie einem Taxi winkte. *Konnte nicht viel machen,* lautete Williams Nachricht, *außer seinen Zustand stabilisieren. Wann wird dasselbe jemand für dich tun? Erklärung in geschlossenem Umschlag an meine Adresse erbeten.*

Nachdem sie Andrew mit einem Zettel voller Verschreibungen und Anweisungen der Obhut seines Mitbewohners überlassen hatte, fuhr sie ins Büro zurück, bewaffnet mit einem Stapel von Ausreden, die seine Abwesenheit erklären sollten (Autounfall), wie er es sich gewünscht hatte, und einem zweiten Stapel für sich selbst. Als sie die Treppe hinauflief, nahm sie zwei Stufen auf einmal und fühlte sich nicht wirklich schuldig wegen all der Lügen. Doch die Notiz, die sie William hinterlassen hatte, war ein wenig unpassend gewesen. *Danke, mein Lieber. Das war die gute Tat für heute, jetzt darfst du Isabella piesacken.*

Isabella betrat nicht einfach die Praxis, sondern rauschte herein wie ein Traum, wie ein Star, der zumindest eine bescheidene Art von Anerkennung erwartet. Ihr strahlendes Lächeln hatte nur das Ziel, dass sie alle in Ohnmacht fielen, und im Großen und Ganzen hatte es die gewünschte Wirkung. Tina und die Sprechstundenhilfe begrüßten sie wie das Hotelpersonal einen Prominenten. *Darf ich Ihnen den Mantel nehmen, Madam,* so empfing das Fußvolk den Guru einer unbekannten Sekte. Isabellas Auftritt war in jeder Hinsicht lächerlich, aber trotzdem bezaubernd, da sie niemals einen Namen vergessen konnte oder wollte. »Hallo, Tina, Sie sehen reizend aus. Was für ein herrlicher Tag!« Ihre musikalische Stimme erfüllte den Raum mit einem Schwall gesellschaftlicher Floskeln, der von Gelächter unterbrochen war. Als sie die Farbe an den Wänden bemerkte, stieß sie einen empörten Schrei aus, doch in den letzten zwei Monaten waren ihre Kommentare zu den laufenden Veränderungen nicht als Kritik gemeint, sondern hatten nur ihren überlegenen Geschmack zum Ausdruck bringen sollen. Williams Ex-Frau erzählte ihnen immer, wo sie gerade herkam, was sie als Nächstes tun würde, und hüllte die Mädchen, bis William auftauchte, in eine ansteckende Vertraulichkeit, die bis zum nächsten Besuch anhielt. In diesen wenigen Minuten erkundigtesie sich nach seinem Wohlergehen, machte ein oder zwei kleine Witze auf seine Kosten und verbündete sich mit ihnen gegen ihn. Anschließend fragten sie sich jedes Mal, wie er bloß ohne ihre geistreiche Schönheit leben konnte, und schüttelten den Kopf bei der Vorstellung dieser gescheiterten Ehe, an der keinesfalls, wie sehr man seine Fantasie auch bemühte, Isabella schuld sein konnte. Nichts war jemals ihre Schuld, und doch konnte er das verräterische Aussetzen seines Herzschlags bei ihrem Anblick ebenso wenig verhindern wie das rasende Schuldbewusstsein, das jeder vernünftigen Grundlage entbehrte. Es war nicht Eifersucht und nicht dasselbe Verlangen wie früher, aber trotzdem ein Gefühl von Ohnmacht. Sie reduzierte ihn auf einen Zustand kindlicher Abhängigkeit; plötzlich war er ein Mensch ohne eigenen Willen. Ein Blick von ihr hatte schon immer genügt, um seine Stimmung zu beeinflussen. Isabella hatte ihn zu dem gemacht, was er war, hatte ihn vorwärts gepeitscht und ihn als jemand entlarvt, der ihr nicht ebenbürtig und obendrein ziemlich langweilig war. Sie war die Prinzessin, er der Höfling, der sich freuen durfte, ihr dienen zu können.

Seine Sensibilität, die sich auf subtile Art von allen anderen unterschied, verleitete ihn zu einer geheuchelten Fröhlichkeit. Er begrüßte sie mit einem kumpelhaften »Hallo!«, begleitet von einem raschen Kuss auf die Wange, bloß um zu demonstrieren, wie freundschaftlich, ungezwungen, nett und zivilisiert man mit seiner Frau umgehen kann, die einen vor drei Jahren verlassen hat. Alles in Butter, keine Spur von Bitterkeit. Nie verlor er ein Wort darüber, dass sie ihn völlig … impotent machte, damals wie heute. Ihr Duft genügte, ihn vor Scham über sein Scheitern zusammenschrumpfen zu lassen. Na, wenigstens wusste sie, dass er ein guter Zahnarzt war; das sagte jeder.

Er führte sie um die Ecke zum Behandlungsstuhl. Sie ließ

sich ungezwungen nieder, schließlich war sie hier zu Hause, faltete die Hände über dem flachen Bauch, schlug die Knöchel übereinander und blinzelte Tina zu. William rückte seinen Mundschutz zurecht und brachte die Lampe in den richtigen Winkel. *»Musst* du dieses Ding tragen, Darling? Ich habe nichts Ansteckendes, weißt du.«

»Natürlich nicht, aber ich vielleicht.« Er lachte übermäßig laut. Tina warf ihm einen befremdeten Blick zu. »Brauchen Sie mich?«

»Nein.« Leicht eingeschnappt verließ sie den Raum. William summte vor sich hin, als er anfing, Isabellas Zähne zu inspizieren. Es war die einzige Gelegenheit, wo sich das Machtverhältnis umdrehte und er eine perverse, schuldbewusste Lust empfand. Nur in diesem Zusammenhang vertraute sie ihm. Sie hatte sich keine andere Wahl gelassen, und dieser Augenblick entlarvte ihre ganze Eitelkeit. Ihr Blick war starr nach oben gerichtet, die ineinander verschränkten Finger spannten sich an, und ein Fuß regte sich leicht, als erinnerte sie sich an einen lange vergessenen Tanz. Er sah die Fältchen um Augen und Mund und fragte sich, an welchem Punkt ihres Lebens sie es mit Schönheitschirurgie versuchen würde. Wahrscheinlich gar nicht, weil es wehtat, und außerdem würde Isabella ihrem Spiegel immer erlauben, sie zu belügen. Sie würde das Alter nie akzeptieren, sondern es einfach ignorieren. Und auf diesen flüchtigen Gedanken folgte eine andere lästige Frage, die sich an ihn selbst richtete: Wie um alles in der Welt konnte er sich der Gewalt einer Frau unterwerfen oder je unterworfen haben, die so von sich besessen war, dass sie sämtliche unbequemen Fakten einfach leugnete? Sie konnte Wissen tilgen, als wäre es Unkraut. Sie war unübertroffen in ihrer Unfähigkeit, Selbstkritik zu üben, und obendrein enorm dumm. Und dennoch hatte er einen gewaltigen Respekt vor ihr.

»Geht's so?«

Sie kniff die Augen zusammen und nickte leicht. Selbst darin lag jene Spur belustigter Verachtung.

Ich könnte dir wirklich wehtun, dachte William grimmig. Ich könnte behaupten, dass ich einen Karies im Backenzahn entdeckt habe und dir eine Spritze direkt in den Nerv geben statt nur in seine Umgebung. Da würdest du schreien. Ich könnte durch die Vene gehen und dir ein herrliches Hämatom verpassen, eine Behandlung erfinden, einen Zahn ziehen und versuchen, dabei die Hälfte stehen zu lassen, Abszess, Schwellung, Schmerzen und noch mehr Schmerzen. Aber das alles brachte er ebenso wenig fertig, wie sie zu schlagen. Was er tat, war vermutlich schlimmer.

»Wir haben doch letztes Mal geröntgt?«

»Ja«, antwortete er knapp.

»Und alles ist in Ordnung, nehme ich an?«

»Ja.«

»Gut.«

»Hast du manchmal Zahnfleischbluten?«

»Ich? Zahnfleischbluten? Wie kommst du denn darauf?«

Es blutete, wenn er mit der Parodontalsonde eindrang. Tiefe Taschen rund um die oberen Backen- und unteren Schneidezähne, mehr als sechs Millimeter, dazu ein signifikanter Rückgang des Alveolarknochens im hinteren Teil. Das Bluten zuzugeben würde dem Eingeständnis eines Mangels gleichkommen, wieder so eine unbequeme Tatsache. Sie würde einfach nicht glauben, wie wichtig es war. *Strahlend weiße Zähne sind nicht unbedingt kräftige Zähne.* Die ihren schimmerten weiß in einem professionell gebleichten Lächeln. Ihre Pflege beschränkte sich auf das, was man sah. Außen hui, innen pfui, um es salopp zu sagen, insbesondere die distalen und mesialen Flächen. Die Gesichtspflege nahm mehr Zeit in Anspruch. Er erinnerte sich an ihre rigorosen Schönheitsprozeduren vor dem Schlafengehen. Vollkommenheit hatte ihren Preis: Man musste eben Prioritäten setzen.

Warte nur, sagte William sich, wart's nur ab.

Sie würde *es* nie wahrhaben wollen, unvollkommen zu sein, und sie würde immer genauso dumm bleiben … Und doch berührte ihn ihr Profil, das sie ihm auf einstudierte Weise präsentierte. Es war unerträglich. Eitelkeit und Ehrgeiz machten sie verletzlich; auf Kritik, wie vorsichtig sie auch formuliert wurde, reagierte sie heftig, und selbst die harmlosesten konstruktiven Vorschläge zu irgendeinem Aspekt ihrer äußeren Erscheinung machten sie fuchsteufelswild. *Du musst dir die Zähne gründlich putzen,* und sie käme sich vor wie eine Schlampe. *Du leidest an einer Vorstufe von Parodontose. Zwar ist Zahnbelag im Normalfall nichts Besonderes, bei dir jedoch wäre er fatal* – das würde sich anhören wie eine seiner üblichen Predigten. Warum es dann aussprechen? Sie würde ohnehin nicht auf ihn hören. Es war kein Funken von Freude in der Vernachlässigung seiner Pflichten, obgleich sie ihm eine leichte Befriedigung verschaffte.

»Da ist noch was, Issy …« Er hielt inne, gefangen von ihrem erwartungsvollen Blick, ihrem ständigen, amüsierten Warten auf den schrecklichen Augenblick einer persönlichen Erklärung oder der Offenbarung seines unauslöschlichen Verlangens. Als seine Stimme verebbte, erkannte er, dass er händeringend und nervös vornübergebeugt dastand. Es war alles andere als souverän und erinnerte ihn an die Zeit, als er fünf gewesen war: wie ein kleiner Junge, der dringend aufs Klo musste.

»Ja?«

Er schüttelte den Kopf.

»Ich muss jetzt los, Darling. War nett, dich zu sehen.«

Ihr Blick fiel auf seine viel zu großen Füße und schweifte

über seinen gesamten Körper, die roten Hände und den Mundschutz, den er abwesend nach oben geschoben hatte und der jetzt wie ein vergessener Partyhut auf seinem Kopf saß. Sie lächelte sanft, als verziehe sie ihm all seine Unzulänglichkeiten, und warf ihm einen langen, mitleidigen Blick zu, bevor sie in einer Wolke von Givenchy an ihm vorbei zur Tür schwebte. Von der anderen Seite erklang jetzt Gelächter. Sie murmelte ihre Anweisungen, *passt gut auf ihn auf, hört ihr?* – als sei er ein preisgekrönter, aber schuldhaft in Ungnade gefallener Besitz, den man der Obhut anderer übergeben hatte, bis es Zeit wurde, ihn zurückzuholen. William trat zum Fenster und beobachtete, wie sie die Straße überquerte. Ein durch die Luft wirbelndes olivgrünes Kaschmir-Cape, ein rascher Blick auf ihre Armbanduhr, der vertraute Schimmer ihres dunkelblonden Haars, die erhobene Hand, um ein Taxi zu rufen – und plötzlich packte ihn ein dermaßen heftiges Gefühl von Niedertracht, dass es ihn schüttelte und er plötzlich kerzengerade dastand. Als Erstes würde sie merken, dass sich aufgrund des sich rückbildenden Alveolarknochens die Backenzähne lockerten. Einer oder zwei würden ausfallen, dann noch mehr. Ihr Gesicht würde einfallen, die Lippen schmaler werden, bis sie Zeter und Mordio schreien und vor ihrem eigenen Spiegelbild davonlaufen würde. Eine entsprechende Behandlung wäre langwierig, teuer und würde nicht hundertprozentig zum gewünschten Erfolg führen. Die einzige Alternative wäre eine Prothese – und sie würde ihre raffinierten Mahlzeiten mit klapperndem Gebiss verdrücken müssen.

Mit zitternder Hand vermerkte er seine Notizen. *Vermeide persönliche Bemerkungen auf dem Krankenblatt: Alle Vorurteile werden sich gegen dich wenden.* Das schloss Lügen nicht aus. »Patientin wurde dringend nahe gelegt, sich röntgen zu lassen, um die Entwicklung zu überprüfen. Gründliche Reinigung wurde angeboten. ABGELEHNT.« Rache, wenn sein Gewissen mitspielte und sie ihn weiter dazu nötigte, konnte tatsächlich genauso süß sein wie die Karamellbonbons, die sie so gern aß. Tina schlängelte sich ins Sprechzimmer und begann die routinemäßige Reinigung des Behandlungsstuhls zwischen den einzelnen Patienten. Ihr Schweigen war stummer Ausdruck ihrer feindseligen Neugier. »Sie müssen sich immer noch gern haben«, sagte sie schließlich auf gut Glück.

»Ich glaube nicht, dass das eine notwendige Folgerung ist«, entgegnet William abwehrend. »Nein, das glaube ich ganz und gar nicht.« Er erinnerte sich an den Traum und an die Größe seiner Füße. Im Geiste sah er wieder Isabella vor sich, wie sie mit zwei fremden Kindern durch die Tür kam und wie sie ihre kleine Schönheitsparade gegen sein komplettes Versagen ins Feld führte: den Jungen mit der kaputten Lunge und das Mädchen mit den Zahnlücken.

Er würde ihr einen Brief wegen der Parodontose schreiben, ja, das würde er, das sollte er tun. *Du bist wie der ärmste Patient, den ich je hatte, Isabella. Nur bei den Armen ist eine solche Ignoranz verbreitet, aber in deinem Fall ist sie nichts anderes als Halsstarrigkeit. Du wolltest es einfach nicht wissen.* Und wenn er es zu Papier brächte, würde er daran denken, was sie alles hätte lernen können, und sich an die vielen Male erinnern, als sie es hartnäckig abgelehnt hatte, sich irgendetwas anzuhören, was von ihm kam, und dann würde er seine teuflische Freude bei dem Gedanken an Isabella haben und wie ihr Schädel unter der Haut schrumpfte. Mochte Gott ihm vergeben.

Er zog die Handschuhe aus, schrubbte sich heftig die Hände und ertrug den scharfen Schmerz. Wenn sie wieder heiratete, würde sie ihn vielleicht von ihrem Fluch erlösen. William starrte auf ihr Krankenblatt und schnipste ein unsichtbares Stäubchen von der Karte.

Notizen. Es war ein Mythos, dass er all seine Patienten kannte, aber es war auch beruhigend zu wissen, dass er so tun konnte, als ob. Es gab nur wenige, die er kannte, an die er sich erinnerte. Die Notizen waren unpersönlich, sie riefen Erinnerungen an den Zustand ihrer Zähne wach, nicht aber an ihre Gesichter oder Persönlichkeiten. So war es ihm am liebsten. Schon vier Uhr nachmittags. In seinem augenblicklichen Zustand emotionaler Erschöpfung hatte er das Gefühl, der Tag schleppe sich endlos dahin, als sei es gar nicht hell geworden, sondern durchgängig so trübe gewesen, wie es jetzt allmählich wurde. Ein feiner Nieselregen schlug gegen die Scheibe. Ein Patient wartete noch. William sah den Namen auf der Karte und musste lächeln. Dann warf er einen Blick auf Cannons Krankenblatt und errötete, als er sah, wie er selbst seinen besten Rat – die Notizen unpersönlich zu halten – in den Wind geschlagen hatte. »Herrlich verrückt«, las er und fragte sich, ob das nicht besser auf eins dieser neumodischen abstrakten Gemälde passte. »Tapfer«, eine Beschreibung, zu deren Verwendung er nicht oft Gelegenheit hatte. »Heute mürrisch, malt aber gut« – das war beim besten Willen kein Hinweis auf die Zahnprobleme des Mannes, trotzdem hatte er es hingeschrieben. In dem Kästchen auf der ersten Seite des Krankenblattes, wo er stets den Namen desjenigen notierte, der ihn dem Patienten empfohlen hatte, stand schlicht: »Knast.« William eilte ins Wartezimmer, um ihn zu begrüßen. Cannon war einer seiner Triumphe, einer der wenigen Patienten, die er aufrichtig ins Herz geschlossen hatte.

Cannon saß in seinen grässlichen Mantel gehüllt da und starrte auf ein Bild an der gegenüberliegenden Wand. Er drohte ihm mit dem Finger, prüfte es mit zusammengekniffenen Augen und hob anerkennend den Daumen, versunken in ein Zwiegespräch, das nur er selbst verstand. Das war einer der vielen unerfindlichen Gründe, warum William ihn mochte. Ihre Gesten und neurotischen Anwandlungen ähnelten einander wie bei Vettern. Ihre unzusammenhängenden Wortbeiträge ergaben einen Sinn jenseits jeder Logik. Cannon redete mit Gemälden, als seien sie lebendig. Dabei begann er jede Unterhaltung damit, was ihm gerade im Kopf herumging, und formte es in Worte, als sei es Schaum. »Die verdammten Hände sind falsch dargestellt«, sagte Cannon und tippte mit seinem Finger auf das Porträt, als wolle er es durch seinen Tadel zur Besserung zwingen. Es war das Porträt eines freundlichen alten Mannes. »Gott schütze den armen Kerl. Na, wenigstens geht es mir nicht allein so. Jedem verdammten Arschloch passiert dasselbe. Titten und Hintern malen ist kein Problem, aber Hände und Mund – au weia!«

Er reichte William gerade bis zur Brust, als er jetzt aufstand, seine Schultern umfasste und ihm einen lauten Schmatzer aufs Kinn drückte. Cannon konnte küssen, dass das Echo von Wand zu Wand hallte und eine ganze Gerüchteküche in Gang setzte. Und sein Grinsen war so breit, dass es den Kiefer aus den Angeln zu heben schien.

William ertappte sich dabei, wie er es erwiderte. »Warum zum Teufel hast du einen Termin gemacht? Das ist doch nicht nötig.« Cannon zog ein Päckchen aus einem Rucksack, der schon bessere Zeiten gesehen hatte. Es war in Papier eingewickelt und mit Unmengen von Paketband verschnürt. »Ich musste mit dir reden, das ist alles. Hör mal, ich hab was zu tun für dich.« Seine Haut glänzte vor Sauberkeit, sein Mantel stank nach Erde und Feuchtigkeit, das krasse Gegenteil des Duftkissens, das neben den Seidenblumen lag, und William musste zum ersten Mal an diesem Tag lachen. Nach kurzer Zeit fühlte es sich an wie eine Übung zur Entspannung verborgener Muskelstränge, die sich nur dann bemerkbar machten, wenn sie benutzt wurden. Cannon zerrte an der Verpackung. Es war ein Bild.

»Was soll denn das? Ich habe genug, mehr brauche ich nicht.« Cannon setzte sich im Schneidersitz auf den Boden und fixierte das Gemälde, das er gegen das Sofa gelehnt hatte. Er war ganz bei der Sache. »Ein Haufen Nonnen«, sagte er. »Sie gehen seit Jahren nicht mehr zum Zahnarzt, weil es zu teuer ist, und eins der armen Dinger knirscht mit den Zähnen. So weit zum lieben Gott. Ich zahle. Hab ich nicht gesagt, dass ich mich revanchieren würde? Und wenn wir schon dabei sind, kannst du das eine Weile für mich aufheben? Ich hab im Moment keinen Platz dafür.«

Ein Akt. William starrte ihn wie verzaubert an. Er brachte Licht in den Raum. Er starrte auf das Gemälde und dann auf Cannon. Es war ein seltsames Bündnis zwischen zwei Männern, die sich hinter Gefängnismauern begegnet waren, selbst wenn der eine frisch von draußen gekommen und der andere ein verschlossener, misstrauischer Selbstmordkandidat gewesen war.

»Kannst du darauf aufpassen, bitte? Und die Nonnen werden dir gefallen, ich versprech's dir. Ach so, ja, wenn du dort anrufst und ihnen deine fantastischen Dienste anbietest, red ja nicht von dem ganzen kosmetischen Kram, hörst du? Das wollen sie gar nicht wissen. Und kein Wort davon, dass ich dich drum gebeten habe. Sag einfach … sag, dass Sarah Fortune dich auf sie aufmerksam gemacht hat. Sie kennt sie auch. Was meinst du, ist es noch zu früh für einen Drink?«

William war nie überrascht zu erfahren, wen Sarah alles kannte. Immerhin hatte sie ihn zu Cannon ins Gefängnis geschickt und dann Cannon hergeschleppt, so wie sie auch ihre anderen komischen Klienten dazu brachte, ihn in seiner sehr viel gewöhnlicheren Umgebung aufzusuchen. In stillschweigendem Einverständnis gingen sie nach unten in die Rumpelkammer. Während seiner Behandlung hatte Cannon hier freien Zugang gehabt, ursprünglich um ihn vom Personal und den respektablen Patienten fern zu halten, dann als Zugeständnis an einen Mann, der mit seinen eigenen Gefängniswärtern kam. Dort konnten seine Bewacher und er die Beine ausstrecken und ihre Neugier befriedigen, wie alles funktionierte. Kaum vorstellbar, dass Cannon Bekanntschaft mit Nonnen pflegte, aber er sah aus, als könnte er Mitgefühl gebrauchen. An Glaube und Hoffnung schien es ihm nicht zu mangeln. William wusste, dass er keine Fragen stellen sollte. Die Rumpelkammer passte am besten zu ihnen. Die drei Male, die er nach seiner Entlassung schüchtern wiedergekommen war, um mit ihm zu plaudern, hatten sie hier gesessen.

Ein Zahnarzt und ein Künstler, der das Bombenbasteln und Häuserbauen aufgegeben hatte. Der Kontrast entzückte William. Er wusste kaum etwas über diesen Mann und wie er jetzt lebte, und er legte auch keinen Wert darauf. Cannon bat um nichts, er brachte sogar seinen eigenen Whisky mit.

»Mensch, William«, sagte er jetzt und sah sich bewundernd in dem Durcheinander um. »Dieser Raum ist das reinste Arsenal.«

»Ich müsste ihn dringend mal aufräumen, schätze ich.«

»Nein, tu das nicht. Mir gefällt es hier.«

William bewunderte das Grinsen, das auf sein Konto ging.

4

BUMM, BUMM … PENG. Ich jage dein Haus in die Luft …

Ja, das mach ich, Rotkäppchen … Keinen Penny sollst du von mir kriegen …

Mit einem kleinen erstaunten Schrei schreckte sie aus ihrem nachmittäglichen Schlummer. Sie hatte irgendwelchen Tagträumen nachgehangen, war dann weggedöst, und alle Bilder waren über ihr zusammengestürzt, *peng*. Eine Frau mit vorstehenden Zähnen und einem herrlichen roten Kleid dirigierte den Bombenanschlag auf ein Haus und leierte dabei den Klagegesang einer Scheidungsklientin herunter, deren Akte auf Sarahs Schreibtisch lag und deren blökende Wut ihr von dem gedruckten Blatt ins Auge sprang. *Er hat gesagt, dass er mir nie einen Penny geben wird, und so war es … Nichts ist sicher, nicht mal ein Haus …*

Sarah blinzelte, trank einen Schluck kalten Tee und wünschte, es wäre Gin. Dann zündete sie sich eine Zigarette an, schob die eidesstattliche Erklärung beiseite und sammelte die Papiere auf, die zu Boden gefallen waren, als sie hochgeschreckt war. Das war schon besser. Bei dieser Art von Literatur konnte sie einfach nicht widerstehen. Kunstkataloge regten zwar an zu spekulieren, doch Angebote von Immobilienmaklern übten eine ganz andere Art von Zauber aus. Sie waren was für Träumer. Sarah Fortune las sie mit der Hingabe eines Menschen, der fest davon überzeugt ist, dass der Weg viel aufregender ist als das Ziel.

Ich möchte mir leer stehende Häuser ansehen, hatte sie den Maklern erklärt. Ich muss sie sehen, wenn sie nicht bewohnt sind, um mir vorstellen zu können, wie es wäre, dort zu leben. Aber ich will nicht mit dem augenblicklichen Wohnungsinhaber sprechen, und außerdem weiß ich noch gar nicht, was ich will. Häuser, Apartments, alles, was ein Zuhause abgeben könnte. Welche Preisvorstellung, Madam? Sie hatte ausweichend die Achseln hochgezogen. Das hängt ganz von dem Haus, von der Wohnung und der Umgebung ab. Sie hatten ihre Kleidung und ihr selbstbewusstes Auftreten gesehen und ihr alles geschickt, was sie im Angebot hatten, denn sie wirkte gepflegt. Sie gingen von einer Annahme aus, die ihr schon häufiger aufgefallen war, nämlich dass eine gut gekleidete Frau intelligent sein muss und sich überdurchschnittlich gut ausdrücken kann, als sei das Talent, sich optisch in Szene zu setzen, mehr als bloß ein Tick. Es gibt noch andere, ähnliche Annahmen, hatte sie gedacht, während sie unbekümmert von einem renommierten Immobilienmakler zum nächsten ging. Zum Beispiel die Vorstellung, dass ein Maler mit visuellen Talenten auch redegewandt, eine Schauspielerin auch interessant und eine Nutte auch eine Philosophin sein muss. Oder dass Frauen Schwestern im Geiste sind.

Als ihr das Wort »Schwester« einfiel, war sie beim zweiten Angebotsblatt angelangt und erinnerte sich an einen Zettel mit Nachrichten auf ihrem Schreibtisch, die sie nur kurz überflogen, aber noch nicht beantwortet hatte. Einige hatten sich bereits von selbst erledigt, rund die Hälfte forderte sie auf, Rechenschaft über ihre Arbeitszeit abzulegen, doch Sarah plagte sich nur selten mit Dingen der Unmöglichkeit ab. »... bezauberndes Reihenhaus mit kleinem liebevoll gepflegten Garten in ruhiger Lage ...« Nein. »... kleines Apartment im zweiten Stock mit Blick auf Grünfläche, U-Bahn-Station in Fußweite, Südbalkon ...« Das könnte eine knappe Beschreibung ihrer eigenen Wohnung sein, die damit einen gewissen Charme bekam und in ihren Augen genau das war, wonach sie suchte. »... *Wohnzimmer, zwei Schlafzimmer, Badezimmer, Küche, ca. 32 m²*. Mitbenutzung eines großen Gartens ...« Was für eine merkwürdige Aufteilung, unmöglich, sich darunter etwas vorzustellen. Sie wandte sich dem nächsten Angebot zu und war sofort gefesselt: *»Blick auf den Kanal ..., großer unrenovierter Altbau! Ideales Investitionsobjekt!«* Wenn das stimmte, hätte der Markt mit seinem hoch entwickelten Riecher es sich schon vor

Monaten einverleibt. »Feucht und leer« war das, was sie las. Sie knabberte an ihren Fingernägeln mit einem freundlichen forschenden Gesichtsausdruck, als könnten sie ein interessantes Nahrungsmittel abgeben. Warum saß sie *hier* und ließ winzige Nagelsplitter in den Aschenbecher fallen, statt irgendwo da draußen zu sein, auf dem Weg zum idealen Investitionsobjekt, das so ideal war, dass niemand es haben wollte. Allein der Gedanke daran versetzte sie in Erregung. Das war mehr als ein Kleid, mehr als ein Mantel, mehr als ein Gemälde. Das war echter Einkaufgenuss.

Das Telefon klingelte. Im Hintergrund hörte man Verkehrslärm. Dann ein gedämpftes Fluchen, leises Murmeln, unverständliche, bedrohliche Silben, die ziemlich obszön klangen – dabei waren sie kaum mehr als die menschlichen Laute eines Fremden, der sich an einem ungewohnten Ort mit einer Telefonkarte abmühte, während er von Außerirdischen belagert wurde.

»Um Himmels willen, bist du es?«

»Ja, bin ich. Was ist los?«

»Du bist nie zu erreichen, das ist los. Ich hasse diese Telefonkarte, die du uns gegeben hast, das ist los. Ich verstehe mein eigenes Wort nicht. Heilige Muttergottes ...«

»Wo steckst du?«

»Mein Kopf steckt in einer öffentlichen Fernsprechhaube, ein Hund pinkelt mir auf die Ordenstracht, und die Leute starren mich an, als wäre ich von einem anderen Stern. Ich muss dich treffen, und zwar schnell.«

»Ja. Ich dich auch. Ich will mir eine Wohnung ansehen. Kannst du mitkommen? So gegen sechs?«

Man hörte ein unterdrücktes Kichern, dann das Geräusch eines Tritts. »Du musst mir nur sagen, wo. Ich bin verrückt nach Häusern, Hauptsache, sie stehen leer. Ich hab' noch ein

Hühnchen mit dir zu rupfen und ein paar Fragen zu stellen. Aber zuerst muss ich was erledigen.«

Sarah sah sich im Büro um. *Alles, was du je wolltest.* Sie betrachtete die elegante Fassade des Hauses, das in dem Schreiben des Maklers angeboten wurde, während sie ihr die Adresse nannte. *Alles, was du nie hattest.*

»Wozu brauchst du das?«

Schwester Pauline und Sarah standen im Dunkeln vor einem grauen Haus und warteten auf die Mitarbeiterin des Maklers. Pauline hatte ein Paket dabei, das ihre Besorgung enthielt: eine Daunendecke. »Für Imelda«, erklärte sie, als verlangte ein derartiger Luxus nach einer Erklärung. »Wir müssen sie ein bisschen verwöhnen, damit sie aufhört, mit den Zähnen zu knirschen.« Die Mitarbeiterin des Maklers war erkältet und deswegen Sarahs Charme gegenüber immun, und obendrein neidisch auf deren Mantel. Der feste Händedruck der Nonne mit dem scharfgeschnittenen Gesicht schüchterte sie ein. Sie fummelte mit den Schlüsseln herum und öffnete zwei Türen, die zu der Wohnung im Hochparterre führten. Hinter den vorderen Fenstern schimmerte trübe das Wasser von Little Venice. Die Wohnungstür klemmte. Man musste sie kräftig aufstoßen – ein erster Hinweis auf die allgegenwärtige Feuchtigkeit mit ihrem muffigen Gestank. Die Frau fröstelte. »Warum warten Sie nicht so lange in Ihrem schönen warmen Auto?«, schlug Pauline vor.

»Das kann ich doch nicht …«

»Doch, das können Sie. Wir brauchen vielleicht länger.«

Sie ging, alles andere als dankbar. Aber was spielte es schon für eine Rolle? Zwölfmal hatte sie diese Wohnung bereits gezeigt; vor dem Frühling würde sie ohnehin niemand kaufen.

»Wozu *brauchst* du sie bloß?«, wiederholte Pauline. »So viel Platz.«

Sarah gab keine Antwort, sondern zog ihren Mantel enger um sich. In dem riesigen Raum vorn hallten ihre Stimmen wider; das Zimmer dahinter war nur halb so groß und dunkler. Die Wände waren mehr als drei Meter hoch und mit Deckenleisten verziert. Von dem halb zerfallenen Stuckornament an der Decke hing eine nackte Glühbirne, die im Windzug der Tür hin und her schaukelte. Kalt. Früher hatte es hier einen kunstvoll gearbeiteten Kamin gegeben, von dem nur noch eine Höhlung in der Wand und die schwarze Kaminsohle übrig waren. Löcher in der Wand zeigten an, wo früher die Steckdosen gewesen waren. Der mit großen fleckigen Blumen bedruckte Bodenbelag wirkte hässlich im kalten Licht der Glühbirne. Sie schlenderten durch den breiten Flur in die Küche. Schmuddelig gelbe Schränke mit offen stehenden Türen und Lücken dazwischen, wo vermutlich Kühlschrank und Herd gestanden hatten. In einer Ecke lag ein Haufen Kötel, die einen beißenden Geruch verströmten.

»Irgendwer ist eingebrochen und hat alles ausgeräumt«, erzählte Sarah ihrer Tante im Plauderton. »Der Makler hat es mir erzählt. Dem Besitzer ist es egal, wie es hier aussieht, jedenfalls macht er keinerlei Anstalten, die Wohnung wieder instand zu setzen. Aber potentielle Käufer schreckt er damit wohl eher ab.« Die Aura von Verwahrlosung war mit Händen zu greifen; man konnte sie schmecken und riechen. Alles, was die Räume mit Leben erfüllt hätte, war verschwunden. Das Haus selbst war schmal, aber tief; Küche und Schlafzimmer gingen auf einen Garten hinaus. Die hinteren Räume waren eigentlich zu klein im Verhältnis zu ihrer Höhe, so dass es selbst bei Tag immer düster wäre.

»Ich würde die Wände rausreißen«, sagte Sarah.

»Du hast eine Vorliebe dafür, Wände rauszureißen«, antwortete Pauline gleichmütig. »Würdest du mir jetzt bitte erklären, warum du mich unbedingt herschleppen musstest, um diese Bruchbude anzusehen? Und erzähl mir, was mit Mr. Cannon los ist. Es ist mir egal, ob die Kleine da draußen im Wagen erfriert. Ich werde dieses Dreckloch nicht verlassen, ehe du mir … nun … ehe ich eine Menge mehr weiß als jetzt. Julie Smith ist jetzt seit mehr als drei Monaten bei uns. Ich habe nichts dagegen, sie zu verstecken, aber ich will wissen, wie lange das noch so weitergehen soll.«

Sarah hatte plötzlich das Gefühl, die Wohnung verteidigen zu müssen, als habe sie, bloß weil sie beschlossen hatte, sie zu besichtigen, die Verantwortung für ihren guten Ruf übernommen. »Eine *wunderbare* Bruchbude«, beharrte sie. »Sieh dir nur mal das Vorderzimmer an. Wenn man etwas Geld und Mühe investiert, könnte man was Großartiges draus machen. Ich liebe diesen verblassten Glanz. Das Badezimmer ist okay, und im hinteren Teil, nun ja, könnte man sich prima verstecken. Niemand würde wissen, dass man da ist.«

»Ah«, sagte Pauline. »Ich verstehe. Ablenkung. Irgendwas Wunderbares, wo man sich verstecken kann. Deshalb schaust du dir also seit einem Jahr Wohnungen an. Eine Kurtisane auf der Jagd nach verblasstem Glanz. Eine auf der Suche nach einer neuen Bekanntschaft oder einem neuen Ambiente zum Hofhalten. Nach vorn raus kannst du die Enten mit Brotkrumen füttern. Oder von mir aus mit Kuchen.«

Sie schwang ihre Arme, um warm zu werden, verschränkte sie dann vor der Brust und trat auf dem eiskalten Küchenboden von einem Fuß auf den anderen. Ihre lange Robe raschelte, und der Rosenkranz klapperte. Sarah tastete nach ihren Zigaretten, nahm sich eine und bot die Packung dann Pauline an, die gierig zugriff. Schweigend zündeten sie sie an. Dann hörte Sarah einen zufriedenen Seufzer. »Mach nur weiter so«, sagte Pauline. »Ich bin leicht zu bestechen.«

»Ich glaube«, sagte Sarah mit der Stimme eines Reiseleiters, der die subtileren Kostbarkeiten eines Museums erläutert, »dass diese Wohnung, wie auch der Rest des Hauses, einem gewissen John Smith gehört, Julies Schwager. Es verfügt über sämtliche Merkmale eines Smith-Eigentums. Er kauft solche Häuser, zieht gelegentlich für eine Weile dort ein und gibt sie dann wieder auf. Manchmal überlässt er sie asozialen Mietern, die alles verkommen lassen. Irgendwie erträgt er es nicht, sie wieder abtreten zu müssen. Was ihm gehört, kann niemand anderem gehören, jedenfalls nicht auf Dauer. Diese Gefühlsduselei erstreckt sich nicht auf Bürogebäude, deshalb hat er so viele und kann sich sein kleines Hobby leisten. Er würde niemals wissentlich an eine Frau verkaufen, das schränkt die ganze Sache etwas ein ... Und die Preise sind definitiv zu hoch, was das Ganze noch komplizierter macht. Smith wirft sie auf den Markt und verhindert gleichzeitig den Verkauf. Am liebsten ließe er sie einfach verfallen.«

Pauline schwieg.

»Am Ende verkauft er dann doch. Wenn sich die Angebote überschlagen und er die Nase voll hat von seinem Spiel. Wenn das Haus so heruntergekommen ist, dass sein eigener Architekt es nicht wieder erkennen würde.«

»Du verschwendest meine kostbare Zeit, Sarah«, sagte Pauline. »Mein Gott, es ist so kalt, dass ich mir das da umhängen sollte.« Sie versetzte der Schachtel mit der Daunendecke einen Tritt. »Hier stehen wir, schauen uns eine Wohnung an, die du nie im Leben wirklich kaufen würdest, selbst wenn du könntest, und du erzählst mir Dinge – interessante Dinge, wie ich zugeben muss –, die mir aber absolut nicht weiterhelfen. Nicht im Geringsten.«

Sarah stieß mit der Schuhspitze gegen die Schachtel, bis sie umfiel. Auf der anderen Seite klebte ein Sonderangebotsschild.

Pauline witterte Schnäppchen auf hundert Meter Entfernung.
»Das sollten sie aber«, antwortete Sarah. »Obwohl ich sie dir lieber ersparen würde. John Smith ist Cannons Bruder, Julie Smiths Schwager, und die, so habe ich den Eindruck, hast du in letzter Zeit doch wohl ins Herz geschlossen.«

»Ich habe sie nicht nur ins Herz geschlossen«, unterbrach Pauline sie, »ich liebe sie. Sie ist mir wichtig. Ein junges Ding, das die Schule hinschmeißt, von der eigenen Familie verstoßen wird, aus eigener Kraft von den Drogen loskommt, intelligent, anständig …«

»Ich dachte, es könnte nützlich für dich sein, dir ein Haus anzusehen, das John Smith gehört«, fuhr Sarah fort, »weil es dir eine Vorstellung davon vermittelt, wie er mit seinem Eigentum umgeht. Er kann weder Menschen noch Dinge aufgeben oder respektieren. Das schließt seinen Bruder ebenso ein wie seinen Besitz. Er will seinen Bruder zurück, und zwar mit Haut und Haaren. Gefährliche Männer verstehen ihre eigenen Motive nicht.«

Sie waren in eine graue Wolke gehüllt. Die kalte Feuchtigkeit sorgte dafür, dass der Rauch nicht abzog.

»Aber wie kommt es dann, liebe Nichte, dass *du* sie verstehst? Bist du, nachdem du mit so vielen Männern geschlafen hast, so bewandert in ihren Seelen, dass du ihre Motive auf einen Blick entschlüsseln kannst? Ist es das?« Sie stieß den Rauch aus. Die Geste war irgendwie verächtlich, ihre Stimme ruhig. »Als Kind hast du immer versucht, die Aufmerksamkeit auf dich zu lenken, weißt du«, fuhr Pauline fort. »Nicht dass du sie bekommen hättest die wenigen Male, da ich dich sah, trotz aller Anstrengungen. Was konntest du für herrliche Geschichten erzählen, und alle enthielten allerhöchstens ein *Körnchen* Wahrheit.« Sie schnippte mit den Fingern, um zu zeigen, wie wenig. »Ich weiß auch nicht, warum ich beschlossen habe, dir diesmal zu glauben, vermutlich weil Glauben meine Lebensgrundlage ist. So oder so.«

»Du weißt selbst, wozu er fähig ist. Das hast du nicht erst von *mir* erfahren.«

»Ich weiß, wozu *irgendwer* fähig ist. Fähig war, Julie das anzutun. Sie hat eine Form von Anstand, nach der man geradezu süchtig wird. Sie strahlt.« Pauline drehte sich auf dem Absatz um und griff dabei nach den Perlen ihres Rosenkranzes. Die Gewohnheit der Stille war ihr in Fleisch und Blut übergegangen. Es erschien ihr nicht richtig, hier Lärm zu machen, auch wenn sie am liebsten losgeschrien hätte. »Er hat sie ausgepeitscht«, sagte sie kopfschüttelnd. »Du hast es mir gesagt, und ich habe dir geglaubt, denn ich habe gesehen, wie sie aussah. Er hat ihr zusammen mit einem dicken Mann aufgelauert, kurz bevor Cannon aus dem Gefängnis entlassen wurde. Die beiden haben sie an einen Ort wie diesen gebracht, sie ausgepeitscht und gefoltert, nur weil sie die Unverschämtheit besaß, am Leben zu sein. Sie haben ihr das Gesicht verdeckt, damit er sie nicht ansehen musste. Er dachte, sie würde fliehen. Aber das hat sie nicht getan. Du hast sie gefunden. Sie hat mir erzählt, dass sie ihn an seinen *Zähnen* erkannt hat. Ich bitte dich.« Sie schlug die Handflächen gegen die Wand, die sich feucht anfühlte, und zog sie hastig wieder zurück. »Ich möchte wissen, *warum* … und woher *du* weißt, warum. Und erzähl mir ja nicht – wag nicht, mir zu erzählen –, Cannon sei unschuldig, bloß weil seine Frau es ohne jeden Zweifel ist. Mach keinen Helden aus ihm. Das nehme ich dir sowieso nicht ab. Du bist so verdammt *romantisch*. Erzähl mir nicht, dass sein verdorbener Bruder ihn ins Gefängnis gebracht hat, um ihn und seine Frau zu trennen.« Sie war wütend.

Die Zigarette in der anderen Hand war abgebrannt. Pauline hielt den Filter zwischen Daumen und Zeigefinger und betrachtete ihn sehnsüchtig. Sarah zögerte. Eine leer stehende Wohnung und die Vorstellung, was sich daraus machen ließe, lösten in ihr scheinbar den Wunsch aus, undeutlich und viel zu schnell zu sprechen. Pauline und sie fühlten sich manchmal unbehaglich miteinander, wie Menschen, die sich lieben, aber nie ganz verstehen würden.

»Nein. Nicht ganz. John Smith war der Kopf eines überwiegend legalen, ja sogar bewundernswert organisierten Konzerns. Ein Bauunternehmen. Die Herstellung von Bomben war nur ein Nebenzweig. Wenn man ein Gebäude abreißen wollte, bevor die Behörden es unter Denkmalschutz stellten, wandte man sich an sie. Ich weiß nicht, wen sie alles belieferten – Cannon schämt sich zu sehr, um es zu verraten. Auf jeden Fall war es ein gewinnträchtiges Geschäft. Dann verliebte sich Cannon, heiratete in aller Eile und war von da an in den Augen seines Bruders ein Verräter. Die gesetzwidrige Seite des Unternehmens flog auf, als Cannon nicht mehr mitspielte. Er nahm die Schuld ganz auf sich und ging für fast zwei Jahre ins Gefängnis. Davor erleichterte er seinen Bruder allerdings noch um einen beträchtlichen Batzen Geld. Heute hasst er Bomben, und selbst ein Feuerwerk raubt ihm den Verstand. Er ist ein Mann mit vielen Talenten.«

»Glaubst du, er könnte den Bischof für uns in die Luft jagen?«

»Nein. Er hat eine merkwürdige Schwäche für Geistliche. Immerhin hat einer ihn getraut. Dafür wird er ewig dankbar sein.«

»Ich weiß nie, wann du übertreibst, Sarah, aber du gibst mir Grund zum Grübeln und Grund zum Beten. In dieser Hinsicht bist du wie eins von diesen Revolverblättchen – ich weiß nicht so richtig, was ich glauben soll, und nie löse ich das Kreuzworträtsel bis zum Ende. Haben sie sonst noch was gemeinsam, die beiden Brüder? Irgendwelche Schwächen, abgesehen von ihrer Gewissenlosigkeit?«

»Die Zähne.«

Pauline tat das als Witz ab. »Wir müssen gehen«, erklärte sie. »Ich jedenfalls. Du kannst ja hier bleiben und weiter träumen, wenn du willst. Bei mir funktioniert das nicht. Aber ich hab verstanden, was du meinst. Und mehr gab es heute Abend nicht zu verstehen. Nur ein Unmensch würde eine Wohnung verfallen lassen, wenn unzählige andere froh über ein Zimmer wären. Er muss ein schlechter Mensch sein. Aber das heißt noch lange nicht, dass er ein Sadist ist.«

»Cannon behauptet es. Ich muss Cannon einfach glauben. Er ist der Einzige, der John Smith kennt.«

Sarah trat ans Vorderfenster und winkte der Frau im Wagen. Ohne zu lächeln, kam sie zur Tür, schloss hinter ihnen ab und kehrte zu ihrem Wagen zurück. Sie gingen eine Weile die Straße hinunter, Sarah mit der Daunendecke unter dem Arm, wechselten dann auf die andere Straßenseite und beugten sich über das Geländer, um das Wasser im Kanal vorbeifließen zu sehen. Im Schein der Straßenlaterne sah es aus wie schwarzer Bernstein.

»Was für eine Schande, dass das Haus John Smith gehört«, meinte Sarah. »Ich habe schon immer nahe am Wasser wohnen wollen.«

»Wie viele dieser Art besitzt er denn?«

»Oh, immer so zwischen zehn und fünfzehn. Alle interessant.« Sie zündete sich eine Zigarette an, ohne Pauline die Packung anzubieten. »Komisch, dass Cannon sich in einem Gebäude versteckt, das seinem Bruder gehört, nachdem er sein eigenes Haus in die Luft gejagt hat. Wahrscheinlich würde sein Bruder ihn dort zuletzt vermuten. Aber auf lange Sicht kann das nicht gut gehen. Smith ist auf der Suche nach seinem Bruder, wenn auch nicht besonders intensiv. Eigentlich sucht er die Frau seines Bruders. Er würde sie am liebsten zerstückeln und zum Trocknen auf die Leine hängen. Denn dann, so glaubt er, würde Cannon wieder zu ihm zurückkehren.«

Pauline umklammerte das Geländer. »Würde Cannon das wirklich tun? Sie verlassen? Lieber Himmel, ich höre mich an wie eine Betschwester. Warum sollte er das tun?«

»Ich weiß es nicht. Cannon und John haben die meiste Zeit ihres Lebens alles füreinander bedeutet. Keine Ahnung, was er tun würde. Aber Cannons Frau ist die größte Kränkung, die Johnnyboy je widerfahren ist. Sie ist diejenige, die ihm Cannon weggenommen hat. Auf die Idee, dass Cannon *freiwillig* gegangen sein könnte, kommt er gar nicht. Wie auch immer. Es handelt sich nicht darum, was Cannon tun würde – das kann niemand voraussehen. Es geht darum, was sein Bruder glaubt, was er tun würde.«

»Es würde sie umbringen, ihn zu verlieren. Und noch mehr Gewalt würde sie auch nicht ertragen«, sagte Pauline. »Daran würde sie zerbrechen.«

»Cannon glaubt, dass sie es nicht überleben würde, wenn sein Bruder sie fände. Er ist ganz sicher.«

»Und *du?*«

Sarah zögerte. Ein Wagen bog in die Straße ein und streifte sie mit seinen Scheinwerfern. Eine Nonne und eine ruhige junge Frau, die auf das Wasser starrten. Die Nonne bekreuzigte sich mit gesenktem Kopf. Ein Stillleben für Neugierige, die Szene einer Konvertierung auf dem Weg nach Damaskus vielleicht. Die ältere Frau ermahnte die jüngere zur Umkehr. Vielleicht war es ein Streit über das Paket, das zwischen ihnen stand.

Sarah sagte: »Ich muss ganz sicher sein. Ich kann nicht das Risiko eingehen, ihm nicht zu glauben. Du wirst sie doch bei dir behalten, oder? Nur bis Weihnachten. Noch ein paar Wochen. Das ist der Termin, den Johnny gesetzt hat.«

»Natürlich. Hast du je daran gezweifelt? Aber vorher beantworte mir noch zwei Fragen. Und zwar sofort.«Sie zählte sie an den Fingern ab. »Erstens, woher weißt du das alles? Aus Unterlagen? Von dem, was ihr Juristen Hörensagen nennt? Cannon? Bettgeflüster? Und zweitens, warum ist es dir so wichtig?«

Eine Ente glitt über das dunkle Wasser, ein ruhiges, einsames Wesen. Sarah beantwortete ihre Fragen mit leiser Stimme, als respektierte sie den geräuschlosen Weg der Ente.

»Ich habe Cannon kennen gelernt, als er in der Firma auftauchte – er hatte unseren Namen aus einem von Johns Briefen an uns. Man schickte ihn zu mir hoch, weil man ihn für einen der üblichen Versager hielt. Ich mag ihn, und er ist mir wichtig, weil Julie und er eine Art von Liebe verkörpern, zu der ich nie imstande wäre. Ich bewundere sie über alle Maßen. Und mein Wissen, ja, das habe ich aus Büroakten, aus Klatsch und Tratsch, aber auch von einem Spitzel, der Frau meines Chefs, die mir Dinge über bestimmte Klienten erzählt, die er mir niemals mitteilen würde. Mrs. Matthewson und ich sind befreundet. Darüber hinaus habe ich Cannon zugehört, und, *ja,* ich glaube ihm. Irgendwer muss ihm einfach glauben. Es stimmt, dass ich mich mit einem oder zwei Maklern eingelassen habe, um rauszukriegen, was sein Bruder mit seinen Grundstücken anstellt, aber das hätte ich vielleicht auch so getan. Ich mag solche Geschichten. Männer sind unglaubliche Tratschtanten.«

Pauline bückte sich nach ihrer Schachtel. »Julie verbringt ihre ganze freie Zeit mit Lesen. Sie versucht, sich zu bessern.«

»Wag ja nicht, sie von ihren Überzeugungen abzubringen«, rief Sarah. »Bring sie nicht so weit, dass sie an ihrer Liebe zweifelt. Du wärst dazu fähig, das weiß ich. Sorg für sie, aber lass sie in Ruhe. Sie ist tugendhafter als ich, Schwester. Zumindest versucht sie, sich zu retten. Darüber bin ich längst hinaus.«

Pauline beugte sich vor, küsste sie auf die Wange und strich ihr mit ihrem rauen Knöchel leicht übers Gesicht. »Psst, Sarah. Du bist der großzügigste Mensch, den ich kenne. Ich kritisiere dich nicht. Das tue ich nie, oder?«

»Doch«, antwortete Sarah. »Das tust du.«

»Nur wenn ich müde bin. Imelda lässt mich nicht schlafen.«

Sarah küsste sie auf die Wange. »Bring sie zum Zahnarzt. Ich besorg euch einen.«

Pauline erwiderte den Kuss. »Sie würde genauso wenig gehen wie ich. Eher würde ich mich den Flammen der Hölle ausliefern.« Es war kalt. Pauline überlegte, was sie sagen sollte. »Hätte die Inquisition Zahnärzte als Folterknechte eingestellt, gäbe es keinen einzigen Märtyrer, der um seines Glaubens willen gestorben wäre. Er hätte sich vorher umgebracht. Dass sie daran nicht gedacht haben!« Ein Bus kam auf sie zu.

»Damals gab es keine Zahnärzte.«

»Sei nicht so pedantisch. Und wenn wir tatsächlich einen nötig haben, wird Gott sich darum kümmern. Deiner wäre viel zu teuer.«

Erkenne deinen Feind. Typisch. Jedes Mal, wenn sich Sarah Fortune und die Schwester ihrer toten Mutter verabschiedeten, gab es einen giftigen Unterton, Liebe einerseits und wachsende Reizbarkeit andererseits. Blut ist nun mal dicker als Wasser. Die Gegenwart Gottes in der einen und die Abwesenheit Gottes in der anderen sorgte für eine explosive Mischung. Wir sind die weltlichsten Frauen, die ich kenne, sagte sich Sarah Fortune, und doch, und doch … Sie wirft mir nie etwas vor, und die ganze Zeit rechne ich damit, dass sie es tun könnte. Die alte Sehnsucht nach Nestwärme, danach, akzeptiert und bewundert zu werden, flammte wieder auf. Pauline verschaffte ihr weder das eine noch das andere, und diese Erkenntnis vermittelte Sarah das Gefühl eines Verlusts.

Sie ging die breite Straße entlang und betrachtete die Schaufenster. Wenn ich hier wohnte, wäre mein Leben anders, und wenn ich dort wohnte, wäre es wieder anders. Ich hätte einen anderen Mann heiraten, ein Kricket-Team großziehen und Butterbrote schmieren können, ich hätte Nonne werden können. Ich habe schöne Zähne und einen Körper, der mit Narben bedeckt ist. Ich wünsche mir nichts, nur eine neue Wohnung und die Erfüllung einer perversen romantischen Lust. Erzähl mir nichts vom Fegefeuer, Tante. Ich kenne es. Wenn ich mich schon nicht selbst retten kann, dann wenigstens die, bei denen ich's kann.

Gute Ratschläge, selbst wenn sie noch rechtzeitig runtergeschluckt wurden und nur im Gebet ausgesprochen wurden, waren nach Sarahs Ansicht schon immer das Schlimmste gewesen. Stets weckte Pauline irgendwelche unterschwelligen Schuldgefühle in ihr. Sarah knallte ihre Wohnungstür hinter sich zu, zog sich um und fuhr mit der Zahnbürste in der Handtasche zurück ins West End, wo sie heute Morgen schon gewesen war. Die Badezimmer ihrer männlichen Bekannten schüchterten sie mehr ein als ihre Körper.

Im Zweifelsfall denk nicht lange nach, sondern tu was. Sieh dir Schaufenster an und besuch einen Liebhaber. Tu alles, was Pauline missbilligen würde.

Nasse Bürgersteige und eine Million Autos, dazu ein geschwätziger Taxifahrer. Die Lichterketten in der Bond Street erinnerten daran, dass Weihnachten vor der Tür stand, dass man sich allmählich mit dem Winter und einer Menge Ausgaben anfreunden musste. Das Taxi passte sich dem Verkehr an und fuhr so langsam, dass der Blick über die Auslagen schweifen konnte. Jetzt erreichten sie St. James' mit seinen eleganten Häusern, die Kunsthändlern und Kasinobesitzern gehörten. Sie waren so vornehm, so distanziert und arrogant, dass sie den

Drang, sie zerstören zu wollen, ebenso verstehen konnte, wie sie sie bewunderte. Das Taxi hielt. Sie trat durch einen Torbogen in einen Hof, klingelte an einer schweren Tür und warf einen Blick in die Auslage. Lauter Gemälde von Heldentaten. Ölschinken von Schlachten und biblischen Legenden. Jagdszenen, Darstellungen von traurigen Hundemeuten, Porträts von Generälen und Kirchenmännern, nichts Passendes für ein Boudoir. Und hinter all den Bildern ein kleiner eleganter Mann, der darauf wartete, dass jemand ihm das Gefühl gab, wichtig zu sein. Ein netter, einsamer Mann, der gern allein lebte, aber nicht immer. Einer ihrer Liebhaber, ein bekennender Hedonist, so wie sie.

Ich mag ihn, sagte sich Sarah, während sie wartete. Ich mag all meine Freunde und Liebhaber. Das ist das Problem. Es ist eine Zuneigung, die völlig wahllos ist, ohne Sinn und Verstand. Deshalb ist mein Wissen von der Welt extrem eklektisch. Und es verschleiert die Tatsache, dass mein Herz kalt ist.

»Hallo, Mr. Mole«, sagte Sarah, als er zur Tür kam. »Warum siehst du nur immer so besorgt aus?«

Tropf … tropf …

Am späten Abend hätte Cannon gern ein paar wütende Briefe geschrieben, aber er hatte nie viel Geduld mit Worten gehabt. Liebesbriefe an Julie, Bittbriefe an seinen Bruder, hätte er nicht Angst gehabt, mit ihm Kontakt aufzunehmen. Johnny könnte einen Brief als Teil des Spiels ansehen und ihn als Rechtfertigung benutzen, um sein Versprechen zu brechen.

Immerzu tropfte das Wasser von den Dachfenstern seiner Mansarde. Es verwirrte ihn, weil es gar nicht regnete. Das Dach schien das Wasser noch lange nachdem es geregnet hatte zu speichern und es dann in winzigen Mengen an das Zimmer abzugeben. Es tropfte unregelmäßig. Anfangs hatte er sich immer für das nächste *Plop* gewappnet, jetzt hingegen begnügte er sich damit, es zu ignorieren, wie ein ungleichmäßiges Metronom, das einem unbekannten Klavierschüler den Takt angab. Er schob den abgewetzten Armsessel unter die tropfende Stelle, und das *Plop* wurde zum *Plip*. Damit war er zufrieden. Kein Tageslicht, nur eine schwache elektrische Birne, und daran war er selbst schuld. Immerhin hatte er eigenhändig das Haus zerstört, das theoretisch ihm gehörte, in Wirklichkeit jedoch nie wirklich sein Haus gewesen war. Was Johnnyboy kaufte, gehörte niemals jemand anderem als ihm selbst. Es zu zerstören war eine Geste seiner Verachtung gewesen, die vor allem Johnny hätte verstehen müssen. Was hätte er machen sollen? Dort wohnen und warten, dass der Staat es ihm wegnahm und dass Johnny endlich aufhörte, ihn ständig anzurufen? Wahrscheinlich hatte er gehofft, dass er doch einmal ranging. Es war sein letzter Zerstörungsakt gewesen, der allerletzte, und jetzt versteckte er sich aus Angst vor Johnnys Gegenwart, Johnnys Stimme und ihrer Überredungskraft.

Kein Licht, das hieß keine Farbe außer den Primärfarben. Plakatfarbe, Pulverfarbe, die Sorte, die sie als Kinder benutzt hatten, weil es nichts anderes gab, Sprayfarben, die teurer waren als alles, was sie sich leisten konnten. Johnnyboy hatte schnell die Nase voll gehabt, er hingegen nie. Ob Graffiti oder Öl auf Leinwand – ihm wurde es nie langweilig. Er hatte auch nie etwas anderes gewollt. Bei einer Vorgeschichte wie der ihren war es ein Wunder, dass er überhaupt etwas gelernt hatte.

Eigentlich hatte er an Sarahs Porträt weiterarbeiten wollen, doch das Licht war so schlecht, dass an ernsthafte Arbeit nicht zu denken war. Er würde die falschen Farben wählen, und das hätte grässliche Folgen. Die Mischung auf der Palette war zu stark für die Tageslichtschattierungen, die er skizziert hatte. Was für eine schöne Haut sie hatte. Er konnte der Versuchung nicht widerstehen, einen Augenblick daran zu arbeiten, und damit kam er zu den Merkmalen, die er bisher nur im Gedächtnis gespeichert hatte. Kleine weiße Pünktchen auf der Brust, wie winzige Seifenflocken … da! Dann verstärkte er den Braunton des Haars. Das dicke rötliche Haar, mit dem sie gespielt hatte, beunruhigte ihn; ein bisschen mehr Braun dämpfte das leuchtende Rot. Halt: Er würde es noch verderben. Es war künstlerisch unredlich, dass er versuchte, das Porträt einer Frau in das einer anderen zu verwandeln, nur weil er sich wünschte, das Modell wäre seine braunhaarige Frau gewesen.

Aber das Gesicht hatte er gut getroffen. Sie waren ungefähr gleich groß, Julie und Sarah. Vielleicht war es doch nicht so schlimm, die Haarfarbe zu ändern, Hauptsache, er blieb bei seiner eindeutigen Form, den bis auf die Schultern fallenden Locken. Er wünschte, Julie würde ihr Haar wieder wachsen lassen, so wie sie es getragen hatte, als sie ihn im Gefängnis besuchte. Sie hatte gelacht, als er ihr den Vorschlag machte, und gesagt, das würde sie erst tun, wenn sie zusammen in einer Umgebung lebten, wo man sich so etwas wie Eitelkeit wieder leisten konnte.

Oh, Johnnyboy, du Idiot. Johnnyboy hatte sich rundweg geweigert, Julie kennen zu lernen. Wiederholt hatte er dieses Angebot ausgeschlagen und sogar den Kopf abgewandt, als Cannon ihm ein paar Fotos aufdrängte und sagte: Guck mal, guck doch mal, ist sie nicht schön? Sie hatten sich geprügelt, als Johnnyboy versuchte, die Fotos zu zerreißen, aber es war sinnlos, mit Johnny kämpfen zu wollen. Er gewann mit verächtlicher Herablassung. Johnny war stark, vor allem das hatte sie unterschieden. Heute hatten sie kaum noch etwas gemein, weder Gesichtszüge noch Statur, abgesehen von einer gewissen Familienähnlichkeit, die jedoch nur sichtbar wurde, wenn man sie zusammen sah. Im Bett, das sie als Kinder und auch später noch lange geteilt hatten, selbst als Johnny angefangen hatte, ihn zu vögeln, hatte Cannon die Entwicklung seiner Muskeln bewundert und sie mit seiner eigenen Schmalbrüstigkeit verglichen. Es war ihm überhaupt nicht unnatürlich erschienen. Er hatte Johnny auf Befehl massiert, auf Befehl mit ihm geschlafen, hatte ihn geliebt und gefürchtet, und dann hatte er ihn verlassen. Er starrte auf die Lücke an der Wand, wo das Gemälde der Frau gehangen hatte, das er mit Johnnys Geld gekauft hatte. Johnny war sein erster Liebhaber gewesen.

Es ist nicht leicht, Liebe zu töten, egal, welche Art von Liebe. Er kannte nur diese inzestuöse und Julies Liebe. Die eine war kein Abbild der anderen: sie war einfach stärker, so dass er die alte ausmerzen und die Wunde verätzen musste, um eine Infektion zu vermeiden. Johnnyboy hatte das nicht getan. Cannon glaubte, er selbst habe es geschafft, doch manchmal kam die alte Liebe wieder hoch wie ein bösartiger Virus, und mit ihr Symptome wie ein schlechtes Gewissen, Sentimentalität und ein so übermächtiges Gefühl von Ohnmacht, dass er wie gelähmt war. *Er war seine erste Liebe gewesen.* Das also hatte der Liebesvirus mit ihm gemacht, trotz allem, was Johnnyboy Julie angetan hatte – kam einfach wieder und gab ihm das Gefühl, erneut von Kopf bis Fuß infiziert zu sein. Bruder, Liebhaber, Zwilling; dasselbe Blut, dieselbe DNS. Ach, was gäbe er für ein Kind! Wenn sie ein Kind hätten, würde Johnny begreifen, dass es zu spät war. Seit er Julie liebte, hatte er sich ein Kind von ihr gewünscht. Um ihm ein Vater zu sein, wie er selbst niemals einen gehabt hatte. Um sich zu beweisen.

Genug davon! Solange das Licht nicht ausreichte, um feinere Schattierungen unterscheiden zu können, wollte er nicht malen. Stattdessen begann er mit einem dicken Pinsel und galleschwarzer Tinte zu zeichnen. Der Kopf sah aus, als sei er aus dem steifen weißen Papier herausgewachsen. Johnnyboys glattes schwarzes Haar, streng in Form gebracht wie auch der ganze übrige Mensch, die Furche zwischen den buschigen Brauen, die er einmal gezupft hatte, um auszusehen wie Valentino, was bei seinem breiten Gesicht völlig unmöglich war. Ein Ohr etwas größer als das andere; die Fältchen in den Wangen, das fleischige Doppelkinn, das sein ganzes Gesicht nach unten zog, die Narbe links vom Mund.

Er wusste noch genau, wie sich Johnny diese Narbe eingehandelt hatte. Er hatte solche Angst vor der Zahnärztin gehabt, dass sie ihm eine Vollnarkose verpasst hatten, um die Zähne zu behandeln. Cannon hatte draußen gewartet, sonst wäre Johnny gar nicht erst hingegangen. Die Narkose hielt immer nur wenige Minuten an, egal, was sie mit ihm anstellten. Aber immerhin so lange, dass das kochend heiße Handstück, das in der Lippe eingehakt gewesen war, sich durch das Fleisch hatte brennen können, so dass er schreiend vor Schmerzen aus der Narkose erwachte. Sie hatten gekämpft wie die Ratten und waren dann zusammen hinausgestolpert, zwei kleine Bengel auf der Flucht. Zurück nach Hause und ins Bett, wo sie sich eng aneinander kuschelten. Sie hatte ihm nichts antun wollen, natürlich nicht, trotzdem hatten sie ihren Eingang in Schutt und Asche gelegt. Das war der Tag, an dem sie Liebhaber wurden; das hatten sie *ihr* zu verdanken. Selbst der erste schmerzhafte Fick war Folge eines Schmerzes gewesen. *Niemand kennt dich, Johnny, nur ich. Weine nicht, bitte weine nicht.* Er zündete sich eine Zigarette an. Das waren die Dinge, die er Sarah erzählen sollte. Damit sie verstand, dass Johnny seine Versprechen einhielt.

Das Talent, Ähnlichkeit wiederzugeben, war eine erschreckende Gabe. Dies war nicht der Johnny von heute, sondern der in ein paar Jahren, wenn seine Attraktivität dahin, die Haut gerötet und seine Augen noch umschatteter wären als jetzt. Schließlich der Mund: groß und breit wie Cannons eigener, die einzige wirkliche Ähnlichkeit zwischen ihnen, aber mit volleren Lippen, die zu einem starren Lächeln verzogen waren, so dass die abgebrochenen, unregelmäßigen, dunkel verfärbten Zähne deutlich sichtbar waren. Ein düsteres Gesicht, einsam, verletzt und grausam. Verwirrt. Rasch, bevor auch nur ein Funken Mitleid in die Gleichung einfließen konnte, färbte er drei der Zähne schwarz und fügte eine zweite Furche auf der Stirn hinzu, um sein Leiden anzudeuten. Dann trat er einen Schritt zurück und betrachtete sein Werk. »Ich darf nicht vergessen, was für ein *hässliches* Schwein du bist«, murmelte er.

Das *Plip* der Tropfen auf dem Sessel hatte aufgehört. Kondenswasser, nicht Regen, tropfte vom Dachfenster herab und zerstörte die Balken. Das Licht hier oben bildete den einzigen Hinweis auf seine Existenz, abgesehen von seinem anonymen Kommen und Gehen in einer Straße, die hauptsächlich durch Geschäfte und Bürogebäude geprägt war. Nachdem sowohl das Tropfen als auch das Flüstern des Pinsels auf dem Papier aufgehört hatten, herrschte ein Vakuum der Stille im Raum. Er stand auf und streckte sich. Einen kurzen Augenblick wünschte er, Sarah Fortunes geschmeidige Glieder zu haben. Dann erstarrte er.

Unten war jemand.

Morsche Stufen führten zu seiner Dachkammer hinauf. Am Fuß der steilen, schmalen Treppe wies ein Schild ahnungslose Besucher darauf hin. Sarah hatte dafür gesorgt, dass das Haus sicher war, oder etwa nicht? Sie hatte ein Angebot gemacht, das von der Baugenehmigung abhängen sollte, und die notwendigen Briefe geschrieben, auf vorgedrucktem Briefpapier, um ihr Geschlecht im Dunkeln zu lassen. Damit hatte sie ihnen weitere Kaufinteressenten vom Hals gehalten. Die Einzelheiten hatte er vergessen; die hatte sie ihm erspart.

Trotzdem nahm er von unten die leichte Vibration ihrer Bewegungen wahr. Ein Trio von Stimmen, die sich näherten. Cannon schaltete das Licht aus und presste sich gegen die Tür. Falls jemand sie berührte, würde dieser Jemand die Wärme spüren und wissen, dass er da war. Dann fing das Dachfenster erneut an zu tropfen. Es erschien ihm so laut wie eine Trommel.

Die Unterhaltung, die er im Raum unter dem seinen hörte, klang nicht nervös, obgleich er nicht verstand, wovon die Rede war. Er lauschte nur dem Rhythmus, den Pausen und Unterbrechungen. Da war die hohe Stimme einer Frau, die sich hin und wieder erstaunt oder empört hob, die leise Stimme eines Mannes und der jugendliche Sopran eines zweiten Mannes, der Entschuldigungen murmelte. Dann standen sie am Fuß der Dachtreppe. Er hörte Gelächter und eine Stimme. Sie gehörte der Frau, die ungläubig fragte: »Und tatsächlich hat Ihnen jemand ein *Kaufangebot* gemacht? Erstaunlich.«

»Es gibt noch eine große Mansarde.« Das war die entschuldigende, untertänige Stimme. »Können Sie genug sehen? Passen Sie lieber …«

»Mehr als mir lieb ist.« Wieder die Frau, sie stand bereits auf der Treppe und stieg rasch und leichtfüßig hinauf, bis sie genau vor seiner Tür stand.

»Kommen Sie lieber zurück!« Die entschuldigende Stimme klang jetzt schrill. »Gehen Sie nicht weiter, die Balken sind morsch, es ist gefährlich, kommen Sie *zurück!*«

Im Gegensatz zu seinem Bruder hatte Cannon die unersättliche Neugier der Frauen stets bewundert. Ohnehin hatte er Frauen verehrt, selbst als er von ihnen fern gehalten worden war, doch diese hier war ein Beispiel für alle, die er instinktiv verachtete. Sie versuchte, die Tür aufzustoßen, während er sich auf der anderen Seite mit seinem ganzen Gewicht dagegen stemmte. »Abgeschlossen«, sagte sie. Der Treppenabsatz ächzte unheilvoll.

»Kommen Sie zurück!«, rief der Mann erneut.

Sie hörte nicht auf ihn, zögerte und versuchte noch einmal, die Tür zu öffnen.

Cannon konnte sich vorstellen, wie sie die Handflächen gegen die Tür presste und seine Haut hinter der Täfelung berührte. Nur das dicke Holz trennte ihre Gesichter voneinander. Er stellte sich vor, wie er ein kleines Loch hineinschlug, so dass sie einen Blick auf ein einzelnes Auge erhaschen und sehen könnte, wie er etwas hindurchschob, um damit das ihre zu durchbohren. Einen Augenblick lang verstand er Johnnyboys angeborenen leidenschaftlichen *Hass* auf Frauen. Dann dachte er wieder an ein Loch in der Tür, diesmal, um seinen Schwanz hindurchzustecken. Damit würde er sie garantiert davon abhalten, wiederzukommen. Beides waren häßliche Gedanken, und er errötete vor Scham, noch während sie ihm durch den Kopf schossen. Er unterdrückte das Bedürfnis loszukichern und hielt sich die Hand vor den Mund. Schließlich gingen sie wieder. Die Männer schimpften mit der Frau, die wütend auf sie beide war, und umgekehrt. Ihre lauten Stimmen entfernten sich die Treppe hinunter. »Immer musst du deinen Kopf durchsetzen! Wann wirst du endlich zuhören, wenn man dir was sagt?«

»Da war jemand, ich bin ganz sicher.«

»Unmöglich. Es ist viel zu gefährlich.«

»Ich werde mich beschweren.«

»Nein, sorg lieber dafür, dass *er* sich beschwert. Es macht doch überhaupt keinen Sinn, dass wir uns beschweren. Wir wollen es sowieso nicht.«

»Wann wirss du endlich zuhörrn«, äffte Cannon ihn nach,

»du dumme Kuh?« Als die Stimmen verebbten, öffnete er die Tür einen Spalt. Die Frau hatte einen Hauch ihres Parfüms zurückgelassen. Sie musste sich mächtig eingenebelt haben, umso besser, so hatte sie wenigstens die Ausdünstungen eines anderen menschlichen Lebens ausgeblendet: Terpentin, Farbe, die raue Seife, mit der er sich die Hände wusch.

Eine volle Minute lang empfand Cannon reine Freude, dann verließ ihn alle Energie, und er plumpste in seinen Sessel wie eine Puppe. Dort saß er und zupfte an dem zerschlissenen Polster der Armlehne. Es forderte einen förmlich dazu auf, kein Wunder, dass Sarah die ganze Zeit damit gespielt hatte. Wie, um Himmels willen, sollte er so weiterleben? Er wäre besser im Gefängnis – liebe Güte, einiges dort hatte er wirklich genossen. Dann versank er in einer jener Phasen, in denen er sich einredete, dass Johnnyboy das Spiel satt haben würde, noch bevor der Termin, an dem er gewonnen oder verloren hätte, verstrichen war. Genau wie bei den Häusern, die er verfallen ließ, wenn sie ihm keinen Spaß mehr machten.

Herrgott, wie viel Spaß hatten sie zusammen gehabt! Was konnte er jetzt noch tun außer warten, dass die Zeit verging? Das Bild verkaufen und das Geld zurückgeben? *Nein!* Das Baby würde es brauchen, Julie würde es brauchen. Und es diesem … diesem … *Heuchler* auszuhändigen, brächte er auch nicht fertig.

Cannon betrachtete das Gesicht auf seiner Zeichnung und bemerkte erneut, dass sie einander nicht im Entferntesten mehr ähnelten, doch Johnnyboy war bereits in den Raum eingedrungen. Johnny besaß jene Gerissenheit, die er selbst nie geerbt hatte, und im gleichen Atemzug verspürte Cannon eine altvertraute Angst.

Diese Leute waren geschickt worden, um ihn zu piesacken. Johnnyboy war schon immer der bessere Spieler gewesen, war überhaupt besser als er. Wahrscheinlich wusste er ganz genau, wo sein Bruder steckte, so wie er es scheinbar immer gewusst hatte.

Ein echtes Versteck gab es für ihn nicht. Wo sollte man sich vor einem Geist verstecken? Vor einer Legende, die er nicht mehr richtig kannte? Vor seinem eigenen Herzen und der Verlockung zu zerstören? Vor seiner eigenen Natur? Vor einer Welt, deren Regeln er immer noch nicht verstand.

5

Für den Eintopf heute brauche ich eine Zwiebel und noch eine Flasche Wein, schrieb William an den Rand eines seiner unzähligen Notizzettel. *Ansonsten ist das Leben prima. Wieso hat Cannon mir dieses Gemälde zum Aufbewahren gebracht? Wieso bin ich so überrascht, dass mich jemand mag?*

Sarah, wo steckst du? Jetzt ist es zu spät zum Einkaufen. Vielleicht arbeitest du noch. Er musste damit aufhören, sich auf den Rändern loser Zettel Notizen zu machen, als hätte er kein anderes Schreibpapier. Aber er war nun mal von Zetteln umgeben; sie waren stets griffbereit. Im Laufe des Tages, am Abend oder früh morgens übertrug William die Notizen, die er sich tagsüber gemacht hatte, ins Reine, manchmal auch im Morgengrauen, so wie jetzt, als wolle er mit dieser Tätigkeit die Sonne ermuntern, endlich aufzugehen, und seinen Träumen ein Ende setzen. Die Notizen waren ein Archiv seines fachmännischen Könnens, eine Datenbank für seine Glaubwürdigkeit. Er ging sie durch und überlegte, was er noch besser machen konnte. Er *brauchte* die Anerkennung seiner Berufskollegen nicht nur, sondern lechzte förmlich danach. Seine Aufsätze in internationalen Fachzeitschriften brachten ihm

Respekt ein. Immer war er auf der Suche nach etwas Neuem, worüber er schreiben konnte, doch davon abgesehen sehnte er sich danach, seinen Beruf als stetigen Fluß von Weiterentwicklung und neuen Entdeckungen zu definieren. Andernfalls war alles sinnlos. Technik ließ sich immer weiter perfektionieren. William war sich bewusst, dass das Streben nach herausragenden Leistungen und Wissen (so aufgeblasen das klang) das Einzige war, was ihm Würde verlieh.

Früher, als er noch halbwegs Ideale gehabt hatte, war er anders gewesen. Nun hatte er den Eindruck, dass sein Werdegang mehr Ähnlichkeit mit dem eines verhinderten Künstlers oder Handwerkers hatte als mit dem eines Arztes. Jemand, dem es genauso viel Spaß gemacht hätte, an Autos, Löschfahrzeugen, Zügen, Kameras oder einer anderen Sorte Brücken herumzubosseln. Das Malen war eine Leidenschaft gewesen, bis er einsah, dass er keine Vision besaß. Er konnte sich nie auf das Ganze konzentrieren, nur auf Teilbereiche. Etwas niederzuschreiben war nicht schlecht, aber trotz seiner vielfältigen Anstrengungen hatte er auch dafür kein allzu großes Talent bewiesen. Wie beim Malen waren es die Details, die ihn im Sumpf der Pedanterie versinken ließen, während ihm das eigentliche Konzept entglitt. Also war ihm nichts anderes übrig geblieben als ein besonders guter Zahnarzt zu werden. Das war alles, was er machen konnte.

Und trotzdem wollte er über die einzelnen Patienten schreiben und darüber, wie wichtig ihr Temperament war, wenn es um die Art der Behandlung ging, über das Geheimnis menschlicher Reaktionen, das ebenso unterschiedlich war wie die Farben der Augen. Vielleicht waren die Farben und die physischen Eigenschaften der Schlüssel zum Ganzen. Vielleicht hing in Wirklichkeit die Schmerzgrenze von der Dichte des Haars ab, während die Größe der Füße über die Narkoseverträglichkeit entschied – vielleicht war es tatsächlich so einfach. Aber das war ein weites Feld: Er brauchte Fakten ebenso wie Anthropologie, um seine Selbstachtung zu vergrößern. Na schön, dann würde er eben darüber schreiben, wie ein Trauma die Einstellung von Menschen verändern kann, aber das klang noch zu vage und zu sehr an den Haaren herbeigezogen. In seinen langweiligen Kreisen erwartete man Artikel über neue Techniken bei der Wurzelbehandlung und Implantaten statt etwas, das mit dem Individuum zu tun hatte. Doch an diesem frühen Morgen wollte er darüber berichten, wie ein Patient, der sich vor Zahnärzten zu Tode gefürchtet hatte, eine Kehrtwendung von hundertachtzig Grad machte, wie er sich von einem unwilligen in einen willigen, von einem ängstlichen in einen begeisterten Patienten verwandelte. Er wollte eine Fallstudie über Cannon verfassen – aus reiner Sympathie.

Eine solche Entwicklung bedarf extremer Maßnahmen, schrieb William auf ein leeres Blatt und schielte auf seinen Stapel mit Notizen über Cannon. *Zunächst muss der Patient Gelegenheit haben, seine Zähne völlig verkommen zu lassen, so sehr, dass er anfängt, sie zu hassen. Sie machen ihn zu einem gesellschaftlichen Außenseiter, sie entstellen ihn. Danach muss das Schicksal mitspielen und sie noch schlimmer zurichten. Am besten sollte der Patient im Gefängnis landen. Zu diesem Zeitpunkt wird er so apathisch sein, dass er möglicherweise sogar kooperieren will … Man sollte ihn zu einem Selbstmordversuch ermutigen. Dies führt für gewöhnlich dazu, dass die Vollzugsbehörden Behandlungsmethoden zustimmen, die normalerweise nicht in Frage kämen …*

Er lehnte sich im Stuhl zurück und versuchte, mit Hilfe seiner sehr präzisen Erinnerung Cannons Krankheitsgeschichte aus dem zu rekonstruieren, was von seinen Vorderzähnen übriggeblieben war. Tetracyclin war ein nützliches Antibiotikum für Erwachsene, das Kindern, die auf ihre zweiten Zähne warteten, wegen der schädlichen Nebenwirkungen nicht mehr verabreicht wurde. Cannon hatte sich nicht mehr erinnern können, warum er so viel von dem Zeug geschluckt hatte. Er wusste nur noch, dass sein Bruder und er kränklich gewesen waren und ihr alleinerziehender Vater, der andere Dinge im Kopf hatte, ihnen nicht die beste medizinische oder elterliche Fürsorge angedeihen ließ. In diesem Alter führte Tetracyclin dazu, dass die neuen Zähne mit einer grässlich braunen Färbung hervorbrachen. Sie waren im Großen und Ganzen gesund, aber schief und krumm. Sie sahen aus, als wären sie bereits abgestorben. Je größer die Zähne, desto unansehnlicher waren sie. Ein Tetracyclin-Lächeln war alles andere als ein schöner Anblick. Die Behandlung ihrer Karies war zu spät erfolgt und zudem von einer ungeduldigen Zahnärztin (ich habe sie gebissen, hatte Cannon erzählt, so übel gebissen, dass sie sich weigerte, uns weiter zu behandeln) unzulänglich durchgeführt worden. Es gibt Phobien, die plausibler sind als andere.

Eine andere Möglichkeit, den Patienten zur Kooperation zu überreden, ist, ihn davon zu überzeugen, dass der Behandlungstermin ein Lichtblick in seinem ansonsten ziemlich trostlosen Alltag ist. Daher ist es tatsächlich von Nutzen, wenn der Patient zum Zeitpunkt der Behandlung im Gefängnis sitzt. Sein Magen knurrte. Er ging in die Küche, kippte eine Hand voll Müsli, die Notreserve aller Junggesellen, in eine Schale und goss Milch hinzu. Er wartete, bis alles zu einer unansehnlichen Pampe aufgeweicht war, und fing dann gedankenverloren an zu essen. Doch der Magen hörte nicht auf zu knurren.

Es ist auch nützlich, wenn der Patient eine Narkose als angenehm empfindet. Es schadet nichts, die Behandlung in die Länge zu ziehen, wenn einen der Bursche auch nur ansatzweise interessiert. Unter Diconal erzählt er möglicherweise Dinge, die er sonst niemals preisgeben würde und die man selbst vielleicht auch gar nicht wissen will.

Er wusste auch schon, worüber er als Nächstes schreiben würde, falls diese übermütige Stimmung anhalten sollte: ein Buch mit Diconal-Gedichten, ein dünnes Bändchen, zugegeben, in dem er all die wirren, manchmal entlarvenden Dinge in Versen zusammenfassen würde, die Menschen unter dem magischen Einfluss einer starken Narkose von sich gaben. Wie dieser arme Teufel neulich, Andrew, mit seinen gebrochenen Schneidezähnen. Zwei hatte er ihm ziehen müssen, und zwei hatte er mit einer Krone retten können. Tetracyclin konnte ihm nicht mehr schaden; das Diconal hingegen würde alle Erinnerung daran löschen, was William mit ihm gemacht und was er selbst gesagt hatte. Nicht dass Andrews gelispelte, gereizte Äußerungen von Bedeutung gewesen wären. Er hatte nur immer wieder gestöhnt, dass er seinen Job nicht verlieren wollte.

Cannon dagegen war unter der Betäubung viel lustiger und unglaublich abwechslungsreich gewesen. Cannon hatte wütend gebrummt. Nie konnte er seine Hände still halten: Entweder dirigierten sie mit präzisen Bewegungen ein unsichtbares Orchester, oder sie zuckten unmerklich, wie die eines Malers mit seinem Pinsel, wobei sie rührend verletzlich wirkten. Immer wieder hatte er Julies Namen mit hoher Singstimme und Johnnyboys Namen im tiefen Bass vor sich hingesummt, scheinbar um die Musik, die im Sprechzimmer aus dem Radio kam, nachzuahmen. An diesem Tag hatte William ihn gefragt: Haben Sie Kinder, Mr. Smith?, und Cannon hatte im Halbschlaf gestöhnt, wie sehr er sich Kinder wünschte und dass er fürchtete, er könne keine haben. Anschließend brabbelte er, sein Zwillingsbruder wolle seine Seele töten. Wenn er den Mund nicht gerade voll hatte, sang er vor sich hin wie auf dem Spielplatz, es klang wie ein Reim beim Hüpfen. *Dideldi, dideldum, Johnnyboy geht um.* Er machte das Radio nach.

William nahm sich vor, Cannon nach seinem Bruder zu fragen, und verfluchte sich, dass er es nicht schon längst getan hatte. Ein Zwillingsbruder. Vielleicht hatten sie dieselben Zähne. Es gab nicht mehr viele Patienten, die nach einer Tetracyclinbehandlung diese schrecklich braunen Eckzähne hatten. Der bloße Gedanke daran überraschte ihn, und er schloss die Augen, um ihn auszukosten. Er war müde; seine Konzentration, obwohl er so erregt war, ließ nach. Sein Schlaf war von den alten, immer wiederkehrenden Alpträumen heimgesucht gewesen, er hatte von Kindern geträumt, von Isabellas Schädel unter ihrer makellosen Haut. Isabella, die mit den zwei Kindern im Schlepptau durch den Warteraum fegte und die Gemälde an der Wand in Stücke riss. Diese Szene war so lebendig, selbst jetzt, im Wachzustand, während er geräuschvoll seine Schale Müsli verspeiste, dass William die Treppen hinunterpolterte, um nachzusehen. Auf der untersten Stufe stolperte er, fluchte und stürzte ins Zimmer. Alles war in Ordnung, und dort an der Wand hing das Gemälde, das Cannon ihm gebracht hatte. Um genau zu sein, das dritte Bild, das Cannon angeschleppt hatte.

Es gab immer nur Johnny und mich; alle hassten uns. Sie hatten Angst vor unseren Zähnen.

Cannon hatte geglaubt, für die langwierige Behandlung und die wunderbaren Kronen auf seinen Schneidezähnen zu bezahlen, indem er zu jeder zweiten Sitzung eine Skizze oder ein Aquarell mitbrachte, die er im Gefängnis mit billigen Materialien angefertigt hatte. Dabei zahlte Cannon keinen Heller. Für ihn selbst waren es Fingerübungen gewesen, dazu kamen die Verschwörung mit einem Gefängnisarzt, Sarah und Vollzugsbeamte, die der bloße Gedanke an einen weiteren Selbstmordversuch in Angst und Schrecken versetzte. Sie hatten das Geld aufgebracht. Trotzdem, William war gerührt gewesen, als

Cannon mit seinen Geschenken ankam, aber die Einstellung der Gefängnispatienten, deren Vorhandensein Isabella so sehr bedauerte, hatte ihn schon immer überrascht. Seit seiner ersten Praxis, die direkt gegenüber einem Gefängnis lag, hatte er sich stets um Patienten aus dem Gefängnis gekümmert und sie zu Vorzugshonoraren behandelt, auch lange nachdem Isabella ihn da herausgeholt hatte. Warum?, hatte sie geschimpft. Du könntest Prinzessinnen behandeln, stattdessen gibst du dich mit denen ab. Warum? *Weil ihm das ermöglichte, einen Unterschied zu machen.* Und weil sie ungehobelt waren und zugleich so rührend dankbar.

Man hatte Cannon förmlich in den Behandlungsraum schleppen müssen. Der Vollzugsbeamte hatte über die piekfeine Einrichtung gestaunt und sein kreidebleicher Schützling vor Angst gezittert. Er hatte Abszesse von abgebrochenen und unbehandelten Zähnen, und obendrein bestand Selbstmordgefahr. Als Erstes verpasste William beiden eine ordentliche Portion Whisky. Dann versprach er Cannon, er würde nichts spüren, was der ihm fast abgekauft hatte, doch nicht ganz. Bis er völlig passiv wurde.

Die erste Skizze, die ihm Cannon geschenkt hatte, war leicht makaber gewesen. William ging den Gang entlang, bis zu der Tür, wo sie hing. Es war eine Bleistiftstudie seiner eigenen Hände, die gerade lebhaft irgendwelche Erklärungen untermalten. Sie waren so festgehalten, als befänden sie sich direkt vor Cannons Gesicht, vor Cannons hypnotisierten, erschrockenen Augen, die jede Bewegung verfolgten, während William seinen Kiefer betastete, die betäubende Salbe in das Zahnfleisch einrieb und dabei die ganze Zeit redete wie ein Wasserfall. Dann hatte er ihm die Spritze verpasst, und Cannon war vor Angst und von Williams Wortschwall immer noch wie gelähmt gewesen. Cannon schwitzte vor Erleichterung, als William sagte, heute werden wir nichts machen, aber wie Sie sehen, habe ich Ihnen eine Spritze gegeben, ohne dass Sie irgendetwas bemerkt haben, oder? Danach hatte er unter dramatischem Einsatz seiner Hände – zeigend, drohend, einen Kelch formend, ausladend – erklärt, was er alles machen müsste, wenn die starken Antibiotika erste Wirkung gezeigt hätten. Morgen werden Sie schon eine Erleichterung bemerken und sich viel besser fühlen, und nächstes Mal werden wir Ihnen eine Vollnarkose geben, das verspreche ich Ihnen. Am Ende hatte er die Hände wie zum Gebet vor dem Gesicht gefaltet. William war es gewohnt, seine Hände zu benutzen, um etwas zu erklären. Gebärdensprache war weniger eindeutig als Worte und passte besser zu ihm.

Der Patient dagegen hatte sich genau eingeprägt, was er in seinen Bewegungen wahrgenommen hatte, und ein Stillleben daraus geschaffen. Cannon hatte Williams elegante Hände mit den Handflächen nach außen und weit gespreizten Fingern gezeichnet, wie die Schwingen eines Vogels im Flug, anatomisch perfekt. Ohne jeden Zweifel waren es seine eigenen Hände, bis in die letzte Falte, doch sahen sie aus, als seien sie zum Segnen, zum Streicheln und zum Heilen geboren. Die Studie seiner Hände erregte ihn bis heute und machte ihn stolz. *Sie müssen auf Ihre Hände gut aufpassen,* hatte Cannon erklärt. Am liebsten wäre William wieder ins Bett gegangen. Er hatte keine Lust mehr zu schreiben oder nachzudenken. Das Licht kroch durch die Fenster und fiel auf die frische Farbe und auf die deutlich übermalten Flecken, wo der Junge sich gestern an der Wand abgestützt hatte. Williams Magen knurrte immer noch. Die Milch war zu kalt gewesen. Aber das war kein echter Grund zum Jammern.

Halb acht, und das Telefon klingelte. Er ignorierte es und hörte sich von fern die Ansage an, mit der er seine Leistungen anpries, Implantate, kosmetische Chirurgie, Porzellanverblendung, Kronen und ein völlig neues Lebensgefühl. Der unvorsichtige Anrufer wurde von einem munteren Tonfall überrascht, den William kaum als den seinen wiedererkannte, und dann aufgefordert, auf das Band zu sprechen, falls er gedachte, einen Termin abzusagen. Oder was immer jemand zu dieser gottverlassenen Stunde, in der es nicht einmal richtig hell geworden war, zu sagen hatte. Er wartete, um zu hören, ob es Sarah war – sie schuldete ihm noch eine Erklärung –, aber es war ein Patient, der um einen Termin bat. William hatte nicht die leiseste Ahnung, wer er war. Um diese Stimme zu identifizieren, bedurfte es seiner verdammten Notizen. Vielleicht war es einer von denen, die versprachen wiederzukommen und es dann nie taten. Er ging weiter und sah sich mit knurrendem Magen und leicht gereizt das zweite und dritte von Cannons Bildern an. In seinen Alpträumen waren diese Bilder immer das Erste, was die Kinder zerstörten: seine Hände.

Das zweite hing an einem Ehrenplatz im Badezimmer, für den Fall, dass es Anstoß erregen sollte. Es zeigte eine schlanke vollbusige Kindfrau, die am Fußende eines hohen schmucklosen Bettes saß und sich mit den Armen abstützte, während sie auf ihre Füße hinabschaute, die gerade eben bis zum Boden reichten. Die Zehen des einen Fußes hatte sie etwas angehoben, um sie zu betrachten. Sie schien nervös, aber auch belustigt und hatte den Blick mehr auf ihren Fuß als auf den Betrachter gerichtet. Der Raum wies alle Merkmale einer Institution, eines Krankenzimmers oder eines Hörsaals alten Stils auf, er war leer, abgesehen von den metallenen Schutzblenden der Lampen über ihr und dem chirurgischen Grün der Wände im Hintergrund. Ihre dunkle Haut hob sich vom weißen Laken des Bettes ab, auf dem sie saß. Sie war ein Objekt, das man betrachtete, nicht verführte. William konnte sich vorstellen, wie jenseits des Bildes die Studenten im Halbkreis vor ihr standen und auf eine Beschreibung ihrer Krankheitsgeschichte, ihres Alters und ihrer Beschwerden warteten, während sie einfach darauf wartete, dass das Leben weiterging.

Wieder klingelte das Telefon. Mittlerweile befand er sich im Warteraum mit den modernen Sofas und der Kaffeemaschine, so dass er die Nachricht kaum hören konnte. Hier betrachtete er Cannons wunderbare Leihgabe von gestern. Dann hatte er plötzlich das Gefühl, nicht länger hinsehen zu können. Er eilte die Treppenstufen zu seinem kleinen Apartment hinauf, wo er auf engstem Raum hauste, damit Isabella mit ihrem reichen Liebhaber in relativer Pracht leben konnte. Dessen Namen hatte er absichtlich vergessen, solange Isabella ihn nicht durch schamloses Benehmen daran erinnerte. Und ihre Zähne. *Ihre Zähne.*

Jetzt putzte er die seinen, ausgiebig und gründlich, fast besessen. Er hätte ihr etwas von der Plaquefärbelösung geben sollen. Die hätte ihre Zähne leuchtend blau gefärbt und ihr gezeigt, wo sich Zahnbelag festgesetzt hatte. Er hätte ihr das eine oder andere sagen, sie aufklären sollen. Diese Zähne hatten ihn mehr als einmal aus Spaß in die Schulter gebissen, es hatte gepiekst wie kleine Nadelstiche. Sie hatte ihn gebissen und gesagt: *Mehr … Aber … wann wirst du mehr Geld verdienen, William? Wir kommen nicht ans.*

Er legte die Zahnseide und das Zahnweiß beiseite, vergaß die Vorwürfe, mit denen sie ihm in den Ohren gelegen hatte, und lief in großen Sprüngen die Treppe hinab, durchs Foyer, raus bis ans Ende der Straße, wo er sich in ein Cafe setzte und einen Cappuchino mit Zucker und ein Blätterteigteilchen bestellte. Es war so frisch, dass es am Gaumen klebte und kleine Souvenirs in den kostbaren Zwischenräumen seiner Backenzähne hinterließ. Anschließend ging er zurück, um sich dem Tag und Cannons Leihgabe zu stellen.

Die Sonne strömte durch das Fenster, der Himmel färbte sich verheißungsvoll rosa, und William hätte schreien können vor lauter Freude. Das Gemälde war großartig, und er stand vor der faszinierenden Aufgabe, einen neuen Aufsatz zu schreiben. Zwillinge und ihre Zähne.

Die Wohnung, wo Sarah die Nacht mit einem Mann verbracht hatte, dem sie den Spitznamen Mr. Mole verpasst hatte, war klein und potenziell geschmackvoll, die Behausung eines Mannes eben, der wie sein fiktiver Namensvetter am liebsten in einem Flussufer gehaust hätte. Dass sie nur potenziell geschmackvoll war, lag an Moles Vorliebe für unzählige Einbauschränke, die den Raum optimal ausnutzten, der winzigen hochmodernen Einbauküche und der spartanischen, fast militärischen Möblierung. Es gab Klappstühle, die schnell aus dem Weg geräumt, eine Kommode, die gleichzeitig als Tisch zu gebrauchen war, und eine alte Koffertruhe, die entweder als Kleiderschrank oder als Sitzgelegenheit diente. Er war bestens ausgerüstet, um wie ein General aus dem neunzehnten Jahrhundert von einem Augenblick auf den anderen zu einer längeren Expedition aufzubrechen. Jetzt erwachte der Mann, der Mole genannt wurde, aus einem tiefen, traumlosen Schlaf und fand seine Wohnung von fremden Geräuschen erfüllt. Plätschern im Badezimmer, das so nah war, dass sich das Geräusch nicht vermeiden ließ, die Spülung der Toilette und leiser Singsang. Eine volle Minute wusste er nicht, wo er war, bis er endlich die Augen aufschlug.

Sarahs Kleider, die sichtbar, aber alles andere als auffällig waren, hingen nicht im Schrank, sondern über der Tür, wie sie's immer machte. Ihre melodische Stimme übertönte das Plätschern des kostbaren heißen Wassers, und auf seinem Kopfkissen war der Abdruck ihres Kopfes zu sehen. Im Raum hing ein anderer Geruch als sonst. Sie hatten sich zu lange unterhalten, und er hatte zu viel gegessen und getrunken, darin lag das Problem. Hatten sie oder hatten sie nicht? Es wäre ziemlich beleidigend gewesen, das zu fragen. Je weiter der Tag voranschritt, umso besser würde er sich erinnern können. Im Augenblick reichte sein Gedächtnis nur bis zu einem außerordentlich angenehmen, verschwenderischen Abend.

Sie hatte in der Küche zwei Tassen bereitgestellt, zwei Hocker unter dem Tisch hervorgezaubert, etwas Platz neben der auf Befehl tropfenden Kaffeemaschine gemacht und ihn dann streng um seine Aufmerksamkeit gebeten. Soweit er wusste, war es noch mitten in der Nacht. Moles Arbeit begann nur selten vor Mittag. Ihre Vorbereitungen beunruhigten ihn, denn es sah ganz danach aus, als stünde ihm eine größere Auseinandersetzung von der lebensbedrohlichen Seite bevor. Vielleicht wollte sie über das *Leben* sprechen, ihr *beider* Leben, und wie man sie enger miteinander verflechten könnte. O nein. Er nahm schwerfällig Platz und beobachtete, wie sich die Kaffeekanne füllte.

Was, wenn sie über ihr Verhältnis sprechen wollte? Oder bei ihm einziehen? Sie erwähnte immer, wie sehr sie seine Wohnung mochte. Sie hatten sich gern; es gefiel ihnen, sich einmal in der Woche oder so zu treffen, und sie war es gewohnt, alle ihre Entscheidungen allein zu treffen. Das war es vielleicht: Sie hatte den Tisch gedeckt, um über ihr gemeinsames Leben zu diskutieren. Er wappnete sich und zählte langsam bis fünfzig. So lange brauchte sie sonst, um sich anzuziehen. Ihr Tempo versetzte ihn immer wieder in Staunen, genau wie ihre Kleidung. Sie brauchte nur den Gürtel oder irgendein Schmuckstück abzunehmen, und die festliche Aufmachung des vergangenen Abends wurde zur nüchternen Arbeitskleidung. Die Küche war so klein, dass sie sich seitlich hineinzwängen und vorsichtig hinsetzen musste, was ihr mit lässiger Eleganz gelang. Ein Kater schien etwas völlig Unbekanntes in ihrem Leben, in seinem leider nicht. Sie hatte einen ziemlich unpassenden Augenblick gewählt, um ihm zu sagen, wie sehr sie ihn liebte.

»Hör zu, Mole«, begann sie. »Beantworte mir diese Frage. Es ist sehr wichtig. Nehmen wir mal an, es gäbe einen Menschen …«

»Ja«, antwortete er und hielt den Atem an. »Einen Menschen …?«

Sie schenkte Kaffee ein, und er wartete zitternd.

»Nehmen wir an, jemand hat eine bestimmte Summe zur Verfügung, um Gemälde für eine Firma zu kaufen. Du weißt schon, etwas, womit man angeben kann, Eindruck schinden, ohne großartig Geld aus dem Fenster zu werfen. Nun, wo würde der Betreffende anfangen?«

Er war verdutzt, fasste sich aber sofort wieder. »Nun, der *Betreffende* könnte zum Beispiel mit meinem Lager beginnen. Ich kann es kaum abwarten, das ganze Zeug loszuwerden.«

»Danke dir, aber darum geht es nicht. Ich denke, dass das Ganze … etwas zahmer sein müsste, wenn du verstehst, was ich meine. Es muss den Geschmack oder fehlenden Geschmack einer breiten Masse ansprechen. Verstehst du, die Firma weiß gar nicht, was sie will. Sie glaubt, es zu wissen, aber sie weiß es nicht.«

»Und was ist mit *dem Betreffenden,* der den Auftrag hat, die Kunstsammlung zu kaufen? Was will er?«

Sarah nippte an ihrem Kaffee, als wäre es der letzte ihres Lebens und sie müsste jeden Schluck auskosten. »Der Betreffende will die Gelegenheit nutzen, um Werke von unbekannten oder fast unbekannten Künstlern zu kaufen, die nicht in sind. Sie sollen eine Chance bekommen. Weniger um Geld zu verdienen, sondern um wahrgenommen zu werden. Mit anderen Worten, die Reichen sollen die Armen unterstützen. Zudem hat der Betreffende die Absicht, der Firma ein Schnippchen zu schlagen. Eine Sammlung zusammenzustellen, die komisch ist, über die man lachen kann. Die ihre Heuchelei entlarvt.«

»Dann müsste es etwas Zeitgenössisches sein«, erklärte Mole erleichtert, während er sich mit der Idee anfreundete. »Als Erstes brauchst du ein Thema. Dann kommt man mit *allem* durch. Als Nächstes solltest du die große Ausstellung am Samstag besuchen. Ein Muss. Da ist alles vertreten.«

»Ein Thema?«

»Oh, was immer dir einfällt. Etwas Historisches. Geographisches. Himmel, Sonnenuntergänge, Sonnenaufgänge, das Meer, englische Landschaften, Afrika. Oder Konzeptkunst. Poesie, Liebe und Krieg, Männer bei der Arbeit, Frauen bei der Arbeit, die vier Jahreszeiten, Freundschaften. Gefangenschaft …«

»Gefangenschaft«, wiederholte Sarah. »Steinerne Mauern sind noch kein Gefängnis. Und Eisengitter kein Käfig.«

»Genau«, sagte Mole. Er blickte sich in seiner winzigen Küche um und dachte an die Dimensionen seines äußerst befriedigenden Lebens. Im nächsten Augenblick war Sarah aufgesprungen und küsste ihn auf die Stirn. Ihr ganzes Ich war bereits in Bewegung.

»Danke«, sagte sie. »Wo ist mein Mantel?«

Es war ein grüner Mantel. Er passte zu ihrem sanguinischen Temperament, das nie ans Unglück dachte und stets das Gegenteil brachte. Er beobachtete, wie der Saum an den Schlachtszenen vorbeifegte und den Staub auflas. Dann leuchtete der Mantel in der Sonne auf, die er hervorgelockt zu haben schien. Ein unbedachtes, fast fröhliches Knallen der Tür und ihr Anblick, als sie mit großen Schritten durch den Hof marschierte. Beides sorgte dafür, dass er sie nicht vergessen würde. Mole wusste nicht, ob er irritiert oder erleichtert sein sollte.

Stattdessen war er alles in allem auf absurde Weise enttäuscht. Während Sarah zum Piccadilly lief, um den Bus zu nehmen, der sie in ihr Gefängnis, das Büro, bringen würde, fielen ihr Schwester Paulines gemessene Schritte ein und all ihre anderen Ermahnungen. Liebste Pauline, dachte sie, du solltest dich nicht um meine Moral sorgen. Männer, die wirklich *gute* Frauen suchen, werden sie immer finden; und was den Sex mit meinen flüchtigen Bekanntschaften angeht, so sind sie fast immer viel zu müde.

Ich muss Rechenschaft ablegen über meine Arbeitszeit … Ich brauche meinen Job. Jeder im Bus brauchte seinen Job. *Ich war unterwegs, um für die Kunstsammlung zu recherchieren …* Oh, was für einen trefflichen Vorwand ihr Matthewson doch verschafft hatte. *Vergessen Sie nicht die Ausstellung. Nehmen Sie Cannon mit. Verbuchen Sie es als Arbeitszeit.*

Um Rechenschaft abzulegen, bedarf es bloß einiger fantasievoller Worte auf dem Papier, mit denen man erklärt, wie man seine Zeit verbracht hat. Der Bus rollte durch London, halb voll mit Menschen, die wirkten, als seien sie im Schlaf überrascht worden. Sarah liebte diese frühe Phase des Winters, wenn die Kälte stimulierend und der Sonnenschein ein Katalysator war, und sie liebte die plötzliche Explosion von Winterhüten und dicken Schals, die viel wirkungsvoller waren als all der Weihnachtsschmuck. Der Bus war um einiges lustiger als die U-Bahn: Kleine Unterhaltungen waren erlaubt, wenn auch nicht zwingend, und man konnte immer aus dem Fenster sehen. Sie setzte sich ziemlich weit nach vorn im Oberdeck und fragte sich, wieso sie sonst mit den einsamen Rücksitzen der Taxis vorlieb nahm. Central London: das Spielfeld der letzten Nacht, voll von denen, die sich eilig zur Arbeit quälten und wie von einem Staubsauger aufgesogen wurden, der sie abends wieder ausspucken würde. Der Bus schnaufte durch den Verkehr in Holborn, wo die hohen Gebäude der Stadt dichter wurden und der Sonne den Weg versperrten. Die Leute auf dem Oberdeck ließen sich vom Wetter anstecken. Zwanzig Minuten lang fühlten sie sich als Könige und Königinnen der Straße und spähten mit einer Unverschämtheit in fremde Bürofenster, die sie den Nachbarn in ihrer Straße nie entgegengebracht hätten. Dieser Anblick machte ihr Lust, Fratzen zu ziehen. Direkt vor ihr saß ein junger Mann mit wunderbar frisiertem Haar, der vor sich hin starrte, vor lauter Elend die Schultern hängen ließ und seine Zeitung nicht mal aufschlug. Sarah hätte gern sein Haar berührt, um zu sehen, ob es echt war und so weich, wie es aussah, oder ihm gesagt, wie schön sie es fand, ihn irgendwie davon überzeugt, dass der Tag nicht so schlimm sein konnte, wie er ihm offensichtlich erschien. Er erinnerte sie an Malcolm Matthewson, ihren beständigsten Liebhaber. Heute war ein guter Tag, das hatte sie beschlossen.

Es gab nichts Simplizistisches an der Fortune-Philosophie, so wie sie war. Sie war die Speerspitze des Pragmatismus.

Das war es, der richtige Ausdruck: Speerspitze; Investition, Thema. Im Geiste rekapitulierte sie die Stichpunkte ihres vorläufigen Berichts über die Initiativen, die sie ergriffen hatte, um mit dem Geld der Firma Kunstwerke zu akquirieren, eine Aufgabe, für die sie sich als völlig ungeeignet betrachtete. Fachleute, die die Speerspitze der Theorie in Sachen Kunstinvestition vertreten, halten es für ratsam, die geplante Sammlung unter einen thematischen Gesichtspunkt zu stellen, damit durch die Überschneidungen der Einzelwerke untereinander eine organische Einheit erzielt wird. Das müsste vorerst genügen, um sie eine Weile hinzuhalten. Es gab Wichtigeres zu tun: Wohnungen zu besichtigen; Cannon bis Weihnachten bei Laune zu halten; Julie versteckt zu halten; alle Geheimnisse zu wahren und zu hoffen, dass er Recht hatte.

Ich muss Rechenschaft ablegen über meine Arbeitszeit. Doch kein Matthewson lauerte hinter seiner offenen Tür, um sie auszuquetschen; und auch kein blutverschmierter, heulender Kerl in ihrem Büro, der ihr sein Leid klagte und sie bat, Stillschweigen zu bewahren, weil auch er seinen Job brauchte. Matthewsons Tür war geschlossen, sie würde an einem Rechenschaftsbericht vorbeikommen, doch sie blieb trotzdem davor stehen und horchte. Sie vernahm ein undeutliches Murmeln und einen gereizten Unterton, bis sie plötzlich hörte, wie Ernest die Stimme erhob. Dafür war es doch noch viel zu früh: Seinem Magengeschwür würde das gar nicht bekommen. »Ich bin nur ein Berater«, erklärte er unheilvoll und so laut, als sei es für jemanden bestimmt, der an der Tür lauschte. Große Worte, die bloß dazu dienten, jemanden in die Schranken zu weisen. Es war ziemlich dummes Geschwätz. Wollte er sich aufspielen? Sie hätte sich den Berater-Passus in ihrem eigenen Beratervertrag für die Kunstsammlung besser erläutern lassen. Sie lauschte eine Weile, um irgendeinen brauchbaren Satz aufzuschnappen. Und während sie noch am Treppenabsatz stand und horchte, fragte sie sich, ob vielleicht neue Maklerangebote eingetroffen waren. Plötzlich überkam sie ein ängstliches Zögern, und sie verspürte den Drang, einfach davonzulaufen. Ein grauenhaftes Gefühl von Verantwortung, fast Schrecken, hatte sie gepackt. Sie lief die Treppe hinauf und knallte die Tür hinter sich zu.

Johnnyboy war in dem Zimmer gewesen. Seine Stimme ähnelte der von Cannon. *Komm nicht in seine Nähe,* hatte Cannon gewarnt. *Er darf dich nie zu Gesicht bekommen.*

»Ich scheiß auf die verdammten Berater, wenn Sie meine Ausdrucksweise entschuldigen wollen«, erklärte John Smith in seinem freundlichen irischen Akzent, der ihn keineswegs attraktiver machte. Aus einem Meter Entfernung konnte Ernest nichts als Hundefalten und Haar erkennen. Smith hatte eine grelle, überwiegend rote Hermes-Krawatte um den rosigen Hals geschlungen, die aussah wie eine billige Schleife um einen Geburtstagskuchen. Der einzige Unterschied bestand darin, dass Johnnyboy alles andere als süß war mit seinem kräftigen, gedrungenen Körper und der Art, wie er nuschelte, um seine Vokale zu unterdrücken oder vielleicht auch nur seine Zähne zu verbergen. Ha, heute Abend würde er Mrs. Matthewson von diesen Zähnen erzählen.

»Ich kenne diesen Beratermist«, sagte Mr. Smith. »Ihr Berater seid nur für das Grobe zuständig, nicht wahr? Das ...das Kleingedruckte überlasst ihr den anderen. Ich meine die verdammten Details.« Ernest konnte nur nicken.

»Und ich hasse Anwälte«, fuhr Mr. Smith ohne die geringste Schuldzuweisung fort. »Die Abgeordneten sind auch alles Anwälte. Guy Fawkes lag ganz richtig. Was ist denn schon ein Anwalt? Einer, der irgendwelche Rädchen schmiert, damit sie sich besser drehen. Und was ist dann ein Rädchenschmierer, der sich *Berater* nennt?«

»Ich versuche, mir ein Bild davon zu machen, wie wir Ihnen helfen können«, sagte Ernest mit ernstem Gesicht und beugte sich vor, um den Abstand zwischen ihm und dieser Bedrohung zu verringern, während er ihn in Wahrheit lieber vergrößert hätte, »solange der für Sie zuständige Anwalt aufgrund seines Autounfalls eine Weile nicht hier sein wird ...«

»Seines was? Ach so, ja, verstehe.«

In seiner Stimme war ein falscher Klang: Ernest wusste es, konnte ihn aber nicht festmachen. Also fuhr er ernsthaft fort und sah dem Mann dabei in die Augen statt auf die Zähne. »... dann werde ich einen oder zwei Mitarbeiter abstellen, um geradezubiegen, was der für Sie zuständige Anwalt vermurkst hat.« Das Lachen klang hohl. »Ich habe mir die Akten angesehen. Mein lieber Mann, das waren ja 'ne ganze Menge, ha, ha! Bei den Immobilienverkäufen hat sich wohl nicht viel getan, was? Na ja, aber es ist ja auch schon Winter. Ganz im Vertrauen, sozusagen als *Berater,* wissen Sie: Ich bin überzeugt, dass Sie Ihre Investitionen maximieren und mehr Steuern sparen könnten als bisher, vorausgesetzt, Sie nähmen die Hilfe einiger Spezialisten in Anspruch, die wir Ihnen mit Leichtigkeit besorgen könnten ...«

J. Smith nutzte Ernests vertrauliche Haltung aus und beugte sich selbst so weit vor, dass sich ihre Nasen fast berührten. Gerade noch rechtzeitig erinnerte sich Ernest daran, nicht vor seinem Mund zurückzuweichen.

Später, als er weg war, fragte sich Ernest, was die ganze Aufregung eigentlich sollte. Der Mann war schließlich nur ein Klient; zugegeben, ein guter Klient, aber gewiss nicht der beste oder der mächtigste. Es gab keinen Grund, ihm die Füße zu küssen. Gott helfe dem, der einen anderen Teil seines Körpers küssen musste, murmelte Ernest angeekelt. Wenigstens hatte er jetzt ein paar Dinge, die er Mrs. Matthewson vom Schlachtfeld erzählen konnte. Was er nicht verstand, war, warum sich alle Welt vor diesem Mann so fürchtete. Er hatte gar nichts Gefährliches an sich. Ihm hinterherzusehen, wie er plattfüßig das Büro verließ, war nicht wie einen dieser Haie aus der Geschäftswelt zu beobachten. Er erinnerte ihn mehr an einen traurigen Clown. Ernest hätte es Sarah gern gezeigt und rief bei ihr an, aber sie ging nicht ans Telefon. Er hätte gern ein wenig über ihn getratscht, doch das musste jetzt warten, bis er zu Hause war. Schatz, würde er zu seiner Frau sagen, was für ein

Mundgeruch, was für *Zähne.* Ein richtiger Bauer. Du hättest ihn sehen sollen.

Die heimliche Freude, die William bei einer Wurzelbehandlung empfand, hatte nichts mit der Macht zu tun, seine Patienten hilf- und sprachlos zu machen. Das geschah normalerweise mit Hilfe eines Kofferdams, das die Zähne isoliert und den Rachen abschirmt, um den Patienten davor zu bewahren, versehentlich Dentinspäne oder eine der winzigen Nervnadeln zu verschlucken, die William benutzte, um die Zahnpulpa zu entfernen. Die Patienten hassten die Behandlung, was er aufrichtig und manchmal auch leicht gereizt bedauerte, denn sie diente nur dem Ziel, ihnen langfristig die Schmerzen zu nehmen. Was ihn beflügelte, war die Vielfalt und Raffinesse heutiger Instrumente und die Anspannung, die die Aussicht auf Überraschungen in ihm selbst verursachte. Die Kanäle zu lokalisieren, die nötige Zeit für ihre Behandlung festzulegen. Sie vorsichtig zu erweitern, bis die Feile blockierte. Gerade Feilen, erst kleine, dann große in aufsteigender Reihenfolge, mit denen er den betroffenen Zahn vorsichtig ausraspelte, infiziertes Gewebe entfernte und die Wurzelkanalwände glättete. Dabei durfte er nie über die Wurzelspitze hinausgehen und musste auch Risikofaktoren wie die Empfindlichkeit der Instrumente im Auge behalten. Es war so was Ähnliches wie ein ziemlich penibler Frühjahrsputz. Es durften keine Rückstände übrig bleiben, die zu einer Infektion führen konnten, er musste langsam vorgehen, vorwiegend manuell, und wünschte zu Gott, seine Hand wäre kleiner. Die Vorstellung, dass ein Instrument abbrach, sich ins Zahnbein bohrte und nicht mehr entfernt werden konnte, oder einen zusätzlichen Kanal zu entdecken, der so gekrümmt war, dass die ursprünglich geschätzte Behandlungsdauer nicht ausreichte und der Patient anfing zu leiden, war ein Alptraum. Letztlich machte die allgegenwärtige Gefahr ernsten Unbehagens für den Patienten – euphemistischer Zahnarztjargon – schnelles Arbeiten unumgänglich, während die notwendige Präzision genau das Gegenteil erforderte.

Es sollte ihm eigentlich keine solche Befriedigung bereiten, einen Zahn abzutöten, während der Patient bei vollem Bewusstsein war, aber genau das tat es. William war es im Interesse einer besseren Kooperation lieber, dass die Patienten nicht betäubt waren. Und wenn er das Ganze etwas egoistischer betrachtete, so war das Ausmaß der Erleichterung hinterher um so spürbarer, wenn der Patient wusste, was vor sich gegangen war. Es war eine erschreckende Tatsache, dass das Bewusstsein der Patienten seine eigene Konzentration vergrößerte und seine Technik verbesserte. Aber er war ganz zufrieden mit sich. Die Vervollständigung seiner Notizen musste warten. Er hatte eine Verabredung mit Sarah. Er wollte ihr nichts von Cannons Gemälde sagen: Er schämte sich dafür und wusste nicht so recht, was er damit anfangen sollte, außer es zu bewundern und wie schon den ganzen Tag über die Motive des Malers zu grübeln. Sarah durchschaute menschliche Motive immer sofort, er war dafür zu schwerfällig. Trotzdem wollte er selbst dahinter kommen.

Sie hatte Cannon in sein Leben gebracht, aber das hieß noch nicht, dass sie Anspruch auf sämtliche Aspekte der Freundschaft hatte, die sich daraus entwickelt hatte, oder auf mehr von ihm – William –, als er zu geben bereit war. Wo war denn sie, wenn sie ihn nicht gerade besuchte, was sie, mehr oder weniger, einmal pro Woche tat? Er stellte keine Fragen, aber er stellte Vermutungen an. Er weihte sie in seine diversen Nöte ein, erzählte ihr Geschichten und genoss ihre Intelligenz und ihr Interesse. Er fragte sich, ob er sie langweilte, und kam zu dem Ergebnis, dass das nicht sein konnte. Es herrschte eine seltsam distanzierte Intimität in ihrem Umgang miteinander. Häufig war die Nähe zwischen ihnen so groß, dass er sie als wunderbar tröstlich empfand, trotzdem kam es nie zu einer Verschmelzung ihrer jeweiligen Persönlichkeiten. Schockiert erkannte er, dass es die einzige Beziehung zu einer Frau in seinem Leben war, die auf gegenseitigem Respekt basierte.

Wäre es anders, wenn wir neugieriger wären?, dachte er. Wäre es das? Wenn ich sie *liebte?* Wenn sie mir wirklich vertraute und ich ihr wirklich vertraute? Ist Liebe dasselbe wie dieser große Schwall rasender Freude, wenn ich sie auf mich zukommen sehe? Ich muss an meiner Lebenstechnik arbeiten. Irgendwas mache ich falsch.

Lass uns einen Spaziergang machen, hatte er vorgeschlagen. Sie trafen sich auf halbem Weg zwischen ihren jeweiligen Arbeitsplätzen an der Hyde Park Corner und schlugen den hell erleuchteten Rundweg durch den Park ein, der am Abend eines schönen, trockenen Tages so beliebt war: Jogger, Fahrradfahrer, ein Fußballspiel im Flutlicht, Spaziergänger und langsam dahinschlendernde Liebespaare. Am Speaker's Corner stand eine einsame Gestalt auf einer Kiste und warnte Vorbeigehende vor irgendwelchen globalen Katastrophen, überzeugt von irgendeiner höheren Wahrheit, aber blind gegenüber der Tatsache, dass er das Treffen zweier wahrer Geister verpasst hatte.

»Auch ein Berater«, murmelte William. »Er erinnert mich an meine Berater in der Zahnmedizinischen Fakultät.«

»Was ist eigentlich ein Berater, William?«

»Ah«, antwortete er und hakte sich bei ihr ein. »Darüber könnte ich dir eine lange Geschichte erzählen.«

»Wie war es mit der lieben Isabella?«

»Gut. Ich bin nicht der Versuchung erlegen, sie zu foltern, falls du das wissen wolltest.«

Sie schlenderten Arm in Arm dahin. Sie passte ihr Tempo seinen langen Beinen an. Er verlangsamte seinen Schritt. Die Parklaternen warfen ein gelbes Licht. Frost lag in der Luft. »Ich habe eine Tante«, erklärte sie, »die sagt, sie würde ihr Lebtag nicht zu einem Zahnarzt gehen, weil sie glaubt, Zahnärzte seien im Grunde ihres Herzens Folterknechte. Käufliche Sadisten. Sie hat eine Theorie, nach der die Hälfte der katholischen Märtyrer Gott auf der Stelle verleugnet hätte, wenn sie in die Fänge eines professionellen Zahnarztfolterers geraten wären. Sie meint, ihr könntet euer Geld auch ganz anders verdienen, wenn ihr euch zum Beispiel von der Geheimpolizei irgendwelcher Diktatoren anheuern lassen würdet. Und schon höre ich dich von Folter reden. Was ihr also Recht gibt.«

Ein Jogger in Rot tauchte plötzlich vor ihnen auf und scherte aus, um ihnen auszuweichen. Sein Atem hing als kleine Dampfwolke in der Luft.

William lachte, nahm sie aber trotzdem ernst. Er nahm fast alles ernst. »Meint sie, dass einer wie ich der Inquisition von Nutzen hätte sein können, wenn er auf der richtigen Seite gestanden hätte? Na, die hat ja eine makabre Fantasie. Ein Zahnarzt wäre ein miserabler Folterknecht. Lieber Himmel, schließlich sind wir Nachfahren der Barbiere. Wir würden uns schon deshalb nicht eignen, weil wir heilen wollen; deshalb gibt es uns. Berufsstolz, oder wie immer du es nennen willst, ist uns zur zweiten Natur geworden. Man kann nichts zerstören, ohne es reparieren zu wollen. Da wäre der Zahnarzt völlig fehl am Platz, sag ihr das. Er würde sich nach der Tat überlegen, wie er alles wieder gutmachen kann. Er könnte zwar eine große Show abziehen, eine Menge Blut fließen lassen und so weiter, aber danach könnte er auch alles wieder in Ordnung bringen. Der Mund eignet sich übrigens ausgezeichnet dafür. Alle Wunden im Mund heilen besonders schnell.«

Noch ein Jogger, diesmal in düsterem Schwarz, überholte sie auf leisen Sohlen und verlor sich vor ihnen im Nichts.

»Was genau würdest du also machen? Sag es mir, und ich sag's ihr weiter. Sie hat mir immer furchtbare Geschichten von geköpften Heiligen erzählt, um mich das Gruseln zu lehren. Jetzt könnte ich mich rächen.«

»Oh, dasselbe, was ich mit Isabella vorhatte und nie getan habe. Das Zahnfleisch aufschlitzen und es wieder zunähen. Bohren, wo es nicht nötig ist, oder den Bohrer in der Backe ausrutschen lassen. Alles würde heilen. Ich könnte ihr ein Loch …«

»Ich glaube, ich will lieber die Geschichte über den Berater hören. Geschichten sind mir lieber als Fakten.«

Er grinste und zog sie mit dem untergehakten Arm näher an sich heran. Die Lichter von Knightsbridge schimmerten vor ihnen wie ein Märchenschloss.

»Der Berater … Nun, es war einmal eine Stadt, in der es Probleme mit Katzen gab. Die Tiere hatten sich ungemein stark vermehrt. Das lag an dem mächtigen Sexualtrieb eines großen alten Katers, der ungeheure Energie und einen unwiderstehlichen Charme hatte, dem alle weiblichen Tiere erlagen.«

»Ein Serientäter?«

»Möglich. Nun ja, der Gemeinderat machte Jagd auf den Kater und kastrierte das Tier, statt es zu töten. Dann ließen sie ihn wieder frei. Daraufhin nahm die Katzenbevölkerung drastisch ab, und die Gemeinde klopfte sich auf die Schultern. Doch nach einer Weile schnellte sie wieder in die Höhe, zehnmal mehr als zuvor. Überall kleine Kätzchen, die den Verkehr behinderten. Keines sah so aus wie der alte Kater. Die Ratsältesten versammelten sich wieder und kamen zu dem Schluss, dass sie nicht ganze Arbeit an dem alten Teufel geleistet hatten. Also beschlossen sie, den Kater noch mal zu jagen.«

»Und?«

»Schließlich fanden sie ihn. Er saß auf einem Grabstein, umringt von anderen, jüngeren Katern, denen er erklärte, was sie zu tun hatten. Tja, meine Liebe, *das* ist ein Berater.«

Sie lachte, fühlte sich warm und ließ sich von ihm und der Menschenflut auf die andere Seite des Parks treiben.

Ich bin eine Beraterin, dachte sie, der Kater auf dem Grabstein, der versucht, das unsichtbare Orchester zu dirigieren, ohne das geringste Talent dafür zu haben. Ich versuche, mit meinem armen kalten Herzen anderen etwas zu geben. Ich handle im guten Glauben, ohne zu wissen, woran ich glauben soll, und bis Weihnachten bleibt mir nicht viel Zeit.

Ich versuche, niemanden zu enttäuschen.

Vielleicht sollte ich das rote Kleid doch mal anprobieren.

Zweiter Teil

6

Es war immer verkehrt, etwas auf einer Lüge aufzubauen. Pauline wusste das besser als die meisten anderen. Wenn Lügen schon notwendig waren – und ja, verdammt, das waren sie! –, dann empfahl es sich, stets so nahe wie möglich an der Wahrheit zu bleiben und mit Ausschmückungen zu geizen. Eine Lüge war etwas Lebendiges, das wachsen wollte; wie eine Kletterpflanze konnte sie Ranken hervorbringen, die sie schließlich selbst erstickten. Sie konnte als unscheinbares Wesen beginnen und zu einem Monster heranwachsen. Und wie das Kätzchen, dem sie gerade beim Spielen zusahen, konnte eine Lüge über ihre eigenen Füße stolpern.

Pauline saß mit Julie in der Klosterküche, einem anheimelnd warmen und zugleich hässlichen Wirtschaftsraum. Wie überall im Haus dominierte auch hier der Sauberkeitsgedanke; dagegen war jeder ästhetische Gesichtspunkt machtlos. Die Heizkörper an der Wand gaben in regelmäßigen Abständen Protestlaute von sich, sie ächzten und stöhnten, sodass Pauline unweigerlich an einen Sturm denken musste, der durch ein schlecht schließendes Fenster pfiff. Man hatte den Eindruck, sich auf einem abgelegenen Berggipfel zu befinden – was ja in gewissem Sinne auch stimmte: ohne jede Aussicht. Das einzig Schöne und zugleich Gefährliche an diesem Ort war das Kätzchen, das zu ihren Füßen herumtollte.

Das Tier, dessen Geschlechtszugehörigkeit bisher niemand

zu prüfen gewagt (oder vermocht) hatte, hieß Felicity und tollte ausgelassen auf den Linoleumfliesen herum, wobei es sich von nichts anderem leiten ließ als von fremden Bewegungen und einem selbstmörderischen Hang zu Wärme. Ein gigantischer Gasherd erregte die Neugier des Kätzchens und war der Grund für plötzliche Geschwindigkeitsausbrüche. Offenbar wollte es unbedingt das Innere des Herdes erforschen, der nun wirklich nicht zum Schmoren kleiner Katzen gedacht war. Durch eine alte Kaminschürze, die Julie irgendwo entdeckt hatte, vom Ziel seines Triebes abgehalten, entschloss es sich, stattdessen an Paulines Bein hochzuklettern. Es begann seine Expedition in Knöchelhöhe und arbeitete sich gekonnt am Baumwollstrumpf nach oben, nur um dann durch ein Loch in der geräumigen Tasche ihrer Tracht befreit zu werden. Pauline hatte es am Genick gepackt, ein wenig geschüttelt und dann in die andere Tasche gesteckt, die kein Loch hatte. »Und jetzt setze ich mich auf dich!«, verkündete sie, während sie ebenso wie das Tier die Zähne bleckte.

Auch das war eine Lüge – allerdings von einer anderen Größenordnung als das Bekenntnis zur Armut, das hier zu einer zweitklassigen Wärmeversorgung durch Zentralheizung und damit zu der unangenehmen Geräuschkulisse geführt hatte; oder als jene Lüge, die Schwester Imelda aus der Küche hinaus und Pauline hinein befördert hatte, ein Rollentausch, der sich nicht nur Imeldas Grippe, sondern auch Paulines bislang unentdecktem Faible fürs Kochen verdankte. Und natürlich unterschied sie sich von der ursprünglichen Lüge, welche war, dass sie, alle fünfundzwanzig miteinander, so demokratisch gesinnt waren, dass sie sich am Herd abwechseln sollten, da ja ohnehin jede Frau kochen kann. Diese Lüge hatte so unaussprechliche Ergebnisse gezeitigt, dass eine allgemeine Gewichtszunahme einsetzte, weil sich alle in ihrer Verzweiflung mit Brot und Schokolade vollstopften. Danach hatte es nur noch nach nichts schmeckende Mahlzeiten gegeben, die abwechselnd von fünfen aus ihrer Gemeinschaft mit größtmöglicher Phantasielosigkeit zubereitet worden waren. Erst mit Julies Ankunft und ihrer direkten Beförderung vom Krankenbett in die Küche hatte sich die Situation gebessert; aber auch Julie war natürlich wegen einer Lüge hier gelandet.

Das Ächzen der Heizkörper hätte ein Thema aus dem Soundtrack von *Sturmhöhe* sein können. Das Kätzchen spielte mit einem Wollknäuel. In diesem Orden gab es Frauen, die im Krieg noch für England gestrickt hatten. Sie alle hatten sich bereits aus dem aktiven Leben zurückgezogen; manche von ihnen waren kränklich, und Ausflüge zur Westminster-Kathedrale waren für sie das höchste der Gefühle. Alles in allem kein Ort für eine junge Frau Anfang dreißig.

Es war eine Lüge gewesen, Julie den Schwestern als eine Art Flüchtling zu präsentieren, als junges Ding, das sich von der Tortur einer gewalttätigen Familie erholen musste, jedoch von einem Onkel finanziell unterstützt wurde, der für seine Unterkunft aufkam. Es war ebenso eine Lüge gewesen, sie mit den untadeligen Referenzen einer gottesfürchtigen Person einzuführen. Das arme Kind wusste nicht einmal genau, was in der Heiligen Messe zu beachten war, obwohl es mittlerweile ein paar Dinge aufgeschnappt hatte. Julies anfängliche Desorientiertheit in Sachen Kniefall war auf steife Gelenke zurückgeführt worden. Aber die Tatsache, dass sie kochen konnte, machte viele der sie umrankenden Lügen wieder wett. Die Schwestern legten ihr gegenüber eine schier endlose Neugier an den Tag. Sie waren wissbegierig wie die Spatzen, aber lauerten wie die Falken auf die geringste Information über die Herkunft ihres Gastes, die sie anschließend an ihre Bekannten außerhalb des Konvents weitertratschen würden. Diskretion konnte nur durch diese seltsame und instinktive Übereinkunft gewahrt werden, auf die sie sich wortlos hatten einigen können. Der Weg zu einem misstrauischen Herzen führt durch den Magen. So viel zum Thema Geistlichkeit, dachte Pauline. Das Kätzchen stürzte sich wieder auf das Wollknäuel. Julie höhlte einstweilen ein paar Folienkartoffeln aus, die hier im Kloster zu den beliebtesten Speisen zählten; allerdings waren sie noch nie mit knuspriger Schale und einer Käse-Schnittlauch-Füllung serviert worden.

»Warum, um Himmels willen, liebst du diesen Mann, mein Kind?«, fragte Pauline.

»N-n-na ja, einfach so«, kam die Antwort mit einem viel sagenden Achselzucken. »M-m-muss es denn einen Grund geben?«

»Ja.«

»Also muss ich mir wohl einen überlegen, nicht wahr?« Sie lachte. Nach dem Lachen war das Stottern weniger schlimm.

»Wie ich dich liebe? Lass mich die Weisen zählen«, zitierte Pauline.

»O ja«, wurde sie von Julie unterbrochen. »Nur hängen die Weisen von den Umständen ab. Hier kann ich ihn nur lieben, indem ich für ihn bete. Oder so tue, als würde ich beten«, ergänzte sie mit einem reumütigen Nicken. »Aber das hat mit den Gründen nicht viel zu tun, oder? Komm, Kätzchen, sei nicht so dumm – trink die Milch, sie ist gut für dich.« Sie schob dem Tier über den Fußboden eine Untertasse zu, doch Felicity befasste sich lieber weiter mit dem Wollknäuel, das ihr Pauline immer wieder zuwarf.

»Es gibt einen guten Grund, so ein Kätzchen zu lieben«, sagte sie trocken. »Schließlich ist es perfekt; es ist schön, ohne sich dafür anstrengen zu müssen. Was man ja von deinem Mann nicht gerade behaupten kann.«

Julie ließ sich diesen Satz durch den Kopf gehen. Die Heizkörper jammerten. Julie hatte nie gejammert, kein einziges Mal. Auf eine perverse Art schien sie sogar zu glauben, sie hätte Glück gehabt.

»Dass man d-d-das Kätzchen lieben kann, hat doch nichts mit seinem Aussehen zu tun«, wandte Julie ein. »Ich liebe es, weil es aus der Gosse kommt, so wie ich. Ihr habt es gerettet, nicht wahr?«

Pauline hatte nicht vor, den Mythos zu zerstören. In Wahrheit war das Kätzchen alles, was der alten Klosterkatze geblieben war, bevor sie nach einer weiteren unangebrachten Schwangerschaft starb. Sie war so oft eingesperrt worden, dass sie eigentlich gescheiter hätte sein sollen. Pauline würde das weibliche Geschlecht nie verstehen.

»Ich kann Ihnen nicht sagen, warum ich Cannon liebe«, führte Julie weiter aus, »weil ich es selbst nicht genau weiß. Vielleicht weil er mich vor dem gerettet hat, was aus mir hätte werden können. Und weil ich ihm wirklich etwas bedeutet habe.« Ihre Hände hielten nicht länger als eine Sekunde über den Kartoffeln inne. Sie war nicht zuletzt deswegen so beliebt, weil sie so fleißig war. »Können Sie sich das vorstellen? Ein Mann, der sich tatsächlich lieben lässt. Der einem ein neues Leben schenkt und dann sagt: ›Es gehört dir, du kannst über mich bestimmen.‹« Sie hackte den Schnittlauch, führte das Messer in schnellen, sauberen Schnitten. »Ein Mann, der zulässt, dass ich mein eigenes und noch dazu sein Leben auf eine neue Grundlage stelle. Der mich bereits eine Woche nach dem ersten Kennenlernen heiraten wollte, weil er sich so sicher war. Der alles aufgibt, um mit mir zusammen sein zu können. O nein, Schwester, so einen Mann lässt man nicht wieder gehen!«

Pauline überlegte einen Augenblick, ob ihre Nichte Sarah

jemals einen solchen Mann gefunden hatte. Wenn ja, dann war sie ihn ohne Schwierigkeiten wieder losgeworden.

»Mein Mann Cannon war ein unbeschriebenes Blatt«, sagte Julie. »Begabt, nervös, energiegeladen, ängstlich und was weiß ich noch alles. Ich bin zwar als Kind misshandelt worden, aber das war nichts gegen seine Jugend. Er war seinem Bruder völlig ausgeliefert. Er bekam zwar Geld, wenn er darum bat, aber er hatte keine Ahnung, wie viel irgendetwas wert war. Wie hätte er es auch wissen sollen? Man hatte alles von ihm fern gehalten; er war dreißig und naiv wie ein Kind. Sie glauben vielleicht, ich sei unschuldig, Schwester, aber im Vergleich zu ihm bin ich die Weltliche, die Starke. Oder wenigstens war ich das einmal«, setzte sie traurig hinzu, »heute bin ich längst nicht mehr so stark.«

Sie hob das Kätzchen auf, kraulte ihm die Ohren und setzte es wieder auf den Boden. Allem Anschein nach würde sich das Tier zu einer großen, ziemlich hässlichen Katze entwickeln.

»Er konnte kaum zwischen Recht und Unrecht unterscheiden. Ein moralisches Vakuum. All dieses fehlgeleitete Talent! Er war die widersprüchlichste Mischung, die mir je begegnet ist, und das zerriss ihn fast. Und ich – ich war kein guter Mensch, sondern jemand, der mit großen Schritten auf den Abgrund zusteuerte. Aber er *macht* mich zu jemandem. Ich habe seinen Lebenswillen geweckt. Ohne den anderen würde jeder von uns sich einfach auflösen. Ich brauche ihn, und er braucht mich. Obwohl«, und jetzt zögerte sie, »... er braucht ein Kind ebenso sehr wie mich. Er braucht ein Kind, weil er nur auf diese Art ganz von vorn anfangen kann.« Sie lachte unsicher. Von ihrem Stottern war jetzt nichts mehr zu bemerken. »Es geht also nicht nur um mein Leben, sondern auch um seines. Tut mir leid, Schwester. Es scheint, als hätten Sie und Ihre

Nichte plötzlich die Verantwortung für uns beide. Ich hoffe, Sie sind nicht jemand, der Freude an der Macht hat.«

»Nein«, sagte Pauline unaufrichtig. »Nein, ich glaube, das bin ich nicht.«

»Ich auch nicht«, sagte Julie. »Aber ich hatte diese Macht, und ich habe sie immer noch – obwohl ich nie begreifen werde, wie ein Mensch auf so etwas stolz sein kann. Beim bloßen Gedanken an seine Not, an alles, was er mir gibt, und daran, wie sehr er mich braucht, bekomme ich weiche Knie.«

»Man könnte einen Mann verachten, der einen so sehr braucht«, sagte Pauline bedachtsam. Ihre Stimme war halb erstickt, weil sie sich gerade bückte, um das Kätzchen aufzuheben. Felicity zappelte auf ihrem Schoß und hinterließ dünne weiße Härchen auf dem schwarzen Stoff ihrer Ordenstracht. Sie hätte schwören können, dass das Tier schielte. Sie streichelte es nur, weil sie in Wirklichkeit Julie umarmen wollte. Doch Julie konzentrierte sich mittlerweile auf die Zubereitung eines Kuchens. Pauline stand dem Thema Essen zwar meist recht gleichgültig gegenüber, doch jetzt, wo Julie kochte, war sie immer neugierig auf die nächste Mahlzeit und auf die Zutaten, die sie ihr vom nächsten Einkauf mitbringen musste. Sie würde dieses emsige Wesen vermissen.

»Verachten? Niemals. Vielleicht wenn er als Mensch schwach wäre, aber das ist er ja nicht. O Gott, wie soll ich Ihnen d-d-d-d-das nur erklären?!« Sobald sie sich aufregte, begann sie wieder zu stottern. »Ich weiß …, ich will, dass Sie es verstehen, aber das können Sie nicht, oder?« Sie legte eine kurze Pause ein. »Stellen Sie sich d-d-d-doch nur einmal vor, Schwester, wie es wäre, wenn Sie jemanden kennerlernten, dessen Seele dem Teufel gehört, und dieser Mensch könnte plötzlich Ihren Gott sehen, könnte sehen, dass es auch noch ein anderes Leben gibt, ein ganz w-w-wunderbares Leben hinter all den dunklen Wolken, und er würde sich auf dieses Leben stürzen. Voller Freude. Und er wäre fest entschlossen, dieses Leben auch zu leben, und Sie wären dafür verantwortlich, dass er das will – und dann würde er plötzlich gepackt und wieder zurückgezerrt und gebrochen, müsste sich wieder dem Teufel ergeben, und das alles nur wegen der Eitelkeit eines anderen. Würde Ihnen das nicht das Herz brechen? O bitte, sagen Sie ja. Sagen Sie mir, dass es Ihnen etwas bedeuten würde. Sagen Sie mir, dass Sie lieber selbst zur Hölle fahren würden, als das zuzulassen.«

Pauline nickte.

»Ein g-g-guter Mann, meine ich. Es müsste schon ein guter Mann sein. Ein guter Mann, der zu Bösem verleitet worden ist, kein Taugenichts oder Faulpelz. Einer mit einem Talent, das er Ihrem Gott zu Füßen legen könnte. Haben Sie seine Bilder gesehen?«

»Nein.«

Jetzt nahm sie etwas Mehl und rubbelte sich das Fett zwischen den Fingern ab. Ihre Bewegungen waren sanft und energisch zugleich.

»Sarah hat sie gesehen. Wahrscheinlich musste ich es ihr deshalb nie erklären. Mein Mann sieht Dinge, die kein anderer wahrnimmt.« Die Schüssel hüpfte auf der Tischplatte auf und ab. Das Kätzchen schlief. »Verstehen Sie, was ich meine?«

»Ja.« Einen kurzen Augenblick lang hatte sie das Bild ihrer Nichte Sarah vor Augen, die zwar Julies Leben sicher niemandem an den Hals wünschte, aber Kraft ihres Glaubens bemerkenswert fand. Man stelle sich vor – eine Sarah, die an etwas glaubte. Was für eine Führungspersönlichkeit könnte sie sein! Julies Vergleiche erschienen ihr absolut plausibel. Sie zeugten von innerer Erleuchtung. Das Kind hatte eine Chance. Und sie hatte sich bisher immer eingebildet, jede Frau, die einen Mann umsorgte, die auf einen dieser notorisch unzuverlässigen Kerle wartete, müsste eine Närrin sein. Die Schüssel knallte wieder auf den Tisch. Das Ächzen der Heizkörper wurde schriller: *Wiiiiieh* machten sie, und dann *uuuuuuuuumm*.

»Ich wäre lieber tot, als eine gequälte Seele an den Teufel verlieren zu müssen«, sagte Pauline halbherzig. Julie knetete den Teig. Die Katze, die bald so hässlich sein würde, schlief immer noch. In der Küche war es warm. Sie hatte Julie in Rage versetzt, und das erfüllte sie aus irgendeinem abartigen Grund mit Freude.

»Natürlich hat's mit der Liebe noch was anderes auf sich. Diese g-g-ganz spezielle Sache. Diese ständige Sehnsucht, mit ihm zu vögeln. Man wacht damit auf und geht damit schlafen. Es hört nicht auf. Bei ihm ist es genauso. Es ist wie eine Sucht. Die ganze Zeit. Als würde ich danach hungern, ihn in mir zu spüren, ihn und seine Babys. Als könnte ich nie genug kriegen.«

Pauline nickte, konnte ihr aber nicht in die Augen sehen. Sie wollte so tun, als sei sie nicht schockiert, aber sie war es. Die Bemerkung schien ihr nicht ganz hierher zu passen. »Cannons Bruder«, begann sie vorsichtig. Sie wollte die Gelegenheit nutzen, Sarahs Version der Dinge überprüfen und das Thema wechseln, »was stimmt nicht mit ihm?«

»Das kann ich nur raten«, sagte Julie. »Ich kenne ihn bloß aus Erzählungen, doch die müssen stimmen, weil Cannon gar nicht weiß, wie man Dinge erfindet. Aber es wird Ihnen nicht gefallen …«

»Vieles an den Männern gefällt mir nicht«, sagte Pauline streng. »Das heißt aber noch lange nicht, dass man mich mit solchen Geschichten verschonen muss.«

»Sie sind mit Bomben aufgewachsen«, sagte Julie. »Alle beide. Ihr Daddy war ein Amateurterrorist in den Seitenstraßen von Belfast. Ein Opportunist in einem sinnlosen Krieg, und genau dazu hat er auch seine Söhne erzogen. Von klein auf haben sie gelernt, wie man Sachen zerstört, und ihr Vater hat sein Geld damit verdient, sie wieder aufzubauen. Sie waren Kinder, die nach allem und jedem mit Steinen warfen. Dabei hatten sie kein bisschen Religion in sich; damit hatte das alles nichts zu tun. Als Halbwüchsige flüchteten sie hierher und versuchten, diesem Milieu zu entkommen und ein normales Leben zu führen.« Sie lachte nervös auf. »Ich versuche immer, mir das vorzustellen. Der kleine Cannon, wie er einen Bombenentschärfungsexperten mit Steinen bewirft, der seine Straße vor dem Einstürzen retten könnte. Und sein Vater baut die Häuser dann wieder auf. Wie soll man sich da zu einem halbwegs moralischen Menschen entwickeln? Und das Schreckliche ist, dass dieses Leben sogar noch Spaß gemacht haben muss. Man kann es sich richtig ausmalen, oder? Davonlaufen, gehetzt werden, sich verstecken, Dinge zerstören, Häuser in die Luft sprengen … für ein Kind muss das alles ein Riesenspaß gewesen sein. Und dann noch der Lärm, all dieser wunderbare Lärm.«

»Es könnte aber auch sein, dass einen so was mit ungeheurem Hass erfüllt«, unterbrach Pauline. »Nicht auf irgendwelche Feinde, einfach Hass, der in einem auf und ab wogt und nicht weiß, wo er hin soll …« Sie bemerkte, dass sie das Kätzchen auf ihrem Schoß etwas zu heftig drückte. Es wand sich unter ihrem Griff.

Julie schüttelte den Kopf. »Aber nur, wenn man nicht gleichzeitig ein ausgeprägtes Harmoniebedürfnis hat – und das ist bei Cannon wunderbarerweise der Fall. Dem Himmel sei Dank, dass er in der Schule einen Lehrer hatte, der ihn auf die Malerei brachte. Die einzige Stunde, die er überhaupt besucht hat. Den Rest haben sie geschwänzt.«

Pauline fragte sich kurz, wie es wäre, wenn einen die Lust

packte, das Kätzchen ins Backrohr zu schieben, es in die Hölle zu sperren, die Klappe zu schließen und dabei zuzuhören, wie es kratzte und schrie, wenn die Hitze unerträglich wurde. Sie schüttelte den Gedanken ab und strich in einer beschützenden Geste über den weichen, plumpen Schwanz des Tieres.

»Ich kann nicht glauben, dass eine Seele die Hoffnung auf Erlösung aufgibt. Das kann ich einfach nicht glauben.«

Schweigen.

»Ihr habt ihn bestohlen, oder? Aber seine Reaktion ist mit verletztem Stolz nicht zu erklären, ihr müsst ihm etwas anderes angetan haben. Und?« Die Stille dauerte an. »Habt ihr? Was habt ihr ihm gestohlen?«

Mit unbeholfenen Bewegungen stellte Julie den Kuchenteig in den Kühlschrank und schüttelte als Antwort nur den Kopf. Sie war verlegen und presste die Lippen zusammen.

»Wie sieht er aus?«

Julie nahm das schlafende Kätzchen aus Paulines Schoß und drückte es an ihr Gesicht. Ihr Haar war kurz geschnitten, so wie das der Ordensschwestern, doch es war schon wieder nachgewachsen. Ihre Augen glänzten feucht. »Ich weiß es nicht. Wie sollte ich auch? Ich habe sein Gesicht nie gesehen. Nur seinen Mund, ganz kurz. Er hat dem Dicken befohlen, mir einen Kissenbezug über den Kopf zu ziehen, so dass ich zwar atmen konnte, er mich aber nicht ansehen musste. Und dann … dann haben sie mich geschlagen.« Sie blickte auf, und ihr trotziges Gesicht glänzte vor Tränen. »Ich kenne ihn nicht, aber ich weiß, dass er es war. Niemand außer Cannon kennt ihn.«

Mit der Badekappe sah sie aus wie eine Nonne. Die gelbe Gummihaube presste Sarahs rote Locken eng an die Kopfhaut. Das beengte, unbequeme Gefühl verschwand erst, als Sarah zu schwimmen begann und sich nur noch auf die Bewegung konzentrierte. Sie hasste die Badehaube, weil sie in diesem Klub Vorschrift war. Vorschriften und Regeln waren ihr ein Gräuel. Sie schwamm nicht einmal besonders gern, aber sie brauchte ihre Gesundheit, brauchte irgendetwas, um den Teufelskreis aus Wein und Zigaretten zu ergänzen. Schwimmen war noch die einfachste Art, fit zu bleiben. Zum einen musste sie nur Badeanzug und Kappe einstecken, zum anderen gab es keine festgelegten Stunden, und zu guter Letzt erforderte diese Aktivität keinerlei geistige Anstrengung. Hin und her, hin und her, wie ein aufgezogenes Spielzeug. Sie zählte immer die Längen, die sie bereits zurückgelegt hatte, wünschte oft, sie wäre schon durch, und freute sich gleichzeitig auf das angenehme Gefühl von Tugendhaftigkeit hinterher; außerdem spürte sie gern das Wasser auf der Haut. Das Becken war wie ein blauer Block, den sie mit ihren Armen zerteilte; dazu die Wellen, die ihr Körper erzeugte, das Gefühl der Schwerelosigkeit, das Rasseln ihres Atems und der andere Beckenrand, der immer näher kam. Dann die Wende, vom Rand abstoßen, eintauchen. Verzerrte Geräusche, verzerrte Realität.

Hockneys blaue Pools; blaues kalifornisches Wasser und ein sonnenglänzender Himmel; blaue Quader, bei denen man an Faulenzen und Gesundheit denken musste. Das Thema für ihre Gemäldesammlung könnte die hypnotische Wirkung von Wasser sein. Niemand konnte sich ihr entziehen. Wie ein Lemming fühlte man sich von seiner Verlockung und seiner Gefahr angezogen. Sarah versuchte, ans Meer zu denken. Sie ließ sich auf dem Rücken treiben und stellte sich das Kreischen der Seemöwen und das Geräusch der Wellen vor. Doch das in bequemer Nähe zum Büro gelegene Schwimmbad, in dem sich momentan niemand außer ihr befand, erinnerte eher an eine Badewanne, wenn das Wasser so prosaisch gegen den Beckenrand schwappte. Sie sah auch keinen Himmel über sich, sondern nur weißen Verputz, der an einigen Stellen durch die Feuchtigkeit abbröckelte. Es war ein Ort, der von Vorschriften umstellt war: Badekappenpflicht, Geschlechtertrennung, ein Klub, der von einem strengen Zuchtmeister regiert wurde. Die Ordnung war ihm wichtiger als die sinkenden Mitgliederzahlen. Sarah ließ sich treiben und fragte sich, wie lange es das alles wohl noch geben würde. Am Eingang zu den Umkleideräumen stand ein Bademeister mit verschränkten Armen. Er klopfte mit dem Finger auf seine Uhr und machte dann eine Handbewegung in ihre Richtung. Seine Lippen formten die Worte: *Fünf Minuten.* Sie nickte. In fünf Minuten waren hier nur noch Männer erlaubt. Sie ließ sich Zeit und schwelgte in der Ruhe dieses Samstagvormittags. An Wochentagen ging es hier zu wie beim Untergang der Titanic.

Solange sie schwerelos im Wasser schwebte, hatten auch ihre Sorgen kein Gewicht – als trieben sie hier auf halber Länge des Schwimmbeckens an ihrer Seite statt in ihr. Angesichts der unmittelbar vor ihr liegenden Herausforderung wurden alle Bedrohungen zu bloßer Einbildung, alle Verpflichtungen belanglos, die Zeit zu etwas nicht Existentem. *Noch fünf Längen; nur noch fünf und du bist fertig. Also los, du schaffst es.*

Ein Mann kam aus Richtung der Umkleideräume. Er sah, wie sie auf ihn zuschwamm, bemerkte den scharfen Kontrast ihres smaragdgrünen Badeanzugs und der entstellenden Badehaube zum Blau des Wassers. Er blieb stehen, drehte sich um, spuckte auf die Fliesen und ging dann dorthin zurück, wo er hergekommen war. Sarah zog sich am Beckenrand hoch. Ah, John Smith, wie gern hätte ich einen genaueren Blick auf dich geworfen! Aber du meidest den Blick der Öffentlichkeit.

Cannon hatte ihr erzählt, dass John Smith öfters herkam, und zwar eben *wegen* der Vorschriften. Er hasste es nämlich, im selben Wasser schwimmen zu müssen wie eine Frau – sie hätte ihn ja zufällig berühren können. Als würde der bloße Kontakt mit weiblicher Haut einen Ausschlag erzeugen … Was war los mit dem Mann? Und was mit ihr, dass sie so einem Typen näher kommen wollte?

Arroganz. Das war es. Die schwache Hoffnung, dass nur jemand John Smith anzusehen, anzulächeln und mit ihm zu reden brauchte, und schon würde er eine andere, leichter zu handhabende Persönlichkeit annehmen. Wie andere Männer seine Geheimnisse und vielleicht sogar seine Sehnsüchte preisgeben, sich vernünftigen Argumenten zugänglich zeigen. So etwas zu glauben war einfach arrogant, vor allem von einem Mann, der beim Anblick einer Frau in seinem wässrigen Revier auf den Boden spuckte, als gehörte das Schwimmbad ihm. Rasch lief sie zum Umkleideraum, bevor der Bademeister auftauchen und sie lautstark zurechtweisen würde. Die Spucke glänzte auf den Fliesen. Die Luft außerhalb des Wassers schien ihr so kalt wie der Hauch des Bösen. *Mens sana in corpore sano.*

Nach dem Duschen wollte ihre klebrige, feuchte Haut gar nicht trocknen. Aber es war keine Zeit mehr. Der Umkleideraum war erdrückend heiß, in der Luft hing Chlorgeruch. Nach der kühlen Freiheit des Wassers hatte sie Schwierigkeiten, sich die engen Kleider über die feuchte Haut zu ziehen; die Haut ihrer Hände sah aus wie von einer Leiche. Trotzdem gab es keine bessere Methode, die Folgen ihrer kleinen Ausschweifungen im Zaum zu halten und die Narben verschwinden zu lassen.

Warm angezogen, aber dennoch fröstelnd, stieg sie zur Galerie hinauf und sah ihm von dort aus beim Schwimmen zu. Es waren zwei: der fette Leibwächter, der im mühelos wirkenden Bruststil so schnell und kraftvoll das Wasser durchpflügte, dass es hinter ihm schnurrte; und dann der Mann selbst, der langsam, plump und unbeholfen durch das Becken planschte, mit größtmöglicher Anstrengung und geringster Effizienz wie ein treibendes Fass mit strampelnden Beinen herumrollte, fast ein bisschen lächerlich. Dies war der Mann, den Matthewson seiner Frau – und diese wiederum Sarah – als Clown beschrieben hatte. Hier im Wasser, mit seiner aufgeblähten Badehose, sah er wirklich wie ein Spaßmacher aus. Der kleine weiße Wal, den niemand vor dem Aussterben bewahren wollte. Wie konnte man sich vor einem solchen Mann fürchten?

Es war das zweite Mal, dass sie ihn hier beobachtete, und das erste Mal, dass sie ihren eigenen Eindruck mit dem ihres ganz speziellen Spitzels vergleichen konnte. Am liebsten hätte sie diesen Augenblick wieder ungeschehen gemacht. Der Anblick machte es schwer, an das Schreckgespenst aus Cannons Erzählungen zu glauben. Sarah zählte an ihren Fingern ab: Cannon, Julie, sie selbst – sie alle konnten sich irren. Es könnte sich um eine unschuldige Lüge handeln. Oder eine echte Lüge. Vielleicht hatte Cannon sie deswegen gewarnt. Kommt ihm nicht zu nahe, hatte er gesagt.

Samstag Vormittag. Die City war verlassen. Sarah eilte durch die Kälte, das feuchte Haar stach ihr im Nacken, und sie drückte sich den Hut fester auf den Kopf. Sie kam an dem Polizisten vorbei, der in dem kleinen Schilderhäuschen an der Ecke seine Stellung hielt und sich die behandschuhten Hände rieb. Seit der letzten Bombe, die in der City hochgegangen war, standen sie Tag und Nacht hier – der eiserne Gürtel der Elite gegen die Mätzchen der Terroristen. Cannon hätte einer von ihnen werden können, aber Cannon war von seiner Amoralität geheilt. Sie hatte ihm ihren Glauben geschenkt, und bis Weihnachten, wenn die Frist ablief, musste sie mit ihrem Glauben durchhalten. Doch irgendwie regten sich erste Zweifel. Es war nicht leicht, an einen Teufel zu glauben, dessen Gestalt auf

Hörensagen beruhte. Die Anwältin in ihr sträubte sich gegen diesen Gedanken.

Cannon erwachte, weil ihm kalt war. Ein Stück blauer Himmel durchs Dachfenster, kalte Füße und ein bleierner Schlaf. Heizgerät, Socken, ins Bett zurücktaumeln, ins Licht starren. »Dieses Stückchen Blau, das der Gefangene Himmel nennt.« Ein Gedanke formte sich in seinem Kopf. Was wäre, wenn er zum Dachfenster aufblickte und jemanden sähe, der hereinzukommen versuchte? Nicht hinaus, wie er es sich oft ausmalte (und sich dabei eine ausgeklügelte Abfolge von Seilen und Flaschenzügen vorstellte, die jedem Gentleman-Gauner zur Ehre gereicht hätte), sondern hinein. Vor seinem geistigen Auge tauchten die Grundzüge eines Gemäldes auf: eine Gestalt, die quer über dem Dachfenster lag, nackt und träge in der Kälte. Wenn dort oben jemand wäre, würde er keinen Augenblick zögern, ihn zu sich hier unten einzuladen.

Da man bereits die zweite Dezemberwoche schrieb, war Tageslicht ein kostbarer Schatz. In wenigen Augenblicken würde es hell sein, und er könnte anfangen zu malen. Aber er schlief wieder ein und träumte von der Freiheit, die Weihnachten auf ihn wartete. Johnnyboy hatte es versprochen.

Er schreckte auf, als jemand an der Tür rüttelte. Das Dachfenster war jetzt nur noch ein graues Rechteck, das Heizgerät versengte seine Füße. Er war verwirrt, aber nicht beunruhigt. Er lag nicht mehr auf seinem Feldbett, sondern auf seiner Pritsche im Gefängnis. Das Geschrei und die Schritte nahm er nur mit halbem Bewusstsein wahr. Langsam strömte das Leben aus ihm heraus, seit vier Uhr früh, als er sich mit dem angespitzten Dorn seiner Gürtelschnalle die Pulsadern aufgerissen hatte, während der Mann in der Koje unter ihm schnarchte. Zwei, drei Stunden bevor jemand merkte, was er getan hatte; dass er den anhaltenden Zahnschmerzen einen anderen Schmerz entgegensetzen konnte, hatte es ihm leichter gemacht. Er erinnerte sich, wie er im Halbdunkel interessiert das Innere seines Handgelenks angestarrt hatte. Außerhalb der Zelle brannte immer Licht; sie gönnten ihnen keine völlige Finsternis. Eine wahre Fundgrube aus Adern und Sehnen, die sich da unter seiner blassen Haut aufgetan hatte. Als er mit dem Dorn der Gürtelschnalle, den er an der Zellenwand geschärft hatte, an seinem Handgelenk kratzte, fühlte er sich wie ein Urmensch auf der Suche nach einem Werkzeug, voller Zorn über die Mühe, die es ihn kostete, in seinem ungehorsamen Fleisch herumzustochern, aber endlich hatte es angefangen zu bluten. Er wusste genug über diese Dinge, um die Faust zu ballen und wieder zu öffnen, damit das Blut schneller floss. Der Mann unter ihm schnarchte noch immer, doch jetzt kam bereits genug, um ein tropfendes Geräusch zu erzeugen. Kalte Füße, Qual und Scham, und immer noch spürte er die Zahnschmerzen. Später hatte er über Zahnschmerzen gejammert. Lange nachdem er dämmernd dagelegen und dem Tropf-tropf-tropf gelauscht hatte – als ob die Zahnschmerzen die Ursache gewesen wären, als ob sie wirklich etwas damit zu tun gehabt hätten. Dabei hatte er fast sein ganzes Leben lang mit Zahnschmerzen zugebracht.

Ein Schmerz konnte den anderen nicht beseitigen. Und wieder mal hatte er nur Dummheiten gemacht.

Das Rütteln an der Tür wurde lauter. Erinnerte Stimmen. *Komm schon her, du blödes Arschloch. Was hast du jetzt wieder angestellt? Zuvor* der Lärm der Selbstmord-Einsatztruppe, die mit polternden Stiefeln auf die Zelle zurannte, entschlossen, ihn wieder ins Leben zurückzuzerren, weil er versucht hatte, das System auszutricksen. Wie eine Armee, die auf dem Weg zu ihm jedes Hindernis beiseite stieß und in deren Stimmen eingeübte Panik, Angst und Wut widerhallten. *Was hast du angestellt, Alter, was hast du angestellt?*

»Meine Zähne haben so weh getan«, hatte er gesagt, und das war das Letzte, woran er sich erinnern konnte. Es war die Nacht des Guy Fawkes Day gewesen, ein paar Wochen nachdem er dort gelandet war. Das Feuerwerk am Himmel, das durch die kleinen Fenster zu sehen war, hatte ihn wahnsinnig gemacht. Die meisten Leute reden nur Scheiße, konstatierte Cannon, und das meinte er keineswegs verächtlich. Er wusste es aus Erfahrung; unter Stress reagierte er genauso. Er hatte alles auf den Zahnschmerz geschoben, der in Wahrheit gar nichts damit zu tun gehabt hatte. Schuld war vielmehr sein Gefühl der Nutzlosigkeit und Verzweiflung gewesen, das Unwissen darüber, was zum Teufel sein Bruder da draußen wohl trieb … und die Sehnsucht danach, mit ihr zu schlafen, sie zu liebkosen, pausenlos, nicht zu wollen, dass sie starb, aber auch nicht, dass sie ohne ihn weiterlebte. Aber wenn er aus dem Weg wäre, hätte sie endlich ihre Ruhe.

Er hatte im Gefängnis die Erfahrung gemacht, dass es bestimmte Geräusche gab, deren Bedeutung sich nur dem Unterbewussten erschloss. Das Rütteln an der Tür beunruhigte ihn jetzt, aber es machte ihm keine Angst. Der Lärm der Selbstmordtruppe, Stiefelgepolter auf Beton, Feuerwerk – das alles war Furcht einflößend, nicht aber dieses Rütteln. Das Gefängnis hatte seine Sinneswahrnehmungen geschärft, vielleicht aber auch nur Sinne geweckt, die in ihm geschlummert hatten: das instinktive Gefühl dafür, welche Geräusche gefährlich waren und welche nicht. Es war zwar noch nie vorgekommen, dass jemand in dieser Weise an der Tür gerüttelt hatte, aber er wusste, dass sich dahinter nichts Bedrohliches verbarg. Stöhnend erwachte Cannon aus seinem Halbschlaf. Er hatte das beste Licht verpasst, und schlechter konnte ein Tag gar nicht anfangen.

Er wusste schon, wer es war, bevor er den Stuhl unter der Türklinke weggezogen hatte. Cannon betrachtete seine Besucherin vorsichtig, mit einem Gefühl, das eine Mischung aus Dankbarkeit, Verblüffung, Gereiztheit und ehrfürchtiger Zuneigung war. Er wäre einfach gern in der Lage gewesen, sich für etwas dankbar zu erweisen, das er nicht verstand. Sarah sah aus wie eine nasse Ratte. Er ließ sie in der Tür stehen, eilte quer durchs Zimmer zu dem Gemälde und drehte es zur Wand. Er wollte nicht, dass sie sich nackt sah, mit all den Narben, die er ihr gegeben hatte. Noch sollte sie wissen, dass er ihre Verabredung vergessen hatte, so wie er gelegentlich den versprochenen täglichen Anruf vergaß.

Sarah hatte nichts von der Schüchternheit eines ungebetenen Gastes; sie bewegte sich an jedem Ort so, als gehörte er ihr, immer noch höflich, aber doch, als hätte sie hier das Kommando, wie der Kapitän eines Schiffs, der zwar die Privatsphäre seiner Passagiere respektierte, aber wusste, dass er überall Zugang hatte. Sie setzte sich. »Lieber Himmel, hast du mich erschreckt, Cannon. Bist du jetzt wach?«

Er wusste, dass sie nicht versuchen würde, seine Sätze zu beenden, während er nach Worten suchte. Sie würde abwarten und schon wissen, was er sagen wollte, bevor er es aussprach. Gleichzeitig brannte sie darauf, seine Worte klarer und schneller zu artikulieren, als er es vermochte.

»Ich habe der Selbstmordtruppe einiges zu verdanken, das kannst du mir glauben«, sagte er nur.

»Wie meinst du das, Cannon?« Sie kannte die Antwort, da sie ja ein Teil der Ereignisse war, aber sie wollte ihn immer zum Reden bringen, über alles und jedes – als Vorbereitung auf die Welt da draußen, sozusagen. Wahrscheinlich fürchtete sie, dass die Isolation, in der er lebte, sein Selbstvertrauen noch mehr angreifen würde. Er fragte sich zum hundertsten Mal, wieso sie sich überhaupt so für ihn interessierte und wie lange sie noch alles glauben würde, was er ihr erzählte. Das war eine Frage, die er sich nie auszusprechen getraute.

»Weil sie mich daran gehindert haben. Offenbar steckt ein gewisser Selbstzerstörungsdrang in mir, nicht? Und ohne meine Selbstmordgefährdung hätten sie mir nie erlaubt, meine Zähne richten zu lassen. Als Häftling bekommt man solche Vergünstigungen nur, wenn man den Beamten Angst macht. Und wenn man draußen jemanden wie deinen William hat. Er muss da irgendwas gedreht haben. Er ist nett, dein William, nicht wahr? Warum liebst du ihn eigentlich nicht?«

»Nun, er ist nicht *mein* William. Und ich liebe ihn, so gut ich kann, aber er will nicht geliebt werden, er will akzeptiert werden. Möchtest du an dem Porträt weiterarbeiten? Gestern, am Telefon, hast du so was erwähnt. Darum bin ich hier. Und dann wollten wir die Ausstellung besuchen, weißt du noch?«

Er schüttelte den Kopf und warf einen Seitenblick auf die zugedeckte Staffelei. Früher war sie ein Zielscheibenständer für Bogenschützen gewesen, und er hatte sie erst reparieren müssen, nachdem er sie entdeckt hatte. »Nein, nicht das Porträt, wenn's dir nichts ausmacht. Das Licht ist nicht gut. Außerdem möchte ich ein paar Tage darüber nachdenken. Es muss noch reifen, wenn du weißt, was ich meine.«

»Du meinst wohl, ich muss noch reifen.« Sie grinste ihn an, und das war so ansteckend, dass er trotz seiner trübsinnigen Stimmung zurückgrinsen musste. Sarah wanderte durch das Zimmer, hielt bewusst nicht nach Veränderungen Ausschau, registrierte aber trotzdem jede Kleinigkeit. Holzsplitter waren von den Dachbalken gefallen und auf eine Seite des Zimmers gekehrt worden. Es war sauberer als beim letzten Mal, als hätte er bereits seine Sachen gepackt. Viel war es ohnehin nicht – die einzigen Dinge, die er wirklich zu schätzen schien, waren seine Farben und Pinsel, obwohl sie nicht gerade leichtes Gepäck waren. Andererseits hatte er gar nicht besonders viele Farben; zu viele Tuben, meinte er, würden ihn nur verwirren. Plötzlich blieb sie stehen. »Was hast du damit gemacht, Cannon?«

»Womit?«

»Du weißt schon, womit. Mit der Bonnard-Skizze.«

An einer ansonsten leeren Wand fiel eine besonders leere Fläche auf, die durch einen heraussstehenden Nagel gekennzeichnet war. Die Stelle war frei von Staub, wodurch sie einerseits sauberer war, aber andererseits Schmierspuren zeigte. Cannon schüttelte langsam den Kopf, wie ein Esel, der die Fliegen von seinen Augen vertreiben wollte, setzte sich auf sein Bett und lud sie mit einer Handbewegung ein, im Lehnsessel Platz zu nehmen. »Ich kann meine eigenen Entscheidungen treffen, falls dir das nicht klar sein sollte«, sagte er ärgerlich.

»Natürlich kannst du. Alles ist deine Entscheidung. Aber was hast du damit gemacht?«

Er starrte an die Decke, die Hände hinter dem Kopf verschränkt, als könne ihn der Anblick der Besorgnis erregenden Wasserflecken inspirieren. Manchmal funktionierte es. »Ich habe sie an einen sicheren Ort gebracht. Hier ist es nicht sicher. Es waren Leute da. Ich bin sicher, dass *er* sie geschickt hat. Jetzt ist sie in Williams Sprechzimmer.«

»Weiß William, was sie wert ist?«

»Nein, aber er weiß, dass sie schön ist. Er wird darauf aufpassen.«

»Cannon, dort gehen die ganze Zeit Leute ein und aus.«

»Na und? Die Leute gehen doch nicht zum Zahnarzt, weil sie sich die Bilder an seiner Wand ansehen wollen, oder? Die können doch kaum denken, wenn sie erst einmal dort sind. Sie sitzen da wie die … Ölgötzen, glotzen in eine Zeitschrift und tun so, als würden sie lesen, und sonst gar nichts. Wenn man sich's genau überlegt, ist das wahrscheinlich der letzte Ort auf der Welt, wo Johnnyboy hingehen würde. Eine Zahnarztpraxis? Nicht in einer Million Jahren! Aber er könnte hier auftauchen. Das spüre ich. Irgendwann wird er ahnen, wo ich bin. Johnny hat seinen eigenen Satelliten.«

Für Cannons Verhältnisse war dies eine ziemlich lange und äußerst ärgerliche Rede gewesen. »Funktioniert das auch umgekehrt?«, fragte sie und versuchte dabei, nicht sarkastisch zu klingen. »Kannst du dir ausmalen, wo er gerade ist? Wenn, dann wäre das verdammt nützlich.« Er nahm die Frage äußerst ernst.

»Auf eine verschwommene Art, ja. Aber das ist nichts Besonderes. Ich kenne eben seine Tagesabläufe und Gewohnheiten, weißt du? Schließlich habe ich bis vor vier Jahren jeden einzelnen Tag meines Lebens mit ihm verbracht. Er wird sich nicht ändern. Kann er gar nicht. Wenn ich die Augen schließe und ihn mir an Orten vorstelle, wo ich ihn zu sehen erwarte, weiß ich nie, ob das daran liegt, dass ich genau weiß, wo er sein wird. Heute Vormittag war er schwimmen, stimmt's? Daran ist nichts … wie sagt man … Telepathisches. Er geht einfach jeden Samstag schwimmen. Immer im selben Bad, weil er dort die ganze Halle für sich allein hat.«

»Er sah lächerlich aus«, sagte Sarah schroff. »Ungefähr so bedrohlich wie ein kranker Tümmler. Bist du dir wirklich sicher, was ihn betrifft, Cannon?«

»Habe ich dich je angelogen?«

Sie nahm ihn genauer in Augenschein. Manchmal sah er aus wie ein harmloser Trottel. Wenn er lächelte, zeigten sich seine unglaublich gleichmäßigen Zahnkronen. Das war Williams Arbeit. William hatte Cannons Leben radikaler umgekrempelt, als sie es je fertig bringen würde. »Nein. Ich glaube nicht, dass du überhaupt lügen kannst.«

»Das macht mich noch lange nicht zum ehrlichen Menschen. Julie sagt immer, ich bin ein moralisches Vakuum.«

Aber kein Lügner und auch kein Dieb. Sarah nahm ihre Wanderung wieder auf. Sie schnappte sich eine Skizze von Johnnyboy, betrachtete den kühnen Strich, mit dem Cannon den gehässigen Blick und die schwarzen Zähne seines Motivs festgehalten hatte. Sie untersuchte das Bild genauer. Die Zähne, die wie ein Balken die Mitte des Gesichts dominierten, gaben ihm einen wütenden und gemeinen Ausdruck, der sich auffällig von Cannons vorsätzlich nichts sagendem Lächeln unterschied. Sie runzelte die Stirn. »So stellst du ihn dir vor«, sagte sie schließlich. »So siehst du ihn, wenn du ihn nicht vor dir hast.« Sie legte die Skizze wieder hin. »Jedenfalls schwimmt er wie eine traurige Bulldogge. Ach, Cannon, warum tun wir das alles eigentlich? Vor diesem Kerl laufen wir davon, vor dem verstecken wir uns?! Er sieht aus wie eine traurige Bulldogge, er schwimmt wie eine traurige Bulldogge, und die Frau meines Chefs sagt, er redet nur Blödsinn.«

»Das ist nur ein Foto«, sagte Cannon.

»Was soll das heißen, nur ein Foto?«

»Schwachsinn!«, brüllte er plötzlich, stürmte wie ein Racheengel auf sie zu, packte die Skizze und zerfetzte sie mit seinen großen Händen. Seine schnellen Bewegungen wirkten gewalttätig und überstürzt, so dass sie sich fast gefürchtet hätte, doch sie hatte sich noch nie vor Cannon gefürchtet. Seine Hände waren so groß, dass er mühelos ihren Hals umfassen und sie erwürgen könnte. Es waren grotesk große Hände, die sich, ähnlich wie sein Kopf, aus eigener Kraft bewegten, als würden sie nicht alle zusammen von einem gemeinsamen Gehirn gesteuert; sogar seine Finger schienen sich unabhängig voneinander zu bewegen. Dieses bizarre Gewirr von Bewegungen war nur dann miteinander im Einklang, wenn er malte, wenn er sich unbewusst mit seinem ganzen Körper in die Arbeit stürzte, wie der Dirigent eines Orchesters, in erhabener Konzentration. Sie scheuchte ihn weg, um seine extreme Reaktion herunterzuspielen, und forderte ihn auf, sich zu setzen, kam sich bei alledem aber ziemlich unverschämt vor. Schließlich gehörten sie beide nicht hierher.

»Du begreifst es nicht. Ein richtiges Porträt braucht Zeit. Die Zeit steckt im Gewebe der Leinwand, in den Farben. Zeit, um die Veränderungen wahrzunehmen. Das hier war nur ein Schnappschuss. Von einem einzigen Augenblick, als ich *glaubte,* ich könne ihn sehen, als ich ihn vor mir sah – vor mir sehe. Ich habe ihn geliebt, weißt du. Ich liebe ihn immer noch. Ich konnte ihn nicht einmal skizzieren, ohne etwas für ihn zu empfinden. Ich habe alles, was dieses arme Schwein nicht hat, einfach alles. Zähne. Eine Frau, die mich liebt. Eine Begabung. Und was hat er? Nichts.«

Er sprang auf, vor Zorn sprühend und konzentriert, seine Bewegungen wirkten plötzlich auf anmutige Art zielgerichtet. Er klemmte ein Zeichenblatt auf die Hartfaserplatte der Staffelei, suchte hektisch nach einer Feder, zeichnete mit wenigen Strichen, nahm das Blatt ab und begann eine neue Skizze auf einem neuen Blatt, dann noch eine und noch eine. Das alles geschah in einer derartigen Raserei, dass sie kaum hinsehen konnte. Die Blätter, auf denen die Tusche noch trocknete, lagen am Boden verstreut. Sein Bruder, sein Bruder. Sein Bruder, lieblos in einer Reihe von Karikaturen festgehalten, auf denen er zwinkerte, trotz seiner schlechten Zähnen breit grinste, die Stirn runzelte, seine wulstigen Lippen herausstülpte, das Gesicht in Falten legte, den Mund zu einer Wellenlinie schürzte, freundlich dreinschaute, wie ein Wilder aussah, wie ein Phantombild, ein Sträfling, ein verrückter Heiliger. Es nützte nichts. Auf dem letzten Bild sah er aus wie ein hungriges Gespenst, das nichts hatte, was es sich zwischen die Backen schieben konnte. Von Liebe war in diesem Porträt am wenigsten zu merken. Sarah spürte ein Kratzen im Hals und merkte, dass ihr Mund ausgetrocknet war. Cannon hustete; dieses höfliche Husten, das zwar wehtat, aber trotzdem so klang, als wäre es einzig und allein dafür gemacht, ein Gespräch zu unterbrechen. Er arbeitete weiter, obwohl sein Husten immer krampfartiger wurde. »Siehst du?«, sagte er immer wieder. »Siehst du? Siehst du?«

Sie sah gar nichts, abgesehen von den Hundeaugen auf den Skizzen und Cannons Glauben, dass kein Mensch die Verkörperung des Bösen sein konnte. Auch sie kannte niemand wirklich Bösen; sie würde nicht einmal Charles Tysall, der sie gefoltert und ihr die Narben zugefügt hatte, in diese Kategorie einreihen. Sie fand es eher schockierend, wie selten das Böse vorkam. An den Teufel glaubte sie nicht. Sie betrachtete die verschiedenen Varianten des Gesichts und hatte immer nur den unbeholfenen Körper darunter vor sich, der sich auf Mitleid erregende Weise durchs Wasser kämpfte und um keinen Preis dabei gesehen werden wollte. Der traurige Clown.

»Daraus kann ich ein richtiges Porträt machen«, brummte Cannon. »Aber erst, wenn es dunkel geworden ist. Grelles Licht mochte er sowieso nie.« Plötzlich lachte er und ließ sich auf einen Stuhl fallen. »Wir sind immer nur nach Einbruch der Dunkelheit aus dem Haus gegangen, damit niemand unsere Zähne sehen und uns auslachen konnte. Wir haben nie Tageslicht gesehen.«

»Was machen wir jetzt, Cannon?«, fragte sie.

Es gefiel ihm, dass sie »wir« sagte, obwohl er sich gleichzeitig darüber ärgerte. »Ich weiß nicht so recht. Abwarten, bis die Frist abgelaufen ist. Ihm glauben. Uns vor ihm hüten. Alles bewachen. Bis er endlich die Scheißregeln akzeptiert, die er selbst aufgestellt hat, und kapiert, dass ich nicht zu ihm zurückkomme. Ich kann nicht.« Und mehr zu sich selbst sagte er dann: »O Gott, schenk uns ein Kind.«

»Ist es das, was er will – dass ihr eure Affäre wieder aufnehmt?« Affären bedeuteten ihr so gut wie gar nichts, ihm aber dafür umso mehr. Jetzt war er es, der nervös durchs Zimmer wanderte, seine Jacke aufhob, um sie unsicher wieder hinzulegen, die Farbtuben fein säuberlich aufreihte. »Ja, zum einen will er das, und zum anderen ein neues Spiel. Eine schöne große Explosion. Wahrscheinlich würde er am liebsten das Parlament in die Luft sprengen, mit meiner Hilfe natürlich. Er hat Guy Fawkes immer schon für einen Trottel gehalten, weil ihm das nicht gelungen ist. Komisch, was? Das ist das Einzige, was er aus der Schule noch weiß. Wenn wir überhaupt in die Schule gingen, dann war er im Geschichtsunterricht und ich in Kunsterziehung. Das war mir lieber. Der Lehrer hat mich mit zu sich nach Hause genommen und privat unterrichtet. Das war Johnnyboy natürlich ganz und gar nicht recht. Er hat mich eine Zeit lang halb tot geprügelt deswegen, bis es ihm zu anstrengend wurde. Aber hoffen kann man immer. Irgendwann muss er aufgeben.«

»Vielleicht wenn du ihm das Bild zurückgibst?«, schlug sie ganz ruhig vor.

»Nein«, sagte er aufgebracht. »Nein, das geht nicht.«

»Es ist die Beute aus einem Verbrechen, Cannon. Es ist Geld, das du ihm gestohlen hast.«

»Es ist der Lohn für harte Arbeit!«, brüllte Cannon. »Meine Arbeit. Johnnyboy würde so was nicht mal erkennen, wenn man ihn mit der Nase draufstieße. Ich habe das Geld genommen und für etwas Schönes verwendet. Das er bestimmt nie kaufen würde. Was sollte er schon damit anfangen? Er würde es nur verbrennen oder irgendwo verschimmeln lassen. Wie seine Häuser.«

Niemand kennt ihn so wie ich.

Sie stand auf und knallte sich den Hut wieder auf den Kopf. Der Hut gefiel ihm. Er ließ sie anonym und weniger bedrohlich aussehen, machte sie zu einer sanfteren Version ihrer selbst. So wirkte sie wie jemand, dem es nichts ausmachte, sich zum Narren halten zu lassen.

»In Ordnung«, sagte sie und winkte ihm zum Abschied. »Ich tu also weiterhin so, als wäre deine Paranoia begründet. Du wirst eine andere Bleibe finden müssen; ich kümmere mich drum. Was unternimmt dein Bruder sonst noch am Samstag?«

Er konnte überhaupt nicht mehr begreifen, warum Johnnyboy die Frauen so hasste. Sie waren die Einzigen, die ihm jemals etwas geglaubt hatten. »Er bleibt zu Hause. Sieht sich den ganzen Tag Sportsendungen an. Autorennen, Fußball, Rugby, einfach alles. Samstag ist Stubenhockertag. Zu viele Weiber unterwegs. Boxen mag er natürlich am liebsten.«

»Ritualisierter Konflikt«, murmelte Sarah. »Während wir beide uns nach Kunstwerken umsehen …«

»Wirklich?«, fragte Cannon unsicher.

»Ja. Heute darfst du Berater spielen.«

Ihre Beinahe-Freundschaft hatte Höhen und Tiefen. Manchmal verstanden sie sich wortlos, dann wieder trauten sie einander nicht über den Weg. Seine Stimmung schwankte zwischen ungezügelter Neugier ihr gegenüber, introspektiver Stille und inkonsequenten lauten Bemerkungen, die keine Rücksicht darauf nahmen, ob sie reagierte. Sie wiederum fand die Gesellschaft eines Menschen, der nicht nach erkennbaren Verhaltensregeln lebte, erholsam, weil sie auch ihr mehr Freiheit gab. An Cannon zu glauben, hatte schon fast eine religiöse Dimension.

Heute war er voll unterdrückter Erregung, wie ein Kind,

das man auf einen Ausflug mitnimmt: redselig und voller Gedanken, die sich zu Fragen formten und schon vergessen waren, wenn sie seinen Mund verließen. Zwischendurch im Auto fing er immer wieder an zu pfeifen. Genau das hatte sie an ihm so angezogen: dieses absurde Grinsen; seine Gabe, wirklich glücklich zu sein, selbst wenn es nur für ganz kurze Zeit war; der Mangel an Zurückhaltung, sobald seine eigene missliche Lage vergessen war; die Fähigkeit, sich im Augenblick zu verlieren. Er weckte heftige Mutterinstinkte in ihr.

»Was weiß der liebe William eigentlich von mir?«, fragte er plötzlich, während er ihr zusah, wie sie den Wagen mehr schlecht als recht in eine Parklücke setzte. Cannon konnte nicht Auto fahren. Es war ihm völlig schleierhaft, wie so etwas gehen sollte; Motoren und Autos erfüllten ihn mit Panik.

»Nichts. So gut wie nichts«, sagte Sarah. »Nur das Allernotwendigste – außer, du hast ihm selbst etwas erzählt.«

»Ich?«, antwortete Cannon und beobachtete sie beim Abstellen des Motors, als führte sie einen Zaubertrick vor. »Ich? Wir reden über nichts Wichtiges, auf jeden Fall nichts Persönliches. Das wäre unfair. Gar nichts. Deswegen mag ich ihn ja. Er nimmt einen, wie man ist. Wir reden über alles und nichts – so wie wir beide.«

»Na, dann ist es ja gut«, sagte Sarah und fühlte sich einen Moment lang unglaublich schuldig. »Ich habe ihn gefragt, ob er uns begleiten will, aber ich glaube, er wird ablehnen. Hat angeblich zu viel zu tun …«

»Ach was, er ist bloß schüchtern«, sagte Cannon. »Er betet dich an, aber das kann er nicht zugeben.«

Dann, als sie die Treppe hinaufgingen, als wäre sie ihr nachträglich eingefallen, stellte sie noch eine Frage: »Wie hast du es eigentlich geschafft, das Haus einstürzen zu lassen, Cannon? Alle haben es für eine Gasexplosion gehalten.«

Er nickte. »War es auch. Aber das macht doch nichts, oder? Ich hab ja vorher die Gasrechnung bezahlt.«

»Du hast Julie versprochen, so was nie wieder zu tun.«

»Niemals. Nie, nie wieder. Aber Spaß gemacht hat es doch«, grinste er.

»Ja«, stimmte sie ihm zu. Sie musste an ein paar der abscheulichen Häuser denken, die sie bei ihrer Wohnungssuche gesehen hatte. »Ja, das kann ich verstehen.«

7

Als sie die Stufen zum Ausstellungszentrum erklommen, wusste Sarah, dass der Ausflug möglicherweise ein Fehler war. Es war eine dieser Gelegenheiten, wo der Instinkt einen vor Peinlichkeiten warnt, man die Warnung aber vorsätzlich ignoriert. Cannon mochte keine Menschenmengen und betrachtete den Pöbel, der durch die Türen strömte und an der Kontrolle seine Taschen zeigte, wie eine Bande von Tollwütigen. Er zuckte zusammen, wenn ihn jemand streifte, weigerte sich, den Mantel abzulegen, und klemmte sich die Eintrittskarte zwischen die Zähne, während er überlegte, was er damit anfangen sollte. Schließlich beschloss er, sie in die rechte Brusttasche zu stecken. In der weitläufigen Halle drängte sich ein Stand neben den anderen. Gleich gegenüber dem Eingang waren fünf verschiedene Unternehmenssammlungen zu besichtigen, in einem anderen Stockwerk hatten Kunsthändler sechzig durch dünne Wände getrennte Ausstellungsstände errichtet, und ganz oben auf der Galerie befanden sich noch mehr. Die großen Namen waren in der Mitte ausgestellt, die weniger bekannten an den Seitenwänden: Zwischen großformatigen und kleineren Gemälden sprossen Skulpturen wie Pilze aus dem Boden.

»Pass gut auf«, sagte Sarah mit gedämpfter Stimme. »Hierher kommen die Leute zum Einkaufen. Es ist die größte Ausstellung zeitgenössischer Kunst. Nächstes Jahr wirst du auch ausgestellt sein, aber heute bist du als Berater hier. Als Diplomat. Du sagst mir, was Müll ist und was nicht.«

Um sie herum drängten sich an diesem Samstagmorgen Jäger und Verschwender, Leute, die bereit waren, Geld auszugeben und sich überraschen zu lassen. Hausbesitzer, die diesen Tag zur Abwechslung nicht der Heimwerkerei, sondern dem Kunstgenuss widmeten. Dass dieser Anlass so viele Menschen angezogen hatte, schien eher ein Grund zur Freude als zur Sorge. Als Cannon einen Augenblick zuhörte, versuchte sie ihm das zu erklären. Ist es nicht wunderbar, dass so viele Leute Kunst sehen wollen? Keine Tapeten, sondern Gemälde und Zeichnungen. Du bist mein Kritiker, schärfte sie ihm ein. Sag mir, worauf ich achten soll, sag mir, wer begabt ist; ich weiß es nicht. Sie bewegten sich durch ein Gewirr aus Stimmen und Geräuschen, Wellen von Hitze, den Duft kultivierter Erregung, den Geruch nach Parfüm in einem vollbesetzten Zug.

Cannon war gegen Willensäußerungen anderer Menschen völlig immun. Sie hatte gelernt, etwas Schärfe in ihre Stimme zu legen und schnell wie ein Maschinengewehr zu sprechen, wenn sie ihm irgendwelche Anweisungen gab. Aber es musste wie ein Befehl klingen; mit bloßer Überredung – einer Methode, die sie eigentlich vorzog – war es viel schwieriger. Er nickte abwesend, als wären sie ein Agentenduo, das feindliches Territorium auskundschaften sollte und die Anweisung hatte, ausschließlich Funkbefehlen zu gehorchen, und auch das nur, wenn er es für richtig hielt. Er hielt die Hände hinter dem Rücken verschränkt, um das nervöse Zucken seiner Finger unter Kontrolle zu halten. Die Firmensammlungen tendierten eher zur abstrakten Kunst; die ausgestellten Gemälde trugen tiefsinnige Titel wie *Leben, Verfall, Chaos*. Ziemlich düstere, farblose Dinger, dachte sie; Bilder mit brodelnden Oberflächen, Hexenkessel voller Farbe oder nur ein paar vereinzelte Linien, die sich über ein riesiges Stück fester Wand erstreckten. Cannon musste sie anfassen, von Bild zu Bild springen, als wollte er die Fugen im Pflaster vermeiden. Am liebsten hätte er die Hände über die Farbe gleiten lassen und mit den Fingerspitzen herausgefunden, wie sie an die Oberfläche des Bildes gelangt war, den Finger in die Leinwand gestoßen, den Rahmen angehoben und die Rückseite der Gemälde begutachtet, um zu sehen, welche Materialien der Künstler verwendet hatte. Modisch gekleidete Aussteller scharwenzelten mit salbungsvoller Miene um ihn herum. In den Firmensammlungen gab es außer Image nichts zu verkaufen, doch an den übrigen Ständen war der Kunde ein König mit Kreditkarte und wurde mit überwältigender Freundlichkeit behandelt. Sarah liebte solche Märkte, wo sich alle in kultiviert gekleidete Bestien verwandelten, die bereit waren, mit Klauen und Zähnen auf den anderen loszugehen. Sie betrachtete die Käufer, er die Ware. William hätte mitkommen sollen – er ging so gern in den Zoo.

Es war ein Markt, der vor Unternehmungsgeist, Hoffnungen und falschen Versprechungen überschäumte. *Ich bin nicht zum ersten Mal in so einer Ausstellung,* flüsterte er ihr ins Ohr. *Du brauchst mich also nicht so gönnerhaft zu behandeln.* Er hatte oft in solchen Räumen gesessen, verriet er ihr, und auch in den Dauerausstellungen der staatlichen Museen, wo man sich auf eine Bank vor die Bilder setzen und versuchen konnte, sie zu kopieren, die Arbeit anderer Maler nachzuempfinden. Man bemühte sich, etwas Ähnliches zu schaffen, bis es nach langer, anstrengender und neiderfüllter Arbeit endlich gelang. Erst war er durch ihre hohen Räume mit den gewölbten Decken geschlichen, und dann hatte er sich auf Baustellen herumgetrieben, wo er anderen bei der Arbeit zusah. Auf nächtlichen Straßen hatte er beobachtet, wie verwischte Gestalten an beleuchteten Fenstern vorbeieilten, hatte versucht, die Bewegung ihrer Arme und Beine einzufangen, was ihm aber nie zur vollen Zufriedenheit gelungen war. *Aber ich weiß, was ich zu tun habe … Ich weiß, wie jeder einzelne Versuch ausschließlich den Zweck haben sollte, einen Augenblick der Wirklichkeit einzufangen oder daran zu scheitern.* Er flüsterte ihr ins Ohr, als wären sie ein Liebespaar. Die bloße Möglichkeit von Betrug brachte ihn auf, deshalb flüsterte er immer lauter, bis der Zorn in ihm so groß war, dass er am liebsten geschrien hätte. Sie lief hinter ihm her.

»Scheiße!«, brüllte er. Sie standen vor einer großflächigen Leinwand, über die ein Gebilde tanzte, das aussah wie ein hellblauer Aal auf weißem Grund. Sein einzelnes bösartiges Auge war auf den Rahmen des Bildes gerichtet, aus dem es auszubrechen versuchte. Im Blau seines Rückens verbargen sich winzige Buchstaben. Es war ein zu einem Lebewesen lang gezogener Klecks. »Psst!«, machte sie. »Pssssst!«

»Aber das steht da«, meinte Cannon verärgert und tippte mit seinem schmutzigen Zeigefinger auf die Buchstaben. Sie hatte ihn noch nie mit sauberen Händen erlebt und stellte sich manchmal vor, er wäre schon mit Händen zur Welt gekommen, die genauso fleckig waren wie seine Zähne. Seine dunkle Haut hob sich vor dem weißen Hintergrund des Aalbildes ab. »Scheiße«, wiederholte er und zog dabei mit dem Finger die Buchstaben nach. »Scheiße, Scheiße, SCHEISSE!«

»Sei ruhig«, zischte sie, obwohl sie den Radau insgeheim genoss.

»Prätentiöse Scheiße!«, sagte er noch lauter. »Wo ist hier die gottverdammte Wahrheit? Das ist kein Gemälde, sondern ein Poster. Es sagt überhaupt nichts aus. Der Typ hat einfach auf die Leinwand geschissen. Weiß der überhaupt, was Farben kosten?« Während seines kleinen Vertrags wandte er sich um und zischte dann das dünne Mädchen mit dem Kostüm, den knochigen Knien und dem gewinnenden Lächeln an. »Judas!«, schrie er und stieß seinen Wurstfinger immer wieder in die Leinwand, bis ein Abdruck auf dem Weiß zurückblieb. »Judas! Dreißig Silberlinge für dieses Stück Dreck!« Und dann gab er sich von einem Augenblick auf den anderen wieder von seiner charmantesten Seite, steckte die Hände in die Taschen und bleckte grinsend die Zähne.

»Kritiker …«, sagte Sarah, mit einem Lächeln an das Mädchen gewandt, und nahm Cannon am Arm, um den Eindruck zu erwecken, sie hätte alles unter Kontrolle. »Sie sind immer so leidenschaftlich. Man könnte fast glauben, er wäre ein Gutachter.« Sie schob seinen Ausbruch auf die unangenehme Hitze hier im Raum. Arm in Arm gingen sie weiter, und sie spürte, wie er zitterte. Es wurde mit jedem Schritt heißer, immer unerträglicher. »Diese Frau könnte eines Tages deine Galeristin sein«, versuchte sie ihn zur Vernunft zu bringen. Aber es war zu spät; Cannon war bereits weit weg. Er stand vor einer blauen Fläche in ein paar Metern Entfernung. Sein Zorn war wie weggeblasen, und das Bild zog ihn an wie ein Stück Brot einen Verhungernden. Er blieb dort stehen, um das Glücksgefühl auszukosten und jede mögliche Enttäuschung möglichst lange hinauszuschieben. Er ließ sich das Entzücken auf der Zunge zergehen, hüpfte von einem Fuß auf den anderen und rang die Hände. Sein ganzer Körper war in Bewegung.

»Wunderbar! Ein wunderbarer Maler«, murmelte er vor sich hin. »Schau dir dieses gottverdammte Blau an. Er lebt in diesem Blau. Ist es nicht wunderschön? Du musst es kaufen, Sarah. Kauf es.«

Sie spürte nichts als die Hitze, die sie wie eine Flutwelle überschwemmte, fühlte sich verblödet und klaustrophobisch.

Das Bild nahm nur einen winzigen Teil ihrer Aufmerksamkeit ein. Es zeigte eine Steilküste irgendwo am adriatischen Meer, die im wunderbaren Licht eines frühen Abends leuchtete. Die Konturen waren verschwommen, die Farben intensiv wie Edelsteine, und der Maßstab wurde nur durch eine vage umrissene Gestalt im Wasser erkennbar. Cannon bleckte die Zähne, als wollte er das Bild verschlingen, ganz in sich aufnehmen. Sie sah es nur an; sie war zum Betrachten geboren. Gleichzeitig schrien sie sich gegenseitig an.

»Das ist ziemlich teuer, Cannon. So viel Geld habe ich nicht.«

»Gib es ihm, Sarah. *Gib es ihm.«*

»Das geht nicht.«

Es war so heiß; heiß und feucht. Das Bild übte eine hypnotisierende Wirkung aus. Schweiß rann ihr den Nacken hinunter. Die letzte Stunde war in Minutenschnelle vergangen. Sie warf einen Blick auf sein erhitztes Gesicht und auf die Gesichter anderer Leute. An dieser lähmenden Hitze stimmte etwas nicht. Und das hatte nichts mit der Erregung im Raum zu tun. Ein junges Mädchen fiel in Ohnmacht. Dann knisterte es in den Hallenlautsprechern, und eine Entschuldigung heischende Stimme erschallte über ihren Köpfen. »Meine Damen und Herren, wir bitten um Ihre Aufmerksamkeit: Unser Heizungs- und Lüftungssystem hat leider eine Betriebsstörung. Zu Ihrer eigenen Sicherheit ersuchen wir Sie, das Gebäude durch den nächstliegenden Ausgang zu verlassen und zu warten, bis der Schaden repariert ist. Wir danken für Ihr Verständnis.« Die Durchsage verriet zwar keine Dringlichkeit, war aber doch eine Anweisung, die sämtliche Anwesenden veranlasste, ihr mit unsicheren Bewegungen, geordnet und widerstrebend zugleich, Folge zu leisten. Kinder, die mit ihren Eltern gekommen waren, und ein paar gelangweilte Begleiter von Kunstfreunden atmeten erleichtert auf. Sarah verlor Cannon aus den Augen, als sie sich von der Menge zu einem Seiteneingang drängen ließ, dachte aber nicht weiter darüber nach. Die Kälte draußen war eine Erleichterung.

Sie beobachtete, denn es war ihre Art, alles zu beobachten. Große und kleine, schöne und unansehnliche Menschen schoben sich auf die Nebenstraße hinaus und standen in Grüppchen herum. Leicht resigniert dachte sie, wie unheimlich es war, dass Cannons bloße Anwesenheit oft schon ausreichte, um Menschenmengen in Bewegung zu setzen. Das Tannoy hatte ihnen Freigetränke versprochen, sobald sie – auf jeden Fall innerhalb der nächsten Stunde – wieder ins Gebäude eingelassen würden. So optimistisch diese Ankündigung auch geklungen hatte, so gedrückt war die Stimmung hier draußen. Vor allem jene Besucher, die ihre Jacken und Mäntel an der Garderobe abgegeben hatten, waren schlecht gelaunt. Sarah war froh, dass sie ihren Mantel behalten hatte.

Noch dazu, da es ihr Lieblingsmantel war, ein leuchtend grünes, voluminöses Stück, das bis über die Knie ging und dessen Wärme sie jetzt genoss, auch wenn der Schweiß auf ihrer Haut gerade erst trocknete. Sie betrachtete die Nachzügler, die aus dem Gebäude kamen. Cannon war einer der Letzten, sein Gesicht der Inbegriff verletzter Unschuld, die Arme mürrisch vor der Brust verschränkt – ein Mann, der sich ärgerte, dass er für eine Eintrittskarte bezahlt hatte, nur um dann hinausgeworfen zu werden. Er schlurfte auf sie zu, von ihrem roten Haar angezogen wie von einem Signalfeuer, mit immer schnelleren Schritten, bis er schließlich mit ihr zusammenstieß und sie zu ihrer Verwunderung heftig auf den Mund küsste.

»Vielleicht sind sie mir gefolgt«, raunte er ihr zu. »Hier, nimm das.« Er ließ das Objekt, das er unter den Armen verborgen gehalten hatte, zwischen die Falten ihres Mantels gleiten.

Aus lauter Überraschung spielte sie mit und umklammerte das Ding, wobei ihre Hände sofort die Ecken eines Bilderrahmens erkannten. Cannon ruderte übertrieben mit den Armen, nahm eine Zigarette aus der Tasche, die er wichtigtuerisch anzündete und triumphierend zwischen den Fingern hielt, als wollte er einem imaginären Publikum sagen: Schaut her, ich bin sauber. Sarah wollte nichts als weglaufen, schnell und möglichst weit weg, aber er lächelte sein nichts sagendes Lächeln in ihr blasses Gesicht. »Du bist ganz bleich«, sagte er. »Ist gar nicht so übel, geküsst zu werden, was? Man könnte sich dran gewöhnen.«

Sie verlangsamte bewusst ihre Schritte, um nicht rennen zu müssen. Die Straße hinunter, um die Ecke, am Haupteingang des Ausstellungszentrums vorbei, wo sich die meisten Menschen aufhielten. Sarah blieb bemüht unauffällig, ging jedoch neben ihm wie fremdgesteuert und rechnete jeden Moment damit, dass sich eine Hand schwer auf ihre Schulter legen könnte. Erst als die sichere Zuflucht ihres Autos in Sichtweite war, wandte sie sich zu ihm um und schrie ihn an: »Du hast es gestohlen … du hast dieses Bild gestohlen! Bist du völlig irre? Hast du überhaupt nichts begriffen?«

»Pass auf«, sagte er. »Sonst beschädigst du es noch.«

»Beschädigen?«, brüllte sie. »Du machst dir Sorgen, dass es beschädigt werden könnte? Nicht, weil du es gestohlen hast?«

Er senkte reumütig den Kopf. »Aber du mochtest es, Sarah. Das war offensichtlich. Es war das beste Bild auf der ganzen Ausstellung. Du wolltest es, und ich bin dir was schuldig, also habe ich es für dich besorgt. Magst du es nicht?«

Das knirschende Getriebe des Wagens war Antwort genug. Sie schossen aus dem Parkplatz wie eine Kugel aus dem Gewehrlauf. Einen Augenblick lang schien er sich zu fürchten, was ihr eine gewisse Genugtuung verschaffte. Sie fuhr, als bahnte sie sich mit einem Panzer ihren Weg durch den Wüstensand, und er klammerte sich so fest an den Sicherheitsgurt, dass seine Knöchel weiß hervorstanden.

»Ein moralisches Vakuum«, brummte sie. »Ein moralisches Schwein. Oder etwa nicht? Was ist mit dem Künstler, der dieses Bild gemalt hat? Was ist, wenn du erwischt wirst? Überlegst du eigentlich, bevor du etwas tust?«

»Ich habe überlegt«, wehrte er sich. »Ich habe überlegt, als die Lautsprecherdurchsage kam. Die hat mich inspiriert. Ich habe überlegt, dass gleich ein ziemliches Durcheinander losgehen wird und dass sich die Händler sowieso an den Veranstaltern schadlos halten können, weil die daran schuld sind, wenn irgendwas wegkommt, wegen der Klimaanlage; außerdem gibt's ja Versicherungen und solches Zeug, also verliert keiner was. Nicht wirklich.« Jetzt grinste er wieder, offensichtlich sehr zufrieden mit seiner Logik.

Sie stieg so abrupt auf die Bremse, dass er mit der Stirn hörbar gegen die Windschutzscheibe schlug. »Ich muss es zurückbringen«, sagte Sarah. »Ich muss mir eine Möglichkeit ausdenken, wie ich es zurückbringen kann.« Doch je weiter sie sich vom Schauplatz des Verbrechens entfernten, desto mehr zweifelte sie daran, dass sie es wirklich tun würde. Vielleicht waren ihre Begleitung, ihr derzeitiges Leben und all die Lügen, die ihr so leicht über die Lippen kamen, bereits zu tief in ihre Seele eingedrungen.

Sie konnte nicht mehr zurück. Also fuhr sie weiter.

William glaubte, dass er deshalb so spät in der Ausstellung aufgetaucht war, weil er zu lange mit der Frage gerungen hatte, ob er überhaupt hingehen sollte. Sarah hatte ihn zwar eingeladen, aber das war möglicherweise zu wenig von Herzen gekommen; außerdem hatte sie keine bestimmte Uhrzeit genannt. Einmal hatte er auszurechnen versucht, wie viele Stunden er schon mit Unentschlossenheit verbracht hatte; das Ergebnis war deprimierend gewesen. Andererseits gab es Tage in seinem Leben, an denen die Unfähigkeit, sich für einen bestimmten Plan zu entscheiden, nur dazu geführt hatte, dass er ziellos umherschweifte, mehr oder weniger zufällig etwas tat, was er gar nicht vorgehabt hatte, und dabei auf wahre Schätze stieß. Nach dem Aufwachen hatte er an die Zwillingsstudie gedacht, die recherchiert werden musste, aber Samstag war eindeutig nicht der richtige Tag dafür. Stattdessen hatte er sich mit seiner Tasse Tee ans Fenster gestellt und einem dicken Mann dabei zugesehen, wie er die Straße auf und ab ging, immer wieder stehen blieb und dann weiterging, als führte er seinen Hund spazieren, genauso unentschlossen wie William selbst. Er trank noch etwas Tee und schlug die Zeit tot. Der siebente Tag der Woche war zum Spielen da, ein Tag der Vergnügungen, ein Tag für Kinder. Er fühlte sich am Samstag nie ganz auf der Höhe und hatte den verschwommenen Eindruck, er solle sich lieber amüsieren, statt irgendeine Arbeit herbeizusehnen, die diese unpraktische Lebenslücke füllen könnte. Also ging er schließlich doch auf die Ausstellung und wünschte sich, den Vormittag und damit die Chance auf Begleitung nicht vergeudet zu haben.

Auf den Stufen zur Kunsthalle hielt er kurz inne, da ihn die versammelte Menschenmenge etwas aus der Fassung brachte. Als er weiterging, hatte er das seltsame Gefühl, den dicken Mann, der am Eingang stand und in sein Handy sprach, schon irgendwo gesehen zu haben. War das nicht derselbe Kerl, der sich vorher auf der Straße herumgedrückt hatte? Aber es gab viele dicke Männer, und sein Gedächtnis für Gesichter war bekanntlich nicht das beste. Egal, ob dick oder dünn, andere hatten schließlich das Recht, sich Kunstwerke anzusehen.

Die Arbeiten professioneller Maler, die geschafft hatten, woran er gescheitert war, erfüllten ihn mit einer Mischung aus Neid und Freude. An die Enttäuschung hatte er sich inzwischen gewöhnt; sie war das positive Element in seinem Neid und seiner Neugier, die ihn zu dem planlosen Kunstsammler gemacht hatten, der er war. Er sammelte Gemälde und Zeichnungen, seit ihm klar geworden war, dass er nie fähig sein würde, sie zu machen. Während er die Stufen hinaufstieg, dachte er darüber nach, dass seine Sammlung viel über seinen Charakter verriet, ähnlich wie Bücher in Regalen etwas über ihre Besitzer aussagen. William schüttelte den Kopf und erklomm zwei weitere Stufen, während er über den tieferen Sinn dieses Gedankens grübelte. An ihrem Besitz sollt ihr sie erkennen. Er sah sich die Leute an und versuchte, aus der Farbe eines Mantels auf den Geschmack seines Trägers zu schließen.

Er wusste nicht das Geringste über Modeströmungen in der Kunst. Er wusste nur manchmal, was er wollte, und manchmal, was er tun wollte. Herumtrödeln. Und er wusste, als er die überheizte Halle betrat, dass er hier nach etwas Gelbem Ausschau halten würde. Außerdem erlebte er gerade einen Augenblick absoluter Zufriedenheit. Zwei Stunden vor Ausstellungsschluss, und er war nur hier, um sich umzusehen. Für einen Sammler bedeutete das vollkommenes Glück. Er wusste gar nicht mehr, warum er überhaupt in Erwägung gezogen hatte, nicht zu kommen.

Ein Sammler ist ein Mensch, der sich nicht voll und ganz auf die menschliche Existenz einlassen will. Sarah hatte das einmal gesagt, um ihn aufzuziehen und ihren Standpunkt klar zu machen. William zuckte die Achseln. Es war ihm egal.

Entschuldigen Sie, entschuldigen Sie …

Wohin er auch ging, tönten ihm Entschuldigungen entgegen. Einmal fiel ihm kurz auf, dass er angerempelt wurde. Er hörte eine raue Stimme, die sich irgendwie vom allgemeinen Geplätscher abhob und ungeduldig flüsterte *Ich will es mir ja nur ansehen, nur einmal ansehen,* als ob jemand den Besitzer dieser Stimme daran hindern wollte. Er wusste nicht, warum der Aufenthalt hier eine solche Freude für ihn war, abgesehen vielleicht von der allgemeinen Höflichkeit der Ausstellungsbesucher, doch er schätzte die Harmonie in schönen Dingen. Die Suche nach beidem bereicherte sein Leben. Er vermutete, dass auch andere so empfanden – warum wären sie sonst hier und suchten danach? Seltsamerweise wurde seine Freude an der Veranstaltung durch all die ebenfalls ausgestellten unharmonischen und für seinen konservativen, prämodernen Geschmack sogar hässlichen Werke keineswegs gemindert. Der Gegensatz zwischen dem, was er erwartet hatte, und dem, was er vorfand, erheiterte ihn.

Chaos, Verfall. Warum sollte man sich solche Dinge mit nach Hause nehmen, wenn man doch sein ganzes Leben damit zubrachte, sie draußen zu halten? Und nicht einmal hier konnte er den Zähnen entkommen. William stand plötzlich vor dem zwei mal zwei Meter großen Bild eines Mundes mit Marilyn-Monroe-Lippen in Primärfarben à la Andy Warhol, die zu einem Schrei aufgerissen waren. Die Zunge lag flach und unbeweglich da, die Mandeln waren von gigantischer Größe. Der Kopf eines jungen Mädchens mit den vollen Lippen einer Frau. Ich würde sie mir rausnehmen lassen, wenn ich du wäre, sagte er lautlos zu dem Mund, und fühlte sich ob dieser oberflächlichen Beobachtung recht einsam. Dabei hätte er gar nicht allein sein müssen zwischen all diesen Menschen. »Komm doch mit uns«, hatte Sarah gesagt, aber er hatte sich wieder einmal nicht entscheiden können. Es war immer derselbe alte Fluch: aus Schüchternheit resultierende Trägheit, diese dauernde Ambivalenz zwischen dem Wunsch nach Gesellschaft und dem gleichzeitigen Bedürfnis, ihr auszuweichen. Wäre Sarah hier gewesen, hätten sie über die obszönen roten Lippen lachen können. Neben ihm stand ein Kind in aufmerksamer Verzückung. William blickte es flüchtig an und erstarrte.

Dieser Junge hatte eine frappante Ähnlichkeit mit dem aus seinen Träumen. Aschblondes Haar, das in einer geraden Linie über seine Stirn fiel; zu jung, um von rein visuellen, unbeweglichen Dingen wirklich gebannt zu sein, aber dennoch auffallend in seiner nervösen Konzentration, wie er mit leicht geöffnetem Mund dastand. William träumte Nacht für Nacht von einem solchen Jungen, so schmal und bleich und schön, aber wenn William von ihm träumte, sah er ein kränkliches Waisenkind, einen Jungen, der sich wegen eines unbekannten Bronchialleidens die Lungen aus dem Leib hustete. Für diesen Jungen gab es keine kraftraubenden Spiele, sondern nur stille Räume, Hustenanfälle und überängstliche Eltern, die ihn nur noch gereizter machten. Das Kind schien zu bemerken, dass es beobachtet wurde. Es wandte sich William zu und grinste ihn unbefangen und zutraulich an.

»Der Mund hat keine Plomben, stimmt's?«, stellte er fest. »Und das kann nicht sein, stimmt's?«

William entspannte sich und musste tatsächlich lachen, obwohl die Bemerkung gar nicht witzig gemeint war. Vor ihm stand natürlich nicht das Kind aus seinen Alpträumen; das wäre mittlerweile nämlich im Teenageralter, und seine Schwester wäre heute bereits eine junge Frau. Dieses altkluge Bürschchen hingegen hatte wahrscheinlich noch einige seiner Milchzähne und genug Rot in den Wangen, um die Blässe zu verdrängen. Es war einfach eines von vielen blonden Kindern, die nicht ganz in die Umgebung hier passten. Erleichtert lachte William noch einmal auf. Seine Einbildungen waren wirklich lächerlich. »Warum sollte sie denn Plomben haben, und wer sagt überhaupt, dass es eine Sie ist? Außerdem könnten die Plomben auch weiß sein.«

Der Junge überlegte. Er wirkte intelligent, fast schlau. William fand sein Interesse faszinierend. »Na ja, sie ist ziemlich alt, stimmt's? Mindestens so alt wie meine Mutter. Da musste sie doch Plomben haben.«

»Nicht unbedingt. Aber sie ist ja auch alles andere als realistisch, nicht wahr?« Um der Möglichkeit einer Unterhaltung willen akzeptierte William die Ansicht des Jungen über die Geschlechtszugehörigkeit des Mundes. »Wenigstens ihr Mund ist es nicht. Wer dieses Bild gemalt hat, hat nicht viel Ahnung von Zähnen. Das fängt schon damit an, dass sie zu viele davon hat. Sechsunddreißig statt zweiunddreißig. Und schau dir nur diese schlappe kleine Zunge an – völlig leblos. Wie viele Zähne hast du denn?«

»Ich hatte zwanzig, aber ein paar hab ich verloren. Jetzt kriege ich neue.«

»Nun ja, die wachsen, seit du auf der Welt bist, da kannst du nicht viel gegen machen.« Er schätzte den Jungen auf etwa zehn. Wahrscheinlich wuchsen seine Eck- und Backenzähne genau in diesem Augenblick unmerklich vor sich hin. Der Junge ließ seine Zunge über die obere Gebisshälfte gleiten, als wollte er auf diese Art seine Schneidezähne zählen, gab das Vorhaben aber bald wieder auf. »Meine Zunge fühlt sich meistens zu groß an«, meinte er.

»So ist das mit Zungen«, sagte William. »Sie tun ja auch nie das, was man von ihnen will. Ist dir das schon mal aufgefallen? Du kannst deiner Zunge befehlen, sich nicht zu bewegen, und sie gehorcht dir höchstens eine Sekunde lang, weil sie so viel zu tun hat, dass dein Gehirn sie nicht kontrollieren kann. Sie lässt sich nichts befehlen; sie macht, was sie will, und manchmal ist sie richtig aufsässig. Kein Wunder, schließlich muss sie jeden Tag einen ganzen Liter Spucke hin und her schieben. Aber die da sieht aus wie ein Stück vertrockneter Speck. Kein bisschen lebendig.«

Der Junge kicherte. »Wahrscheinlich tut sie nicht mal weh, wenn man reinbeißt, aber das tut sie normalerweise, stimmt's?«

»O ja, aber nur ganz kurz, weil sie sich ziemlich schnell wieder erholt. So ist das mit allem im Mund, weil er so gut durchblutet ist. Das führt dazu, dass alles superschnell heilt. Man könnte sich eine Nadel durch die Zunge stecken, und am nächsten Tag würde man schon gar nichts mehr merken.«

»Iii«, sagte der Junge und fuhr sich unbewusst mit der Zunge über die rosigen Lippen, während seine Augen weiterhin das Bild fixierten. »Sind Sie Zahnarzt oder was?«

»Ja.«

»Ekelig«, sagte der Junge, wandte sich ab und rempelte einen großen Erwachsenen an, der dicht hinter ihm stand und zuhörte. William war nicht sicher, ob sich der Kommentar des Kindes auf das Gemälde oder auf seinen Beruf bezogen hatte, tippte aber sicherheitshalber auf das Bild. Er beobachtete, wie der Junge zu seinen Eltern ging, und wurde rot, als die beiden ihn misstrauisch anstarrten. Trotzdem hatte ihn diese kleine Begebenheit auf absurde Art fröhlich gestimmt. Er schnitt ein Gesicht in Richtung Mundbild, als wäre er selbst ein kleiner Junge, und schlenderte dann weiter von Aussteller zu Aussteller. Der Junge schien ihm eine Entschuldigung dafür geliefert zu haben, sich schlecht zu benehmen. Er fühlte sich stets erleichtert und überlegen, wenn er jemandem einen kleinen Vortrag halten konnte. Ihm war, als hätte er eine gute Tat begangen; er fand es immer sehr vergnüglich, sich zu einer lächerlich verfehlten Darstellung kritisch zu äußern.

Dann rief er sich in Erinnerung, dass es bei einem Gemälde

ja gar nicht darum gehen durfte, eine sklavisch getreue Abbildung der Realität zu liefern. Er verabscheute Arbeiten, die Fotografien oder die Präzision eines architektonischen Entwurfs nachäfften, weil sie unehrlich waren und nicht wiedergaben, was das Auge sah. Man nimmt nicht jede Einzelheit wahr, wenn man ein Gesicht betrachtet, hatte Cannon gesagt, als er damals vor den Bildern in seinem Sprechzimmer stand, deren bloße Existenz ihm die erste Spur Vertrauen in den Zahnarzt eingeflößt hatte. Du siehst nur die markanten Linien. Du nimmst die stärksten Eindrücke zuerst auf, wie bei allem, was du siehst. Und wenn du jemand anderem einen Menschen oder eine Szene beschreiben willst, triffst du immer eine Auswahl, weil du nie vollständig sein kannst; du kannst nur deine eigene Auffassung wiedergeben. Und genau das ist es, was ich schaffen möchte. Mehr als einen zufällig gewählten Augenblick der Wahrheit, einen einzigen intensiven Eindruck kann ich nicht vermitteln. Bei mir wäre das anders, überlegte William, während er weiter durch die Halle schlenderte. Ich wäre wahrscheinlich davon besessen, meine Technik zu perfektionieren. Spontaneität würde ich mir nie erlauben, die hat man mir aberzogen. Ich würde die hochwertigsten Materialien erwerben, meine Pinselstriche auf den Millimeter genau ziehen, nach Vollständigkeit streben, genau festlegen, was ich sehen müsste – und damit natürlich alles falsch machen. Ich wäre wie eine von meinen pingeligen Patientinnen, die fest davon überzeugt sind, dass alle Welt den schwarzen Punkt auf ihrem Backenzahn sieht, sobald sie lächeln, oder die leichte Krümmung ihres Schneidezahns, die in Wirklichkeit niemand außer ihnen je wahrnehmen kann. *Betrachten Sie sich aus einem Meter Entfernung im Spiegel – genauso sehen Sie für die meisten anderen Leute aus.* Niemand studiert das eigene Gesicht so genau wie man selbst, höchstens eine Geliebte.

»Entschuldigen Sie, was kostet das?« Es ärgerte ihn, wenn ein Preis nicht deutlich sichtbar war und er sich danach erkundigen musste. Die Konversation war dann immer etwas gezwungen. Er spürte, dass ihn jemand von hinten beobachtete, wahrscheinlich um seinen finanziellen Status zu taxieren. Er fühlte sich leicht unbehaglich. Er war zwar an diesem Samstag nicht hierher gekommen, um etwas zu kaufen, sondern nur, um sich in Ruhe umzusehen – aber trotzdem wollte er wissen, wie teuer die Arbeiten waren. Bisher hatte er auch noch gar nichts entdeckt, das sein Herz erwärmt hätte, doch dann kam er zu einem hübschen Stillleben, das drei rotgelbe Äpfel in einer Schüssel zeigte, reif und appetitanregend. Genau das richtige Kunstwerk für die Küche.

»Achthundert Pfund.« Nein, da würde er sich lieber eine Wagenladung Äpfel kaufen. Als er weiterging, fühlte er sich wohl, da er hier von solcher Begeisterung umgeben war. Es genügte ihm, sich die ausgestellten Werke anzusehen, aber ihre Vielzahl machte ihn etwas benommen, also ging er ein paar Schritte zurück, um zu überprüfen, was er eventuell verpasst hatte. Ein Streit an einem der Stände; anscheinend war jemand zurückgekommen, um ein Bild zu kaufen, das in der Zwischenzeit gestohlen worden war. Aufgebrachte Stimmen, Disharmonie, Hässlichkeit. Er flüchtete vor der lauten Diskussion und landete wieder vor dem Gemälde mit dem Mund, weil er neugierig war, ob jemand dieses Ding tatsächlich gekauft hatte. Der Gedanke, dass ein anderer etwas schön finden könnte, was er so verabscheute, erfüllte ihn mit einer perversen Faszination.

Es gab tatsächlich jemanden. Ein roter Aufkleber prangte in einer Ecke des schreiend rosa Bilderrahmens; eine wichtigtuerische Angestellte der Galerie notierte eine Adresse auf der Rückseite eines Schecks. Daneben stand ein Mann, der in seinen Mantel schlüpfte und anscheinend gerade aufbrechen wollte. Zuvor wandte er sich allerdings noch einmal um, weil er einen letzten Blick auf seine Neuerwerbung werfen wollte. Er grinste. Zum zweiten Mal an diesem Nachmittag fürchtete William, der Schlag würde ihn treffen.

Der Mann, der das Zahnbild so fasziniert anblickte, stand ganz ruhig da. Seine großen Füße schienen fest mit dem Boden verwurzelt, so dass er fast aussah wie eine der Skulpturen in der Halle. Normalerweise stand ein Mensch, der lächelte, nicht so stocksteif herum; ein Lächeln implizierte Bewegung. William hatte den Eindruck, er hätte den Mann berühren oder sogar schubsen können, ohne auch nur die geringste Reaktion hervorzurufen. Der Mann war nicht besonders groß, sogar etwas kleiner als das Bild, das er erworben hatte; William hätte er wahrscheinlich nur bis zur Schulter gereicht. Dennoch wirkte er irgendwie massiv, als hätte er besonders schwere Knochen. Seine Füße waren mit militärischer Präzision nach vorne ausgerichtet, sein Gesicht war von dunkler Hautfarbe und einer kantigen Attraktivität. Nur das Lächeln störte den Gesamteindruck, da hinter seinen vollen Lippen schiefe braune Zähne zum Vorschein kamen.

Die Zähne entstellten das Gesicht schlimmer als jede Narbe, jedenfalls für einen Fremden. Ein Freund würde wahrscheinlich kein Wort darüber verlieren, sondern die braunen Zähne einfach akzeptieren; aber selbst für William mit seiner einschlägigen Berufserfahrung sah dieser Mann aus wie ein Asozialer, ein Schwachsinniger mit ekeligen Angewohnheiten. Die Verfärbung des Gebisses schien darauf hinzuweisen, dass der Typ auch den Rest seines Körpers nicht pflegte – obwohl seine frischrasierte Gesichtshaut sanft glänzte, sein rosa Hemd makellos sauber war und sein schwarzes Haar dicht und gesund wirkte. Er bemühte sich etwas zu sehr, den Makel seiner Zähne zu kompensieren, so vulgär und aggressiv wirkte sein adrettes Äußeres. Mit geschlossenem Mund hätte der Mann einen ganz anderen Eindruck gemacht. William schloss kurz die Augen und versuchte, es sich vorzustellen, doch es gelang ihm nicht. Plötzlich fühlte er sich von einer Mischung aus Mitleid und heftiger Erregung überrollt, als hätte er endlich seine wahre Bestimmung gefunden. Das Gesicht des anderen sagte ihm nichts. Es kam ihm zwar auf angenehme Art bekannt vor, aber er konnte es nicht zuordnen, also fand er es sympathisch, ohne weiter darüber nachzudenken. Doch es waren die Zähne, die ihn drängten, den Mann anzusprechen. *Entschuldigen Sie …* Tetracyclin-geschädigte Zähne, genau wie bei Cannon vor der Behandlung. Vor seinem geistigen Auge sah er den Mann, der damals gerade aus dem Gefängnis gekommen war und ihm ängstlich zugelächelt hatte.

Auf dem kleinen Ausstellungsstand war so wenig Platz, dass sich die Besucher aneinander drängen mussten und auch das Bild gar nicht richtig zur Geltung kam. William hielt sich nicht mit der Frage auf, wie gerade ein Mann mit derart abstoßenden Zähnen auf die Idee kam, ein so abscheuliches Bild zu kaufen, das den Betrachter mit seiner entsetzlich falschen Darstellung perfekten Zahnbeins in einem blödsinnig überfüllten Mund nur vor den Kopf stoßen konnte. Daran dachte er erst später. In diesem Augenblick war er viel zu sehr damit beschäftigt, sich nach dem blonden Jungen umzusehen, der eigentlich Bestandteil dieser Szene war. Das war das Einzige, das ihn ablenkte – abgesehen davon, dass er die Jackentaschen nach seinen Visitenkarten abklopfte. Der Mann hatte ihm jetzt wieder den Rücken zugewandt und sah auf die Uhr. Offensichtlich hatte er seinen Geschäftsabschluss getätigt und wollte aufbrechen, ohne William oder sonst jemanden überhaupt zu registrieren.

Trotz der überwältigenden Neugier, die von ihm Besitz ergriffen hatte, wusste William nicht, was er sagen sollte. Er ging um den massiv gebauten Mann herum und sah, dass dieser noch immer grinste und seinen Basiliskenblick fest auf die grässlich perfekten, aufgeblasenen Lippen dieses Marilyn-Monroe-Zahnmodells fixiert hatte. Was sollte er jetzt bloß sagen? Dürfte ich vielleicht einen Blick auf Ihre Zähne werfen? Höchst interessante Beißerchen, ja wirklich! Wo haben Sie die denn her? Doch statt diese Albernheiten, die ihm auf der Zunge lagen, auszusprechen, beugte er sich zu ihm herab, nur weil er unbedingt einen zweiten Blick riskieren wollte, und streckte dem Mann seine Visitenkarte entgegen. So machte er das immer, wenn er zu schüchtern war, seinen Namen auszusprechen. Die Szene erstarrte zu einem Standbild. William spürte, wie die Schamesröte sich auf dem Gesicht des Mannes ausbreitete wie Hitze, die aus einem Ofen strömte. Jetzt bewegten sich wenigstens die Augen des anderen. Sie sahen aus wie die tränenden Augen eines jungen Hundes, wie Cannons Augen, aber voll Überraschung und wütender Angst.

Der Mann wich vor Williams hingestreckter Visitenkarte zurück. Das weiße Viereck wirkte so armselig wie ein altes Sandwich. Schock und Wut des Mannes waren deutlich zu spüren, doch William fühlte sich einfach unfähig, seine Hand zurückzuziehen. Er musste sich etwas nach vorne beugen, um seinem Gegenüber ins Gesicht sehen zu können. Plötzlich landete ein Faustschlag auf seinem Kinn. Da er sich soeben verlegen zur Seite gedreht hatte, wurde die Wucht des Schlages etwas abgemildert, aber das änderte nichts an dessen Wirkung. Er ging in die Knie, während sich seine Hand an den Stoff einer Hose klammerte und an zwei Beine, die wie Säulen vor ihm aufragten. Der Schlag lähmte ihn, also verharrte er in seiner Gebetsstellung, bis die Beine sich von ihm fortbewegten und der Nebel vor seinen Augen aufklarte. Mit dem letzten bisschen Würde, das ihm geblieben war, schaffte er es, sich auf den Hintern fallen zu lassen, seine langen Beine zu überkreuzen und die Ellenbogen auf den Knien abzustützen. Den Kopf hielt er zwischen seinen Händen; so konnte er elend sein, ohne allzu kriecherisch zu wirken. Die Stimmen um ihn herum schienen aus einer anderen Welt zu kommen. Nach einer schier endlosen halben Minute hörte er ein unterdrücktes Kichern.

Langsam kehrte sein Bewusstsein zurück. Er hatte Schmerzen, war aber anscheinend ohne Schaden davongekommen. Als er aufblickte, sah er, wie jemand vorsichtig über seine Beine stieg – als wäre William ein Betrunkener, der sich jeden Moment erbrechen konnte. Wie er so dasaß, den Kopf zwischen den Händen, hätte man glauben können, er sei in künstlerische Ehrfurcht versunken.

Der Mann und das Gemälde waren längst weg. William saß allein inmitten der Menschenmenge und konnte sich ungestört seinen verschrobenen Betrachtungen über die geheime Bedeutung der kunstvoll weiß gestrichenen Wand vor ihm hingeben.

Sarah lehnte das Bild gegen die Kamineinfassung. Es schien den Raum mit Licht zu erfüllen und trug das Versprechen von Glück in sich. Der Künstler hatte es geschafft, das Gefühl von Sonne auf der Haut zu vermitteln, den ersten Schluck Champagner eines gelungenen Abends zu zweit. Sie sah sich selbst auf dem Balkon mit Meerblick stehen, allein und dennoch vollständig, in einem Augenblick sinnlicher Perfektion. Bei näherer Betrachtung identifizierte sie sich mit der Figur im Meer, die ohne Ziel und Richtung endlos im Kreise schwamm, ganz im Augenblick verloren. Sie erschauerte, als wäre irgendetwas über ihr Grab marschiert. Die Weinflasche war halb leer. Doch es war nicht der Wein, der die Düfte und Gerüche der Szene auf diesem gestohlenen Bild heraufbeschwor; das schaffte nur die Farbe.

Allein an einem Samstagabend. Das kam so oft vor, dass es eigentlich nichts Deprimierendes an sich hatte – außer wenn sie so dasaß wie heute und darüber nachdachte, wie tief sie gesunken war, dass sie sich an einem Diebstahl mitschuldig gemacht hatte. *Aber ich hatte keine Wahl.* O ja, die Ausrede kennen wir! Man hatte immer die Wahl, wenn man ein Bild stahl. Und dieses Bild kam ihr schon jetzt vor wie ein fixer Bestandteil ihres Lebens; würde sie es wegnehmen, dann bliebe eine Leere zurück. Doch ein Gemälde konnte man nicht essen. Niemand verhungerte, weil es ihm an Papier und Leinwand mangelte. Es gab also keine Entschuldigung. Nein, redete sie sich ein, ich hatte keine Wahl. Hätte ich es nämlich gleich zurückgebracht, dann wäre herausgekommen, dass Cannon es gestohlen hatte. Und es war wichtig, dass Cannon so unsichtbar wie möglich blieb. Doch kaum hatte sie ihre Entschuldigungen formuliert, erkannte sie den ausgemachten Blödsinn. Sie war doch sonst erfinderisch genug. Sie hätte nur Cannon loswerden, das Bild zurückbringen und dem Galeristen erklären müssen, ein durch die Hitze verwirrter Freund hätte es im Wahn an sich genommen. Damit hätten sich die Aussteller sicher zufrieden gegeben – und das würden sie wahrscheinlich auch morgen noch tun. Aber sie wusste schon jetzt, dass sie es auch morgen nicht zurückbringen würde. Dafür war es bereits zu spät.

Warum behielt sie es also? Weil er es für sie gestohlen hatte? Als wollte Cannon sie mit seinem Mut beeindrucken, sich seine Sporen verdienen und der Dame seines Herzens zum Geschenk machen. Quatsch. Sie fühlte sich zwar geschmeichelt, weil er das Bild für sie geklaut hatte und nicht für sich selbst, aber andererseits fand sie es auch zutiefst beleidigend: Zu denken, dass sie sich über ein gestohlenes Geschenk freuen könnte, das sie obendrein niemandem zeigen durfte, als wäre so etwas normal und daher völlig in Ordnung, als wäre sie ebenso verdorben wie er. *Ist gar nicht so übel, geküsst zu werden, oder? Man könnte sich dran gewöhnen.* Ihre Haut kribbelte, und sie hätte sich am liebsten gekratzt. Für so ein moralisches Dilemma bin ich einfach nicht die Richtige, dachte sie. Ich schlafe zwar Woche für Woche mit zwei bis drei verschiedenen Männern, lasse mich für meine Zuneigung von ihnen beschenken und horche sie dafür aus, doch das macht mich noch lange nicht so schlecht wie das hier.

Der Spiegel in der Diele war staubig. Er war immer staubig; sie hatte keine Ahnung, warum. Irgendwer hatte ihr einmal erzählt, dass Staub eigentlich aus Hautpartikeln bestand. Sooft man sich bewegte, verlor man winzige Stückchen Haut, die dann an allem haften blieben. Sie malte ein paar Worte in die Staubschicht. SCHLECHT. Dann schrieb sie REINGEFALLEN und verschmierte den letzten Buchstaben.

Der Samstagabend war Sarah Fortune heilig, und das war eine Mischung aus Zufall und Absicht. Jeder Samstagabend, den sie allein verbrachte, war eine Art Statement darüber, wie sie lebte, atmete, intrigierte, plante und überlebte und dabei keineswegs deprimiert war. Samstagabende waren der Selbstvergewisserung gewidmet. Am Sonntag gab sie sich dann genüsslich der Faulheit hin, bevor der ganze Zirkus wieder von vorne anfing. Jetzt gab es allerdings ein neues Element in dieser Gleichung. *Schlechtigkeit.* Sie wischte den Spiegel mit dem Ärmel ihres Pullovers ab.

Sie hatte an Cannon geglaubt. Sie hatte ihr ganzes Leben auf Cannon ausgerichtet, hatte ihn unterstützt, verteidigt und ihm ihr Vertrauen geschenkt. Warum? Weil niemand anders es tat, weil er talentiert war, weil er und seine Frau es verdienten, zumindest nach Sarahs Maßstäben. Sie ließ sich bei ihrer Beurteilung anderer Menschen stets Zeit, zweifelte aber danach nie an ihrer Entscheidung. Die beiden hatte die Gabe, zusammen ein glückliches, erfülltes Leben zu führen. Es kümmerte sie nicht, ob er Diebe und verbrecherische Bauunternehmer reicher machte. Seine Vergangenheit war ihr egal. Umso seltsamer, dass ihr dieser Diebstahl jetzt solches Kopfzerbrechen bereitete. Wahrscheinlich lag es daran, dass sie selbst darin verwickelt war.

»Du hast aber wirklich ein selektives Gewissen«, murmelte sie leise vor sich hin.

Sie drehte das Bild mit der Vorderseite zur Wand, damit es nicht länger seine verführerische Wirkung ausüben konnte. Es schien ihr eine Sünde, etwas so Schönes zu verstecken. In der Küche stopfte sie ein bisschen zu heftig den Korken in die halb leere Weinflasche zurück, wobei sie ihr entglitt und mit einem unschönen Geräusch am Boden aufschlug. Sie sah zu, wie der Wein über die Dielen floss. Verdammte Verschwendung, wie ihre ganzen Bemühungen überhaupt. Wenn sie in den Spiegel sah, hatte sie eine zweitklassige Bühnendarstellerin in einem Melodram vor sich, dem nur ein Träumer Glauben schenken konnte. Sie öffnete eine neue Flasche und überlegte, was sie jetzt tun sollte. Wenn nicht einmal Cannons Haft und die Frau, die er gleich am Anfang seines Weges zur völligen Besserung kennen gelernt hatte, ihn von derart überflüssigen Aktionen wie heute Morgen abhalten konnten – und daran bestand nun kein Zweifel –, warum sollte sie ihm dann eigentlich noch glauben? Waren Diebe nicht immer auch Lügner?

Nichts wäre ihr lieber gewesen, als die Zeit auf den vergangenen Abend zurückzudrehen, als sie Cannon noch vertraute und unbeirrt all die Geschichten über seinen Bruder geglaubt hatte. Aber jetzt hatte er ihr deutlich gezeigt, dass seine Unehrlichkeit unheilbar war. Sie wünschte sich in die Zeit zurück, als sie diesen lächerlichen, harmlosen Körper noch nicht im Wasser des Schwimmbads hatte planschen sehen. Als Ernest Matthewsons Frau Sarah noch nicht erzählt hatte, dass ihr Mann John Smith für einen Clown hielt. Das war der Anfang vom Ende gewesen.

Sie wanderte ruhelos durch die Wohnung, eine Karikatur ihres ansonsten an einem Samstagabend so friedlichen Selbst. Sie spähte in die Zimmer, als wäre sie eine Fremde, und hatte den Eindruck, die Bilder an der Wand machten sich über sie lustig. Es gab keinen echten Grund umzuziehen – abgesehen von den Erinnerungen und der Illusion der Freiheit, die ein Umzug mit sich brachte. Als könnte man mit einem neuen Anfang wirklich reinen Tisch machen und das Blut und die Tränen von den Wänden wischen. Sie öffnete die Balkontür. Die Luft draußen war von angenehm stechender Kälte.

Cannon stand unten und wollte gerade einen Kieselstein an ihr Fenster werfen. Anscheinend erregte er lieber auf diese Art Aufmerksamkeit als durch ein einfaches Klingeln. Wer weiß, was ihm dabei durch den Kopf ging. Erst empfand sie einen eiskalten, wilden Zorn auf ihn und hätte ihn am liebsten angespuckt, doch als sie die Tür aufmachte, stand er zusammengesunken und mit einem tränenverquollenem Gesicht da, ohne Anstalten zu machen, über die Schwelle zu treten. Er hatte seinen Mantel vergessen und klapperte vor Kälte mit den Zähnen.

»Es tut mir Leid«, sagte er. »Es tut mir furchtbar Leid. Ich habe etwas Schreckliches getan. Es war nicht nur schrecklich, sondern dumm. Ich habe dich beleidigt. Manchmal bin ich einfach vernagelt; dann muss ich so was tun und begreife erst später, was passiert ist. Kannst du das verstehen? Bitte? Es tut mir so Leid.«

»Was tut dir Leid?«, fuhr sie ihn an. »Das Stehlen oder das Lügen?«

Als sie ihn so vor sich sah, schmolz all ihr Zorn wider ihren Willen dahin. Sie war nie besonders gut darin gewesen, ihre Wut strategisch einzusetzen. Zum einen war das Gefühl nie heftig genug, zum anderen hielt es beim besten Willen nicht lange genug an, um nicht irgendwann lächerlich zu wirken.

»Es tut mir Leid«, schluchzte er. »Da rettest du mich aus dem Gefängnis und vor dem Feuer … du glaubst mir, und was gebe ich dir dafür? Ich stehle. Dabei habe ich nie etwas gestohlen, nur von ihm, und das hat in Wirklichkeit mir gehört. Und ich kann auch nicht lügen. Ich denke nur nicht nach.«

In diesem Moment erschien er ihr wieder wie bei ihrer ersten Begegnung: ein verwirrtes und zugleich kluges Kind. Auch Julie hatte das Kind in ihm gesehen. Er ließ sich in ihre mütterliche Umarmung fallen und von ihr in die Wohnung führen. Das Telefon läutete. Cannon kauerte sich vor dem Kamin zusammen, wo sich die Gasflamme auf seinem tränennassen Gesicht spiegelte. Sie betrachtete ihn, während sie den Hörer abhob.

»Sarah?« William klang noch abwesender und unschlüssiger als sonst. »Sarah, bist du zu Hause? Ich könnte mit dem Taxi …« Nein. Sie wollte die beiden nicht zur selben Zeit unter ihrem Dach haben, das wäre einfach zu viel. Sie wollte nicht, dass William das gestohlene Bild zu Gesicht bekam. Sie wollte William nicht das Geringste erklären müssen; was er nicht wusste, konnte ihm auch nicht schaden. Er sollte nicht wissen, dass sie zur Diebin geworden war.

»Hat das nicht Zeit, Liebling? Morgen, wenn du willst.«

Cannon hustete. Es war ein langer, stoßweiser Hustenanfall,

eine Weiterentwicklung des trockenen Hustens von heute Morgen. Er brauchte die Wärme des Feuers. Sie musste sich auf Essen, Schutz und Wärme konzentrieren. Sie hatte eine Stunde Zeit, ihm etwas zu essen einzuflößen; länger würde er nicht bleiben.

Johnny wird dahinter kommen. Und dann findet er dich.

»Doch, es hat Zeit.« Die Enttäuschung in Williams Stimme war unüberhörbar, und das ärgerte sie. *Ich nehme an, du hattest mal wieder einen Alptraum,* wollte sie schon sagen, als sie sich erinnerte, wie sehr sie ihn eigentlich mochte. Sie mochte sie alle, das war die große Gefahr in ihrem Leben. Sie mochte all die Ausgestoßenen, die niemand sonst beachtete. Ach Gott, ihr wisst ja gar nicht, was ihr verpasst!

»Also bis morgen?«

»Mal sehen«, sagte er und knallte den Hörer auf die Gabel. Langsam und weniger heftig legte sie ebenfalls auf.

8

Isabella Dalrymple erwachte mit einem Sonntagsmorgenkopfschmerz und einer dunklen Erinnerung daran, dass in der Nacht jemand geschnarcht hatte. Sie fröstelte, weil dem Mann neben ihr warm war; er hatte das extrabreite Federbett komplett um seinen großen Körper gewickelt. Die Decke lag nicht einfach auf ihm, sondern war unauflöslich mit seinen Gliedmaßen verwurstelt und unter seinem Kinn festgesteckt. Er hatte sie in Besitz genommen, unbewusst, aber gründlich. Bevor ihr klar geworden war, dass es keine Aussicht auf ein Stück Decke gab, ohne den Mann zu wecken, hatte sie nicht genau gewusst, wo sie war. Die ersten dreißig Sekunden nach dem Aufwachen hatte sie keine Orientierung gehabt, sich an einen anderen Ort und in eine versöhnlichere Zeit zurückversetzt gefühlt.

William war in den Jahren ihrer Ehe immer ein unruhiger Schläfer gewesen. Er warf sich herum, gab Geräusche von sich und redete gelegentlich auch laut, aber immerhin gehörte er zu der Sorte Mensch, die das Federbett bereitwillig dem Bettnachbarn überließ und morgens durchgefroren aufwachte. Isabella empfand Bedauern, wenn sie an William dachte, und vielleicht auch eine Spur schlechtes Gewissen. Es trübte ihren Blick wie eine winzige Fussel, die an den Wimpern klebte. Im Bett zu bleiben war zwecklos.

Im Vergleich zu den ehelichen Vergehen, von denen ihre Freundinnen und Bekannten ihr erzählten, hatte William eigentlich nichts falsch gemacht; keine Untreue, keine Besorgnis erregenden Süchte – wenn man einmal von der Zahnmedizin absah –, keine ekligen Gewohnheiten, keine schlimmen gesellschaftlichen Fehltritte. Sein Problem war nur gewesen, dass er auch nichts richtig gemacht hatte. Ab einem bestimmten Zeitpunkt hatte er aufgehört, für sie interessant zu sein. Er hatte nichts getan, als seiner Frau aufs Wort zu gehorchen. Rückblickend gesehen, war ein unterwürfiger Ehemann, der die Ambitionen seiner Gattin unterstützte, ohne sie zu teilen, der schlimmste Partner, den man sich vorstellen konnte. Sie hatte ihn geformt und erzogen, sein Leben organisiert und ihn herumkommandiert, bis er sich in ein Nichts verwandelt hatte, das sich sogar vor ihrem Schatten fürchtete. Und heute konnte sie sich nur noch daran erinnern, dass er ihr nie die Decke weggenommen hatte.

Sie warf einen Blick zurück auf Williams wesentlich reicheren und auch interessanteren Nachfolger, bevor sie sich ins Badezimmer zurückzog. Denn solange sie mit William verheiratet gewesen war, hatte sie sich ihm jeden Morgen zum Frühstückstee mit makellosem Gesicht präsentiert, eine ziemlich zeitaufwendige Angelegenheit, die eigentlich verdient hätte, gewürdigt zu werden. Mittlerweile hatte sie sich so daran gewöhnt, dass sie das Schminken als tugendhaften Akt betrachtete. An dieses Gesicht wird er sich erinnern, wenn er arbeiten geht. Wenn irgend möglich, sollte man auf Kinder verzichten; sie machten alles kaputt.

Aber auch ohne Kinder war alles kaputt gegangen, zersetzt durch eine langsam fortschreitende Enttäuschung und Verachtung. Und das hatte sie jetzt davon: einen reicheren, kleineren Lebenspartner mit einer viel schöneren Wohnung und einem viel interessanteren Freundeskreis, mit dem sie auch noch eine Vorliebe für das Größere und Bessere teilte. Isabella prüfte mit ihrer zarten Hand die Wassertemperatur der Dusche. Zu heiß. Sie fühlte sich schlapp. Die bloße Aussicht auf ihr einstündiges Ritual aus Haarwäsche, Haartrocknen, Make-up und Kleiderauswahl schien ihr unglaublich mühsam und war der eigentliche Grund für ihr Unbehagen. Wäre sie immer noch mit William zusammen, dann brauchte sie das alles nicht. Er hätte es sowieso nicht bemerkt, wie all die anderen Jahre davor. Was die Unterhaltszahlungen betraf, so hatte sie William ausgeblutet und tat es immer noch. Schließlich brauchte sie das Geld, um ein Gesicht, einen Lebensstil und eine Garderobe zu erhalten, die ihm absolut nichts bedeuteten. Und das bedeutete wiederum, dass sie ihm in Wahrheit nichts weggenommen hatte.

Mit einem Mal kam ihr das Leben wie eine Reihe von Klischees vor einem Hintergrund aus Hoffnung vor. Sie putzte sich oberflächlich die Zähne. Das Zusammenleben mit William hatte dazu geführt, dass das Thema Zähne sie gründlich langweilte. Sie hatte nie irgendwelche Probleme mit ihrem Gebiss gehabt und fand, dass andere Leute viel zu viele Umstände deswegen machten. Wenn sie an die Zukunft dachte, sah sie eine endlose Abfolge der immer gleichen Badezimmerhandgriffe vor sich. Sie stellte sich vor den Spiegel und zog die Oberlippe hoch, um einen Essensrest zu beseitigen. Dabei entdeckte sie Blut auf ihrem Zahnfleisch. Sofort hatte sie die Schreckensvision eines zahnlosen Gesichts. Nein, nein, ihre Zähne waren in bestem Zustand und würden nicht ausfallen – das hatte William doch immer gesagt, oder? Aber wenn er sich irrte, wer würde sie dann noch lieben?

Er.

Beim Anblick der Badezimmertapete mit dem knalligen Muster aus Paradiesvögeln hätte sie am liebsten mit ihnen um die Wette gekreischt. Irgendwann hatte er ihr erzählt, dass man die Menschheit in Tapetenliebhaber und Tapetenhasser einteilen könne. Sie war schlecht gelaunt, müde und konnte sich an nichts erinnern, was ihr in der vergangenen Woche Spaß gemacht hätte. Außer natürlich der beruhigende Gedanke, dass sie ihr Leben ändern konnte wie dieses Badezimmer, dessen Tapete demnächst entfernt werden sollte. Nichts im Leben war von Dauer. Wenn sie wollte, konnte sie jederzeit zu dem Ehemann zurückgehen, der nicht schnarchte.

Mrs. Matthewson, Ernests treue Ehefrau und den wenigen anderen Menschen, die sie ins Herz geschlossen hatte, eine ebenso treue Freundin, deckte den Tisch für das traditionelle Sonntagsessen mit der Familie. Das Esszimmer erstrahlte in vielen Farben: mattgelbe Wände und leuchtende Girlandenvorhänge, auf denen blaue Kolibris prangten – ein Motiv, das seit einem Urlaub in Westindien überall im Haus wiederkehrte. Das ganze Haus, das so groß und massiv wie Ernest war, setzte diesen Ferien ein Denkmal.

Das Tischdecken hob sie sich immer bis zuletzt auf; erst

wollte sie sichergehen, dass auch wirklich alle kamen. Nichts war demütigender als ein perfekt gedeckter Tisch, der plötzlich zum Zeugnis ihres elterlichen Versagens wurde, weil ihr Sohn wieder einmal nicht erschien. Die Versorgung mit Essen war eines der Geheimnisse einer guten Ehe (Ernest zumindest hatte sie damit mehr oder weniger unter Kontrolle halten können), doch sie allein reichte noch lange nicht, um einen unabhängigen Sohn regelmäßig an ihren Tisch zu locken. Mitsamt seiner Freundin, diesem farblosen kleinen Wesen mit einem netten Gesicht, das vor allem durch die viel zu große Brille und das bewundernde Lächeln auffiel, das sie für ihren Verlobten übrig hatte. Mrs. Matthewson war immer wieder erstaunt, zu welch gut aussehendem, sympathischem Mann ihr Sohn herangewachsen war. Die revolutionäre körperliche Verwandlung – von dem absurd fetten Jungen, den sie aufgezogen hatte, zum eleganten, sportlichen jungen Mann, der er jetzt war – hatte er einzig und allein sich selbst zu verdanken. Die Aneignung einer gewissen Lebensart und die längst fällige Anerkennung seiner Eltern waren wiederum auf Sarah Fortune zurückzuführen. Mrs. Matthewson schätzte Sarah über alle Maßen. Sie widerstand dem Impuls, der neuen Freundin die Serviette mit dem Fleck hinzulegen, wie sie auch der Versuchung widerstehen würde, ihr Soße über den Rock zu schütten. So etwas wäre kindisch und kontraproduktiv und würde ihr vor allem nicht ihren Herzenswunsch erfüllen – nämlich die umwerfende Sarah Fortune, ihre Freundin, wieder in den Schoß der Familie aufnehmen zu können. Mrs. Matthewson konnte ihrem Sohn seinen unglaublichen Leichtsinn, diese Frau zu verlieren, niemals verzeihen. Andererseits teilte sie privat und gegebenenfalls auch öffentlich Ernests Ansicht, dass eine Ehe zwischen den beiden nur in einer Katastrophe hätte enden können.

Sie nahmen Platz. Malcolm und sein Vater unterhielten sich über Rechtsprechung, wie das bei Anwälten üblich ist. Einem aufmerksamen Zuhörer – und Mrs. Matthewson war alles andere als unaufmerksam – wäre bald aufgefallen, dass es sich bei diesem scheinbar intellektuellen Meinungsaustausch um puren Tratsch handelte. Es ging nicht um die Rechtsprechung, sondern um die Personen dahinter. Wer verdiente wie viel und womit, wer erkämpfte sich auf wessen Kosten eine Position, wie gingen die Sieger mit der neu gewonnenen Macht um? Malcolm hatte einen langweiligen Ehrgeiz entwickelt. *Sarah hätte das nie zugelassen,* brummelte Mrs. Matthewson über den Grapefruit-Spalten vor sich hin, bevor sie sich zur Seite wandte und den neuesten Ersatz mit einem süßlichen Lächeln bedachte.

Dieses Mädchen war nicht dumm; es hatte den hungrigen Blick einer Geschäftsfrau. Malcolm würde sich nie mit einer dummen Frau abgeben, nicht nach Sarah, doch er würde unbewusst nach einer etwas unterwürfigeren und vor allem weniger anstrengenden Frau suchen. Mrs. Matthewson merkte, dass die von der Brille vergrößerten Augen ihrem Blick nicht standhalten konnten. Raffiniert. Sie witterte einen Feind, würde sich aber keinesfalls mit der dicken, mittelalterlichen Mama ihres Liebsten auf einen Plausch von Frau zu Frau einlassen, oder? Lieber schmeichelte sie sich bei den Männern ein und sorgte dafür, dass sie nicht aus ihrem Gespräch ausgeschlossen wurde. »Wie geht's Sarah eigentlich?«, fragte Mrs. Matthewson Ernest, der prompt zusammenzuckte, mit spitzer Stimme.

»Großartig, bestens. Kein Mensch weiß, wie sie das macht. Also, wie gesagt …«

»Wann wirst du sie endlich zur Teilhaberin machen?«

»Stimmt, Dad, wann ist es so weit?« Malcolm würde weder ihn noch seine Mutter so leicht davonkommen lassen; dazu amüsierte er sich viel zu sehr. Ernest setzte einen bösen Blick auf, gab aber schließlich nach. Wenn es einmal begonnen hatte, war es sinnlos, sich dagegen zu wehren; kaum waren sie zu dritt, verspürten sie den Zwang, über sie zu reden.

»Gibst du ihr immer noch die hoffnungslosen Fälle?«, fragte Malcolm.

»Ach, die findet sie ganz von selbst. Anscheinend hat sie eine tiefe Abneigung gegen Klienten, die Geld verdienen oder besitzen. Und Unannehmlichkeiten liebt sie geradezu«, verteidigte sich Ernest.

»Ich frage mich, warum.« Malcolm fixierte seine Mutter, die den Blick auf ihren Teller senkte. Seine Freundin stopfte verbissen das Essen in sich hinein.

»Wir haben einen merkwürdigen Klienten, mit dem nicht einmal sie zu tun haben will. Niemand kommt mit ihm zurecht. Wenn sie es schaffen würde, John Smith zufrieden zu stellen, wären die übrigen Teilhaber entzückt, sie in ihrer Mitte aufzunehmen. Aber sie weigert sich. Manchmal verstehe ich sie wirklich nicht.«

Was heißt manchmal? Dauernd! Mrs. Matthewson rutschte unbehaglich auf ihrem Stuhl herum und räumte dann die Teller ab. Eigentlich hätte die neue Freundin fragen sollen, ob sie ihr dabei helfen durfte, aber sie kam gar nicht auf den Gedanken. Malcolm sprach jetzt mit seiner nüchternen Kreuzverhörstimme. »Du schanzt ihr aber nicht schon wieder die Gefährlichen zu, oder, Dad? Überlässt unserer Sarah die Psychopathen? Du weißt, was dann passiert. Wenn der Typ nur halb verrückt ist, provoziert Sarah garantiert den Rest seines Irrsinns. Warum gibst du ihr nicht zur Abwechslung mal einen vernünftigen Klienten?« Er war bei den letzten Sätzen immer lauter geworden. Seine Freundin lächelte ihn an, doch das registrierte er gar nicht.

»Weil sie keine vernünftigen Klienten will!«, brüllte Ernest zurück. »Sie will nur Exzentriker – so wie dich damals.«

Diesmal dauerte das Schweigen etwas länger.

»Möchten Sie Ihr Fleisch blutig oder medium?«, fragte Mrs. Matthewson das Mädchen.

»Blutig, bitte«, sagte das Mädchen.

»Schade«, sagte Mrs. Matthewson, schnitt ein angebranntes Stück vom Ende des Roastbeefs ab und legte es auf einen kalten Teller. »Erzähl Malcolm doch von diesem John Smith, Ernest. Wie sieht er aus? Das ist ja hochinteressant.«

Später, viel später, würde sie dann alles Sarah erzählen. Die Brosamen vom Tisch des reichen Mannes könnten vielleicht, so von Frau zu Frau, ganz nützlich sein.

Sie verzehrten den Rest des zerkochten Rindfleischs, gefolgt von etwas Eiskrem und sprachen dann ein kurzes Dankgebet. Zum Schein war sogar Alkohol angeboten worden. Die provokante Geste kam von Imelda, gleich nachdem Sarah das Refektorium betreten und sich gerade noch rechtzeitig erinnert hatte, dass sie beim Tischgebet stehen bleiben musste. »Möchtest du Wein, Sarah? Wir haben genug da«, rief sie fröhlich und schwang eine der Weihnachtsflaschen wie ein Jongleur seine Keule. Der Gemeindepfarrer folgte der Flasche sehnsüchtig mit den Blicken, während die anderen Tischgäste dem Getränk eher wenig Interesse entgegenbrachten. Sarah sah sich schon ein Gläschen trinken und dafür auf ewig in der Schuld der Schwestern stehen, die sicher genau beobachteten, wie sie es austrank, und um ihre Seele fürchten würden, sollte sie es wagen, um ein zweites Glas zu bitten. Eine Flasche für dreißig Anwesende. Als würde schon ein Tropfen von dem Zeug sie betrunken machen, anstatt nur eine gesunde Lebenslust zu wecken. Sarah lehnte höflich ab und bereitete sich darauf vor, das

Essen in Wasser zu ersaufen; außerdem gemahnte sie sich, einen Nachschlag zu verlangen, um der Köchin eine Freude zu machen. Gerade heute hatte Julie keinen Küchendienst, was alle bedauerten. Dein freier Tag, Liebes. Wir werden das Rindfleisch schon verpatzen.

»Ich wünschte, sie würden es lassen«, flüsterte Julie Sarah, die links von ihr saß, ins Ohr.

»Was?«

»Überhaupt Rindfleisch zu kaufen.« Sie hatte sich hier eine leicht irische Sprechweise angewöhnt, einen Sprachrhythmus, der sich auffallend von Paulines kristallklarer Aussprache unterschied. Daraus konnte man schließen, dass Julie den Großteil ihrer Zeit nicht in Paulines Gesellschaft verbrachte. Sarah wartete nur darauf, dass jemand über die aktuellen Rindfleischseuchen zu reden anfing. Julie saß neben ihr und täuschte genau wie sie Begeisterung über das Essen vor.

Der Speisesaal des Klosters war erfüllt von Stimmen. Zwar übertönte keine die anderen, doch alle diskutierten angeregt und sogar streitlustig die Neuigkeiten des Tages und der vergangenen Woche. Alle hatten sie ihr eigenes Wehwehchen, das jedoch nie Gegenstand der Diskussion war, es sei denn, um sich auf Einladung der Betreffenden darüber lustig zu machen. Alle hatten leichte Behinderungen, schon altersbedingt. Sie hatten Gesichter ohne Falten und von den Jahren gebeugte Körper; sie waren alt, ohne sich dagegen aufzulehnen – eine aussterbende Art, die wusste, dass man sie nie ganz und gar verdrängen könnte. Ach, was gäbe sie für ein tugendhaftes Leben! Ohne das Bedürfnis, Besitz anzuhäufen oder ein neues Haus zu suchen, aber dafür mit einer Vorliebe für angebranntes Rindfleisch. Sarah hatte an einem solchen Tisch ihre Manieren gelernt; seither war sie in gewisser Weise für jedes Essen dankbar.

»Einmal im Monat kommst du zu uns zum Essen, Kind. Du isst ohnehin zu wenig. Sieh nur, wie dünn du bist!« Nie eine Klage oder Neugier nach der Außenwelt. Es gab genug anderes zu bereden, derzeit vor allem die Adventpredigten, die der Kardinal in der Kathedrale halten würde. Sie würden alle da sein, auch die Kranken und Siechen. Alles, was sich hier ereignete, war Gottes Wille – Krankheiten eingeschlossen. Es war das Einzige, das Sarah an ihnen nicht bewunderte, sondern verabscheute. Diese Abhängigkeit vom Willen eines anderen, ob göttlich oder vom nationalen Gesundheitsdienst gesandt; beide zeichneten sich durch Unfähigkeit und Unergründlichkeit aus.

Ihr gefiel die Gabe der Schwestern, die Dinge hinzunehmen, wie sie waren, doch bewundern konnte sie sie deswegen nicht. Gott war ein perverser alter Mann, den man einfach gewähren lassen musste und der in ihrer Fantasie eine entfernte Ähnlichkeit mit Ernest Matthewson aufwies. Gottheiten und irdische Autoritäten forderten Ungehorsam geradezu heraus. Etwas Besseres hatten sie nicht verdient.

Das Kloster hatte eine Art Garten, in dem die Pflanzen wild wucherten, was an heißen Sommertagen angenehm war, jetzt aber nicht. Die pensionierten Schwestern, die hier lebten, waren so viel in der Welt herumgereist, dass sie nie die Zeit gefunden hatten, einen Garten anzulegen. Sie legten zwar Wert auf Sauberkeit, hatten aber weder von Haushalt noch von Gartenbau eine Ahnung. Der Vorgarten musste als Parkplatz herhalten und wurde von Zeit zu Zeit durch Topfpflanzen, Blumengestecke und ein paar widerstandsfähige Sträucher belebt. Um das Areal hinter dem Haus kümmerte man sich erst, wenn die Brennnesseln höher waren als die Mülltonnen. Das Herz des Konvents war die Kapelle, in der jeder Gegenstand poliert und verehrt wurde. Jede Statue und jede Sitzbank wurde von hundert liebenden Händen gepflegt und zeigte sich in all ihrer Pracht.

In der fahlen Nachmittagssonne bemerkte Sarah, dass Pauline zerbrechlich aussah. Ihre Haut war dünn wie Papier, und sie bewegte sich längst nicht so lebhaft wie früher. Ihre tief liegenden Augen strahlten nur im Dunkeln, bei elektrischem Licht; momentan sah sie einfach aus wie eine alte Frau, obwohl sie von all ihren Mitbewohnerinnen die kräftigste war. Erst als sie sprach, kehrte ihre Autorität mit einem Schlag zurück.

»Ich bin dir dankbar, Sarah«, sagte sie mit rauer Stimme.

»Wieso das?« Sie war überrascht. Pauline mochte zwar in privaten Gebeten für die Existenz ihrer Nichte danken, aber niemals in der Öffentlichkeit. Sarahs Spenden nahm sie als etwas entgegen, das dem Kloster zustand, sozusagen als Ablasszahlung für das schlechte Gewissen einer Heidin. Sie bedankte sich nie für wohltätige Gaben, lehnte sie aber auch nie ab.

»Für deinen Freund, den Zahnarzt, natürlich. Was für ein guter Christ. Er hat mich angerufen, um mir zu sagen, dass er bereit ist, die Nonnen praktisch kostenlos zu behandeln. Wir brauchen nur für das Material aufzukommen. Ist das nicht freundlich? Über Imelda schien er bestens Bescheid zu wissen – woher, weiß ich nicht. Ist er katholisch?«

Julie sah geradeaus und betrachtete mit verdächtig unschuldigem Blick die kahlen Zweige eines Strauchs.

»Nun ja. Ich würde sagen, sein Bekenntnis steht noch nicht genau fest«, sagte Sarah zurückhaltend. Sie hielt sich die Hand vor den Mund, um ihre Überraschung zu verbergen, und kam sich leicht überrumpelt vor. »Vielleicht will er euch ja nur als Versuchskaninchen für seine Forschungen benutzen. Die Auswirkungen bestimmter Ernährungsweisen auf die Zähne … Es gibt schließlich kaum eine Gruppe von Menschen, deren Ernährungsweise man leichter vorhersagen kann als eure. Ich würde das Angebot trotzdem annehmen. Er ist ein sehr guter Zahnarzt und ein liebenswerter Mensch, auch wenn er das selbst nicht immer weiß. Außerdem ist er wahrscheinlich reif für eine Bekehrung.«

»Aber natürlich nehmen wir an; solche Angebote schlagen wir nie aus. Seine Motive sind mir egal. Schwester Dominique war gleich nach seinem Anruf dort und ist von ihm begeistert.«

»Das ist eigentlich jeder, außer seiner Frau«, sagte Sarah.

»Kein Mann ist ein Held in den Augen seines Butlers«, sagte Pauline, als stünde diese Bemerkung in irgendeinem Bezug zum Vorhergehenden, und erhob sich von der Bank, auf der sie zu dritt gesessen hatten. »Ich würde gern noch mit dir reden, bevor du gehst, Sarah. Und jetzt lasse ich euch mit euren Zigaretten allein; da kann ich gar nicht zusehen.«

Julie und Sarah saßen in einträchtigem Schweigen nebeneinander, Julie mit einer Flickarbeit auf dem Schoß. Es handelte sich um ein besticktes, baumwollenes Serviertuch mit ausgefranstem Saum; so hielt sie ihre Hände beschäftigt. Sarah benutzte ihre Hände, um eine Zigarette anzuzünden. Jedem das Seine. Ein Sonnenstrahl fiel auf Julies länger gewordenes brünettes Haar und ließ es vor ihrem nackten, reinen Gesicht glänzen. Im warmen Licht dieses milden Nachmittags sah sie fast aus wie eine Heilige.

»Erst kochen und jetzt auch noch flicken?«, erkundigte sich Sarah. »Betest du etwa auch? Du brauchtest nur noch Habit und Rosenkranz, und schon wärst du eine von ihnen. Denkst du, das würde dir stehen?«

»Nein.« Sie ließ ihre Flickarbeit sinken, als schämte sie sich dafür. »Nein«, wiederholte sie. »Aber es hat auch seine Vorteile.« Auf ihrem Gesicht machte sich ein schelmisches Lächeln breit, das jede Illusion von Heiligkeit zerstörte. Heilige waren nicht gerade für ihren Humor bekannt – aber vielleicht war auch nur nie jemand auf den Gedanken gekommen, ihre Witze für die Nachwelt festzuhalten. »Gehorsamkeit gegenüber dem Willen Gottes«, sagte sie. »Der Glaube, dass alles Leiden nur vorübergehend ist und einen tieferen Sinn hat. Davon könnte ich ein bisschen was brauchen, aber eigentlich würde ich noch lieber glauben, dass alles vorherbestimmt ist. Ich wäre gern bereit, mich meinem Schmerz hinzugeben, wenn dadurch eine arme Seele im Fegefeuer weniger leiden müsste. Wäre doch nett, ihn in etwas Nützliches zu verwandeln. Und ich würde gern für das Baby beten können, das Cannon sich so sehr wünscht.« Die Flickarbeit war vergessen.

»Es färbt irgendwie ab, verstehst du?«, fuhr sie im selben zögernden, nachdenklichen Tonfall fort. »Obwohl ich gar nicht dran glaube. Aber ich bin hier, und ich nähe und koche, mache irgendwas, nur um nicht wahnsinnig zu werden. Nicht zum Ruhme Gottes oder weil ich gelobt werden möchte. Ich weiß, dass ich in Wahrheit eine Gefangene bin, aber ich fühle mich nicht eingesperrt.«

»Es ist deine Entscheidung. Du kannst hier weg, wann immer du willst.«

Julie schüttelte energisch den Kopf. »Kann ich nicht. Wo sollte ich denn hin, wenn nicht zu Cannon? Und wenn ich zu Cannon ginge, würde John uns finden. Weißt du, was ich glaube?« Die Flickarbeit war zu Boden gefallen, aber Julie ließ sie einfach liegen. »Ich glaube, John könnte Cannon sowieso jederzeit finden, egal, was der dagegen unternimmt. Er beschattet ihn zwar nicht, aber er folgt ihm im Geiste auf Schritt und Tritt. Er ist überall, wo auch Cannon ist ... Er stellt sich vor, wo er ist. Weißt du davon? Hat er es dir erzählt?«

»So was Ähnliches. Aber ich glaube nicht an Telepathie.

Gibt ja keinen Beweis dafür, nicht wahr? Wenn John Smith wirklich weiß, wo sein Bruder steckt, dann nur, weil er jemand auf ihn angesetzt hat. Oder ihn selbst beschattet.« Sarah fühlte sich schuldig. Ihr Glaube an die absolute Bosheit und die fast übernatürlichen Kräfte von Johnnyboy Smith wurde von Tag zu Tag weniger.

»Johnny kann sich nicht vorstellen, wo ich bin, weil er keine Verbindung zu meinem Bewusstsein hat, anders als bei Cannon. Aber er würde sofort wissen, wenn ich zu Cannon ginge. Dann würde er auftauchen und mich vernichten.« Julie stand auf, verschränkte die Arme vor der Brust und ging die paar Schritte, die der Garten erlaubte.

Sie sprach mit ruhiger Gewissheit. »Er würde es tun, um sich zu rächen, weil ich in seinen Augen diejenige bin, die ihm Cannon weggenommen hat – oder einfach aus Hass und Trauer über seinen großen Verlust. Könntest du jemanden so sehr hassen?«

Sarah musste kurz darüber nachdenken. »Nein. Hass ist mir fremd. Genauso wie Rache. Wenn mir jemand wehtut oder mir etwas wegnimmt, weiche ich der betreffenden Person aus, nehme einen anderen Weg.«

»Das wäre wahrscheinlich anders, wenn man dir den einzigen Menschen weggenommen hätte, den du je geliebt hast. Den einzigen Menschen, den du überhaupt lieben *konntest.* Den, der dich erst ganz machte, der dich am Leben hielt. Würdest du nicht jemanden hassen, der dir das Augenlicht gestohlen oder den rechten Arm abgehackt hat?«

»Vielleicht«, gab Sarah zu. »Aber ich bezweifle, dass ich es lange durchhalten würde. Oder dass ich diesen Hass zu einem Racheakt steigern könnte, zum Beispiel, indem ich dem Betreffenden eine Teekanne an den Kopf werfe. Es heißt immer, dass jeder Mensch fähig sei, einen anderen zu töten. Ich glaube nicht, dass ich es könnte. Ich könnte vielleicht jemandem den Tod wünschen, aber das ist etwas ganz anderes. Das ist nur ein Wunsch.«

Sie dachte an ihren längst verstorbenen Ehemann, den sie mit jugendlichem Optimismus geliebt hatte. Daran, wie sie ihm den Tod gewünscht hatte, als sie herausfand, dass er sie betrog; und wie sie diesen Gedanken bereute, als er dann wirklich starb. Pauline hatte ihr damals geholfen. Sie hatte gesagt, es sei Gottes Wille gewesen, nicht ihrer. Am Ende war es immer Gott, der über Geburt und Tod entschied. Sie dachte daran, wie es gewesen war, Charles Tysall den Tod zu wünschen, obwohl sie nichts tun konnte, um ihn herbeizuführen; sie hatte ihn nicht einmal richtig wünschen können.

Es wurde kühl. Die Dezembersonne stand jetzt tiefer und verwandelte Julies weiches Haar in einen Heiligenschein. Mit Sarahs Haar machte sie gar nichts.

»Na ja, das Spiel ist jedenfalls fast vorbei. Zwei Wochen noch. Daran müssen wir uns klammern. Lass nicht zu, dass Cannon dich herumkommandiert. Willst du das Kind genauso sehr wie er?«

»Ich will, was er will. Besser könnten wir es Johnny gar nicht zeigen, oder? Außerdem hatte ich immer schon Angst, Cannon würde mich verlassen, wenn ich unfruchtbar wäre. Ich allein bin nicht genug. Niemand ist das. In einer Beziehung muss es immer etwas Größeres geben als die beiden Partner.«

»Unfug.« Daran glaubte Sarah nun wirklich nicht. Cannon hatte sie vom ersten Augenblick an fasziniert; später fühlte sie sich verantwortlich für ihn und wollte ihn um jeden Preis beschützen. Seine Frau war anfangs nur seine Frau gewesen, eine ehemals intelligente Schülerin, die die Schule abgebrochen, im Drogenrausch ein ganzes Jahrzehnt verpasst hatte und erst zu sich gekommen war, als sie Cannon kennen lernte. Jetzt war sie die Frau seiner Träume. Sarah hatte nie zuvor eine so bedingungslose und entschlossene Liebe gesehen. Sie urteilte nicht, zog keine Vergleiche, sondern spürte nur diese besondere Energie, die sie ansteckte und beinahe beschämte. Sie beobachtete, wie Cannon in Julies Gegenwart aufblühte und wie er ohne sie, im Gefängnis, immer mehr verkümmerte. Ihre Kraft hatte etwas Magisches. Sie machte das Unliebenswerte liebenswert, war sein Schutzengel und verjagte alle Dämonen. Sarah erinnerte sich noch genau an Julies Anweisungen und die schreckliche Angst, die in ihren Worten steckte. *Bring mich weg – an einen geheimen Ort. Bring mich weg … Sag ihm nicht, wohin.*

Wer hat dir das angetan?

Sein Bruder – bring mich weg. Versteck mich – er kommt wieder.

Damals hatte sie noch an das Böse in John Smith glauben können, obwohl sie die Gründe nicht verstand. Wenn sie Julie heute vor sich sah – geschwächt durch die Attacke des Ungeheuers, aber wieder gesund –, fühlte sie ihren Glauben schwinden wie den Gottglauben ihrer Jugendjahre. Sie erinnerte sich an die Skepsis der Polizei. *Wie bitte? Sie* glaubt, *sie weiß, wer das getan hat? Warum sollte dieser Mann so etwas tun?* Sie versuchte, all den Hass heraufzubeschwören, den sie damals empfunden hatte, aber es gelang ihr nicht. Das Ungeheuer hatte seine feste Form verloren. Doch Cannon lebte. Cannon und der schwarze Mann, den er vielleicht nur erfunden hatte, um sie alle zu erschrecken.

Der christliche Ruhetag eignete sich nicht besonders zum Nachdenken.

William würde Sarah nicht anrufen. Er wollte von niemandem abhängig sein, der von ihm so unabhängig war. Er würde auch nicht zu grübeln beginnen. Stattdessen würde er einen Spaziergang machen, wie andere Menschen auch, dabei die vergangene Woche Revue passieren lassen und so tun, als hätte er ein Ziel. Mit beiden Beinen fest auf dem Boden der Realität. Das würde es vielleicht einfacher machen.

Er liebte sie nicht, das hatte er auch nie vorgegeben. Er dachte nur sehr häufig an sie. Sie war zwar begehrenswert, aber andererseits viel zu freigebig mit ihrer Sexualität. Das und ihre Unabhängigkeit machten es ihm schwer, in ihr ein romantisches Ideal zu sehen. Er war draußen auf der Straße, an einem sich zum Ende neigenden Nachmittag, und er musste sich zwingen, nicht die Richtung ihrer Wohnung einzuschlagen. Sonst hätte er wahrscheinlich bei ihr geklingelt und gesagt: Gestern hat mir einer ins Gesicht geschlagen, und das hat verdammt wehgetan, aber du hattest keine Zeit, weil du mit einem hustenden Kerl beschäftigt warst.

Er stand vor dem schmiedeeisernen Gitter seines Vorgartens. Wenn er die Hand ausstreckte, konnte er die scharfen Spitzen berühren und die soliden schmiedeeisernen Stangen darunter. Er hielt inne, griff nach zweien und rüttelte an ihnen. Sie bewegten sich kaum, ließen nur ein bisschen abgeblätterte Farbe auf seinen Handflächen zurück. Die Stäbe des Zauns bestanden aus lauter Zwillingspaaren, die sich in unterschiedlichen Winkeln einander zuneigten, gleich und doch verschieden.

William fühlte sich wegen des Blutergusses in seinem Gesicht etwas unsymmetrisch und zugleich ein wenig tapfer, weil ihm der blaue Fleck nichts ausmachte. Er war sogar irgendwie stolz auf die Art, wie er ihn sich zugezogen hatte. Er hat mich geschlagen, sagte er sich einige Male staunend. Warum hat er das bloß getan? Ich habe in meinem ganzen Leben nichts getan, das einen so grundlosen Schlag rechtfertigen würde, also warum? Vielleicht ist das mein Fehler – ich war nie wichtig genug, als dass mich jemand verprügeln wollte. Obwohl Isabella wahrscheinlich die ganze Zeit Lust hatte, mich zu schlagen … Seine schweren Schuhe hallten laut auf dem Gehsteig wider, klick, klack; er hatte keine Zeit zu vertrödeln. Der Mann mochte dich einfach nicht. Du hast alle Welt auf seine Zähne aufmerksam gemacht, indem du sie so angestarrt hast, und du hast ihn um ein Haar beschuldigt, einen Bruder zu haben. Möglicherweise bist du ihm zu nahe getreten. Da William von Berufs wegen andauernd in die Intimsphäre anderer Menschen eindrang, hatte er gegenüber solchen Dingen nie eine abgeklärte Haltung eingenommen. Es verging kein Tag seines Arbeitslebens, an dem er nicht irgendeinen körperlichen Übergriff beging oder zu Äußerungen gezwungen war, die Andere kränkten. Als er drei Häuser weiter an einem anderen Gitterzaun vorbeiging, erinnerte er sich an die arabische Prinzessin, die mit ihrem gesamten Hofstaat bei ihm einmarschiert und bald darauf beleidigt wieder abgerauscht war, nachdem ihr der Dolmetscher mitgeteilt hatte, dass sie ihre Zähne einfach nur putzen müsse. Abgerauscht war das richtige Wort. Die Treppen hinunter, mit dem Geräusch eines sich schließenden Theatervorhangs, zitternd vor Empörung.

Er spazierte weiter und rechnete jeden Augenblick damit, dass jemand hinter den dichten schmiedeeisernen Stäben hervorstürmen und ihm noch mal eins überziehen würde. Er fühlte sich wie ein Gummiball. Seine Begegnung mit der Gewalt hatte ihn belebt, seine Erregbarkeit gesteigert. Was machte einen Mann gewalttätig? William wusste es nicht genau, hatte aber das Gefühl, es besser verstehen zu müssen. Er ahnte dunkel, dass Sarah die Antwort auf diese Frage genau kannte. Oft hatte er sich über die Narben auf ihrem Körper gewundert; kleine weiße Markierungen auf ihrem Rücken, der Brust und den Armen, die sie keineswegs weniger anziehend machten. Sie hatte ihm erklärt, dass herumfliegende Glassplitter bei einem Autounfall dafür verantwortlich gewesen seien, und er hatte das nicht näher hinterfragt, da sie auf das Thema empfindlich reagierte. Aber Narben auf dem Rücken? Von einem Autounfall? Winzige Narben statt Schnittwunden? Er bezweifelte das, aber es ging ihn eigentlich nichts an. Er würde ja auch keinen Patienten fragen, woher er die Warze an seinem Finger hatte – und er hatte schon gar keine Ahnung, wie man einer Geliebten derart intime Fragen stellte. In solchen Dingen fehlte es ihm eindeutig an Übung.

Er hatte kalte Hände von dem schmiedeeisernen Gitter, das er dämlicherweise angefasst hatte. Das tat er jedes Mal, wenn er das Haus verließ. Er begrüßte den Zaun, vergewisserte sich, dass es eine Kontinuität in seinem Leben gab. Solange der Zaun an seinem Platz war, würde auch sein Leben so weitergehen wie bisher. Diese Zäune stammten aus einer anderen Zeit und erstaunten ihn immer wieder durch ihre Mannigfaltigkeit. Es gab hohe und niedrige, Zäune mit scharfkantigen, zugespitzten und von Schwertlilien geschmückten Enden, rußgeschwärzte Zäune, die sich zu eleganten Spitzen verjüngten und die Keller bewachten, an denen er vorbeiging. Sie alle waren einst errichtet worden, um Randalierer abzuweisen und sie daran zu hindern, durch die Fenster einzusteigen. Heute waren sie nur noch ein Teil der Bausubstanz. Im Ersten Weltkrieg hatte man sie herausgerissen, weil man das Metall für die Rüstung brauchte, später waren sie wieder eingesetzt worden, weil sie eben hierher gehörten. Sie beruhigten ihn einfach, diese Eisenzäune. Einmal war ein Einbrecher in sein Haus eingedrungen, hatte vergeblich nach Drogen gesucht und war auf der Flucht mit dem Hemd an einer der eisernen Spitzen hängen geblieben. Allein das hatte ihm schon eine kleine Genugtuung verschafft. Er ging rasch und zwang sich, alles genau zu betrachten. Vielleicht gefielen ihm die Gitterstäbe ja nur deshalb so gut, weil sie sich in Augenhöhe befanden, weil er nicht zu ihnen aufschauen und andere Dinge registrieren musste, Dinge wie den Himmel und die Ausmaße seiner Umgebung. Breite Straßen, gesäumt von roten Ziegelbauten von strenger Schönheit, die für ein stilvolles Leben entworfen worden waren. In dieser Gegend waren die Heldinnen aus der Zeit König Edwards vielleicht ihren Kutschen entstiegen, die Stufen zu den breiten Eingangstüren hinaufgetrippelt, hatten geklingelt oder auch einen Lakaien zum Überreichen ihrer Visitenkarte vorausgeschickt. Hier hatte Elizabeth Barrett auf Mr. Browning gewartet, in einem Wohnzimmer im ersten Stock, von wo aus sie einen besseren Blick über die gesamte Straße hatte. Es waren Häuser, in denen vornehme Damen ihre Verehrer empfingen und Keller und Mansarden die zahlreiche Dienerschaft beherbergten. Er sah sie förmlich vor sich, wie sie die Messingglocken polierten und die Treppen scheuerten.

Ladenlokale waren weder in der Wimpole noch in der Harley Street erlaubt; es gab nur diese eleganten Fassaden, hinter denen sich Büros und Arztpraxen verbargen. Noch heute kam dieselbe Sorte Menschen in diese Straßen wie vor hundert Jahren, allerdings aus anderen Gründen. Sie stiegen aus einem Wagen mit Chauffeur oder aus einem Taxi, bereit, für ihre Gesundheit bei Scharlatanen und Profitmachern und einer ganzen Schar anständiger und ehrbarer Ärzte exorbitante Summen hinzulegen. William vermutete, dass dieses Mischungsverhältnis für jede Berufsgruppe galt und in jeder Straße Londons anzutreffen war.

Eigentlich war es Sarah gewesen, die sein Interesse an anderen Menschen geweckt und ihn dazu gebracht hatte, aus dem Fenster zu sehen, anstatt nur mit dem Rücken dazu immer in die entgegengesetzte Richtung zu blicken. Bevor er sie kannte, war er auch nicht regelmäßig spazieren gegangen. Zu Beginn ihrer Bekanntschaft hatte er festgestellt, dass man sie leicht zufrieden stellen konnte. »Komm, gehen wir spazieren, sprechen wir über deinen Fall, essen wir was, ach, sieh dir das an!« Sie wollte nie umworben werden, sondern sich nur mit ihm unterhalten. Sie kam ihm so ehrlich und offen vor.

Er überquerte die Straße und lächelte einem Radfahrer, mit dem er beinahe zusammengestoßen wäre, flüchtig zu. Die Antwort war ein böser Blick.

Andererseits gab es in seiner Beziehung zu Sarah stets diese strenge Zurückhaltung, was die Wahrheit betraf, eine stille Übereinkunft, nie etwas zu fordern, was nicht freiwillig gegeben wurde. Das bedeutete, dass er sie nicht nach ihren Narben fragte und sie nicht preisgab, was Cannon verbrochen hatte. Er wusste nur, was sie ihm erzählt hatte. Mit Cannon war es ähnlich: Zwischen ihnen herrschte eine überraschende gegenseitige Sympathie, die aber den Austausch von Vertraulichkeiten bislang ausschloss. William war etwas besorgt, weil sich seine wenigen Freunde ihm gegenüber so reserviert zeigten. War er etwa nicht vertrauenswürdig? Dennoch glaubte er, mehr über Cannon zu wissen als jeder andere, da Cannon unter Narkose vor sich hingebrabbelt hatte. *Dideldi, dideldum, Johnnyboy geht um.*

Am Sonntag waren die Straßen angenehm ruhig. Die paar Autos, die irgendwohin unterwegs waren, blieben artig und ohne die an Wochentagen übliche Ungeduld vor roten Ampeln stehen. Und da viele Parkplätze leer waren, hatte er einen besseren Blick auf die Häuser und konnte sich an deren Schönheit erfreuen. Als er in die Marylebone High Street einbog, peitschte ein Windstoß sein Gesicht und ließ ihn den Bluterguss schmerzlich spüren. Er empfand eine ungeheure Verbundenheit mit seiner Umgebung und – wenn er an Cannon dachte – sogar ein bisschen Aufregung. Vor ihm schlenderten zwei Araber Arm in Arm dahin.

Er hatte sich immer einen Bruder gewünscht. Als Kind hatte er einen imaginären Spielgefährten gehabt, um den Mangel an Geschwistern auszugleichen. Als dieser Gefährte eines natürlichen Todes gestorben war (eigentlich hatte sich William ja einen ausgeklügelten Bergsteigerunfall ausgedacht, um seine Abwesenheit zu erklären), hatte er um ihn getrauert. Cannon und sein Bruder hatten sich auseinander gelebt, so viel wusste William. Es war gar nicht so unmöglich, dass der Mann mit dem ähnlichen Gebiss und den auffällig ähnlichen Augen dieser Bruder war. Vielleicht konnte er, William, eine Versöhnung arrangieren? Das war natürlich Unsinn, aber die Idee gefiel ihm. Außerdem könnte er dadurch seiner Studie über die Zähne von Zwillingen eine interessante Fußnote hinzufügen. Ein Doppeltreffer, der Coup seines Lebens sozusagen. Ein Dienst an der Menschheit, weit mehr als bloße Berufsausübung. Das würde ihn mit Stolz erfüllen und seine Studie wirklich bemerkenswert machen. Der bloße Gedanke daran erfüllte ihn mit Wehmut.

Er könnte ja zur Kunsthalle zurückgehen und herausfinden, wer das Bild mit dem Mund gekauft hatte. Oder abwarten. Oder sich auf dem Heimweg, den er soeben zögernd angetreten hatte, einzureden versuchen, dass seine gestrige Idee, der Typ von der Ausstellung sei Cannons Zwillingsbruder, nur auf seine blühende Fantasie zurückzuführen sei. William blieb stehen und betrachtete eine schwere Mahagoni-Eingangstür, deren Holz so blank poliert war, dass er sich darin verschwommen spiegelte. Er versuchte erfolglos, sich das Gesicht des Mannes, der ihn geschlagen hatte, in Erinnerung zu rufen. Mehr als ein verschwommenes Phantombild brachte er nicht zusammen. Einzig und allein die Zähne waren ihm deutlich im Gedächtnis geblieben. Als er seine eigene Haustür erreichte, sah er sie an, als hätte er nichts damit zu schaffen. Im selben Moment fiel ihm ein, dass einer der Gründe für seinen Spaziergang gewesen war, Milch und Eier zu kaufen. Aber seine kalten, gut gepflegten Hände fühlten sich unangenehm leicht an. Manche Dinge waren einfach dazu da, vergessen zu werden: Klopapier, Briefe, die ermüdenden Notwendigkeiten des Lebens.

Was war eigentlich falsch daran, Sarah anzurufen? Warum schnitt er sich dauernd ins eigene Fleisch? Lag es vielleicht an den anderen Männern in ihrem Leben, die ihn von jeder Verpflichtung befreiten? Aber eigentlich waren die ihm fast immer egal. Er gab nur höchst ungern zu, dass er jemanden brauchte. Als er bemerkte, dass die Tür seltsam schief im Rahmen hing, sagte er sich, dass er alt und wunderlich wurde.

Der Schlüssel funktionierte, und die schwere Eingangstür, die sich sonst so langsam bewegte, öffnete sich mit überraschender Geschwindigkeit. Dabei summte sie wie eine wütende Biene. Als er die Treppe zum zweiten Stock hinaufging, dachte er jedoch nicht weiter darüber nach. Stattdessen befasste er sich mit der Frage, ob die Eingangshalle einmal ein Ballsaal gewesen sein könnte, bevor der Lift eingebaut wurde. Wer da früher wohl getanzt hat? Und dieselbe milde Euphorie, in der er sich befand, ließ ihn innerlich gleich hinzufügen: Scheiß auf Milch und Eier, scheiß auf alle. Ich mache mir zum Abendessen Bohnen auf Toast und trinke eine Flasche Wein dazu.

An Wochenenden war das Haus verlassen. Fünf Zahnarztpraxen und eine Penthouse-Wohnung über seiner. Ruhig wie das sprichwörtliche Grab. Die dicken Teppiche, die noch Isabella ausgesucht hatte und die ihm stets zu teuer erschienen waren, dämpften die Schritte bis zu seiner Wohnungstür. Sarah vergisst auch immer, Milch und Eier einzukaufen.

Die Wohnungstür stand offen, doch das erstaunte ihn nicht

besonders. William nahm automatisch an, dass jedes Versäumnis auf seine eigene Nachlässigkeit zurückzuführen war. Sobald er den Mund öffnete, musste er sich schon für etwas entschuldigen. Erst als er seine Krankenblätter sah, die aus dem Karteikasten entfernt und methodisch auf dem Boden ausgebreitet worden waren, begriff er, dass er keine Schuld hatte und dass es sich auch nicht um ein Versehen handelte. Ein großer Mann saß auf dem Boden und blätterte desinteressiert seine Akten durch. Sein Gesichtsausdruck war leer wie der eines Buddhas; er saß einfach widerlich fett da und ließ sich durch nichts aus der Ruhe bringen. William erinnerte sich dunkel an eine ähnlich massive Gestalt, die am Morgen des gestrigen Tages in seiner Straße auf und ab gegangen war und ausgesehen hatte, als suchte sie ihren Hund.

Hier drinnen war es so viel wärmer als im Freien, dass seine Augen zu tränen begannen und sein Bluterguss schmerzhaft pochte. Er nickte dem Mann am Boden zu, als handle es sich um eine flüchtige Bekanntschaft, an deren Namen er sich nicht erinnern konnte. Er hatte das komische Gefühl, einen Termin vergessen zu haben. Der Mann sah aus, als gehörte er von Rechts wegen hierher, und erwiderte sein Nicken. William vermutete schlagartig, dass er es mit einem Beamten zu tun haben könnte. Einer vom Finanzamt? Oder jemand von der Zahnärztekammer, der einer Patientenbeschwerde nachging? An einem Sonntag? Die ganze Situation wirkte äußerst ruhig und rechtmäßig. Mit klopfendem Herzen betrat er seine Praxis.

Da stand der Mann mit den säulenartigen Beinen. Er wandte ihm den Rücken zu, hatte die Arme verschränkt und den Kopf fragend erhoben. Ehrfürchtig nickte er den Bohrern zu, die außer Reichweite sicher am oberen Arm des Stativs hingen. Als er merkte, dass William ihn beobachtete, setzte er sich unbeholfen in den Behandlungsstuhl. Dann blickte er direkt ins

Licht, immer noch mit verschränkten Armen. Er versuchte vergebens, eine bequemere Stellung zu finden, und rutschte auf dem Stuhl hin und her. Plötzlich ergaben die Gesichtszüge des Mannes einen Sinn. William ging, ohne nachzudenken, auf ihn zu, knipste die Behandlungslampe an und brachte den Stuhl mit dem Fußanlasser in die richtige Lage. Dann bewegte er sich auf Tinas Seite hinüber und schaltete den Speichelabsauger ein. *Schllchhh,* machte der Kopf das Geräts, als es Luft einsaugte. *Schllchhh.* Die Stille war plötzlichem Lärm gewichen. Der Mann lag auf dem Behandlungsstuhl, vom Licht geblendet, mit dem Grinsen eines Totenschädels und starr vor Angst. Er brachte es gerade noch fertig, die Hände aus den Achselhöhlen zu ziehen und sie gegen seine Ohren zu pressen, als wollte er den Affen imitieren, der nichts Böses hört. Dann gab er ein leises Zischen von sich, bevor sich seine vorgeschobenen Lippen endgültig schlossen und eine breite rote Linie bildeten, die seine Hängebacken in zwei Hälften teilte. William stand über ihm. Für Furcht war jetzt keine Zeit; er war einfach nur sehr wütend.

»Was kann ich für Sie tun?«, fragte er. Er schob den Arm des Stativs zwischen sich und den anderen, genau vor die Augen des Mannes. »Wenn ich Ihre Zähne ohne Wasserkühlung anbohre«, sagte er im Plauderton, »verglühen sie vor Hitze. Was zum Teufel wollen Sie von mir?«

Der Mann sagte keinen Mucks. William zitterte vor lauter Wut. »Was wollen Sie?«, wiederholte er noch einmal und schob sich näher an den Mann heran. Und dann sagte er mit einer Stimme, die sogar in seinen eigenen Ohren auf geradezu kindische Art beleidigt klang: »Warum haben Sie mich geschlagen?«

Jetzt riss der Fremde die Augen auf, blinzelte einmal kurz und starrte dann unbeirrt ins grelle Licht. Von seinem Rumpf weg schoss eine riesige Hand auf William zu und umklammerte durch die Hose seine Eier. Die Hand packte fester zu, und William schrie auf. Danach lockerte sich der Griff, doch der Mann ließ nicht los. William blickte auf die braune Pranke in seinem Schritt und versuchte, das Handgelenk zu ergreifen. Der Armknochen fühlte sich genauso an wie das unzerstörbare Schmiedeeisen der Gitterstäbe vor dem Haus. Der Mann blinzelte noch einmal und richtete seinen Blick dann zum ersten Mal auf Williams Gesicht. Er verstärkte den Griff noch einmal und lockerte ihn wieder. Jetzt lächelte er. »Ich will nur sichergehen«, sagte er mit sanfter Stimme, »dass wir einander nicht wehtun.«

William und er verharrten in dieser Position und starrten ihr jeweiliges Gegenüber an. Obwohl sich Tränen in Williams Augen sammelten, war er von den braunen Zähnen wie hypnotisiert. Dann ließ die Hand endlich los. William verspürte eine ungeheure Erleichterung und betätigte das Pedal, um den Stuhl wieder in eine aufrechte Position zu bewegen. Es war, als befolge er einen Befehl, den er noch gar nicht erhalten hatte. Jetzt sah der Behandlungsstuhl fast wieder aus wie ein ganz normaler Sessel. Der Mann seufzte, schob die Tathand in die Hosentasche und holte Williams Visitenkarte heraus. »Die haben Sie mir gegeben«, sagte er, und seine Stimme wurde dabei noch sanfter. »Sie haben darauf bestanden, dass ich sie annehme«, fügte er hinzu, als reichte das aus, um seinen Hausfriedensbruch zu rechtfertigen. Tatsächlich fand William seine Logik unwiderstehlich. Er war ratlos, weil er schon wieder das Gefühl hatte, als sei der Besucher rechtmäßig hier, als sei seine Anwesenheit unvermeidlich und irgendwie auch vertraut, als müsse man sich eigentlich bei ihm entschuldigen. Er hatte Schwierigkeiten, seine Augen von den gelegentlich aufblitzenden braunen Zähnen abzuwenden, und fühlte sich versucht, sie zu berühren. Er könnte so viel für diese Zähne tun, könnte tausend Ungerechtigkeiten gutmachen, wenn er nur diese Zähne behandeln dürfte. Der Mann erhob sich aus dem Stuhl und ging im Zimmer auf und ab. Die Hände hielt er jetzt auf dem Rücken verschränkt, wie ein stummes Versprechen, seinem Gastgeber keinen weiteren Schaden zuzufügen. William konnte ihn nur anstarren. Den anderen Mann, der hinter ihm mit Papieren raschelte, nahm er kaum zur Kenntnis.

»Wie sind Sie reingekommen?«, fragte er blöd. Es war unwichtig, wie sie hereingekommen waren, das Einzige, was zählte, war ihre Gegenwart – die Gegenwart dieses Mannes. Der Andere spielte irgendwie keine Rolle. William bekam keine Antwort. Der Mann schien ganz von der eigenen Neugier in Anspruch genommen. Er hielt kurz in seiner Begehung inne und betrachtete die Gerätebatterie auf der Zahnarztseite des Behandlungsstuhls. Diese Instrumente waren um einiges Angst einflößender als die auf der Assistentenseite. Ein merkliches Schaudern durchlief seinen Körper, und er zitterte vor Ekel. Der Anblick erinnerte William an einen Hund, der Wasser aus seinem Fell schüttelte.

»Also, Herr Zahnarzt«, kam die sanfte Stimme wieder. »Sie glauben, Sie könnten etwas aus meinem Gebiss machen? Wie oft habe ich es jetzt schon bis vor Ihre Tür geschafft? Fünfmal? Sechsmal? Weiter bin ich bis jetzt allerdings nie gekommen. Und Ihre Visitenkarte hätte ich nicht gebraucht. Irgend so'n kleiner Anwalt hat mir von Ihnen erzählt. Wenn Sie tatsächlich den Abschaum im Knast behandeln, wie er mir berichtet hat, dann sind Sie sich sicher auch nicht zu gut, um mich zu behandeln.« Er zog seine Oberlippe hoch und presste die Schneidezähne gegen die Unterlippe, damit sie auch deutlich sichtbar waren. Das Ergebnis war ein beinahe komisches Zähnefletschen, wie bei einem Kind, das mit einem anderen darum wetteiferte, wer besser Gesichter schneiden konnte.

Wahrscheinlich hast du genau das als Kind gemacht – andere Leute dazu gebracht, über dich zu lachen.

Im Vorzimmer, gleich neben der Rezeption, stand sein Kopiergerät. William hörte, wie es in Betrieb genommen wurde, und war einen Augenblick lang wieder von Panik ergriffen. Diesmal fürchtete er aber etwas anderes. Seine Krankenblätter! Sie waren nie vollständig im Computer archiviert worden, weil er sich zum einen viel zu wenig mit diesen Rechnern auskannte und zum anderen weiterhin nur diese Aufzeichnungen für ihn zählten. Ohne seine Notizen wäre er verloren. Seine Praxis wäre verloren. Und seine akademische Karriere ebenso.

Er schloss die Augen, um diesen Gedanken aus seinem Hirn zu verbannen, und konzentrierte sich auf seine Stimme: »Ja. Ich könnte etwas für Ihre Zähne tun. Stiftzähne, Kronen, alles Mögliche …« Er stockte. »Ja, sicher, ich könnte wahre Wunder für diese Zähne wirken. Die nötige Erfahrung habe ich.«

»Würde es schmerzen?«

William schüttelte den Kopf, wirkte aber dabei nicht sonderlich überzeugt. »Die total schmerzfreie Zahnmedizin ist ein moderner Mythos«, sagte er mit ernster Stimme. »Aber Schmerz als solchen gibt es dabei nicht, oder wenigstens nie für lange. Die Analgetika sind sehr wirksam, wenn auch nicht jeder in gleichem Maße darauf anspricht. Aber es wäre …«, er suchte nach der richtigen Beschreibung, »gelegentlich unangenehm.«

»Plomben brauche ich auch. Allerdings will ich kein Metall in meinem Mund haben. Giftiges Zeug.«

»Amalgam ist ungiftig. Aber Sie können auch etwas anderes haben. Zum Beispiel Porzellan.«

»Aber Sie könnten mir ganz *außerordentliche* Schmerzen zufügen«, sagte der Mann und deutete auf den Bohrer, während er das Wort betonte. »Sie könnten mich *entstellen.*« Die folgende Gesprächspause war bedeutungsschwanger, als wären sie sich beide darüber klar, dass dieser Mann längst entstellt war.

»Ihr Bruder hatte überhaupt keine Schmerzen.«

»Sie irren sich. Ich habe keinen Bruder. Ich weiß gar nicht, wie Sie darauf kommen.«

William wandte sich ihm zu und glaubte einen schrecklichen Augenblick lang Tränen im Auge des Mannes zu sehen. »Die Möglichkeit, dass es wehtut, besteht immer«, sagte William. »Aber ich habe mein Leben der Aufgabe gewidmet, Schmerz zu vermeiden.«

»Wo lagern Sie das Zeug? Ich muss mich vergewissern, dass Sie genug davon dahaben.«

William zog eine Schublade auf. »Genug für den täglichen Gebrauch. Ich habe immer nur das Notwendigste da und bestelle, wenn ich Nachschub brauche. Sie könnten auch eine Vollnarkose haben.«

»Nein, ich muss mitbekommen, was passiert.«

William fand diese Unterhaltung leicht surreal. Er kam sich vor, als würde er verhört, als würde man seine Praxisräume nicht begutachten, um seine Referenzen zu überprüfen, sondern aus ganz anderen Gründen. Der Mann schnitt weiterhin Gesichter wie ein Clown, als könnte er nicht denken, ohne dabei Kiefer und Brauen zu bewegen.

»Großartig«, sagte er. »Aber ich will Sie noch was fragen, bevor ich einen Termin mit Ihnen vereinbare, Herr Zahnarzt. Eine Art Test, wenn es Ihnen nichts ausmacht. Was ist das Wichtigste in Ihrem Leben? Oder sollte ich fragen: wer?«

Die Frage war auf seltsame Weise schockierend. Im Hintergrund arbeitete der Kopierer mit seinem vertrauten Betriebsgeräusch. William versuchte, sich daran zu erinnern, wie seine Krankenblätter geordnet waren und welche Informationen sie abgesehen von den Zahntafeln noch enthielten. Sie waren nach Datum geordnet. Die neuen Patienten standen vorne, die dickeren Akten seiner Stammkunden weiter hinten im alphabetischen Index. Wessen Intimsphäre wurde hier gerade verletzt? Laien konnten mit einem Zahnschema nicht das Geringste anfangen. Dann fiel ihm ein, dass er neben den Namen und Adressen immer auch verzeichnete, von wem der Patient empfohlen worden war, damit er sich jedes Mal danach erkundigen konnte, wie es dem Bekannten des betreffenden Patienten ging. So sah es aus, als erinnerte er sich wirklich an sie. Das war ein Teil der persönlichen Note, an der er noch feilen musste. Was *war das Wichtigste in seinem Leben, oder wer?* In diesem Augenblick waren es seine Krankenblätter. Aber der Mann wartete auf eine Antwort, und schließlich schaffte es William, ein paar Worte zu stammeln. »Das Streben nach Perfektion. Berufsstolz. Technik.« Er streckte die Hände aus, flehte um die Sicherheit seiner Notizen. Seine Hände zitterten. »Und wahrscheinlich die beiden hier.«

Der Mann nickte. »Sie werden mir einen Nachmittag schenken, noch diese Woche. Vor Weihnachten. Wir kriegen das schon hin. Ich will nicht, dass noch jemand anwesend ist, verstanden? Ich will nicht, dass jemand zusieht.«

»Es gibt Regeln …«, sagte William.

»… und es gibt Regeln«, flüsterte der Mann.

Er bewegte sich jetzt Richtung Tür, William immer einen Schritt hinter ihm. Zu seiner Erleichterung sah er, dass die Krankenblätter wieder ordentlich zusammengelegt auf der Rezeption lagen. Neben der Tür stand eine Aktentasche. Er hatte keine Ahnung, welche Unterlagen der andere Mann kopiert hatte. Wichtig war nur, was er zurückließ. Plötzlich war alles höflich und gesittet. Wie die beiden hereingekommen waren, blieb ihm ein Rätsel.

Der Mann blieb stehen und fixierte die Zeichnung, die Cannon von Williams Händen gemacht hatte. Er starrte sie eine Weile an. Dann drehte er sich um und streckte seine eigenen Hände aus. William sah sich veranlasst, darauf zu reagieren, wie das bei zivilisierten Menschen am Ende einer normalen, für beide Seiten einträglichen Begegnung üblich war. Der Mann umklammerte Williams Finger mit beiden Händen und drückte zu. Dann hob er Williams Hand zu seinem Mund und biss hinein. William spürte, wie seine Knochen knirschten, und empfand einen durchdringenden Schmerz, als würde sich seine Hand in scharfkantige Splitter auflösen. Diesmal schrie er laut und anhaltend. Dann war seine Hand plötzlich wieder frei. Der Schrei hallte im leeren Flur wider, selbst als die Tür bereits geschlossen war.

William hielt sich die Hand vor den Mund, bewegte seine Finger und befühlte sein Kinn. Er lehnte sich an den Türrahmen und nahm seine Umgebung in sich auf. Alles sah normal und jungfräulich aus, als wären die beiden nie hier gewesen. Sämtliche Gemälde hingen dort, wo sie hingehörten. Nur auf seiner Haut zeichnete sich ein weiterer Bluterguss ab.

9

Das Läuten des Telefons zerriss die drückende Stille. William starrte auf den Apparat wie auf ein außerirdisches Wesen. Er hörte seine eigene Ansage und wie jemand gleich nach dem Pfeifton auflegte. Vorsichtig bog er mit der linken die Finger seiner rechten Hand auf und umschloss sie, um das Zittern unter Kontrolle zu bringen. Arme Hand, mit diesem in allen Regenbogenfarben schillernden Abdruck, aber ansonsten unbeschädigt, genauso wie immer. Es war ein typischer Schulhoftrick, jemandem so die Knöchel zu zerquetschen, dass er schreien musste. Der menschliche Körper reagierte auf Handverletzungen besonders empfindlich. Auf dem Fleisch zwischen Daumen und Zeigefinger zeichnete sich ein Kreis blau unterlaufener Bissspuren ab.

Eine Reihe möglicher und logischer Maßnahmen ging ihm durch den Kopf, veranlasste ihn aber zu keiner wie auch immer gearteten Bewegung. Vor lauter Scham war ihm ganz schlecht. Er war davon überzeugt, dass er irgendwie selbst an diesem Übergriff schuld war, dass er mit dem Feuer gespielt und sich die Finger verbrannt hatte. Die Verantwortung lag bei ihm. Er kam sich vor wie ein Mädchen, das sich nach einer Vergewaltigung schuldig fühlte, weil es als Erstes gelächelt hatte und zu dem Mann ins Auto gestiegen war. Es ist alles deine Schuld, William. Plötzlich stieg Panik in ihm auf, die nur durch die Tatsache gedämpft wurde, dass seine Verletzungen nicht bluteten. Er dachte kurz darüber nach, wann er die letzte Tetanusspritze bekommen hatte – aber mit den Impfungen war alles in Ordnung, wie immer. Denn kein Biss war giftiger als ein Menschenbiss.

Um das Funktionieren seiner rechten Hand zu testen, drückte er mit drei Fingern und dem Daumen am Telefon die Ziffern eins, vier, sieben, eins. *Sie wurden angerufen heute um …* Es war Isabellas Telefonnummer. Das machte sie manchmal, sagte nichts und hinterließ keine Nachricht, und nie wusste er, ob sie einen Rückruf von ihm erwartete, ob sie einsam war oder nur ein paar Sekunden seine Tonbandstimme hören wollte, um sich zu vergewissern, dass er noch lebte und Geld verdiente. Es gab Augenblicke, da wünschte er sich etwas von dieser unsympathischen Sicherheit, mit der sie durchs Leben ging. Er könnte sie um Hilfe bitten.

Aber eigentlich wollte er keine *Hilfe,* sondern Wiedergutmachung. Er schämte sich viel zu sehr, um sich helfen zu lassen. Hätte er Isabella um Hilfe gebeten, ihr den Mitleid erregenden Bluterguss in seinem Gesicht und die kaum erkennbare Verletzung an seiner Hand gezeigt, wegen der er geschrien hatte wie ein Baby, hätte er sich nur ihre Verachtung zugezogen. Sarah anzurufen würde wiederum bedeuten, sich energischen und klugen Worten des Mitleids sowie ein paar starken Drinks stellen zu müssen. Er entschied sich für starke Drinks ohne Mitleid. Er hatte sich diese Suppe eingebrockt, und er würde sie auch auslöffeln.

William ging nach unten in die Küche und bereitete sich mit großer Sorgfalt eine Tasse Tee zu. Ein Beutel Earl Grey, die ewige Frage, ob er Zitrone oder Milch dazu nehmen sollte, bis ihm einfiel, dass gar keine Milch im Hause war, und der herbe Geruch des Tees, der wie eine Stärkung wirkte. Ein Schluck davon, dazu ein Gläschen Brandy, erst genippt und dann heruntergestürzt. Er musste husten. Anschließend nahm er die Krankenblätter vom Schreibtisch und verschwand nach hinten. Er fühlte sich wie ein ausgebuhter Schauspieler, der sich von der Bühne stahl.

Die Abstellkammer wirkte in ihrer Unordnung irgendwie tröstlich. Es erinnerte ihn an die gute alte Zeit, an dritte Zähne, die Arbeit für den Staatlichen Gesundheitsdienst und gefährliche Narkosemittel für Kinder, damals, als er sich noch nicht einzig und allein der Kunstfertigkeit widmen konnte. Überall lagen künstliche Gebisse und Abdrücke herum, als warteten sie nur auf einen Mund, der sie aufnehmen würde. Hier unten war niemand gewesen, sonst wäre die weißliche Staubschicht nicht unberührt geblieben. Er ging sich ein zweites Glas Brandy holen und nahm gleich die ganze Flasche mit. Dann schaute er im Kühlschrank nach Eis, stellte fest, dass Tina derzeit für Zitronen schwärmte, und steckte gleich eine Scheibe davon in seinen Drink. Das erste Glas war ihm sofort zu Kopf gestiegen. Irgendwo in diesem Raum musste sich der allererste Abguss befinden, den er von Cannons Zähnen gemacht hatte. Er begann fieberhaft danach zu suchen, immer schneller und fahriger, wobei er die Unordnung und sein Gefühl der Hoffnungslosigkeit nur vergrößerte. Währenddessen verblassten die Bissspuren auf seinem Handrücken, bis nur noch die tiefsten, die der oberen Eckzähne, sichtbar waren. Schließlich gab er seine hektische Suche auf. Obwohl es nichts mehr zu vergleichen gab, war er sich völlig sicher, dass der Abguss mit diesen Zähnen, die diese Spuren verursacht hatten, fast identisch war.

Hier unten gab es kein Telefon. Extra nicht. Erst hatte er sich aus finanziellen Gründen dagegen entschieden, später hatte er den Zustand angenehm gefunden. Er wischte mit dem Hemdsärmel eine Oberfläche sauber, blies den Staub weg und teilte die Krankenblätter in zwei Stapel. Sie waren schwer, und er kam ein wenig außer Atem. Als er merkte, dass sich ein leises Schniefen in sein Keuchen mischte, wurde er ärgerlich. Mein Gott, William, was ist denn schon groß passiert? Gar nichts. Nur ein Schock, der sich mit gezuckertem Tee und mehr Brandy leicht wieder vertreiben lässt.

Er zwang sich, seine Aufmerksamkeit auf die Krankenblätter zu konzentrieren. Sie waren wahrscheinlich durcheinander. Es würde Stunden dauern, sie in die richtige Reihenfolge zu bringen – und für morgen waren Patienten angemeldet. Der Gedanke daran ließ ihn erschauern. Bei der bloßen Vorstellung, je wieder einem Patienten gegenübertreten zu müssen, ohne vorher dessen Krankenblatt konsultiert zu haben, wurde ihm ganz übel. Genau das war es nämlich gewesen, was er bei dem kleinen Mädchen getan hatte, das sich zusammen mit seinem Bruder immer wieder in seine Träume stahl und dem er höchstwahrscheinlich die falschen Zähne gezogen hatte. Er betrachtete die Namen auf den ersten drei Mappen, aber keiner sagte ihm etwas. Ohne ihre Krankenblätter waren sie Fremde für ihn; erst wenn er das Zahnschema begutachtete, regten sich schwache Erinnerungen, wie bei einem Fingerabdruckexperten, der vertraute Muster wieder erkennt. Ein Gebissabdruck war etwas ähnlich Einzigartiges. Fast wünschte er sich, die Abdrücke auf seiner Hand würden wieder auftauchen, damit er ihren Urheber ermitteln konnte. Aber es war nur ein schwacher Biss gewesen. Der Mann hatte seine Hand genauso wenig fressen, wie er ihm aus der Hand hatte fressen wollen.

William ging eine Abwandlung der Szene durch den Kopf: Die Zähne des Mannes gruben sich tief in seine Hand, nicht wie das zarte Kneifen eines Welpen, sondern wie der Biss eines Rottweilers, dessen Kiefer fest zupackten, dessen Zähne an den Sehnen zerrten und sich erst wieder lösten, wenn jemand das Maul des Tieres aufstemmte oder die Hand abgerissen war. Er stellte fest, dass seine Krankenblätter keineswegs hoffnungslos in Unordnung waren. Wahrscheinlich hatte er selbst sie durcheinander gebracht, als er sie nach unten geschleppt und dabei ein paar hatte fallen lassen. So ging man doch wirklich nicht mit wichtigen Dokumenten um! Wie ungeschickt! Die bloße Berührung der Mappen beruhigte ihn, auch wenn er nicht wusste, was daraus entfernt worden war. In den ersten paar Mappen, die er oberflächlich sichtete, schien nichts zu fehlen. Nach und nach entspannte er sich und arbeitete etwas langsamer weiter. Er legte die Ms auf einen Stapel; sie waren alle zusammen, wie eine Familie. Ach ja, Mrs. Macdonald, an die konnte er sich anhand des Zahnschemas sofort erinnern – eine Dame mit einem prächtigen gelben Pferdegebiss, die obendrein eine Vorliebe für Würfelzucker hatte. Oder Mr. Murray eine Erinnerung ohne Gesicht, aber mit einer ausgezeichnet gelungenen Brücke zwischen Backenzahn und Prämolar, auf die William noch heute stolz war. Und da war ja auch Miss Motcomb, ein Kind des Fluorid-Zeitalters, die kein einziges Loch hatte. Er suchte nach dem Krankenblatt von Sarahs Notfall Andrew Mitchum, konnte es aber nicht finden. Das war zwar etwas beunruhigend, doch da der Patient ohnehin nie wieder auftauchen würde, wollte er nicht weiter darüber nachdenken. Er beruhigte sich zusehends. Auch Schwester Dominiques Krankenblatt war verschwunden, mitsamt der Anmerkung, dass Cannon ihn mit den Nonnen bekannt gemacht hatte. *Cannons Freunde* hatte ganz oben auf der Mappe gestanden, und eine Notiz, dass die betreffenden Krankenblätter zusammenzubleiben hatten. Aber auch das machte nichts. Er würde sich schon an die Plomben von Schwester Dominique erinnern können. Viel wichtiger war, dass die Unterlagen der morgigen Patienten anscheinend vorhanden waren; Tina würde sie schon finden, ehe die Ersten eintrudelten. Bei diesem Gedanken verspürte er tiefe Erleichterung. Er stöberte weiter, bis er das Krankenblatt von Cannon fand, das ganz normal unter C eingeordnet war. Der Name Smith stand in Klammern dabei; als Adresse war nur das Gefängnis angegeben, und außer Cannons Häftlingsnummer war nichts weiter eingetragen. William lehnte sich zurück, nippte an seinem Brandy und las sich langsam und nachdenklich die verschlüsselten Aufzeichnungen über Cannons Behandlung durch. Hier war genau notiert, was er in diesen neun Monaten an ihm vollbracht hatte und in welcher Reihenfolge. Keine schlechte Arbeit – aber andererseits war ja auch das Ausgangsmaterial um einiges besser gewesen, als er befürchtet hatte. Kranke, aber kräftige und durchaus reparable Zähne; keine Spur von angegriffener Knochensubstanz oder schwindendem Zahnfleisch. Alles in allem ein Fall von außergewöhnlich robuster

Gesundheit. Er erinnerte sich, wie Cannon im Zahnarztstuhl vor Panik gebibbert hatte. Dann dachte er daran, wie der Mann eben vor Ekel gezittert hatte, an seine Aggression und die Drohungen. Alles nur ein Zeichen von Angst. Er betrachtete wieder seine Notizen und empfand tiefe Befriedigung. *Gute Arbeit.* Er verstand seinen Job, und das sogar ganz ausgezeichnet. Er trommelte mit den Fingern auf die staubige Tischoberfläche. Der Schmerz war mittlerweile völlig verschwunden.

Wenn die beiden tatsächlich Zwillinge waren, stand es wahrscheinlich auch um ihre Zähne ähnlich. Trotzdem sagte William seine Berufserfahrung, dass der zweite Mann nicht dieselbe Innere Stärke hatte. Das konnte man schon aus einer gewissen Blässe, dem Blutdruck und dem faltigen Gesicht schließen, die auf jahrelange Erfahrung mit chronischen Schmerzen hindeuteten. Cannon war damals sozusagen auf Befehl aus dem Gefängnis geschickt worden, um seine Zähne reparieren zu lassen. Er hatte nichts zu verlieren gehabt, sondern von seinen kurzen Begegnungen mit der Außenwelt eigentlich nur profitieren können. Cannon war neugierig gewesen; Cannon hatte die Welt erforschen dürfen; Cannon war hier glücklich gewesen. Und Cannon hatte die Gabe, anderen zu vertrauen: Er *wollte* daran glauben, dass alles gut gehen würde, *wollte* sein Gebiss reparieren lassen, weil er der festen Überzeugung war, dass sich seine Frau darüber freuen würde. O Gott, er hatte ganz vergessen, dass Cannon verheiratet war. Wenn man sich seine Kleidung ansah, wäre man nie auf den Gedanken gekommen.

Hatte dieser andere Mann auch etwas zu verlieren oder zu gewinnen? Konnte er auch nur ein kleines bisschen Vertrauen aufbringen? William bezweifelte es. Würde er es durchhalten, sich ein Dutzend Nachmittage oder mehr ausschließlich

Kronen und Stiftzähnen zu widmen? Würde er sich freiwillig Spritzen geben lassen oder gestatten, dass man ihn mit Diconal betäubte? William bezweifelte auch das. Würde er sich damit abfinden können, dass ein Teil seiner Behandlung experimentell war, dass man manches nur probieren konnte, aber sicherlich nicht alles beim ersten Mal funktionieren würde? Wahrscheinlich nicht. William würde diesen Mann nicht auf dieselbe Art behandeln können wie dessen Bruder, wusste aber dennoch, dass er es unbedingt versuchen wollte. Er sehnte sich nach der Herausforderung, die *besten* Behandlungsmethoden zu finden und die *bestmöglichen* Ergebnisse zu erzielen, das Aussehen und die Lebenseinstellung dieses Mannes grundlegend zu verändern, den Fluch seines Daseins von ihm zu nehmen. Er wollte diese heutzutage seltene Krankheit heilen, wie er es bei Cannon getan hatte. Dieser Wunsch war so stark, dass die Erinnerung an den Schlag ins Gesicht und die Schmerzen in seiner Hand zwar nicht verblasste, aber bedeutungslos wurde.

Je betrunkener er wurde, desto unkontrollierter und hektischer wurden seine Bewegungen. Er hatte heute kaum gegessen, und es wurde bereits Abend. Die Dunkelheit war eine Wohltat. Er nahm einen der Gebissabdrücke vom Tisch und zählte die Zähne. Achtundzwanzig. Was wäre, wenn er die verunstaltenden Zähne einfach entfernte und eine Prothese anfertigte? Der arme Kerl würde es besser verkraften, und die Behandlung würde seine äußere Erscheinung dennoch entscheidend verbessern. William hatte ein Faible für Prothesen. Als er noch für den Staatlichen Gesundheitsdienst tätig gewesen war, hatte er oft damit gearbeitet, wenn auch eher, um Kosten zu sparen, denn aus ästhetischen Gründen. Aber Isabella hatte schon recht daran getan, auf seinen hehren Prinzipien herumzutrampeln und darauf zu bestehen, dass er eine Privatpraxis eröffnete, um finanziell besser gestellt zu sein und ohne amtliche Einschränkungen arbeiten zu können. Sie hatte Recht gehabt, ohne zu wissen, warum. Prothesen konnten verrutschen oder zerbrechen; manchmal veränderte sich auch der Kiefer. Es war ein Wunder, dass sie trotzdem so gut funktionierten. Früher hatte man ihm Prothesen zur Reparatur gebracht, die aussahen, als seien sie von einem Zug überrollt worden. Er erinnerte sich an eine, die einem Kind in die Finger gefallen war, das ihren Besitzer nachahmen wollte und darauf herumgekaut hatte. Eine andere hatte ein Hund – in verwandter Absicht – zerbissen. Plötzlich musste er kichern. Und als er sich einen Hund vorstellte, der mit einer Prothese im Maul das Weite suchte und einer Hündin damit den Hof machte – *Die schenke ich dir; meinem Herrchen schmecken sie wahnsinnig gut* –, schüttelte er sich vor Lachen.

William vermutete, dass er auf dem besten Wege war, den Verstand zu verlieren, was aber wohl nicht viel ausmachte. Er lachte, bis ihm die Tränen übers Gesicht rannen. Danach war er erschöpft und wieder nüchtern. Er wankte in die Küche, um nach mehr Alkohol zu suchen und sich mit einem Stück Küchenpapier das Gesicht abzuwischen. Es dauerte einige Zeit, bis man sich an eine Prothese gewöhnt hatte – würde der Mann die Geduld besitzen, diese unangenehme Phase durchzustehen? William stieg mühsam die Treppe zur Praxis hinauf und ließ sich in den Zahnarztstuhl fallen. Er warf einen kurzen, misstrauischen Blick nach links. Fast erwartete er, den Mann dort anzutreffen, ein leibhaftiges Gespenst, das am selben Platz stand wie zuvor, mit Tränen in den Augen, weil er die Existenz eines Bruders geleugnet hatte.

Nur ein Mensch also, kein gefährliches Ungeheuer. Nur ein Mensch, wie er selbst. William wünschte sich mehr als alles andere auf der Welt, diese Zähne behandeln zu dürfen und dann alles schriftlich festzuhalten, damit jeder sehen konnte, was er geleistet hatte und was man von Zwillingen lernen konnte.

Schreib es auf. Halt auf einer Liste all deine Wünsche fest. Dann geh die Liste durch und arbeite heraus, was weniger wichtig ist als anderes. Beschäftige dich so lange mit diesen Dingen, bis du weißt, dass sie eigentlich überhaupt nicht wichtig sind und du sie von der Liste streichen kannst. Mach die Liste auf diese Art immer kürzer. Sarah strich das Wort »Garten« durch.

Sie saß vor dem Kamin, mit einem neuen Stapel Maklerangeboten auf dem Schoß, die sie für diesen besonderen Augenblick aufbewahrt hatte wie ein Lieblingsbuch. Man kann es in Ruhe lesen oder nach Belieben beiseite legen. Das ist der Stoff, aus dem die Träume sind. *Ach, Sarah, du bist aber wirklich nie zufrieden. Solltest du jemals in den Himmel kommen, wirst du dich garantiert darüber beklagen, dass deine Flügel feucht sind und deine Harfe verstimmt ist.* Paulines Stimme, nicht vorwurfsvoll, nur verwundert über ihr rastloses Wesen.

Sie musste sich Gedanken über Häuser machen. Es war wichtig, dass sie sich in solche Tagträume flüchtete, sonst hätte sie Tag und Nacht über Cannon und Julie nachgedacht. Und wenn die beiden dann erst mal in Sicherheit wären, hätte sie selbst kein Leben mehr. Sie musste über ein neues Haus nachdenken, weil dies das beste Mittel gegen ihre nagenden Zweifel und gegen die Vorstellung von Julie Smith mit ihrem unergründlichen Gesicht und ihrem dicken Bauch war. Konzentrier dich.

Ihre nächste Wohnung, wenn sie denn eine finden sollte, würde minimalistisch gestaltet sein. Ganz im Gegensatz zu dieser, die ein an allen Ecken und Enden überquellendes Denkmal für ihre Sammelleidenschaft in den letzten Jahren war. Ihre Vorliebe für nicht zusammenpassende Stühle war besonders lästig. Die Dinger verkrochen sich in irgendwelchen Ecken und waren stets bereit, einem weiteren Exemplar höflich Platz zu machen. Dazu gab es noch ein Sofa, das sie einzig und allein wegen der Farbe seines sonnengebleichten Überzugs gekauft hatte. Neben ihrer nach Maß angefertigten Sitzgarnitur sah das Möbel recht armselig aus, wie ein Not leidender Verwandter. Der Esstisch, den sie wegen seiner herrlichen Beine erworben hatte, dominierte ein ganzes Zimmer – dabei hatte er seine Funktion längst verloren, da sie kaum noch jemanden zu sich einlud. In ihrer nächsten Wohnung würde es das alles nicht mehr geben. Sie musste einen guten Platz für ihre Möbel finden, wie für wohlerzogene Waisenkinder. Und dann würde sie nur noch leere Bretterböden und Wände voller Gemälde haben. Die Bilder waren die einzigen Freunde fürs Leben.

Ein Psychiater, mit dem sie ein Verhältnis gehabt hatte, war ein- oder zweimal hier gewesen. Er hatte gemeint, dass ihre Gemäldesammlung auf paranoide Kleptomanie und subversive Tendenzen hinweise. Die Bilder haben kein gemeinsames Thema, sagte er immer wieder; sie verraten nicht das Geringste über dich; sie haben nichts miteinander gemeinsam, und schon gar nicht mit dir. Genau wie ihre Freunde … Ihn schien das zu beunruhigen, aber sie ließ es kalt. Schließlich handelte es sich nicht um eine richtige Sammlung. Ihr schien es viel merkwürdiger, Bilder nach Motiv auszusuchen, lauter Landschaften oder Interieurs beispielsweise, oder nur abstrakte Gemälde, statt ein wildes Durcheinander anzuhäufen, wo jedes Bild in seinem ganz speziellen Rahmen um den besten Platz kämpfte. Dem Psychiater schien nicht aufgefallen zu sein, dass die Porträts in ihrer Kollektion eindeutig überwogen; aber wahrscheinlich hätte er ihr auch daraus einen Strick gedreht. Fühlst du dich einsam, Sarah? Hältst du es vielleicht nur in unbelebter, anspruchsloser Gesellschaft aus? Wirken diese ausdrucksvollen Gesichter an der Wand irgendwie tröstlich auf dich? Unterhältst du dich vielleicht mit ihnen?

Nur manchmal. Sie blickte wieder auf ihre Liste und ging noch einmal ihre Anforderungen an eine Wohnung durch.

Hatte Cannon das vielleicht alles nur erfunden, oder übertrieb er einfach? Unter den Maklern gab es einen, der für ihre Ideen aufgeschlossener war als seine Kollegen. Er hatte offenbar begriffen, dass sie so viel Wohnfläche wollte, wie sie nur kriegen konnte. Sie brauchte jede Menge Tageslicht und richtig hohe Wände, um all ihre gemalten Lebensbegleiter und die, die noch dazu kommen würden, standesgemäß unterzubringen. Wenn dieser freundliche Makler es seltsam fand, dass sie bei jeder angebotenen Wohnung Namen und Adresse des Verkäufers wissen wollte, ließ er es sich wenigstens nicht anmerken. Keine einzige Immobilie aus dem aktuellen Stapel Unterlagen gehörte einem gewissen John Smith. Sie hätten auch alle nicht zu ihm und seinen verfallenen Behausungen gepasst, aber jedes seiner Häuser, das sie bisher gesehen hatte, war genau richtig. So renovierungsbedürftig sie auch sein mochten, sie hatten ihr durchweg gefallen, hatten dieses erregende Ziehen in ihr geweckt, das ihr suggerierte: *Hier könnte ich leben, in diese vier Wände könnte ich mich verlieben.* War es möglich, dass ein Mann mit einem derart exzellenten Geschmack in Sachen Häuser tatsächlich so ein Monster war? Auch er schätzte hohe, breite Wände und Decken, die einen halben Kilometer vom Boden entfernt waren. Das allein reicht vermutlich nicht, um einen Mann anständig zu machen, aber sympathisch war es immerhin.

Lass dich nicht mit ihm ein. Wenn du ihn siehst, dann pass auf, dass er dich nicht sieht. Nein, ich kann nicht bei dir bleiben; er würde rausfinden, wo ich bin.

Sie hatte gehorcht, hatte all das geglaubt, was man ihr erzählt hatte, obwohl ihr diese Warnungen mittlerweile unsinnig schienen. John Smith schwamm wie ein Tümmler und sammelte Häuser wie sie Gemälde – so willkürlich, dass es sich jeder Analyse entzog. Was sollte falsch daran sein, mit ihm zu reden? Vor allem nach dem ausführlichen Gespräch mit Mrs. Matthewson. Ziemlich seltsam allerdings, worüber sie sich beim Sonntagsbraten unterhalten hatten … Sie schob die Unterlagen mit den verführerischen Fotos beiseite, zog einen Strich unter ihre Liste und machte sich eine Notiz. Dann hielt sie kurz inne und holte das Fragment des Briefs hervor, den Cannon ihr vor einer Ewigkeit auf dem Weg zum Obersten Gerichtshof in die Hand gedrückt hatte. Sie würde aus zwei Gründen an John Smith schreiben. Zum einen, um sich Befehlen zu widersetzen: sie wollte versuchen, sich auf neutralem Terrain mit ihm zu treffen. Und zum anderen, und dafür schämte sie sich, weil sie die Schrift seines Antwortschreibens mit der auf diesem Papierfetzen vergleichen wollte. Dieser verspätete Drang, alles nachzuprüfen, war ihr zwar selbst zuwider, doch hatte sie genug davon, immer auf Informationen aus dritter Hand angewiesen zu sein. Vielleicht war sie doch kein so schlechter Anwalt.

»*… Wenn du es schaffst, bis Weihnachten durchzuhalten, verspreche ich dir, sie in Ruhe zu lassen. Ehrenwort. … Aber du wirst es nicht durchhalten. Irgendwann wirst du nachlässig. Und dann wirst du einsehen, was GUT für dich ist …*«

Eine unbeholfene, vertrauenswürdige Handschrift. Ein durch und durch unlogisches Versprechen. Wie alle Männer würde auch er sich dem Reiz haarsträubender Schmeicheleien nicht entziehen können.

Sehr geehrter Mr. Smith!
Bitte entschuldigen Sie, dass ich Sie auf diesem Wege belästige; Sie brauchen sich nicht zu einer Antwort verpflichtet zu fühlen.

Ich bin Mitarbeiter Ihres Anwaltsbüros Matthewson & Co. Derzeit arbeiten wir am Aufbau einer Unterabteilung, die mit Ankauf und Umbau von Stadtwohnungen in bester Lage befasst sein wird. Die Wohnungen sollen ausländischen Klienten zur rein privaten Nutzung zur Verfügung stehen. (Eine Abteilung für Geschäfts- und Büroobjekte unterhalten wir bereits, wie Sie ja wissen.) Vor diesem Hintergrund wende ich mich an Sie als einen unserer sehr geschätzten Klienten. Ich möchte Sie ersuchen zu überprüfen, wie Ihre inländischen Immobilien auf dem Markt vertreten werden, und mich an Ihren Ideen teilhaben zu lassen, wie wir es besser machen könnten. Ihre Anregungen wären uns beim Aufbau eines service-orientierten, fachkundigen Teams eine große Hilfe.

Mit freundlichen Grüßen

S. Fortune

Falls er antwortete, würde er vielleicht ein Treffen vorschlagen. *Falls* er seine Antwort mit der Hand abfasste und die Schrift nicht dieselbe wäre, steckte sie bis zum Hals in Schwierigkeiten. Es fiel ihr äußerst schwer, an den Mythos einer Bestie zu glauben. Ihre eigenen Ungeheuer waren durchweg Produkte ihrer Fantasie, die auf realen menschlichen Vorbildern aufbauten. Sie wanderte unruhig vor ihrer Gemäldesammlung auf und ab. Es war nichts wirklich Herausragendes dabei, bis auf das gestohlene Bild, das nie ganz ihr gehören würde. Die anderen Bilder hatte sie ausgesucht, weil sie die Mängel darin erkannt hatte. Na ja, sie waren eben doch Freunde. Eigentlich konnte man ja nie etwas wirklich besitzen, und wahrscheinlich war es auch unklug, die guten Ideen, die man bei einem Fläschchen Wein hatte, allzu ernst zu nehmen. Gespenster, sagenhafte Ungeheuer und Feinde wurden bekanntlich mit jedem Glas kleiner …

Der Lehnstuhl da drüben war zu massiv. Er erinnerte sie an den Besucherraum der Klosterschule, wo sie zwischen ungemütlichen Stühlen darauf gewartet hatte, dass die Schwester Oberin sie umgehend von der Schule verwies – wegen ihrer Frühreife und ihrer umstürzlerischen Neigungen, weil sie den anderen Mädchens die Tatsachen des Lebens erklärt und ihnen Tampons gezeigt hatte, weil sie es gewagt hatte, eine Unterschriftenaktion gegen die Qualität der Schulspeisung zu starten. Dieser Raum mit seiner eisigen Atmosphäre würde ihr immer als der Ursprung ihres ramponierten Gerechtigkeitssinns in Erinnerung bleiben. Hier war ihr Skeptizismus geweckt worden. Sie stand auf, streckte sich und gähnte.

Ja, ihre nächste Wohnung würde sie definitiv minimalistisch gestalten. So wie ihr nächstes Leben.

Julie und Cannon saßen im Besucherraum wie zwei verlegene Gäste auf den Kanten ihrer harten Stühle. Ihre Knie berührten sich. Der Raum lag an der vorderen Seite des Klosters, gleich neben dem Eingang, und konnte nur über einen finsteren Korridor und eine weitere versperrte Tür erreicht werden. Die Nonnen hatten eine Leidenschaft für Türschlösser, hatte ihr Pauline einmal erklärt. Eine völlig sinnlose Leidenschaft übrigens, weil sie davon ausgingen, dass Einbrecher vorne hereinkommen würden statt durch den Hintereingang. Die Sicherheit der Kapelle überließen sie allerdings Gottes Hand. Die Existenz so vieler Schlösser hatte mit den Ängsten allein lebender Frauen zu tun, stand aber dennoch im Widerspruch zu ihrem Gelübde, jeglichem Privateigentum abzuschwören. Jede von ihnen hatte in ihrem Zimmer ein paar persönliche Kleinigkeiten, das war alles.

Doch die versperrte Eingangstür, die abgeschlossene Verandatür und das Schloss an der Tür, die den Korridor mit dem Haupthaus verband, waren notwendige Vorkehrungen. Denn, so hatte Pauline erläutert, sobald sich die Existenz eines Klosters erst herumgesprochen hatte, rückten die Betrunkenen, Arbeitsscheuen und Enttäuschten in Scharen an. Die Schwestern waren pragmatisch genug, um ihre karitative Tätigkeit nur bis Einbruch der Dunkelheit zu betreiben. Wer wirklich ihrer Hilfe bedurfte, würde am nächsten Morgen wiederkommen.

Das alles hatte zu Paulines Überzeugung beigetragen, dass dieser Raum nach Beginn der offiziellen Nachtruhe der ideale Treffpunkt für Julie und Cannon wäre, vorausgesetzt, sie blieben nicht allzu lange, hielten den Teppich sauber und achteten darauf, dass Julie alle Spuren ihrer Anwesenheit beseitigte. Außerdem, so fügte sie mit einem scharfen Unterton hinzu, sei dies der Raum, in dem sie die *Priester* empfingen. Es würde sicher nichts ausmachen, wenn ein wenig Zigarettenrauch den Geruch nach Bohnerwachs überdeckte. Nur eine Bedingung stellte sie noch: Sollte eine der Schwestern mit einer Waffe über sie herfallen, dürften sie nicht in unziemlicher Weise zurückschlagen. Und es bliebe in diesem Fall einzig und allein Julie überlassen, ihre Anwesenheit hier zu erklären und die Verantwortung für Wahrheiten oder auch Lügen selbst zu übernehmen.

Cannon fühlte sich hier nicht wohl. Der Besucherraum war ziemlich groß. Er war an kleinere Räumlichkeiten gewöhnt und schätzte das Gefühl der Beengtheit, wenn er von Wänden umgeben war, die er mit ausgestreckter Hand berühren konnte. Er hasste Doppelglasfenster; sie verhinderten, dass Gerüche abziehen konnten. Er liebte Zugluft und fühlte sich in Räumen, die so groß wie Turnhallen waren, ganz und gar nicht zu Hause. Große Räume waren nur dann interessant, wenn sie hell genug waren; doch dieser Raum hatte trotz seiner Größe kleine Fenster. Das ganze verdammte Gebäude war falsch angelegt, von Norden nach Süden, ohne Rücksicht auf den Einfall des Sonnenlichts. Selbst in der Kapelle, dem einzigen Teil des Hauses, der die Sonne voll hätte ausnutzen können, wurde der Effekt durch die Sperre vor der Sakristei und die dicken Buntglasfenster zerstört. Sie schienen sich wirklich bemüht zu haben, all ihre öffentlich zugänglichen Räume so hässlich wie möglich zu gestalten. Aber nicht das war es, was ihn wirklich störte. Viel schlimmer fand er, dass hier drinnen sogar Julie wie eine Fremde wirkte, weil sie ihm so brav und anständig gegenübersaß, obwohl sich ihre Knie berührten. Selbst in der Kapelle war es intimer, wenn man Gott und die Gipsheiligen dort mit Verachtung strafte.

»Hallo«, sagte Julie.

Seit Cannon sich vom Leben und der täglichen Redeweise seines Bruders getrennt hatte, konnte ihn eine neue Umgebung leicht aus der Fassung bringen. In seiner Sprechweise gab es jetzt zwar neue Feinheiten, doch rechnete er nie damit, dass Menschen, die ihm nahe standen, sich ebenfalls einen neuen Wortschatz zulegen könnten. Oder sich plötzlich in neuen Räumen und Lebensweisen zurechtfanden. Wie sie ihm so gegenübersaß, mit dem Rock über den Knien und der schwach südirischen Sprachmelodie, die sich wie zufällig in ihre Stimme verirrt hatte, wirkte Julie plötzlich kultiviert. Sie konnten sich hier in normalem Tonfall und ohne Rücksicht auf die Lautstärke unterhalten, aber irgendwie vermisste er die Eindringlichkeit ihrer geflüsterten Konversationen.

»Herrgott, was für ein Durcheinander«, sagte er und schüttelte sich. Er blickte sich um. Er rechnete damit, dass sich jeden Augenblick die Tür öffnen und eine Nonne mit einem Teetablett hereinplatzen würde. Wahrscheinlich hätte es ihm gar nichts ausgemacht, den Inhalt seines Flachmanns mit ein bisschen Tee zu strecken; außerdem hätte keine Nonne etwas gegen die Sittsamkeit ihrer Körperhaltungen – steif und viel zu warm angezogen – einwenden können. Hier im Salon war es genauso kühl wie in der Kapelle, doch es schien ihm aufdringlich, das elektrische Kaminfeuer einzuschalten, und Julie schlug es nicht von sich aus vor. Der Minikronleuchter an der Decke, mit seinen fünf nackten Glühbirnen, warf ein grelles Licht, das ihren Gesichtern scharfe Umrisse verlieh. Sie sah in diesem Licht gelb aus, er selbst fühlte sich rot. In dem Spiegel über dem Kamin fand er sich erhitzt und kränklich. Er lächelte immer, wenn er vor einem Spiegel stand, um seine Zähne betrachten zu können. »Eigentlich ist es weniger ein Durcheinander«, sagte er mit einer Kopfbewegung zu den Möbeln hin, »als ein Wirrwarr. Sie haben versucht, für alle Gelegenheiten eingerichtet zu sein, und sind es im Endeffekt für gar keine. Die haben einfach keine Ahnung, wie man es sich gemütlich macht, oder?«

Sie kicherte leise, zog jedoch ihren Rock mit einer etwas defensiven Bewegung noch weiter über die Knie. Die Schwestern hatten sie gerettet und bei sich aufgenommen; sie mochte es nicht, wenn man sie kritisierte. Sie übernahm ihren Geschmack und ihre Lebensweise mit derselben Mühelosigkeit, wie sie unbewusst ihren sanften Tonfall nachahmte. »Ach, ich weiß nicht«, sagte sie unbestimmt. »Dieser Raum wird für alles Mögliche benutzt. Sie bewirten ihre Verwandten hier, mit Tee und Kaffee, und dann sind da noch die Priester und anderen Gäste, aber nicht sehr viele, und die Versammlungen … Sie stellen den Salon auch anderen Leuten für Versammlungen zur Verfügung, deswegen muss er so groß sein.«

»All diese *saublöden* Stühle«, brummte Cannon und rutschte von dem mattgrünen Plüschsessel auf den Boden, sodass er mit dem Rücken an seinem Stuhl lehnte. So war es besser; jetzt war er auf einer Höhe mit Julies Knien statt mit dem Rest des Zimmers. So fiel es ihm leichter zu ignorieren, was er unmöglich übersehen konnte: die protzigen Heiligenbilder an den Wänden, den Wald von Lehnstühlen und die überdimensionale Anrichte, die aussah, als sei sie geschaffen für eine Batterie von Wein- und Schnapsflaschen. Der Raum hatte alles, was für eine wilde Party notwendig war, abgesehen von der richtigen Atmosphäre. Vielleicht wenn sie das Licht ausgemacht und im elektrischen Schein der künstlichen Holzscheite getanzt hätten – aber dazu waren sie viel zu nüchtern und gehemmt.

»Nächste Woche werden sie die Weihnachtsdekoration hier drin anbringen«, sagte sie versonnen.

»Lieber Himmel«, sagte Cannon. »Das fehlte noch!«

»Hör endlich auf damit! Was schert es dich, wie es hier aussieht? Sie tun ihr Bestes. Warum sollten sie auch noch Stil haben oder überhaupt definieren können, was Stil ist, wenn sie sich sowieso nichts draus machen? Hör auf herumzunörgeln.« Er berührte ihr Knie. »Es tut mir Leid«, sagte er ebenso höflich wie unaufrichtig. »Es liegt nur daran, dass, wenn ich dich in einem Zimmer sehe, ich mir dich immer ganz woanders vorstelle. Irgendwo, wo ich dich gern hätte. In einem Häuschen auf dem Land, mit einem Garten für das Baby.«

»Und Rosen rings um die Eingangstür?«, fragte sie mit einer Spur von Ironie in der Stimme. Sie rutschte nicht zu ihm auf den Boden hinunter, sondern lehnte sich in ihrem Stuhl zurück und verschränkte die Finger im Schoß. »Sarah hat mir erzählt, dass sie sich einmal so ein Häuschen gewünscht hat. Mit einer Katze. Und dann ist ihr klar geworden, dass sie es hassen würde. Die Ruhe, all das Laub, keine Autos, keine Geschäfte. Wie würdest du es auf dem Land aushalten? Du bist ein Stadtmensch, durch und durch. Das letzte Mal, dass du eine Kuh gesehen hast, war aus dem Zugfenster.«

»Na ja, wir würden es eben lernen müssen, oder? Man kann alles lernen ...«

»Nein, kann man nicht. Wenn schon Sarah gemeint hat, dass sie es nicht kann, dann können wir es erst recht nicht. Sarah ist viel anpassungsfähiger. Sie hat wirklich Stil.« Cannon registrierte überrascht, dass sich eine eifersüchtige Note in den letzten Satz verirrt hatte. Zaghaft berührte er noch einmal ihr Knie, doch es kam keine Reaktion. »Ich frage mich, ob ich zu Silvester noch hier sein werde«, sagte sie, »und wie mir die Dekoration gefallen wird. Papierschlangen, Lametta und eine Krippe. Vielleicht wäre alles einfacher, wenn ich den Schleier nehmen und ein Gelöbnis auf Armut und Keuschheit ablegen würde. Wenn ich den Willen Gottes akzeptieren ... und die Hoffnung auf alles Andere vergessen könnte. Schließlich ist es völlig egal, woran man glaubt – Hauptsache, man glaubt.«

»Hör zu, Schatz, es ist bald vorbei. Zu Weihnachten. Du hast es nur vergessen. Zu Weihnachten ist alles vorbei.«

»Wirklich? Wird es überhaupt irgendwann vorbei sein?«

Er schwieg, von einer derart panischen Angst erfüllt, dass er kaum noch Luft bekam. Er blickte flehend zu ihr auf, aber in diesem Licht wirkte sie fremd, fast grausam. Unbeweglich, wie die Statuen in der Kapelle; eine Frau, die auf dem besten Weg war, sich in eine Steinplastik zu verwandeln. Sie war wütend auf ihn, konnte aber aus jahrelanger Gewohnheit nicht darüber reden. Irgendwie war sie kurz davor aufzugeben. Es hatte wahrscheinlich mit den Büchern zu tun, die sie jetzt las. Sie forderte ihn heraus.

»Darf ich hier drin rauchen?«, fragte er.

Sie zuckte die Achseln. »Ja. Kann dem Zimmer auch nicht mehr schaden, oder?«

Er zündete sich eine Zigarette an, betrachtete die Glut und klopfte die Asche nach drei gierigen Zügen in seinem Handteller ab. Es gab keine Aschenbecher, und der bloße Gedanke daran, einen der drei Papierkörbe zu benutzen, war absurd. Sie waren viel zu sauber. Cannon machte den Raum für das Gefühl der Entfremdung verantwortlich. Jetzt nahm eine andere Angst überhand. Vielleicht waren Julie und er einfach unfähig, in der so genannten normalen Welt zu überleben; vielleicht würde die Intensität ihrer Liebe schwinden, wenn sie nicht mehr gezwungen waren, sie geheim zu halten, so wie sie es bisher immer getan hatten. Liebe auf der Flucht. Zuerst vor Johnnys Zorn und seiner Weigerung, sie kennen zu lernen; dann die Aufregung, als sie sich vor der Polizei verstecken mussten. Liebe auf Kaution, Liebe auf Bewährung, Liebe aus der Distanz des Gefängnisses, Liebe wie jetzt, nach seiner Entlassung. Liebe, die immer den Status des Verbotenen hatte und hauptsächlich durch Johnnys ungläubige Verachtung definiert war. Liebe auf dem Schlachtfeld. Sie hatte genug davon; sie veränderte sich, *genau wie Johnny es vorhergesagt hatte.* Man brauchte sie nur in ein Zimmer mit echten Stühlen zu setzen und ihre Begegnung so normal wie möglich zu gestalten, und schon hatten sie sich kaum noch etwas zu sagen. Sie hatten kein gemeinsames Leben, hatten nichts, das Intimität erzeugen konnte. Wenn sie nach etwas suchte, an das sie glauben konnte, dann bedeutete das nur, dass sie nicht mehr an ihn glaubte. Und vielleicht auch nicht mehr an Johnnyboy.

»Ist es das, was du willst?«, fragte er barsch. »Hier bleiben?

Aufgeben? Mich im Stich lassen? Dich für ein Leben in Ruhe und Frieden entscheiden? Pauline würde dich sicher liebend gern aufnehmen. Unbezahlte Arbeit und gutes Essen, in Ewigkeit, Amen. Und am Ende ein Heiligenschein. Na dann, viel Glück.« Er klopfte das letzte bisschen Asche in seine Hand, hielt den Zigarettenstummel zwischen Daumen und Zeigefinger und sah zu, wie die Glut erstarb. Außer dem Ticken der Uhr – dem Gegenstand, den er am meisten verabscheute – war es völlig still hier drin. Die Uhr begann leise und jämmerlich Mitternacht zu schlagen. Das Ding sah aus, als hätte es eine Auszeichnung für fünfundzwanzig Jahre treuer Dienste und dann eine Pension erhalten. Julie beugte sich vor und berührte sein Haar; er schüttelte zornig den Kopf. Sie rieb sich die Augen, drückte sie mit den Fingern zu und blinzelte, um die Tränen zu vertreiben. Doch die rannen durch ihre Finger und über ihre Handgelenke. Er bemerkte, wie rot ihre Hände vor dem Hintergrund ihres blassen Gesichts waren.

Er kniete sich vor sie hin und lehnte sich an ihre Knie, hob die Hand zu ihrem Gesicht und versuchte, ihre Tränen wegzuwischen. Doch sie hielt weiterhin die Fäuste vor die Augen gepresst. Er vergrub seinen Kopf in ihrem Schoß. Als er ihren animalischen Geruch wahrnahm, ließ er die Hand unter ihren Rock gleiten und streichelte ihre Oberschenkel. Sie erstarrte. Immer noch strömten Tränen aus ihren Augen, aber nun nahm sie die Hände weg, um sie gegen seine zu drücken und ihn von seinem Tun abzubringen. »Nein«, sagte sie. »Nicht. Bitte nicht.« Er veränderte seine Position nicht, sondern sah ihr nur ins Gesicht.

Wie sehr konnte Licht ein Gesicht verwandeln? Oder waren ihre und seine Tränen dafür verantwortlich, dass sie jetzt völlig anders aussah? Ihre Gesichtszüge wirkten nicht mehr streng, sondern kindlich verstört, geschlechtslos, verletzlich, verletzt, klein, wütend. »Nicht«, wiederholte sie. »Wehe.« Und dann ein »Bitte«, um ihre Härte ein wenig abzumildern. Sie kramte ein Taschentuch heraus, trocknete sich die Augen und schnäuzte sich. Er beobachtete sie eingehend, verwirrt und äußerst beunruhigt. Etwas an ihr kam ihm total ungewohnt vor. Das Stottern war verschwunden.

»Die Schwestern sind so tapfer«, murmelte sie. »Ein paar von ihnen haben mehr gelitten als du und ich zusammen, weißt du? Also hör auf, ihren Lebensstil zu kritisieren – wenigstens in meiner Anwesenheit. Sie sind mehr Familie für mich als alles, was ich bisher hatte. Und da wunderst du dich, dass ich mir überlege, bei ihnen zu bleiben?! Wenn mir draußen alles so Angst macht, während es hier d-d-drin so nett ist.« Sie atmete tief durch. »Einfach s-s-so … Ach, Scheiße.«

Er schämte sich, weil ihn die Wiederkehr ihres Stotterns so erleichterte. Vielleicht hatte er nie wirklich gewollt, dass sie es ablegte und mit Worten irgendwann besser umgehen könnte als er. Eigentlich war es ja ihr Stottern gewesen, das er an ihr so anziehend gefunden hatte. Damals, als er und die Bauarbeiter in einem Cafe gesessen und die Kerle sie hinter ihrem Rücken verspottet hatten, bis er eingegriffen hatte. Und als er ihr Lächeln gesehen hatte und ihren Blick, der nur ihn wahrzunehmen schien.

Sie holte tief Luft. »Ich werde nicht mehr weinen«, erklärte sie. »Aber ich habe die Schwestern lieben gelernt. Wir haben etwas gemeinsam. Ihr Leben wird einzig und allein vom Glauben an Gott bestimmt, und meines vom Glauben an dich. Es ist doch normal, dass man gelegentlich an seinem Glauben zweifelt, oder? Du hast dich von deinem Bruder getrennt, und du könntest dich genauso gut von mir trennen. Je länger ich hier drin bleibe, desto schwerer werde ich mich draußen zurechtfinden. Und ich kann nicht raus, weil du es mir verbietest. Bald werde ich es vielleicht ganz von selbst nicht mehr *können.* Und die ganze Zeit wird Johnnyboy in meinem Kopf kleiner und unbedeutender. War es wirklich er, der mir wehgetan hat? Er stand nur im Dunkeln und sah zu, wie der Dicke mich verprügelt hat. Ich hab versucht, das alles zu verdrängen … Heute weiß ich gar nicht mehr, wer von den beiden das Kommando hatte.«

»Er würde dich nie anrühren. Das würde er immer jemand anderem überlassen.«

»Warum?«

»Weil er es nicht ertragen könnte, eine Frau anzufassen.«

Plötzlich war sie völlig still. »Aha«, sagte sie nach einer langen Pause. »Aber ich dachte immer, Lust und Hass können solche Hemmungen überwinden.«

»Nicht bei ihm«, sagte Cannon und fühlte sich auf einmal erschöpft. Wie oft und auf wie viele Arten würde er Frauen denn noch erklären müssen, was für ein Mensch Johnnyboy war? Es fehlte ihm einfach an den richtigen Worten und der Kraft dazu, obwohl er es bei Gott oft genug versucht hatte. Erst gestern bei Sarah, so wie schon dutzende Male zuvor; und unzählige Male bei Julie. Zuerst hatten sie ihm immer geglaubt und mit weit aufgerissenen Augen und offenem Mund seine Worte akzeptiert. Der Schock war dabei eine große Hilfe gewesen. Julie hatte ihm geglaubt, weil man ihr auf Johnnys Befehl Schmerzen zugefügt hatte; wie konnte sie jetzt zweifeln? Das ruhige Leben, weit weg von ihm, lullte sie ein und weckte ein Gefühl der Sicherheit in ihr, das war alles. Das Bild von John Smith verblasste wie die Erinnerung an einen brutalen Film, von dem man irgendwann nur noch ein paar Zeichentrickszenen zurückbehielt. »Nein, Cannon, du täuschst dich«, sagte sie, während sie in seinem Gesichtsausdruck las. »Ich fürchte mich nicht *weniger,* sondern mehr. Das Leben hier macht mich nicht stärker, sondern schwächer. Ich fühle mich, als wäre ich in Wackelpudding eingesperrt!« Sie musste lachen. »Die Schwestern lieben Wackelpudding, sie sind wie Kinder.« Sie strich ihm über die Stirn. »Ich muss hier keine Entscheidungen treffen. Ich werde immer schwächer statt stärker, und das jagt mir solche Angst ein. Der Gedanke, dass ich dir nicht helfen kann. Und dass ich davonlaufen müsste, wenn er mich hier findet, wenn er mich oder eine der Schwestern bedroht. Ich müsste ganz weit weglaufen, Cannon, und ich könnte nie mehr zurückkommen.«

Sie hatte sich für ihre Verletzungen so sehr geschämt, als hätte sie sie sich selbst zugefügt. Er hatte immer gewollt, dass sie sie vergaß, doch jetzt wünschte er, sie würde sich daran erinnern. Die Uhr tickte laut weiter. Schon wieder eine Viertelstunde vergangen. Es gab nichts mehr zu sagen, und es war Zeit zu gehen. Als sie ihn hinausließ, prasselte der Regen gegen die Tür. Sie machte Anstalten, ihn aufzuhalten, doch er küsste sie flüchtig auf den Mund und schob sie ins Haus zurück. Cannon beeilte sich, weil ihn die Straßenbeleuchtung nervös machte. Er rannte die Straße hinunter, bis das Kloster außer Sichtweite war, und stellte sich dann in einem Hauseingang unter, um eine Zigarette zu rauchen. Warum sollte man ihm glauben? Nur weil er die Wahrheit sagte? Weil er nicht die ganze Wahrheit sagte, darum. Er war wählerisch mit dem, was er erzählte, weil er niemanden beleidigen wollte. Weder Julie noch Sarah hatte er je erzählt, was Johnnyboy zu ihm gesagt hatte, als er ihn nach dem Gefängnis besuchte – lange vor dem Brief. *Du musst sie verlassen. Du gehörst nicht zu ihr; du gehörst zu mir; wir haben eine Aufgabe. Wart's nur ab – du kommst schon noch zurück. Wie bitte? Sie hat doch kaum was abgekriegt. Sie hat es so gewollt. Wirst schon sehen, ob sie auf dich wartet. Ich werde sie für dich auf die Probe stellen. Ich finde heraus, was am meis-*

ten wehtut. Was am meisten wehtat, war Verlust. Etwas Schlimmeres konnte er sich nicht vorstellen. Sie zu verlieren; die Hoffnung zu verlieren. Julie würde es am meisten wehtun, ihn zu verlieren. Johnny wusste das sicher; er fürchtete am meisten, dass er an Einsamkeit zugrunde gehen würde. Er wusste genau, was Johnny mit seinem Spielchen bezweckte: dass die Liebe zu welken begann. Weihnachten war noch so weit weg.

Cannon wollte nicht nach Hause. Für ihn gab es das nicht. Sein Zuhause waren immer nur Häuser gewesen, die Johnnyboy gehörten. Daran hatte sich in all den Jahren nichts geändert. Ganz im Gegenteil, jetzt war es noch schlimmer geworden, weil er widerrechtlich in einem von Johnnys Häusern wohnte und nur darauf wartete, dass ihn jemand aufspürte. Durchfroren und nass, wie er war, konnte er den Gedanken an das Wasser, das durch die Decke tropfte, die feuchte Wärme und das Gefühl des Eingesperrtseins nicht ertragen. Aber wohin sollte er gehen? Wer waren seine Freunde? Sarah und William; ansonsten gab es kaum jemanden, der nicht auch mit Johnny zu tun hatte, und selbst das waren nur wenige gewesen. Er hätte zum Kloster zurückschleichen, über die hintere Mauer klettern und im Garten unterschlüpfen können, nur um ihr nahe zu sein, doch eine abergläubische Furcht hielt ihn davon ab. Je länger er in ihrer Nähe blieb, desto leichter würde Johnnyboy spüren, wo er war. Für Sarah galt dasselbe. Er brachte Frauen kein Glück. Also marschierte er los.

Auf der Hauptstraße sah er die Lichter des Nachtbusses der Linie X12 nach Charing Cross, über die längere Route. Darin konnte er sich für nur zwei Pfund eine halbe Stunde lang der Wärme und dem Vergessen hingeben. Und mit dem Whisky in seiner Tasche würde er sich von den Obdachlosen eine Decke leihen können. Der Bus fuhr die Edgware Road entlang und bog in die Oxford Street ein. Von hier aus war es zu Fuß nicht weit zu William. Er dachte an Williams Kellerzimmer, diese chaotische Rumpelkammer mit den Zahnabdrücken, in die er sich hatte zurückziehen dürfen, um nicht mit den zahlenden Patienten in Berührung zu kommen. William würde nie etwas davon erfahren, solche Sachen bekam er einfach nicht mit. Reinzukommen wäre kein Problem, und dann könnte er sich irgendwo hinlegen, vielleicht auf den alten Stuhl. Und an sein wertvolles Gemälde oben denken. Bonnard, der zum x-ten Mal eine zärtliche Skizze von seiner Frau anfertigte. Eher eine Studie als ein richtiges Gemälde, aber dennoch ein Bild von erfrischender Schönheit. Ja, daran konnte er denken. Und es wäre nett, im Haus eines Menschen zu übernachten, der von Johnnyboys Existenz keine Ahnung hatte. Der Gast eines Menschen zu sein, der noch an ihn glaubte.

Unbemerkt tropfte der Regen durch die Decke. Eine Hand stieß die Tür zum Dachboden auf. Außer dem *Plip, Plip, Plop* durch das Dachfenster und dem schweren Keuchen war keinerlei Geräusch zu vernehmen. Zu viele Treppen. Aha, ein Zimmer, das wegen seiner Lichtverhältnisse wie geschaffen für einen Künstler war. Schritte hämmerten auf den Boden, ein Körper bückte sich, um die verstreuten Zeichnungen aufzuheben. Porträtskizzen in Tusche, die von einer zitternden Hand gehalten wurden. Ein Blick auf die Gesichtszüge, die faltige Haut, die Bosheit, das Alter, die gebleckten schwarzen Zähne, das wütende Gesicht, das sehnsüchtige Gesicht. Das einsame Gesicht, das hasserfüllte Gesicht, festgehalten von jemandem, der es nicht schaffte, es anzusehen, ohne gleich seinen Blick abzuwenden. Und schließlich das Gesicht, aus dessen Darstellung eine Spur Zuneigung sprach.

Er liebt mich immer noch.

Er zerriss die Schwarz-Weiß-Skizzen, gründlich und systematisch, und häufte die Papierfetzen zu einem Stapel auf.

Die Schritte bewegten sich weiter, die Hände trugen die Leinwand von ihrem Platz an der Wand zur Staffelei und stellten sie darauf. Er betrachtete das füllige Haar, das in diesem Licht eher rot als braun aussah. Er konnte sich nicht erinnern, dass er sie ihm jemals als rothaarig beschrieben hätte, und runzelte die Stirn. Er hatte sie noch nie zuvor gesehen. Ein kurzer Blick, dann schaute er schnell wieder weg ... Er brachte es nicht fertig, sie aus der Nähe zu betrachten. Wieder ein Blick. Er registrierte die vollen Lippen und die langen, schlanken Beine mit den deutlich sichtbaren Wadenmuskeln. Sportliche Beine, die kräftig wirkten. Voller Widerwillen betrachtete er die flachen Brüste, die lässig auf dem Brustkorb lagen, und die Hand, die sie schützend vor ihre Scham hielt. Er wollte das Bild aufschlitzen, genau an dieser Stelle hineinstechen, den breiten, halb geöffneten Mund, der weiße Zähne zeigte, noch breiter machen, aber er wollte sie nur mit der Spitze eines Messers berühren. Näher durfte er ihr nicht kommen. Er beugte sich vor, schaute konzentriert, prägte sich jede Einzelheit ihres Gesichts ein, die Augenfarbe, die Art, wie ihr Haar aus der Stirn frisiert war, die kleinen Goldklumpen in den Ohren. Er folgte mit den Augen der Kurve ihrer Ohren und ihrer Augenbrauen, ließ seinen Blick nach unten wandern und hielt bei den helleren Farbklecksen rund um den Hals, auf den Oberarmen und Schultern inne. Kleine Narben, die nachträglich auf die Farbe gepinselt worden waren, wie eine Signatur. Dies waren ihre besonderen Merkmale, die sie von anderen unterschieden.

Der Mann ging wieder zur Wand zurück und sichtete die anderen Leinwände. Landschaftsbilder, Interieurs, Spielplätze voller Kinder. Keine anderen Frauen. Ein Dutzend Skizzen von derselben Frau.

Das war sie also. Die Frau, deren Gesicht er sich bis jetzt immer anzusehen geweigert hatte.

Er nahm sie von der Staffelei und stellte sie wieder mit der Vorderseite zur Wand. Dann schloss er leise die Tür hinter sich.

10

Man muss leben, egal, was einen belastet; leben muss man.

Iss, sobald du hungrig bist,
trink, wenn Durst dich quält;
kratz dich, immer wenn es juckt,
deine Tage sind gezählt.

Das war nicht gerade tiefe Philosophie, aber mehr brauchte sie nicht. Cannon hatte nicht angerufen. Der kürzeste Tag im Jahr war nicht mehr fern. Noch ein früher, nebliger Dienstagmorgen, aber das hier war sie. *Zwei Schlafzimmer; Bad, WC, großes Wohnzimmer; keine Treppen; komfortabler Umzug.* Als wäre Komfort, in welcher Hinsicht auch immer, ausschlaggebend. Ein Abstellplatz für den Wagen nur drei Straßen entfernt, doch der Wagen spielte keine Rolle. Sarah hasste ihren Wagen: Er verzerrte ihren Blick auf die Stadt, und außerdem hatte sie dort niemanden, um sich zu unterhalten. Die Wohnung lag in Gehweite von allem, was wichtig war. Ein Villenviertel, erster Stock; etwas schäbig, aber nicht heruntergekommen, nur schlicht. Geschmackvoll, sagte man ihr. Jemand sei vor kurzem in der Wohnung gestorben.

Sobald sie um die Ecke bog, wusste sie, dass dies ihr neues

Zuhause war. Ein bisschen verwahrlost, ein bisschen mitgenommen, so wie sie selbst. Während sie dem Makler ins Haus folgte, erwies Sarah der verstorbenen Vormieterin eine letzte Ehre, indem sie sich verstohlen bekreuzigte und den Kopf neigte. Die Tote verdiente diesen Respekt, und sie brauchte ihren Segen. Der Ort trug den Stempel einer älteren Dame, die sich kaum noch hatte bewegen können. Am Kamin des riesigen Wohnzimmers stand ein Sessel, daneben ein Tisch, ein Nähkasten und ein Fußschemel vor dem Fernseher – eine in sich geschlossene Insel in dem ansonsten leeren Raum. Auf dem Tisch stand ein Radio. Von dieser Sitzgruppe, mit allem Wichtigen in Reichweite, führte ein ausgetretener Pfad durch die Diele zu einer winzigen Küche mit altmodischer Einrichtung und einfachen offenen Regalen. Dort stand ein Herd aus einem vergangenen, aber praktisch denkenden Zeitalter und daneben ein prähistorischer Kühlschrank. Nichts deutete daraufhin, dass die Mieterin es für nötig befunden hatte, irgendetwas zu verändern. Offenbar hatte sie keine großen Ansprüche gehabt, alles war zweckdienlich und zeugte von einer festen Routine, Komfort ohne Schnickschnack, nichts, was eine komplizierte Anleitung erforderte. Hier hatte jemand gewohnt, der Tag für Tag dasselbe gekocht hatte, und immer auf die gleiche Art. Sarah verspürte eine tiefe Seelenverwandtschaft mit dieser Frau. »Sie müssen natürlich alles rausreißen und renovieren«, erklärte der Makler, als sie einen Blick ins Badezimmer warfen. Eine alte Badewanne, zerkratzt, aber sauber, unbenutzt. In eine Ecke gezwängt eine halbwegs moderne Dusche. Kaum genug Platz, um sich umzudrehen. Ein Schlafzimmer mit einem großen, niedrigen Bett, das auf der ihnen zugewandten Seite durchgelegen war. Eine Dame, die gelernt hatte, mit ihren Möbeln ebenso sparsam umzugehen wie mit ihren Bewegungen. Alle unnötigen Stolpersteine innerhalb der Wohnung hatte sie abgeschafft, sodass sie auf kürzestem Weg überall hingelangen konnte. Alles zeugte von einer strengen, aber würdevollen Regelmäßigkeit, die ihr ein Leben in Unabhängigkeit ermöglicht hatte. Sie kehrten wieder ins Wohnzimmer zurück. Es hatte zwei große Fenster, eine hohe Decke und eine mit Weintrauben verzierte Stuckleiste in geschmackvollem Rauchgelb, von der die Farbe abblätterte. Helle, leere Wände. Das Gefühl, sich in dieses Leben hineinversetzen zu können, war so überwältigend wie ein süßer Duft. Die Luft war frisch und angenehm trocken. Hier winkte das Glück.

»Die Familie hätte lieber was in die Renovierung stecken sollen, bevor sie die Wohnung verkauft. Dann käme sie um einiges besser weg. Aber sie hat es eilig. Da beißt sich die Katze in den Schwanz – das Geld ist immer erst da, wenn die Wohnung verkauft ist …«

»Und die Nachbarn?«

»Es ist ein altes Haus mit alten Menschen. Die meisten sind schwerhörig. Ich glaube, niemand weiß, dass sie gestorben ist.« *Ich* weiß es. Das Licht, das durch die Südfenster strömte, tauchte den alten Teppich in mattes Gold. Die leeren Wände waren eine offene Einladung. Ob ich auch hier sterben werde?, dachte Sarah. Möglich, dass ich ohne Freunde sterbe, aber ich will hier leben. Jetzt. Sofort. Vielleicht habe ich mir im ganzen Leben noch nie etwas so sehr gewünscht. Sie setzte sich in den Sessel der alten Dame und bat erneut um ihren Segen. Dann warf sie einen Blick auf die Wand über dem Kamin und stellte sich vor, welches Lieblingsbild sie dort vielleicht gesehen hatte.

Eine leere Wohnung; schwerhörige Nachbarn. Cannon könnte bis Weihnachten hier wohnen, falls sie es schaffte, ihn dazu zu überreden. Daran, dass er noch nicht angerufen hatte, wollte sie jetzt lieber nicht denken.

»Ich will die Wohnung kaufen, und zwar sofort«, erklärte sie Matthewson. Sie stand mit verschränkten Armen in seinem Büro. Seltsames Benehmen für jemanden, der nur einen Rat gesucht hat, dachte er. Sie sollte vorsichtiger sein. »Wie stelle ich das an? Was soll ich tun, damit sie die Wohnung vom Markt nehmen?« Ihre Verbissenheit hätte ihn fast zum Lachen gebracht. Selten hatte er sie so leidenschaftlich erlebt, obwohl er kaum auf sie hörte, wenn sie so war, denn fast immer ging es ihr um irgendeine völlig aussichtslose Sache. Sie war eine geborene Verliererin, die sich in den Kopf gesetzt hatte, Fälle zu übernehmen, die nicht zu gewinnen waren.

»Bieten Sie ihnen einen Vorschuss an, für gewöhnlich hilft das. Die meisten Verkäufer können nicht Nein sagen«, antwortete er schroff.

»Könnte ich die Verträge nicht *heute* noch unterschreiben?« Meine Güte, war sie denn nicht mal imstande, die einfachsten Regeln einer Eigentumsübertragung einzuhalten, Bedenkzeit, Vorsicht, Geduld, *caveat emptor* und vor allem den Grundsatz, sich als Käufer nach allen Seiten abzusichern.

»Das *könnten* Sie durchaus, wenn Sie dümmer sind, als ich dachte. Sie können den Vertrag sogar auf die Rückseite eines Briefumschlags kritzeln, wenn Sie wollen. Ich erkläre mich einverstanden, die Wohnung in der Acacia Avenue Nr. 1 für soundso viel Pfund Sterling zu kaufen, und er, sie oder es erklärt sich bereit, zu verkaufen, das Ganze von beiden Parteien unterzeichnet. Es ist völlig legal und natürlich vollkommen hirnrissig. Sie kaufen die Katze im Sack … ein Pub um die Ecke … Nebenkosten. So eine Wohnung hat eine Menge Nebenkosten. Zumindest ein Gutachten sollten Sie schon einholen – und natürlich Dach und Kanalisation überprüfen lassen. All das nimmt Wochen in Anspruch. Soll sich jemand aus der Firma darum kümmern? Mit dem üblichen Rabatt, versteht sich.« »Dach und Kanalisation sind mir völlig egal. Ich will die Wohnung haben, und zwar *sofort.«* Sie klang wie ein Kind, das unbedingt auf die Party will.

Er zuckte mit den Achseln. Sie führte sich auf wie eine störrische Klientin, die partout nicht zuhören will. »Da ist noch eine Kleinigkeit«, murmelte er sichtlich vergnügt; schließlich hatte sie ihn um einen Rat gebeten. »Nicht, dass es mich etwas angeht, aber haben Sie das Geld denn beisammen?«

Sie warf ihm einen finsteren Blick zu.

»Haben Sie Ihre alte Wohnung schon verkauft?«, bohrte er nach.

»So gut wie.«

»Aha.« Das waren Neuigkeiten, die Mrs. Matthewson interessieren dürften. Er wusste, dass Mrs. Matthewson beunruhigt wäre, wenn sie nicht wusste, wo Sarah abgeblieben war. Genauso wie sein Taugenichts von Sohn.

»Wie viel?«, fragte er.

»Genug.«

»Na, dann geben Sie ihnen doch den Vorschuss!«, schrie er. »Bieten Sie ihnen tausend, damit sie die Wohnung aus dem Angebot nehmen, und versprechen Sie, innerhalb von einem Monat den Rest zu zahlen. Aber bitte: Unterschreiben Sie *keinen* Vertrag.«

»Nicht mal auf einem Briefumschlag?« Jetzt grinste sie. Irgendwie machte es ihr Spaß, dass er sich so aufregte. Warum fragt sie um Rat, wenn sie dann doch nur tut, was sie will, würde er zu Mrs. Matthewson sagen. Allein die Tatsache, dass Ernest nicht gesagt hatte, kaufen Sie es um keinen Preis, genügte, sie in ihrer Unbändigkeit zu bestätigen – und irgendwie hatte ihm der Klang der Anschrift gefallen. Montague Mansions, Marylebone. Schäbige Eleganz, aber immerhin Eleganz. Mrs. Matthewson würde es gefallen, dass Sarah es nicht weit zu Selfridges hätte.

»Bequem zu erreichen für meinen Zahnarzt«, sagte Sarah.

Wieder hielt sie eine Zigarette in der Hand, ein deutliches Zeichen für Trotz, Anspannung oder Entspannung, sicher war er nicht, nur dass es Ausdruck war von etwas, das mit seinem Leben nichts zu tun hatte. Der Anblick machte ihn schon wieder wütend. »Mir ist es egal, für wen Ihre Wohnung bequem zu erreichen wäre. Es sei denn, es handelt sich um einen Klienten. Kümmern Sie sich lieber um Ihre Arbeit. Und um die Kunstsammlung.«

»Ach, das. Keine Sorge!« Sie strahlte ihn an, als wäre ein Budget von hunderttausend Pfund ein Klacks. Angesichts ihrer Sorglosigkeit verwandelte sich sein Charme endgültig in Wut. »Ich mache mir aber Sorgen! Ich hätte gern einen Bericht. Sie sind Beraterin in diesem Fall, vergessen Sie das nicht. Ich vertraue Ihren Kenntnissen. Nehmen Sie das gefälligst ernst. Nicht, dass Sie aus Versehen einen Teil des verflixten Budgets für Ihre Wohnung verpulvern.«

Plötzlich war die Luft zum Schneiden dick. Diesmal war er zu weit gegangen. Unzählige Male hatte er ihr Notlügen, Ausflüchte, Unverantwortlichkeit und generelle moralische Schwäche vorgeworfen, aber noch nie durchblicken lassen, dass er ihr Diebstahl zutraute. Es war die Todsünde eines jeden Anwalts: In ihrem Metier durfte man einen Klienten belügen oder einen Kollegen hinters Licht führen, aber niemals stehlen. Ja, sie hatte wertvolle Eigentumsurkunden inklusive Wechsel über eine Teilzahlung im Taxi liegen lassen, Gesetze leichtfertig falsch ausgelegt, männliche Klienten ebenso verführt wie deren Gegner und die irrationale Hingabe anderer ausgenutzt, aber Diebstahl war ein anderes Kaliber. Er schämte sich für seine unkontrollierte Äußerung, senkte den Kopf und überlegte, was er angesichts ihres berechtigten Ärgers als Nächstes sagen sollte. Doch als sie nichts erwiderte, fasste er Mut und sah sie an. Sie war schamrot. Ein alarmierendes Zeichen in Anbetracht ihres roten Haars. So etwas hatte er noch nie gesehen. Es versetzte ihm einen Schreck, fast so, als wäre sie in Tränen ausgebrochen.

»Keine Wohnung wäre das wert«, entgegnete sie. Dann schnappte die Tür leise zu.

Bequem zu erreichen für meinen Zahnarzt. Natürlich hätte die Wohnung eine komfortable Lage. Die Hälfte ihrer männlichen Bekannten wohnte nur einen Katzensprung entfernt. Ganz in der Nähe, aber in entgegengesetzter Richtung, wohnte Mole, noch näher der Makler, dann Vorverfahrensrichter Ralph am Obersten Gerichtshof, dessen Dienstwohnung von dienstags bis donnerstags besetzt war, und ein, zwei vergangene und halbwegs gegenwärtige Freunde mehr sowie diverse Geister. Aber die bequeme Lage war nicht ausschlaggebend, war es nie gewesen, genauso wenig wie die netten Männer, die sie in ihrer Nähe und gleichzeitig auf Distanz haben wollten. Außer William. William war wichtig. William würde sich freuen. William und sie mochten dieselben Dinge. Sie hätte ihm die Wohnung gern gezeigt und ihm erzählt, wie sehr sie sich in den Sessel der alten Frau verliebt hatte und in die Dimensionen des Zimmers, wo sie gesessen hatte, in die Dinge, die sie vielleicht gesehen und die, die sie zurückgelassen hatte. Ihm hätte sie auch erzählen können, wie sie die ganze Sache mit dem Minimalismus vergessen hatte und auch von der letzten Hinterlassenschaft der alten Dame an die Nachwelt, die sie, als niemand zusah, im Badezimmerschrank gefunden hatte. Das Gebiss der guten Alten auf der Suche nach Gesellschaft.

William fand plötzlich Spaß an seiner täglichen Arbeit, als wirkte seine flüchtige Begegnung mit Gewalt am letzten Wochenende und die Aussicht auf einen fantastischen neuen Patienten wie eine Droge auf seine Augen und Ohren und machte ihn empfänglich für Dinge, die er sonst nicht wahrnahm. Es war eine Energie, die ihn in einen Zustand totaler Zerstreuung versetzte, ihm das unerwartete Vermögen verlieh, neue Visionen zu entwickeln. Es musste eine leichte Neurose sein. Selbst gegen seine sonstige Gereiztheit schien er plötzlich immun. Es gab Zahnärzte, die ganz anders waren als er, denen der Kontakt zu Menschen alles bedeutete und die in der Praxis nur ein Mittel zum Zweck sahen. Vielleicht war er auf dem Weg, ein solcher Zahnarzt zu werden, der seine Freude aus der Nähe zu seinen Patienten schöpfte. Er war vergnügt, gratulierte Tina zu ihrer neuen Haarfarbe und setzte dann hinzu, die alte hätte ihm besser gefallen, für den Fall, dass sie seine Äußerung als sexuelle Belästigung auffassen sollte. Doch sie schien jedes Kompliment als einen Schritt in die richtige Richtung zu werten. Er wollte sich bei ihr bedanken, weil sie die Abstellkammer aufgeräumt hatte. Es war ihm aufgefallen, als er am späten Vormittag hinuntergegangen war und sie sauberer vorgefunden hatte, als er in Erinnerung hatte. Stattdessen diskutierten sie darüber, wie sie mit dem Mann im Warteraum umgehen sollten, der wahrscheinlich vom Behandlungsstuhl kippen würde, sobald die Spritze ihn berührte. Immer waren es die stärksten Männer, die in Ohnmacht fielen. Zum Glück hatte noch niemand einen Herzanfall erlitten. Die Ohnmachtsopfer kamen wieder zu sich, die Allergiker überlebten. An diesem sonnigen Morgen fielen ihm die Unterschiede zwischen den Patienten stärker auf als sonst. Da war die viel beschäftigte Rechtsanwältin Miss Mallerson, die kurz hereinrauschte, um sich über diverse kosmetische Behandlungsmöglichkeiten zu informieren, die ihr starkes Gebiss optisch verkleinern sollten, und sich allen Ernstes zum sechsten Mal über Verbesserungsmaßnahmen aufklären ließ, für die sie sowieso keine Zeit aufbringen würde. Oder der würdevolle Restaurator, ein Alkoholiker unbestimmten Alters, der dem Leben am frühen Morgen ebenso hartnäckigen Widerstand entgegensetzte wie abends, der nach außen trügerisch ruhig, unter Narkose ein Häufchen Elend, unter Alkohol benebelt war. Für ihn brauchte William länger, und am Ende sah das gerötete Gesicht genauso aus wie am Anfang. *Wenn* Mr. John Smith zur Behandlung kam – *wenn,* nicht falls –, musste er ihn unbedingt fragen, womit er sein Geld verdiente, weil es wichtig für die Narkose war. Ob er trank? Ob er mit Teer arbeitete? Ob er rauchte?

Er fühlte sich wie der verrückte Hutmacher aus *Alice im Wunderland.* Ob sie wisse, warum der Hutmacher verrückt geworden war, fragte er Tina. Wegen des Quecksilbers, das er beim Hutmachen verwendete, haha! Wir benutzen Quecksilberamalgam heute nicht mehr so häufig für Zahnfüllungen, obwohl es nützlich ist. Die Menschen in Kalifornien lassen es sich rausnehmen, wissen Sie das? Das ist so ziemlich das Dämlichste, was sie machen können, weil es stabilisierend wirkt. Und im Übrigen ist der Hutmacher nicht am festen Quecksilber, sondern an den Dämpfen krank geworden. Am späten Nachmittag sah sie ihn streng an.

»Sie sollten sich jetzt zusammennehmen. Am besten sprechen Sie ein Gebet. Da ist eine Nonne im Wartezimmer, besser gesagt, zwei.«

Die zweite Nonne hatte harte Züge und hellblaue Augen, bestens geeignet, um ferne Horizonte abzusuchen. Die Erste machte den Eindruck, als könne sie nicht bis drei zählen und brauchte Hilfe, um die Straße zu überqueren. Beide saßen stocksteif da und betrachteten misstrauisch den Luxus, der sie umgab. Die Ältere bewunderte Cannons Leihgabe, auf der eine nackte Frau aus der Badewanne stieg. Die andere hatte dem Bild den Rücken zugewandt.

»Ah«, sagte Pauline. »Guck, wer da ist, Imelda. Der Lehrling des Inquisitors.« Dann zeigte sie mit dem Finger auf ihre Begleiterin. »Sie knirscht mit den Zähnen. Was gedenken Sie dagegen zu tun?«

Stunden später, als Sarah ihm gegenüber saß, suchte er in ihrem Gesicht nach Ähnlichkeiten mit ihrer Tante. Es gab sie in den strahlenden, aufmerksamen Augen und dem ausgeprägten Kinn. Auch ihr Gesicht würde im Alter hager sein. Ein ungewöhnlich hartes Gesicht, das von einer Wolke von Haar besänftigt wurde. Irgendwas war mit William passiert. Seit Samstag konnte er sich gar nicht satt sehen an Gesichtern. Nach drei Tagen waren die Prellungen in seinem eigenen wie weggeblasen. Hätte Sarah ein Kind, wäre es ihr Ebenbild; allein deshalb hätte sie eins kriegen sollen, selbst wenn es so ausgesehen hätte wie sie am heutigen Abend: triumphierend, verschlossen und bedrückt zugleich.

»Ich habe deine Tante getroffen«, erklärte er. »Wir hatten eine außergewöhnliche Unterhaltung.«

»Ja«, entgegnete Sarah trocken. Dahinter verbarg sich Stolz, Überraschung und das irgendwie bekannte Gefühl, ausgetrickst zu werden. »Sie ist eine erstaunliche und unvergleichliche Frau. Müsste ich jetzt rote Ohren kriegen?«

Er zögerte. »Müsstest du. Sie ist mächtig stolz auf dich.«

»Wer's glaubt, wird selig! Das höre ich aber zum ersten Mal.« Er berührte ihre Hand und sah sie an, als hätte er sie noch nie gesehen. Ja, es gab keinen Zweifel, sie war bedrückt und zugleich glücklich, und er gesprächig bis zum Umfallen, so wie schon den ganzen Tag. Verschiedenes würde trotzdem in der Schublade mit den Dingen bleiben, über die sie nicht sprachen, insbesondere Cannons Zwillingsbruder. Wie schön sie war, was für herrliche Farben! Paulines Augen waren im Alter verblasst; die ihrer Nichte hingegen leuchteten dunkelblau und waren voller Mutwillen. Ihr Mund war weich und begehrenswert. Hätte er nicht so viel zu erzählen gehabt, hätte er einfach nur dagesessen und sie bewundert.

»Deine Tante hat es abgelehnt, sich umsonst behandeln zu lassen, und erklärt, das würde sie sich für ihr Martyrium aufsparen.«

»Hab ich's dir nicht gesagt«, erwiderte Sarah. »Meine Tante hat mir ständig Geschichten über Märtyrer erzählt. Sie fand, dass man Kinder am besten mit Gruselgeschichten für den Glauben gewinnen kann. Die Märtyrer waren vermutlich ihre übliche Einleitung. Sie kann es einfach nicht lassen.« Sie nippte an ihrem Weinglas. »Trotzdem scheinst du eine Menge Spaß gehabt zu haben. Ich habe mir am Wochenende Sorgen deinetwegen gemacht. Als du am Samstag angerufen hast, saß Cannon vor Kälte zitternd bei mir am Kamin.«

»Was du nicht sagst.« Er hatte es vergessen, außerdem war er nicht mehr wichtig, dieser kurze Augenblick der Eifersucht, auf den nun Erleichterung folgte. Cannon konnte bei Sarah herumlungern, solange er Lust hatte, denn er war kein Liebhaber. Doch William wollte weder selbst über Cannon sprechen, noch wollte er, dass sie es tat, vor allem weil er mit Cannons lange verschollenem Bruder noch einiges vorhatte, was ihm im Augenblick, nach dem dritten Glas Wein, allerdings ziemlich abwegig vorkam. Cannon und Cannons Bruder: Das war seine Herausforderung, seine einzige. Außerdem hatte der Mann noch nicht mal einen Termin ausgemacht. Williams Glas war inzwischen voller Fingerabdrücke.

Magst du mich? Deine Tante mochte mich.

»Sie hat mich am Sonntag zum Mittagessen eingeladen«, sagte er.

Trotz der vertrauten Leichtigkeit hatte die Unterhaltung etwas Beunruhigendes. Sarah spürte, wie die Fäden ihres von Geheimnissen erfüllten Lebens sich verstrickten. Da war Cannon, der unberechenbare Cannon, der William den vergifteten Kelch seiner Freundschaft reichte und ihm eine goldene Skizze zum Aufbewahren anvertraute. Sie dürfte Williams Herz kaum erfreuen, wenn er wüsste, wie viel sie wert war oder woher sie stammte. Cannon brachte Menschen dazu, Geheimnisse zu wahren. Er war ein Manipulator, er brachte die Nonnen zu William und spann aus all diesen Freundschaften und Verbindungen ein Netz, in dessen Mitte die Spinne geduldig auf ihre Opfer lauschte. Sie verspürte dieselbe kalte Angst wie neulich, als sie erkannte, dass sich hinter der Tür zu Matthewsons Büro John Smith befand. Es war eine undefinierbare, unerklärliche Angst, so ähnlich wie Zahnschmerzen.

Vielleicht sollte sie ihn aufklären und die Geschichte von Anfang an erzählen, so wie sie sie kannte, und ihm sagen, dass Cannon ein Unheilsbote war, wenn nicht gar ein verdammter Lügner. Sag es ihm. Doch dann würde Williams Unschuld bestimmt eine Beule abbekommen. Sie konnte nicht einfach ihre Verantwortung auf ihn abwälzen. Er hatte sich um diese Aufgabe nicht beworben. Also zündete sie sich ihre sechste Zigarette an und beobachtete, wie er sie beobachtete. Seine Augen strahlten voller aufrichtiger Bewunderung. Fast Liebe. Das wollte sie nicht aufgeben; jedenfalls noch nicht, wenn überhaupt. Er war so verrückt, dass sie sich in ihn verlieben könnte.

»Hast du in der Ausstellung was gekauft?«, fragte er und wechselte mit gewohnter Leichtigkeit das Thema.

»Nein.« Wieder verspürte sie Gewissensbisse, als sie an das gestohlene Bild dachte und ihr bewusst wurde, wie schnell es sie seinen liebevollen Blick kosten könnte.

»Ich auch nicht«, sagte William munter. »Ich bin zwar nicht

mit dir gegangen, aber ich war zumindest da. Eine Menge Mist, fand ich.« Beiden fiel es nicht im Geringsten schwer, um den Brei herumzureden.

»Hattest du wieder Alpträume?«

»Ich glaube, im Augenblick werden sie von allerlei neuen Herausforderungen verdrängt. Sollen wir nicht etwas essen? Ich hab schon zu viel geredet und höre *dir* gar nicht zu.«

Ihre Neuigkeiten waren wie eine Seifenblase davongeschwebt und schienen nicht mehr wichtig. »Ich habe mich verliebt«, sagte sie und beobachtete vergnügt, wie ein Schatten über sein Gesicht fiel. Das gefiel ihr. »In eine Wohnung. Die Vormieterin hat ihr Gebiss dagelassen. Meinst du, dass ich es irgendwann brauchen werde?«

Sie sah sein Lächeln und fühlte sich unerklärlich einsam. Ein Knoten der Verzweiflung zog ihr den Magen zusammen. Ach, William, ich glaube dir nicht, dass du mich einfach nur *magst*. Und glaube es auch sonst niemandem. Ich muss mein Vertrauen in Steine und Mörtel setzen. Etwas anderes gibt es nicht. Und als wüsste er, wie vergänglich Vertrauen sein kann, hatte Cannon sie heute nicht angerufen.

Cannon machte sich keine Illusionen, was die Beständigkeit von Stein und Beton anging. Ein Haus war keine Burg. Kein Junge, der in den siebziger Jahren in Belfast aufgewachsen war, dachte das. Steine und Holz waren bloß Fragmente, wie Knochen; ein Haus ein loses Gefüge, das man dem Erdboden gleichmachte, aus Niedertracht, wegen der Versicherungsprämie oder damit ein skrupelloser Bauunternehmer wie Daddy die Möglichkeit erhielt, es wieder aufzubauen. Eine Bombe war nichts weiter als eine Art von Erpressung, man bediente sich ihrer mit derselben Leichtigkeit, wie man einen Drohbrief abschickte.

Cannon wünschte sich für seine Frau und das Kind ein Haus mit festen Wänden und einer stabilen Tür, um sie im Gefühl der Sicherheit zu wiegen, er selbst aber machte sich hinsichtlich seiner Standhaftigkeit nichts vor. Er wusste, wie leicht man ein Gebäude zerstören konnte. Es brauchte nur gerade niemand zuzusehen. Das Krachen der Zerstörung, dieser Kreislauf aus rücksichtslosem Kahlschlag und lärmendem Wiederaufbau, war die Musik seiner Kindheit. Ihn interessierte in einem Raum nur die Qualität des Lichts. Oder sein Mangel. Ob Bilder an den Wänden hingen. Ansonsten wurde ohnehin alles zu Staub und Asche. Das Interieur war nicht wichtig, es sei denn, es fiel ihm irgendwie auf, und dazu musste es entweder sehr schön oder besonders hässlich sein – wie das Kloster oder damals das Gefängnis. Trotzdem gefiel es ihm hier. Williams Ambiente; vielleicht sein Geruch. Cannon empfand es als sehr eigenartig, Freunde zu haben. Er fragte sich, ob er sich jemals daran gewöhnen könnte. Sich zwischen Williams Dingen zu bewegen, erfüllte ihn mit einer beruhigenden und intensiven Freude, die trotzdem mit einem Hauch von schlechtem Gewissen verbunden war. Er versuchte sich einzureden, dass William bestimmt nichts dagegen gehabt hätte, wenn er ihn um Obdach für diese zweite Nacht gebeten hätte, doch war ihm auch bewusst, dass er dem Problem ausgewichen war, weil er aus Angst vor einer Absage nicht gefragt hatte. Und dass eine Absage etwas zerstört hätte, das ebenso kostbar wie empfindlich war. Cannon besaß wenig Talent für Freundschaften. Das verdankte er Johnnyboy. *Wenn Julie und ich unser eigenes Haus haben, wirst du uns besuchen, William? Julie würde dich mögen. Ich mag dich auch. Du wirst Patenonkel für unser Baby, okay?*

Außerdem hatte er das Chaos in der Entstehungsphase eines Gemäldes oder eines Gebäudes immer geliebt. Wenn alles noch voller Verheißung war, lange bevor die Enttäuschung, der große Unterschied zwischen dem, was man angestrebt, und dem, was schließlich dabei herausgekommen war, sichtbar wurde. Dieses Durcheinander gefiel ihm auch hier, selbst nachdem er einigermaßen aufgeräumt hatte. William würde es nicht bemerken, das war sicher: Der Raum wirkte kaum benutzt. Als Cannon ihn vor langer Zeit zum ersten Mal betreten durfte, hatte William erklärt, es sei nur eine Rumpelkammer. Zahnärzte sind Hamster: Sie werfen nie was weg, höchstens Ideen.

Er hatte ein noch schlechteres Gewissen, weil er William in der Dunkelheit hatte verschwinden sehen, bevor er selbst hereingekommen war. Er fühlte sich schuldig, weil er sich darauf verließ, dass William nicht besonders vorsichtig, geschweige denn misstrauisch war, obwohl er ein gutes Auge für die Malerei besaß. Williarn *rechnete* einfach nicht mit Gewalttätigkeit, so wie Cannon es gewohnt war. Für William bestand das Leben nicht aus einer Serie von Fallgruben. Im Schrank entdeckte er eine Reihe von verstaubten Karten mit aufgenähten Zähnen, wie kleine Knöpfe. Auf dem Tisch lagen mehrere Zahnabgüsse, die aussahen, als leisteten sie sich gegenseitig Gesellschaft. Ja, hier fühlte er sich wohl. Er konnte in dem abgenutzten Behandlungsstuhl schlafen, in aller Ruhe sein Sandwich essen, Wasser aus der Leitung trinken, sich umsehen und auf seltsame Art geborgen fühlen. Und wenn seine Hände vor Unruhe kribbelten, konnte er sich drauf setzen. Eine erzwungene Meditation. Sich mit der Nagelfeile, die Tina vergessen hatte, die Nägel feilen. Es war nichts Schlimmes daran, bis in die frühen Morgenstunden nichts zu tun, auch wenn es bis dahin noch lange war. Nach einer Stunde holten ihn die Schuldgefühle wieder ein. Er hatte nur einen abgeschiedenen Ort gesucht, wo er in aller Ruhe nachdenken konnte, doch die Besessenheit, mit der er sich jetzt fragte, was er als Nächstes unternehmen sollte, statt das wartende Opfer zu spielen, machte ihn ganz konfus. Mit einem noch schlechteren Gewissen begann er durchs Haus zu wandern.

William würde den Abend und wahrscheinlich auch die Nacht über wegbleiben, das war ihm ziemlich klar. Er hatte nicht so ausgesehen, als wollte er nur kurz etwas erledigen. Im Gegenteil, er hatte gepflegt und elegant gewirkt, als er mit einer Tasche unter dem Arm das Haus verließ und sorgfältig die Tür abschloss. Der nette William. Cannon sah im Bad nach, die Zahnbürste war verschwunden. Der Schlawiner hatte wohl ein Rendezvous. Der Kühlschrank war so gut wie leer; falls er überhaupt essen würde, dann bestimmt nicht zu Hause. Cannons Schlussfolgerungen gaben ihm das Gefühl, schlau zu sein und gleichzeitig ein Verräter. Er hatte Privatsphäre noch nie besonders schätzen können, aber er wusste, dass andere es durchaus taten.

Ein kleines, sauber aufgeräumtes Wohnschlafzimmer besaß William, ohne jede persönliche Note. Eine funktionale Küche, die keine individuellen Merkmale aufwies, abgesehen von der Farbe. Als würde er sich nur in den Räumen Mühe geben, die andere zu Gesicht bekamen. Oder als wäre er dabei umzuziehen, und es machte ihm deshalb nichts aus, wie es hier aussah. Ihm kam es auf das Wartezimmer und den Flur an, die man als Erstes zu sehen bekam, und das Behandlungszimmer natürlich, wo man sich im Stuhl zurücklehnte, mal ängstlich, mal weniger ängstlich, und ins grelle Licht blickte, bis es vorbei war. Er erinnerte sich, wie er ins Licht gestarrt hatte, bis ihm die Augen zufielen; erinnerte sich an Williams freundliches Gesicht und vor allem an seine Hände. Hände sagen viel über ihren Besitzer. Er schlich sich ins Wartezimmer. Die Jalousien waren heruntergelassen, ein weiteres Indiz dafür, dass William ausgegangen war, etwas, das er einerseits feiern und gleichzeitig bedauern konnte. Halbherzig wünschte sich Cannon, dass William plötzlich pfeifend zur Tür hereinkäme. Er beschloss, dass es ungefährlich war, die Jalousie hochzuziehen.

Das Licht, das von außen hereinfiel, erhellte das Bild in der Mitte der Wand – als brauchte es Licht, da es doch selbst so viel enthielt. Dieses Bild, das er William anvertraut hatte, bildete eine eigene kleine Welt. Bonnard hatte, fast auf dem Höhepunkt seines Könnens, seine Frau gemalt, als sie aus dem Bad stieg, so wie unzählige Male zuvor: mit rosig goldener Haut, einer vollendeten Figur, und doch ganz zart. Sie war in ihre Toilette vertieft, umfangen von der Glut seiner unsterblichen Faszination. In der Ecke der kleine braune Hund. Ein köstlich reiner, herrlich vertrauter Körper, gänzlich unberührt vom Blick oder der Begierde ihres Mannes. Der Glanz ihrer Verbundenheit deutete auf einen *Ehemann* hin, nicht nur einen Liebhaber. Offensichtlich genügte es ihr, genauso zu sein, wie sie war. Für Cannon erzählte das Bild die Geschichte eines Lebens, das er selbst gern gelebt hätte. Der Künstler, der seine Frau malte, wieder und immer wieder malte und sie dabei im hellen Licht des Tages mit jedem Pinselstrich leidenschaftlich liebte. Das Gewicht ihres Armes um seinen Nacken fühlte, die Berührung ihrer Brust an seinem nackten Arm. Julie im Sonnenlicht. Für immer.

Sie hatten es sich gemeinsam angesehen. *Könntest du mich jemals so lieben?*, hatte sie gefragt. Als wüsste sie nicht, dass er es längst tat.

Er senkte den Blick und hätte am liebsten losgeheult. Johnnyboy könnte sich ein solches Bild niemals anschauen. Er hatte es von Johnnyboys Geld gekauft und könnte es nie, nie wieder zurückgeben. Johnnyboy würde es nicht mal geschenkt nehmen, eher würde er es zerfetzen. Es stellte eheliches Glück dar; es war eine Skizze der Erfüllung. Aber Johnny interessierte sich nicht für Bonnards Leben.

Er ging ans andere Ende des Zimmers und betrachtete es brennend vor Sehnsucht aus der Distanz. Plötzlich war er sehr müde. Er hatte keine Lust auf den Stuhl im Keller; er wollte ein Bett und den Luxus, sich ins Vergessen zu träumen. In einen Zustand der Leere. Um dann in einem sonnendurchfluteten Zimmer aufzuwachen, mit ihr an seiner Seite, um zuzuschauen, wie sie ins Bad ging, in der Gewissheit, dass sie zurückkommen würde. Dass sie ihm Bescheid sagen würde, wenn sie das Haus verließ. Ein Bett. Ein Bad. Aber er konnte nicht in Williams Bett schlafen oder Williams Bad benutzen, ohne ihn zuvor gefragt zu haben. Er konnte den Kellerraum benutzen, weil er fand, dass eine solche Rumpelkammer allen und jedem gehörte. Der Anblick der sauberen Decke auf Williams bescheidenem Bett vermittelte ihm noch mehr das Gefühl, ein Eindringling zu sein. Er starrte es an und sagte sich: *Ich habe es satt, ständig irgendwo zu sein, wo ich keine Spuren hinterlassen darf. Satt bis obenhin. Es stinkt mir, auf die Freundlichkeit anderer angewiesen zu sein.*

Möglich, dass Madame Bonnard keine besonders nette Person gewesen war, aber sie war *da gewesen.* Hau ab, verschwinde, wie du gekommen bist, durchs Kellerfenster. Nein, hier fühlte er sich sicher. Hier hatte er sich von Anfang an sicher gefühlt. Der nette William hatte keine Ahnung, was er getan, wie er mit lebenslangen Ängsten Schluss gemacht hatte. Der nette William hatte nicht die leiseste Ahnung, wer er war. Er flößte einem Sicherheit ein. Aber das reichte nicht aus, um in seinem Bett zu schlafen, ohne vorher um Erlaubnis gebeten zu haben. Nicht, wo er Williams Leben schon genug beschmutzte.

William würde das Stück schimmeligen Käse aus dem Kühlschrank in der Küche bestimmt nicht vermissen. Und auch nicht eine der sechs Zitronen, die bereits verfaulten. Und eines Tages würde er – Cannon – Bonnards Erfahrung teilen. Er würde eine Spur in der Welt hinterlassen. Und diese Spur wäre kein Loch in einer Häuserreihe, das einem Gebiss mit einer Zahnlücke gliche. Mahnung drohenden Verfalls und sichere Goldgrube zugleich. Der Käse, der an seinen Zähnen klebte, hinterließ einen salzigen Geschmack auf seiner Zunge. Er hingegen durfte hier gar nichts hinterlassen und setzte sich auf die Treppe. Er hatte sich in der Abstellkammer mit kaltem Wasser gewaschen, fühlte sich aber trotzdem schmutzig. Mit einem Mal blieb ihm der Bissen im Hals stecken. Ein schreckliches, ein panisches Gefühl der Angst ergriff von ihm Besitz. Mit offenem Mund saß er da.

Niemand außer dir kann hören, was in deinem Mund vorgeht, sagte William immer. Was dir laut und sichtbar erscheint, können andere weder hören noch sehen, es sei denn du knirschst mit den Zähnen – das allerdings hört man. William liebte es, Vorträge zu halten. Cannon befand sich auf der obersten Treppe. Sie führte um die Ecke hinunter zum Wartezimmer, das er nun teilweise einsehen konnte. Er war vollkommen sicher, dass er kein Licht gemacht hatte – wer brauchte schon Licht, um sich Bonnards Bild anzusehen? Doch da unten brannte Licht. Cannon hasste jede Art von Gott, doch jetzt dachte er an die Nonnen und betete. Gott, du Mistkerl, wirst du mir denn nie erlauben, eine Nacht durchzuschlafen? Kannst du mir nicht ein einziges Mal das Gefühl von Sicherheit geben? Ich habe kleinen Einbrechern Sprengstoff verkauft; aber ein Terrorist war ich nicht; bitte, lieber Gott, lass nicht zu, dass mein Herz stehen bleibt, noch nicht, bitte. Hier bin ich in Sicherheit. Wir müssen es nur bis Weihnachten schaffen. Johnny würde niemals herkommen. Er könnte meiner Frau nicht mal ins Gesicht blicken. Er würde sich nie im Leben in das Haus eines gottverdammten Zahnarztes wagen. Bitte sag mir, dass ich mich irre.

Und doch war er da, direkt vor Cannons Augen, vor dem Bild, das er ignorierte. Er bewegte sich so selbstverständlich, als sei er eingeladen, wirkte seltsamerweise so vertraut in dieser Umgebung, dass Cannon einen Anflug von Eifersucht verspürte. Das ist *mein* Haus. *Ich* habe es gefunden. Und dann überkam ihn das Gefühl, dieselbe Situation genau so schon einmal erlebt zu haben. Wie oft hatte Johnny seine Räuberhöhlen und Verstecke ausfindig gemacht, als sie noch klein waren? Wie oft hatte er seine Geheimlager zerstört, wo er Farben und Leinwände gebunkert hatte, bevor er endlich aufgab? Unzählige Male. Und jetzt war er schon wieder da und machte dasselbe wie früher. Johnny sprach mit sich selbst, er trug einen feinen Anzug, und seine geschniegelten Schuhe glänzten, als hätte er eine Verabredung. Er strahlte eine überzeugende Lässigkeit aus, doch der Einzige, den er damit täuschen konnte, war er selbst. Wie zum Teufel sollte jemand mit Cannons Sprachvermögen Johnnys schillernde Persönlichkeit beschreiben, wenn niemand auf der Welt ihn kannte, ihn nicht einmal *annähernd* gekannt hatte? Es gab nur Handlanger, die er bezahlte und dann feuerte. Heutzutage umgab er sich wie ein Despot mit einer Bande stummer Eunuchen, die er wechselte wie seine Hemden. Er wirkte so einsam da unten, dass Cannon am liebsten aufgesprungen wäre und ihn berührt, ihn umarmt hätte, aber er war wie gelähmt. Die erste Berührung war nie die letzte; wenn er ihn jetzt anfasste, würden seine Seele und all seine Hoffnungen auf einen Schlag wie tote Fische im Wasser treiben. Niemand würde es je erfahren. Wenn er ihn jetzt umbrächte, wenn er ihn jetzt umbrächte … Sollte er ihn umbringen? Er setzte sich auf die Stufen, spürte den salzigen Geschmack auf der Zunge. Mit offenem Mund saß Cannon da, beobachtete und horchte.

Johnnyboy trug einen feinen Anzug und stöberte durch

Williams Krankenblätter. Es war noch jemand da, er hörte seine Stimme, konnte ihn aber nicht sehen. Einer dieser verfluchten fetten Eunuchen – immer die gleichen dicken, sex- und hirnlosen Typen.

»Guck an … noch einer … ›Cannons Freunde‹ steht drauf. Er hat keine Freunde. Sie muss bei seinen Freunden sein. Sonst hat er doch niemanden. Wieso konnte dieser Hurensohn von Andrew nicht wenigstens das rauskriegen? Bezahlte Typen lassen einen immer im Stich. Man muss alles selbst machen. Anders geht es nicht. Mein Gott, sieh dir diesen Schrott an der Wand an. Das ist die Scheiße, die er gern malen würde …«

Cannon lächelte. Er wusste nicht, warum. Früher hatten sie nur füreinander gelächelt. Jetzt musste er beim Klang dieser tyrannischen Stimme lächeln – einfach weil er sie wieder erkannte – und gleichzeitig den Wunsch unterdrücken zu antworten. Er biss sich in die Handknöchel. Die Gestalt verschwand aus seinem Blickfeld, blieb aber in der Nähe, nicht weiter als drei Schritte entfernt. Die Stimme wurde leiser.

»Der Kerl macht sich Notizen, mit Bleistift. Schreibt auf, wer wen kennt und wo wer wohnt …«

Eine ferne, leise Stimme, mürrisch und undeutlich. Johnnyboy hatte seinen eingeschränkten Horizont mit immer wieder einander ähnelnden kriecherischen Stimmen angefüllt. Jetzt murmelte der Andere: »Nonnen, verfluchte Barmherzige Schwestern.«

Die Tür schnappte ins Schloss. Er war nicht der Einzige, der wusste, wie man hier rein und auch wieder raus kam. Die beiden waren weg. Er blieb allein und zitterte.

Jetzt, da Johnny hier gewesen war, hätte er dieses Versteck am liebsten in die Luft gesprengt und von der Bildfläche verschwinden lassen.

»Kann ich dich was fragen, Sarah?«

»Schieß los. Psst, du zitterst ja. Hier …« Sie streckte den Arm aus und führte seine Hand an ihre Brust, ihr Körper schmiegte sich an ihn. Sie hatte das Haar nach hinten gestreift, damit er sein Kinn in ihre Halsbeuge legen konnte. Das war für William der Gipfel an Großzügigkeit. Sie machte ihm Platz, passte sich seiner Länge an, kuschelte sich an ihn. Sie gab sich ihm hin, ohne eigene Forderungen zu stellen. Ist diese Art von Rücksichtnahme eine Technik, oder ist sie so feinfühlig, weil sie mich gern hat, fragte er sich. Oder ist es vielleicht Erfahrung?

»Hast du jemals für Cannon Modell gestanden?« Er streckte die Hand aus und strich über ihre nackte Hüfte. Glatt und sanft geschwungen, der Knochen darunter fest.

Sie schmiegte sich enger an ihn, legte ihre Hand auf die seine. »Ja. Es war ziemlich unangenehm.« Bei der Erinnerung schüttelte sie sich leicht vor Lachen. »Das Wohlbefinden der anderen ist Cannon ziemlich egal. Außerdem wollte er eigentlich nicht mich malen, sondern seine Frau.«

»Erzähl mir von seiner Frau … und seinem Bruder.« Plötzlich wurde ihr Körper, der von der Liebe entspannt gewesen war, ganz starr. William bedauerte seine Worte sofort. Er betete sie an, wenn sie so war, weich wie ein Spielzeug, so schläfrig und so nah. »Nein, mein Liebling, das werde ich nicht tun. Soll er dir selbst erzählen, wenn er will. Es ist eine lange Geschichte, die nur er erzählen kann, nicht ich.«

»Na gut.« Jetzt war ihm wieder genauso warm wie vor dem Weg zum Badezimmer und zurück. Er erinnerte sich an die sanfte Kurve ihres Rückens, als er ins Bett zurückgekommen war, und an die Art, wie sie das Haar nach hinten gestreift hatte, um Platz für sein Kinn zu machen.

»Außerdem«, sagte sie verschlafen, »wolltest du eigentlich was anderes wissen, stimmt's?«

»Nein. Nicht ganz. Findest du, dass ich ein *guter* Liebhaber bin, Sarah?«

Sie hätte lachen können über diese Frage, nach all der Zeit, die sie sich kannten. Wie lange war es? Zwei Jahre, seit er sie zum ersten Mal in der Kanzlei gesehen hatte, und etwas weniger, seit sie sich fast unmerklich näher gekommen waren. Ein Drink bei ihr zu Hause, dann weitere; eine beiläufige Einladung, warum bleibst du nicht über Nacht? Eine Szene, die sich öfter wiederholt hatte, als er zählen konnte. Es war eine bewusst gebremste Leidenschaft, die außerordentlich befriedigend war und von einer solchen Dankbarkeit seinerseits geprägt, dass er auf alle Fragen, die sie in Verlegenheit hätten bringen können, verzichtete. Was für ein Dummkopf war er, diese Frage jetzt zu stellen, aber plötzlich war es wichtig geworden zu wissen, dass er sie tatsächlich befriedigte. Er revanchierte sich, indem er kleine Dinge reparierte, er behandelte ihre Freunde, versuchte ein Gleichgewicht herzustellen, aber fühlte sie sich genauso verwöhnt von ihm wie er von ihr?

Sie regte sich in seinen Armen, nahm seine Hand und streifte mit den Lippen seine Finger. Es war die rechte Hand, die John Smith gebissen hatte. Plötzlich wollte er sie wegziehen und sich in seinen eigentlichen Normalzustand zurückversetzen, wo alle Fragen überflüssig waren, außer denen, die rein sachliche Antworten verlangten, bar jeder Wertung. Zurück in seine eigene Welt, wo das größte Geheimnis des Tages darin bestand, warum eine Lösung aus Wasserstoffsuperoxyd eine Blutung stillen konnte, ohne dass es eine wissenschaftliche Erklärung dafür gab. Es kostete ihn Mühe, die Frage zu wiederholen.

»Bin ich es?«

»Ja, allerdings, das bist du. Oder glaubst du vielleicht, dass ich dir was vormache?«

»Nein, das nicht. Vielleicht wollte ich es nur einmal hören.«

Sie war jetzt hellwach, warf sich mit einem Ruck im Bett herum, so dass sie ihm das Gesicht zuwandte, und griff nach seinem Haar. Einen Augenblick lang dachte er, sie würde ihm die Ohren lang ziehen und seinen Kopf ins Kissen drücken. Die Vorhänge in Sarahs Zimmer waren nie zugezogen; sie behauptete, sie fürchte sich vor der Dunkelheit. Im fahlen Licht Londons, das durch das Fenster fiel, sah er nur die Schatten in ihrem Gesicht. Sie küsste ihn erst auf die Nase, dann auf den Mund. Aber es war noch nicht genug.

»William, ich habe Lust, deine Frau umzubringen wegen allem, was sie dir angetan hat. Du bist ein wunderbarer Liebhaber. Du hast das Talent dazu. Deshalb bist du gut in allem, was du anpackst – lass es dir gesagt sein. Du bist ein guter Zahnarzt, und ja, auch ein guter und großzügiger Liebhaber. Reicht das?«

Nicht ganz, aber er nickte. Da war noch etwas, das er gern wissen und gern hören wollte, doch für den Augenblick war er zufrieden und konnte sich nicht mehr erinnern, was es gewesen war.

Liebst du mich? Liebe ich dich?

11

Nein. Er hatte Johnny nicht gesehen und auch seine Stimme nicht gehört. Es gab nichts, was auf die Anwesenheit anderer hindeutete. Die beiden Männer, die er gehört, und der eine, den er gesehen hatte, waren nur Hirngespinste gewesen, keine Wesen aus Fleisch und Blut. Sarah hatte Recht, wenn sie an seinem Verstand zweifelte. Cannon blinzelte. Er war steif, als wäre er, ohne es zu merken, im Sitzen eingeschlafen und völlig verkrampft und verspannt aufgewacht. Er wusste nicht so recht, wo er war, beugte sich vor und vergrub den Kopf in den Händen.

Johnnyboy würde nie im Leben zum Zahnarzt gehen. Niemals. Und trotz ihres intuitiven Einvernehmens würden keine zehn Pferde ihn je dazu bringen, diese Hürde zu nehmen. Allein vom Geruch in einer Zahnarztpraxis würde ihm schlecht, so wie ihm damals schlecht geworden war, als er das erste Mal zum Zahnarzt gegangen war und sie ihn auf dem Stuhl hatten festhalten müssen. Er hatte sich in hohem Bogen übergeben, kaum dass die Zahnsonde seine Zähne berührte. Die Zahnärztin hatte aufgeschrien und hätte ihn am liebsten geschlagen, wollte ihm jedoch nicht zu nahe kommen. Sein Zwillingsbruder Cannon hatte in der Ecke gehockt und alles mit angesehen. Ohne ihn hätte Johnnyboy keinen Fuß in die Praxis gesetzt. Nein, Johnny würde niemals einen Zahnarzt aufsuchen, lieber starb er vor Schmerzen. Später hatte er sich von einem Barbier mal zwei Zähne ziehen lassen; das war alles. Es musste also ein Traum gewesen sein.

Cannon spürte immer noch den salzigen Geschmack im Mund. Durch die gespreizten Finger warf er einen Blick ins Wartezimmer und beruhigte sich. Lieber verlor er den Verstand.

Dann fiel ihm auf, dass unten Licht brannte. Er hatte das Licht nicht eingeschaltet. Um zu sehen, was er sehen wollte, brauchte er kein Licht. Er hatte nur die Jalousie etwas hochgezogen. Und dann hallte diese von Ekel erfüllte Stimme in seinem Kopf wider. *So eine Scheiße würde mein Bruder gern malen.*

Könnte er doch bloß mit der Freude eines Bonnards malen. Könnte er bloß … Was für eine verdammte Ironie des Schicksals, dass Johnnyboy, der kein Gespür für Talent hatte, jetzt auch nicht erkennen konnte, was sein Bruder mit dem Geld gemacht hatte, das er ihm gestohlen hatte. Das Verlangen, seine Wut hinauszuschreien, brachte Cannon wieder auf den Boden der Tatsachen. Natürlich war es Johnny gewesen, der da gestanden und das Bild besudelt hatte, bloß indem er es ansah. Johnnys Fähigkeit, etwas zu verabscheuen, hatte etwas Unvergleichliches und Zerstörerisches. Der Nachhall dessen, was er gesehen und gehört hatte, dröhnte wie ein heftiger Schmerz in seinem Kopf. Das war es, was er, Cannon, getan hatte, zum Dank für Williams großartigen Beitrag zu seinem Leben und für den Versuch, ihm ein Freund zu sein. Er hatte ihm Johnny ins Haus geschleppt wie eine Seuche. Einen selbstbewussten Johnny obendrein, der darauf pfiff, ob ihn jemand dabei erwischte.

Lieber Gott, mach doch was.

Er lief die letzten Treppenstufen hinunter, schaltete das Licht aus und rannte dann weiter in den sicheren Keller, wo er die Tür hinter sich zuzog wie ein Schutzschild. Sie war schief und verzogen und ließ sich nicht schließen. Typisch für William – es gab keinen Grund, sie abzuschließen, denn William hatte nichts zu verbergen und auch nicht die geringste Ahnung, wie man sich vor irgendwas schützte. Er war so ein ruhiger, erfahrener Mann; ein Profi auf seinem Gebiet, aber gänzlich unbewandert in den schwarzen Künsten, die er brauchte, um sich gegen Johnny zu verteidigen, wenn dieser es auf einen abgesehen hätte. *Warum?* William besaß nicht mal einen Knüppel, geschweige denn ein Messer oder eine Waffe, wie er auch nichts hatte, um seine Türen zu verriegeln. William konnte keiner Fliege etwas zu Leide tun, und jetzt war er einer Spinne in die Falle gegangen. *Warum?* Und wie konnte man Johnny daran hindern, hier einzudringen?

Bei Johnnyboy half nur Gewalt, kein gutes Zureden. Aber was besaß William schon, um Johnny in die Schranken zu weisen? Ein völlig unbrauchbares, sanftes Temperament war alles.

Cannon wanderte herum und quälte sich mit Selbstvorwürfen, dass es wehtat. Er brachte den Menschen, die ihn liebten, nur Unglück; er hatte kein Recht zu leben; er war ein wandelnder Versager.

Seine Augen leuchteten auf beim Anblick des Gerümpels, das sich im Raum angesammelt hatte und aus den Regalen quoll: Flaschen, Gefäße, alte Kisten. Scheinbar kümmerte sich kein Mensch darum, was hier lagerte. Cannon stand ganz still und starrte darauf. O Gott. Erlöse mich von meinem Versprechen. Errette mich, Jesus, auch wenn ich nicht an dich glaube. Gab es hier nicht irgendwo Wasserstoffsuperoxyd? Er hatte welches gesehen. Wofür brauchte William das noch, was hatte er gesagt? William und seine Vorträge. Es stillte Blutungen; niemand wusste, warum. Und da, diese altmodischen Packungen mit Desinfektionsmitteln. Kristalle, die in Wasser aufgelöst wurden, zum Kloputzen. Da drüben noch mehr von dem Zeug. Heute benutzte kein Mensch mehr so was. Und hier Kaliumpermanganat, schon wieder als Kristalle getarnt. Dasselbe Zeug wie das, was er in der Schublade seiner Großmutter gefunden hatte, ehe auch sie gestorben war. Er erinnerte sich, dass sie eine violettgrüne Flüssigkeit zum Gurgeln daraus gemischt hatte – *das wird dir gut tun*.

Er stöhnte und wischte sich die Tränen aus den Augen. Es waren Werkzeuge der Zerstörung, und in ihm regte sich derselbe alte Drang, sie zu benutzen. Darunter manches, mit dem er schon als Kind gespielt hatte, ach, was für Zeiten! Damals hatte er aus lauter normalem Haushaltskram Bomben hergestellt, so wie man es heute mit Hilfe subversiver Handbücher aus Düngemittel und Scheiße tat. Er hatte sie einfach so gebastelt, ohne auch nur die Namen zu kennen. Hochexplosive, schnelle und gefährliche Bomben ebenso wie kleine Sprengladungen, die weniger dramatisch waren und einem Kind letztlich viel mehr Spaß machten. Er erlaubte sich einen kurzen Augenblick moralischer Überlegenheit. Heutzutage war wirklich nichts leichter, als eine Bombe zu basteln – man brauchte das Zeug nur zu klauen, mit Kunst hatte das nichts zu tun, auch nicht mit Intuition. Wahrscheinlich nicht mal mehr mit der Angst, die ihm jetzt den Verstand raubte, wenn er das Krachen von Feuerwerkskörpern vernahm. Nie wieder würde er so was tun, niemals. Johnny hatte ihn gezwungen, immer weiterzumachen, denn er war derjenige, der die Fertigkeit besaß, nicht Johnny. Er kannte sich mit allem aus, nur nicht mit den Aufträgen.

Nie wieder. Ich werde nie wieder etwas zerstören oder Gefährliches basteln. Das hatte er seiner Frau versprechen müssen, und sie hatte ihn gedrängt, dieses Gelübde zu wiederholen – wie ein Katholik *Kyrie Eleison, Herr, erbarme dich unser –,* bis es ihm in Fleisch und Blut übergegangen war und er vergaß, dass es ihm Spaß gemacht hatte. Ein gemeiner Spaß war das, sagte sie, und noch viel gemeiner, weil du nie die Folgen gesehen hast. Du bist davongelaufen, ehe du das Ergebnis sehen konntest, oder du hast das Zeug anderen gegeben, ohne hinzuschauen. Wir haben nie jemanden getötet, wandte er ein. Woher willst du das wissen? Wie viele Leben hast du ruiniert? Alle Versprechen waren dazu da, gebrochen zu werden, denn jetzt stand Johnnyboy vor der Tür. Johnnyboy hielt nichts von Gerechtigkeit oder Kunst, und der nette William hatte keine Ahnung, wie man ihn daran hinderte wiederzukommen.

Hör zu, William. Du musst auf der richtigen Seite der Tür stehen und brüllen, dass du ihm die Tür um die Ohren jagst, wenn er auch nur einen Schritt auf dich zukommt; das versteht er. Sag ihm, du hättest eine hübsche kleine Sprengladung parat. Er begann, sich die Zutaten zusammenzusuchen, wie ein Koch, der ein Festessen zubereitet. Er schüttete das Desinfektionsmittel auf eine saubere Stelle des Steinbodens und zermalmte es unter dem Absatz seines Stiefels.

Dann holte er die Taschenlampe aus seiner Tasche und knipste sie an und aus. Irgendwo musste es Batterien geben, sonst würde er welche besorgen. Heute Nacht würde Johnny nicht wieder auftauchen, dafür gab es keinen Grund, er hatte seine Pläne. Na schön. Was musste er tun? Den Saft der Zitrone aus dem Kühlschrank auspressen, improvisieren; die pulverisierten Kristalle, die Superoxydlösung und den Zitronensaft in der Schüssel vermischen und das Ganze bis zum Gefrierpunkt kühlen, am besten draußen vor dem Fenster – Gott, war es draußen kalt. Er würde es ein paar Stunden da stehen lassen. Die Taschenlampe nehmen, das Glas der Glühbirne zerbrechen, das Ganze mit den nackten Drähten erhitzen – noch besser, die Drähte aus der Schnur des alten Hoover kreuzen ... Mach, dass du raus kommst, Joe. Sag ihm, was du hier hast ... Und sag ihm, er soll seinen Gorilla mitnehmen, oder es passiert was.

Cannon hielt inne und betrachtete die Pampe in der flachen Plastikschüssel. Ja, Sarah hatte Recht. Er hatte sie nicht mehr alle. Als Nächstes zeig dem netten Dummkopf, wie man das Ganze zum Explodieren bringt, damit spielt, den anderen auf Abstand hält. Scheuch ihn wie ein verfluchter Löwenbändiger in einem verfluchten Zirkus zur Tür. Na los, nichts leichter als das.

Langsam, aber sicher veränderte sich das Licht, das in den Keller fiel. Die winterliche Morgendämmerung kündigte sich zwei Stunden vor dem eigentlichen Ereignis an; Geisterstunde. Wenn ich Dracula wäre, würde ich mich jetzt allmählich nach Hause verziehen. Ach ja. Der nette William wäre eher in der Lage, sich eigenhändig zu verstümmeln, als eine selbst gebastelte Bombe zu zünden, obwohl er von dem Inhalt möglicherweise begeistert wäre. Er mochte ja vielleicht ganz erstaunliche Dinge mit Zähnen anstellen, aber es wäre ihm zuzutrauen, dass er diese Mixtur eher trinken als anwenden würde. Und genauso hilflos wäre er, wenn man ihm eine Waffe in die Hand drückte: Wahrscheinlich würde er sie nur auseinander nehmen wollen. Gib dem Idioten ein Messer, und er schneidet dir damit eine Scheibe Brot ab. Cannon war völlig erschöpft und entsetzlich traurig. Er starrte auf den Inhalt der Schüssel, als sei es ein Nachttopf. Was für eine Verschwendung, die Ausgeburt eines kranken Hirns. Was sollte er bloß machen? William hinters Licht führen, ihm sagen, hier hast du etwas Nützliches, das du vielleicht gebrauchen kannst, falls – falls was?

Wie ein geschlagener Soldat auf dem langen Marsch ins Ungewisse trat er zu dem uralten Kühlschrank. Er hatte die Schüssel in der Hand, ohne zu wissen, was er damit anstellen sollte. All das war völlig zwecklos. Und er selbst taugte zu nichts, wusste nicht, wohin, ohne Johnny.

Schließlich schüttete er alles ins Waschbecken. Er nahm die ausgequetschte Zitrone und kaute eine Weile darauf herum. Er hatte immer noch den Geschmack von Salz im Mund.

Schließlich beseitigte er alle seine Spuren in der Rumpelkammer, verstaute seine Siebensachen in den Manteltaschen und zwängte sich durchs Fenster. Die eisige Kälte der Gitter brannte auf der Haut. Die Dämmerung enthielt keinerlei Verheißung. Er konnte nur warten. Als das erste Tageslicht ins Wartezimmer fiel, schaltete sich der Anrufbeantworter an und spulte die Ansage ab. *Bitte sprechen Sie nach dem Ton.* Eine leise, schüchterne Stimme fing zögernd an zu sprechen.

Julie hatte es lieber, wenn die Kapelle des Klosters vom Mondlicht und ein paar Kerzen erleuchtet wurde oder wenn abends das elektrische Licht brannte. Jetzt war sie einfach nur düster. Die Fenster lechzten nach klarem Licht, das das bunte Glas nicht durchließ. Keine der Schwestern konnte sich dazu durchringen, beim Arbeiten elektrisches Licht einzuschalten, auch wenn es draußen noch trüber und grauer war als jetzt. Ihr Sparsinn übertraf bei weitem ihren Wunsch nach Komfort, aber daran war nichts zu ändern. Ein Zimmer, das schon am Morgen derart dunkel war, deprimierte sie. Abends war es nicht so schlimm. Dann war sie dankbar für den Winter und das schwindende Tageslicht, das sie durchs Fenster wahrnahm, denn das Licht war es, das sie daran erinnerte, dass sie im Gefängnis saß.

»Hilf mir«, murmelte sie vor sich hin.

In mancher Hinsicht war es ein Ort der Erleuchtung, für sie aber trotzdem ein Gefängnis, in dem sie nun schon drei Monate lebte, auch wenn sie es in den ersten Wochen gar nicht so empfunden hatte. Es war eine dermaßen künstliche Existenz, dass man nur darüber lachen konnte. Sie versuchte bei Gott, einen Sinn darin zu erkennen; auch wenn sie gar nicht an Gott glaubte. Das Leben war eine viel zu willkürliche Angelegenheit, und auch die Menschen waren zu verschieden, als dass es nur einen Schöpfer oder einen Gott hätte geben können, ganz gewiss, aber an Heilige glaubte sie, und das war eine Art Zugeständnis. Zwar hatte Cannon ihr mit seiner kritischen Art die Augen geöffnet und beigebracht, Schönheit zu erkennen und zu bewundern, doch dieser Ort hatte sie gelehrt, dass es Seelen gab, die solche Stimuli nicht brauchten.

Die Frauen hier brauchten Symbole, Rituale und Heiligenfiguren, die dem Glauben Gestalt verliehen und aus dem Flüchtigen Realität machten. Liebe Güte, solch gewichtige Worte lernte sie nun von Pauline und aus ihren Büchern. Drei Stunden am Tag verbrachte sie mit Lesen, und allmählich wurde es zu einer seltsamen Sucht. Du wirst uns zwar immer noch als Heidin verlassen, aber wenigstens gebildeter als die meisten, hatte Pauline einmal im Scherz behauptet. Wenn sie hier wegging, würde sie nicht mehr dieselbe sein wie vorher, aber sie war auch nie diejenige gewesen, für die sie die Nonnen bei ihrer Ankunft gehalten hatten. Damals war sie bereits eine andere.

Julie hatte die kleine Katze mitgenommen, als sie in die Kapelle ging, um dort wie jeden Tag sauber zu machen. Imelda hätte es nicht gutgeheißen, aber es war eine lässliche Sünde, keine Todsünde. Das Kätzchen leistete ihr Gesellschaft, es schlitterte über den glatt polierten Boden und versuchte, sich in einem Staubtuch zu ersticken, während sie ganz normal mit ihm schimpfte: »Benimm dich, du kleines dummes Ding, oder ich erwürge dich mit einem dieser verdammten Rosenkränze! Und dann möchte ich wissen, wo du endest. In der Hölle oder im Himmel?« Mit dem Kätzchen konnte man schmusen; es war leicht, warm, weich und hellwach, aber letztlich doch nur ein armseliger Ersatz für die menschliche Haut. »Was bist du für ein süßes kleines Biest«, sagte sie zärtlich.

Imelda litt an den Folgen ihrer Zahnbehandlung und führte sich auf wie die Hauptdarstellerin in einem Trauerspiel, die dringend Ruhe braucht. Nach wie vor schwärmte sie von dem eleganten Wartezimmer der Zahnarztpraxis. Anscheinend waren hübsche Vorhänge der Stoff, aus dem ihre Tagträume waren. Julie gab sich Mühe, ihr die Freude an dem Ausflug nicht zu missgönnen. Es gab Augenblicke, wo sie selbst gern alles Mögliche auf sich genommen hätte, um hier rauszukommen, und wäre es nur für eine Stunde, aber es gab auch ganz andere, wo sie sich mit Händen und Füßen dagegen gesträubt hätte. Sie unterdrückte ihre Ehrfurcht, indem sie sich einredete, dass man um einen Besuch beim Zahnarzt nun wirklich niemanden beneiden konnte. Allein der Gedanke daran ließ sie schaudern, und wenn sie an den Geruch dachte, musste sie erst recht zittern. Cannon hatte sich alldem mit stoischer Gelassenheit gestellt, was sie bewunderte, vor allem, weil ihr seine schrecklichen Zähne kaum aufgefallen waren, als sie sich kennen lernten. Damals hatte sie nur auf seine Augen geachtet. Im Moment beneidete sie ihn um die Freiheit, die er, verglichen mit ihr, genoss.

Das Kätzchen schmiegte sich an ihre Knöchel. Je älter es wurde, umso schärfer wurden auch seine Krallen. »Lässt du das wohl bleiben!«

Als sie die Statue des Heiligen Georg abstaubte und sie in ihrer Gedankenlosigkeit zu heftig bearbeitete, brach die Spitze des Speeres ab, der auf das Maul des Ungeheuers zielte, und fiel klappernd auf den Boden. Sofort stürzte sich das Kätzchen darauf. »Himmeldonnerwetter noch mal …« Dann erstarrte sie vor Schreck. Sie kam sich vor wie ein Gotteslästerer, der ein Sakrileg begangen hatte. Im nächsten Moment ertappte sie sich dabei, wie sie sich bekreuzigte. Es war eine Geste, die so spontan kam, dass sie selbst erstaunt war. Ihre Finger berührten erst die Stirn, dann die Brust und beide Schultern, von links nach rechts. So machten *sie* es ein Dutzend Mal am Tag, nicht nur wenn sie beteten, sondern auch vor und nach den Mahlzeiten, hier, überall, bei jeder Gelegenheit, in angespannten oder ungeduldigen Augenblicken. Es diente der Beruhigung, zuweilen aber auch als Warnung oder Ermahnung. Sie war entsetzt, sich bei einer solchen Geste zu überraschen. Den verführerischen Singsang ihrer leisen Stimmen hatte sie bereits angenommen; jetzt übernahm sie auch noch die Bewegungen ihrer Hände. Als Nächstes würde sie ihre Talismane tragen, und dann bliebe von ihrem ursprünglichen Ich nichts mehr übrig.

»Lieber fahre ich zur Hölle«, sagte sie mit lauter Stimme. Im nächsten Augenblick spürte sie eine Hand auf ihrer Schulter und zuckte zusammen.

»Ist das dein Ernst? Das kann ich nicht glauben – vor was auch immer du damit flüchten wolltest. Die Hölle heißt immer und ewig. Nicht gerade ein unkompliziertes Konzept, finde ich.«

»Immer und ewig beim Zahnarzt sitzen«, sagte Julie leichthin und dachte an Imelda, die gestern Abend das einzige Gesprächsthema gewesen war. Zugleich hoffte sie, dass Pauline ihr Fluchen nicht gehört hatte, obwohl es ja nicht gerade unflätig gewesen war. Oder gesehen hatte, wie sie sich bekreuzigt hatte; davor hatte sie fast noch mehr Angst. Eine vergebliche Hoffnung bei dieser hageren und vornehmen Frau mit ihrem leisen Gang. Pauline entging nichts. Julie betete sie an, doch ihre Zuneigung wurde getrübt durch eine Furcht, die tiefer ging als Ehrfurcht. Pauline konnte skrupellos sein.

»Ja, ich habe gesehen, wie du dich bekreuzigt hast, mein Kind. Eine merkwürdige Geste, wenn es nur deswegen war, weil du dem Heiligen Georg den Furcht erregenden Speer aus der Hand geschlagen hast. Aber mach dir keine Sorgen, Kleines. Sie will wirklich nicht heißen, dass Gott jetzt in dich gefahren ist, so wie der Heilige Georg angeblich in den Drachen. Nicht dass der gute Georg es auf den Drachen abgesehen hatte. In Wirklichkeit war er hinter der Jungfrau her. Die meisten Männer denken ja bekanntlich immer nur an das Eine.« Sie tätschelte dem Drachen die Nase. »Aber das muss wohl so sein, weil sie für den Fortbestand der Spezies verantwortlich sind. Es quält sie alle Zeit, und sie treiben es miteinander bis ins hohe Alter, wo es keine erkennbaren Folgen mehr hat. Und eine andere Facette desselben Instinkts sagt ihnen natürlich auch, dass sich ihre Frauen um den Nachwuchs kümmern werden, lange nachdem sie bereits weitergezogen sind, mit anderen neuen zu zeugen. Mach dir deshalb keine Sorgen um den Speer des Heiligen Georg. Er wollte nur einen Nebenbuhler aus dem Weg räumen. Ein Nudelholz hätte es auch getan.« Sie berührte die zerbrochene Speerspitze mit dem Fuß. Das Kätzchen jagte davon. »Und wieso habe ich mich dann bekreuzigt?«, fragte Julie und schämte sich wegen ihres aggressiven Tonfalls.

»Oh, Gott! Aus demselben Grund, warum du dem Autofahrer auf dem Zebrastreifen zuwinkst, weil er dich nicht umgefahren hat. Eine mechanische Reaktion, um die Verdeutlichung einer Gefahr oder Peinlichkeit abzuwenden. Es hat wirklich nichts zu bedeuten.«

Die rosigen, sanft geschwungenen Lippen des Heiligen Georg waren vor lauter Konzentration gespitzt. Kein Urschrei drang aus einem aufgerissenen Mund. Der Drache sah aus wie eine größere Version des Kätzchens, das sich auf dem Rücken wälzte. Nicht gerade eine Konkurrenz, trotz seiner vorgetäuschten Todesqual; eher eine bemitleidenswerte Bestie.

»Aber was wäre, wenn Gott mich doch erwischt hätte?«

Pauline setzte sich in einem Anflug plötzlicher Bestürzung hin und ordnete die Falten ihrer Tracht. »Was wäre? Ich wäre entzückt, wenn er meine Gebete erhörte, aber das passiert so selten, dass es mich überraschen würde. Dieses *Was wäre, wenn* kommt ganz auf dich an. Es würde dich nicht daran hindern, deinen Mann zu lieben, wenn es das ist, was dir Sorgen macht. Wenn du ihn als Werkzeug Gottes ansehen könntest und gleichzeitig als Mann, würdest du ihn umso mehr lieben. Ist es das, was du meintest?«

Julie schüttelte den Kopf.

»Wenn aber diese flüchtige Beschwörung der Heiligen Dreifaltigkeit die Einsicht bedeutet, dass keine menschliche Liebe vollkommen ist, dass sie weder reine Erfüllung noch die Antwort auf alle Fragen ist, wärst du einen Schritt weiter. Vielleicht auch mehrere. Vielleicht würdest du ihn mit anderen Augen sehen. Skeptischer sein. Etwas Verlässlicheres zu lieben begehren. Nicht an seiner Stelle, sondern sowohl als auch. Du kannst dir nicht vorstellen, wie flexibel religiöse Überzeugung sein kann. Sie ist für alles Mögliche gut, vor allem aber rückt sie die Dinge in die richtige Perspektive …«

»Hören Sie auf!«, schrie Julie und hielt sich die Hände über die Ohren. Dann sagte sie etwas leiser: »Aufhören. Schluss mit den Zweifeln. Aufhören!« Sie hielt inne; alles tat ihr weh. Alte Wunden brachen auf. Am liebsten hätte sie geschrien: »Ich bin *schwanger.«* Stattdessen sagte sie: »Wie kommt es, dass ich zwei volle Jahre allein leben konnte, als Cannon im Gefängnis war, und nie an ihm zweifelte? Jedes Wort glaubte, das er sagte, immer und ohne zu zögern? Was machen Sie mit mir?«

»Ich? Gar nichts. Möglich, dass Gott etwas macht. Vielleicht hast du dich schon immer nach einer anderen Art von Glauben gesehnt. Du bist doch nie zuvor mit gläubigen Menschen zusammen gewesen, oder?«

»Genügsamen Menschen«, murmelte Julie, »die sich mit einem Bruchteil dessen begnügen, was ich für mich erhoffe? Nein, mit solchen Menschen hatte ich nie zu tun.«

»Nun, lass dich nicht vom Anschein blenden. Was glaubst du, warum Imelda mit den Zähnen knirscht? Wir sind auch nicht frei von Zweifeln.«

»Was? Nicht einmal Sie?«

»Ich am wenigsten. Aber das hat nichts mit mir zu tun. Und es war nicht dasselbe, Cannon treu zu sein, als er im Gefängnis war und du nicht. Jetzt haben sich die Umstände verkehrt, und das sorgt für eine gewisse Unzufriedenheit, nicht wahr? Möglich, dass alles seine Schuld ist. Oder seine Hirngespinste. Aber deine Verletzungen waren echt, mein Kleines. Ganz und gar echt.«

»Ja, das waren sie wohl«, fauchte Julie sie mit beherrschter Wut an. »Nur weiß ich nicht mehr so genau, wer sie mir beigebracht hat. Ein Mann, der sich geradeheraus weigerte, mich anzusehen, der meinen Anblick nicht ertrug. Der mir einen Kopfkissenbezug über den Kopf zog, um sich meinen Anblick zu ersparen. Einen anderen dazu brachte, mich zu schlagen. Es muss sein Bruder gewesen sein – o Gott, ich kann nur hoffen, dass es sein Bruder war. Es gab nichts, das ich nicht getan hätte, um Cannon zu behalten. Nichts.« Sie lächelte unsicher. »Vielleicht war es göttliche Fügung, die mich hierher geführt hat.«

Pauline lachte kurz. Es hallte laut in der Kapelle wider. Ihre Ehrfurcht an diesem Ort hatte etwas Unbekümmertes. »Gottes Wege sind unergründlich, aber für gewöhnlich nicht so verschlungen.« Sie berührte Julie leicht an der Schulter und strich ihr das Haar hinters Ohr. Es schien, als wüsste sie, wie sehr sich Julie nach einer Berührung sehnte, und sei sie so unschuldig wie diese. »Würdest du gern versuchen zu beten?«, fragte Pauline. »Es ist ganz leicht, wirklich. Du musst dir nur vorstellen, dass es Gott Vater gibt und dass du mit ihm sprichst. Nichts weiter, wirklich. Du musst ihn nicht preisen. Du kannst dich bei ihm ausweinen, wenn du willst. Ich täte es, wenn ich du wäre.« Dann bückte sie sich und hob die Speerspitze des Heiligen Georg vom Boden auf. »Mit ein bisschen Uhu, glaube ich, ist es getan«, sagte sie.

»Ich habe Hunger«, erklärte Julie. »Mordshunger. Helfen Sie mir.«

Sarah setzte sich und betrachtete das Chaos auf ihrem Schreibtisch. Sie hatte alle Maklerangebote in den Papierkorb geworfen, dachte an ihre neue Wohnung und klatschte im Geist in die Hände. Ja! Sie dachte an William und lächelte. Dachte an Cannon und runzelte die Stirn. Genug ist genug. Immerhin hatte sie einen neuen Platz gefunden, wo er sich verstecken konnte, *ihre* neue Wohnung mit den schwerhörigen Nachbarn. Bewerten Sie das Problem mit Geld, hatte Ernest ihr geraten, und genau das hatte sie getan. Eine sofort wirksame Mietvereinbarung, die von einem späteren Kaufvertrag abgelöst würde. Teuer, aber das war die Sache wert. Cannon und Julie würden sie noch ruinieren, aber das war in der Gleichung nicht enthalten. Dann fand sie noch ein paar Kunstkataloge und einen Brief.

Sehr geehrter Mr. Fortune,
ich habe Ihren heutigen Brief betreffend »Geschäfts- und Büroobjekte«, »service-orientiertes Team« und diesen ganzen Kram erhalten. Ich persönlich habe nichts gegen Makler. Zumindest sagen sie einem, was Sache ist. Für Ihresgleichen geht es um nichts weiter als eine Möglichkeit, anderen Leuten das Geld aus der Tasche zu ziehen, nicht wahr? Auf Kosten von Ausländern, die Wohnungen suchen und mehr Kohle haben.

Also werde ich mir sehr gut überlegen, ob ich Ihre Fragen beantworten soll.

Im Übrigen wüsste ich nicht, warum ich Ihnen überhaupt helfen sollte. Ich werfe Ihrer Firma schon genug Geld in den Rachen, und von Anwälten halte ich ohnehin nicht viel. Für mich seid Ihr nichts weiter als eine Bande von Pennern.

John Smith

Im Großen und Ganzen stimmte sie ihm zu, wenn auch unter Vorbehalt. Sie konnte sehr wohl verstehen, warum für Normalsterbliche Anwälte nichts anderes als hoch qualifizierte Diebe waren, die mit dem Kummer und der Not anderer Geschäfte machten und den Leuten auf diese Weise das Geld aus der Tasche zogen, eine Dienstleistungsbranche, die sich wichtig nahm, statt ihre Klienten zu schützen, so wie sie – Sarah – ihre Aufgabe begriff. Anwälte mussten ihre Klienten durch ein Minenfeld von komplizierten Regeln führen und bei ihnen bleiben, bis sie das rettende Ufer erreicht hatten. Das war zumindest, was sie selbst tat, wenn man sie ließ.

So, Mr. Smith, jetzt habe ich Sie möglicherweise an der Angel. Endlich werde ich Sie mir genauer ansehen können. Was werden Sie von mir halten? Werden wir uns zivilisiert begegnen, oder werden Sie mich anspucken? Die Handschrift hatte Ähnlichkeit mit der, die sie gesehen hatte. Sie sah ihr ähnlich, war aber nicht identisch mit ihr. Die Rechtschreibung war anders und das Ergebnis daher nicht überzeugend.

Sie sah in den Spiegel, während sie unruhig im Zimmer auf und ab ging. Das Fenster stand offen, wegen des Rauchverbots. Nein, sie konnte nicht als Junge durchgehen, aber sie konnte dafür sorgen, dass sie weniger weiblich aussah. Sich das Haar nach hinten kämmen, weniger Make-up auftragen, damit sie bleich und unattraktiv aussah; eine Brille. Sie fand Gefallen an der Idee, sich zu verkleiden. Es bedeutete eine Erweiterung des Alltags, wenn man die Farben seiner Umgebung annahm, nicht um sich zu tarnen, sondern damit die anderen sich wohl fühlten. Sie war eine Schauspielerin, die mehrere Rollen gleichzeitig spielte. Cannon. Er hatte immer noch nicht angerufen. Wenn es stimmte, was Cannon behauptete, dass es keine Antwort auf die furchtbare Bedrohung durch Johnnyboy gab, bis dieser das Spiel satt hatte, würde sie die Lösung für ihn finden müssen. Erpressung jeder Art hatte Cannon kategorisch abgelehnt. Immerhin wusste sie einiges über Johnnyboys Machenschaften, wenn auch nur aus zweiter Hand. Weihnachten stand zwar vor der Tür, aber bis dahin war es zu lang, selbst wenn John Smith ein Versprechen abgegeben hatte. Noch bevor Pauline anrief, hatte sie das Gefühl, dass ihr die Zeit davonlief. Heute Morgen war das Büro warm und stickig.

»Wo hast du gesteckt?« Allein der Klang von Paulines autoritärer Stimme entfachte in ihr ein Schuldgefühl, das sich bislang schlafend gestellt hatte. Pauline erinnerte sie daran, wie wenig ihr vom eigenen Leben zu gehören schien, doch sich darüber zu beklagen war nicht recht. Sie schloss die Augen und versuchte sich den Augenblick ins Bewusstsein zurückzurufen, als sie die neue Wohnung zum ersten Mal gesehen hatte. Es war ein Augenblick ungetrübten, ja, ungestörten Glücks gewesen. Als würde sie tatsächlich irgendwann ihr gehören.

»Nirgendwo, Tantchen.« Pauline hasste es, Tantchen genannt zu werden. »Ich war damit beschäftigt, nichts zu tun. Wie immer. Du weißt doch, wie das ist.«

Schweres Atmen. Sarah bezweifelte, dass sie vom Klosterapparat aus anrief, der sich in der Halle neben dem Speisesaal befand. Er war nicht für persönliche Gespräche gedacht und wurde nur in Notfällen benutzt. Als Sarah angeboten hatte, ihnen ein Faxgerät zu kaufen, hatte sie sich einer Wand von verdutzten Gesichtern gegenübergesehen. Was sollen wir damit?

»Wie schnell könntest du herkommen, um Julie zu treffen? Was meinst du?« Das Flüstern klang dringend und ein bisschen kindisch, so als hätte sie Spaß an der Verschwörung und genoss die Geheimnistuerei. Kein Wunder, dass es so leicht gewesen war, sie zur Geheimhaltung zu überreden; Pauline war eine verkappte Schnüfflerin.

Sarah warf einen Blick auf John Smiths Schreiben, das mit seiner unleserlichen Unterschrift endete. Was für eine *lächerliche* Geheimniskrämerei: Der Mann konnte nicht mal richtig buchstabieren. Er war ein Clown, der wie ein Stück Kork mit Beinen schwamm, und sie selbst zögerte nur deshalb, weil sie einfach nicht mehr glaubte, dass der ganze Zirkus notwendig war.

»Warum sollte ich?« Eine müde Frage, die obendrein verdrossen klang. Immerhin war sie für Julie verantwortlich und auch für Cannon. Sie hatte sie angeschleppt. War es nur Trägheit, lag es daran, dass sie jetzt ihr Leben zurückhaben wollte und es bedauerte, sie unter ihre Fittiche genommen zu haben? Aber sie liebte doch beide, und auch Pauline und William.

Bloß schien keiner von ihnen es zu bemerken. »Oh, ich meinte nicht, warum, ich wollte sagen, warum sofort? Es ist doch erst ein paar Tage her, seit …« Es klang defensiv und zugleich böse, weil sie sich tatsächlich in die Enge getrieben fühlte. Wieso war das, was sie tat, denn nie *genug?*

»Nun ja, wenn du heute kommen könntest, wären die meisten anderen nicht da. Wegen der Predigt in der Kathedrale …«

»Aber warum!«

»Hör zu, die menschliche Seele ist nicht berechenbar«, fauchte Pauline. »Sie bleibt nicht immer, wie sie ist. Ich mache mir Sorgen um Julie. Cannon hat sich seit zwei Nächten nicht gemeldet. Sie haben sich gestritten. Allmählich kriegt sie es mit der Angst. Zudem gewöhnt sie sich an das Leben hier und fühlt sich besser als draußen. Sie fängt schon an zu beten.«

»Das ist deine Schuld«, sagte Sarah, eisig trotz ihrer Wut. *»Deine* Schuld. Du kannst es einfach nicht lassen.«

Das Atmen klang jetzt schwerer, fast empört. »Meinst du etwa, ich würde jemanden *bekehren* wollen um jeden Preis? Nun, da bist du auf dem Holzweg. Ich habe kein Interesse, andere auf den Weg des Glaubens zu führen, nur weil sie schwach, manipulierbar und ängstlich sind. Vor allem nicht, wenn sie das Gefühl hat, im Stich gelassen worden zu sein. Kein so tolles Geschenk für Gott, oder?«

»Ich kann sie nicht glücklich machen. Cannon ist der Einzige, der es könnte.«

Die Antwort war ein verächtliches Schnauben, ein unausgesprochener Fluch. *Männer!* »Das habe ich auch nicht behauptet, aber du könntest das Gefühl, dass sie im Stich gelassen wurde, etwas lindern. Komm und sprich mit ihr. Mach Pläne mit ihr. Cannon lässt nichts von sich hören. Sag ihr, dass dieser Alptraum bald zu Ende geht. Mach ihr irgendwie Mut. Sag ihr, dass er alles für sie tun wird. So wie sie es für ihn getan hat. Sag ihr, was du willst.«

Sarah schwieg. Pauline hatte schon immer Unmögliches von ihr erwartet.

»Sie hat Angst vor der Zerbrechlichkeit der Liebe.« Und dann, als hätte sie sich das Beste für zuletzt aufgehoben, setzte sie hinzu: »Ich habe das Gefühl, dass sie schwanger sein könnte.«

Vielleicht hatte er irgendwas gesagt oder getan, dass das Geschäft so mies lief, überlegte William, vielleicht lag es an Weihnachten, das vor der Tür stand, eine Zeit, in der seine Patienten auf ihr Konto schauten und zu dem Schluss kamen, dass ihre Zähne warten konnten zugunsten anderer Dinge, die zwar weniger wichtig waren, aber angesichts des bevorstehenden Festes Vorrang hatten. Nicht dass es ihn sonderlich beunruhigte: Geld war ihm noch nie wichtig gewesen, abgesehen von einem leisen Unbehagen darüber, dass es anders sein sollte – so wie ihm ein neuer Anzug oder eine neue Tapete eigentlich gefallen sollten und es doch nicht taten. Alles, was man kaufen musste, einschließlich das Geld dafür, war in Wirklichkeit immer eine kleine Enttäuschung. Es erstaunte ihn selbst, aber er fand, dass das, was er im Leben wirklich schätzte, die Überraschungen waren: Ereignisse, Menschen, Geschenke, die ihm unerwartet in den Schoß fielen, ehe er die Möglichkeit hatte, sie abzuschlagen. Sarah; Cannon; ein wirklich ungewöhnliches Gebiss, das sich ihm unerwartet darbot; die Herausforderung John Smith. Eine visuelle Überraschung oder seine Gefühle angesichts einer außergewöhnlich schönen oder schrecklichen Sache. Er war nicht sicher, ob John Smith zur Kategorie Person oder Ereignis gehörte. Wie auch immer, sein Besuch hatte etwas Wunderbares. Er war wie ein Geschenk ohne Verpackung.

William war am frühen Morgen nach Hause gekommen, nachdem Sarah und er wie üblich in verschiedene Richtungen auseinander gestrebt waren. Sie würden nicht so früh aufstehen müssen, wenn sie tatsächlich in die Wohnung einzog, von der sie ihm erzählt hatte. Der Gedanke, dass sie in der Nähe wohnen würde, gefiel ihm. Ja, er gefiel ihm sehr, so sehr, dass er wünschte, er könnte sich an die Adresse erinnern, die sie ihm genannt hatte, ehe er abgelenkt worden war, und auch, er hätte ihr von John Smith erzählt, obwohl er eigentlich froh war, dass er es nicht getan hatte. Sie war so verdammt hilfsbereit. Mit John Smith wollte er selbst fertig werden; die Herausforderung allein bewältigen, ohne Hilfe. Ich bin doch kein Versager, oder?

Ich weiß schon, was ich tue. Und ich bin ein guter Liebhaber; ja, ich. Das hatte sie gesagt.

Was ihm an John Smiths Zähnen gefiel und aus demselben Grund auch an Cannons Zähnen so gefallen hatte, war die Tatsache, dass sie viel schlechter waren als die, die er für gewöhnlich zu Gesicht bekam, und dass John und Cannon ziemlich verrückte Typen waren. Seine anderen Patienten waren so vernünftig, so wohlhabend und gebildet, was den Zustand ihrer Beißer anbelangte, dass sie ihn bei dem geringsten Zeichen eines Problems aufsuchten und alles taten, was er ihnen auftrug. Sie waren so langweilig, berechenbar und kooperativ, dass sie ihn eigentlich gar nicht brauchten.

Gegen acht Uhr morgens fielen die ersten winterlichen Sonnenstrahlen in die Ecken des Zimmers. Es hatte leicht gefroren, als er nach Hause gegangen war, und der schmiedeeiserne Zaun neben der Tür fühlte sich eisig an. Dunkle Schaufenster. Was sollte er ihr zu Weihnachten schenken? Ein Müllwagen sammelte die schwarzen Säcke vom Bürgersteig ein, und noch während er zusah, wirkte die Straße irgendwie angenehm sauber.

Eine der Jalousien war hochgezogen. William runzelte die Stirn. Er konnte sich nicht daran erinnern, sie so zurückgelassen zu haben, und in dieser Hinsicht war er pingelig. Er zog die andere Jalousie hoch und ließ das Licht hinein. Es fiel auf Cannons Bild, und er blieb gedankenverloren davor stehen. Eine Frau im Badezimmer, die sich abtrocknete. Bereit für ihre Morgentoilette, ein Kleid lag auf dem Stuhl, dem einzigen Möbelstück in einem schlichten Raum mit gestrichenen Steinwänden. Ihre nackten Füße steckten zum Schutz vor dem rauen Kachelboden in bunten Pantöffelchen. Eine kleine Auswahl an Glasbehältern im Regal bildete den Hintergrund für ihre Ungeniertheit. Sie würde sich für niemanden beeilen. In ihrer Pose war nichts Gekünsteltes, sie schien den Betrachter gar nicht wahrzunehmen. Hatte er, William, Isabella jemals mit einer derart ehrlichen Bewunderung beobachtet, hatte er sie jemals so sehen dürfen? Nein, er konnte sich nicht daran erinnern, und sie bestimmt auch nicht, dachte er. Er konnte sich nur an das Ausmaß seiner Lust erinnern, die sich um Einzelheiten nicht scherte. Er hätte nicht zurücktreten können, um sie zu betrachten. Er hatte nicht hingesehen, hatte sie immer nur berühren wollen. Er erinnerte sich auch daran, dass die Einzelheiten ihrer Morgentoilette stets ein Geheimnis gewesen waren: Er hatte sie ins Badezimmer gehen sehen, vielleicht einen Blick erhascht, während sie sich flüchtig die Zähne putzte, doch im Großen und Ganzen zeigte sich Isabella nie *au naturel.* Wenn sie aus dem Badezimmer auftauchte, war sie für den Tag gewappnet. Er durfte immer nur das fertige Endprodukt begutachten, nie ihren Körper, als hätte sie den gehasst.

Plötzlich empfand William großes Mitleid für sie und zugleich Scham für sich selbst. Wie wenig sie voneinander gewusst hatten. Und wie intim er im Vergleich dazu Sarah kannte, die unbekümmert splitternackt da saß und sich nicht darum kümmerte, was die Welt von ihr hielt. Sie war glücklich ohne Kleider und die sonstigen Accessoires – ein Geschöpf, das keine zweite Haut benötigte. Er musste Cannon nach dem Bild fragen. Wieso stellte er eigentlich nie irgendwelche Fragen? Wahrscheinlich weil er im Grunde seines Herzens nicht wissen wollte, dass es gestohlen war.

Er ging ins Sprechzimmer, und ja, an diesem schönen, frischen Morgen, an dem er sich die Hochstimmung des Vortages bewahrte, war er stolz auf diese Umgebung. Cleveres Design, William. Der Behandlungsstuhl bildete keinen Blickfang, es gab eine kleine Sitzecke, wo man sich unterhalten konnte und die hinter einem Vorsprung der Wand lag, um den man erst herumgehen musste, was einem ein Gefühl von großzügigem Raum gab. Kleine Sprechzimmer waren ihm schon immer ein Gräuel gewesen. Sie fielen einfach unangenehm auf. Gegenüber vom Stuhl kein Bild, nichts, was ablenkte. Wie lange war es her, dass er sich so entschieden hatte? Seit Tina behauptet hatte, es gebe keinen Grund, hier etwas aufzuhängen, oder weil er eingesehen hatte, dass alles, was dort hing, ihm gefallen musste, und daraus folgte, dass es anderen missfallen könnte? Die Wand wirkte kahl. William wanderte geschäftig umher und begann schließlich den Tag, indem er in den Flur trat, Cannons Porträt seiner Hände von der Wand nahm und es an den leeren Haken gegenüber dem Behandlungsstuhl hing. Bestimmt würde sich niemand daran stören. Dann wusch er sich vorsichtig die Hände im Bewusstsein, wie wertvoll sie waren. Leise vor sich hin summend bewunderte er die perfekte Ordnung und drückte auf den Anrufbeantworter, um die Nachrichten abzuhören. Eine zischende, seltsam flache und zögerliche Stimme, die ihm sofort vertraut war, meldete sich:

Morgen Nachmittag, Herr Zahnarzt. Den ganzen Nachmittag. Und niemand sonst, verstehen Sie? Niemand außer Ihnen, oder ich gehe sofort wieder, und Sie gucken in die Röhre. Ich kann es mir nicht leisten, dass jemand zusieht, finden Sie nicht? Smith.

Die Worte selbst waren überheblich, der Ton jedoch schmeichlerisch, fast flehend, als versuchte er, sich zu entschuldigen.

Klick. Tüüüüüüt. Die Sonne schien sich schon wieder zu verabschieden. William stand mit hängenden Schultern da. Auf seiner Hand suchte er nach Spuren des verschwundenen Bissabdrucks. Konnte der Mann sich denn nicht denken, dass ohne die Hilfe und Unterstützung einer Assistentin alles viel länger dauern würde? Aber woher sollte er das wissen? Sarah würde sagen: Tu es nicht. Das ist ein unberechenbarer Patient mit hohen Erwartungen; so einen behandelt man nicht allein, und schon gar nicht, wenn es eine Frau ist. Wie willst du dich wehren, wenn er dich verklagt? Was hättest du für einen Schutz?

Ist mir egal. Ich will es machen.

Er schlug seinen Terminkalender auf. Es war viel einfacher, als im Computer nachzusehen. Für den Nachmittag waren fünf Patienten eingetragen. Die Namen waren so bedeutungslos wie immer ohne seine Notizen, alles kurze Termine, keiner länger als eine halbe Stunde. Keine Betäubung, kein Anästhesist, der bestellt werden musste. Alle Termine konnten problemlos verschoben werden; nichts Großartiges. Wie kam der Mann dazu, sich so kurzfristig anzumelden? Warum zum Teufel sollte er irgendetwas absagen? Er hasste es, Patienten zu enttäuschen, es war unfair und unverantwortlich. Doch als er zum Hörer griff und im Geiste schon irgendwelche Ausreden und ungewöhnliche Lügen formulierte, wusste er, dass er genau das tun würde. Sie sollten nächste oder übernächste Woche kommen; sie waren so unterwürfig; so nett und respektvoll. Auch Tina wäre froh, einen freien Nachmittag zu haben.

Alle wären zufrieden. Aber als er auf seine Hände sah, merkte er, dass sie zitterten. Lange, schmale Finger, die zitterten wie Espenlaub. Nicht halb so Vertrauen erweckend wie die Hände, die Cannon gemalt hatte. Er war es nicht gewohnt zu lügen. Seine Fingerspitzen kribbelten und verfärbten sich rosa. Manchmal hatte er das Gefühl, sein ganzes Leben hinge von diesen Händen ab.

Cannon hatte nicht angerufen, nicht angerufen …, nicht angerufen. Diese Erkenntnis wiederholte sich wie eine Litanei. Cannon hatte den Gedanken an ein Handy immer abgelehnt – typisch. Er musste alles ablehnen, was das Leben erleichterte. Er war geradezu süchtig nach Komplikationen. Und Einbildungen. Wahrscheinlich war er eingeschnappt als Reaktion auf den wachsenden Skeptizismus in seiner Umgebung und sah sich nach anderen, gläubigeren Freunden um. Oder er stellte irgendwas an, um seine Frau zu ärgern. Irgendwelchen Unfug, wie üblich. Das helle Tageslicht draußen machte sie wütend. Sie hatte versprochen, ihm einen neuen Unterschlupf zu besorgen, hatte das Versprechen eingelöst; und trotzdem rief er nicht an. Für wen zum Teufel hielt er sich?

Die Enge ihres Büros hatte die Eigenschaft, die Angst, die sie verdrängt hatte, zu vervielfältigen. Am liebsten hätte sie die Wände auseinander geschoben. Vielleicht war der verdammte Kerl nur auf Sauftour. Nichts Außergewöhnliches in Cannons unberechenbarem Leben.

Mittagessen, endlich ein Grund, sich zu verdrücken. Sie rannte die Treppen hinunter und schlich an Matthewsons Büro vorbei, um ihm nicht über den Weg zu laufen, falls er Fragen stellte – *ich muss ihm über meine Zeit Rechenschaft ablegen.* Sie war so schnell, dass der grüne Wollmantel hinter ihr herflatterte. Im Foyer mit all den leeren Wänden blieb sie kurz stehen und nickte grinsend der Empfangsdame zu. Dann trat sie in die sonnenüberflutete Straße, den Arm bereits erhoben, um einem Taxi zu winken. Ja, Cannon würde sie noch in den Ruin treiben. Der Verkehr machte sie wütend. Und als der Taxifahrer sich mit ihr darüber unterhalten wollte, als wäre das neu, gab sie sich zugeknöpft und ignorierte ihn.

Sie hatte ihn noch nie am helllichten Tag in der Mansarde besucht. Meistens war sie am frühen Morgen oder spät abends gekommen, wenn es bereits dunkel war. Die Straße war lebhafter, als sie in Erinnerung hatte. Sie kam sich höchst verdächtig vor und versuchte, sich das Gegenteil einzureden. Sie war eine Büroangestellte wie alle anderen auch, die auf der Suche nach einem Sandwich in die Kälte herausströmten und davon träumten, bald Feierabend zu haben. Niemand würde merken, wie sie das einzige Wohnhaus in der Straße betrat, dieses leere Gebäude, um das sich niemand kümmerte. Nicht sie war es, die nicht hierher passte, sondern Cannon, aber auch nicht weniger als der Mann an der Ecke, der die *Big Issue* verkaufte. Zumindest war er klüger als Cannon. Sie schloss die Tür auf und trat ein.

Die Kälte war verdächtig; schon im Parterre wusste sie, dass er nicht da war. »Cannon?« Ihre Stimme wurde vom Staub und dem Knarzen der Holzdielen gedämpft. Etwas Wachs, ein paar Ausbesserungen, und es wäre ein reizendes Häuschen, dachte sie, während sie sich zwang, die Treppe hochzugehen. Es war nur ein leeres Haus mit einem harmlosen Besetzer; das Schlimmste, was passieren konnte, war, dass sie entdeckt wurde. Ich bin John Smith's Anwältin, würde sie herablassend behaupten. Er hat mir den Schlüssel gegeben. Bringen Sie mich zu Ihrem Boss.

»Cannon?«

Die Tür zur Mansarde auf der letzten knarzenden Stufe gab

ohne Schwierigkeiten nach, als sie dagegen drückte. Die Leere darin war eine Erleichterung. Auf halbem Weg war die Vision, die sie seit Paulines Anruf am Morgen verfolgt hatte, so deutlich und intensiv geworden, dass sie fast damit rechnete, sie bestätigt zu sehen. Cannon tot oder im Sterben, nachdem er seine Verbündeten aufgegeben hatte, weil er das Gefühl hatte, sie hätten ihn aufgegeben. Cannon als verwesende Leiche auf dem kirschroten Sofa, Opfer seiner Verzweiflung. Der Künstler, in seiner Dachstube künstlerisch dargestellt, ein Bild, das ihm bestimmt gefallen hätte. Dann hatte ein anderes Bild das erste verdrängt. Sie stellte sich vor, wie sie die Treppe heraufkam und feststellte, dass das Dach verschwunden war. Er hatte es in die Luft gesprengt, und alles, was man sehen konnte, waren Himmel und Staub. Dieser Gedanke kam ihr, als sie die Tür hinter sich schloss und es zu spät war, sich dagegen zu wappnen. Möglich, dass er eine versteckte Sprengladung angebracht hatte, auch wenn er hoch und heilig versprochen hatte, nie wieder mit dem Feuer zu spielen. Sie traute es ihm zu. Verrückt genug war er ja. Sein Bargeld versteckte er zwischen dem ersten Balken und dem Dach. Der Balken hing gefährlich durch.

Doch da war nichts. Nur der schale Geruch nach nichts, nicht der scharfe Gestank nach Terpentin, den sie immer mit der Mansarde assoziierte. In den letzten Tagen schien er seine Farben nicht angerührt zu haben. Keine Spur von Körperwärme; kein Hinweis auf Aktivität. Hier war alles so aufgeräumt, wie sie es vom letzten Mal in Erinnerung hatte, als er sich auf seinen bevorstehenden Auszug vorbereitet hatte.

Mit dem einzigen Unterschied, dass sämtliche Zeichnungen von Johnnyboys Gesicht zerrissen waren. Die Schnipsel lagen auf einem Haufen, alles deutete mehr auf systematische Zerstörung als auf einen Wutausbruch hin. Typisch Cannon, der alles zerstörte, was er gemacht hatte, und beständig hin und her gerissen war zwischen Schöpfung und Zerstörung. So war er also wenigstens zurückgekommen. Auf einem Stuhl lag ein angeknabbertes Sandwich. Cannon ernährte sich von Sandwichs, obwohl er gutes Essen durchaus schätzte.

Plötzlich ging ihr mit schrecklicher Überzeugung auf, dass niemand, der das Licht so liebte wie Cannon, an einem solchen Ort hausen würde, wenn es nicht unbedingt nötig war. Wie auch immer die Bedrohung durch seinen Bruder aussehen mochte, für ihn war sie Realität. So real, dass er seinen freien Geist hier einsperrte und sogar darauf bestand, von seiner Frau getrennt zu sein. Sie hatte ihm Unrecht getan, während er ihr letztendlich doch irgendwie gerecht geworden war. Ihr Porträt lehnte an der Staffelei, im Licht, das durch das Dachfenster hereinströmte. Er hatte weiter daran gearbeitet, mit viel Liebe, wie es aussah, die Haarfarbe erst ein wenig abgetönt und dann mehr Rot hinzugefügt. Figur und Ausdruck waren gut getroffen, und in der Darstellung ihrer sorglosen Hingabe hatte er etwas Wesentliches erfasst. Es war ein sinnliches, aber keinesfalls erotisches Porträt. Anders als das von Bonnard, das beides war. Sie fragte sich, ob er damit zufrieden war. Sie trat näher und bewunderte ihr Abbild mehr als sich selbst.

Den Eindruck eines Gesichtes gewinnen wir aus einer Entfernung von mindestens einem Meter, hatte William behauptet. Nur ein Gemälde erlaubte die Zudringlichkeit einer näheren Betrachtung, die Berührung, ein Zusammenkneifen der Augen, die Suche nach Makeln auf der Haut. Er hatte die ihren entdeckt, winzige Narben auf den Brüsten, die etwas helleren Spuren auf der blassen Haut. Sie waren nicht entstellend, sondern brachten sie nur stärker zur Geltung, wie Sommersprossen auf einem von der Sonne beschienenen Gesicht. Und sie hatte gedacht, er hätte sie nicht gesehen.

»Cannon, wo bist du?«

Eine Taube gurrte und flatterte über das Dachfenster. Sie fuhr zusammen und wäre fast weggelaufen. Doch sie tat es nicht. Sie fand einen Bleistift und schrieb ihm eine Nachricht. *Darling, wo bist du? Ruf mich an.* Dann rannte sie die Treppenstufen hinunter auf die Straße und schloss die Tür hinter sich ab, als wäre es ihr eigenes Haus.

12

Ich bin zur Rechenschaft verpflichtet über meine Zeit; ich bin zur Rechenschaft verpflichtet.

Sie saß an ihrem Schreibtisch, starrte desinteressiert auf den Bildschirm und tippte grimmig vor sich hin. Die Rechtsprechung erforderte immer viele Worte. Es gibt ein *wirkliches* Leben, Cannon, wirkliche Arbeit: Das solltest du dir mal klarmachen. Wenn ich weiterhin alles vor mir herschiebe, werden alle die Geduld verlieren. Ich werde Leuten nicht mehr aus der Klemme helfen können, weil ich keinen Job mehr habe, ich werde pleite sein und mir die Miete nicht mehr leisten können. Ich habe noch andere Klienten, Cannon, du bist nicht der Einzige!

Wo sich dieser Bursche wohl den ganzen Tag herumtrieb? Wohin war er verschwunden?

Der Nachmittag schien endlos; ihre Beklemmung und auch ihre Wut ließen die Minuten zu Stunden werden. Wohin würde er gehen mit seinem depressiven Wesen, seinem Hang zu intensiver Freude und Elend? Sie erinnerte sich, wie er auf das Feuer zugerannt war, sie sah es geradezu vor sich auf dem Schirm, erinnerte sich, dass er ein kostbares, aber fragiles Wesen war – warum, ach, warum nur hatte sie sich jemals diese Bürde aufgehalst, wenn ihr jetzt alles gleichgültig schien?

Grübelnd versuchte sie sich irgendetwas in Erinnerung zu rufen, das sie für ihn eingenommen hatte, und prompt fand sie sich wieder überrumpelt von ihrer Zuneigung zu diesem Mann. Am unberechenbarsten war Cannon immer dann, wenn er sich für etwas schämte, das er getan hatte; was könnte es *diesmal* sein? Es sei denn, sein Bruder, dieses bizarre Scheusal, hatte ihn ausfindig gemacht und dieser Umstand sein Abtauchen veranlasst. Was *trieb* Cannon bloß den lieben langen Tag? *In den Galerien kann man sitzen, solange man will. Die sind halb voll von Bekloppten wie mir. Manche haben einen Skizzenblock dabei, andere hocken einfach bloß da. Das ist das Beste an London. Da kannst du was lernen.*

Und welche gefällt dir am besten, Cannon?

Ach, ich mache die Runde. Irgendwie treibt's mich immer wieder zu den Porträts zurück. Die lebenden Toten haben mir's angetan.

Als sie diesmal das Büro verließ, war sie darauf bedacht, nicht überstürzt loszueilen, sondern ruhig und gelassen zu erscheinen, als ob sie zu einem Termin aufbräche, vergaß auch nicht, einen zu erfinden und im geöffneten Terminkalender auf ihrem Schreibtisch zu notieren. Matthewson schlich sich manchmal herauf und schaute nach, wer sich hier verborgen hielt. *Nachforschungen für Kunstsammlung, Porträts.* Er würde es vielleicht nicht glauben, aber immerhin war es ein Eintrag und entsprach ja auch fast der Wahrheit.

Vertraue auf deine Instinkte. Am späten Nachmittag begann bereits das Tageslicht zu schwinden, die City machte sich für die Dunkelheit bereit. Vor der National Portrait Gallery begann ein Pflastermaler seine Kreiden einzusammeln, blickte unbeteiligt auf sein Bildnis auf dem Steinboden, als sei ihm dessen bevorstehende Zerstörung gleichgültig, und zählte die Einnahmen.

Leise lief sie durch die Gewölbesäle der Galerie, wobei sie

sich albern und verdächtig vorkam. Die wenigen Wächter gähnten dem Feierabend entgegen. Was für ein Job; welch erhabene Langeweile. Bei diesem Gedanken beschleunigte sie ihren Schritt, eilte von einem gleichgültigen Augenpaar zum nächsten und fragte sich, was sie wohl tun würden, wenn sie eine Diebin wäre und Kraft genug besäße, eines dieser Bilder mitsamt dem schweren Rahmen zu packen und damit davonzulaufen. Bestimmt waren Porträts für Diebe zu persönlich. Als wäre für einen Dieb irgendwas je zu persönlich! Schließlich entdeckte sie Cannon, der, den Kopf in die Hände gestützt, vor dem Bildnis eines bärtigen viktorianischen Premiers saß, und die Erleichterung über seinen Anblick kompensierte alle Verärgerung. Sie nahm Platz. Falls Cannon auch nur im Geringsten überrascht war über ihr Erscheinen, so ließ er sich nichts anmerken. Es wirkte ganz so, als hätten sie sich vor einer Stunde getroffen und zu diesem Treffen hier verabredet. Sein erratischer Glaube an Telepathie, dachte sie genervt, beschränkte sich offenbar nicht mehr auf den Bereich seines Bruders, Cannon vermutete diese Fähigkeit scheinbar jetzt auch bei ihr.

»Manchmal«, sagte er zur Begrüßung und mit einer Geste zu dem noblen Lord hin, »tut es einem gut, sich ein absolut zweitrangiges Werk anzuschauen. Wie wir es hier vor uns haben. Der Maler führte aus, was ihm aufgetragen wurde – als hätte man ihm gesagt: Sie können jede Farbe nehmen, die Ihnen gefällt, solange es Blau ist. Da geht's mir gleich wieder besser. Wenn ich mir ständig Künstler mit einer Vision anschaute, die malen, wie ich gern malen würde, also wie beispielsweise Bonnard, käme ich mir ziemlich hoffnungslos vor. Dann würde ich nach Hause gehen und all meine Bilder weiß übermalen.«

»Oder deine Zeichnungen zerreißen«, schlug sie vor.

Aufrichtig verblüfft schüttelte er den Kopf, schockiert über ihren Vorschlag. »Oh nein, das würde ich nie tun. Dazu bin ich nie zornig genug. Man braucht sie nur mal für 'ne Weile wegzulegen. Dann benutzt man die Rückseite des Papiers. Papier kostet ja schließlich Geld. Wo warst du denn?«

»Komm mit nach draußen, Cannon. Hier drin können wir schlecht reden. Die denken, wir hecken einen Kunstraub aus.« Er folgte ihr, schlurfte an ihrer Seite die Straße hinab zum Trafalgar Square. Ringsum toste der Lärm des Verkehrs, der, als sie das tiefer gelegene Areal des Platzes erreichten, in den Hintergrund trat und vom Geplätscher der Brunnen übertönt wurde. Hoch über ihnen ragte Nelson auf seiner Säule in den Himmel. Um sie herum das träge Treiben von Menschen, die sich trafen, begrüßten, aneinander vorbeiliefen, auf dem Weg zu Bushaltestellen, Zügen, Vergnügungen, nach Hause. Für einen Mann, der Menschenmassen verabscheute, wirkte seine Gelassenheit unnatürlich, doch es war genug Platz für alle, keiner kam dem anderen so nahe, dass man sich hätte bedrängt fühlen müssen. »Wo ich war, ist Nebensache«, sagte Sarah. Sie raffte ihren Mantel enger, als sie sich auf einer kalten Bank niederließen, und versuchte, sich nicht in die Taubenscheiße zu setzen. Mitten auf dem Platz stand ein riesiger Weihnachtsbaum. Schon wieder war ein Jahr vergangen. »Du hast nicht angerufen. Ich hab die Nase voll. Wir alle haben die Nase voll von dir.«

Kopfnickend pflichtete er ihr bei, bevor er langsam antwortete. »Das überrascht mich nicht. Ich geh mir selber auf den Wecker. Ich weiß einfach nicht, was ich tun soll. Also mache ich zunächst mal gar nichts.« Er holte tief Luft, schien dabei leicht zu erbeben.

Wenn er jetzt anfängt zu heulen, dachte Sarah, kann es passieren, dass ich ihm eine scheuere. Er fing nicht an zu heulen; sie wartete ab.

»Ich schaue mir Porträts von Patriarchen und Vaterfiguren an. Wünschte, ich hätte je so was gehabt. Wünschte, ich könnte so jemand sein. Ein Mann, der imstande ist, sich um sich selbst zu kümmern.« Er stopfte die Hände in die Taschen. Selbst hier draußen in der kalten Luft verströmte der Mantel seinen Gestank. »Ich dachte mir, vielleicht sollte ich einfach verschwinden. Das wäre für alle am besten. Auf Dauer auch besser für Julie. Alles ist so sinnlos. Johnnyboy hat immer gewusst, wo ich bin. Der ist oben auf dem Dachboden gewesen. Und auch in Williams Wohnung. Ich hab ihn gesehen. Als Nächstes wird er bei dir aufkreuzen.«

Ach, Quatsch. Sie dachte es, sprach es aber nicht aus. Was hatte denn William mit dem Ganzen zu schaffen? William hatte man doch jegliche Mitwisserschaft erspart. An unbewusste Kommunikation glaubte sie nicht. Keiner konnte in Cannons Versteck gewesen sein: es war ein nahezu perfekter Zufluchtsort. Sie hatte diese Fantastereien allmählich Leid. Dann fielen ihr die zerrissenen Zeichnungen in der Mansarde ein. *Oh nein, dazu bin ich nie zornig genug. Papier kostet schließlich Geld.* Sie spürte plötzlich, wie ihr eine eisige Kälte den Rücken hinaufkroch; es war die Kälte der Bank.

»Die andere Möglichkeit wäre vermutlich, einfach wieder dorthin zurückzukehren und abzuwarten«, sagte Cannon. »Früher oder später wird er sich blicken lassen.« Seine Hoffnungslosigkeit hatte eine stille Intensität, die sie bisher nicht an ihm gekannt hatte. Sie hatte nicht die geringste Ahnung, wie sie ihn da rausholen sollte. Mit einsetzender Dunkelheit war es kälter geworden; die altehrwürdigen Gebäude rings um den Platz waren nun erleuchtet. Sie wusste nicht, ob sie ihn für einen Scherzbold halten oder ob sie ihm Glauben schenken sollte.

»Pauline glaubt, dass Julie möglicherweise schwanger ist«,

sagte sie. Ohne jede Einleitung warf sie ihm das hin. Es schien ihr das einzig Positive, was sie ihm mitteilen konnte.

»Was?«

»Deine Frau. Kriegt ein Kind. *Möglicherweise.* Ich nehme nicht an, dass du bei deinen nächtlichen Visiten Kondome nimmst, oder?«

Sie blickte starr geradeaus. Sie wollte nicht unbedingt die Wirkung sehen, die ihre Mitteilung bei ihm auslöste, bereute fast, sie aufgrund einer so vagen Information überhaupt gemacht zu haben. Vielleicht hatte Pauline es nur gesagt, um Eindruck zu schinden, und es stimmte gar nicht. Keiner von ihnen war ein Meister der Wahrheit: sie alle spönnen sich irgendwas zurecht und klammerten sich daran. Sie spürte, wie er sich neben ihr zu regen begann. Hochkam von der Bank, auf der er eben noch zusammengesunken, den Kopf in die Hände gestützt, gesessen hatte. Plötzlich vor ihr stand, die Hände in den Taschen vergraben. Dann, die Arme hoch überm Kopf, sich streckte und einen Augenblick lang in dieser Position verharrte. Dann mit der einen Hand an der Hüfte, die andere emporgestreckt, einen Jig aufführte wie ein betrunkener schottischer Tänzer, der keine Tanzschritte beherrscht, aber vom Takt mitgerissen wird, von einem Bein auf das andere hüpfend, misstönend vor sich hinsang, immer lauter, bis er plötzlich atemlos innehielt in seinem Tanz, in die Luft boxte und ein gellendes »Jaaa!«, ausstieß, das Wassergeplätscher und Verkehrslärm übertönte. Die Tauben, die sich mit dem stoischen Optimismus von Tauben um ihre Füße geschart hatten, stoben flatternd hoch. Cannon war wie ausgewechselt.

»Jodelodeldiiiiiii!«, jauchzte er, drehte mit den Händen am Kopf eine Pirouette, ging dann zu einer Serie von Hopsern über, die ihn – wie ein Kind beim Himmel-und-Hölle-Spiel – quer über das Pflaster des Platzes zum Rand des Brunnens führte, ohne dass er die Fugen berührte. Sie erwartete fast, ihn hineinsteigen zu sehen, doch er steckte die Hände ins kalte Wasser, spritzte es sich ins Gesicht und kam zurückgehopst, hüpfte auf der Stelle auf und ab. JA! JA! JAAAA! Sarah krümmte sich auf ihrer Bank vor Lachen und wollte gar nicht mehr aufhören, weil er umwerfend komisch und sie höchst erleichtert war, wieder den anderen Cannon vor sich zu haben. Mit einem Mal wurde ihr wieder klar, weshalb sie eine solche Zuneigung für ihn empfand: wegen seiner Intensität, seiner Absurditäten, seiner Intoleranz, seiner Launen, seines Talents zu ausgelassener Freude, die latent in seinen Bildern vorhanden und jetzt gerade ganz offenkundig war. Sie würde immer Menschen lieben, die zu Extremen neigten und sich zum Zusammenleben nicht eigneten; Menschen, die sahen, was ihren, Sarahs Augen, verborgen blieb. Er konnte in Tränen ausbrechen angesichts eines fallenden Blattes, Freudenschreie ausstoßen über die Farben eines Baumes. Er konnte Bomben basteln und mit dem Pinsel einem Antlitz Seele einhauchen. Sie packte ihn, zog ihn zu sich auf die Bank.

»Cannon, ich sagte *möglicherweise* … Zudem macht es die momentane Lage ja nicht gerade leichter, oder?«

Es widerstrebte ihr, ihm seinen Jubel zu verhageln; er brachte es fertig, dass sie sich grausam vorkam bei dem geringsten Versuch, ihn zu beruhigen – wie sollte dieser Mann je zurechtkommen, wenn nicht Julie seinen Träumen eine Richtung gab?

Er ließ sich so abrupt auf die solide Bank fallen, dass sie ächzte. Er war plötzlich ernüchtert, trug jedoch ein breites Grinsen im Gesicht. Sein Mund klaffte wie eine Höhle. Ein Passant warf ihm einen erstaunten Blick zu, den Cannon erwiderte, und dann fuhr er sich mit der Hand von der Stirn zum Kinn, als würde er das Grinsen mit einem Tuch abwischen, und gab sich ernsthaft. Doch im nächsten Augenblick war es wieder da. Sarah verlegte sich auf ihren autoritären Tonfall, peinlich berührt von der Tatsache, dass es ihr gelang, wie eine jüngere Version ihrer Tante zu klingen. Herrisch.

»Hör zu, Cannon, ob sie nun schwanger ist oder nicht – so kann diese Scharade nicht mehr weitergehen. Wir werden nicht mehr einfach *abwarten.* Ich werde zu Julie gehen, und zwar *jetzt.* Und du wirst mitkommen. Du wirst mit mir da reinmarschieren, ohne darüber nachzudenken, wer dich dabei beobachtet. Zum Teufel damit. Wieso sollte dich jemand beobachten? Dann setzen wir uns zusammen, alle vier, und besprechen, wie es weitergeht, so wie das zivilisierte Menschen tun. Und dann nehmen wir Julie entweder mit nach Hause oder verabreden, dass wir sie zu einem späteren Zeitpunkt abholen.«

»Nach Hause«, wiederholte er, »nach *Hause?«*

Sie rüttelte ihn unsanft. »In eine andere Wohnung. Ich hab schon eine im Auge. Zu mir nach Hause, wenn's dir recht ist. Egal, wohin.«

»Nein«, sagte er. »Johnny wird uns finden.«

»Wenn ich das noch *einmal* höre! Ständig kommst du mir *damit.* Na und? Wenn er anrückt, verbarrikadierst du eben die Tür. Du rufst die Polizei …«

»Die mir kein einziges Wort glauben wird. Ich bin ein Betrüger, ein Lügner, ein Dieb, der seinen eigenen Bruder aufs Kreuz gelegt hat … Die Polizei hilft da auch nicht weiter.«

»Und ob. Herrje, wenn die sich nicht für alle möglichen Gauner und Diebe ins Zeug legen würde, dann wäre sie doch längst arbeitslos.« Sie hielt inne. »Bist du ein Lügner, Cannon?«

»Nein.« Die Antwort kam ohne jedes Zögern. Er war ernüchtert, doch keineswegs deprimiert. Er saß still da und dachte nach, was bei ihm nur selten vorkam.

»Gut. Ich wollte es nur mal wissen.« *Du hast bei deiner Verhandlung gelogen; ich habe dir geholfen.* »Gehen wir jetzt also?«

»Warte doch mal, lass mich nachdenken …«

»Nicht nachdenken, Cannon. Entweder du denkst gar nicht nach oder zu lange, und nie kommt was Gutes dabei raus. Los, *komm* jetzt, Cannon.«

»Ich weiß nicht …«

»Aber ich.«

Die Hektik der Menschenmassen, die alle nach irgendwo unterwegs waren, hatte zugenommen, und der Verkehrslärm war lauter geworden; sie steckten die Köpfe zusammen, bis sie sich fast berührten, um einander zu verstehen.

»Diese Wohnung … Wie wird Julie da zurechtkommen?«

»Spärlich möbliert, aber durchaus ausreichend. Besser, als was du bisher gewohnt bist.«

»Ich will nicht, dass sie schwere Sachen hebt.«

Entschieden stand er nun auf, strich seinen Mantel glatt, als würde das an seinem jämmerlichem Zustand irgendetwas ändern. »Ich muss noch mal zurück auf den Dachboden. Etwas Geld holen. Kommst du mit?«

Sie zögerte, entrüstet über seine Annahme, dass sie dies tun sollte. Sie wollte nicht dorthin zurück, sie schauderte bei dem Gedanken daran. Die Hand, mit der sie ihn energisch am Arm gepackt hatte, verkrampfte sich vor Ekel vor diesem schäbigen Ort und den zerrissenen Zeichnungen. »Mach dir keine Umstände wegen dem Geld«, hätte sie gern gesagt, aber sie hatte wenig dabei, das sie ihm hätte geben können, zwanzig vielleicht, genug fürs Taxi, mehr war nicht drin bei der momentanen Ebbe auf ihrem Konto. Gewiss konnte er auch alleine dorthin, dazu brauchte es keine zwei Leute. Was hatte er vorhin über William gesagt? Keine Zeit jetzt, ihn danach zu fragen. Sie kramte in ihrer Tasche nach Geld. »Nein, danke. Du kannst ja schnell vorbeigehen. Ich hab Pauline so gut wie versprochen, dass ich bis halb fünf da bin. Die Nonnen sind aus dem Haus, wir werden unter uns sein. Wir treffen uns dort, okay?«

Er nickte. Sie sah ihm nach, wie er über den Platz galoppierte und dabei noch mehr Tauben aufscheuchte. Er hopste, hüpfte auf einem Bein und machte zwei Luftsprünge, holte etwas Schokolade aus dem nie versiegenden Vorrat in seiner Tasche und warf sie den Tauben hin. Optimismus war belohnt worden. Vielleicht würde auch der ihre bald belohnt werden. Sarah wäre am liebsten sitzen geblieben. Sie streckte sich im Wintermantel und schloss die Augen. Einen Augenblick lang gab es nichts auf der Welt als das Dröhnen des Verkehrs und das unaufhörliche Plätschern des Wassers. Sie überschlug, wie lange man bei diesem Feierabendverkehr wohl brauchen würde, um zum Kloster zu gelangen. Taxi oder U-Bahn? Sie wog ab zwischen Geld und Zeit, erhob sich steif, lauschte der heiseren Kakophonie der Autohupen und stieg, wie tausend andere, zur U-Bahn hinab.

Eine absurde Fröhlichkeit hatte ihn gepackt, und er würde sich nie wieder fürchten. Er öffnete das Taxifenster, ließ die kalte Luft und den Straßenlärm herein. Er würde keine Angst mehr haben, denn *dies* würde die Situation von Grund auf ändern. Ein neues Leben löste das Problem, definierte alles neu, denn es würde ein Kind da sein aus seinem Fleisch und Blut, und dies änderte die Sache vollkommen. Ein Mann konnte seine Frau lieben mit Körper und Geist, was Cannon tat, und mehr als das, doch seine Seele würde sich in seinem Kind manifestieren. Das Kind würde der Verbündete sein, der ihm Stärke verlieh. Ein Junge, klarer Fall; ein kleiner Mann. Wie ein Schutzschild würde er das Kind emporhalten gegen Johnnyboy; dieses Kind würde der endgültige *Beweis* sein, dass er sich für immer von Johnny gelöst hatte. Befreit von der Arschfickerei, der Intimität – nun lebte er auf einem anderen Planeten, weit entfernt von jenem, den er mit Johnny geteilt hatte. Das Kind wäre der lebende Beweis, dass er nicht einfach ein Abtrünniger, sondern zu einer neuen Spezies mutiert war, einem völlig neuen Wesen, und nicht mehr – in Johnnys Augen – nur einer, der es mal mit einer Frau versuchte und sich einer Affäre hingab, die Johnny unglaublich abstoßend fand und die er annullieren zu können glaubte, wie man ein Insekt zerquetscht; Johnny würde mit eigenen Augen sehen, was er nun war. *Schau, was ich vollbracht habe, Johnny. Schau, was ich vollbracht habe. Kapierst du jetzt, dass es keine Rückkehr für mich gibt?*

Dann war auf dem Rücksitz des Taxis erst mal Selbstbezichtigung angesagt. War er denn selbst so armselig und feige, dass er diese Verheißung eines neuen, unschuldigen Lebens brauchte, um den neuen Weg zu festigen, den er einzuschlagen gedachte? War er so ein Schwächling? War die Leidenschaft, die er für seine Frau empfand, denn nicht genug? Er kaute an einem Fingernagel und sah zu, wie die Welt da draußen am Taxifenster vorbeihuschte. Als der Wagen sich einer roten Ampel näherte und abbremste, rannte jemand direkt vor ihnen über die Straße, der Fahrer fluchte. Oh ja, seine Liebe zu Julie war genug, sie war alles, aber möglicherweise nicht ganz ausreichend, um die größte aller Ängste zu bezwingen. Die Angst, dass Johnny eines Tages diabolisch schlau sein und versuchen würde, ohne jede Androhung von Zwang, einfach mit Charme und Tücke eine Versöhnung herbeizuführen. Er hatte nichts gelernt, dieser Johnnyboy: Seine Grausamkeit war gewaltig, seine Gier unersättlich, sein Schlag in die Niere der schlimmste auf der ganzen Welt, aber die Macht seiner Zuneigung, seiner Tränen und Sehnsucht, wenn er sie denn eingestand, tja, die stellten wirklich jede Art von Drohung in den Schatten.

Das Taxi schlingerte um eine Ecke, und Cannon wurde in den Sitz gedrückt. Ihm fiel ein, wie Johnny ihm einmal den Mund zugehalten hatte, als sie sich versteckt hatten. Immerzu hatte er Angst gehabt, dass Johnny ihn bitten, gar anflehen könnte, zurückzukehren. Dass er die Einschüchterungen, die Verfolgung sein lassen und in einem Akt abscheulicher Liebenswürdigkeit daran appellieren würde, dass sie doch beide aus demselben Fleisch und Blut wären. Das war seine wahre Angst gewesen.

Aber nicht mehr, von nun an nie wieder: Jetzt war dieses geschehen, und Johnny hatte von der ultimativen Bedrohung, nämlich der freundlichen Überredung, keinen Gebrauch gemacht. Nun könnte er nicht mehr gewinnen, denn es gab so viel mehr zu verlieren. *Jawohl!* Unbekümmert, ganz in Gedanken verloren, sprang Cannon die Stufen hinauf in das schäbige Haus, das seinen Verfall nach außen hin recht gut verbarg. Auf der Straße fand der bunte Exodus der Büroangestellten statt, in Schals, Mützen und Hüten waren sie unterwegs, die Mädchen mit albernen Schuhen, die weder vor Kälte noch vor Nässe schützten. Er erinnerte sich flüchtig, wie er einmal Julies Füße in den praktischen Slippern geküsst und dabei die zarte Haut ihres Knöchels gespürt hatte. Er ignorierte den schwachen Geruch von Johnny im Innern des Hauses, denn er war unerklärbar, und Cannon wollte sich auf Dinge konzentrieren, die er erklären konnte; trotzdem war er gegenwärtig. Definierbar nur für jemanden, der all die Jahre mit diesem Scheusal geschlafen hatte, jede Ausdünstung seines Körpers kannte, vom eigentümlichen Gestank seines Schweißes bis zur sanften Duftnote einer frisch gewaschenen Brust. Nein, zur Liebe mit Johnny war er nicht gezwungen worden: am Anfang nicht. Es war so natürlich gewesen wie das Atmen …

Er konnte Johnny atmen hören wie einen Puls dieses Hauses, und er ignorierte auch das. Platzte durch die Tür des Dachbodens, wünschte, er hätte den Taxifahrer gebeten, auf ihn zu warten. Eile mit Weile, mein Freund.

Sein Geld war unter dem Balken über dem Porträt der hüllenlosen Sarah gebunkert. Sarah, auch so eine bequeme Einrichtung, sie war ja wirklich großzügig, doch würde er nicht viel lieber ohne sie auskommen, so wie sie damals vorgehabt hatten, Granny loszuwerden, nachdem sie vergeblich versucht hatte, Ordnung zu schaffen? Ach je, und wie sollte er genügend Geld verdienen, um Frau und Kind zu ernähren? Seine Hast machte ihn unbeholfen; die Dielen knarzten. Er warf einen Blick auf sein Porträt von Sarah: Es war gut gelungen, sehr gut, vorausgesetzt, er verglich es nicht mit Bonnard, denn mit solchen Vergleichen konnte man jeden Ansporn im Keim ersticken. Er hatte Talent, daran musste er glauben; außerdem musste er an das Kind denken, das auch ein Talent hatte, das gepflegt werden wollte. Er zerrte an dem Balken, fingerte ungeduldig nach dem dort oben versteckten Plastikbeutel mit seiner Barschaft. Auf Banken war kein Verlass, wenn der Staat darauf bestand, man schulde ihm Geld. Er griff nach einem Stuhl, auf den er steigen wollte, um besser dran zu kommen.

Es gab nur den einen Holzstuhl, ein schwächliches Ding, das höchstens fürs Schlafzimmer geeignet war. Er stellte sich trotzdem drauf, griff erneut nach dem Geld, hörte ein Stuhlbein brechen, umklammerte den Balken, hing einen Moment lang in der Luft und dachte: Sehr komisch. Dann knackte der Balken und brach entzwei, fiel herab und versetzte ihm, als er unten ankam, einen ebenso heimtückischen wie geräuschlosen Schlag auf den Hinterkopf, der ihn vornüberkippen ließ, wo er mit der selbstgebauten Staffelei kollidierte, und beide gingen mit Getöse zu Boden. Dann lag er flach, spürte eine schwere Last über seinen Schultern, Mörtelbrocken prasselten in sein Haar, gefolgt von Staub. Er versuchte sich aufzurichten, schaffte es nicht; versuchte zu atmen, das funktionierte; blieb liegen mit dem sicheren Eindruck, dass ihn eine Explosion umgepustet hatte. Blieb ganz still liegen, denk nach; noch war kein Schmerz spürbar; sein Herz raste, der Blick war getrübt. Ihm fiel, ganz zusammenhanglos, eine Bemerkung Sarahs über diesen Raum ein. Alles morsch hier, hatte sie gesagt, aber so schlimm nun auch wieder nicht. Und kein einziger Balken ist hoch genug, um sich an ihm zu erhängen. Solches Vertrauen hatte sie in ihn. Er fühlte sich schwindelig, lächerlich, und immer noch erfüllte ihn die vage Erinnerung an Fröhlichkeit und Optimismus. Er schloss die Lider, um keinen Sand in die Augen zu bekommen, streckte die Hand aus, ertastete zur Seite hin Mörtelstücke und Staub, und – gänzlich unerwartet – Papierfetzen, und geradeaus vor sich die Leinwand des Porträts.

Das Letzte, was ihm einfiel und ihn eine Weile lang beschäftigte, war die Tatsache, dass die Oberfläche sich noch immer weich und klebrig anfühlte. Ölfarbe brauchte lange, bis sie getrocknet war.

Sarah läutete an der Klosterpforte und stellte sich die müßige Frage, wie oft sie dies schon getan hatte – allein die vielen pflichtbewussten Besuche bei ihrer Tante, als sie noch ein Kind war und Pauline in einer anderen Institution, näher dem Ort, der seinerzeit Sarahs Zuhause gewesen und weit von London entfernt war. Dort hatte es eine ähnliche Pforte gegeben, doch sie hatte zu einer Schule gehört. Die Klosterschulen, die sie kennen gelernt hatte, einschließlich ihrer eigenen, verschmolzen miteinander zu einem einzigen Sinneseindruck von Gerüchen, mangelndem Komfort und einer täuschend düsteren Fassade, die verbarg, was sich dahinter befand: nicht selten Gelächter und Geborgenheit, Nächstenliebe und Frömmigkeit,

Talente und Konflikte, und ein Verhaltenskodex, der alles zusammenhielt.

Sie bemerkte, dass alle Fenster dunkel waren – ausgenommen die beiden ganz links, hinter denen derzeit zwei Schwestern das Bett hüteten. Dass sonst nirgendwo Licht war, galt als sicheres Zeichen, dass die meisten außer Haus waren. Ausflug zur Kathedrale, hatte Pauline gesagt, wo sie am Nachmittag dem Kardinal lauschen, ganze Busladungen mit Nonnen kommen von überall her, aber ich hab schon genug Predigten gehört, also schau ich lieber zu Hause nach dem Rechten. Im Dunkeln, wie es den Anschein hatte. Niemand in diesem Hause hätte je ein Zimmer verlassen, ohne hinter sich das Licht zu löschen: sie hatten ein untrügliches Gespür für Lichtschalter. Leise schlossen sie die Türen und löschten hinter sich das Licht wie ein höflicher Gast in einem fremden Haus, stets kostenbewusst. Sarah hatte sich fast alle Eigenschaften ihrer Klosterschulerziehung abgewöhnt; das Einzige, was sie beibehalten hatte, war die Gewohnheit, sich geräuschlos zu bewegen – sie war so tief verwurzelt, dass sie natürlich schien. Nur wenn sie es bewusst abstellte oder bei der Hausarbeit übermütig wurde, konnte eine gewisse Ausgelassenheit die verinnerlichte Zurückhaltung verdrängen. Es war nicht viel, was von ihrer tugendhaften Erziehung übrig geblieben war, ein kleines Andenken an das, was sie ansonsten durch und durch abgelehnt hatte. Nun, sie hatte nicht alles vergessen. Es gab da immer noch den Glauben an Erlösung … für andere Menschen.

Sie erinnerte sich an das leichte, aber kontrollierbare Gefühl der Klaustrophobie, das sich einstellte, sobald sie sich diesem Ort näherte, das ihr vorauszueilen schien wie ein Mittagsschatten, Erinnerung an winzige Zimmer und den Vorwurf: *Sarah Fortune, du bist ein hoffnungsloser Fall* … Das Gefühl der Unzulänglichkeit, weil sie nie und nimmer etwas ganz richtig machte. Mit der Etikette war sie klargekommen, jedoch nicht mit dem Gehorsam; sie hatte die unanständigen Bücher über Sex entdeckt und dafür gesorgt, dass auch die anderen Mädchen sie lasen. *Wollt ihr wohl zu kichern aufhören?*

Sie läutete ein zweites Mal, drehte sich um und warf einen prüfenden Blick auf den Parkplatz und die dahinterliegende Straße, während sie darauf wartete, dass sich jemand aus dem hinteren Teil des Gebäudes zum Portal bequemte. Ein Auto kam langsam die einsame Straße entlang, stoppte, als versuchte jemand zwischen den Bäumen die Hausnummer eines der großen Gebäude auszumachen, die zu beiden Seiten die Straße flankierten. Die Tür wurde geöffnet. Pauline machte eine nicht ganz ernst gemeinte Verbeugung und ließ sie mit schwungvoller Gebärde eintreten.

»Cannon kommt auch gleich«, erklärte Sarah.

»Ah, ein doppeltes Vergnügen.«

Zu Sarahs Erleichterung schlugen sie nicht den Weg zum Besuchszimmer ein. Es war ein Raum, in dem Stimmen widerhallten, eher für Gipfelkonferenzen geeignet als zum gemütlichen Plausch. Sie konnte sich gut vorstellen, wie zu Besuch weilende Würdenträger dort drinnen auf den altertümlichen Plüschbezügen schnarchten; Schlaf als Selbstverteidigung gegen die Schwindel erregenden Muster auf Teppichen und Vorhängen. Sie folgte Pauline in die Küche, wo die Wärme des Raumes sie wie ein sanfter Keulenhieb traf. Julie machte sich mit erhitzten Wangen am Herd zu schaffen. Auf dem Tisch standen mit Frischhaltefolie abgedeckte Speisen, kalter Braten, Brot und Butter, ein Topf Suppe wartete seitlich auf dem Kaminvorsprung. »Die werden ganz schön hungrig sein, wenn sie heimkommen«, erklärte Pauline vergnügt. »Das ist immer so bei ihnen nach einer guten Predigt von einem ranghohen Kleriker. Sag guten Tag, Julie.«

Sie ist doch kein Kind, hätte Sarah am liebsten geschrien, sie kann für sich selber reden!

Julie begrüßte sie mit einem Lächeln, das ihr Gesicht aufleuchten und trotz aller Strapazen eher schön als interessant wirken ließ. Sarah wandte sich an Pauline: »Du bist ein Tyrann. Vergiss nicht, Julie ist ein zahlender Gast.« Das *von mir bezahlt* verkniff sie sich. »Du lässt sie viel zu hart schuften.«

»Tu ich nicht. Versuch du sie mal davon abzuhalten. Mir gelingt es nicht.«

»Es hindert mich am Nachdenken«, sagte Julie. »Denn nachdenken will ich lieber erst gar nicht.« Sie schob sich die feuchten Haarsträhnen hinter die Ohren. »Können wir kurz woanders hingehen? Es ist dermaßen warm hier drin.« Das war es in der Tat, nicht ungemütlich, aber Sarah hatte sich ja auch nicht an einem heißen Herd abgerackert. Ihr Leben kannte ja dergleichen nicht, war der Kommentar, den sie Paulines Blick entnahm. »Warum gehen wir nicht in die Kapelle und sprechen ein Gebet?«, schlug Pauline fröhlich vor. Julie nickte und ging voran, Pauline und Sarah folgten ihr. »Die Kapelle *gefällt* ihr«, flüsterte Pauline Sarah zu, die verärgert war über die Unterstellung, dass es Julie nichts ausmachen würde, wenn man in Hörweite über sie sprach wie über eine taube alte Tante. »Sie fühlt sich inzwischen richtig zu Hause dort.« War das neu oder schlicht erfunden? »Auch Cannon geht gern in die Kapelle«, fügte Pauline hinzu.

In der Kapelle war es kühl genug, um ein Fieber zu senken. Sarah bereute, nicht ihren Mantel mitgenommen zu haben. Die anderen beiden, zwei Gleichgesinnte, schienen es gar nicht zu bemerken. Zum ersten Mal wurde ihr klar, dass Paulines voluminöse Kleidung einen bestimmten Zweck erfüllte: Auf diese Weise trug sie stets eine anpassungsfähige Hülle. Sarah hingegen war für ein überheiztes Büro gekleidet, Bluse und Rock unangemessen für diese eher spartanischen Verhältnisse.

Und es hatte noch weitere Vorteile, eine heilige Nonne wie Pauline zu sein: Man musste sich nie sorgen, ob die Schuhe zum Rock passten oder der Rock zur Bluse passte – Pauline konnte einfach bei ihrer Nonnentracht bleiben, und was andere in einer Handtasche verstauen mussten, brachte sie in den Taschen ihrer Kleidung unter, bar aller Eitelkeit, als sei ihr diese völlig fremd. Was keineswegs der Fall war, ganz und gar nicht, nur war ihre Eitelkeit von jener sublimen Art, wie sie dem Produzenten eines Theaterstücks ansteht, der sich mit Absicht unauffällig kleidet im Wissen, dass er es ist, der die Fäden zieht und die Szenen kreiert. Sarah versuchte das Misstrauen zu unterdrücken, mit dem sie sowohl das treuherzige, von Erschöpfung gezeichnete Gesicht von Julie als auch das unergründliche von Pauline mit seiner marmorfarbenen Haut betrachtete. Wie melodramatisch, auf der Kapelle zu beharren, als sei sie ein Rastplatz auf der Straße nach Damaskus und Pauline, wenn nicht die Verkörperung der Vision des Paulus, so doch zumindest der offizielle Pannendienst, der ihn auflas für den nächsten Abschnitt der Reise.

»Na also«, sagte Pauline, besorgt, dass sie es auch alle hübsch unbequem hatten. »Julie und ich haben einen so wunderschönen friedlichen Tag miteinander verbracht, nicht wahr?«

Weshalb diese grauenhafte Herablassung? Waren hier Heilige und Sünderin vereint? Oder war es eher so, dass Pauline in ihrer Mutter-Rolle überfürsorglich wurde nach der Entdeckung, dass ihr Nesthäkchen in anderen Umständen war? Sarah blickte auf das Standbild des Heiligen Georg, um das sie alle drei gruppiert schienen, und fragte sich, was der kleine Prinz mit den geschürzten Lippen sich wohl dabei dachte, wenn er seine Lanze schwang.

»Wie gesagt, Cannon kann jeden Moment eintreffen«, erklärte sie. »Hört man von hier aus die Türglocke?«

»Oh, ja. Es gibt einen Laser an der Wand, einen lautlosen mit Lichtsignal …« Das kam von Julie, die sich hier offenkundig zu Hause fühlte. Eine Kellnerin mit leicht vorstehenden Zähnen, wunderschönen Augen und enormer Würde. Sarah kam sich albern vor. Denn an keiner von beiden war etwas Unredliches. Was bei ihr solchen Unmut auslöste, war der Umstand, dass sie hier immer in Verlegenheit geriet; dieses Gefühl von Schuld und Ohnmacht, das sie jedes Mal in einem Kloster überkam. Defensiv hatte sie die Arme vor der Brust verschränkt, weniger um sich gegen die Kälte zu wappnen, sondern gegen die Überlegenheit, die diese beiden Frauen ausstrahlten – die Ehefrau und die dem Zölibat verpflichtete Nonne. Vielleicht ging es allen Flittchen so an einem solchen Ort. Vielleicht lag es auch an Paulines gönnerhafter Fürsorge für ihren neuen Schützling. *Als Kind hast du immer versucht, die Aufmerksamkeit auf dich zu lenken, Sarah. Mit fünfunddreißig nun immer noch eifersüchtig, wie?*

»Guck mal«, sagte Pauline, »du hast uns falsch verstanden.« Das *uns* tat weh. »Uns gefällt's nun mal hier in der Kapelle, weißt du? Und es ist vollkommen angemessen, hier zu sitzen und auf Cannon zu warten, oder? Der wird ohnehin eher hier hinten reinkommen, statt vorn am Portal zu läuten, wenn er seiner Gewohnheit folgt. Der Hauptzugang schien ihm nie ganz zu behagen, nicht wahr, Julie? Er hat es lieber klandestin.« Julie nickte. »Wenn er vorn nicht reinkommt, nimmt er die Hintertür. Also mach dir keine Sorgen wegen Cannon. Du hattest nichts davon erwähnt, dass du ihn mitbringen würdest; je später er auftaucht, desto besser. So bleibt uns mehr Zeit, die Angelegenheit zu bereden.«

»Bist du sicher, dass du schwanger bist?«, fragte Sarah, wobei sie Paulines Blick auswich und Julies müdes Gesicht fixierte, fasziniert vom Wechsel ihres Mienenspiels. Es schien so verändert, dass man es für ein anderes Gesicht hätte halten können. Ein ähnlich dramatischer Wechsel würde durch andere Kleidung entstehen – noch so ein Chamäleon. Da hatten sie also etwas gemeinsam. Der Stimmungswechsel war schwer zu beschreiben: War sie entspannt, war es ein melancholisches Gesicht? Es wirkte äußerst attraktiv, wenn sie lachte. Sie hatte die riesigen Augen einer Madonna, in denen sich permanentes Erstaunen spiegelt. Sie würde unermessliche Geduld aufbringen für Kind und Ehemann, wenn sie diese Chance bekäme. Und sie würden alle drei gemeinsam wachsen wie ein leicht verbogener, doch fruchtbarer Apfelbaum.

»Ziemlich sicher. So sicher, wie man sich nur sein kann, fast wie bei einer Verkündigung durch den Erzengel Gabriel. Und Cannon wird nicht den geringsten Grund zu der Annahme haben, dass es sich hier um ein übernatürliches Objekt handelt – das hier ist sein ganz, ganz eigenes.«

Es schwang ein ironischer Unterton mit, den man bei ihr nicht kannte, eine neue unbeugsame Selbstgewissheit. Vielleicht rührte es daher, dass sie den ganzen Tag mit Pauline verbracht hatte, der ironisches Understatement zur zweiten Natur geworden war. Sarah konnte sich nicht vorstellen, dass Julie bei Cannon Ironie an den Tag legte: Er hätte sie nicht begriffen. Bei Cannon gab sie sich liebevoll und unbeschwert, unerschütterlich in Anerkennung der Tatsache, dass er die Hauptrolle spielte und sie, als integraler Bestandteil seines Lebens, seine Sprache und Bedürfnisse dechiffrierte, sein Passierschein war in die Realität. Und sie war stolz auf diese Symbiose, die zweite Hälfte zu sein; sie machte es zu etwas Bewundernswertem. Feministisches Geschwätz über Selbstfindung hatte in Julies Repertoire so wenig Platz wie in dem der Nonnen. Ihre Art von Liebe stellte eigene elementare Ansprüche, und diesen gehorchte sie voll und ganz. Im Kontext von Julies großzügiger, aufopfernder Seele betrachtet, war die Versuchung, die Liebe zu Gott in die Gleichung einzuschließen, gar nicht mal überraschend. Pauline hatte einmal gesagt: Wenn man vollkommen liebt, erweitert sich das Herz, und es verkalkt. Bei ihr hörte sich so was immer nach einer Krankheit an.

Vielleicht hatten Julie und Pauline ja Recht. Die Kühle und das Raumgefühl in der Kapelle läuterten die Gedanken, vermittelten direkten Zugang zur Erkenntnis, weil an diesem Ort jede Ablenkung auf ein Minimum reduziert und Konzentration auf das Nicht-Nebensächliche verordnet war. Sarah dachte, dass mit einem Kasten Wein im Keller eingeschlossen zu sein vielleicht dieselbe Wirkung haben würde. Warum waren ihr nie zuvor Julies kräftige Arme aufgefallen? Wie geschaffen, um einen Mann zu umarmen und ein Baby zu wiegen, so viel stand fest. Einen Augenblick lang verspürte sie einen so heftigen Neid, dass es schmerzte, gefolgt von einer Welle ebenso intensiver Fürsorge. Nichts durfte ihr zustoßen, nichts. Hinter dem gegenwärtig ruhigen, kräftigen Gesicht schlummerte dieselbe Zerbrechlichkeit wie in Cannon. Erst aus der Kombination beider erwuchs die Kraft, von der sie zehrten. Und wenn diese beiden sie Bankrott machten – sei's drum. Sie würde so oder so Pleite gehen. Vielleicht konnte sie ja Patentante werden?

»Manche Frauen nehmen sehr rasch zu, nicht wahr?«, murmelte Pauline. »Nicht, dass man es bei Julie schon merken würde.« Sie sprach noch immer in der dritten Person über sie, als machte die bevorstehende Mutterschaft sie mehr zu einem Diskussionsthema als zu einer realen Person. »Aber es kann wohl nur noch eine Frage von wenigen Wochen sein, oder? Jedenfalls, wenn sie hier bei uns bleibt, wird das Ganze ein bisschen schwierig zu erklären sein. Nichts, was unmöglich wäre – vorausgesetzt, ich muss keine fleischlichen Vorkommnisse in der Sakristei melden –, aber heikel.«

»Sie wird nicht hier bleiben. Oder, Julie? Wir können auf der Stelle gehen.«

Julie schaute auf zum Heiligen Georg, dann zu Sarah, dann zu Boden und zog ihre Stirn in Falten. »Er ist nach wie vor da, Sarah. Nach wie vor. Cannon würde mich jetzt bestimmt nicht im Stich lassen, jedenfalls nicht, wenn er Bescheid wüsste. Aber er ist nach wie vor da.« Erst dachte Sarah, Julie meine einen Heiligen. Von denen gab es ja etliche hier drin.

»Wer?«

»Johnny. Und ob Kind oder nicht, ich drehe durch, wenn er je wieder in meine Nähe kommt. Vor allem jetzt.« Ihre Stimme hob sich. Pauline tätschelte ihre Hand. Der Hochzeitsring schimmerte in mattem Gold, erschien bedeutungslos im Hinblick auf den Schutz, den er suggerierte. Da war Paulines Rosenkranz wirkungsvoller, gewichtiger und zumindest potenziell zu etwas nützlich. Er schien zehnmal besser geeignet, den bösen Blick abzuwehren. Bei jeder Bewegung Paulines klickten die Perlen wie poliertes Gebein.

»Aber *warum* denn, Julie? Das ist doch nur ein Mensch. Ein schlechter, aber nur ein Mensch.«

»Er ist weit mehr als das. Er ist der böse Drachen im Märchen«, sagte Julie. Sie versuchte ein Lächeln, doch es konnte die hilflose Angst nicht verbergen.

»Und der Mensch ist nichts im Vergleich mit Gott dem Vater, der ihn erschuf«, unterbrach Pauline, der nun der Geduldsfaden riss. »Eine Schande, dass keine von euch je auf den Gedanken kam, *Ihn* um Hilfe zu bitten. Doch lieber spät als gar nicht. Ich jedenfalls habe euch seit Monaten in meine Fürbitte eingeschlossen. Geh mit Gott, Kind, und wenn du nicht an deine eigenen Gebete glauben willst, so glaube an meine.«

Sie erhob sich mit rauschendem Gewand, stets die Führerperson. »Kommt, es ist kalt hier drinnen. Wo zum Teufel bleibt dein Mann? Ihr solltet lieber noch was essen, bevor ihr aufbrecht. Die Vögelchen werden frühestens in einer Stunde zurückkehren.«

Das Trio bewegte sich ohne Hast in Richtung Tür. Pauline ließ den beiden Jüngeren den Vortritt, für den Fall, dass eine von ihnen die goldene Regel des Lichtausschaltens vergaß. Was war das doch für ein merkwürdiger Ort, dachte Sarah, dass er eine derartige Wirkung ausübte: Erst weckte er eine Aversion, ihn zu betreten, und dann ging man nur widerstrebend weg. Wiedersehen, Kapelle. An mich kommst du nicht ran, lieber Gott, aber manchmal wünschte ich, du könntest es. Sie strich über den knorrigen Fuß des Drachen, als sie an der Statue des Heiligen Georg vorbeikamen. Erwartungsgemäß zeigte er keine Reaktion, doch ihre Hand fühlte sich wärmer an nach dieser Berührung. Armer alter Drache. Dann packte Julie ihren Arm, ihr Mund formte einen Schrei.

Anders als sonst, wenn man sie zum raschen Hindurchhuschen nutzte, schwang die Pendeltür jetzt mit einem heftigen Ruck auf und traf Pauline, die rechts neben ihr stand, mitten ins Gesicht. Sie kippte rückwärts gegen die letzte Kirchenbank, suchte nach Halt, um nicht das Gleichgewicht zu verlieren, und stieß einen spitzen Schrei aus, der seltsam mädchenhaft klang. Dann gab sie ein Stöhnen von sich. Im nächsten Sekundenbruchteil herrschte völlige Stille, Blut tropfte aus ihrer Nase, während Sarah im gleichen Augenblick der absurde Gedanke kam, es träfe sie nun alle die Strafe Gottes, weil sie die Frechheit besessen hatten, die Kapelle ohne Kniebeuge zu verlassen. Paulines Hände fuhrwerkten unbeholfen umher, als suchten sie nach etwas Verlorenem, bis Sarah mit jähem unerträglichem Pathos klar wurde, dass sie sich bekreuzigte. Eine tapfere, doch vergebliche Geste.

O Gott, dieser bescheuerte Cannon erschien auf der Bildfläche mit dem Tempo und Taktgefühl eines wutschnaubenden Stieres. »Cannon?«, rief sie und machte einen Schritt nach vorn. »Cannon?«

Die Tür schwang in den Angeln; eine Tür, die nie lärmend ins Schloss fiel. Alle drei zogen sich vom Eingang zurück, Sarah und Julie packten Pauline und zogen sie mit sich in Richtung des Altars. Nur widerstrebend ließ sie den Knauf der Kirchenbank los, den sie mit knochigen, bleich schimmernden Fingern umklammert hielt; die andere Hand war blutbeschmiert.

Es war nicht Cannon, und es kam auch keine Entschuldigung. Nur ein Räuspern, wie wenn jemand vor seinem Auftritt sein Kostüm richtet. Dann wurde die Tür ein zweites Mal aufgestoßen, und zwei Männer traten ein. Einer war unerhört korpulent; er wirkte wie die Karikatur eines Menschen, wie vom Hals bis zu den Knien aus übereinander geschichteten Gummireifen zusammengesetzt. Er ging mit schlingerndem Schritt, um mit den feisten Schenkeln klarzukommen. Im Vergleich zu ihm erschien der andere schmächtig; trotzdem war es ein stämmiger Kerl, breitschultrig und groß genug, um auf die drei herabzublicken. Ein Wimmern – gedämpft von dem Fingerknöchel, den sie sich in den Mund geschoben hatte – drang aus Julies Kehle. Der größere Mann hielt das Kätzchen am Genick, es wirkte kleiner als eine Staubflocke und fügte sich ohne Gegenwehr. Er setzte es sanft auf einer Kirchenbank ab, wo es anfing, sich das Fell zu lecken. Sarah wurde von einer schrecklichen Angst um das Kätzchen gepackt und hätte ihm am liebsten zugerufen, es solle davonlaufen und sich irgendwo verkriechen.

Sie wusste genau, wer das war. Er wirkte jetzt gar nicht so albern, dieser Johnnyboy. Mit seinem grauen Jackett und dem blütenweißen Hemd sah er aus wie Cannon an einem guten Tag; seine umschatteten Augen wanderten nervös durch den Raum, als scheute er sich, irgendwo haften zu bleiben. Nun, da seine merkwürdigen Proportionen unter dem Anzug verborgen waren und er nicht wie ein Schweinswal durchs Wasser pflügte, wirkte er ganz brauchbar. Sie wusste, wer das war, und im gleichen niederschmetternden Augenblick wusste sie auch, dass Cannon Recht gehabt hatte. Die Kapelle machte auf ihn keinerlei Eindruck; die Gegenwart einer älteren Nonne, der Blut aus der Nase rann, ließ ihn ebenso kalt. Es gab hier kein Gewissen, auf das man hätte einwirken können. Nicht die Spur. Er blieb stehen und schirmte die Augen mit einer Mütze ab, als sei er von der Gegenwart der drei Frauen geblendet. Julie verfiel in ein jammerndes Wehklagen.

»Hör auf«, sagte er sanft. »Wer immer du bist.« Dann lauter, mit einer Spur Nervosität in der Stimme: »Schluss jetzt!«

Sie verstummte und ließ den Kopf sinken; das lang gewordene Haar fiel ihr übers Gesicht. Pauline erwachte aus ihrer Erstarrung. Ihre Stimme bebte, doch es schwang immer noch eine unmissverständliche Autorität mit: »Raus hier! Was *fällt* euch ein?«

Er schien diese klischeehafte Rüge leicht amüsant zu finden, kam zwei Schritte näher. Das Trio machte zwei Schritte rückwärts, wie ein Insekt mit sechs Beinen. Sarah konnte Julies Angst förmlich riechen: Sie breitete sich aus mit der Macht eines Parfüms, brachte den Geruch nach Küche, Talkpuder, saurem Schweiß mit sich. Und während der Mann näher kam, die Distanz zwischen ihnen schrumpfen ließ und Selbstvertrauen gewann, konnte sie auch ihn riechen. Er hob eine Hand in Paulines Richtung, ließ sie sinken, schüttelte den Kopf.

»Die *Freunde* meines Bruders … seine mächtigen *Freunde* … ein Haufen *Weiber*. Ach, nun komm schon, Schwester. Keine

Sorge. Was zum Teufel sollte ich von einer Frau wie dir wollen? Ich will nur *Julie.* Meines Bruders *Frau.* Sie ist mir was schuldig.« Julie begann erneut zu wimmern. Sarah griff hinter Paulines Rücken vorbei nach ihrer Hand, drückte sie. Der Gegendruck war schwach, als ob sie bereits aufgäbe, schon die ganze Zeit gewusst hätte, dass dies geschehen würde, und unfähig sei, sich dagegen zu wehren.

»Schaut mich an«, kommandierte er.

Langsam hoben alle drei den Blick und starrten ihn an. Der größere Mann stand reglos da, nichts weiter als ein Fettsack, der auf sein Zeichen wartete. Johnnyboy hielt ihrem Blick stand, bis er sich abwandte, über die Schulter zu seinem Komplizen sprach. Jede Spur von Nervosität war verschwunden. Er schien fast erleichtert.

»Nun, das ist ja einfach«, sagte er. »Er macht's uns einfach. Der Künstler versteht tatsächlich ein erkennbares Porträt zu malen. Das muss man ihm lassen. – Wir wollten bloß sichergehen, weil wir hier zwei zur Auswahl haben«, wandte er sich wieder den Frauen zu. Er winkte Sarah mit gekrümmtem Finger.

»Komm her.«

Pauline griff nach ihrer Hand, steckte ihr Kruzifix und Rosenkranz zu und bat sie, beides festzuhalten und nicht weiter zu gehen, als es die Perlenschnur des Rosenkranzes zuließ. Sarah drückte das kalte Silber sanft in Paulines Hand zurück und machte einen Schritt vorwärts. Welch erquickendes Gefühl der Freiheit, sich überhaupt zu bewegen.

»Mrs. Julie Smith, so wahr ich lebe«, murmelte er. »Na, er hat sie in der Tat gut getroffen, nicht wahr? Ich könnte fast stolz auf ihn sein.« Er stand nahe genug, dass sie den Spuckeregen spürte, den er beim Reden versprühte; es schien ihn ein besonderes Maß an Mut zu kosten, von seinem Bruder mit solcher Gehässigkeit zu reden. Sie erinnerte sich, wie er im Schwimmbad ausgespuckt hatte. Im selben Moment landete ein Tropfen auf dem Boden. Imelda würde ihn am nächsten Morgen wegwischen, dachte sie, so wie auch Paulines Blut, womöglich auch ihr eigenes. Julies Wimmern war unüberhörbar. Von Pauline kam Geschniefe und ängstliches Stöhnen. Sarah registrierte, dass sie selbst sich kaum auf den Beinen halten konnte und kein Wort über die Lippen brachte. Sie fand die Vorstellung ihrer eigenen Hilflosigkeit schockierend. Sie hätte gern die Kraft gehabt, beide Männer vor sich her aus der Kapelle hinauszutreiben wie eine Herde Schafe, auf dass hinter ihnen die Tür zuschwingen und Frieden herrschen würde.

»Meine Güte. Ich glaube, ich verstehe ihn. Du siehst halbwegs irisch aus und auch ziemlich hübsch für 'ne ältere Glucke, obwohl ich dachte, du wärst jünger. Vom Haar hat er nie was gesagt. Wunderbar, nicht wahr?« Wieder so eine Bemerkung über die Schulter zu dem stummen Kollegen gewandt, der sie mit einem gleichgültigen Nicken quittierte. »Ich konnte es nicht verkraften, dich anzuschauen, stimmt's? Du hast dein Gesicht verhüllt, und damals sah ich dich ja nur im Dunkeln. Nein, er«, er wies mit dem Daumen auf die korpulente Gestalt hinter sich, »er war es, der dein Gesicht verhüllte, und zwar gleich von Anfang an. Hat dir wehgetan. Ich wollte dich nicht anfassen, du widerliches Stück …, aber ich tat es, was? Nicht besonders gründlich. Frauen lassen sich *gerne* anfassen. Zumindest *du.*«

Ein weiterer Tropfen Spucke landete auf dem glänzenden Boden. Sie fragte sich, wo das Kätzchen sein mochte, lenkte Blick und Gedanken weg vom Brennpunkt seines Hasses. Der Mann hinter ihm trug große Stiefel, vermutlich mit Gummisohlen, denn erstaunlicherweise hatten sie ihn nicht kommen hören; schwarz und verdreckt waren sie, sie hinterließen Spuren auf den blankgewienerten Böden.

»Du *bist* doch Julie Smith?«, fragte Johnny, plötzlich wieder voller Zweifel.

Sie erwiderte nichts, sondern lächelte ihn aus irgendeinem perversen Instinkt heraus an. Automatisch lächelte er zurück, entblößte ein braun gefärbtes, unregelmäßiges Gebiss. Es wirkte unecht, wie aus dem Scherzartikel-Fundus oder wie Kinder es an Halloween tragen. Die Zähne gaben ihm das Aussehen eines Toten, ihre faulige Erscheinung färbte ab auf seine Haut, sodass man fast den Eindruck hatte, man blicke in einen Sarkophag. Seine Lippen ähnelten denen von Cannon, doch wirkten sie bleich und gierig. Sobald er sich des Lächelns bewusst wurde, stellte er es ab und zischte seinem Kumpan aus dem Mundwinkel zu: »Schau nach, ob sie's ist. Vergewissere dich. Das muss sie sein.«

Von hinten hörte man ein unterdrücktes Schluchzen. Der Dicke kam angewatschelt und riss mit einer schnellen Handbewegung am Kragen von Sarahs Bluse. Die Knöpfe hielten stand. Er zerrte erneut, entblößte einen spitzenbesetzten BH und ein Schlüsselbein. Sie bedauerte den Verlust, es war eine gute Bluse gewesen. Man hörte ein empörtes Japsen von Pauline; Sarah schloss die Augen. Nein, Pauline, sei lieber still. Es gibt mehr Nacktheit an Badestränden, und ich erlebe das nicht zum ersten Mal. Der Dicke betatschte sie, wie man ein Stück Fleisch befingert, um dessen Zartheit zu prüfen, seine dicken Finger klopften mit hohlem Widerhall ihr Brustbein ab, so unbeteiligt wie ein Arzt einen Bronchitispatienten. Er befühlte die winzigen Kuppen des weißlichen Narbengewebes. Nickte. Seine Hände ruhten auf ihrem Hals; sie wusste, er hätte ihn brechen können. Dass dies offensichtlich nicht in seiner Absicht lag, gab ihr ein unwesentliches Gefühl der Erleichterung und brachte sie wieder zur Besinnung. Der Mann trat zurück, wartete auf weitere Befehle.

Ihr fiel das Ölbild ein, das Cannon auf dem Dachboden von ihr gemalt hatte, und plötzlich begriff sie die Verwechslung. Die Wurstfinger hatten ihre Identität bestätigt.

»Natürlich bin ich Julie Smith«, sagte sie. »Wer sollte ich denn sonst sein?«

Einerseits hätte sie gern ein entschiedenes Dementi von den zwei zitternden Frauen hinter ihr gehört. Sie sehnte sich nach Stimmen, die überzeugend im Chor »Nein, sie ist es nicht, *ich* bin's!«, und *»Sie* hier ist es!«, riefen, doch es war nichts zu hören. Andererseits war sie erleichtert, dass die beiden schwiegen. Nichts anderes erwartete sie von ihnen, so niederschmetternd das Gefühl von Verrat auch sein mochte. »Was wollen Sie?«, Paulines Stimme klang altersschwach und quengelig.

»Nur sie. Sonst nichts.«

Das dumme kleine Kätzchen kam herbei und spielte zwischen den Stiefeln des Dicken. Er hob es auf und hielt es hoch. Man erwartete jeden Augenblick, dass er es gegen den Knauf einer Kirchenbank schlug. Oder auf den Boden setzte, um es mit seinem Stiefel zu zertreten.

»Geben Sie das Kätzchen mir«, kam es schwach von Pauline. Er holte aus und warf es, gar nicht mal unsanft, in Paulines Richtung. Sarah konnte das Rascheln des Gewandes und das Klappern des Rosenkranzes hören, als Pauline es in Empfang nahm. Der Rosenkranz bot keinen Schutz vor dem Teufel. Sie hielt den Blick auf Johnnyboy gerichtet, doch er konnte ihm nicht standhalten. Er schnippte mit den Fingern wie ein Mann, der seinem Hund ›bei Fuß‹ signalisiert, und marschierte in Richtung Tür. Der Dicke kam wieder auf Sarah zu, legte ihr seine gewaltige Pranke ins Genick und trieb sie vorwärts. Sie weigerte sich, doch seine Hand bedeckte ihr ganzes Schulterblatt, ihr Kopf war auf gleicher Höhe mit seiner Schulter, ihr blieb keine andere Wahl. Noch immer wartete sie auf ein Dementi von Pauline und Julie, doch es kam nicht. Als Pauline auf ihn zugesprungen kam, schien der Dicke beim Anblick ihres blutverschmierten Gesichts einen Augenblick lang weich zu werden, doch dann schubste er sie mit lachhafter Leichtigkeit von sich. Johnny war bereits durch die Tür, hielt sie auf.

»Wir bringen sie zurück«, flüsterte der Dicke. Vorübergehend schien ihm dieser Ort Ehrfurcht einzuflößen. »Sie kriegt nur eine …«, er zögerte, »… eine *Behandlung.* Wir bringen sie wieder. Ehrlich.«

Eine letzte Andeutung von Gewissen, und dann waren sie verschwunden. Die Schritte, die keiner hatte kommen hören, waren nur beim Abgang zu vernehmen. Bis Pauline ihnen über den Flur hinterhergetaumelt war und entgeistert die Straßen rauf und runter sah, war das Auto längst verschwunden.

13

Noch kein wirklicher Schmerz. Nur ein stumpfes Ziehen, wie bei einem steifen Hals, wenn man nachts Zug abbekommen hat. Es gab Schlimmeres; darüber konnte man noch lachen. Cannon hatte auch gelacht, als er die Treppe raufgekommen war, daran erinnerte er sich noch, während er die Augen aufschlug. Es gab einen Trick aus ihren Kindheitstagen, den sie bei leichten Verletzungen – aufgeschürfte Knie oder ein Schnitt im Finger – praktiziert hatten: nicht an was Besseres, sondern an was Schlimmeres denken. Damals hatten sich Johnny und Cannon in die Augen gesehen, ihre fast identischen Augen, und immer wieder gesagt: Tut nicht weh, tut *überhaupt* nicht weh, stimmt's? Denk doch mal an Sachen, die wirklich wehtun …, irgendwas, das *richtig* Angst macht, so was wie der Zahnarzt, und schon ist der Schmerz weg.

Dasselbe versuchte Cannon auch jetzt. Er dachte an richtige Schmerzen, um dieses dumpfe Ziehen zu relativieren. Seine Finger berührten die klebrige Leinwand. Er stellte sich vor, dass er über Sarahs warmen Hals tastete, nach ihrem Pulsschlag suchte und ihn auch fand. Ihre kleinen Narben konnten auch nicht ohne Schmerz zustande gekommen sein, so wie damals, als Johnny zum Spaß eine Zigarette auf seinem nackten Rücken ausgedrückt hatte, nachdem er sich erst lautlos an ihn rangeschlichen hatte. Das war echter Schmerz, so ähnlich wie beim Zahnarzt, den Johnny so fürchtete. Aber er, Cannon, nicht. Johnny hatte ihm nie verraten, was Schmerz wirklich war. Der schlimmste Schmerz war der Verlust, und das Ärgste, was er sich vorstellen konnte, war, sich aus der jetzigen Situation nicht befreien zu können: ein versehentliches Opfer eines von Johns baufälligen Häusern. Lach doch drüber, los! *Mann, der schon als Vierjähriger mit dem Feuer spielte, von Dachbalken erschlagen.* Früher hatte Johnny seine Häuser nie so verfallen lassen. Erst Einsamkeit und Verzweiflung hatten ihn dazu gebracht. Drei Jahre bewusster Vernachlässigung konnten die Dachbalken eines Hauses durchaus zum Einsturz bringen. Cannon dachte an das Haus, das er in der Guy-Fawkes-Nacht in Schutt gelegt hatte. Was für eine sinnlose Zerstörung! Als würde es Johnny auch nur das Geringste ausmachen! Die ganze Zeit hatte er geglaubt zu wissen, was Johnny antrieb. Aber kein Wissen war total.

Ihm fiel ein, dass im Bauprozess die Deckenbalken im Dach immer dann an die Reihe kamen, wenn dem Bauunternehmer das gute Holz schon ausgegangen war. Möglicherweise machte das morsche Holz den gebrochenen Balken weniger schwer. Fest stand jedenfalls, dass er nicht so liegen bleiben konnte, das war ja lächerlich. Er stemmte sich mit aller Kraft gegen das Gewicht. Plötzlich, wie Prometheus, war er von allen Fesseln befreit, oder doch frei genug, um den Oberkörper anzuheben und das Gewicht des Balkens Richtung Hintern rollen zu lassen. Dann drehte er sich auf die Seite, zog das Porträt mit seinem hölzernen Keilrahmen zu sich heran und benutzte es als Hebel. Er schob es unter den Balken und schaffte es, ihn eine Sekunde lang anzuheben. Bevor der wacklige Rahmen den Geist aufgab, zog Cannon seine Beine unter dem massiven Stück Holz hervor, robbte sich von ihm weg wie eine Schlange und ließ die Haut in Form seiner Jacke zurück. Das Stück Balken krachte wie ein Schmiedehammer mit einem dumpfen Schlag auf den Boden, prallte ab und landete dann auf Sarahs Porträt. Er stand unsicher auf, starrte es kurz an, blickte zum Loch im Dach auf und dann wieder zu ihr hinab. Banknoten aus dem Geldversteck waren über den ganzen Boden verstreut; eine oder zwei lagen direkt auf ihrem Gesicht. Sarah mit zehn Pfund Sterling auf den Lippen und mehr auf ihrem Busen.

Noch kein wirklicher Schmerz, aber es tat weh. Seine Schultern waren steif, und sein linker Arm ließ sich nur zögernd bewegen, als er damit ein Taxi anhalten wollte. Er brauchte einen Drink. Die Dunkelheit hatte sich wie ein Vorhang am Ende des zweiten Aktes über die Straßen gesenkt. Nicht endgültig, aber resolut. Endlich blieb ein Taxi stehen, und er schwang sich auf den Rücksitz.

»Ist dir nicht ein bisschen kalt, Kumpel?«

Cannon schaute auf seinen zerrissenen Sweater und die staubige Hose hinab. Was für eine blöde Frage – als spielte die Kälte eine Rolle. »Wie spät ist es?«

»Fast sieben. Wohin?«

Es war gar nicht spät nachts, sondern noch früh, und der übliche Feierabendstau wälzte sich durch die Straßen. Er hatte das Gefühl, einem dummen Unfall relativ unversehrt entgangen zu sein. Das war ein gutes Omen. Auf selbstgefällige Art war er mit sich zufrieden und fühlte sich fast euphorisch, abgesehen von den unglaublichen Kopfschmerzen, hinter denen sich irgendwo die Erinnerung an sein Glück verbarg. Julie und ein Baby; Schluss mit den baufälligen Häusern und seinem bisherigen Leben. »Schlaf, Kindlein, schlaf, schlafe nur, mein Sohn«, sang er leise und unmelodiös vor sich hin, während sich das Taxi durch den Verkehr schlängelte.

Das Klostertor stand offen. Das Erdgeschoss war so hell beleuchtet, dass er es kaum wagte, einzutreten. Eigentlich war er es gewohnt, das Gebäude verdunkelt anzutreffen, abgesehen von dem einsamen Licht, mit dem Julie ihn hereinlockte. Er hätte schon vor mehr als einer Stunde hier sein sollen und rechnete damit, dass die Frauen ihn für seine Unpünktlichkeit rügen würden. Die hektische Aktivität im Haus machte ihn nur ein wenig misstrauisch. Zu dem Misstrauen gesellte sich seine Angst, dass Julie sich hier, wo sie gar nicht hingehörte, heimisch fühlen könnte; ein kleiner Zweifel, der an seinem Vertrauen in sie nagte. Sarah würde ihnen schon sagen, was sie zu tun hatten, und sie würden einfach gehorchen. Sarah mit der Zehnpfundnote auf den Lippen und den vielen guten Ideen.

Mehrere Gestalten huschten durch die Gänge, wie aufgestörte Motten. Er drängte sich an einer Schwester vorbei, die so erfreut war, ihn zu sehen, dass sie ihn vermutlich mit jemand anderem verwechselte. Im Vorbeigehen entschuldigte er sich mechanisch und eilte weiter in den Salon. Dort drängten sich ein paar Nonnen wie die Glucken zusammen. Pauline wehrte Imelda ab, die ihre Hand halten wollte; Julie hatte sich in einen der Sessel gekauert und wirkte verkrampft und abweisend. Als sie ihn sah, sprang sie auf und lief mit einem Aufschrei auf ihn zu. Sie schlang die Arme um ihn und hängte sich an ihn wie eine Klette. Einen Moment lang genoss er das Gefühl, in aller Öffentlichkeit von ihr umarmt zu werden. Es schien Jahre her zu sein, dass sie einander zum letzten Mal in Gegenwart anderer in den Armen gelegen hatten. Doch Freude und Stolz über diese Kundgebung hielten nicht lange an. Paulines Stimme ertönte wie ein Peitschenschlag. Ihr Gesicht zeigte Spuren von Tränen, wie auch das seiner Frau, nur hatte Pauline ihr Weinen und den Schock unter Kontrolle. Ihr Gesicht sah verändert aus, älter. Der Anblick ihres grauen Kurzhaarschnitts war so ungewohnt für ihn, als sähe er sie plötzlich nackt, doch ihre Stimme war unverkennbar.

»Ihr Bruder und sein Leibwächter haben Sarah entführt. Sie hielten sie für Julie – dabei sehen sich die beiden doch gar nicht ähnlich! Warum macht er so was?« Ihre Stimme war laut vor Angst. Sie hielt das Kruzifix an ihrem Rosenkranz fest umklammert und schüttelte den Kopf. »Und wir … wir haben es zugelassen. Gott steh uns bei!«

Sie senkte den Kopf. Imelda flüsterte ihr etwas ins Ohr. Daraufhin richtete sich Pauline ergeben auf, hob den Kopf wieder und betrachtete die Zimmerdecke. Auf ihrem Schoß lag ein rotes Taschentuch. Erst jetzt roch er das Blut. »Mir hängt die Nächstenliebe zum Hals raus«, sagte sie.

»Er wird wiederkommen, der Mann hat gesagt, dass sie wiederkommen werden. Cannon, wir müssen hier weg, bevor sie wiederkommen. Bevor ihm klar wird – o Cannon, wir müssen weg – schnell.« Julie war so hysterisch, dass ihre Stimme hoch klang, schrill, fordernd und unnachgiebig. »SCHNELL.«

»Sei still«, sagte Imelda.

Die ganze Zeit über hatte er nur darauf gewartet. Er hatte damit gerechnet, dass Johnny ihm seine Julie wegnehmen würde – und er hatte gehofft, dass dieser Fall nicht eintrete. Die

Menschen in seiner Umgebung hatten aufgehört, ihm zu glauben, sodass er selbst unvorsichtig und mutlos geworden war. Jetzt verspürte er nur noch Erleichterung. Zum einen, weil es endlich passiert war, was den anderen zeigen würde, dass er Recht hatte, und zum anderen, dass Johnny die falsche Frau entführt hatte. Fast hätte er über diesen Irrtum gekichert. Schuld daran war einzig und allein Johnny, weil er sich geweigert hatte, Julies Bild anzusehen oder sie kennen zu lernen. Nicht einmal als er sie verprügeln ließ, brachte er es fertig, ihr ins Gesicht zu schauen. Geschah ihm recht. Nach der anfänglichen Erleichterung machte sich jedoch unsägliche Wut in ihm breit. Im Taumel der Gefühle bekam er nur mit, dass Julies Hand seinen Arm umklammerte und in Richtung Tür und Außenwelt ziehen wollte.

»Die Polizei ist schon unterwegs«, versuchte Imelda beruhigend auf sie einzuwirken, als sei das eine Antwort auf alle Probleme. »Ich begreife nicht, warum ihr sie nicht sofort angerufen habt.«

»Weil wir auf diesen Herrn gewartet haben«, sagte Pauline mit verhaltener Stimme. »Also, was ist, Cannon? Willst du verschwinden und die Erklärungen uns überlassen? Was sollen wir den Beamten erzählen? Wir wissen ja nicht einmal, wo er wohnt.«

»Dort würde er sie auch nicht hinschaffen«, antwortete Cannon umgehend. Er scharrte mit den Füßen. Noch nie hatte er Johnnyboy die Polizei auf den Hals hetzen wollen; davor wollte er ihn auch jetzt noch bewahren. Außerdem würde Johnnyboy sie nie in sein Haus bringen, auf keinen Fall. »Ich nehme an, sie haben nicht erwähnt, wo sie sie hinbringen wollen? Oder wozu?« Blöde Frage. Er wollte nur weg hier, raus aus diesem Kloster, mit Julie irgendwohin verschwinden, selbst ohne festes Ziel, einfach Hals über Kopf flüchten. Es war nicht gerade einfach, über vernünftige Alternativen nachzudenken, solange Julie in ihrer Panik weiterhin an ihm zerrte. Zugleich wusste er in seinem Innersten, dass seine Reaktion falsch und widerlich egoistisch war.

»Es wird ihr schon nichts passieren«, kreischte Julie. »Sie haben gesagt, sie würden sie zurückbringen. Sie haben es versprochen. Sarah passiert nie was – sie ist eine Lebenskünstlerin. Denk jetzt nicht an Sarah, denk gefälligst an mich. Bring mich hier weg, bevor er mich holen kommt. Sie hat es für uns getan.« Da er darauf nichts erwiderte, nahm sie endlich die Hand von seinem Arm. »Sie nehmen sie nur zur *Behandlung* mit«, plapperte sie weiter. »Er wird ihr nichts tun, sobald er bemerkt, dass sie nicht dir gehört. Warum sollte er? Deshalb hat sie ja zugelassen, dass er sie mitnimmt. Damit wir Zeit genug haben, hier wegzukommen, verstehst du das denn nicht?! Also komm schon, Cannon. Komm!«

Ihr Gerede erinnerte ihn an ähnliche, aber energischere Anweisungen von Sarah. »Komm schon, Cannon.« Julie drehte vor Feigheit durch, und er konnte ihr nicht einmal einen Vorwurf daraus machen. *Behandlung; zur Behandlung mitgenommen.* Damit wir Zeit genug haben, hier wegzukommen. Er versuchte, ihre Flucht vor sich zu rechtfertigen. Sie würden ihr nicht wehtun, nicht wirklich. Und sollte Johnny seine Rachegelüste wirklich an Sarah austoben, so wäre seine Wut danach sicherlich erschöpft, und er würde sie in Ruhe lassen. Seine Energie hatte bisher immer ihre Grenzen gehabt. Er würde es nicht ein zweites Mal tun, es wäre vorbei. Der Gesichtsverlust und all die sinnlos verschwendete Bosheit würden ihn ermüden. Sie waren endlich frei, das wusste er, und sie sollten sofort aufbrechen, irgendwohin, um nie wieder von ihm hören zu müssen. Er dachte an seine eigene Feigheit und deren Folgen: Sarahs Porträt, so deutlich sichtbar aufgestellt. Ein Teil von ihm hätte am liebsten gesagt: »Ich hab dich gewarnt. Behaupte ja nie, ich hätte dich nicht gewarnt. Ich hab dich gewarnt, aber du hast mir nicht mehr geglaubt.« Sollte sie doch seinen Zorn auf sich laden. Eine Frau wie sie würde mit Johnnyboy jederzeit fertig, selbst mit verbundenen Augen. Sie konnte mit Männern umgehen, eine richtige kleine Nutte; sie kannte Scharen von ihnen.

Aber keinen wie Johnny. Einen Typen wie ihn konnte sie sich nicht einmal vorstellen; da ging es ihr wie dem stets freundlichen William mit den kundigen Händen. Niemand konnte das. Er spürte, dass Pauline ihn anstarrte. Ihr bleiches Gesicht war schmerzverzerrt, die zarte Nase angeschwollen und das riesige Taschentuch rot vor Blut. Was war die schlimmste Folter, die sich Johnnyboy für die Frau, die er als Feindin, Diebin und Rivalin betrachtete, ausdenken konnte? Die *Behandlung.* Er wusste genau, wo er sie hingebracht hatte. Und er wusste, dass es keinen Polizisten gab, der ihm glauben oder schnell genug handeln würde. Julie klammerte sich schon wieder an ihn. Die Freiheit hatte ihren Preis, und den musste jetzt ein anderer bezahlen. Er küsste sie und lief davon, gefolgt von ihren Schreien: »Ich habe alles für dich getan. *Alles.*«

Es war kein besonderes Auto, stellte Sarah fest, als sie durch die dunklen Straßen chauffiert wurde. Kein Wagen, der für den Transport von Gefangenen konstruiert war, keine zusätzlichen Verriegelungen an den Türen. Nur eine Limousine mittlerer Preisklasse. Sie merkte sich zwar nie irgendwelche Automarken, da sie an solchen Dingen kein Interesse hatte, aber sie versuchte, sich möglichst viele Einzelheiten einzuprägen, falls man sie später einmal danach fragen sollte. Außerdem konnte sie sich so besser von der Situation ablenken, in der sie war. Blau. Er war innen blau, und Johnnyboys Hinterkopf schimmerte schwarzgrau, während er den Wagen mit lässiger Präzision steuerte. Vielleicht konnte sie hinausspringen, wenn sie zu einer Ampel kamen. Er war ein vorsichtiger Fahrer, der die Geschwindigkeitsbegrenzung nie überschritt. Vielleicht sollte sie den Mund aufmachen und endlich etwas sagen. Aber sie hätte nichts hervorbringen können als die Anweisung, umzukehren und die richtige Frau zu holen. Etwas anderes ging ihr nicht durch den Kopf, und dafür war es noch zu früh. Sie würde es erst aussprechen, wenn das Kloster voller Menschen und Julie in Sicherheit war. Gib ihnen eine Stunde Zeit. Sie tastete vorsichtig nach dem Türgriff.

Verriegelungen waren gar nicht notwendig. Es genügte, dass der dicke Mann ihre Hand hielt, wie ein Vater auf dem Rücksitz einer Limousine, der die Braut zur Kirche brachte, voller Stolz, Beschützerinstinkt und Besitzgier. Die Hand war so groß, dass sie ihre Knochen mühelos hätte zerquetschen können, genau wie das Kätzchen. Aber er hatte das Kätzchen verschont, und das beruhigte sie, ebenso wie die Erinnerung an die paar hektischen Worte, die er geflüstert hatte. Immerhin ließen sie den Schluss zu, dass er noch eine Spur von Gewissen hatte. Keine Angst, wir bringen sie zurück, hatte er gesagt. Sie verspürte die Einsamkeit einer zum Tode Verurteilten, die Panik des Opferlamms, das zum Altar geführt wurde, während die versammelte Menschenmenge dem bevorstehenden Ritual applaudierte und nicht zulassen würde, dass man ihr den Spaß verdarb. Sie hatte nie ganz verstanden, dass es das Böse gab. Die blaue Polsterung des Wagens roch ekelhaft neu.

Sie bekam genau mit, wohin man sie brachte. Doch das schien ihren Entführern egal zu sein; sie hatten ihr weder die Augen verbunden, noch fuhren sie irgendwelche Umwege, um sie zu täuschen. Bald waren sie im vertrauten West End angelangt, wo die Menschen vom Einkaufen nach Hause eilten. Die Hoffnung stieg in ihr auf wie eine Luftblase. Die Umgebung schien ihr so alltäglich, als könnte sie jeden Moment aus dem Auto steigen und in der Menge verschwinden, schnell eine Straße überqueren und durch die nächste laufen, bis zum Seiteneingang von Selfridges, wo sie Mrs. Matthewson treffen würde – oder sich einfach in die schwüle Hitze der U-Bahn stürzen. Mittlerweile hatten sie den Piccadilly hinter sich gelassen und die Bond Street gekreuzt. An der Ecke, wo Mole wohnte, blieben sie kurz stehen. Weiter am Haus eines anderen Liebhabers vorbei; doch Liebhaber würden einen nicht retten, das hatten sie noch nie. Liebhaber bedeuteten nicht Kraft, sondern Trost; die stärksten Gefühle, die schwächsten Bindungen. Jetzt befanden sie sich auf Williams Terrain, dem Ärzteviertel, einer zivilisierten, noblen Gegend, die Heilung verhieß. Wenn sie an seinem Haus vorbeifuhren, konnte sie vielleicht winken oder auch um Hilfe schreien, falls ihre Stimme mitmachte. Eine Stunde nur noch, dann wäre das Kloster wieder ein sicherer Ort. Dann würde Cannon da sein. Der war in Krisensituationen zwar so gut wie nutzlos, aber immer noch besser als gar nichts. Bring Julie von dort weg, du Idiot. Bring sie weg. Aus dem abgekapselten Vakuum ihres Lebens dachte sie an die Menschen, die sie liebte, und bezweifelte, dass auch nur einer von ihnen versuchen würde, ihr zu helfen, selbst wenn sie das Ausmaß der Gefahr kennen sollten. Ihr Zweifel war ohne jede Verbitterung. Jeder musste sein eigenes Leben leben. Sie hatte nie viel von anderen erwartet, und sie wusste ja selbst nicht, worin die Gefahr eigentlich bestand. Nur, dass sie immens war. Sie machte sich klein, wollte möglichst still und unaufdringlich wirken.

Das war nicht nur Williams Gegend, sondern sogar Williams Straße. Mit heftig aufwallender Zuneigung erinnerte sie sich an sein Gesicht. Am liebsten hätte sie ihn jetzt neben dem

Auto herlaufen sehen, wie er ans Fenster klopfte und sagte: »Halt, halt, halt. Sie haben sich geirrt.«

Sie hielten an.

Früher Abend. William hatte das Gefühl, dass die ganze Stadt auf der Kippe zwischen Tag und Nacht balancierte. Am liebsten wäre ihm, ein Ausrufer würde durch seine Straße patrouillieren, Stunde um Stunde die Zeit verkünden und den Menschen bestätigen, dass alles in Ordnung war. Nicht, dass er daran gezweifelt hätte. Er überblickte sein Sprechzimmer und verspürte nicht mehr als die übliche Nervosität, als er sah, wie sauber alles war, wie sich alles an seinem Platz befand. Seinen Stolz darauf verstand niemand besser als er selbst. Er hatte den Empfangsbereich abgestaubt, als wäre das nicht bereits am Vormittag erledigt worden und würde gleich morgen früh wieder von der Putzfrau erledigt werden. Die von ihm entworfene Anordnung der Räume gefiel ihm. Wenn man vom Empfang in den Behandlungsraum ging, hatte man bei offener Tür nur den angenehmen Blick aufs Fenster. William fand es schade, dass geschlossene Türen ein Ding der Notwendigkeit waren. Er ging zum Fenster und blickte hinaus. Der Verkehrslärm wurde durch die Doppelglasscheiben zu einem entfernten Summen abgeschwächt, und die Scheinwerfer der Autos beleuchteten tote Fenster. Im Wartezimmer strahlten die Bilder mit der ihnen eigenen Kraft.

Das Haus hatte ihm immer schon am besten gefallen, wenn es menschenleer war. Dann fühlte er sich wie ein König im eigenen Schloss und vergaß, dass er nur ein paar Räume gemietet hatte und sein Thron auf einem Schuldenberg stand.

Er wollte die Praxis für seinen morgigen Patienten möglichst beruhigend aussehen lassen, so pervers dieser Wunsch auch war – vor allem, weil dieser Patient erst am Nachmittag auftauchen würde. Wer wusste schon, welche Störungen der Vormittag mit sich bringen mochte? Garantiert keine großen Probleme, das hatte er überprüft. Den heutigen Abend würde er ganz allein mit seinen Aufzeichnungen verbringen und nachdenken. Die Sorgfalt seiner Vorbereitungen auf John Smith's Besuch konnte nur bedeuten, dass er sich vor dem Mann fürchtete. Nach reiflicher Überlegung kam er jedoch zu dem Schluss, dass etwas anderes hinter seiner Pedanterie steckte: Er hatte Angst, zu versagen, nicht gut genug für das Vertrauen seines Patienten zu sein.

Das ist Unsinn, William, sagte er sich, du konntest nur nie besonders gut mit anderen reden. Er ging in den Keller hinunter und stellte fest, dass ihn nicht einmal die Unordnung dort so beruhigte wie sonst. Es lag etwas in der Luft, das sein Misstrauen weckte. Vielleicht rührte es daher, dass das von der Nässe verzogene Fenster seit letzter Woche schlecht schloss und einen kalten Luftzug hereinließ. Irgendwie hatte er das Gefühl, dass der Raum nicht mehr ihm gehörte; aber bei näherer Betrachtung gehörte ihm eigentlich sein ganzes Leben nicht. Er ging wieder nach oben, um noch ein letztes Mal alles zu überprüfen. Plötzlich fühlte er sich schrecklich einsam und wollte mit jemandem reden. Vielleicht mit den Bildern, wie er das gelegentlich tat, allerdings nur selten in nüchternem Zustand. Er wünschte, Sarah wäre hier. Sarah würde ihn verstehen. Doch diesen Gedanken verdrängte er schnell wieder. Gute Sportler und wahrscheinlich auch gute Zahnärzte sollten am Vorabend eines Wettkampfs jeden schwächenden Gedanken an Frauen aus ihrem Bewusstsein verbannen. Aber eigentlich war es ja gar kein Wettkampf, sondern nichts als eine *Behandlung*. Gut möglich, dass sie morgen gar nicht weiterkamen. Auf jeden Fall hatte er keine Medaille zu erwarten. Er war sich nicht einmal sicher, ob man ihn für seine Arbeit bezahlen würde.

Das Telefon am Empfang läutete, als er dort gerade aufräumte. Er hob ab, weil er keine Lust hatte, seine eigene Stimme auf dem Anrufbeantworter zu vernehmen. »Ja?«, sagte er kurz angebunden.

Im Hörer waren unruhige, knackende Geräusche zu vernehmen, die von einem erstaunten Japsen gefolgt wurden. Anscheinend hatte der Anrufer mit der Anonymität seines Tonbands gerechnet und nicht mit seiner sehr persönlichen und ungeduldigen Antwort. Er hörte, wie jemand die Nase hochzog, in ein Taschentuch hustete und dann laut schluchzte. Es musste sich um eine Patientin mit einem postoperativen Problem handeln. Er dämpfte seine Stimme. »Ja«, sagte er sanft, »wie kann ich Ihnen helfen?« Professionelle Besorgtheit schlich sich wie ein mechanisches Pfeifgeräusch in seinen Tonfall ein.

»William? Bist du das?« Isabella schluchzte jetzt noch ungehemmter. Er merkte, dass er dahinzuschmelzen begann. Wer hatte noch gesagt »Erspart mir heulende Weiber, wenn ich dem Tod entgegentrete«? Wahrscheinlich irgendein König, der es sich leisten konnte. William war der Ansicht, dass ein bisschen Gesellschaft gar nicht schlecht wäre, wenn man dieses irdische Dasein schon verlassen musste – wobei er Frauen eindeutig vorzog. Eine heulende Frau brauchte jemanden, und William mochte das Gefühl, gebraucht zu werden.

»Isabella? Was ist los?« *Nun komm,* wollte er schon sagen, aber das klänge vielleicht zu herablassend. Er flüchtete sich in ein Husten, wie er es auch einsetzte, wenn ihm der Name eines Patienten nicht gleich einfiel, in der Hoffnung, der Anfall werde sein Gedächtnis aktivieren.

»Nichts«, sagte sie. »Nichts, nichts, gar nichts.« Ihre Stimme verlor sich, bis nur noch Williams unregelmäßiges Atmen zu hören war. Er hatte sich immer eingeredet, dass ihre gelegentlichen Besuche auf seinem Anrufbeantworter mit der Sorge um seine Gesundheit zu tun hatten; dass sie unglücklich war, hatte sie sich bis jetzt nie zu sagen getraut. Ihr Kummer löste bei ihm eine ganze Reihe von Reaktionen aus: Gereiztheit, Trauer, Besorgnis, Dumpfheit, Schuldbewusstsein und dieses zutiefst beschämende, heftige Herzklopfen, das sein Nervenkostüm stets produzierte, wenn er ihre Stimme hörte. Isabella und die Kinder verfolgten ihn in seinen Alpträumen. Und manchmal träumte er auch tagsüber davon, wie sie vor seiner Tür stand und um Verzeihung bat.

»Ich habe einen Fehler gemacht, Will, einen schweren Fehler. Ich habe dich völlig falsch eingeschätzt.«

Früher hätte er sich über ein derartiges Eingeständnis gefreut, doch heute weckten ihre Worte nur Trauer und leichten Ärger in ihm. Warum war sie der einzige Mensch auf der Welt, der seinen Namen immer zu diesem blöden *Will* abkürzte? Und warum musste sie ausgerechnet jetzt anrufen, wo er doch ganz andere Dinge zu bedenken hatte? Musste sie sich wirklich einen Tag aussuchen, an dem er nicht einmal Zeit hatte, dieses triumphierende Gefühl ein wenig auszukosten?

»Glaubst du, wir könnten es noch einmal miteinander versuchen? Du fehlst mir so sehr.«

Ihr *fehlen?* War das etwa eine Umschreibung dafür, bei einem reicheren Mann einzuziehen und von ihrem Ex Alimente zu kassieren, ohne sich auch nur einmal dafür zu bedanken? Verhielt man sich etwa so, wenn einem jemand *fehlte?* Trotz seiner Bedenken merkte er, wie er übers ganze Gesicht rot anlief. Wenn es keine Freude war, die er momentan verspürte, dann zumindest etwas sehr Ähnliches. Doch er brachte seine Emotionen und das blöde Grinsen, das sich auf seinem Gesicht breit gemacht hatte, schnell wieder unter Kontrolle. Irgendwie schämte er sich dafür, als würde sie ihm gegenüberstehen und ihn beobachten. Die Gesprächspause dauerte fast eine halbe Minute.

»Will – du hast doch keine andere, oder? Nichts Festes, meine ich … »

Keine andere. Nur Sarah. Die geheimnisvolle, hinreißende Sarah, auf die er sich immer verlassen konnte. Ein Flittchen mit Herz und Moral.

»Vielleicht sollten wir uns treffen und über alles reden.«

»Bald?«

»Klar, bald.«

Er starrte auf die Tür und hörte ihr nur mit halbem Ohr zu. Da fand eines der bedeutendsten Gespräche seines Lebens statt, und er konnte sich nicht darauf konzentrieren, weil da draußen jemand war und so heftig anklopfte, dass die Tür bebte. Einen Augenblick lang ging ihm der lächerliche Gedanke durch den Kopf, dass sie vor der Tür stand und nur so tat, als rufe sie von irgendwo an.

»Vielleicht gleich?«, fragte Isabella wehleidig. »Ach, Liebling, ich bin ja so unglücklich …«

»Bald.«

Er knallte den Hörer auf die Gabel und konnte gar nicht glauben, dass er einfach aufgelegt hatte. Seine Finger lagen noch auf der Leben spendenden Verbindung des Telefons, als er sah, wie die Tür mit einem Ruck aufgestoßen wurde.

John Smith vorneweg, schneidig und ernst, gefolgt von Sarah und dem Dicken, der seine Krankenblätter durchwühlt hatte. John nahm den Schlüssel vom Empfang, schloss die Tür hinter sich ab und gab dem Dicken den Schlüssel zur Aufbewahrung. Es war eine massive Tür, wie die zu seinem Behandlungsraum. Beide sollten ihn vor Junkies schützen, die in dieser noblen Gegend auf Drogenjagd gingen. Die Anwesenheit dieser drei Personen im kleinen Empfangsbereich wirkte erst verblüffend und dann klaustrophobisch. John hatte ein aufdringliches Rasierwasser aufgetragen. Eine drückende Stille machte sich breit. William ließ sein unentschlossenes, nervöses Husten hören, bevor er hastig sagte: »Mr. Smith, Sie haben sich in der Zeit geirrt. Sie sind erst für morgen bestellt. Nicht heute. Morgen.« John Smith seufzte und schüttelte den Kopf, als könne er so viel unbekümmerte Anmaßung gar nicht fassen. »O nein, es ging immer nur um heute«, sagte er mit sanfter Stimme. »Morgen ist viel zu kurz vor Weihnachten.« Er scheuchte Sarah vorwärts, ohne sie zu berühren. Die fleischige Pranke des dicken Mannes lag in ihrem Nacken und drückte ihr den Kopf nach unten, sodass sie William nicht in die Augen sehen konnte. »Und hier haben wir die Patientin«, murmelte er. »Führ sie rein.«

»Sarah – was machst du denn hier?«

»Julie«, antwortete sie. »Ich heiße Julie Smith.«

Der Dicke schob sie an Williams verblüfftem Gesicht vorbei ins Sprechzimmer. Eine Sekunde lang blieb er auf der Schwelle stehen, weil er den Zahnarztstuhl nicht gleich vor sich sah, aber dann entdeckte er ihn in der Ecke. Der Stuhl befand sich in Ruhelage und deswegen in seiner niedrigsten Position, so konnte er Sarah mühelos hineinstoßen. William wurde immer nervöser und protestierte heiser, als er den beiden folgte, obwohl er wusste, dass es keinen Sinn hatte. Am meisten wunderte ihn, dass Sarah das alles ruhig hinzunehmen schien, als hätte sie längst gemerkt, dass Widerstand zwecklos war. Dabei wusste er, dass sie sich ansonsten nicht leicht zu etwas zwingen ließ, sondern stur wie ein Maulesel war. Es musste also irgendeine Verschwörung zwischen ihr und diesen Leuten geben. Ein Scherz, ein Trick, ein Geheimnis vielleicht, mit dem man ihm einen Streich spielen wollte, wie dem Mann, dem während seiner Geburtstagsparty ein Striptease-Telegramm zugestellt wurde – und alle außer ihm hatten vorher davon gewusst. Jetzt zog der Dicke mit den geübten Bewegungen eines Polizisten in einem zweitklassigen Fernsehkrimi eine Rolle Klebeband aus der Tasche und fesselte ihre Handgelenke an den Armlehnen des Stuhls. Dabei bewegte er sich so unwahrscheinlich rasch und gewandt, dass William seinen Augen nicht traute. Ganz allmählich ging ihm auf, welch makabren Streich man ihm hier spielen wollte. Der Mann griff in eine Schublade, holte ein Skalpell hervor und schnitt das Klebeband damit ab. Die beiden waren ja schon einmal hier gewesen. Sarah lag in ihrer unbequemem Haltung völlig reglos da, wie eine Schaufensterpuppe im Kaufhaus. Nur die wilden roten Locken, die über die Rücklehne des Stuhls fielen, wiesen darauf hin, dass sie lebendig war. »Die Krönung jeder Frau«, meinte John Smith verträumt. »Das Haar. Mit solchem Haar können sie jeden Mann verführen. Aber das Lächeln ist noch wichtiger, finden Sie nicht?« Er schloss die Tür zum Sprechzimmer ab und ließ den Schlüssel in seine Brusttasche gleiten. »Cannon ist schon immer auf jedes Grinsen reingefallen«, sagte er dann. »Wahrscheinlich weil er genau wusste, wie die Leute auf *seins* reagierten. Wahrscheinlich hat er von so einem Lächeln geträumt.« Er schwieg, erinnerte sich an etwas, und ein Schatten flog über sein Gesicht. Die Gestalt auf dem Stuhl bewegte sich noch immer nicht. William bemerkte, dass sich nur ihre Finger ruhelos bewegten, als wollten sie jemandem ein Zeichen geben oder etwas ergreifen. John Smith schien jetzt wieder zu wissen, wo er sich befand und warum er hierher gekommen war. Er sah William direkt in die Augen und sprach mit der autoritären Geduld eines Lehrers, der ein aufsässiges Kind vor sich hat.

»Mit genau diesem Lächeln hat sie ihn sich geangelt«, fuhr er fort, »hat ihn mir gestohlen. Meinen Liebhaber, mein Herz, mein Fleisch und Blut, meine Seele, meinen einzigen Lebenszweck. Und Sie, Herr Zahnarzt, haben den Rest erledigt. Sie haben ihm sein Filmstar-Grinsen gegeben. Wenn er sich jetzt im Spiegel anschaut, sieht er mich nicht mehr. Er glaubt jetzt, dass er anders ist als ich, dass er nicht länger ein Teil von *uns* ist. Wie soll ich ohne ihn leben? Können Sie mir das beantworten? Ich gehe innerlich zugrunde, wie meine Häuser. So sieht es aus.« Er brüllte jetzt, drohte William mit dem Finger und besprühte ihn mit Speichel. Dann riss er sich wieder zusammen und wurde etwas ruhiger. »Aber nein, ich kann Ihnen keinen Vorwurf daraus machen. Sie sind ein gewissenhafter Mensch. Andererseits fände ich es nur fair, wenn Sie auch etwas von der Bestrafung haben. Verstehen Sie mich nicht falsch … Ich verlange ja nicht viel …«

Er ließ sich am Fußende des Behandlungsstuhls nieder, würdigte Sarah nach wie vor keines Blickes und sah mit seinen übergeschlagenen Beinen und der entspannten Körperhaltung aus wie die Vernunft in Person. »Sie sollen sie nicht umbringen«, sagte er in ganz normalem Plauderton, als säßen sie gemeinsam in einer Bar und unterhielten sich über eine Geschäftsidee. »Es wäre sogar ganz furchtbar, wenn sie stirbt. Sie sollen vielmehr ihr Lächeln zerstören, einen Zahn nach dem anderen. Es muss doch eine Methode geben, die Zähne an der Wurzel zu vergiften, so wie das jemand mit meinen getan hat. Machen sie sie kaputt, zerstören Sie dieses Scheißlächeln. Natürlich ohne Betäubung.« Er sah auf die Uhr, als hätte er noch einen Termin. »Wie lange wird das dauern, was denken Sie?«

»Ich dachte, *Sie* wollten eine Behandlung«, sagte William. »Ich möchte *Sie* behandeln.«

»Nein. Wie lange wird es dauern?«

Williams Verstand war vom Schock wie betäubt; er bekam erst nach und nach mit, dass dieses obszöne Ansuchen ernst gemeint war. Dann versetzte er John Smith einen Schlag auf den Kiefer. Die Wucht des Hiebs renkte ihm fast das Handgelenk aus und war bis in die Schulter zu spüren, wie der Rückstoß einer großkalibrigen Waffe. Doch man hätte meinen können, sein Schlag wäre danebengegangen und hätte die Wand getroffen. Er war viel zu zerbrechlich, hatte weder die richtige Größe noch die Kraft und Erfahrung, die man für einen Faustkampf brauchte. John Smith hieb ihm die Faust in den Magen und versetzte ihm ein paar schnelle Fußtritte. Plötzlich verschwamm alles vor seinen Augen. Er lag auf dem Rücken und merkte, dass John und der Dicke sich besorgt über ihn beugten. Die beiden waren nicht einmal außer Atem.

»Sie haben vergessen, ihm etwas zu sagen, Mr. Smith«, flüsterte der dicke Mann. William war wie hypnotisiert von den ausdruckslosen Gesichtern seiner Widersacher. Aus dem Augenwinkel konnte er sehen, wie der riesenhafte Schuh des Dicken seinen Oberarm so fest am Boden fixierte, dass er extreme Schmerzen verspürte.

»Ach ja, das«, sagte John Smith nebenbei. »Hab ich ganz vergessen, ich Dummkopf. Also: Wenn Sie nicht genau tun, was ich Ihnen befehle, wird Ihnen mein Freund hier auf die Hände steigen. Er wird sie zu Brei zerquetschen. Ihre wertvollen Hände, die lieben sie doch so, oder? Hier hängen ja sogar überall Scheißzeichnungen Ihrer Hände herum, so wie andere Drecksidioten ihre Selbstporträts aufhängen. Zu Brei zerquetschen wird er sie, bis zum allerkleinsten Knochen. Ich halte Sie fest, und er steigt drauf.« William unterdrückte einen Schrei. Der Fuß drückte seinen Arm unnachgiebig und immer schmerzhafter nieder. Dann nahm der Dicke seine rechte Hand liebevoll in die seine, schnalzte beruhigend mit der Zunge und bog ihm schließlich die Finger zurück, bis William vor Schmerz nach Luft schnappte. Er sah seine völlig verstümmelte Hand bereits vor sich, sah all die kompliziert zusammengesetzten Knochen in einer roten Flut auf dem sauberen weißen Fußboden verteilt. »Tu lieber, was er dir sagt, William«, sagte Sarah mit resignierter Stimme. »Du brauchst deine Hände.«

»Warum?«, schrie William. »Warum?«

»Weil sie eine Diebin ist!«, tobte John. »Eine gottverdammte Diebin.«

»Aber du bist doch keine Diebin, stimmt's, Sarah?« Der Körper auf dem Stuhl schien bei seinen Worten zu erschlaffen. Sie gab keine Antwort, und das verstörte ihn mehr alles andere. Smith verströmte einen ekelhaften Gestank nach Adrenalin und Rasierwasser. William hasste diesen Mann.

»Und sie heißt auch nicht Sarah, sondern Julie«, meinte der Dicke und machte dann schnell wieder den Mund zu, weil ihm klar wurde, dass ihn niemand nach seiner Meinung gefragt hatte. William sah ihn an. Es war möglich, dass wenigstens dieser Kerl eine Spur von Gewissen hatte.

»Sie heißt …«

»Halt den Mund, William. Wenn du nicht tust, was sie verlangen, dann werden sie es selbst tun.«

Sie hatte Recht.

Die beiden schienen Sarah gar nicht gehört zu haben. Sie waren jetzt nervös, wollten Taten sehen, unberechenbar wie durchgedrehte Insekten, die in Gefangenschaft verrückt geworden waren. William wurde von Armen, die sich wie Balken anfühlten, mühelos wieder auf die Beine gestellt. Er stand da, hielt die Hände vor den Mund und nagte an einem Knöchel, als wäre er ein Baby statt der Marionette, die sie aus ihm gemacht hatten. Der dicke Mann reichte ihm seinen weißen Arztkittel. Die Türen waren verschlossen, das Haus war menschenleer, und diese geheimnisvolle Person im Behandlungsstuhl, seine Geliebte, seine beste Freundin, schien die zwei

Monster durch ihre Unterwürfigkeit noch anzustacheln. Und seine Hände, seine zitternden Hände. Ohne seine geschickten, sensiblen Hände konnte er nicht leben. Er dachte an die Guy-Fawkes-Nacht. Damals hatte er ebenfalls um seine Hände gefürchtet und sich gefragt, ob er je ihren Verlust riskieren würde – aus Liebe, um jemanden zu retten oder um selbst überleben zu können, aus Stolz, aus weiß der Teufel welchen Gründen. Der dicke Mann hielt ihm immer noch den weißen Kittel hin. Das Kleidungsstück erinnerte ihn momentan eher an eine Metzgeruniform: hochgeschlossen, zweireihig, aus gestärkter weißer Baumwolle, die Blutflecken bestens absorbierte. *Wenn ich es nicht tue, werden sie es selbst tun; besser ich als die beiden; was werden sie machen, wenn ich mich weigere?* Er stellte sich einen Amateur vor, der mit einem Zahnarztbohrer auf einen Menschen losgelassenen wurde. Sein Gehirn arbeitete auf Hochtouren, tickte vor sich hin wie eine Zeitbombe. Seine Stimme klang so klar und deutlich, als gehörte sie jemand ganz anderem, einem anderen Typ Mann. Einem Folterknecht der Inquisition, bezahlt nach Stunden, mit eigenen geheimen Absichten.

Seine Hände brannten, als er die Gummihandschuhe überzog, die seine Allergien noch verschlimmerte. Er hoffte, dass ein Mund sich nicht so gut an Schmerzen erinnern konnte wie Hände. Hände heilten einfach nie wieder richtig. Warum gab Sarah denn nicht zu, dass sie eine Diebin war? Und was sollte sie überhaupt gestohlen haben? Zuneigung? Lust und Vertrauen? In den wenigen Sekunden, die das Anziehen der Handschuhe in Anspruch nahm, hasste er auch sie. Für all den Ärger und die Unruhe, die sie zusammen mit der Stärkung seines Selbstvertrauens in sein Leben gebracht hatte, und dafür, dass er sie nie vollständig hatte kennen lernen dürfen. Sie hatte ihm nie das Gefühl gegeben, dass sie ihn brauchte, ihn nie an sich herangelassen. Die Welle der Abneigung ebbte bald wieder ab, verlieh ihm aber die nötige Distanz, die er zum Nachdenken benötigte. »Eine Sache möchte ich vorher klären«, hörte er sich sagen. »Es geht um Ihre Prioritäten, Mr. Smith. Ich nehme an, Sie werden morgen nicht zur Behandlung erscheinen, obwohl ich Ihnen einen Termin frei gehalten habe – aber mein Honorar müssen Sie trotzdem bezahlen. Und das für heute. Zweitausend mindestens. Seien Sie fair. Ich muss schließlich auch meinen Lebensunterhalt bestreiten.« Es war wichtig, dass sie ihn für einen stundenweise bezahlten Folterknecht hielten, und irgendwie musste er sich das auch selbst einreden. Als Antwort bekam er ein Nicken, ein anerkennendes Funkeln in den Augen, das Gefühl, als würden sich hier zwei verwandte Geister treffen. Der Hass brannte unter seiner Haut wie ein Hochofen. »Da wäre noch etwas, das ich wissen muss, bevor ich anfange«, fuhr er fort. »Entscheiden Sie, was Ihnen wichtiger ist. Ich kann nicht zwei Dinge gleichzeitig tun. Natürlich kann ich sie entstellen, aber wenn ich ihr einfach die Zähne ziehe, ist alles in zwei Minuten vorbei. Also, was wollen Sie? Einen zerstörten Mund und viel Schmerz? Oder wollen Sie einfach, dass ich ihr die Zähne ziehe?«

»Schmerz«, sagte John Smith. »Schmerz und auch alles andere. Aber hauptsächlich Schmerz.«

»Ich könnte die Zähne an der Wurzel vergiften, wie Sie vorgeschlagen haben, dann fallen sie später aus. Äußerst schmerzhaft. Reicht Ihnen das?«

»Ja. Das hab ich Ihnen doch gesagt. Bohren Sie das Gift in sie hinein. Nun fangen Sie schon an.«

Er suchte nach Ausflüchten. Er wollte den Männern einreden, dass Sarah eine Injektion mit Kochsalzlösung benötigte. Sie wollten doch nicht, dass sie starb, oder? Nein, keine Spritzen, antwortete John Smith, außer ich befehle es Ihnen. Nur die Nadeln zum Zunähen. Sie schrieben ihm vor, welche Geräte er verwenden durfte: Skalpelle und Bohrer, den Wurzelheber zum Ziehen und die Klemme zum Offenhalten des Mundes. John Smith hatte seine medizinische Ausrüstung genau unter die Lupe genommen und würde nicht zulassen, dass er eine Spritze verwendete. Außerdem verlangte er, dass William den Bohrer ohne die Wasserkühlung einsetzte. Die Vorstellung eines rot glühenden Zahns schien ihm zu gefallen. Unmöglich, sagte William. Der Bohrer funktioniert nur mit Wasserkühlung.

Eine Lüge und dann gleich noch eine. Sie erlaubten, dass er ihr ein Antibiotikum verabreichte, weil er ihnen einredete, dass dadurch der Speichelfluss gehemmt würde. Anscheinend kam er prächtig mit den beiden aus; sie plauderten beinahe fröhlich miteinander. William schob Sarah die Tablette in den Mund und sah zu, wie sie sie gehorsam hinunterschluckte. Er versuchte, ihr mit den Augen etwas mitzuteilen, während er sich mit den Männern unterhielt, eigentlich aber nur mit ihr sprach.

»Erinnert mich irgendwie an die Inquisition«, meinte er. »Oder irgendeine andere Ära, wo man hauptamtliche Folterer beschäftigte. Aber die bekamen nie genug Geld. Wahrscheinlich weil sie keine Gewerkschaft hatten.«

Der Dicke lachte unbehaglich, John Smith verzog keine Miene. *Denk daran, was wir besprochen haben, Sarah. Als wir im Park spazieren gegangen sind. Weißt du noch, wie ich dir erklärt habe, was ein guter Zahnarzt tun würde? Eine Show abziehen … eine Theatervorstellung. Jeden wirklichen Schaden vermeiden. Vertrau mir.*

»Hören Sie auf zu quatschen.«

In diesem Stadium spielte die Identität der Patientin überhaupt keine Rolle mehr. Sie war nur noch ein Ding. John Smith konnte sie jetzt ansehen und suchte sich die beste Position zum Zuschauen aus. Er wirkte zugleich fasziniert, angeekelt und wild entschlossen. Der Speichelabsauger in ihrem Mund machte sein typisches schlürfendes Geräusch. William wusste, dass er keine Zeit mehr herausschinden konnte, und griff nach seinem Skalpell.

Sie wollten Blut, also sollten sie Blut haben. Wurzelspitzenresektion der vorderen und seitlichen Schneidezähne. Er bemerkte, dass er einen Vortrag im Flüsterton hielt: Diese Methode wendet man an, wenn die Wurzelbehandlung versagt hat. Und warum kann diese Behandlung versagen? Weil es bei manchen Patienten unmöglich ist, bis zur Spitze der Zahnwurzel vorzudringen, sie aufzubereiten und zu füllen. Die möglichen Ursachen dafür sind mannigfaltig: eine hartnäckige Infektion oder ein Wurzelkanal, der durch ein abgebrochenes Instrument blockiert und von der Zahnoberfläche aus nicht mehr zugänglich ist, sodass man durch den Knochen fräsen muss. Es ist dasselbe, als wollte man die Zahnwurzeln zerstören.

Er würde sich auf die unteren Vorderzähne konzentrieren, da sie am wenigsten sichtbar waren. Die eigentlichen ästhetischen Merkmale eines Mundes sind die oberen, vestibulären Zahnoberflächen; aber daran würde John Smith bei so viel Blut gar nicht denken. William zog die Unterlippe weg und hielt sie mit einem Wangenhaken in Position. Mit einem Mundsperrer und einer unkontrolliert herabhängenden Lippe sah jeder Patient debil aus; das würde Smith gefallen. Er fuhrwerkte sinnlos mit den Instrumenten herum, bis er die eigentliche Operation nicht mehr hinauszögern konnte. Eine Wurzelspitzenresektion war an den Schneide- und Eckzähnen am sichersten. Er machte einen Schnitt in Höhe der Zahnhälse. Perfektes Zahnfleisch, perfekte Zähne; er zuckte zusammen, als er das Skalpell benutzte. Dann arbeitete er sich mit meißelnden Bewegungen hinter dem Schnitt vor. Seine Hände waren ruhig, seine Augen völlig auf die Arbeit fixiert. Er schob das Zahnfleisch und das Lippenband beiseite und legte den Alveolarknochen frei. Bei diesem Vorgang musste er wie immer an einen peinlich genau arbeitenden Metzger denken, der das Fleisch vom Rückgrat eines Kadavers schälte. So wichtige Zähne, so viel Blut. Konnte sein, dass sie mit dem Blut allein schon zufrieden waren. Ein erschreckender Gedanke schoss ihm durch den Kopf: Vielleicht hatte er übertrieben. Möglicherweise hätte es genügt, den Gewebslappen für einen einzigen Zahn aufzuschneiden, statt gleich für vier. Er schälte das Stück Zahnfleisch und Ligament sauber vom darunter liegenden Knochen ab. Der Zahnfleischlappen klappte über die Unterlippe; die optische Wirkung war abstoßend scheußlich. Rühr dich nicht, Sarah, bleib so ruhig, wie du kannst, damit ich keinen Fehler mache.

Der Stuhl ließ nicht zu, dass sie den Kopf allzu sehr bewegte. Sie war starr vor Schmerz, stemmte sich aber mit aller Kraft dagegen. Der Speichelabsauger hatte Schwierigkeiten, das Blut zu beseitigen; William musste ihn immer wieder justieren. Ganz ruhig. Diese Operation ist ohne Assistentin schwierig genug, vor allem, wenn man derart aufmerksame Zuschauer hat. Ihr Kopf war so schwer und unbeweglich, dass er an der Rückenlehne des Stuhls festgewachsen schien. Es war erschreckend, wie sehr sie sich unter Kontrolle hatte. Sie kooperierte mit ihm und verstand ihn – o Gott, er hoffte, dass sie ihn wirklich verstand. Sarahs Blick war starr auf die Operationslampe gerichtet, als ob von dort die ersehnte Rettung kommen könnte. Nur ihre Zunge konnte sie nicht stillhalten, die bewegte sich in ihrem geöffneten Mund unaufhörlich über die untere Zahnreihe, störend und unverschämt.

»Sorgen Sie dafür, dass sie damit aufhört«, erhob John zum

ersten Mal seit einigen Minuten seine Stimme. »Sie soll damit aufhören, verdammt!«

»Sie kann nicht aufhören. Das kann niemand.«

»Dann schneiden Sie sie ab.«

»Nein, es gibt eine bessere Methode.«

William hatte es selbst noch nie gemacht, aber einmal dabei zugesehen. Er nahm eine lange, gebogene Nadel mit seidenem Wundzwirn zur Hand, durchstach mit einer schnellen Bewegung das Fleisch ihrer Zungenspitze, zog die Zunge zurück und band sie am vorstehenden zweiten Backenzahn links fest. Auf dieser Seite hatte sie keinen Weisheitszahn mehr, also konnte er den Zwirn ohne größere Schwierigkeiten befestigen. Na bitte – sah das gemein genug aus? Das gurgelnde, würgende Geräusch, das aus ihrer Kehle drang, hatte das Zeug zu einem Schrei. Er justierte den Speichelabsauger ein weiteres Mal. So was passierte, wenn man seine Zunge nicht im Zaum halten konnte.

Er meißelte weiter und legte noch mehr Knochengewebe frei. Mehr Blut. John war unruhig, wartete auf den Bohrer, verlangte lautstark danach. William konnte den Einsatz des Bohrers nicht mehr länger hinauszögern. Es reichte anscheinend doch nicht, den Blutdurst der beiden zu befriedigen.

Das Abstoßende an der ganzen Sache war, dass er auf seine Technik stolz war. Er konnte seine Faszination nicht unterdrücken.

Cannon kroch durch das Kellerfenster und schlich die Treppe hinauf. Mit seinem linken Arm stimmte etwas nicht. Er funktionierte zwar, aber er hatte keine Kraft; er konnte nicht zupacken. Vor der Tür des Sprechzimmers hielt er inne und lauschte dem hohen Jaulen des Bohrers. Im Anschluss daran war ein seltsamer, verzerrter, halbmenschlicher Laut zu hören; dann eine Pause, in der zwei Leute miteinander diskutierten oder sich stritten; danach Johnnys unverkennbares Lachen; das gurgelnde Geräusch des Speichelabsaugers, lauter als alles andere; und dann wieder dieses gutturale Stöhnen. Es klang fast wie ein Tier. Wollten sie sie umbringen? Sah Johnnyboy gerade dabei zu, wie Williams Hände zerschmettert wurden? Er hätte garantiert kein schlechtes Gewissen, ausgerechnet einem Zahnarzt so etwas anzutun. Betätigte Johnny die Folterwerkzeuge vielleicht selbst? Nein, solche Aufgaben pflegte er stets unter Gewaltandrohung zu delegieren; das war es, was keiner begreifen wollte. Und was könnte er von dieser Seite der schweren, versperrten Tür aus unternehmen? Wenn er die Polizei rief, würden sie es mitbekommen. Es war auch keine Zeit, die Polizei anzurufen, dafür war es zu spät. Außerdem war das hier seine Aufgabe und nicht ihre; diese Sache ging niemand außer ihn etwas an. Johnny hatte alles zerstört, was Cannon je besessen hatte und gewesen war, und schreckte nicht einmal davor zurück, seinen Freunden wehzutun. Er wünschte sich, selbst mit einer solch kalten Wut agieren zu können. Jetzt war der Bohrer wieder zu hören, gefolgt von diesem unerträglichen, unmenschlichen Laut.

Cannon lief wieder in den Keller zurück. Dieser Raum war fast eine zweite Heimat für ihn; er kannte jeden Winkel und wusste, welche Waffen hier lagerten. Er hatte sich jetzt wieder beruhigt, war fast gelassen. Sein linker Arm pochte. Spielen wir ein Spiel, Johnny, so wie früher, einverstanden? Ein Spiel aus unserer Jugend. Wir haben das schon mal getan, und wir können es wieder tun, obwohl ich versprochen habe, die Finger davon zu lassen. Er würde seine Instinkte wieder aktivieren müssen, um die Mischung richtig hinzukriegen. Kaliumpermanganat-Kristalle; Mundspülung. Dann Zucker, in einem abgegriffenen, klebrigen Päckchen, das jemand nach dem Tee hier liegen gelassen hatte. Der kaputte Instrumentensterilisator eignete sich perfekt als Behälter. Das Schicksal stellte ihm alle nötigen Hilfsmittel zur Verfügung. William warf nie etwas weg. Es war verrückt. Möglicherweise würde er sie alle umbringen, aber das war immer noch besser, als weiterhin Sarahs Schmerzenslaute hören zu müssen.

Der Zweck einer Wurzelspitzenresektion besteht darin, am Ende der Wurzel einen apikalen Verschluss herzustellen, um so eine weitere Infektion durch Bakterien zu verhindern ... Sobald das Zahnwurzelende freiliegt, muss man exzidieren. Es würde einen Brandgeruch geben, aber nicht aufgrund einer tatsächlichen Verbrennung, sondern wegen des Dentinstaubs. Das Wurzelende des ersten Schneidezahns war durch eine Wölbung gekennzeichnet und daher leicht zu finden. »Ich habe die Wurzeln isoliert«, sagte William. »Jetzt kann ich sie zerstören.« Sie blutete immer noch heftig. Er dachte nur an die Operationstechnik und ignorierte die Zunge, die gegen den Zwirnknoten ankämpfte. Auch die gefesselten Hände, die mittlerweile blau anliefen, und die abgeschürften Handgelenke übersah er geflissentlich. Der Höhepunkt der Grausamkeit war ja, dass sie weder schreien noch die Fäuste ballen konnte. Ihre Augen war so leer wie die des überfahrenen Hundes, den er einmal – voll Angst davor, gebissen zu werden – an den Straßenrand geschafft hatte. Die Tränen strömten lautlos aus ihren Augen in ihr Haar. Die bleierne Röntgenschürze, die er ihr als Ballast über die Brust gelegt hatte, um sie ruhig zu stellen, war von Blut und Zahnstaub besudelt. Er schob die Turbine zur Seite. »Was machen Sie da?«

»Ich verwende einen langsameren Bohrer. Das schmerzt mehr.« In Wahrheit wollte er den Rosenbohrer einsetzen, weil die Turbine sich im Knochen festfressen würde. Er würde weniger Schaden anrichten und John Smith wegen seines vibrierenden Geräuschs wahrscheinlich auch bekannter vorkommen. Er wählte die Stelle sorgfältig aus und bohrte nicht die Zahnwurzel, sondern den Knochen an. Hier war das Gewebe dichter und härter, was den Schmerz ein klein wenig verminderte. Vorsicht vor dem Unterkiefernerv! Wenn er den beschädigte … Der neue Bohrer machte ein anderes Geräusch, es war lauter, aber weniger durchdringend. Es hallte in seinen Ohren wider, und er konnte es bis in die Knochen spüren.

Sie wollten mehr Blut, und er suchte nach einem Vorwand, die Behandlung abzubrechen. Er verletzte mit der Bohrerspitze absichtlich die Innenseite ihrer Wange und sah zu, wie eine Unmenge Blut aus der neuen Wunde spritzte. Es würde einige Zeit dauern, die Blutung zu stillen. Vielleicht würde John bis dahin genug von der ganzen Sache haben; doch im Augenblick folgte er dem Geschehen noch mit der hingerissenen Aufmerksamkeit eines eifrigen Studenten. Der Dicke kauerte in einer Ecke und hielt sich ein Taschentuch vor den Mund. Nach wie vor verfolgte er argwöhnisch Williams Arbeit, statt sich auf das Leid der Patientin zu konzentrieren. Der Zahnfleischlappen hing noch immer über Sarahs Unterlippe. Wenn John nicht bald aufgab, würde er weitermachen und noch mehr Löcher in ihren Kieferknochen bohren müssen, die so groß waren, dass man durchsehen konnte. Fenster in den Mund. Wieder der Bohrer, wieder staubte ihm gesundes Knochengewebe ins Gesicht.

»Also dann«, sagte er. »Das genügt fürs Erste.«

»Nein«, sagte John und beugte sich über ihn. »Das genügt ganz und gar nicht.«

William nahm den Wurzelheber zur Hand, mit dem er normalerweise Zähne zum Ziehen lockerte, und stanzte mit einer raschen Bewegung ein Loch in den oberen Teil ihrer Mundhöhle. Aus Sarahs Nase strömte Blut.

Er hatte einen Eimer gefunden, in dem er die Mixtur aus Kristallen und Zucker anrühren konnte. So hektisch er auch arbeitete, so vorsichtig war er dabei. Das Verhältnis von drei zu eins stimmte, den Rest füllte er mit ein paar Brocken Gips auf. Kein Zünder, der war bei dieser netten Mischung nicht vonnöten. Cannon lief die Treppe hinauf, wie ein nervöser Koch, der das Essen für seinen Herrn bringt. Er hielt den Sterilisator auf dem Kopf und verschloss mit den Fingern den Deckelschlitz. Ein Feuer – er könnte einfach ein Feuer legen. Warum denn nicht? Aber er musste zuerst durch diese Tür und Sarah herausholen. William ebenfalls. Und er wäre eindeutig im Vorteil, da dort drin niemand mit einer Explosion rechnete. Sie würden vor Schreck wie gelähmt sein. Er rief sich den Grundriss des Behandlungszimmers in Erinnerung. Schließlich hatte er oft genug in dem Stuhl gesessen, um den Raum bis in die kleinste Einzelheit zu kennen. Damals war er sich seiner Umgebung stets bewusst gewesen, hatte immer irgendwelche neuen Details zu fixieren versucht, um nicht das Siemens-Markenzeichen an der Operationslampe betrachten zu müssen. Sie sollten die Zimmerdecke knallbunt streichen lassen, hatte er vorgeschlagen, das wäre eine gute Ablenkung. Ja, ja, ich könnte mir auch das Gesicht anmalen, hatte William geantwortet. Aber mit Williams Gesicht war alles in Ordnung. Er hatte ein nettes, freundliches Gesicht, das mitfühlend und absolut vertrauenserweckend aussah. Sarahs Gesicht hatte dieselben Eigenschaften – falls es überhaupt noch als solches erkennbar war.

Cannon wusste jetzt wieder genau, wie der Raum angelegt war: der Stuhl, der nicht direkt von der Tür aus sichtbar war, die kleine Sitzecke, das Fenster ganz hinten. Er ging langsam rückwärts und ließ dabei etwas von dem Pulver aus dem Sterilisator rieseln, wie eine Schneckenspur, die die Kellertreppe hinabführte. Dann lief er zurück und platzierte den Sterilisator ganz knapp vor der Tür zum Behandlungszimmer. Er stellte das Gerät auf einem kleinen Häufchen der Mixtur ab. Es sah zwar etwas wackelig und unordentlich aus, wirkte aber dennoch völlig harmlos. Cannon zögerte. Man konnte nie genau voraussagen, wie selbstgebastelter Sprengstoff reagieren würde. Es war möglich, dass er einfach verbrennen würde, aber er konnte auch viel mehr anrichten, als er ursprünglich geplant hatte. Cannon wusste bloß, dass die Pulverteilchen nur in einer geraden Linie zünden würden, niemals um die Ecke. Er zögerte immer noch. *Cannon, du musst immer übertreiben, du Dummkopf – du machst immer zu viel oder zu wenig, aber nie halbe Sachen ... Du hast deine Reaktionen einfach nicht unter Kontrolle, sie sind entweder zu langsam oder viel zu schnell.* In seinem Hinterkopf ertönte Sarahs Stimme, die ihn voller Zuneigung beschimpfte. Während er hier tatenlos abwartete, hörte er plötzlich wieder dieses schreckliche, gurgelnde Schmerzgeräusch. Er flüchtete sich in die Sicherheit der Kellertreppe und drückte sich an die Wand. Dort zögerte er wieder und betrachtete unentschlossen die Flamme seines Feuerzeugs.

Das gedämpfte Jaulen des Bohrers – ein drittes Loch im Knochen. Sie schaffte es einfach nicht, ohnmächtig zu werden, und William wünschte ihr nur, dass sie diesen Schmerz irgendwann vergessen würde. Er machte zu viele Pausen, arbeitete zu langsam, widmete sich der Behandlung ganz offensichtlich mit immer weniger Hingabe. John Smith wurde ungeduldig und zappelig. William wurde klar, wie sinnlos diese Demonstration seiner Fähigkeiten war. Sie würden trotzdem seine Hände zertrampeln, und müde hegte er den schrecklichen Verdacht, dass John ihm jeden Augenblick den Bohrer aus der Hand reißen würde. Möglicherweise hatte er nur deshalb so genau zugesehen, um feststellen zu können, wie die Prozedur funktionierte. Er würde den Zahnarzt aus dem Weg stoßen, das Gerät in Betrieb nehmen, wie er es beobachtet hatte, die Schneidezähne durchbohren und die freiliegenden Wurzeln zerstören. Vielleicht würde er sich aber auch nur das Skalpell greifen und ihr Gesicht verstümmeln. Dann wäre sie wirklich entstellt, so nicht. John ging auf und ab, stellte sich hinter ihn, saß ihm bedrohlich im Nacken. Williams Arztkittel war schweißdurchtränkt, das Haar feucht und die Hände glitschig. Der Dicke, der jetzt zu Sarahs Füßen stand, verströmte den scharfen Geruch von Erbrochenem.

»Ich glaube, jetzt könnten wir alle einen Drink vertragen«, sagte John Smith und machte ein paar Schritte auf die Tür zu. »Sie treiben hier ein Spielchen mit mir, Herr Zahnarzt. Das wissen Sie doch?«

»Ein Spielchen?«, schrie William. *»Ein Spielchen?«* Er wies mit dem Finger auf den verunstalteten Mund. »Sehen Sie nicht, wozu Sie mich hier gezwungen haben?«

John Smith schüttelte den Kopf und machte Anstalten, den Schlüssel aus der Brusttasche zu holen. »Warten Sie nur, bis ich anfange. Dann wird sie wirklich niemand mehr zurückhaben wollen.«

Cannon zündete die Lunte an.

14

Beim Geräusch einer Explosion kamen ihm immer die Tränen. Als kleiner Junge waren es Freudentränen gewesen; später, als Teenager, beweinte er die auf die Explosion folgende Leere, und jetzt vergoss er Tränen vor Schreck, denn es war zu spät, um irgendwas aufzuhalten. Cannon steckte sich immer die Zeigefinger in die Ohren, trotzdem fuhr ihm die Detonation von den Füßen über die Knie bis in den knochigen Brustkasten, und die Tränen strömten durch die fest gegen den Blitz verschlossenen Augen. Wie als Kind auf einem unbebauten Grundstück hatte er den Wunsch, auf das Geräusch zuzulaufen. Es hatte gedauert, bis er endlich gelernt hatte abzuwarten, was der erste Blitz angerichtet hatte. Blitz und Stichflamme waren auf seiner Seite der Tür gewaltiger, dann folgte das Geräusch von splitterndem Holz und herabstürzendem Mauerwerk und schließlich eine wunderbare Stille. Gleich würden die Flammen hochschlagen. Er dachte an das Sprechzimmer, seine größtenteils metallischen Apparaturen und den gekachelten Fußboden. Und dann fielen ihm die holzgerahmten, empfindlichen Gemälde an den Wänden des Empfangsbereichs ein, die er völlig vergessen hatte.

Der grauweiße Rauch war dichter als Abendnebel, aber zu durchdringen. Er hörte eine knisternde Flamme und das Klirren von Fensterglas, das er nicht sehen konnte. Die Glühbirne in der Mitte des Empfangsbereiches war intakt geblieben und brannte noch. Und noch irgendwas brannte und verströmte einen widerwärtig öligen Gestank. Cannon taumelte auf die Tür zum Sprechzimmer zu.

Da tauchte eine große, massige Gestalt aus dem Rauch auf. Schreiend stolperte der Mann in das knöcheltiefe Loch, das die Bombe gerissen hatte, kippte vornüber und stützte sich mit den Händen ab. Dann kroch er vorwärts, bis er wieder auf die Beine kam, und bahnte sich mit den Armen einen Weg durch den Rauch. Cannon spürte den Luftsog seiner Vorwärtsbewegung quer durch den Raum zur Tür. Dabei heulte er wie ein Betrunkener beim Anblick des Mondes. Cannon hörte, wie der Mann an der Tür rüttelte und das Heulen in ein Schluchzen überging. Dann gab die Tür nach, und er rannte mit flachen Schritten davon. Einer hatte also überlebt. Ein lächerlicher, ungebetener Gedanke kam Cannon in den Sinn: Johnnyboy konnte seine Handlanger nie halten. Wie hätte er das genossen.

Dann schrie auch er. Er lief um das Loch und die zertrümmerte Tür herum, stand auf der Schwelle und schrie: »William! Sarah! William!« Das gegenüberliegende Fenster war verschwunden, überall lag zersplittertes Holz, aber die Lampen brannten, und es war heiß wie in einem Backofen. Der Strahler über dem Behandlungsstuhl warf Siemens' Segen über die Szene. Der Speichelabsauger gurgelte vor sich hin.

Cannons Bruder lag am anderen Ende des Zimmers in gerader Linie zur Tür, sauber aus dem Weg geräumt. Cannon registrierte die Gestalt auf dem Boden, die ihm trotz des Rauchs vertraut vorkam, ihm aus jedem Winkel vertraut war. Er suchte nach William, der wie eine lange dünne Stoffpuppe links an der Wand lehnte, mit herabhängenden Armen, und am ganzen Körper gelähmt schien. Cannon schüttelte ihn, doch es half nichts, schüttelte ihn noch mal, stärker, und dann versetzte er ihm eine Ohrfeige. William löste sich mühsam von der Wand, während seine Augen langsam Cannons Gesicht fokussierten, dann das Zimmer und dann Sarah. Cannon folgte seinem langsam wandernden Blick. Da kam ihm die Galle hoch. Beide waren blutüberströmt, Sarahs Mund war eine mit Klammern offen gehaltene Wunde, ihr Schoß ein Auffangbecken für Blut. Die Bombe – nein, eine Detonation konnte nicht um die Ecke gehen. Es war nicht die Bombe. Das hatte *William* angerichtet. »Mein Gott ...« Instinktiv stellte er sich so, dass William Sarah nicht sehen konnte. William kam wieder zu sich und schrie ihn wütend an: »Aus dem Weg, raus hier!« Er schob Cannon beiseite und schlug ihm vor die Brust, noch ehe er ihn erkannt hatte.

Cannon wich zurück und sah, plötzlich am ganzen Leib zitternd, zu. Er konnte nicht zu Johnnyboy gehen, noch nicht. Nicht ihn hatte er zu retten versucht.

»Hol mir eine Eispackung, du Schwachkopf - mach schon.«

»Wo?«

»Aus dem Kühlschrank hinter mir. Hast du keine Augen im Kopf?«

William beugte sich über die schreckliche Wunde. Sarah gab keinen Ton von sich. Die Lippe hing wie ein fremdes Objekt herab, das keinem auf der Erde bekannten Wesen zuzuordnen war. Die Augen waren geschlossen. Am liebsten hätte er Wangenhaken und Mundsperrer entfernt, den Mund geschlossen und alles andere ruhen lassen. Nein. Die Schere. Den Zwirn lösen, damit die Zunge wieder frei war, nein, das als allerletztes. Er musste den Hautlappen wieder hochklappen und nähen, um Gottes Willen, in diesem Qualm, der Raum war ein einziger Infektionsherd. Mach dich an die Arbeit. Und lass dir Zeit.

Cannon fand die Eispackung und legte sie auf ihren Schoß. Dann trat er auf die Gestalt zu, die am Boden lag. Der Rauch verzog sich rasch durch das kaputte Fenster; er trübte bloß seinen Blick, statt ihm die Sicht zu verstellen, und seine Augen tränten immer noch. In der Ferne hörte man das Heulen von Sirenen. Cannon graute davor, näher heranzugehen. Vielleicht war nur ein Teil von Johnny auf einer Linie mit der Tür gewesen, nicht sein ganzer Körper.

»Siehst du, was du angerichtet hast, Johnny? Siehst du, was du angerichtet hast?«, sagte Cannon und kniete neben ihm nieder. Die Augen waren weit aufgerissen, die Kleider zerfetzt, auf der Stirn klaffte eine Wunde. Das Ende eines Schlüssels steckte unterhalb der linken Brustwarze in seinem Oberkörper und vermittelte die vage Illusion, dass Johnny wie ein mechanisches Spielzeug wieder aufspringen würde, wenn man ihn herumdrehte. So ein kleiner Schlüssel würde ihn nicht umbringen. »Das wollte ich nicht, Johnny. Hab wohl die Mischung nicht ganz hingekriegt, was?«

Die Hand, die seine Hoden umklammert hatte, streckte sich aus und tastete nach denen von Cannon. Ein riesiger Holzsplitter steckte in der Handfläche. Er schien ihn nicht zu sehen. Die Sirenen kamen näher, das Heulen war jetzt ohrenbetäubend. »Wenigstens hat es jetzt jemand mitgekriegt, was, Johnnyboy?«, sagte Cannon. Ein schwaches Lächeln war die Antwort. »Wir haben es nie bis zum House of Parliament geschafft, was?« Er streichelte die Hand, doch es hatte keinerlei Wirkung. »Jetzt stirb mir bloß nicht, Johnny. Tu das nicht. Sieh mal, niemand kennt mich so gut wie du. Wir haben uns einen Dreck um alles geschert, nicht, Johnny? Ich werde einsam sein ohne dich. Einen Teufelskerl wie dich gibt's nicht noch mal ...«

Johnny verzog den Mund, als wollte er selbst jetzt noch seine Zähne verstecken, und flüsterte.

»Jetzt willst du sie nicht mehr, oder?«

»Nein, Johnny. Nein. Nein. Nein. Ich will dich.«

Zwei dicke Fäden. Gerade ausreichend, um es zusammenzuhalten. Und jetzt jede Menge Xylokain-Gel ... Nein, besser Benzedrin-Chlorhydrat, ein gutes Mittel zur örtlichen Betäubung und obendrein entzündungshemmend. Lös die Zunge; nimm den Sperrer raus. Jetzt müssen die Lippen alles zusammenhalten. Hoffentlich hört die Blutung bald auf. Eispackung. Vertrau darauf, dass der Mund von selbst heilt. Die Sanitäter, die gerade die Treppen hinaufkamen, würden sich um den Schock kümmern. Sorg für die richtige Reihenfolge, du Dummkopf, lass dir Zeit. Er schnitt den Zwirn mit dem Skalpell durch, fuhr den Stuhl hoch, um sie aufzurichten und rieb ihre Hände warm. Irgendwo hockte Cannon und heulte. Aus dem anderen Raum hörte man Schreie.

Er zog seine schmutzige Jacke aus, legte ihre Hände übereinander und stopfte ihr die Jacke unter dem Kinn fest, um sie warm zu halten. Die Wärme hatte sich rasch verzogen: Feuchte Kälte erfüllte den Raum, Rauch stieg hinter ihm auf. Er starrte in ihr leeres Gesicht, wollte ihr das Blut wegwischen. Nein, noch nicht; ihr Gesicht war noch zu empfindlich, um berührt zu werden.

Cannons Heulen hatte sich inzwischen in gleichmäßiges Schluchzen verwandelt, eine lang gezogene Wehklage.

Was sollte er sagen? Er wusste nicht, was er sagen sollte; nie wusste er, was er sagen sollte. Ich habe alles entweiht, wofür ich stand. Am besten war jetzt eine Lüge. William trat an die zertrümmerte Tür und sah hindurch. Drei maskierte Männer waren im Raum, die aussahen wie Außerirdische. Er registrierte, wie zwei von ihnen kleine Feuer austraten. Automatisch wie immer suchte sein Blick Cannons Bild an der Wand, doch diesmal musste er zweimal hinsehen. Es lag auf dem Boden und schwelte vor sich hin. Er erkannte es an den Resten des Rahmens.

Er trug sie durch den Rauch, der sich allmählich verzog. Draußen war es dunkel, man konnte ihn für einen der Sanitäter halten. Niemand würde seine Technik bewundern. *Ich war gerade dabei, sie zu behandeln, als die Bombe explodierte,* das würde er sagen. Er setzte sie in den alten Behandlungsstuhl neben der Treppe zum Keller. Seine Hand lag auf ihrem Mund, um sicherzustellen, dass die Lippen geschlossen blieben. Sie atmete keuchend durch die blutige Nase. Es sah so aus, sogar für ihn selbst, als wollte er sie bewusst am Sprechen hindern. Jetzt würde sie ihn nie mehr lieben.

15

Am Fest zur Bekehrung des Heiligen Paul, drei Wochen nach Neujahr, saß Pauline in der Kapelle und senkte den Kopf zum Gebet. Es war warm hier drin. Niemand sollte gezwungen sein, seine Zwiesprache mit Gott in der Kälte zu führen; dafür war das Leben zu kurz.

Die Fähigkeit zu beten ließ auf sich warten. Es hatte keinen Zweck, mit dem Schöpfer zu reden und zu erwarten, dass er das, was sie sagen wollte, ins Bewusstsein anderer lenkte, wenn eigentlich eine direktere Kommunikation verlangt war. Das notwendige Gespräch konnte sie mit Gott nicht führen. Und so blieb ihr nichts anderes übrig, als sich im Geiste mit all jenen zu unterhalten, die sie am dringendsten treffen musste, und alle Heiligen anzuflehen, diese Menschen zu ihrer Tür zu leiten. Ihr Gewissen war alles andere als rein. Offenbar hatte sie ihre Freunde befremdet. Sarah, ihre geliebte Sarah, die niemals zu wissen schien, wie sehr sie geliebt wurde. Julie, die schwieg, so wie es Menschen tun, die ein bisschen zu viel von sich preisgegeben haben und sich deswegen schämen. Julies bittere Worte, als sie beide allein waren, nachdem Cannon davongestürzt war und die anderen noch nicht zurückgekehrt; Worte, denen niemand Glauben schenken konnte, weil sie aus Angst und Wut alle zu Lügnern geworden waren. Pauline entschuldigte sich für ihre mangelnde Konzentration und erklärte dem Herrn, dass es recht war, dass er eine Nonne und keinen Priester aus ihr gemacht hatte. Sie wäre nie in der Lage gewesen, das strenge Beichtgeheimnis zu wahren.

Über Weihnachten hatte es reichlich Wein gegeben. Pauline schien den Löwenanteil genossen zu haben und war erleichtert, dass der Vorrat nicht unerschöpflich war. Es fiel so leicht, auf den Geschmack zu kommen, vor allem wenn man ohnehin zur Sucht neigte. Gleich würde sie sich in den Salon setzen und eine Zigarette rauchen, da das Rauchen ja in der Hierarchie der Sünden offenbar unbedeutend war. Sie betastete ihr Nasenbein, das immer noch empfindlich war. Die Prellungen waren längst verschwunden, jetzt sah man nur noch die üblichen Schatten unter den Augen. Die feine Nase hingegen würde noch monatelang empfindlich bleiben. Das reichte als Entschuldigung für schlechte Gewohnheiten.

O Herr, vergib mir, ich habe meine Nichte den Händen von Sündern überlassen. Ich tat es aus guten Gründen, denn sie war stärker als das Opfer, auf das sie es abgesehen hatten. Sie wusste mehr über das Leben; sie war weniger verwundbar und klüger. Hätte die Möglichkeit bestanden, dass sie stattdessen mich genommen hätten, ich wäre gegangen. Das weißt du, Herr, nicht wahr? Dennoch habe ich stumm gelogen und zugelassen, dass mein eigen Fleisch und Blut leiden musste, und dafür finde ich nun keinerlei Rechtfertigung. Oder besser gesagt, ich sehe beim besten Willen nicht, wie sie dafür je eine Rechtfertigung finden soll. Ich habe versucht, sie zu besuchen, Herr, aber sie geht mir aus dem Weg. Kann ich ihr deswegen einen Vorwurf machen? Ich aber *brauche* sie, Herr. Ich kann diese Last nicht tragen.

Und schenk mir die richtigen Worte für diesen Mann. Er hat noch mehr Schuld auf sich geladen als ich.

William saß im Besuchszimmer, ohne seine Umgebung wahrzunehmen. Er bog die Hände durch, streckte die Arme aus und machte sie auf, um zu sehen, ob seine Finger noch zitterten. Das Zittern war besser geworden, so dass nur er selbst noch bemerkte, was für andere unsichtbar blieb. Er bezweifelte, dass es jemals wieder ganz verschwinden würde, aber das spielte keine große Rolle mehr, falls am Ende der Untersuchung die Ärztekammer entscheiden sollte, dass er weiter praktizieren durfte.

Erste Hinweise deuteten auf eine gewisse Nachsicht hin; es herrschte allgemeiner Mangel an Zahnärzten. Sexueller Missbrauch beunruhigte sie am meisten, doch die Geschichte, die diese Patientin ihnen erzählt hatte, war eine andere. Und sie hatte nicht nur überlebt, sondern ihn sogar entlastet. Es war der Zahnarzt, der seine Unschuld verloren hatte.

Pauline glitt leise ins Besuchszimmer, gerade als William sich aus seinen Träumen riss und sich klarmachte, wo er war. Drei Heiligenstatuen schmückten den Raum. Vielleicht würde er in einem anderen Leben Ikonen sammeln, um sich besser zu schützen. Er dachte an die zerstörten Gemälde, die Zeichnungen und Skizzen, die die Wände seines Sprechzimmers geschmückt hatten, und daran, dass die Patienten diesen genauso wenig Aufmerksamkeit gewidmet hatten wie er den Statuen. Pauline kam auf ihn zu, offenbar erleichtert, ihn zu sehen. Zwei Menschen im Fegefeuer.

»Nennen Sie mich bitte nicht den Lehrling des Inquisitors«, sagte er. »Ein solches Etikett wird man kaum mehr los.«

Sie schüttelte den Kopf. »Das würde mir im Traum nicht einfallen.« Sie musterte ihn eindringlich und bemerkte sein schütteres Haar, das dringend gekämmt werden müsste. Es war länger, als sie es in Erinnerung hatte, er selbst schmaler, das Gesicht hager, die Hände rastlos – ein Mann, der gegen die Dämonen seines Schicksals ankämpfte. Ihre Anwesenheit schenkte ihr Kraft. Gott hatte sie auf die Welt geschickt, um etwas zu *tun,* nicht, um sich in Selbstmitleid und Selbstvorwürfen zu wälzen, und er sollte es auch nicht. Sie würde es nicht zulassen.

»Rauchen Sie, William? Nein? Bitte nehmen Sie's mir nicht übel, wenn ich es tue. Imelda wird uns gleich den Kaffee bringen. Sie knirscht übrigens nicht mehr mit den Zähnen, wussten Sie das schon? Wir sind alle sehr zufrieden, glauben Sie mir. In dieser Hinsicht haben Sie ausgezeichnete Arbeit geleistet.«

»Ich weiß zwar nicht, wo da der Zusammenhang ist, aber trotzdem vielen Dank. Ich freue mich, wenn ich wenigstens irgendjemandem helfen konnte.«

Er wollte ihr nicht sagen, dass Rauchen schlecht für die Zähne sei. Das ganze Leben ist schlecht für die Zähne. Menschen, die rauchen, schaffen es, am Leben zu bleiben. Cannons Bruder hatte kaum geraucht, wie man William erzählt hatte, und doch war er jetzt tot. Plötzlich wusste William nicht mehr so recht, warum er gekommen war, doch eigentlich bedurfte es auch keines besonderen Grundes, abgesehen von ihrem beiderseitigen Bedürfnis, miteinander zu reden.

»Glauben Sie wirklich, dass sie sich ganz erholen wird? Das hat man mir gesagt. Wissen Sie, man sagt mir alles Mögliche. Das liegt daran, dass ich ihre einzige Verwandte bin, obwohl sie mich nicht sehen will … Aber glauben Sie es auch?«

»Ich habe versucht, ihr so wenig zu schaden wie nur möglich. Die Fähigkeit des Mundes, sich zu regenerieren, ist geradezu sagenhaft. Verstehen Sie, was ich getan habe, war …«

»Ja, ja«, unterbrach ihn Pauline. »Ich weiß.« Sie hatte bereits darüber nachgedacht und brauchte es nicht noch einmal zu hören.

Eine Weile herrschte Stille, bis sie beide gleichzeitig losredeten, nur um nicht weiter über den Schmerz nachzudenken. Pauline hatte auf Knien gebetet und versucht, ihn auf sich zu nehmen und ihre eigene Verletzung als unzureichende Kompensation dargeboten. Das Problem beim Beten war, dass man so selten erhört wurde.

»Und Cannon? Was ist mit Cannon?« Ihre Stimme übertönte seine, aber er hatte die besseren Informationen.

»Er lebt mit Julie im Haus seines Bruders, da sie nichts anderes haben. Er ist unglücklich - verständlich –, obwohl es Trost gibt. Das Kind – er denkt an das Kind. Er befindet sich gegen Kaution auf freiem Fuß und weiß genauso wenig wie die Polizei, was ihm bevorsteht, solange die Ermittlungen nicht abgeschlossen sind. Aber sie haben den Dicken ausfindig gemacht, wissen Sie. Besser gesagt, umgekehrt. Er ist zur Polizei gegangen.«

»Erzählen Sie mir bloß nicht, was er gesagt hat.«

Sie zog an der Zigarette und sah sich nach dem Aschenbecher des Priesters um. Wieso zur Polizei und nicht zu ihr? Imelda kam mit dem Kaffee angelaufen. Er war schwach und mit Milch verdünnt, genauso wie William ihn verabscheute. Sie stellte das Tablett unsanft ab, schenkte ihm ein strahlendes Lächeln und warf, ehe sie wieder ging, Pauline einen vorwurfsvollen Blick zu.

»Wir langweilen uns ein bisschen, um die Wahrheit zu sagen«, erklärte Pauline. »Nach all der Aufregung. Und jetzt zu Cannon. Er wird ziemlich reich sein, nehme ich an. Das Testament seines Bruders …«

»Es gab keines. Er erbt trotzdem. Es ist ja sonst niemand da. Er hat angeboten, für die Praxis zu zahlen, aber ich habe abgelehnt.«

Sie schnalzte mit der Zunge und verkniff sich den unpassenden Gedanken: *Vielleicht möchte er uns etwas spenden?* So etwas hatte keinen Platz in diesem Gespräch, aber es gehörte zu ihrer zweiten Natur, egal, in welcher Situation. Sie hatte ihr ganzes religiöses Leben mit schamloser Bettelei verbracht. Eigentlich wollte sie fragen: Glauben Sie, dass sie uns je vergeben wird? Stattdessen erkundigte sie sich: »Und wie geht es Ihrer Praxis? Macht sie Fortschritte?«

»Ja. Es geht. Sie ist noch nicht ganz wiederhergestellt, aber es ist zu schaffen. Gebäude lassen sich sehr schnell restaurieren. Wie ein Mund, man braucht nur Geld dazu. Ich habe keine Lust zu arbeiten. Ich sträube mich mit Händen und Füßen dagegen. Aber es bleibt mir wohl nichts anderes übrig. Ich habe sehr treue Patienten. Ich will sie nicht wegschicken, und sie wollen auch nicht gehen.«

»Das ist vollkommen richtig, William. Könnte gar nicht richtiger sein. Es ist genau das, was Sie tun müssen. Arbeiten. Und der Schaden … Was ist mit dem Schaden?«

»Halb so schlimm, wie es aussah. Wie Cannon sagte, er kann mit Sprengstoff umgehen.«

»So gut nun auch wieder nicht. Diese Wirkung hatte er nicht beabsichtigt.«

»Hat er nicht?«

Es folgte eine weitere lange Pause. Sie nippten an dem heißen Kaffee, der nach nichts schmeckte. William knabberte halbwegs entschädigt einen süßen Vollkornkeks dazu, der an seinen Zähnen klebte. Es gelang ihnen nicht, sich gegenseitig zu trösten. Beide fühlten sich unbehaglich.

»Ich frage mich, ob *sie* weiß, wie sehr wir sie lieben«, sagte Pauline. »Sie hat noch nie glauben können, dass irgendjemand sie lieben würde oder könnte, und deshalb vertraut sie vermutlich so sehr auf die Sicherheit von Zahlen und darauf, gebraucht zu werden. Und auf ihren Spaß natürlich. Nach diesem treulosen … sadistischen Ehemann … konnte sie einfach nicht mehr glauben, dass man sie liebt. Ach, vergessen Sie es. Sie wird wieder zu sich finden und zurückkommen. Das macht sie immer. Sie hat ein langes Gedächtnis, aber auch die großartige Gabe zu vergeben.« Offenbar fand sie diesen Gedanken unendlich ermutigend.

»Ich wusste kaum etwas über ihre Vergangenheit«, erwiderte William überrascht. »Ich weiß so gut wie nichts über sie.«

Pauline warf ihm einen bösen Blick zu. Plötzlich verwandelte sie sich von der besorgten Mitwisserin eines gleichermaßen beunruhigten Beichtkindes in eine strenge Mutter, die von einem respektlosen und ungeeigneten Bewerber um die Hand ihrer Tochter gebeten wurde. »Tja, dann wird es aber höchste Zeit, wie? Gehen Sie und holen Sie es nach.«

Cannon hatte alles, was sich im Wohnzimmer befand, aus dem Fenster in den Garten geworfen. Fast alles. Julie hatte nicht versucht, ihn daran zu hindern. Sie wären gar nicht hier, wenn sie nicht schwanger gewesen wäre. Überall wäre er lieber hingezogen statt ausgerechnet hierher, doch dieses letzte Haus, das Johnny bewohnt hatte, drohte zumindest nicht einzustürzen und war obendrein luxuriös ausgestattet. Das war seine Lieblingsbeschäftigung gewesen: das Badezimmer herauszureißen und alles neu zu installieren, neue Küche, neue Teppiche, nur um bald wieder alles satt zu haben. Dann war er erneut umgezogen und hatte erneut renoviert, wieder und wieder. Cannon hasste die nutzlose Wärme in diesem Haus. Er hatte Johnnys Geruch in der Nase, den seine eigenen Poren verströmten. Er wusste nicht so recht, ob er ihn loswerden oder behalten wollte. Die Fenster standen offen, beide waren an die Kälte gewöhnt. Kaum ein Möbelstück war im Wohnzimmer verblieben, und auch kein Bild. Julie hatte während der gesamten Aktion den Mund gehalten und ihm geholfen, wenn es nötig war und er seine eigene Anweisung vergessen hatte, sie solle sich schonen. Das würde er später bereuen. Vielleicht.

Sie hatte das seltsame, wiederkehrende Verlangen zu beten. Sie ertappte sich dabei, dass sie sich bekreuzigte, um den Teufel abzuwehren, wenn er weinte. Oder dass sie Gott für ihre Rettung dankte. Manchmal wollte sie sogar beten, wenn sie die Straße überquerte.

Er hatte gejubelt, als er den Schreibtisch über die Fensterbank gewuchtet und zugesehen hatte, wie er durch die Zweige des Baums nach unten krachte. Er hatte vor Freude gejuchzt, als er die grässlich kitschige Schlachtszene mit den theatralischen Figuren in Rot hinterherwarf. Und er hatte vor Wut geschrien, als er den Raubvogel aus Silber folgen ließ. Anschließend hatte er sich hingesetzt und geweint. Er weinte oft, bei den geringsten Anlässen. Er weinte in ihren Armen und in irgendwelche Ecken gekauert; er schluchzte im Badezimmer, wo sie ihn nicht hören konnte, wenn er glaubte, er hätte schon zu viel geweint. Jetzt lachte er. Beides tat er abwechselnd.

Sie gab sich Mühe, geduldig mit ihm zu sein. Aber Mattigkeit, eine eigenartige Reaktion auf die gewonnene Sicherheit, machte sie eher passiv als geduldig. Dass Cannon ein Dutzend verwahrloster Häuser geerbt hatte, wollte nur langsam in ihr Bewusstsein dringen. Immer hatten sie in irgendwelchen Mansarden anderer Leute gehaust. Das hier war entmutigend, fürstlich auf eine Art, die ihr nicht gefiel – noch ein Grund, warum sie ihn nicht daran hinderte, das Haus in eine Scheune zu verwandeln. Der Gedanke, in Bettwäsche zu schlafen, die Johnnyboy benutzt hatte, machte ihr Alpträume. Sie wählte nur Laken und Bezüge aus, die noch verpackt waren. Es gab jede Menge davon, ebenso unbenutzte Handtücher, Badematten, Servietten und Besteck. Er war ein wählerischer Mensch gewesen, fast manisch in seinen Ansprüchen. Seine Sachen waren so ordentlich verpackt, dass sie beinahe steril wirkten, doch wenn sie sich vorstellte, dass seine Finger sie berührt hatten, und sei es nur beim Einkaufen, zuckte sie zusammen.

»Hat sich aufgehängt«, brummte Cannon. »Das verdammte Ding steckt fest. Ich will mal runtergehen und den Baum schütteln.«

»Und dann fällt es dir womöglich auf den Kopf.«

»Nein, wird es nicht.«

»Lass es so. Eines Tages fällt es von allein runter.«

Es war ein robuster Baum mit großen kräftigen Ästen, die in ihrem winterlichen Zustand wie ein Reihe von gefrorenen Federn aussahen, aus denen man ein Nest bauen könnte. Sie schliefen nicht in Johnnys Bett. Das war bereits am Weihnachtsabend rausgeflogen. Es gab auch noch ein zweites Badezimmer, das wie das Zimmer daneben unbenutzt und quasi vakuumverpackt auf den Gast wartete, der nie aufgetaucht war.

»Alle beide hängen fest.«

»Lass mich mal sehen …«

»Der Silberadler. Und das Bild von dem Mund. Wie konnte er bloß solchen Mist kaufen?«

Der Silberadler hing in den Ästen wie ein nervöser Raubvogel, der weniger mit Jagen als mit der Angst vorm Fliegen beschäftigt war. Sie hätte fast Mitleid mit ihm haben können. Fast. Unter dem herausgerissenen Teppichboden kam ein schöner Holzfußboden zum Vorschein. Sie hatte Hunger, immer hatte sie Hunger. Der heutige Anfall von Zerstörungswut war beinahe vorüber. Julie fragte sich in einem kurzen Augenblick des Schreckens, der von ihrer Trägheit verschluckt wurde, wie oft dies passieren würde und wodurch es ausgelöst wurde – falls es überhaupt durch irgendwas ausgelöst wurde. Aber die Frage würde sie sich lieber für die nächste entsprechende Gelegenheit aufheben. Sie wollte nicht, dass er wieder in Tränen ausbrach. Sie wollte, dass er sie ansah, ohne ihrem Blick auszuweichen. Sie wollte, dass er in dem wunderschönen Zimmer mit dem Südfenster sein Atelier einrichtete und nichts anderes tat, als sie zu porträtierten, so wie Bonnard es mit seiner Frau gemacht hatte. Dieser Skizze von Bonnard trauerte sie nach.

Sie lehnte sich in einem der beiden übrig gebliebenen harmlosen Sessel zurück. Das matte Rosa ihrer Bezüge schien ihm kein Dorn im Auge zu sein.

»Häuser. Vielleicht werde ich wieder Häuser bauen. Sobald sie entschieden haben, ob sie gegen mich Anklage erheben oder nicht.«

»Nein«, erwiderte sie. »Nein, nein und nochmals nein. Du bist ein Maler. Ein Künstler.«

»Ein guter Architekt ist auch ein Künstler.«

»Lass uns einfach ein Weilchen abwarten, ja? Wir h-h-h-haben es einer Reihe von Wundern zu verdanken, dass wir es bis hierher geschafft haben, Liebling. Du kannst es dir leisten, auf ein weiteres zu warten.«

Er hatte Johnnys Vorrat an Alkohol und Zigaretten entdeckt – seltsam, dass er den überhaupt angelegt hatte. Er hatte nie viel dafür übrig gehabt, weder für das eine noch für das andere, behauptete Cannon. Anders als sein Bruder, der zwar kein richtiger Alkoholiker, aber auch kein enthaltsamer Mensch war, sondern zu regelmäßigen Besäufnissen tendierte. Sie kannte sie; sie kam damit zurecht; sie liebte ihn, so einfach war das; weniger die Tatsache, dass dieses Haus auf ihn, nicht auf sie gewartet hatte und bis zum Anschlag mit Dingen vollgestopft war, die sie eigentlich nicht brauchten. Für die Ankunft eines Babys bestens ausgerüstet. Sie hatte sich an ihr kleines Zimmer an einem ruhigen Ort gewöhnt. Sobald sie ihre Energie wieder gefunden hatte, würden sie ausziehen. Sollte er das Haus ruhig zerstören.

»Ich mache alles kaputt«, sagte Cannon, »und dann werde ich mir wahrscheinlich wünschen, ich hätte etwas übrig gelassen. Etwas, das mich an ihn erinnert.«

Sie war sehr still. Sie wusste, wann sie lieber nichts sagte und wann er sich wünschte, dass sie antwortete. Sie war dankbar für die Apathie. Sie machte sie langsam und diplomatisch. Im Zweifelsfall blieb man stumm oder legte sich schlafen.

»Ich werde Sarah besuchen.«

»Noch nicht, Liebling. Du hast sie gerettet, weißt du? Du musst sie nicht besuchen. Noch nicht. Außerdem war ich schon bei ihr. Das hab ich dir doch erzählt. In unser beider Namen. Es geht ihr gut, sie zieht gerade um. Du warst bei William, ich bei Sarah. Ich hab dir gesagt, dass sie dich grüßen lässt.«

»Grüßen? Bist du sicher?«

»Natürlich bin ich sicher.«

»Wir werden sie und William einladen, sobald wir uns neu eingerichtet haben«, sagte er.

»Ja, sicher, das machen wir.«

Dabei kreuzte sie die Finger und dachte: Das werden wir ganz sicher nicht tun. Wir wollen neu anfangen. Wir werden so tun, als würden wir hier, an diesem Punkt unseres Lebens, ganz neu beginnen. Unsere Freundschaften werden davon abhängig sein, was wir von nun an aufbauen. Unser neues Leben wird alles und alle ausklammern, die uns vorher kannten. *Jeden Einzelnen.* Wir machen Tabula rasa, kaufen einen neuen Stapel Leinwände. Sie sehnte sich nach dem Gestank von Terpentin, Tusche und Ölfarben, nach seiner berechtigten Wut, wenn die Arbeit nicht gelang. Sie würde sich ins Atelier schleichen und alles aufheben, was er schuf. Irgendwer musste das tun. Sie liebte ihn. Falls er ins Gefängnis musste, wäre es bestimmt nicht für lange, und das Kind würde ihn an sie binden. Sie hatte sich ihre Sporen verdient. Wer würde dem Dicken schon glauben?

Er trat ans Fenster und blickte hinunter. Die Zigarette verbreitete ihre tröstliche Rauchwolke. So würde sie ihn immer im Gedächtnis behalten, einen Augenblick lang befreit von aller Trauer. Das Lachen erhellte sein Gesicht, und er grinste in die Dunkelheit, während sie dem leisen Knacken der Heizkörper lauschte, die anzeigten, dass die Wärme in ihnen aufstieg. Und während er langsam das große Schiebefenster schloss und die Dunkelheit aussperrte, sah er hinab auf den dummen Silberadler, der sich an die Zweige klammerte wie der letzte Überlebende, der gegen den steifen Wind ankämpft.

»Die Anwälte wollen, dass ich ihnen helfe, eine Kunstsammlung zusammenzustellen, habe ich dir das schon erzählt? Komische Leute. Na ja, wenigstens beinahe menschlich.«

»Beeil dich«, sagte sie, »du holst dir noch eine Erkältung. Und mach dir wegen der Anklage keine Sorgen. Sie wird bestimmt fallen gelassen. Du hast den bestmöglichen juristischen Beistand. Diesen Andrew Dingsbums und Matthew Soundso. Die besten.«

»Sarah wäre mir lieber.«

»Sie ist eine Zeugin, Liebling. Sie kann nicht beides sein. Und … Na ja, die beste Anwältin war sie nicht gerade, was? Eine Amateurin im Vergleich mit ihnen. Das sind wirklich Experten.«

Ein Windstoß schüttelte die Zweige, und der Adler fiel zu Boden, senkrecht wie ein Spatz. Sie sahen, wie er neben dem schwülstigen Ölschinken auf dem kahlen Januarrasen landete. »Ich habe eine Nachricht von William erhalten. Du sollst in die Praxis kommen. Während der Schwangerschaft musst du ganz besonders auf deine Zähne achten. Ich habe gesagt, dass du kommst, in Ordnung?«

Nein. Keiner, der uns aus unserem früheren Leben kennt, soll unser jetziges Leben teilen. Er würde es nicht glauben, aber so würde es sein. Daran hatte sie keinen Zweifel. Es gab noch mehr Zahnärzte.

Aber es gab nur einen Ehemann – der niemals wissen würde, wie sehr man ihn liebte – und nur ein Baby. Sie würde alles tun, um sie vor der Vergangenheit zu schützen. Es gab nur noch die Zukunft.

»Vielleicht hätte es mir nicht so viel ausgemacht, wenn ich nicht gerade alles angestrichen hätte«, lachte William. Sein Patient interessierte sich eigentlich nicht besonders für die neue Einrichtung des Sprechzimmers. Ohne Zögern akzeptierte er die Erklärung, dass eine winzige, völlig unbedeutende Gasexplosion der Grund dafür war, und ignorierte die Verbindung zu einem Bericht, den er möglicherweise in der Zeitung gelesen hatte. Es war besser so. Die Probleme des Zahnarztes waren zweitrangig im Vergleich mit seinen Zahnschmerzen und seiner Angst vor dem Bohrer. Er hatte nicht die geringste Lust, sich zu unterhalten. William konnte Fragen nach den Veränderungen seiner Praxis ganz gelassen beantworten, nachdem er beschlossen hatte, dass eine kleine Gasexplosion genau das war, was jeder hören wollte. Man staunte über das Tempo, mit dem die Reparaturarbeiten ausgeführt worden waren, und lobte seine Versicherung. Es gab nur noch die Erinnerung an das Blut auf dem Boden und das daraus folgende Bedürfnis, die Praxis neu zu weihen, wie eine Kirche.

Cannons Bombe hatte alles Wesentliche verschont. In gerader Linie hatte sie das Fenster zerstört, ein Loch in den Boden gerissen und dann ein paar Brandherde entfacht, die den größten Schaden angerichtet hatten. Ein dekoratives Desaster. William war überrascht, dass er den Verlust der Bilder nicht so bedauerte, wie er es sich immer vorgestellt hatte, wenn er an Diebstahl oder Vandalismus dachte. Vielleicht war Besitz doch nicht so wichtig; vielleicht war das Leben in den zerstörten Bildern, sogar in Cannons schönem Gemälde, nur ein geborgtes Stück Leben und hatte nie irgendjemandem gehört. Die leeren Wände waren eine gute Ausrede, um wieder ganz von vorn zu beginnen, eine neue Richtung einzuschlagen und alles noch einmal zu überdenken. Die Skizze von seinen Händen hatte immer noch den Ehrenplatz gegenüber dem Stuhl. Er hasste sie dort. Sie erinnerte ihn an das, was er angerichtet hatte, und deshalb würde sie auch dort bleiben.

Seine Alpträume waren ein wildes Durcheinander von langen, seltsamen Geschichten und Vorwürfen. Was hätte er denn sonst tun sollen? Das kleine Mädchen mit den Zahnlücken und der Junge mit dem Amalgam in der Lunge tollten fröhlich durch seine Träume, dazu kamen John Smith, der aus einem zahnlosen Mund grinste, und Sarah, die ihm nie etwas anvertraut hatte. Hätte sie ihm von Cannons Zwillingsbruder erzählt, wäre all das nicht geschehen. Aber warum hätte sie ihn mit diesem gefährlichen Wissen infizieren sollen? Schuldgefühle waren noch schlimmer, wenn eigentlich niemand Schuld trug.

»So, das war's. Essen Sie für den Rest des Tages nichts Heißes oder Festes.« Der Patient machte sich hastig davon; ein Gesicht, das in Vergessenheit geraten würde.

Er versuchte, sich zu erinnern, ob Sarah ihm tatsächlich selbst zu verstehen gegeben hatte, dass er sie nicht aufsuchen solle, oder ob es nur der freundliche Ratschlag eines Polizisten gewesen war, vermutlich damit sie ihre jeweilige Version der Geschichte nicht aufeinander abstimmten. Keine Absprachen. Die Sehnsucht nach ihr war anfänglich von dem entsetzlichen Bewusstsein betäubt gewesen, welch grenzenlosen Schmerz er ihr zugefügt hatte, ganz gleich, wie vorsichtig er zu Werke gegangen war. Doch jetzt wurde der Wunsch, sie zu sehen, von Tag zu Tag, von Minute zu Minute dringender. Das Treffen mit Pauline war nur ein schwacher Ersatz gewesen.

Es gab so vieles, was einer Erklärung bedurfte und ihm zusetzte. Relevantes neben Irrelevantem, und ein unzuverlässiges

Gedächtnis tat sein Übriges. Zum Beispiel Cannons Gebrabbel unter Diconal. Die Erinnerung an den Tag, als er ihn in der kurzen Zeitspanne zwischen dem Einstich der Nadel und dem Beginn der Bewusstlosigkeit, ohne wirklich eine Antwort zu erwarten, beiläufig gefragt hatte: Haben Sie Kinder, Mr. Smith?

Das wirre Zeug, das er im Halbschlaf geredet hatte: Keine Kinder, noch nicht. Hab es ein Jahr lang versucht. Wahrscheinlich treffe ich einfach nicht ins Schwarze. William dachte mit heftiger Zuneigung und nicht ohne einen gewissen Neid an Cannon.

Dazu kam Bedauern über eine bizarre Freundschaft, die nur noch als vages, verblassendes Versprechen im Raum stand.

Im Wartezimmer setzte er sich in einen der zwei geborgten Sessel und blickte auf die frisch geputzten Wände, die noch auf den Anstrich warteten. Gott sei trotzdem gnädig, hatte Pauline gesagt. Hätte Cannon nicht gewusst, dass ein Kind unterwegs war, wäre er wahrscheinlich vor Trauer um Johnnyboy gestorben. Er verstand ganz gut, dass Cannon nicht wiederkommen würde.

Ein Patient hatte seinen Termin abgesagt. Es war früher Nachmittag, die Dekorateure würden erst morgen kommen, und er war völlig erschöpft. Er würde sich nie wieder die Mühe machen, seine Türen abzuschließen; es hatte keinen Zweck. Er würde seine Praxis der Straße öffnen.

Als Isabella den Raum durchquerte, klangen ihre Absätze laut auf dem Papier, das vorübergehend den Fußboden bedeckte. Sie setzte sich neben ihn und wartete ungeduldig wie jemand, der zu einer zweimal verschobenen und jetzt endlich zustande gekommenen Verabredung kommt. Sie hatte mitfühlend auf einen Zeitungsartikel über sein Unglück reagiert, auf den sie die Schlagzeile gestoßen hatte. Am nächsten Tag war die Nachricht bereits von einer Meldung über die Explosion einer anderen Art von Bombe in der City und der Befürchtung, dass der islamistische Terror wiederaufleben könnte, verdrängt worden und mit ihr Williams Gesicht und sein Name. Er hatte ihr Angebot, ihm Trost und Beistand zu spenden, abgelehnt, und trotzdem war sie jetzt da und blickte auf die Risse in den leeren Wänden, als könnte sie es nicht erwarten, sie mit ihren Tapeten und rüschenbesetzten Vorhängen wegzuzaubern. Sie war auf zwanglose Art elegant und hatte ihre Aufregung nicht ganz unter Kontrolle, obwohl sie sich Mühe gab. Sie grüßten sich nicht einmal.

Sie kam sofort zur Sache. »Du siehst furchtbar aus, William. Du brauchst jemanden, der sich um dich kümmert. Ich habe dir gesagt, dass ich mich in allem geirrt habe. Darf ich zu dir zurückkommen? *Bitte!*«

Visionen von gemütlicher Nestwärme tanzten vor seinen Augen, Essen auf dem Tisch, Sofas, die lang genug waren, um sich darin herumzulümmeln. Eine geschmackvoll eingerichtete Wohnung irgendwo. Wunderbarer Kaffee am Morgen, perfekt zubereitete Fleischgerichte, Sonntagslunch mit Freunden. Saubere Laken, keine Haushaltsentscheidungen mehr; das leise Summen einer effizienten Waschmaschine, feines Porzellan und duftende Blumen. Keine nervenaufreibenden täglichen Besorgungen mehr, inklusive Supermarkt; das alles könnte er ihrer Tüchtigkeit überlassen. Ein organisiertes Leben. Stets genug Brot, Eier, Milch; die Tageszeitung seiner Wahl.

Und abends ein spröder Körper neben ihm im Bett. Illustrierte, keine Bücher. Keine Gemälde; keine Nacktheit mehr in ihrem Alter. Dazu furchtbar banale Unterhaltungen.

»Hast du Zahnfleischbluten gehabt?«

Sie schnappte nach Luft und sah aus, als würde sie im nächsten Augenblick explodieren, dann senkte sie den Blick auf die Hände, die in ihrem Schoß lagen. »Ja. Aber es ist doch nichts dabei, oder? Ich meine, was hat das damit zu tun …?«

»Alles«, entgegnete er. »Du solltest so schnell wie möglich zum Zahnarzt gehen.«

»*William!* Hörst du mir eigentlich zu? Ich will zu dir zurück. Ich bin so unglücklich gewesen … Ich weiß, dass ich dich glücklich machen könnte. Ich konnte es doch, oder nicht?«

Darauf gab es keine Antwort. Außer: Ja, das konntest du, oder: Nein, das konntest du nicht. Sie würde sich an die Macht klammern, die er ihr einmal über ihn gegeben hatte. Die totale Macht, die er ihr willig und dumm überlassen hatte. Er konnte ihr nicht einmal vorwerfen, dass sie sie auch ausgenutzt hatte; oder dass sie nicht glauben konnte, dass es damit vorbei war. Es ging nicht darum, dass sie ihn aus ihrem Bann entließ, sondern dass er sich von seinen eigenen Illusionen befreite.

»Du kannst nicht zurückkommen«, sagte er laut. »Denn ich liebe eine andere. Ich liebe sie schon sehr lange.«

Die Stille hatte sich verändert, nachdem Isabella gegangen war. Er blieb sitzen und blickte weiter auf die leere Wand. Er stand nicht auf, um ihr nachzusehen, wie sie über die Straße ging. Es war eine freie, ungetrübte Stille, als gäbe es jetzt eine Sache weniger, die ihm im Kopf herumging, und als stünde der Verkehr draußen still aus schierem Respekt vor seiner plötzlichen Klarheit. Er verspürte nur Erleichterung. Wenigstens war es ihm jetzt klar, und obwohl ihm diese Einsicht zu spät gekommen war, stimmte sie ihn dennoch fröhlich. Er schloss die Augen und dachte kurz daran, welche Farbe die Wände haben sollten. Er erinnerte sich, dass er sich das letzte Mal für ein völlig anonymes Weiß entschieden hatte, und dachte, diesmal würde er es besser machen. Die Eingangstür quietschte in den Angeln. Jemand stand am Empfang, seinen

Blicken entlegen. Leicht frustriert dachte er, sie ist wieder da … Jetzt muss ich alles noch mal sagen, lass mich in Ruhe. Er kniff die Augen zu, ballte die Fäuste und fühlte sich ausgelaugt.

»Mr. Dalrymple? Sie haben sich kein bisschen verändert. Erinnern Sie sich an uns?«

Er öffnete die Augen. Ein Trio. Eine groß gewachsene Mutter und zwei blonde Teenager. Alle drei lächelten, als posierten sie für die Kamera.

»Mr. Dalrymple … Wir suchen Sie schon seit Jahren. Wir waren umgezogen, Sie wissen ja, wie das ist. Wir konnten Sie nicht finden, hatten Ihre Visitenkarte verloren. Und dann las ich Ihren Namen in der Zeitung und dachte, da ist er ja. Ich habe die beiden mitgebracht, damit Sie sie wieder in Ihre Kartei aufnehmen. Sie erinnern sich doch an meine Kinder, oder? Ist alles in Ordnung, Mr. Dalrymple?«

Das Lächeln des Mädchens offenbarte prächtige, regelmäßige Zähne, keine Lücke, und ihr Gesicht war genauso hübsch, wie es damals zu werden versprochen hatte. Der Junge wirkte gelangweilt, groß, kräftig, mit athletischem Körperbau und Wangen wie rosige Äpfel. Ein junger Mann, der zwar nicht gegen Unfälle gefeit war, aber von Krankheiten konnte nicht die Rede sein.

»Seit Sie die Kinder behandelt haben, hatten wir nie wieder Probleme«, erklärte die Mutter stolz, als wäre das einzig und allein sein Verdienst und hätte nichts mit ihren Genen zu tun. »Deshalb sind wir jetzt wiedergekommen.«

Ich habe diesem hübschen Mädchen also doch die richtigen Zähne gezogen. Und sollte der Junge tatsächlich Amalgam verschluckt haben, so hat es ihm nicht geschadet.

Einen Augenblick lang empfand er reines Glück. Es war so, wie unter einer heißen Dusche zu stehen und die Schwüle des

Tages abzuwaschen. Er rappelte sich auf und streckte die Hand aus. Sie zitterte kein bisschen. »Ich freue mich sehr, Sie wiederzusehen. Natürlich erinnere ich mich an Sie. Sehr gut sogar. Wollen wir einen Termin vereinbaren?«

Der zweite Zahnarzt, ein Professor, der von den Ermittlern beauftragt worden war, hatte ihr versichert, dass sie keine bleibenden Schäden davontragen würde. Er muss eine extrem ruhige Hand haben, hatte er ihr erklärt, und er kann während der Behandlung denken, ein ausgezeichneter, sehr kreativer Chirurg. Sarah versuchte, sich abzulenken, indem sie sich bewusst machte, dass dies wohl das einzige Mal sein würde, dass ein Professor sie kostenlos untersuchte. Löcher im Knochen sind nichts als Löcher im Knochen; sie heilen, erklärte er. Alles im Mund heilt, sogar Entzündungen, und Sie haben keine. Verraten Sie mir, was er benutzt hat? Wie lange hat die Prozedur gedauert? Rein wissenschaftliche Neugier, natürlich. Denn *was* Ihnen passiert ist, interessiert viel weniger als *wie* es passiert ist.

So war es: Sie alle hatten die Einstellung von Technikern, die entweder ein Problem oder dessen Entstehung erforschen. Sollte sie vielleicht Genugtuung darüber empfinden, dass Williams Können derart bewundert wurde? Angesichts der bevorstehenden schrecklich leeren Woche zwischen Weihnachten und Neujahr, die sie früher genüsslich mit einer Kiste Wein verbracht hätte, hasste sie sein Können; vergaß, dass sie selbst ihn ermutigt hatte, es anzuwenden; vergaß, dass sie sich in gewisser Weise freiwillig angeboten hatte und dass sie, ja, dass sie verstanden hatte, was er tat und warum er es tat. Sie vergaß alles, bis auf den dumpfen, anhaltenden Schmerz, ein Gefühl, vergewaltigt worden zu sein, nächtliche Schweißausbrüche und Alpträume. Die Erkenntnis, dass sie nichts war als ein

Ding. Ein Stück Fleisch, das vorsätzlich verletzt worden war. In dem Moment hatte sie ihn gehasst.

Als der zweite Zahnarzt sie aufgefordert hatte, den Mund zu öffnen, hatte sie es zuerst nicht geschafft. Sie hatte gewimmert und sich geweigert, und ihre Zunge hatte sich gegen die fest zusammengepressten Zähne gedrückt. Die Berührung seiner Instrumente und die Genauigkeit seiner Untersuchung waren wie kleine Küsse des Grauens. Selbst seine Hand, die stark, breit und trocken war, hatte sich wie eine Klaue angefühlt, als sie sich verabschiedeten. Dann lieber der Teufel, den man kennt, mit den Händen eines Pianisten.

Am fünften oder sechsten Januar, genau wusste sie es nicht mehr, weil die Tage verwischten und nur durch Dunkelheit, Licht und das Löschen von Nachrichten auf dem Anrufbeantworter unterbrochen waren, ging sie in der frühen Morgendämmerung die Straße hinunter und warf die letzten Valiumtabletten in einen Abfallkorb. Dann kippte sie ihren stinkenden Hausmüll darauf, um gegen die Versuchung gewappnet zu sein, sie wieder rauszufischen, wischte sich die Hände an den Hosenbeinen ab und ging zurück ins Haus, um sich die Haare zu waschen. Sie nahm alle Bilder von der Wand, staubte sie ab und stapelte sie der Größe nach in den Fluren. Sie brauchte ihre ganze Kraft und den Hammer, um die Nägel zu entfernen, die ihre lebenslangen Begleiter gehalten hatten. Anschließend sortierte sie den Inhalt ihrer Schränke, behielt nur das, was sie am meisten mochte, und verstaute alles andere in Plastiksäcken, die sie peinlich genau beschriftete. Es gab gute Kleider, nicht so gute Kleider und Kleider, die so unpassend, eingelaufen oder abgetragen waren, dass niemand von ihrer Existenz profitieren könnte, und die sie nur aus Sentimentalität oder Faulheit aufbewahrt hatte. Letztere warf sie auf den Küchenboden und schnitt sie mit einer scharfen Schere systematisch in kleine Fetzen. Am Schluss warf sie die Teller, die sie schon immer gehasst hatte, aus dem Fenster und hörte, wie sie im Garten zerschellten. Gut so.

Morgen würde sie versuchen, im Ausverkauf das rote Kleid zu erstehen. Sie wusste, dass es noch da war. Sie öffnete eine Flasche Wein und machte sich mit ihrer winzigen Kritzelschrift ein paar Notizen.

William ist einer der nettesten Männer, die du je getroffen hast. Aber du kannst nicht ertragen, dass er dich verletzt hat, obwohl du wusstest – und er wusste es auch –, dass es keine andere Wahl gab.

Er konnte mich nicht lieben und trotzdem tun, was er getan hat. Doch, konnte er wohl. Er hat dich vor Schlimmerem bewahrt. Was glaubst du, was du ihm angetan hast? Wie fühlt es sich an, ein Folterknecht zu sein? Ist es schlimmer, als selbst gefoltert zu werden?

Für irgendwas muss es doch gut gewesen sein – oder? JA. Es hatte dazu gedient, eine Beziehung zu retten und vielleicht auch das Leben eines ungeborenen Kindes.

Es spielte keine Rolle, wessen Kind es war.

Am frühen Nachmittag brachte sie das Gemälde, das Cannon auf der Ausstellung gestohlen hatte, zur Post. Sorgfältig verpackt schickte sie es an den Händler, der auf der Rückseite verzeichnet war.

Das war der Tag, bevor Julie aufkreuzte, gleich nach dem Polizisten, der mit ihr das Geständnis des Dicken hatte durchgehen wollen, das dieser schon widerrufen hatte. Julie redete eine Menge Unsinn und nahm alles wieder zurück, erst wegen ihres schlechten Gewissens, dann aus Angst vor den Folgen. Julie saß in einer Ecke des leeren Wohnzimmers und starrte auf die unregelmäßigen Löcher in den Wänden, wo die Bilder gehangen hatten. Julie, die mit Zähnen und Klauen bereit war zu retten, was ihr gehörte, und die keinen Zweifel hatte, dass die

Liebe alles rechtfertigte. Julie hoffte auf Verständnis und sah Sarah an, als wäre sie ein Wesen ohne Ziele. Sie dankte ihr wie einer Fremden und stellte mit Erleichterung fest, dass sie ganz normal aussah. Sie erkundigte sich seltsam beiläufig nach Vererbung zwischen Brüdern und der DNA bei Zwillingen und stellte einen Haufen Fragen, die von einem überforderten Geist in einem nervösen, schwangeren Körper zeugten. Erst an der Tür gab sie ihre letzte Erklärung ab. Sie waren gleich groß, als sie aufstanden, um sich zu verabschieden, wie Doubles für eine Rolle. Julia, die ihre letzte Erklärung abgibt.

»Cannon sagt, dass William dich liebt. Und dass er nie aufhören wird, dich zu lieben. Du darfst nicht zulassen, dass Johnnyboy auch gegen ihn Sieger bleibt, weißt du.«

In der nachfolgenden Stille zündete sich Sarah eine von den Zigaretten an, die so schlecht für die Zähne waren, und blies einen trotzigen Rauchring in das leere Zimmer.

Wenn William glaubte, sie zu lieben, dann sollte er besser anfangen, um sie zu kämpfen. Sie konnte kaum aufhören zu weinen, und sie würde es auch gar nicht mehr versuchen. Wenn er sie auf weniger als drei Schritt Entfernung nicht erkannte, würde es niemand können. Und solange es zu dieser nahen Betrachtung aus Liebe nicht kam, würde es ihr genügen, gemocht zu werden. Auf das Erkennen kam es an.

Ja, es war die Sache wert, sogar mit Lügen.

Sie waren alle gerettet. Sie hatte ohnehin kein Dankeschön erwartet, wenn es denn eines gab. Sie würde die Geheimnisse für sich behalten. Und noch einmal ganz von vorn anfangen. Tabula rasa.

Auf dem Weg zurück fand Julie eine Kirche. Es war ein stiller Ort, menschenleer. Sie musste beten.

Hör zu, Herr, vergiss es. Er hat mich vergewaltigt. Verstanden? Er kam mit seinem dicken Freund und seinem Kopfkissenbezug und stülpte ihn mir über den Kopf, daran ist nicht zu rütteln.

Er hat mich zum Teufel geschickt und ich ihn. Er stand vor mir und sagte, Cannon würde niemals Kinder bekommen können, er hätte es schon mit all den anderen Mädchen versucht, als er noch jünger war, und es nie aufgegeben, wenn du verstehst, was ich meine. Er war einfach besessen von Babys. Nichts ist passiert. Das hat Johnny gesagt. Wenn du ein Kind willst, dann kommst du besser zu mir, zu mir, zu mir … Das würde er wollen … Du allein kannst ihn nicht halten. Für wen hältst du dich eigentlich?

Und ich habe ihm geglaubt, Herr, einen Augenblick lang. Er nahm mich von hinten, sodass er mich nicht ansehen musste. Dann verlor er vor Ekel den Verstand, und ich bin auch durchgedreht, weil ich verrückt gewesen sein muss zu glauben, dass Cannon niemals bei mir bleiben würde ohne ein Kind. Oder zu glauben, dass es andere Mädchen gegeben hatte. Jeder, der nur einen Augenblick mit Cannon zusammen war, musste wissen, dass es niemals andere Mädchen gegeben haben konnte in seinem Leben. Ich rutschte die Treppe hinunter; ich warf mich gegen die Wände; ich zerkratzte meine Haut, lange nachdem sie mich geschlagen hatten. Ich habe ihn angeschrien, und er hat gelacht. Ich *weiß,* wessen Kind es ist. Spielt das eine Rolle, Herr? Blutproben sind sinnlos, denn es wäre dasselbe Blut. Und nicht einmal du weißt es, oder? Ein feiner Gott bist du. Cannon wollte etwas, das ihn an ihn erinnert. Jetzt hat er es. Und ich liebe ihn.

Ist das in Ordnung, Herr?

Die Seifenblase des Glücks blähte sich auf wie ein Ballon und flog davon. Sie will mich nicht sehen, oder vielleicht doch. Sie vergibt mir, oder vielleicht auch nicht. Morgen kommen die Dekorateure, und ich werde die Wände nicht weiß streichen lassen. Ich hab ja noch meine Handschuhe an.

William gelangte zu dem Rasenstück vor ihrer Wohnung, überquerte es mit Riesenschritten und klingelte. Ohne vorher anzurufen wie die anderen Männer; er war einfach da. Murmelte leise den Anfangssatz: »Haben Sie irgendetwas zu reparieren, Lady?«

Leer. VERKAUFT, stand auf dem Schild draußen. Er war immer zu langsam.

Sie hatte erwähnt, dass sie umziehen wollte. Sie hatte ihm erzählt, dass sie sich in die neue Wohnung verliebt hatte, sie liebevoll beschrieben. Der Straßenname? Er konnte sich nicht erinnern. Beschreibung, Lage … JA. Er hatte genickt, als sie ihm davon erzählte, hatte sich ein Bild machen können. Draußen gab es einen sehr charakteristischen schmiedeeisernen Zaun; er hatte eine vage Vermutung, wo er solche gesehen hatte.

Er winkte einem Taxi, um in seine Wohnung zurückzufahren. Dann müsste er systematisch und intuitiv zugleich die Gegend abgehen, denn wenn er sie im Scheinwerferlicht eines Wagens sah, würde sie vielleicht weglaufen. Er begann, in langsamen, konzentrischen Kreisen zu wandern.

Auf der Suche nach dem anderen Schild, mit der Aufschrift VERKAUFT.

Danksagung

Ohne Unterstützung bei den Recherchen hätte ich diesen Roman niemals schreiben können. Alle unten genannten Personen waren so anständig, ihre Ungläubigkeit angesichts meiner Ignoranz zu verbergen, und haben dazu beigetragen, den hartnäckigen Mythos aus meinem Kopf zu vertreiben, Leute mit wissenschaftlicher Begabung seien notgedrungen *langweilig*. Insbesondere danke ich Leslie Payne, BDS LDC DMCC, und Janet Payne, die mir einen Einblick in die Herausforderungen der Zahnmedizin vermittelt und Zugang zu Leslies unvergleichlicher Bibliothek und dem dazugehörigen Netzwerk verschafft haben. Sollte eine von ihnen dieses Buch je lesen, wird sie einige Schauplätze wieder erkennen. Mein Dank gebührt auch der überaus liebenswürdigen Elisabeth Allen, die mich auf die richtige Spur brachte, und Dr. Norman Mills, der zur Wurzel des Ganzen vorstieß, gute Ideen hatte und mich vor allem dazu bewog, dieses Buch überhaupt zu schreiben. Ansonsten hätte ich seine Rechnungen nie bezahlen können. Ich bedanke mich bei Howard Hersch und Greg Woolgar sowie Peter Guerney, MBE, dem ehemaligen Chef des Städtischen Sprengkommandos, für seine klaren Erläuterungen und sein ansteckendes Lachen. Ihr alle seid der Beweis, dass es im so genannten gewöhnlichen Leben mehr Mut gibt, als in der Fiktion je erlaubt wäre.

Die Übersetzer bedanken sich bei Eveline Grenzdörfer für ihre wertvollen fachlichen Erläuterungen.